完全版 上杉鷹山

Uesugi Yozan

童門冬二

Domon Fuyuji

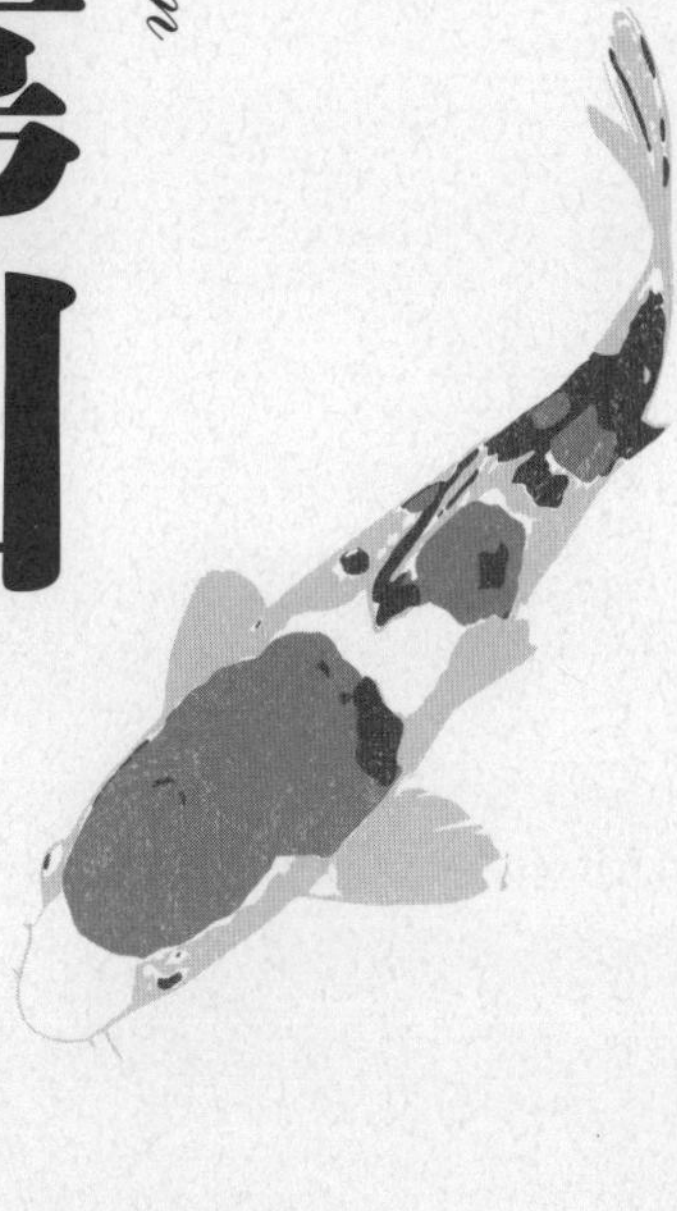

PHP研究所

上杉鷹山像（左近司惟春筆、米沢市上杉博物館蔵）

著者（2015年、米寿の年／写真：堤勝雄）

米沢の鷹山から、世界の鷹山へ――まえがき

「勇なるかな　勇なるかな　勇にあらずして　何をもって　行なわんや」

という細井平洲の言葉に送られて、十九歳の上杉鷹山が、米沢に初めてのお国入りをして、今年で二百五十年になります。道中、火鉢の灰の中からわずかに残る小さな火種を見出した鷹山は、疲弊した人の心にも、きっと火種が残っているはず。それを見出して燧《とも》していけば、やがて、人の心に火がついて改革の炎が燃え盛るに違いない、と心を新たにして、まだ見ぬ米沢に向かったといいます。

私が、上杉鷹山を小説にしようと思ったのは、敗戦で復員した年、偶然、神田の古本屋街で内村鑑三の『代表的日本人』（岩波文庫）に出会ったのがきっかけでした。手に取って目次を見ると、紹介されているのは、西郷隆盛、上杉鷹山、二宮尊徳（金次郎）、中江藤樹、日蓮上人の五人。日蓮以外は、すべて、戦前世代である私が小学校の修身の教科書で教えられた人物ばかり。

たまたま、この数日前に、母校の小学校を訪れた私は、二宮金次郎像がなくなっているのを目《ま》の当たりにしました。先生に聞いてみると、二宮金次郎は軍国少年の模範で、日本全国の教場から多くの子どもを戦場に送り出した元凶である、GHQの指示による「教育勅語」を収納する奉安殿撤去と共に撤去して、日本民主化の一助にする、ということでした。私はあっけにとられ、

（そうかな？）という疑問を抱いたまま悶々《もんもん》としていました。

早速、この本（『代表的日本人』）を買い求めて読んでみると、

「日本人は決して好戦的で野蛮な民族ではなく、むしろ古代中国の儒教を信奉するやさしさ、思いやりを持った人間が多い」

「日本人の本当の姿と美しい心を世界中の人びとに紹介するために、その例として、政治家、地方大名、農民思想家、地方教育者、宗教者の各分野から一人ずつ代表を選んで、英語で伝記としてまとめ、最初はアメリカで出版した」

とあります。

二宮金次郎のことで悶々としていた私は、目から鱗《うろこ》が落ちるような思いで、いつか、この本の五人の人物をさらに詳しく調べて自分なりに小説にしようと決意したのです。

本書に収録した『小説 上杉鷹山』は、単行本として昭和五十八年（一九八三）に学陽書房から出版される以前の「山形新聞」連載当時のものです。また、『上杉鷹山の経営学』は、もともと『経営革命の祖 上杉鷹山の研究』（ＰＨＰ研究所）と題して、小説を出版する一年前の昭和五十七年（一九八二）、新聞連載が終わって間もない時に出版したもので、上杉鷹山に関する私の初めての本です。

バブル経済崩壊の一時期、上杉鷹山はリストラの名手としてブームになりました。それはそれでいいのですが、鷹山の改革は単なる赤字べらしではなく、逆に投資や新規開発をつぎつぎに行

なう〝積極的な経営〟の実行者の面が、正確に受け止められませんでした。さらに、彼の改革が愛民の思想にもとづく、やさしさと思いやりに満ちた地域づくりに目標をおいていたことも知って欲しいというのが、当時からの思いです。

奇しくも数年来、中国や韓国の一部で上杉鷹山が静かなブームになりつつあると聞きました。

また、鷹山の改革は、ＳＤＧｓ（国連サミットが全会一致で採択した持続可能な開発目標）の先駆けとなるものであるという研究者もおり、上杉鷹山の師・細井平洲のふるさと愛知県東海市を中心にゆかりのある自治体が集まって、鷹山や平洲の事績を、ＳＤＧｓの視点からもう一度見直し、世界標準の中での地域づくりを目指そうという動きも始まっています。

そのような時期に、本書が出版されるのは、著者として大変うれしいことです。本書が少しでも、これからの時代のまちづくり、人づくり、心そだての参考になるようでしたら、これほどうれしいことはありません。

最後になりますが、本書を企画・編集して下さったＰＨＰエディターズ・グループの大久保龍也さん、伊藤香子さん、フリーエディターの山田雅庸さん、ＰＨＰ総研の寺田昭一さんには大変お世話になりました。また、上杉鷹山の師・細井平洲のふるさと愛知県東海市の鈴木淳雄《あつお》市長さん、平洲記念館館長の立松彰さん他、東海市の皆さん、そして、米沢市の中川勝市長さんはじめ、米沢市の皆さんには側面から大きなお力添えをいただきました。心から、お礼申し上げます。

令和元年（二〇一九）六月吉日

童門冬二

装丁　神長文夫＋吉田優子
編集協力　山田雅庸／寺田昭一
本文写真提供　山形県米沢市（上杉博物館）
著作リスト協力　愛知県東海市

［完全版］上杉鷹山　目次

■上杉鷹山　年譜

年号（西暦）	年齢	鷹山に関する事項	日本の動き	世界の動き
宝暦元年（一七五一）	1	高鍋藩主・秋月種美の次男として、江戸一本松邸で生まれる。幼名・松三郎、直松。	徳川吉宗、死去。	フランスで『百科全書』の刊行が始まる。
宝暦八年（一七五八）	8	この年、米沢藩儒・藁科松伯が細井平洲の辻講釈を聞き入門か？		
宝暦九年（一七五九）	9	米沢藩主・上杉重定の養子に内約。		
宝暦十年（一七六〇）	10	養子縁組みをし、直丸と改名。秋月家の一本松邸から上杉家の桜田邸に移る。	十代将軍に徳川家治が就任。	イギリスがカナダを支配下に置く。
宝暦十一年（一七六一）	11	竹俣当綱が江戸家老となる。	前将軍の徳川家重が死去。	
宝暦十二年（一七六二）	12			フランスのルソーが『社会契約論』『エミール』を出版する。
宝暦十三年（一七五三）	13	竹俣当綱らが郡代所頭取・森平右衛門を誅殺する。	幕府が諸国の銅山を検査。	パリ条約が結ばれ、北アメリカで、イギリスはフランスからカナダ、ミシシッピー以東を獲得する。
明和元年（一七六四）	14	桜田邸で細井平洲の初講義を受ける（以降、毎月一・六の日に定例講義）。 将軍・家治に御目見得。 重定、領土の幕府返上を義父の尾張藩		

		主・徳川宗勝に相談。		
明和二年（一七六五）	15	竹俣当綱が奉行職（国家老）につく。		
明和三年（一七六六）	16	元服して治憲と改名。		
明和四年（一七六七）	17	八代重定が隠居し、家督を相続、第九代藩主となる。 米沢の春日神社に誓紙を、白子神社に誓文を奉納。江戸勤番の藩士に大倹約令を発し、自身、生活費を十分の一に切りつめる。	田沼意次が側用人となる。	
明和六年（一七六九）	19	莅戸善政が町奉行となる。 江戸城西丸御手伝普請を命ぜられる。 幸姫と結婚。 藁科松伯が死去。 米沢へ初入国する。途中、板谷峠をすぎて〝火ダネ〟論を説き、入城後、全藩に藩の実態と改革の目標を示す。	田沼意次が老中格となる。	イギリスでワットが蒸気機関を改良。
明和七年（一七七〇）	20	上杉勝延（四代藩主綱憲六男）の娘を側室にする（お豊の方）。		この頃からイギリスで産業革命が進展する。
明和八年（一七七一）	21	細井平洲の第一次米沢下向。翌年三月まで滞在し、藩士らに講義等を行なう。 旱ばつのため、愛宕山に登り降雨祈願。 郡奉行役場を復活させ、郷村頭取、郡奉行を命じる。 この年、初めて藩の「会計一円帳」（収支一覧表）を作成。	諸国でお蔭参りが流行。	

安永元年（一七七二）	22	莅戸善政、治憲の小姓頭となり、竹俣当綱らとともに、治憲の改革（第一次改革）に挺身。江戸の大火で桜田、麻布の両藩邸を焼く。遠山村で籍田の礼を挙行。	田沼意次が老中となる。	
安永二年（一七七三）	23	改革に反対する七人の重臣による強訴が起こる（七家騒動）。衆議を経て、七家を処断。		
安永三年（一七七四）	24		前野良沢、杉田玄白らが『解体新書』を刊行。	
安永四年（一七七五）	25	地場産業の振興を図り、桑・楮・漆の各百万本植樹計画が策定される。同時に領民相互の扶け合いを勧める。		アメリカ独立戦争が始まる。
安永五年（一七七六）	26	重定の子・保之助を世子にする。藩校を再興する。お豊の方との間に長子・直丸（のちの顕孝）が生まれる。細井平洲の第二次米沢下向。藩校を興譲館と名づけ学則を制定。小出村の肝煎横沢忠兵衛が越後から小千谷縮師を招き、縮役場を設ける。		アメリカの独立宣言。イギリスでアダム・スミスの『国富論』が出る。
安永六年（一七七七）	27	細井平洲が米沢と小松で町人・百姓に講話をする（廻村講話）。町家のための備籾蔵「義倉」を建てる。竹俣当綱の辞職願いを保留する。		

安永七年（一七七八）	28	お豊の方との間に次子・寛之助が生まれる（翌年、死去）。	ロシア船が蝦夷に来航、松前藩に通商を求める。	
天明二年（一七八二）	32	正室・幸姫が死去。 世子・勝憲（保之助、八代重定の次男、治憲の養嗣子）が元服、治広と改名。 長子・直丸を治広の養子とし、顕孝と改名。 不行状を理由に奉行・竹俣当綱を解職。 この年から天明の飢饉、東北地方に大被害（第一次改革の挫折）。	天明の飢饉（〜天明八年）	
天明三年（一七八三）	33	御近習頭・莅戸善政が辞職、隠居する。 この年、大凶作。被害が十一万石に及び、備籾蔵、義倉より払米が行なわれる。	浅間山噴火。	イギリスがアメリカの独立を承認する。
天明四年（一七八四）	34	病気を理由に江戸出府を延ばし、大凶作に対処。 長雨のため御堂と白子・春日神社に大祭を命じ、自ら御堂にこもり断食祈願。 向後二十年間、籾五千俵、麦二千五百俵の備蓄計画を定める。		
天明五年（一七八五）	35	家督を治広に譲って隠居。その際、人君の心得三カ条を贈る（伝国之辞）。		
天明六年（一七八六）	36		田沼意次が失脚。将軍・家治が死去。	
天明七年（一七八七）	37	江戸に出て、実父の秋月種美を看病する。 秋月種美死去。	十一代将軍に徳川家斉が就任。大坂、江戸で	

天明七年（一七八七）	37	将軍・家斉から在職中の善政を表彰される。養父・上杉重定の病気で帰国、看病にあたる。	打毀しが起こる。松平定信が老中となり、寛政の改革が始まる。	
寛政元年（一七八九）	39		幕府が大名に囲米を命じる。	フランス革命が始まる。
寛政三年（一七九一）	41	莅戸善政が再勤し中老職に就任。寛政の改革（第二次改革）が始まる。大手門に上書箱を設置。		
寛政四年（一七九二）	42	江戸から本草学者を招き、藩士らに学ばせる。御村出役六人を再命。諸士の二男・三男の土着を奨励。御国産所を設置し、米沢藩内での生産物の利用を奨励。		
寛政五年（一七九三）	43	竹俣当綱没。医学館を設立。好生堂と名づける。	松平定信が老中を辞職。	フランスのルイ十六世が処刑される。
寛政六年（一七九四）	44	世子・顕孝が江戸で病死。莅戸善政が奉行職につく。		
寛政七年（一七九五）	45	北条郷へ水を引く堰が完成（黒井堰）。		
寛政八年（一七九六）	46	細井平洲の第三次米沢下向。師弟の礼を尽くして米沢郊外まで出て迎え、普門院で旧交を温める。		ナポレオンのイタリア遠征。イギリスでジェンナーが種痘法を発見。
寛政九年（一七九七）	47	異国船防備のため三年間の大倹約令を出		

		す。		
寛政十年（一七九八）	48	養父・上杉重定没。		ナポレオンのエジプト遠征。
享和元年（一八〇一）	51	細井平洲没。		
享和二年（一八〇二）	52	農民・町民の伍什組合制度を布置。 鷹山と改名。 飢饉救済の手引き書として「かてもの」を刊行し町在へ配布。		ナポレオンが終身統領になる。
文化元年（一八〇四）	54	莅戸善政の子・政以が奉行職につく。	ロシアの使節レザノフが長崎に来航、通商を求める。	ナポレオンが皇帝になる。
文化三年（一八〇六）	56	「養蚕手引」を刊行、希望者に配布。		
文化四年（一八〇七）	57	青苧販売をめぐる政争に処断を下す。 細井平洲七回忌にあたり、神保綱忠、泉長達、樺島石梁に遺稿集の編さんを命じ、翌年『嚶鳴館遺稿』全十巻として刊行。		アメリカでフルトンが蒸気船を発明。
文化七年（一八一〇）	60	世子・斉定を手元に置き、教育する。		
文化九年（一八一二）	62	治広が隠居、斉定が家督を相続する。		ナポレオンのロシア遠征。
文化十一年（一八一四）	64			イギリスでスティーブンソンが蒸気機関車を発明。ナポレオンがエルバ島に流される。ウィーン会議が開かれる。

文政三年（一八二〇）	70	鷹山の七十歳、側室・お豊の方の八十歳を祝う宴を開き、家中・町在の七十歳以上の四千五百人に酒樽を贈る。		
文政四年（一八二一）	71	お豊の方没（八十一歳）。	「大日本沿海輿地全図」が完成。	
文政五年（一八二二）	72	三月十二日没。	浦賀にイギリス船が入り、薪水を要求。	
文政六年（一八二三）		この年、米沢藩は借財のほとんどを償還、そのうえに軍用金五千両を備蓄した。		アメリカでモンロー宣言が出される。

参考文献

『特別展　上杉鷹山の財政改革～国と民のしあわせ』（米沢市上杉博物館、２０１２）
『上杉家御年譜』〈8〉〈9〉〈10〉（米沢温故会編、原書房、１９８８、１９９８）
『東海市史　資料編第3巻』（東海市史編さん委員会編、東海市、１９７９）
『嚶鳴館遺稿注釈　米沢編』（小野重仔著、東海市教育委員会、１９９６）
『歴史街道10月特別増刊号　上杉鷹山』（ＰＨＰ研究所、１９９９）

第一部

小説　上杉鷹山

※「山形新聞」（一九八一年七月二十四日～一九八二年六月三十日）連載小説。

人形妻(一)

自分で折った紙のツルを持って妻の部屋に行くと、妻は、

「ああ」

と、顔じゅうをほころばせた。

その表情は夫の上杉治憲《うえすぎはるのり》(のちに号して鷹山)をむかえるというよりも、むしろやさしい父親をむかえるといった顔つきであった。

妻のこの表情とむきあうたびに、治憲のこころはいたむ。

妻の名は幸《よし》という。しかし、この世に生をうけて以来、何と幸とは縁のうすい女であろう。幸は生れたときから障害者であった。

からだのうごきも不自由であったが、脳の発育もこどものままでとまっていた。

他家(九州日向の高鍋家・三万石)から養子に入って、名門の上杉十五万石を継いだ治憲は、養父の上杉重定の長女である幸姫と結婚した。しかし、幸はふつうの結婚生活にたえられるからだではない。

「側室をおもちください」

上杉家の家臣が、結婚直後、そんなことをいった。

幸姫とはおもてむきの夫婦としてくらし、実際の性生活は側室となさってください、ということなのだろう。

が、治憲は首をふった。

「その必要はない」

「しかし」

不審な表情をする家臣に、治憲はほほえんでこう告げた。

「私はまだ十九歳だ、がまんできる。その必要があるときは正直にたのもう。第一、妻の幸姫はこの世の人間ではない」

「は?」

「幸姫は天女だ。天女をうらぎってはならぬ」

「…………」

家臣は黙した。そのまま頭をさげてうつむいた。治憲のことばの意味がよくわかったからである。

治憲にとって、妻の幸は、まさしく天女であっ

た。人間の世の汚れをまったく知らなかった。疑う、ということを知らなかった。

自分にやさしくしてくれる者には、無批判・無制限に信じた。なついた。

はじめての夫として、妻としての対面は、あるいは異様であったかも知れない。しかし、治憲はまったくこころの動揺を感じなかった。治憲は、

(生涯を、この娘のそばで送ろう)

と決意したのだ。青年らしい純粋な決意であった。

治憲は、幸姫をよろこばせるために紙でツルを折ることをおぼえ、布で人形を縫うことをおぼえた。

「そのようなことは、私どもがいたします」

と、侍女たちがとめたが、治憲は首をふっていった。

「幸殿の人形は、私の手づくりでなければならぬ」

人形妻(二)

治憲が持ってきた折りヅルに、幸姫はチラと目をむけたが、彼女の関心はツルにあるのではなかった。

「ああ、うう」

と、よろこびのこえをあげながら、治憲の手をとって自室の奥にみちびいた。

父の重定は、この不幸な娘をふびんに思い、財政に苦しむ藩の費用の中から、

「幸に、できるかぎりの世話をしてやってくれよ」

と、調度や玩具にかなりの金をかけていた。ないものはない、といっていい扱いだった。

が、幸が治憲に示したのは、そういうぜいたくな品ではなかった。幸は小さなそまつな布の人形をとりあげた。それは、きのう治憲が幸に与えた手ぬぐいの人形であった。幸は人形の顔をゆびさして、

「ヨシ…ヨシ…」

と懸命に治憲に何かを伝えようとしていた。

「うむ？　ヨシがどうしたのかな」

ほほえみながら治憲は、人形の顔をみた。そして、思わず、

「おお」

と声をあげた。

きのう幸に渡したとき、治憲は人形の顔を何の手も加えずに、ノッペラボーのままにしておいた。が、幸は、そのノッペラボーの顔に、スミと紅《べに》で、マユゲや口やハナを描《か》いていた。口は赤く塗ってあった。

手のうごきが不自由なので、顔のえがきかたは決して整然としてはいなかったが、幸の努力の跡ははっきりあらわれていた。

「幸殿、よく描けた……」

治憲は、率直に感嘆のこえを出した。本心であった。

顔をノッペラボーにして渡したのは、その白い空白に、幸が自分で何か手を加えると思ったからだ。手を加えるということは、不自由なからだのもつ能力を、いま表にあらわれているものと、そうでなく、まだ幸のからだの奥にひそんでいるものを、両方あわせて、幸が自分でひきだそうと必死に努力することだ。

現代のことばでいえば、自身の能力開発に必死になる、ということである。

それを、幸はみごとになしとげた。たとえ不ぞろいであっても、自分で人形の顔をつくりあげたのだ。

しかも、その顔を、ヨシ、ヨシというのは、どうやら、

(この顔は、私だ)

といっているらしい。

その努力を治憲にみとめてもらいたいのだ。きっと鏡をみながら、そこに映る自分の顔を一生懸命、人形の布に描いたのであろう。その努力を思うと、治憲の胸は熱くなった。

人形妻(三)

治憲はニコニコと人形の顔をみつめ、

「うむ、そっくりだ、これは幸にそっくりですよ」

と幸にうなずいた。

とたん、幸は、

「ああ、う、う」

と前にもましてよろこびのこえをあげ、女中たちに、

「ヨシ…ヨシ…」

と、得意そうに、自分の顔と人形の顔とを相互にゆびさした。幸のすぐそばにいた老女中は、

「はいはい、お屋形《やかた》（上杉家では治憲のことをこう呼んだ）さまのおおせられるとおり、このお人形はまさしくお姫さまでございますなあ」

と感をこめてうなずいたが、うしろのほうにひかえている若い女中たちは、そっと眼頭をおさえた。涙がこみあげてきたからである。治憲がまだ十九歳なのに、こんな分別にみちたやさしさをみせるのに、胸をうたれたのであった。

女中たちは一様に、

（幸さまは、おしあわせだ）

と思った。

廊下に人の気配がして、

「…おそれながら」

という声がした。ふりむくと、小姓の佐藤文四郎である。ふつう、大名の小姓といえば、色が白く、女のような美少年が多いが、佐藤はそうではない。色はまっ黒で、からだつきも武術で鍛えぬいているから、骨太のうえに筋肉がどこを突いてもかたく盛り上っている。

よその小姓は主人のいうことには、何でも、

「ごもっともでございます」

とうなずき、家臣たちに向っても、

「お屋形さまのおおせである」

と、トラの威をかるのが多いが、佐藤はちがった。むしろ、家臣の間にひろがっている上部への批判、意見などを積極的に治憲の耳にいれた。

側近者は、上にはいい噂しかとりつがないものだが、佐藤は逆だった。他人がだまっていれば、自分がズケズケものをいった。

こんなことがあった。

ある夏の夜、治憲は本をよんでいた。上杉家の江戸藩邸は桜田にある。上杉家の相続人になって以来、治憲はまだ本国の米沢に行かずに、江戸藩邸でくらしていた。

一帯に樹木やヤブが多いので、蚊が多い。その夜も治憲は何か所か刺された。おちついて本がよめないので、つい、背後にひかえていた小姓に、

「誰か知らぬが、すまぬ。ウチワで蚊を追ってくれ」

といった。とたん、

「とんでもないことでございます」

と、小姓から怒りの声が返ってきた。

人形妻（四）

おどろいてふりむくと、そこにひとりの色の黒い、武骨な小姓が、肩をイカらして治憲をにらんでいた。

小姓はいった。

「私は、ウチワで蚊を追うために、お屋形さまの小姓になったのではございません。蚊ぐらい、自分でお払いくださいい」

「なに」

一瞬、治憲はムッとした。何というナマイキな態度だろう。

いままでにも何人かこういうぶれいな家臣がいた。それは、治憲が、遠い九州の小藩から、上杉家という名門に養子にきたために、

「たかが田舎大名の小せがれが」

というアナドリのきもちを示すのである。

そのたびに治憲はきずついたが、きもちというものは、それをもつ人間の自由なので、いちいちムキになって、

「このぶれい者」

と、とがめるわけには行かなかった。そんなことをすれば、かえってバカにされる。

が、このときの小姓の態度はちょっとちがった。そういう軽侮のきもちで怒っているのではないらしい。

「何を怒っている、たかが蚊ぐらいのことで」

治憲はきいた。小姓はいいかえした。

「たかが蚊ぐらいだから怒っているのです。お屋形さま」

「何だ」

「ちょっと、私とおいでください」

そういうと、小姓は先に立って、治憲をうながし、庭におりて、

「こちらへ」

といった。

「どこへ行く」

すこし気味がわるくなってそうきくと、

「だまって私といっしょにおいでください」

と小姓はふきげんなこえのままいった。

つれて行かれたのは、足軽たちの長屋である。もうかなり夜ふけだというのに、どの家もみんな起きていた。

それは、主人の足軽だけでなく、その妻やこどもたちまで全部起きていて、汗みずくになって、カサを張ったり、紙の袋のノリづけをしたりしていた。内職をしているのだ。

藩の財政が極度に悪くなっているので、実をいうと藩首脳は、きめたとおりこういう層の給与を払っていない。〝半知借りあげ〟といって、二分の一しか払っていないのである。

「うむ、これは……」

おどろいて治憲はうなった。その治憲を、

「これはあなたの責任ですぞ」

小姓はにらんでいった。

人形妻(五)

それが、佐藤文四郎だった。佐藤は、

「家臣が夜も眠らないで、内職をしているのに、殿さまが本を読むのに蚊がうるさいから、ウチワで追えなどというのはぜいたくだと思ったのです。それで、つい…」

足軽長屋から庭づたいに自分の居間にもどる治憲に、佐藤はそういった。

長屋の足軽一家をつぎつぎとみて、胸にはげしい衝撃をうけたらしい治憲に、佐藤は佐藤で、

(このお屋形さまはすなおなお人だ。すこしいいすぎたかな)

と反省していた。だからこえの調子はかなりやわらかくなっていた。

「佐藤、といったな」

「はい。佐藤文四郎です」

「いくつだ」

「十九歳でございます」

「私と同《おな》い年か」

「そうです」

「そうか…」

治憲は深く息をついた。そして、いい家臣がそばにいたと思った。孤独ではないな、と胸の中があかるくなったのである。

「私が蚊を追えといったのはすまなかった、ゆるせ」

「何をおっしゃいます。性来の短気ゆえ、すぐカッといたします。私こそ、ごぶれいをいたしました、おゆるしください。しかし、お屋形さま」

「何だ」

「家臣に、そう軽々しく謝まってはいけません。殿さまというものは、たとえ悪いことをしても、もっと威張っていなくてはなりません」

「私はそんなことはしない。悪いことをしたら、すぐ謝まる」

「……」

佐藤は立ちどまった。その気配にふりむくと、じっとこっちをみつめていた。

「どうした」

「かなり変ってますな」

「何が」

「お屋形さまです」

「おまえだって、かなり変った小姓だぞ」

「そうかも知れません。いや、そうでしょう、アッハッハ」

佐藤は豪快に笑った。腹の中の臓物がまったくよごれていないことを示す、清冽な笑いだった。

「佐藤、これからも私にはズケズケ思ったことをいってくれ」

「そのつもりです。ですが、上杉家では、私のような人間は、周囲にはあまり好かれてはおりませんから、そのおつもりで」

「よくわかっている。だが、このきびしい米沢藩で、いま、ただ人がいいというのは、いてもいなくてもいい人間だ」

「これは……」

佐藤は絶句した。そして、

「きびしいお屋形さまですなあ」

と、また大笑いした。その佐藤が神妙な表情で廊下に手をついていた。

人形妻(六)

「佐藤か……」

よびかける治憲の顔がパッと輝いた。その顔を、佐藤は逆に沈うつな眼で見あげた。治憲の胸にいやな予感が湧いた。

「ご家老がおもどりになりました」

「首尾は」

のりだす治憲に、

「ここでは……」

と佐藤はためらいの様子をみせ、

「ご家老から直接おききねがいとう存じます」

とうつむいた。

佐藤は正直な人間だ。自分の心の中をつくろってごまかすなどという器用なことはできない。沈うつなその姿に、家老の答えも出ていた。

「よし、すぐ行く」

治憲のことばに救われたように佐藤は去った。

（またダメだったか……しかし、そうだとすると、米沢藩はいよいよ破産する）

にわかに大津波のように重いものが胸を圧迫した。

が、治憲はしいてにこやかに表情を保ちながら、

「幸殿、私は表《おもて》（役所のこと）に用ができました。また、まいります。今日の人形の顔はほんとうによく描けました。幸殿にそっくりです……」

そういって、そっと幸の頬に手をあてた。そうすると、幸は、治憲の手に何度も自分の頬をすりつけて、

「ああ、う、う……」

と、からだの底からのよろこびを示すのであった。

それが、治憲と幸との、夫婦としての唯一の肉体の接触であった。脇にいる老女中もさすがに指を目にあてた。

その老女中たちに、

「たのむぞ」

と、こえをかけて治憲は立ちあがった。

感謝のきもちを眼いっぱいにみなぎらせて、手を

ついて見送る女中たちに、

「うん、たのむ」

もういちどそういうと、治憲は幸姫の部屋を出た。

居室にもどると、ひかえの間にいる佐藤文四郎にこえをかける気力もなく、ブスッと腕をくんでいた江戸家老色部照長《いろべてるなが》が、腕をといて平伏した。

「ごくろうであった。首尾は?」

「申訳ございません。不調に終りました」

「やはり、ダメか」

「江戸家老たる私が、切々と米沢藩の実情を訴えましたが、三谷三九郎は耳も貸しませぬ。それだけでなく、こんなことを申しました」

「……」

「いま、江戸のまちでは、新しいナベやカマに、上杉家と書いた紙を貼ることが流行《はや》っているそうでございます」

「ほう、何のためだ」

治憲は好奇の眼を光らせた。

人形妻(七)

「新しいナベやカマには金気《かなけ》がございまして、庶民はこれをとるのに、ひどく苦労をいたします。そこで、当上杉家の名を書いて貼れば、たちまち金気がとれるというわけでございましょう」

「……?」

なぜだ、という問いを口もとまで出しながら、治憲は、じっと色部の顔をみていた。やがて、

「……そうか」

と頬をほころばせた。

「上杉家には、金気がまったくないという冗談なのだな」

「さようでございます。まったくもってぶれい千万」

色部は憤激してからだをふるわせている。家老がじきじきにたのみに行ったにもかかわらず、江戸の一商人である三谷三九郎が、一両の金を貸さないどころか。

「こんな風習が流行っております」

と、貼り紙の話をしたことに、ひどい屈辱を感じて戻ってきたのだ。

「怒るな、色部。上杉家の貧乏がそこまで有名になれば、大したものではないか」

「お屋形は他家からおいでになったから、そのようにおっしゃいますが、当上杉家は、先祖の謙信公以来、武門の名の高い家でございます。ほかのことならともかく、貧乏で有名になるなど、末代までの恥でございます」

色部は、そのことだけに執着しているように、治憲に怒りをたたきつけた。

背後で小姓の佐藤文四郎が身じろぎをした。色部のことばは、佐藤を緊張させたのである。

それを感じて、治憲は空気をやわらげるように、静かに色部にいった。

「私が、もういちど行こうか」

「は？」

「三谷の店へ、私が借金をたのみに行こうか」

「いや、それは」

一刻者《いっこく》の色部は、そういわれるとあわてた。

「そんな、お屋形がおいでになるなどとは、とんでもない」

「しかし、このままでは、米沢藩はどうにもなるまい」

「なりませぬ。商人はもはや誰ひとり金を貸してはくれず、藩士の知行《ちぎょう》（俸禄）借りあげも限界にきております。もちろん、農民からとる年貢《ねんぐ》（税）も、これ以上はしぼれませぬ。それでなくても、高い年貢にくらしが行き立たず、他領へ逃げだす農民があいついでおります。

それを追って捕えるにも、役人のほうが食うものもなくて、足腰が立たないという笑い話までございます」

「農民をあまりイジめるな。農民は国の宝だ……逃げる者はそのままにしておけ」

「お屋形」

色部は目をあげた。光っている。

「たったひとつ、窮乏の米沢藩を救う道がございます」

人形妻(八)

財産難のどん底にあえぐ米沢藩を、救う道がたったひとつあるという江戸家老の色部照長に、上杉治憲は、

「それは、どういう道か」

と、のりだしてきいた。

色部は目を異様に光らせたまま、こういった。

「幕府に、藩を返上することでございます」

「なに」

「上杉家が大名であることをやめることでございます」

「藩士のすべてを浪人させようというのか」

「さようでございます。しかし、いまの文字どおりの火の車に乗って生きつづけるより、自在なくらしの道をさがしたほうが、藩士にとってもしあわせでございましょう。

これは、私ひとりの考えではございません。米沢本国の重臣たちもすべておなじでございます。お屋形」

色部は自分の感情に圧《お》されたような声になっていった。

「重臣一同、疲れはてましてございます……」

「うむ……」

と、うなずいたが、治憲は、もちろん色部の言にしたがって、藩政を返上しようなどと思っているわけではなかった。

治憲は必死になって、窮地打開の道を探していた。それは、

(過去をふりかえって、あのときにああすればよかったのだ、などと責めあっても、何もならない)

という考えをもとにしていた。前に向って、厚い壁を破る方法をさがさなければならない。

色部照長のいったように、上杉家は謙信を先祖にしている。養子の景勝のときに、豊臣秀吉に会津百二十万石に封ぜられた。

関ヶ原の合戦のときに石田三成に味方したため、米沢三十万石に削封された。

米沢には前から重臣の直江山城守がいた。だから会津を逐われた上杉家は、家臣の領地にころがりこ

んだ形になった。

　直江は将来に備えて、米沢を巧妙な軍備都市に変えていた。いざとなれば墓石も銃眼に使うようなくふうまでしていた。

　が、上杉家は移封のときに、家臣群の人員整理をしなかった。百二十万石のときそのままの定員を、そっくり米沢につれて行ったのである。

「減封されたからといって、たとえひとりでも藩士はクビにはできない」

　というのが上杉景勝の方針であった。意地でもあった。それはそれでいい。しかし――収入を四分の一に減らされて、いままでとおなじ生活を保とうとすれば、藩財政はたちまち破綻《はたん》する。事実、破綻した。

　せまい米沢の地に人口は急増し、そうかといって新しい収入源の発見もなく、上杉家はたちまち藩をあげての、大きな火の車になって、坂をころがりはじめた。

人形妻(九)

輪をかけてわるいことがおこった。

　五代目の藩主に養子をむかえたとき、その養子藩主の綱憲の実父吉良上野介義央が、ことごとに藩政に干渉した。

　吉良は幕府高家として名門を誇る家だ。が、幕府の巧妙な大名・旗本の統制管理は、つねに、

「花と実はいっしょに与えない」

　という方針をとった。

　花というのは名である。実は封禄だ。名を与えるものには封禄を少なく、封禄の多いものからは名をうばった。

　吉良家は、だから高家といばりはするものの、収入はたかだか二千石の旗本である。

　これが吉良義央にとっては、いつも脳裡をはなれない執念だった。即ち、

「収入が少ないといってバカにする奴は、当家のもつ礼儀指南の権利を使って、てってい的にしぼりあげてやる」

と、常時、熱い闘志を燃やしていたのである。

これにひっかかったのが播州赤穂の藩主浅野内匠頭である。吉良の意地悪にのせられて、浅野は忠臣蔵事件を起した。

しかし、吉良義央の実子景隆が綱憲となって上杉家の当主になったのは、忠臣蔵事件よりも、はるか三十八年も前の寛文四年（一六六四）のことである。義央も壮年であり、綱憲も幼かった。

上杉家の当主になる息子に、実父の与えた訓戒は、たったひとこと、

「誰からもバカにされるな、特に家臣からバカにされるな」

であった。

徹底した〝吉良哲学〟であった。では、バカにされないためにはどうすればいいのか。

「家臣に給与の大盤ぶるまいをしろ」

という指示であった。賃あげとボーナスで釣れ、というのである。たしかにこれなら家臣はよろこぶが、では、一体その収入はどこに求めるのか。

ところが吉良にいわせれば、

「そんなことは重臣どもが考えろ。そのために高い給料をもらっているのだろう」

ということになる。

実をいうと、この養子縁組のときに手続きがゴタゴタした。そのために、上杉家はまたまた領地を半分にけずられてしまった。十五万石になってしまったのだ。

それでなくても景勝以来の過剰人員をかかえ、さらに養子の親父が、

「どんどん給料をあげてやれ」

という。

おかげで十五万石のうち十三万三千石が家臣の給与総額ということになった。収入の八十八パーセントが、社員の人件費だなどというバカな会社があるだろうか。

人形妻(十)

しかし、どんな状態になろうと吉良義央はひるまなかった。

「それでいい、それでおまえもバカにされない」

と、逆に息子をあおりたてた。

いや、それだけではない。

「他の大名にバカにされないためには、かつての百二十万石の格式と外形をかざることが必要だ」

といって、いろいろな行事や交際や、城の中の生活などのすべてを景勝時代の習慣にもどした。

こんなことをやっていたのではいくら金があっても足りない。藩は財政の収支を合わせるのに血まなこになった。

農民への税はいよいよ重く、江戸、大坂の商人から借りた金は、気の遠くなるような元利となり、一体何百年かかったら返せるのか、という莫大な額が帳簿に記入された。

結局、せっかくあげた家臣の給与も、

「しばらく半額でがまんしてくれないか」

と、個別に交渉して値切り、そのうちに、

「重役級は一率三割、中間級は二割、一般藩士は一割の賃金カットをおこなう」

というような宣言をせざるをえなくなった。そしてカット率はいまでは五割になっている。

そんな状態の中でも、吉良義央は平然として、

「それでよい、それでおまえはバカにされない」

と、相変らずバカにされないことだけを強調していた。

バカにされないどころではなく、

「この藩主は、一体、上杉家をどうするつもりなのだ」

と、藩臣は綱憲にとっくにアイソをつかしていた。毎日が不安でたまらなかった。やがて吉良は死んだが、このときの負債は、その後の五代吉憲、六代宗憲、七代宗房、八代重定の四人の藩主の時代にも解消されなかった。いや、むしろ代を重ねるごとに借金の利子がふえて行った。

特に重定の代になってからいっそう深刻で、赤字の重圧に上杉家は完全におしつぶされていた。

三谷三九郎という商人に江戸家老の色部照長をさしむけたのも、期限のとうに切れた借金の書きかえのために、せめて多少の利子でもと、金を借りたいためだったが、それもことわられた。最後のたのみの綱も切れた。

「このうえは、いっそ藩を返上しましょう」

という色部のことばをききながら、治憲は、脳裡に妻の幸姫の顔を思いうかべていた。それは天女のように無心な顔だった。

（あの天女を不幸にはできぬ）

治憲はそう思った。そして、

（あの天女のためにも、私は藩の財政再建に起ちあがろう）

と決意した。治憲は色部に告げた。

「藩政は、返上しない」

佐藤がパッと顔を輝かせた。

ヒヤメシ派登用（一）

（人が要るな）

上杉治憲はそう思った。財政再建のため藩政改革も、ひとりではできない。協力者が要る。

その協力者も、治憲の意図をよくのみこんで、手足のようにうごいてくれる人間でなければならない。

しかし、そういう人間が果たして何人いるだろう、また、どこにいるのだろう。

いま、治憲がいちばん信頼できるのは、小姓の佐藤文四郎だ。が、治憲と同年齢で、しかも小姓という職では限界がある。

（ほかにいないか）

治憲はあらためて、江戸の藩邸の中を見渡した。

あらためて、ひとりひとりの家臣をみつめなおしてみると、こういうことがわかった。

それは、米沢藩では、米沢本国の重臣群の力が絶対で、江戸にいる家臣団は、何ごとにつけ、遠い米沢の重臣たちの意向を気にした。どんなこまかいことでも、まず、

「本国のご重職は、どのようにお考えになるだろう」

と鳩首した。本国の返事をもらってから、ことを決めた。江戸の藩邸では、自主的に何ひとつ決めることができなかった。江戸藩邸は、いまのことばでいうならば、米沢本国の遠隔操作《リモコン》の下におかれていたのである。

江戸藩邸の責任者である色部照長にしてもそうだ

った。色部は、治憲に対して、個人的にはまったくの忠臣だったが、こと政策となると、一存では決めなかった。必ず、

「本国の同職にも相談して……」

と、決断をためらった。

（これはダメだ）

治憲はそう思った。

米沢藩は、本国も江戸も、五代前の綱憲（吉良上野介義央の息子で、上杉家に養子に入った）の時代からの、形式主義、事大主義に毒され、いまだにその悪習がつづいている。どんなこまかいことにも必ず作法を設けてある。身うごきができない。

そして、それにさからえば、たちまち藩組織内の村八分にあう。なかまはずれにされて、生きて行けないのだった。

（そういう慣習の中に生きている人間に、いくら改革を手伝えといっても、おそらくムダだろう）

藩政改革を実行するということは、まず改革にあたる者が、自分を変えることだ。自分を変えるということは、生きかたを変えることである。かなりの勇気がいる。

（そういう勇気のある人間はいないだろうか）

次第に人物探しに熱をおびてきた治憲は、ある日、そうか、と気がついた。

（藩内でなかまはずれにされている人間に目をつけてみよう）

と思ったのだ。

ヒヤメシ派登用（二）

治憲は、小姓の佐藤文四郎をよんで、

「たのみがある」

といった。

「はい」

「この江戸藩邸で、孤立している者の名を書きだしてくれ。つまり、周囲と折りあいのわるい人間の名だ。そして、なぜ、なかまはずれになっているのか、その理由も教えてほしい」

「……？」

佐藤は黙って治憲の顔を見かえした。深い疑惑の色が面上に浮いている。佐藤はきいた。

「そのような名簿を、何にお使いになるのですか」

ふつうに考えれば、そんな名簿は、藩内の要注意人物一覧表（ブラックリスト）だ。左遷か処罰以外、使われっこない。そんな、なかまを売るようなマネは、佐藤にはできなかった。

治憲は微笑した。

「米沢藩は、藩政を返上するか、自滅するかの境い目まできた。私は、いま、胸の中に藩政改革をおこなおうというつよいきもちをもっている。

が、ひとりではできない。手伝ってくれる者がいる。しかし、その協力者は、何ごとにつけ、米沢本国にいる重職の顔色をうかがう者ではダメだ。古いものを守ることだけに汲汲《きゅうきゅう》としている者ではダメなのだ。

そこで、私は、この江戸藩邸の中で他と折りあいのわるい者に目をつけたい。それぞれ、なぜ折りあいがわるいのかを知りたい。

案外、私のもとめている人間が、その中にいるかも知れない」

「わかりました」

佐藤はニッコリ笑った。そして答えた。

「つまり、クセのある人間で、本国の重職たちからきらわれている者を書きだせばいいわけですね」

「そうだ」

「そういう人間なら、沢山いますよ。私なんか、その代表です」

「そうだと思う。が、おまえの名は書かなくてもよい。すでによく知っている」

「そうですね、ハッハッハ」

豪快なこの青年は大きく笑った。そして、翌朝、すぐ一覧表を持ってきた。四人の名が書いてあった。竹俣当綱《たけのまたまさつな》・莅戸善政《のぞきよしまさ》・木村高広・藁科松伯《わらしなしょうはく》という名であった。

藁科は医者であった。一覧すると、治憲は、それぞれのところに付記されている、

「なかまはずれになった理由」

を読んだ。

ヒヤメシ派登用(三)

竹俣当綱　正義感のつよい人物です。先祖重定さ

まのころ、森平右衛門という者がおりました。もとは、わずか三石取りのいたって身分のひくい者でありましたが、重定さまに重用され、たちまち三百五十石取りとなり、さらに藩政の権力を一手ににぎりました。

森のおこなった政策の中には、あるいはいまでも参考になるものがあるかも知れません。すべてがわるいとはいえないと思います。

が、森は人事を勝手におこない、すべて自分の縁者や一族で要職をひとりじめにしました。さらに、オゴリタカぶり、ついに公金を遊興に使うようになりました。捨てておけなくなったのです。

そこで、竹俣さまは、ある日、突然、森を刺し殺しました。しかし、これに重定さまが激怒され、

「竹俣に切腹させせよ」

と、何度も仰せられました。

それを救ったのは藁科松伯さまです。藁科さまは、お医者ですが、学問も深く、高名な細井平洲先生のご友人です。

藁科さまは細井先生に事情を話し、細井先生は、奥方さま（重定夫人）のご実兄である尾張中納言さまに働きかけて、ようよう竹俣さまは、生命を助かりました。

しかし何となく藩中では気まずく、江戸の藩邸でヒヤメシを食っているのが実情です。

竹俣さまは気骨の士であると同時に、大変な農政の専門家です。

藁科松伯、藩医でありますが、むしろ学者です。竹俣さま、莅戸《のぞき》さま、木村さまたちは、すべてその弟子であります。

この学問のなかまを〝菁莪社中《せいがしゃちゅう》〟とよんでおります。

藁科さまは、直言のクセがあって、私以上に誰にでもズケズケいいます。それできらわれています。ちょっと、おからだが弱いので心配です。私は心から尊敬しております。

木村高広　硬骨の士で、竹俣さまと同じ志に生きる人です。本国のご重職方の評判はよくありません。ケムたいからです。民政の大家です。

（そうか）

と治憲は気がついた。佐藤文四郎が書きだしてきた、
「藩内はみだし派」
は、藁科松伯を核にしている正義派なのだ。かれらの特徴は、
•社会悪に怒りをもっている。
•そういうことに気がつくと、相手かまわず直言する。
•その態度が周囲に、特に重役たちにきらわれて、閑職に追いやられてしまった。
•しかし、それぞれに、学問・民政・農政の知識と技術をもっている。
ということになると思った。

ヒヤメシ派登用(四)

上杉治憲はすぐ竹俣・莅戸・藁科・木村、それに佐藤文四郎をよんだ。もちろん、色部照長を立ちあわせた。ギリギリのところに行けば、色部が、この派とはおそらく一線を画するにちがいない。

しかし、だからといって、あとで問題がおこったときに、

「私は同席していない。だから知らない、きいていない」

と逃げられる。

証人としても同席させておいたほうがいいのだ。

治憲は一同に告げた。

「改めていうまでもないが、当米沢藩の実情は、予想をこえて悪い。このままだと自滅する。

老職の中には、いっそ藩政を幕府に返上してはどうかという意見もある。これはひとつの見識だと思う」

藩政返上論者の色部をやわらかくモチあげることを、治憲は忘れなかった。

「しかし、皆も知っているように、私は他家から入って上杉家を相続したばかりだ。それがすぐ藩をつぶしてしまったのでは、謙信公以来のご先祖にも相すまない。

おなじつぶすなら、もういちど必死の努力をしてみたいと思う。しかし、私はその努力を、いきなり米沢本国に行ってするのはやめたい……」

ここでことばをきって、一同の顔をみた。

ヒヤメシ組は、それぞれ、

(何の呼びだしだ？　もっとシオらしくして、重役たちにかわいがられろ、と養子殿さまがこごとでもいうのか。十九かそこらでナマイキだ)

と、かなりナナメになって座っていたのだが、すこし様子がちがうので、妙な気分になってきていた。

治憲は、ヒヤメシ組のそういうきもちの変化を、十分にみきわめるように、無言でそれぞれの胸のうちを読んでつづけた。

「私は思いきった藩政改革をおこなう。そして、まずその実験をこの江戸藩邸でおこなう。藩邸での実験が成功したら、その案をもって米沢に行こう、そこで」

深い思いをこめて、竹俣たちをみた。

「その改革をすすめる手伝いを、おまえたちに命ずる。竹俣を中心に、莅戸・木村が計画の案を作成せよ。藁科は、助言せよ。色部は全体を監修せよ」

農行政の専門家を核にして、それぞれところを得させた特別作業班（プロジェクト・チーム）を発足させたのである。

ヒヤメシ組は思わず顔をみあわせた。

「心をいれかえろ」

という文句をいわれるとばかり思いこんでいたから、これは意外だった。予想もしないことを命ぜられたのだ。

ヒヤメシ派登用(五)

「一体、どういうことだ」

治憲の部屋から、退出してくると、ヒヤメシ組の面々は、改めてもう一度顔をみあわせ、いちばん身分の高い竹俣当綱が、莅戸善政にきいた。

「わかりません」

まったく思いあたることのない莅戸は、正直に応じた。そして医者の藁科松伯の顔をみた。つられたように、皆、松伯をみた。

松伯はニヤニヤしている。竹俣はきいた。

「先生、何か仕掛けましたか」

「別に……」

「しかし」

「こんどのことは、お屋形がひとりできめたことでしょう。私は何も入れヂエはしていませんよ」

「改革を実行せざるをえないことは、よくわかりますが、その中心に、よりにもよって、われわれのような藩内のきらわれ者やヒヤメシ組ばかりをえらぶとは、お屋形も相当にものずきです」

「私もそう思います」

うなずいた松伯は、

「……だから、成功するかも知れない」

とつぶやいた。

「え？」

松伯のつぶやきを耳にひっかける竹俣は、ききかえした。松伯は、

「おもしろい人選だといったのです」

と微笑んだ。

「佐藤文四郎をよんで、ききましょうか」

木村高広がいった。

「いや……」

松伯は首をふった。

「私たちの名を出したのは、おそらく、あの男ですよ」

「佐藤が？」

「さよう」

「………」

皆、だまった。

九月中旬である。陰暦だから、いまなら十一月末になる。風が冷たい。その風に、松伯がむせたようなセキをした。

「いかん、障子をしめよう」

竹俣は、興奮していたので、部屋をあけはなしにしておいたことに気がついた。皆、松伯のからだがわるいことを知っている。

夕ぐれになると、ほのかな熱を出し、からだ全体がだるくなって目がうるみ、コンコンといやなセキの出る症状が、何の病いなのかを知っていた。

松伯は、不治の肺患にかかっていた。木村が立っていねいに部屋を密閉した。

「ありがとう」

礼をいいながらも、せきこむ松伯は、赤くなった

顔をあげて、無理にほほえんだ。そして、

「しかし、本国のお屋形への風当たりは、相当に強くなりますな」

といった。うなずく竹俣は、

「本国だけでなく、この江戸藩邸でもそうでしょう」

と、にわかに沈痛な表情をした。

ヒヤメシ派登用(六)

「お考えなおし下さい」

江戸家老色部照長は、真剣な表情でいった。

「ご改革をなさろうというおきもちには賛成をいたします。不肖、この色部も、そのために粉骨砕身いたします。

しかし、その改革は、当藩邸の重職と、米沢本国の重職がよく相談をし、詰めに詰めて、すすめませんと成功はおぼつかないと存じます。

ましてや、藁科松伯と心を一にする竹俣ら菁莪社《せいがしゃ》の一派に、その改革をおまかせになったとあっては、かれらはもちろんのこと、お屋形への批判がつよまり、改革は一歩もすすまないと思います」

色部は治憲を非難しているのではなかった。米沢藩の実態をふまえて、こんどの治憲の方針がいかに無謀であるかを諄諄《じゅんじゅん》と説いているのであった。色部が、

「それがお屋形のためです」

ということばにウソはなかった。江戸家老として、本気で治憲のことを心配しているのだ。

「おまえのきもちはよくわかる」

治憲はほほえんだ。

「本当に私のことを心配してくれるのを、ありがたいと思う。が」

が、と治憲はいった。

「おまえのいうのは、いままでの方法だ。江戸と米沢の重職たちがよく相談をしてことをはこぶという方法は、何もない平常時ならそれでもよい。しかし、いまは、米沢藩が死ぬか生きるかの瀬戸ぎわだ。

たとえてみれば、米沢藩は、明日死ぬかも知れない大病にかかっている。手術が必要なのだ。それも

思いきった手術が。それには、いままでのように、手つづきにひどく時間のかかる方法ではダメだと思う……」

いままでは、手つづきにひどく時間がかかる、といういいかたは、治憲の、従来の重役政治に対するヤンワリした批判であった。

本当は、

(重役どもは、自分たちの面目や相手の顔を立てることばかりに時間を費して、結局、何の効果もあげなかったではないか)

といいたかったのだが、それでは、このリチギな江戸家老を痛めすぎると思って、口には出さなかった。

そのへんの微妙な空気は、さすがに色部も敏感に察した。色部もいままでは、そういう姑息《こそく》な重役のなかまだったからである。

庭で、夜の鳥がないた。水の多い、この辺一帯は鳥にとって、ひじょうに居心地のいいネグラであった。佐藤を含め、三人は、その鳥の声に耳をすました。夜の深まりが音を立てているように感じられるほど、しずかだった。

ヒヤメシ派登用(七)

治憲の見こんだとおりだった。竹俣たちヒヤメシ派はよく働いた。

ふつう、組織からハミ出たり、ハジキとばされている人間は、たいてい心の中に、自分を疎外した者に対する個人的怨念を抱いているものだ。

それが、こんどのように、藩主に登用されるということは、思いがけなく、権力を手にするということである。

常人なら、この権力を、まず報復に使う。自分を追った者をその座から追うというような、人事で仇をとる。こんどはかれらをヒヤメシ組にしてしまうのだ。

が、竹俣をはじめ藁科松伯の門人たちは、決してそんなことはしなかった。

かれらは、組織だの人事だのは、当然、藩主である治憲のやることだとして、

「藩政改革は、どういうことを実行すべきか」

ということだけに専念した。

「あの重役は罷免すべきです」

だとか、

「米沢本国のかれは左遷すべきです」

だとかいうような、人事異動の意見など、ぜったいに口にしなかった。賢明な節度を保っていたのである。

さらに――竹俣たちは慎重だった。拙速に改革案を立てなかった。江戸藩邸内の空気をよくつかみ、どんなこまかいことも論題にして討議した。

すでに九月に入っていた。治憲が下命してから五ヵ月ちかく経つ。桜田の藩邸内にある樹樹の葉も、次第に死相を浮べ、その一部は死直前の紅葉の気配をみせた。葉は死ぬ前に、精いっぱい、からだを赤く染めるのであった。それが、ものいわぬ葉たちの、この世に示す最後の生命の証《あか》しであった。

江戸前の海のほうから吹いてくる風も、いまでは冷たいものに変り、季節は、はっきり秋の深まりを告げていた。

この期間、治憲も決して急がなかった。いや、心の中では急いでいたのだが、そのことを表面にあらわさなかった。竹俣たちに思うようにさせた。催促なんかしてもいい案ができるはずがないと思っていた。

この間中、治憲は妻の幸姫と遊んでくらした。童女のような幸とつきあっていられるのも、そう長いことではないと思ったからだ。

徳川幕府の掟《おきて》は、日本の大名は、誰も信用しないという〝不信の論理〟で成立している。だから大名の妻はつねに江戸に住むことを義務づけられていた。人質だ。

障害者である幸姫も、この掟から例外になるわけには行かなかった。

ヒヤメシ派登用(八)

書類が足のふみ場もないほど散乱している。筆からとんだ墨のあとがタタミのあちこちにしみついている。

食事のときにこぼした汁のシミもある。乾いた魚の骨ものこっていた。

掃除を一切させないし、また本人たちもしないので、きたないことおびただしい。悪臭もたちこめていた。

しかも、その悪臭は、部屋そのものからも漂ったが、その部屋の中にいる四人の男たちからもつよく湧いていた。

かれらは、ほとんどこの部屋でくらし、春から夏を送った。となりの部屋に万年床を敷いて、交替で眠った。

徹夜も多かった。メシを食う時間さえ惜しんだ。もちろんフロにも入らない。異臭は部屋の外にもどんどん洩れ、かなり距離をおいたところにも漂った。

廊下を歩く女中たちはマユをしかめ、鼻をおさえた。中には、

「お掃除をいたしましょう」

と、袂をくくって、頭に手ぬぐいをかぶった女中が、ハタキと箒を持って入ってくることがあったが、竹俣が、

「入るな！」

とけわしい眼をしてどなりつけた。女中たちはおそれ、やがて誰もちかづかなくなった。

部屋は治憲の書院である。藩邸の中でも、奥にあるもっともしずかで、いい部屋だ。

それがいまは、町なかの荒れた貧乏長屋のようになっていた。

そしてそこでくらす四人の男も、ヒゲはのびほうだい、眼ばかりギロギロして、まるで、幽鬼のような姿になっていた。特に医者の藁科松伯のやせかたはひどかった。ほかの三人は、ともにそのことに気づいていたが、過度に心配することは、かえって松伯によくないと判断していたので、ふつうの扱いをしていた。

「この部屋もおシャカ（役にたたなくなったこと）だな……」

考えに疲れて、ぼんやり庭の池をみていた木村高広が、部屋に視線をもどして、はじめて気づいたようにポツンといった。

手にした書類を穴のあくほどにらみながら、朱筆でしきりに書かれた文を修正していた莅戸《のぞき》が、そう

いわれてチラと部屋をみわたしたが、ニヤリと笑っただけで、何もいわずに作業をつづけた。

(部屋のことなんか、かまっていられるか)

といった表情だった。

竹俣が、

「この部屋から、米沢藩が生きのこれるかどうかの策が生れるんだ。いまに、藩指定の記念の部屋になるよ」

そんなことをいった。皆、声を出して笑った。佐藤文四郎がやってきた。手に盆を持っている。

ヒヤメシ派登用(九)

盆の上には、柿が十ばかり乗っている。

「お屋形さまの差し入れです」

佐藤は告げた。ありがとう、と四人の男は口口に礼をいった。藁科松伯は、のどがかわいていたらしく、すぐカブリついた。

「うまい、どこの柿だ」

「会津の柿だそうです。会津藩からの頂戴《ちょうだい》ものです」

「うん、会津の〝身知らずの柿〟だな」

松伯はうなずいた。そうきくと、皆、柿に注目した。何の変哲もない柿がにわかに輝きをおびた。

「これが、あの有名な〝身知らずの柿〟か」

「ちょっとみると、渋そうだがな」

「なぜ、〝身知らずの柿〟というのですか」

佐藤が素朴にきいた。

「あまりに、うまいので、つい、からだをこわすほど食べてしまうということらしい」

竹俣当綱が応じた。もう、このときは皆、柿に手を出していた。

「佐藤、おまえも食え」

こどものように、口の端に柿の汁をしたたらせながら、木村高広がいった。莅戸善政は、柿を食ってはいたが依然として左手に書類をにぎり、柿の汁が書類にとばないように、注意していた。

佐藤文四郎は首をふった。

「私はみなさまとちがいます。この柿は、お屋形さまからみなさまへの差しいれです」

「ガンコなことをいうな。ひとつくらい食え」

「そうは行きません」

「ガンコさが佐藤のとりえだ。むりにすすめないほうがいい」

松伯がほほえんでいった。

「おい、佐藤」

莅戸が書類から目をはなしてよびかけた。

「おまえの意見をききたい」

「何でしょう」

毎日、連絡係だけで、改革案立案の実務にたずさわれない佐藤は、パッと顔をかがやかせて、莅戸善政をみた。

「改革は、藩士と藩民だけというわけには行かない」

「………？」

「当然、改革の責任者であるお屋形さまも、みずからきびしくしていただかなければならない」

「お屋形さまは、すでにそのおつもりです」

佐藤は昂然と応じた。そんなことはいわれなくてもわかっている、という気負いが面上にあらわれていた。

「ありがとう。お屋形さまはそういうお人だ…」

善政は素直に礼をいった。

「が、奥の女中も相当減らさなければならぬのだ」

「やむを得ないでしょうね」

かんたんに応じた佐藤は、しかし、すぐ気がついて目をあげた。

「でも、どのくらい減らすおつもりですか」

ヒヤメシ派登用(十)

「九人にしたい」

善政は冷酷とも思われる語調で告げた。

「九人？」

さすがに佐藤は息をのんだ。

「おいおい」

竹俣が柿の汁でよごれた指を、手拭いでふきながら声を出した。

「それはすこしひどくないか。いま、奥の女中は五十人いる。それを九人にするのは、いくら何でも思いきりすぎる」

「私が心配するのは、奥方さまのことです」

佐藤はまっすぐ目をあげていった。

「おからだのご不自由な奥方さまのおせわをする女中まで、減らすのは、どうかと思います」

「そこだよ」

善政はうなずいた。

「だから、おまえの意見をききたかったのだ」

「反対です」

ピシッと佐藤はいった。

「それなら、いっそ女中のかわりに私を解雇してください」

「……………」

善政は苦笑した。ほかの三人もうすく笑った。すぐムキになる佐藤に、好感をもちながらもおかしかったのだ。

「おまえはお屋形さまが放しはせぬ。これからの米沢藩にとっても大切な人間だ。バカなことをいうな」

竹俣が佐藤の感情をほぐすようにいった。

「それなら、奥の女中をそんなに減らさないでください」

佐藤は、まだ興奮のあとをのこしながら、つよいことばでいった。

「佐藤よ」

善政は苦笑したまま、こういうことをいった。

「みんな、ご改革には賛成だという。思いきってやってくれ、と誰もがいう。しかし、それが自分のところの仕事をなくしたり、人を減らしたりすることになると、こんどは顔色をかえて反対だという。そこをどう突破するかがいつもむずかしい……」

善政のことばは、現代風にいえば、〝総論賛成・各論反対〟のことをいっているのであり、たしかに改革が具体化されると、つぎつぎと反対のこえが起ってくるのだった。

「改革は大賛成。しかし、ほかのところを整理してくれ。おれのところの仕事を切ったり、人を減らすことには絶対反対する」

というのは、現代だけではない。むかしもおなじだった。

「私のばあいはちがいます。ご不自由な奥方さまづきの女中まで減らすのは、改革の行きすぎだということを申しあげているのです」

佐藤は、再び激してきていいつのった。

「よし、おまえの意見はよくわかった」

少しもてあまし気味で、善政はそういった。その善政を佐藤は鋭い目で、いつまでもにらんでいた。

断行(二)

一、伊勢神宮の参拝は、いちいち米沢本国や江戸から使者を派遣しない。ちかくにいる京都留守居役のしごととする。
一、年間の祝いの行事は全部延期する。
一、藩がおこなってきた宗教上の行事はすべて延期か中止する。
一、衣類は木綿のものにする。
一、食事は一汁一菜とする。ただし、歳暮だけは一汁二菜を認める。
一、贈答の習慣は一切禁止する。
一、建物などの修理は、公務でよく使う場所以外認めない。
一、幸姫殿もふだんは木綿の衣類を着ること。
一、奥の女中は九人に減らすこと。

これがヒヤメシ組がまとめた改革案の大要であった。熟読した治憲は、

「このとおりおこなう」

とキッパリいった。ヒゲづらで垢だらけになった竹俣当綱たち四人は、顔をみあわせた。


改革案の骨子は、上杉家がいままで守ってきた形式主義を、粉粉に砕くことであった。

現在、この案をみて、何だ、あたり前のことじゃないかと思うだろうが、当時とすれば大変なことなのだ。


というのは、自分の生きかたというものをもたず、ほとんどの人間が形式の中で生きていたからだ。殊に武士はそうだった。

「一騒動おこりますぞ」

竹俣はヒゲづらの中からそういった。チラと上座にいる江戸家老の色部照長と、治憲の背後にひかえている小姓の佐藤文四郎をみた。ふたりとも、ひどくふきげんであった。


色部は、監修というときこえはいいが、実質的に

はホされてしまった重役として面目にこだわってい
た。
（ヒヤメシ食いどもが、勝手な案をつくりおって）
と、無視された重役の屈辱をどう発散してやろう
か、と胸の中でどすぐろい怒りの炎をふきあげてい
た。
そこへ行くと、佐藤文四郎の怒りはちがってい
た。かれは、おしまいのところに書かれた、
一、奥の女中は九人に減らすこと。
という項目に腹を立てていた。
（あれほどたのんだのに）
と、不満のきもちをつよく燃やしていた。
結局、莅戸善政はきいてくれなかった。あくまで
も一度立てた案を文にしたのだ。
（それなら、おれの意見なんかきくことはないの
だ）
とムカムカした。
そんな佐藤のきもちとはかかわりなく、治憲は告
げた。
「この案に誓詞をそえて、さっそく米沢の白子神社
に納めよう。私は神に誓ってこの改革をはじめる。
色部、おまえも私といっしょに誓詞を書け」
突然、そういわれて、色部照長は何ともいえない
当惑の表情をした。

断行(二)

明和四年（一七六七）九月十三日づけで、上杉治
憲が奉納したこのときの誓詞は、それから百二十五
年後の明治二十四年八月に、はじめてその存在が知
られた。
それまで白子神社の箱の中に深く納められていた
のである。治憲の誓詞は、
「国家が衰微して、国民が衰えてしまったので、こ
のたび大節倹をおこないたい。このことは色部照長
も同意してくれた…」
と書いてある。
治憲の誓詞にまでその名を書かれてしまった色部
は、すすんでか、不承不承かわからないが、自分も
誓詞を白子神社に納めている。
ただ、その中に、

「…同役の中には、とかくのことをいう者もいると思うけれど、私は心をかえない…」

という一文がある。色部のこのときのきもちが正直に出ている。

そして、のちのことだが、色部はやがてこの誓詞にそむくような行動に出る。色部には色部の深い事情があってのことで、直接、治憲に不満があったのではないが、形としては、反治憲行動に出るのである。

本国の神社に誓詞をいれると同時に、治憲は、この改革をなぜおこなうのかを、江戸藩邸につとめる者をすべて集めて説明した。

同時に、上杉家を継いだときによんだ、
うけつぎて、国のつかさの身となれば、忘るまじきは民の父母という歌を披露し、

「これが、私の藩政をおこなう根本的態度である」

と、告げた。何よりも民を大切に考えるという、政治家としての自覚を告げたのであった。

治憲はいった。

「まず、この改革案を江戸で実験する。そして悪いところは直す。そうしながら案を練りかため、つぎに米沢本国で実行するつもりだ。米沢で成功するかしないかは、江戸の実験にかかっている。どうか協力してほしい」

こういわれて、いきなり反対ですと声をあげる勇気のある者はいない。

皆、たがいに顔をみあわせた。寝耳に水であった。広間には一大恐慌が起っていた。

そして、そのすべてが、

(ああ、あのヒヤメシ組が書院にこもって、フロにもはいらずにゴソゴソやっていたのは、このことだったのか)

と、さとった。おもしろくなかった。

人間の性《さが》である。人間は、

「何をやるか」

ということはあまり意に介さない。

「誰がやるのか」

をひじょうに気にする。このばあいもおなじであった。改革はやむをえない。しかし、その核になって推進するのが、ヒヤメシ派であることはがまんで

きなかったのである。

断行(三)

「色部さま」

重い座の沈黙を破るように、ひとりの江戸づめの重役が色部照長にこえをかけた。

「………」

色部は無言でその重役をみた。けわしい光が眼の中にみなぎっている。何だ？　というトガめるような目つきだ。

重役はきいた。

「江戸家老として、色部さまもこの改革案にご賛成なさいましたか」

やはり、来やがったな、と色部は思った。おそれていた質問である。

正直にいえば、色部はこの大会議で、態度をあいまいなままにしておきたかった。何をおいても、米沢本国の同僚たちと事前によく相談したかったのである。

色部は決して改革に反対なのではない。また治憲がきらいなわけでもない。

他家から入って、わずか十七歳で大名になり、しかも、いま、これほど思いきったことをやろうという意気は大変なものだ。

(人物だ)

色部はそう評価している。上杉家はいいあとつぎを得たと思っている。

が、この人はあまりにも短兵急だ。シキタリを無視しすぎる。特に重役陣への手つづきを省略しすぎる。

重役だけではない。多くの藩士もそう思っている。

(本国の重役や藩士が結束して改革に反対したらどうするのだ)

せっかくのいい案も、〝手つづき〟を欠くことですべてダメになってしまう。それが惜しい。

(こういうことは、少しずつ、アセらずにゆっくり実行しなければ成功しない)

人間を長くやり、藩政に深い経験をもつ色部は、そういう処生の知恵を持っていた。経験からまなんだ、本に書いてない知恵であった。

色部は治憲のためを思えばこそ、色部なりに心配しているのだ。

しかし、この質問はきつい。二者択一で逃げ場はない。答えかたで色部の立場ははっきりしてしまう。色部は、

(いやなことをきく)

と渋い顔をした。が、治憲をはじめ、皆が凝視しているので、

「…賛成した」

とひくい声で答えた。軽いドヨメキが広間内に走った。意外、と思った人間もいたのだろう。

「では、案がつくられる過程に、ご家老も加わっておられたのですか」

このバカものめが、とムカムカするようなことを、その無神経な重役はくりかえした。色部は、

(そういう質問をつづければつづけるほど、事態は悪くなる)

と、絶望的になってきた。

断行(四)

治憲から、色部照長は、

「おまえは、全体をよくみていてほしい」

と、監修の役を命ぜられていたのだから、直接、案の作成にはたずさわっていなくても、まったく知らないとはいえない。

(まったく、うまく仕組まれたものだ)

と、改めて色部は、自分の役割について考えた。巧妙にひきずりこまれたのだ。

(おそらく、こんなことはお屋形が考えたことではあるまい。竹俣や藁科らの、ヒヤメシどもが考えたことだろう)

色部はそう思っていた。

それにしても、いま質問をつづけている重役は、何と気を使わない男だろう。

(おれを裸同然にしてしまって、一体、あとの収拾をどうするつもりなのか)

と、色部の頭の中は熱いもので煮えたぎっていた。

「私から答えよう」

突然、治憲が口をはさんだ。

「色部は、賛成してくれただけではない。私といっしょに、米沢の白子神社に誓詞まで入れてくれた。米沢本国の神に、改革の実行を誓ってくれたのだ」

こんどは、声があちこちで出た。必ずしも感嘆のひびきではなかった。

（ご家老は、そこまでおやりになったのか）

という呆れごえであった。

しかし、色部にすれば、これは致命傷である。うやむやにしようと思った回答も、もうこうなっては通用しない。治憲は決定的な一打を加えて、色部の退路を断ってしまった。逃げ道としての橋を切り落してしまったのだ。

それが、治憲の意図的なものであったのかどうか、わからない。改革への熱心さから、無意識にいったことかも知れない。

しかし、米沢本国の白子神社に誓詞をいれたということは、これからの改革について、藩主上杉治憲と、江戸家老色部照長とは、米沢本国がどう思おうと、一心同体のかまえで、改革をおしすすめて行く、という姿勢の表明であった。どうりくつをつけようと、いま、江戸藩邸の大広間にいる藩士たちのすべてはそう理解した。そして、失望した。

そのへんの空気を、十九歳の治憲はどうみつめていたのだろうか。白ばくれて色部を窮地においこんだのか、まったく知らずに誓詞のことをいったのか、そこはよくわからない。

あるいは、もっと色部を信じていたのかも知れない。

いずれにしても、治憲の改革宣言は、ヌルマ湯だった米沢藩に、一石ならぬ大きな岩を投じた。起った振動と波に藩士たちは騒然としていた。

断行(五)

「改革とは、藩政を変えるだけではない。自分を変えることなのだ」

その夜、自室に戻ると、治憲は佐藤文四郎にいった。

さらに、

「自分を変えるとは、生きかたを変えることなのだ、容易なことではない…」とつづけた。

佐藤はだまっていた。治憲はだまっている佐藤に気づいた。

「何をだまっている」「……」

「いいたいことがあるようだな」

「ございます」佐藤はキッパリと言った。

「いってみろ」

「ご改革は、失敗します」

「なに」

治憲はすこし顔色を変えた。いちばん身近なところにいる佐藤文四郎が、まさかそういうことをいい出すとは思わなかったのである。

「何をいい出すのだ」

「お屋形」佐藤は前に出た。

「なぜ、改革は失敗するなどというのだ…」

治憲のことばはやや悲しげだった。

「それを、いま、申しあげます」

のどのところまで溢れた意見を、どこから話し、どうスジ道を立てようか、と佐藤はことばの群を整理した。

「今日の広間での評定《ひょうじょう》（会議）をみていて、私は、ああ、まだまだ上杉藩士は形にとらわれているなと感じました。

お屋形は、もちろんそのことをよくご存知で、だからこそ、まず改革を江戸藩邸で実験し、案を練りかためてから米沢本国に入国なさろうとなさいました。

が、藩士たちの様子をみておりますと、ほとんどの人間が、身はこの江戸藩邸にあっても、心はいつも米沢にあります。

ということは、つねに米沢本国の重役方を気にしているということです。本国の重役方に憎まれまい、さからうまいと心をくだいていることです。

江戸で起ったことはすべて米沢へ筒ぬけです。お屋形さま」佐藤は一段と声に力をこめた。

「江戸でご改革をおすすめになるといっても、実際は、いきなり米沢本国でおはじめになるのと、まったくおなじなのです」「………」

治憲は無言でいた。佐藤のいっていることは正しい。誇張はない。藩の実態はそのとおりだ。

が、そのとおりだからといって改革をあきらめるわけには行かない。すでに自ら橋を焼いて退路を断ってしまったのだ。前へすすむより生きる道はない。

「…佐藤よ」しばらくして治憲はいった。

「それでは、江戸で改革をはじめることを、米沢から誰か重臣をよんでよく話そう。そしておなじ趣旨を、その重臣から本国の者たちに告げてもらおう」

「もちろんです。が、それだけではダメです」

佐藤はキッパリいった。

断行㈥

佐藤の眼はランランと輝いていた。ふだん無口な男がこれほどしゃべることはない。かなり思いつめているのだ。

邸内はしずかだ。遠くで邸内を巡回する夜警が火の用心をうながしている。その声が治憲には心さびしくきこえた。（からだをこわすなよ）

時期は晩秋に入っている。枯葉をふみしだきながら巡回する番の者に、治憲はとどかない声を投げた。

「文四郎、はっきり申してみよ」

重大な話なので、治憲はうながした。その治憲の眼の、奥の奥まで入りこむような顔つきをして、佐藤文四郎がいった。

「イケニエがいります」

「なに……」

「江戸藩邸からイケニエを米沢に送るのです。米沢のご重役方が煮て食おうと、焼いて食おうと、自由になる…たとえば、私です」

「……？」

「そうしなければ、米沢本国の重役方は、お屋形さまに協力しないばかりか、逆に米沢から江戸に指示を出して、つぎつぎとご改革の妨害をします。

お屋形さま、私をお役ご免にして下さい。そして米沢にお送り下さい。私の身などどうなってもかまいませぬ……」

必死の眼つきで佐藤はそういった。心をきめているのである。

治憲の脳裡には、米沢本国で、重役たちに寄ってたかってなぐられ、

「われわれ本国の重役に何の相談もなく、改革などというとんでもないことをお屋形におすすめした、この不忠者め！」

　と、ののしられている佐藤文四郎の姿が浮んだ。佐藤のいうイケニエとは、そういうことであった。形式と権威だけを生きがいにしている本国の重役たちにとっては、自分たちをコケにした江戸のヒヤメシ組の中から、誰か罪人を出さなければ、腹の虫がおさまらない、と考える佐藤の予測は当っていた。それにしても、そのイケニエの役をまっ先に買って出るとは。（純粋な男だ）

　治憲はフッと涙がこぼれそうになった。しかしこういった。

「おまえのいうことはよくわかる。しかし、改革とは、政治を変えるだけではない、政治をおこなう人間が自ら変わることだ、とさっき話したはずだ。変える、変わるとは、自分の中に巣くうそういう敵と戦うことだ。佐藤よ、こんどの改革の最大の敵は、米沢本国の重役たちだ。米沢藩の赤字よりも、ほろぼさなければならないのは、むしろ、そういう重役たちかも知れない」

　佐藤がいままで一度もみたことのない裂帛《れっぱく》（鋭くはげしいこと）の気合が、治憲の体内からほとばしった。このとき、

「おそれながら」

　縁から色部照長の声がした。

「さっそく、ご相談したいことが起りました」

断行（七）

　色部の相談というのは、奥女中のことであった。

「奥女中のこと？」

　治憲は、話しにきたのが色部なのでちょっと妙な顔をした。

「はい。奥に紀伊《きい》という老女中がおります」

「よく知っている。幸殿のめんどうを母親のようにみてくれる者だ」

「さようでございます」

「その紀伊がどうした」

「紀伊はその名のとおり、先君重定さまの奥方さまが紀州からお輿《こし》入れの際、供をしてまいった者でございます。この紀伊にみすずと申す十六歳の侍女がついております」

「ほう」

と治憲はききつづけたが、このとき、どうしたのか佐藤文四郎がパッと顔を赤くした。色の黒い佐藤のことだから目立ちはしなかったが、治憲にも色部にもはっきりわかる顔色の変化だった。

それでも治憲は知らん顔をしていたが、色部はジロリと佐藤をみた。その視線をハネかえすように佐藤は肩を突っぱった。

「紀伊が申しますには、このたびのご改革で奥女中が九人に減るのはやむをえないこと、少ない人数で、これまでどおりご奉公させていただきたい由にございます……」

「それはうれしい。奥女中をたばねる紀伊がそういってくれるのは、何よりもありがたいぞ」

「ところが」

治憲の無垢なよろこびかたに水をかけるように色部はいった。

「紀伊から改めてお願いがございます」

「どういうことか」

「紀伊には身よりもなく、紀州にはもちろん戻る気はございません。いま、たよりにしているのは、みすずと申す少女のみで、これを娘か孫のように考え、行く行くは養女にして、とぼしい財産をゆずりたい由にございます。

が、このたびのご改革では、みすずも解雇されることになっております。そこで、みすずは解雇いたしますが、そののち、改めて紀伊個人でやとうことをおゆるしいただきたい、とかように申しております」

「なに……」

治憲は色部のことばをしばらく考えた。佐藤がモジモジしている。

「佐藤、何かいいたいのか」

「いや、別に」

佐藤はもっと真赤になった。妙なやつだな、と思いながら、治憲は色部にききかえした。

「すると、紀伊は、そのみすずという少女を、上杉家からは給与を出さずとも、自費でやといたいと、こういうことか」

「そういうことでございます」

「うむ……」

うなずいた治憲は
「妙案だ。紀伊の願いを許そう」

とニッコリ笑った。そして
「色部、ついては、こんどは私のほうからたのみがある」

といった。

断行(八)

老女中紀伊の願いをゆるしたが、自分のほうからたのみがある、という治憲に、色部は
「は?」

と不審な表情をした。

「いや、大したことではない。私の返事を持っての紀伊への使い、この佐藤をやってはくれぬか」

「え」

色部がおどろくより前に、佐藤文四郎が奇声を発した。顔がさらに赤くなったというよりも、狼狽の極に達している。

色部はそんな佐藤をじっとみつめていたが
「……よくわかりませんが」

と、本当によくわからない表情をした。

「わからなくてよい。では、よいな」

微笑を浮べたまま、治憲はそう念をおした。色部は
「それがしは、どうも年をとった女に、クドクド話されるのは苦手でございますから、使いを替ってもらうのは大変に歓迎いたします。しかし、それにしても、なぜ、この佐藤を?」

と、まだ変な顔を捨てなかった。それでもその色部が
「やれやれ。ご改革もこれからがシンどうございますな」

と、アテツケめいたつぶやきを残して去ると、治憲は佐藤にいった。

「きいたとおりだ。すぐ紀伊のところへ参れ」

「しかし」

「しかし何だ」

「私は武骨者ゆえ、奥が苦手でございます」

「何を申す。だまって紀伊のところへ行け。そして、私の返事を伝えよ」

「はい」

当惑して廊下に出る佐藤を、治憲は相変らず微笑んで見送った。

紀伊は自分の部屋にいた。縫物をしていた。幸姫のそばではぜったいにそういうことはしなかったが、自室では眼鏡をかけていた。やはり老眼になっていたのである。そばにみすずがいた。縫物は、かなり手のこんだもので、実をいうと、紀伊はみすずに教えているのであった。

みすずはその名のように、目が鈴のように澄んだ美しい少女であった。紀伊が娘だと思っているように、みすずも紀伊を母親だと思っている。みすずもまた身よりのない少女であった。

「みすず」

紀伊は突然根《こん》を失なったように少女を呼んだ。ガックリ肩を落している。

「はい」

「この糸を針に通しておくれ……眼が悪くなって、みえませぬ。年をとると、いやですねえ」

針と糸をみすずに渡すと、苦笑しながら、眼鏡をはずし、そんなことをいった。そして肩をもんだ。

断行(九)

「肩もこって、呼吸《いき》がつまりそうです。あなたは肩がこるなどということはないでしょう」

「はい、まだ」

まじめに答えるみすずは、その澄んだ瞳をまっすぐに紀伊に向けて、

「もう、そろそろ眼鏡も新らしいのにおとりかえにならないと、いけないのでしょう」

といった。紀伊は指で肩をおしつづけながら
「そうですけど、いまのお家の事情では、しばらくがまんいたしましょう」

と応じた。みすずはすぐ針に糸を通し終り、

「すこし肩をおもみします」

と紀伊の背後にまわった。そして、紀伊の肩に手をあてて

「まあ、岩のようになって。私のために、申訳ありません」

と、心からすまなそうにあやまった。首をふりながら紀伊は

「そんなことはありませんよ。私はもういつ死ぬかわかりません。おぼえていることの一切を、あなたにあげて行きたいのです。お金も道具も大してありませんもの」

「おばさま」

みすずはつよい声を出した。

「いつ死ぬかなどとおっしゃらないで下さい。おばさまは、いつまでも長生きなさいます。そうでないと、みすずは悲しくなります…」

みすずの声はぬれていた。眼から本当に涙がこぼれおちそうだった。

紀伊は、肩の上にあるみすずの手をやさしく叩きながら、改めて目の前の縫いかけの絹の布をみた。赤い山ユリを模様に染めぬいた美しい布であった。

「大殿さまからお姫さまへの下されもの、早く縫ってさしあげたいけれど、それにしてもみごとな赤の色ですねえ。よほどよい紅の染料を使ったのでしょう。米沢でも、こういう布や染料ができるといいと、つくづく思います」

「でも…」

みすずは少しためらいながらいった。

「この美しい絹のお着物も、こんどのご改革では、お姫さまもいつお召しになれるのでしょう」

「本当ですね。お屋形さまは他家からおみえになり、まだ十九だとおっしゃるのに、かなり思いきった方でいらっしゃる」

そういう紀伊のことばの調子には、多少非難めいたところがあった。

「ごぶれいをいたします」

突然、廊下で声がした。ふりむくと佐藤文四郎がコチコチに固くなって膝をついている。

「おや、どなたです」

眼鏡をかけずに、紀伊は透《す》かすように佐藤をみた。その前にみすずが真赤になって、縫いかけの絹

の着物をいじりまわしていた。

断行(十)

「佐藤文四郎と申します。お屋形の使いでまいりました」

「お屋形さまの？　何でございましょう」

治憲からの使いだときいて、紀伊は使者をよくみようと眼鏡をかけた。そして
「ああ、あなたね」

とニッコリし、こんどはみすずをみた。みすずは顔もあげられない状態になっている。声をかけるのがためらわれるほどなので、紀伊は黙った。そして
「おうかがいいたします」

と、きちんと坐りなおした。佐藤はかたい姿勢のまま、暗記調で口上をのべた。

「さきほど、ご家老色部様を通じてのお申しこしの件、お屋形さまはおゆるしになるそうでございます」

「え！」

紀伊は年寄りのくせにとびあがるような反応をみせた。そして、ピタと双の手を打ちあわせると、

「みすず！」

と、よろこびの声をあげて、みすずをふりかえった。みすずも真赤に上気した顔の中で、目をキラキラ輝かせながら、紀伊をみかえしていた。

「よかったねえ…」

「はい」

互いに手をとりあう紀伊とみすずの姿を、佐藤は美しいと思った。殊にみすずを美しいと感じた。佐藤は、この使いにきたことが嬉しくなった。しかし、心の一隅では、

(お屋形は、ご存知なのだろうか)

と不安だった。

紀伊は、みすずと望外のよろこびをかみしめたあと、佐藤のほうにむきなおって、坐りなおし、手を突いた。

「あまりの嬉しさに、ついとり乱して申訳ありません。お屋形さまのご仁慈に厚くお礼を申しあげます。老いたる紀伊が、涙を浮べて、お屋形さまのお情深いおはからいに感謝申しあげていた、とお伝え

下さいませ」

「そのようにお伝えいたします」

佐藤は応じて立ち上った。しかし、座敷にひろがっている絹の布をみて
「美しい布ですね、赤い山百合がとてもきれいです」

と、ふだんのかれには柄にもないことをいった。もっともそういいながら、視線はいつのまにかみすずをみていた。

みすずは、佐藤のその視線を、からだを焼かれてしまうような思いでうけとめながら、

「…幸姫さまの、新らしいお着物です。大殿さまからのお届けものでございます」

と、消えいりそうな風情で答えた。そんな二人のやりとりを、紀伊はニコニコしながらみていた。

「それでは、失礼をいたします」

といって去りかける佐藤をみて、紀伊はみすずにいった。

「みすず、お送りしなさい」

断行(十二)

お送りしなさい、といわれても廊下は長い道ではない。ほんのすこしの距離だ。でも、みすずにはたとえ一米の廊下でも、百米くらいあるように思えた。

みすずは佐藤を慕っていた。佐藤は色が黒くて、武骨で、およそいままでの小姓の型からはずれた男だ。

だから若い女中たちの評判はよくない。

「どうして、また、あんな人がお小姓になったんでしょう」

「あの人が歩くたびに、ホコリが落ちます」

そういうかげ口がきかれた。しかし、みすずは、歯にキヌ着せず、思ったことをズバズバいう佐藤に深い敬意いわず、いままでの小姓のようにおセジものきもちを持った。そして、そのきもちはやがて慕情に変った。ほかの女中たちが知れば、

「まあ、何とものずきな」

とあざわらわれるにちがいない。だから、そっと

胸に秘めているが、若さというのは理屈をこえる。からだからにじみ出て、吹き立つみすずのきもちは、佐藤に伝わった。佐藤もまたみすずを恋していたのである。

しかし、佐藤は自分の容姿がとうてい小姓むきでなく、若い娘たちに好感をもたれるはずがないと思っていた。まして、若い女中の中でも、とりわけ美しいみすずに思いをよせても、それは生涯実らぬ恋だと思っていた。

でも、今日は幸福だった。治憲の使いで、しかも、みすずがもっともよろこぶ治憲の返事を持ってきたのだった。

表（役所）まで大して距離のない廊下を、二人はひと足ひと足を惜しむように歩きながら、互いに胸の鼓動をたかまらせていた。

「佐藤さま」

「は？」

「お使い、ごくろうさまでございました」

「いや。でも、よかったです。お屋形がおゆるしになって」

「はい。私は、本当のことを申しますと、お屋形さまに、あまりいい感じを持っておりませんでした」

「え！」

佐藤はびっくりした。ずいぶん思いきったことをいうと思った。

「そうでしょう。ご倹約、ご倹約で、幸姫さまのお着物まで木綿になさって。

いま、あなたが美しいとおほめになったあの絹のお着物にしても、紀伊さまがいくらご丹精になって縫ってさしあげても、いつ、お召しになれるのか……それを思うと心が暗くなります。

幸姫さまは、ああいうおからだの方ですから、せめて美しいお着物でもお召しになれば、どれほどおよろこびになることか。そう思うと、どなたも区別なく同じ扱いをなさるというお屋形さまは、ずいぶんむごいお方だと思います」

といって、みすずは、

「でも、ぜいたくは申しません。私を残して下さったのですから。私、今まで以上に幸姫さまにお仕えします」

と微笑んでいった。

断行(十二)

佐藤文四郎は、じっとみすずをみつめていた。みすずは気がついた。

「何でしょう?」

「…感心しているのです。あなたは、本当によくいろいろなことを考えておいでだ。私なんかとてもおよばない。はずかしい次第です」

「そんな」

びっくりしてみすずは顔を赤くした。そして、

「佐藤さまのほうがよほどごりっぱです。私、いつも佐藤さまをまなぼうと思って、遠くから」

「え」

こんどは佐藤文四郎がおどろく番であった。

「いま、何とおっしゃったのですか」

「…私、佐藤さんを尊敬しています」

みすずは、胸の鼓動が頭までふるわせるのをこらえながら、でも、いまはこのことをいわなければいけないのだ、と懸命になっていった。

「ふわぁ…」

佐藤は奇妙な声を出した。かれは腰がぬけそうになった。みすずがこのおれを尊敬しているって。こんな幸福があっていいのだろうか。

「みすず殿」

佐藤は反射的にいった。

「また、会えますか」

「はい、お会いしとうございます」

「二人だけで、ですよ」

「はい、私も二人だけで」

「うん、きまった!」

佐藤は右手をこぶしにかため、左手の掌をたたいた。

「こいつァいい!」

「何ですの」

「江戸の流行りことばです。みすず殿、ありがとう」

佐藤はパッとみすずの手をにぎった。みすずは、まあ、とおどろきながらも、佐藤の手をそっとにぎりかえした。蒸し立てのマンジュウのように柔らか

い手だ、と佐藤は思った。

　胸が破れそうな幸福感にみち溢れて、佐藤が戻ってきたとき、治憲は、どうしたのか、自室の中をクマのように落ちつきなく歩きまわっていた。

「紀伊殿に、しかと、お屋形さまのご返事を伝えました。ご仁慈に涙を浮べて感謝しておりました」

　治憲もきっとよろこぶにちがいない、と確信して佐藤は廊下にひざを突いていった。

　が、治憲は歩きまわるのをやめると、突然、佐藤をみすえてこういった。沈痛な表情をしていた。

「文四郎、紀伊への許可をとり消す。すぐこのことを紀伊に伝えよ」

「え！」

「すまぬ。しかしやはり例外は認められぬ」

「お屋形さま！」

　佐藤は険しい眼で治憲をにらんだ。

「一度ご許可になったものをすぐお取消しになるとは、朝令暮改も甚しうございますぞ！」

「わかっている。しかし、過まって改むるに憚《はばか》ることなかれだ。私は過まった、だから改める」

断行（十二）

　佐藤文四郎は廊下を走った。紀伊のところへ行くのではない。

　無性に腹が立った。

「そんな使いはごめんこうむります。お屋形さまがご自分でおいで下さい！」

　がまんできなくなって、佐藤はそう叫んだ。叫ぶ佐藤の脳裡に、たったいま、みすずから語られた、新らしい幸姫の絹の衣類のことや、それが着られないということばがよみがえった。

　佐藤は思わず叫んだ。

「お屋形さまは、むごいお人です！」

「………」

　瞬間、佐藤をみつめる治憲の眼の底に、いいようのない深い悲しみの色が浮んだ。

　主従は、互いの顔を凝視し合った。そして、佐藤は走り出した。

「文四郎」

　治憲の沈痛な声があとを追った。しかし佐藤は立ちどまらなかった。

佐藤文四郎は書院にきた。ここは相変らず、改革案練りかための本陣だった。竹俣、莅戸《のぞき》、木村、藁科たちがいた。何か深刻な相談をしていた。

血相をかえてとびこんできた佐藤をみて、四人ともびっくりした。

「どうした」

竹俣がきいた。

「それが」

とびつくように、いま治憲とやりあってきたことを話そうとした佐藤は、しかし、四人の間に漂っているタダならない空気を感じて、ことばをのみこんだ。

自分のことを先に話すことが、何となくためらわれるようなものが、室内にビッシリみなぎっていたからだ。

佐藤は、

「申訳ございません。お部屋の隅ですこし休ませていただきます。お話のおじゃまはいたしません」

といって、隅に寄った。


「……そうか」

不審の表情を消さずに佐藤をみつめつづけた竹俣は、

「それでは、あとでおまえの話をきこう。実はこっちも重大な相談があってな」

「私がいてまずければ、ほかへまいります」

「一向にかまわぬ。おまえは同志だ。むしろ、きいていてもらったほうがいい」

そういって竹俣は、つづけていた話に戻った。

四人の間におかれた形で、一通の手紙がタタミの上にひろげられていた。

「この倉橋清吾が米沢からよこした手紙は、やはり、イケニエがいることを如実に語っている。米沢本国では、重役だけでなく一般の藩士たちもすべて、われわれに憎しみのきもちをもっているのだ……」

「しかし」

莅戸が顔をあげた。

「それにしても、米沢ではこんどのご改革の件を、早々と知ったものですな」

「それはそうさ、色部さまが知らせたのだ。色部さまには色部さまの立場がある」

竹俣はそう苦笑した。

断行(十四)

「私がイケニエになりますよ」

突然、木村高広がいった。

(イケニエ?)

さっきもそういうことばが出た。隅できいていた佐藤文四郎は、四人の話にハッと思いあたるものがあった。

偶然にも、さっき、同じことを治憲に進言したばかりだ。

(この人たちも、米沢へ犠牲者を出そうとしている)

倉橋という侍は、本国のけわしい空気を克明に伝えてきて、誰かイケニエをよこさなければ、とうてい本国はおさまらない、というのだろう。

誰がそのイケニエになるのか、四人はそれをきめようとしているのだ。

「お話の途中ですが」

佐藤は声をかけた。四人はこっちをみた。

「何だね」

藁科がやわらかく応じた。

「米沢へさしむけるイケニエのお話でしたら、私がまいります」

「なに」

四人はビックリした。

「おまえ、なぜ、このことを知っている」

「色部さまのご様子をみていて、そういう気がしたのです。そこのお手紙のことは知りません。しかし、お屋形さまには、さっき皆さんのお話と同じお願いをしたばかりです。それに、ちょうどいいことが起りました」

「何だ、ちょうどいいこととは」

「たったいま、お屋形と大ゲンカをしたのです。お屋形もこうなっては、私など不要でしょうから」

「何だと?」

四人はおどろいて顔をみあわせた。

「一体、何があったのだ」

佐藤は、紀伊とみすずに関する話をした。そして、一旦おりた許可がたちまち取り消された話もした。

「ふうむ……」

きき終って竹俣が大きな溜息をついた。

「わかるなあ、お屋形さまのおきもちが」

「私のきもちはおわかりにならないんですか」

佐藤はくってかかった。

「いや、それもよくわかる。両方ともよくわかる」

「それじゃ、わかったうちに入りません」

佐藤は不服そうな声をたてた。

「佐藤よ」

竹俣はニコニコしていった。

「お屋形さまは、いまごろ、きっと悔んでおいでだよ」

「では、紀伊殿のことはお考えなおしになっていますか」

「それは、ならない。お屋形さまは例外はみとめない。しかし、おまえをいよいよ放さないよ。おれにはお屋形さまのおきもちがよくわかる。だからおまえをイケニエにするわけには行かないんだ」

そういうと、竹俣はからだの向きをかえて、三人にいった。

「いっそクジびきにするか」

断行(十五)

しかし、イケニエの選出は、クジビキにはならなかった。

莅戸《のぞき》善政と木村高広の二人が、頑として、

「自分たちが江戸でのお役を辞職し、米沢にもどる」

といってきかなかったからである。しかし、

「それは忍びがたい。最高の責任は私にある」

と、竹俣当綱もまたゆずらない。結局、藁科松伯が間に入った。

「三人とも、お屋形さまにとっては欠くことのできない人材だ。米沢本国でのご改革実行は、あなた方が中心になる。特に竹俣殿は執政《しっせい》(家老筆頭)をつとめざるを得まい。それがいま米沢に戻っては、あとのことを考えると心もとない。

ここは、どうだろう、二人のきもちを生かしては」

「私がおります」

隅からまた佐藤文四郎が声をたてた。

チラとみて、藁科は、

「おまえは、お屋形さまがはなさぬ」

と微笑んだ。

「お屋形さまがはなさなくても、私のほうでごめんこうむります」

佐藤はいいかえした。藁科は、

「お屋形さまにそういうことをいうものではない。おまえだって、決してお屋形さまを憎んではいまい。好きなはずだ」

佐藤の本当のこころをみぬいたようにそういって、藁科は三人に告げた。

「私と皆さんとは同じ学問をした。立場上、私が教えるということもあった。どうか、ここのところは莅戸、木村の両氏にしよう」

じっと竹俣をみた。ひかえめではあったが、藁科のことばには、（師のいうことをきいてくれ）

という意味合いがあった。竹俣は肩から力をぬいた。

竹俣にすれば、自分が主導してきたしごとの責任を、ほかの人間におしつけるようでいやだった。まして米沢へ帰れば、二人がどういうめにあうかわかっているだけに、よけい自分が責任を負わなければならない、と思っていたのである。

しかし、学問の師ということにはさからえなかった。強硬だった竹俣も折れた。

が、さっき藁科松伯がいったことばの中に、気になることがひとつあった。竹俣はきいた。

「先生は、さきほど三人とおっしゃいましたがどういう意味です」

「ああ」

気がついたか、と松伯はうすく笑った。そして、

「私はダメだ……」

と深い息をついた。三人、いや佐藤も加えた四人は、このとき、はじめて松伯の病気がタダならないさまにすすんでいることを知った。松伯はいままでひどい無理をしてきているのだった。自分が医者な

のに。

「先生……」

四人は思わず声をのんだ。

板谷峠（一）

米沢に入るには、四つの道があった。

福島から板谷峠をこえて入る道（いまの国道十三号線）と、白石から二井宿峠をこえて高畠を経由する道（一一三号線）と、会津のほうから檜原峠（大峠）をこえて入る道（一二一号線）と、越後方面から宇津峠をこえる道（一一三号線）だ。

もちろん、いまの国道がそのまま、上杉治憲が生きていたころの道ではないが、大体の線はこのあたりである。

米沢藩は、江戸との往復に、ほとんど最初の板谷峠を経由する道を使っていた。

すぐ北方に栗子山（一二一七米）、西南に吾妻山（二〇二四米）、飯森山（一五九五米）、三国岳（一六三一米）、飯豊山（二一〇五米）、地神山（一八五〇米）などの高山が、磐城《いわき》・岩代・越後との国境に峰をつらねている。

米沢のある出羽の国をみれば、眼下の米沢盆地のかなたに、月山、湯殿山、朝日岳、葉山などの高峰や、やや低い白鷹山などがみえる。

明和六年（一七六九）十月二十八日、江戸を発った上杉治憲は、この日、板谷峠に着いた。十月二十八日というのは陰暦の月日だから、いまでいうと十二月初めごろになるだろうか。国境の連山は深い雪におおわれ、どこをみても銀一色であった。

雪山は、遠くでみているだけならただ美しい。しかし、その中を歩くとなると容易ではなかった。

ふつう、江戸、米沢間は十二日から十三日かかる。治憲が江戸を出たのは十月十九日だから、相当の強行軍だ。しかも雪の道である。それだけ心がせいていたのだ。

治憲にとって、初入国である。期待と不安のきもちが、ウズのように胸の中で波立っていた。まだ十九歳の多感な青年なのだからやむをえない。

上杉家が江戸へ往復するときは、今まで千人ちかい供の者がついた。先頭に鉄砲隊を立て、地をひび

かせて行進して行くさまは、街道筋でも、

「上杉家の行進」

として有名だった。よその大名行列とはちがって、まるで戦国時代の出陣であった。謙信以来の遺風をまだ守っていたのだ。

しかし、今回の入国に際しては、治憲は一切そういう遺風を廃した。

「私は合戦に行くのではない」

と、苦笑して、供の数もグッと減らし、数十人にしぼった。

いままでは、藩士の数が足りないときは、口入屋《くちいれや》（現代の職業紹介所）にたのんで、臨時に供をやとい、人数を多くみせてきた。治憲はそれをやめさせた。そして、

「武具はいらぬ、皆、木綿の着物を着て行こう」

と告げた。もちろん治憲もそうした。

板谷峠（二）

国境の峠だから、板谷峠にも当然番所がある。米沢に入る者、米沢から出て行く者を検査する。専門の役人がいる。

が、この役人たちのしごとは、そういう旅人の検査だけではない。藩のおエラいさんが出入りするときは、その接待をしなければならない。

いや、むしろ、その接待のしごとのほうが役人たちにとっては重大であった。

というのは、その接待のしかたがみごとで、おエラいさんの気にいられれば、

「おまえ、なかなか気がきくな。名は何という？　よしこのつぎの人事異動ではいいところに移してやろう」

と、出世の道につながることが多いからだ。

しかし、逆に接待のしかたが悪くて、ごきげんを損じてしまえば「きさまは何と気がきかないヤツなんだ。左遷だ！」

とトバされてしまう危険性も十分ある。だから、番所の役人にとって、この接待役は、出世か失脚かの賭けであった。

新藩主の治憲の初入国を迎えるために、この日、接待の指揮をとったのは、北沢五郎兵衛という中年

の侍だった。番頭《ばんがしら》の役をつとめる、誠実な人間であった。

希望してこの役をのぞんだのではなく、むしろ重役たちから、

「おまえが行け」

とおしつけられた。

北沢は若いころ、藁科松伯にまなんだことがあり、藩内では菁莪社にちかい人間とみられていた。

いま、板谷峠の宿場で、北沢は頭をかかえていた。というのは、治憲が入ってきても、ここでは何の接待もできないからだ。宿場が廃墟同様になってしまっているのである。

もともと吾妻山の中腹に位置するこの宿場は、その高さからいっても米も何も育たない。必要なものはすべて麓の米沢から持ってくる。今日も一応は、米・ミソ・酒などは用意してきたが、宿場に入って北沢はおどろいた。

人間がほとんどいない。皆、国境をこえて逃げてしまったのだ。わずかに残っていた人間にきくと、

「年貢（税）が高くてくらして行けない」

という。さらに、

「逃亡する百姓たちが、宿場の家におし入って、金や家財をみんな盗んで行った」

という。それもひとりふたりでなく、十人、二十人と群をなしておそってくるから、かなわない。もう、この宿場には盗まれるものは何もないという。そして、行くところもなく残っている住民にしても、ただ惰性で生きているだけで、明日に何の希望もないという。

（こんなありさまを、いままで藩の誰も問題にしなかったのだ…）

おれもそうだったのだ、と北沢はガク然とした。

板谷峠（三）

接待役の北沢が直感的に思ったのは、

「お屋形さまの泊るところがない」

ということだった。宿場の家が荒れ果ててしまっていて、どうにもならない。

のこっている家も、タタミは破れ、壁は落ち、障子はみるかげもない。しかも、逃亡する農民たちが

土足で荒しまわったので、いたるところ、泥だらけだ。

（もっと早くくるべきだった）

北沢は後悔した。

しかし、実のところ、この接待役を任命されたのはきのうのことなのだ。北沢にすれば、別に怠けていたわけではないのだが、北沢は、その反省以上に、藩庁役人のひとりとして、宿場がこんなに荒れるまで、ほうっておいた責任を感じているのだった。

ここまで朽ちているということは、もう藩民の逃亡も自由だ。国境役人も任務を放棄してしまっている。ロクなとりしまりもしていなかったにちがいない。

そして――

考えてみれば、北沢のこんどの国境出迎え役の任命は、あきらかに意図的なものだ。荒れはてて泊ることもできないような宿場に藩主を迎えさせ、その不興を買わせようとしているのだ。

藁科松伯の弟子を、失脚させようとする狙いがある。

（そうか…そういうことだったのか）

北沢はいまさらながら自分のウカツさに気がついた。

藩の空気は険悪で、治憲を歓迎しようなどという雰囲気はまったくない。逆に、日向高鍋の三万石という小さな藩から、上杉家という名門の大名家に養子にきた十九歳の若い藩主を、まずオドかしてやろう、と重役たちは手ぐすねひいて待ちかまえている。一般の藩士もそれに同調している。

藩民は、事前に、

「こんどのお屋形さまは、きびしいご改革をなさるそうだ」

という話をきかされているから、

「いまよりもっと重い年貢をとられる」

と戦戦兢兢《せんせんきょうきょう》としている。

いずれにしても、いまの米沢は、治憲に対する悪意がみなぎっていた。

北沢五郎兵衛にしても、決して治憲に好意をもっているわけではない。江戸での話は、重役たちの噂でくわしくきいていた。

（まちがってはいないが、すこし短兵急なやりかただ）

と思っている。

色部照長からの報告では、たしかに治憲が米沢に着いた瞬間から、大きな波が立つだろう。

（何を好んで、その波を立てにくるのか）

養子藩主なら、じっとしていればいいのに、と北沢は治憲のために、残念がるのである。

「使える家は一軒もありませんな」

宿場の家を一軒一軒調べて歩いていた部下が、つぎつぎと戻ってきて、そう報告した。

板谷峠（四）

こんな壮大な雪の景観をみることは、上杉治憲ははじめてだった。九州の南端に生れ、さらに少年期のほとんどを江戸で送ったかれは、目のとどくかぎり、白銀一色という山河のありさまを生れてはじめてみた。

しかし、治憲は、ここまでくるうちに、雪の非情さ、冬の冷酷さをいやというほど身にしみて知った。

それは、福島までの道程で、下野《しもつけ》（栃木県）の国を通過しているときに、すでに味わった。

全山を埋めつくす真紅・黄などの原色の紅葉が、一夜の風で、あっという間に散り落ち、荒涼と裸になった木木の群に、たちまち寒気がおそいかかった。

冷たい雨はすぐ雪に変る。そしてふりつづく。山山はたちまち白雪におおわれる。急激な季節の変化が目の前でおこなわれるのをみて、治憲は、容赦のない自然のいとなみをはっきりと感じた。

（これが自然だ、人間とはちがう。いかにきびしいことか）

そのきびしい自然の変化の中を、千人から一挙に数十人に減らした供とともに、治憲は山路を歩いた。

カゴはもちろん用意されている。が、極力乗らなかった。

（米沢への道を、自分のからだがおぼえなければダ

メだ）

と思っていた。

それにしても、山の天候はどうしてこうも変りやすいのだろう。いま照っていたかと思うと、すぐ雨になる、雪になる。陰うつな曇り日もある。

陽光にキラキラと輝やく山山の雪は、そのまま美しい女の笑顔であった。しかし、すぐ天に雲があらわれ、その笑顔にかげりを落す。そうなると、笑顔はたちまち怒り、泣き、ついにワメく。そのたびに雨がふり、雪がふる。

そんな変化を、治憲はもう幾日も経験していた。雪の道で何度も滑った。クマ笹で手を切ったこともある。

（これでは、米沢の人間がガンコになるのも無理はない）

典型的な米沢人色部照長のことを思い出して、治憲はひとり苦笑した。

ガンコといえば、今日の米沢入国に、当然いなければならない人間がひとり欠けている。医師の藁科松伯である。

江戸で、治憲に協力する改革者たちを育て、改革案を実質的に指導した松伯は、治憲が江戸を発つ直前、肺患が重くなって死んだ。まだ三十三歳だった。

死のまぎわ、松伯はみまいにきた治憲に、

「何かお困りの節は、どうか私の師細井平洲《ほそいへいしゅう》先生に教導をおうけになりますように」

と遺言した。細井平洲は、治憲にとっても少年時代の学問の師だ。松伯は辞世として漢詩、和歌、発句をひとつずつつくった。

今朝の露とわれも消えけり、草のかげ

板谷峠（五）

松伯が死んだとき、治憲は食を絶ってかなしんだ。

が、ふしぎなことが起った。治憲の脳裡にはいつも松伯の姿が浮び、松伯の声がきこえるのである。生きていたころと同じように、

「お屋形、そんなことをなさってはなりませんぞ」

とか、

「お屋形、もっと強いお心をおもち下さい」

とか、いろいろというのだ。

治憲はこう思った。

（松伯が生きているころにしても、何も四六時中、松伯と会っていたわけではない。しかし、顔をみなくても心は通じた。松伯の声もきこえた。

それと同じではないのか。松伯は死んだ。しかし松伯は生きている。私の心の中に生きている。私の中に生きているかぎり、松伯は死んだとはいえない）

雪の山路を歩きながらも、だから治憲はずっと松伯と対話してきた。そして、これからもずっとそうするだろうと思った。

「国境です」

展望が一挙にひらけた地点に立ったとき、佐藤文四郎がいった。竹俣当綱・莅戸善政・木村高広たちも皆従いてきている。

そろって木綿の着物に、そまつな合羽を着ている。泥の道を歩いてきたので、よごれている。それは治憲もかわらない。

治憲は右手のほうにひろがるひときわ美しい山岳地帯を指さしてきいた。

「あの山山は」

「蔵王《ざおう》でございます。左手の麓が上《かみ》の山《やま》、その先が山形、そしてさらに天童とつづきます。左手の山山の向うは越後国になります」

佐藤はそう説明した。藩という組織は、かれを硬骨のヤボ天として江戸に逐ったが、やはり生れ故郷である。佐藤にとっても、故郷の米沢をとりまくこの雄大な白銀の山山はなつかしかった。

「ほう、上の山、山形、天童か……」

治憲は、盆地につづく出羽国各藩の名を興味深くきいた。そして、

「天童はたしか織田殿の？」

といった。

「はい、織田さまのご領地でございます」

後世、〝将棋〟の名産地になるその小さな藩は、織田信長の子孫が領主なのだ。

上杉家の祖謙信と時に争い、時に同盟して、ついに天下を掌握した戦国の英傑の子孫が、こんな雪深

い小さな国に連綿として生きていることに、治憲は深い感動をうけた。

特に、左手の飯豊連峰の向う側が、上杉謙信の拠点だった越後だときいて、ひとしお、思いは深まった。

治憲は、それらの銀世界をはっきり眼の底におさめるといった。

「よし、私たちの国に入ろう」

板谷峠(六)

「おい、これは何だ」

板谷宿に一歩足をふみ入れたとたん、木村高広は声をあげた。宿場の入口に片膝をついてかしこまっていた北沢五郎兵衛の顔が、ピクリとけいれんした。

「は」

「は、ではない。このありさまは何だときいているのだ」

夜がせまっていた。山中に夕暮はない。いきなり夜になる。そのうすい闇の中で、宿場には数本の夕イマツと、かがり火がともっているだけだった。

宿場全体がまっくらなのだ。宿場につづく村にも灯はない。人がまったく住んでいないわけではないのだが、家にはともす灯火の油がない。逃げずに、わずかに残った住人はまっくらな家の中で息をひそめていた。

木村にはわけがわからなかった。新藩主がたとえ他家からきたとしても、こんな迎えかたがあるだろうか。

「ちょっと先にお屋形さまのご到着を知らせてきます」

と、一気に坂道を走りおりてきたのだが、唖然とした。荒れはてた村に、北沢以下数人の侍が、うずくまって待っているだけだったからである。

「北沢さん、お屋形は、もうすぐそこまできていらっしゃるのだ」

「は…まことに、まことに面目次第もございません」

篤実な北沢はそれ以上いうべきことばがない。北沢はすでにかくごしていた。

（お屋形さまを米沢のお城までご案内したら、腹を切ろう）

切腹してこの不始末の責任をとろうというのである。しかし、仕事をすますまでは、そんなことは気ぶりにもみせてはならない。

治憲の一行が入ってきた。木村は極度に当惑した。

「………！」

宿場に入った治憲も、さすがに凝然としたようである。闇をすかして実態をみた。

（これは…廃村ではないか）

正直にそう思った。

同時に、北沢のほうもびっくりした。千人は下るまいと予想していた治憲の一行が、わずか数十人の少なさだったからである。

しかも、気をつけてみなければ誰がお屋形だかわからないような粗末な格好で、泥まみれになって入ってきた主従団は、まるでコジキの群であった。

うしろをのぞいてみても、それっきりで、ほかに供はいない。先発隊とまちがわれるが、これが本隊なのだ。

北沢は治憲の前に行って、重いきもちでいった。

「ご到着、謹んでおよろこび申しあげます。北沢五郎兵衛にございます。お城までご案内をつとめさせていただきます」

疲れた様子もみせずに、治憲はうなずいた。

「寒いところを待たせたな、厄介をかける」

木村が険しい声できいた。

「北沢さん、お屋形の宿所はどこだ」

板谷峠（七）

「お屋形さまの宿は、ございません」

「なに」

という声を発したのは、木村だけではなかった。治憲のまわりにいた人間がみんなおどろいた。

「北沢、それはどういうことだ」

いままでだまっていた竹俣が前に出てきた。きびしい表情をしている。

「お屋形さまは、雪の道をわれわれといっしょにお歩きになってこられたのだ。お屋形さまにははじめての道だ。いくらお若くてもお疲れのほどはおぬしにも察せられよう。それが、宿がないとは、一体、どういうことか」

ことばの後半のほうは、激してきて、熱が入った。

北沢は竹俣をまっすぐにみつめ、切切といった。

「おことば、ごもっともに存じます。なれど、ごらんのとおり板谷宿は廃村同様にて、もはや住人もほとんどおりませぬ。お屋形さまをお泊めできる家が、一軒もございません」

「それは理由にならぬぞ」

竹俣はビシッといった。

「ここが廃村同様というのは、ここに入った瞬間、われわれにもすぐわかった。しかし、おぬしたちはずっと米沢にいたのだ。こんなにひどい村になるまで、誰も気がつかなかったのか」

「…面目次第もございません」

「お屋形さまご入国の知らせは、一か月も前に急飛脚で告げてある。一か月間、何もしなかったというのか」

「…まことに何とも申訳なく…」

「城のご重役方は何をしていたのだ、これは、お屋形さまへのイヤガラセかッ」

脇から木村が怒声をあげた。しかし北沢は、何をいわれても、ただ、

「…申訳ございません」

と、あやまるばかりである。

責任をとって死を決したかれは、重役の誰にも罪をきせる気はない。ひとりで全部ひっかぶって行くつもりだ。だからよけいな云訳をせず、あやまる以外ない。

それが、治憲の供をしてきた者には歯がゆい。みんな北沢という男がどんな人間か知っていたから、かれの罪のかぶりようがよくわかるのだ。

「もうよい、それ以上、北沢を責めるな」

さっきからのやりとりをみていた治憲が、突然、声をはさんだ。家臣たちは治憲をみた。治憲はまっすぐ北沢をみて、こう命じた。

「北沢、みんなで野宿をしよう」

「は？」

「宿場の窮状はよくわかった。泊れば住民はさらに困窮する。今夜は私も野宿をする。焚火させよ。焚火をかこんで語りあかそう。その代り、酒はあるか」

「ございます、酒だけはふんだんに」

思わず声をはずませる北沢に、治憲は嬉しそうにうなずき、

「火が燃えたら、その酒を全員にふるまってくれ。少しはからだが暖まるだろう」といった。

板谷峠(八)

パチパチと、音を立てて燃える焚火の火が、雪におおわれた板谷宿に映え、多少、陽気になった侍たちの話しごえが山中にひびいた。外からの火の熱と、酒がかき立てる体内からの熱で、侍たちは少し寒さを忘れていた。

何といっても米沢に着いたのだ。明日は城に入る。置いたままの家族にも会える。藩主入国にはかつて例のない、国境の宿場での野宿だったが、いまはそれも忘れていた。

城に入ってからの話に花を咲かせていた。

が——そういう群からはなれ、ひっそりと無言でかたまっている一団があった。北沢五郎兵衛とその配下たちである。かれらは治憲以下供の全員を野宿させたことに、深い責任を感じていた。治憲が寛大な態度に出ただけに、よけい責任を感じた。

(悪いのはおれたちじゃない、藩の重役だ)

と、はじめは思っていた配下たちも、焚火の脇に立って、茶碗酒を、のみながら楽しそうに談笑している治憲をみると、

(ああ、わるいことをした。せめて宿場の一軒でも、お屋形さまが泊れるように、ととのえておくのだった)

と思うのだった。

すでに、明日腹を切ろうと心をきめている北沢は、いまは透明な気分だった。人間というのは、いつ、どこで、何がおこるかわからないものだと思った。しかし、起ったときにバタバタしないのが侍だ、と思った。

北沢は、はじめてみた藩主上杉治憲に、

（この人はちがう）

　という感じをもった。ちがうというのは、北沢はこういう型の藩主にいままで会ったことがない。ということである。治憲をみて、感じたことをどういいあらわせばいいのかわからない。しかし、いま北沢が感じとっているのは、

（あのお屋形のためなら、明日、腹を切ってもすこしも悔いはのこらない）

　ということであった。本当におれが悪かったと思っていたからだ。

「北沢さま」

　背後で声がした。ふりむくと佐藤文四郎だった。そして、そのうしろに治憲がいた。

「これは」

　と思わず配下にも声をかけ、道の上に膝をつこうとすると、

「よせ、足が冷える」

　治憲は手をふった。そして手にした徳利をかかげながら、

「出迎えごくろうであった。さ、私に酌をさせてくれ」

　と、北沢はじめ、ひとりひとりの侍に茶碗をもたせて酒を注ぎはじめた。おどろく侍たちは狼狽し、動てんした。北沢は、

「もったいない…」

　といって、立ったまま、うなだれてしまった。

「さあ、明日は元気に案内してくれよ」明るくそういう治憲は、去りがけに北沢を呼んだ。

板谷峠（九）

　人の前では何もいわず、逆にねぎらう治憲も、ついにカゲではおれを叱責するのか、と、北沢は緊張して治憲の前に行った。いくつもに分かれた焚火と焚火の間で、大声を出さなければ他人に話をきかれることのない、そんな場所であった。

　治憲の脇に立った佐藤文四郎が、

「北沢さん、君命です」

　とまじめな顔でいった。ああ、罰の申し渡しか、と北沢はいさぎよく頭をさげた。

　佐藤が告げた。

「よもや、そんなことを考えてはいらっしゃらないでしょうが、この宿場でのお迎えの件につき、切腹などぜったいにまかりならぬ、と、これはお屋形さまのおことばです」

え、と思わず頭をあげたときは、治憲は背をみせて歩きはじめていた。チラと横顔にやさしい笑みをみたような気がしたが、治憲は竹俣たちがかこんでいる焚火に向って、どんどん歩いていた。

にらむように北沢をみつめている佐藤は、

「いいですね、北沢さん。そういうことですよ。ぜったいにそういうことですよ」

と、訴えるようにいった。北沢は思わず、

「ああ…」

とうめいて、道の上に両膝をついてしまった。

その場を去るとき、佐藤は北沢の背後の木の裏で、サクと何かが雪をふむ音をきいた。

その方角に鋭い視線を走らせた佐藤は、

(まさか)

と、はげしい胸さわぎを感じた。が、心をのこしながらも、木の裏をたしかめることなく、治憲のほうへ戻った。

夜があけた。日輪が東の空から強烈な光を投げてきた。白銀の山山が一斉に橙橙色に染り、赤く燃え、やがて日輪は天にのぼった。壮大な自然の一瞬の染色であった。

治憲は圧倒された。そして胸のうちに、ふしぎな力が湧いてくるのをおぼえた。

「行こう。北沢、案内せよ」

リンとした治憲のことばに、北沢は、はい、と大声で応じた。もう昨夜の暗いきもちを一掃していた。

北沢は、

(このお屋形に、おれは生命を救われた。どうせのことなら、これから死んだつもりで、このお屋形につくそう)

と思っていた。

昨日までの北沢五郎兵衛は、板谷峠で死んだ。今日から新しい北沢五郎兵衛が生まれたのだ。その新しい北沢五郎兵衛は、いま、白銀の道を踏みしめて、新藩主を米沢に案内して行く。北沢の胸ははずんでいた。足取りも軽かった。

数十人の治憲一行が雪の坂を下って行ったあと、かなりたってから、ひとりの旅姿の娘が、道脇の木のかげからあらわれた。

みすずだった。江戸の藩邸で、老女の紀伊に仕えていた少女であった。

板谷峠(十)

(あの方は、私がお屋形さまの行列に、そっと従《つ》いてきたのを知っていらっしゃる…)

みすずはそう思っている。

みすずは、江戸からずっと治憲の行列を追ってきた。が、慕っている佐藤文四郎を追ってきたわけではない。そんな楽しい旅ではない。みすずは、上杉治憲を深くうらんでいた。

江戸の邸で、まず改革の実験をしたいという治憲は、奥女中の数も九人に減らした。治憲の正妻で、生れつき障害者の幸姫のめんどうをみる者も例外ではなかった。

そのへんを考えて、みすずの主人の老女紀伊は、

「ご改革のご趣旨には従います。私のところにおりますみすずにもヒマをとらせましょう。しかしお願いいたしましたとおり、私にとって、みすずは孫娘のようなもの。あの娘がいなくなっては、年老いた私は何もできませぬ。

また、幸姫さまもみすずをひどく気にいっておられます。そこでいかがでございましょうか。これからは、みすずを私が雇い、私が給金を出すということで、ひきつづき奥で勤めさせてはいただけませんでしょうか」

藩の方針に従って一応はクビにはする。しかし、改めて自費で雇いたいというのだ。

紀伊の分別のあるこの申出を、お屋形さまは最初はおゆるしになった。が、すぐ取消され、

「済まぬ、例外は認められぬ。私が過まった」

という使いをおよこしになった。使いは二度とも佐藤文四郎がきた。

はじめは極楽へ案内し、すぐ、いや、まちがいだったといって地獄へ突き落す、それが、お屋形さまのやりかたなのか。

奥方さまの幸姫さまに、紙でツルを折り、布で人形をおつくりになる、あのやさしいお屋形さまは一体どこへ行ったのか。

（まるで鬼のような方だ）

佐藤が二度目の使いにきたとき、みすずは正直にいってそう思った。

そして、そんな返事を持ってくる佐藤も佐藤だと思った。自分がひそかに熱い思いを寄せていることを知っているくせに。

最初の許可を伝えにきた佐藤を送って、一緒に歩いたあの廊下の短い距離が、何と長く遠く感じられたことだろう。

いま思い出しても頬が熱くなる。でも私はその思いを江戸で忘れた。忘れられないけれど、忘れる。

みすずは、治憲を刺すつもりでついてきた。

老女の紀伊があの日から寝こんでしまったからだ。みすずを失なう衝撃がそれほど大きかったのだ。いつ死ぬかわからない。しかし看病することもできない。藩は非情で、解雇した女中たちがいつまでも邸内にいることをゆるさないからだ。

病気になった紀伊のことを気にかけながら、みすずはわずかな荷物を持って邸を出た。

そして、上杉治憲への復讐を、はっきり決意した。

灰の国で(一)

しきたりでは、板谷宿から藩主はかごに乗り、米沢城まで、あと一里という地点にある羽黒堂から、馬に乗ることになっていた。

板谷峠を下って、盆地に入っても、米沢国内の光景はまったく変らなかった。土地は痩せ、荒れはてているのが、雪におおわれていても、よくわかった。

第一、くらしている藩民たちにまったく生気がなかった。途中で会った農民や町人も、藩主の入国だというので、あわてて道の端に土下座したが、その目は死んでおり、治憲という新藩主に何の期待のきもちも持っていなかった。

（まるで厄病神を迎えるような目だ）

治憲はかごの中からみてそう感じた。

いや、藩民は事実、新藩主を厄病神だと思っていた。藩民にすれば、改革というのは増税と同じことであった。

それも、こんどの藩主は

「徹底して、きびしいご改革をなさろうというお方だ」

という噂が流れていた。

徹底してきびしいご改革をなさるとは、藩民をしぼりにしぼるということだ。

（いくらしぼったって、もうおれたちは油カスばかりだ…）

藩民たちは噂をきいても、そう嘲笑した。きもちのヒダがスリきれてしまっているから、新らしい事態が起っても、もう何の感情も湧かない。

「やりたければ、勝手にやるがいい」

と、藩民はヤケクソである。

冬は季節としてこの国をおそっているのではなかった。土地も人間も、底の底から冷たく凍っていた。

米沢に住む人々は、自然の冬だけでなく、心の冬に鋭くおそわれていた。そして、その心の冬には、いつまで待っても、春はこない。永久に凍りついている冷たさを持っていた。

かごの中から、荒涼とした光景を凝視しつづけながら、治憲は、ふと目の前のタバコ盆の中の灰皿をみて

「この灰と同じだな」

とつぶやいた。

灰皿の中も冷たく荒涼としていた。火ダネがないからである。死んだ白い灰だけが入っている。灰の中からは何も生まれないし、何も育たない。不毛の土壌なのだ。

外の土地もこの灰のように、いまは死んでいる。何も育たないし、また、人間たちが育てる意欲を失なっている。

（一体、どこから何をはじめればいいのだろうか…）

さすがに治憲は考えこんだ。この灰皿と同じ米沢の土地は、どうすればよみがえるのだろうか。キセルをとって、治憲は無意識に灰をかきまわした。

そして、思わず灰の中を凝視した。

灰の国で(二)

灰の中に小さな火ダネがのこっていた。本当にちいさい火ダネである。しかし、

「お」

と、治憲の目は輝いた。灰だけだと思っていたタバコ盆の灰皿の中に、たったひとつ、ちいさな火ダネがのこっていたのである。

ただ、その火ダネも消えかかっていた。黒い炭の、ほんの一角だけが赤く燃えていた。

治憲はキセルをくわえると、いきなりフウフウと、呼吸をつよめて吹きだした。パッと灰が巻き上り、治憲の顔にかかったが、治憲は気にかけなかった。懸命に吹きつづけた。

「お屋形さま」

かごの外から佐藤文四郎が声をかけてきた。中でフウフウという音がするので、何ごとが起ったのかと思ったのだ。

「お屋形、いかがなさいました」

木村高広も心配そうな声できいてきた。治憲は外に向っていった。

「いま、どこか」

「まもなく大沢の宿場に入ります。お城まで三里です」

「そうか、では、そこから馬に乗ろう」

「え」

外でおどろきの声が走った。

「しかし、それは…」

口ごもる木村の声がきこえた。

「シキタリに反するのか」

「いや」

木村がクスリと笑った。

「シキタリはすでに相当お破りになっているお屋形さまのことですから、そんなことは気にいたしませんが、寒風が強うございます。やはり羽黒堂からお乗りになったほうが」

「その寒風の中を、おまえたちは歩いている」

「は…」

一瞬、木村たちは息をのんだようである。おまえ

たちは、その冷たい寒風の中をずっと歩いているではないか、という反語の中にこめられた、治憲の自省と家臣へのいたわりのきもちは、それ以上きかなくても、イヤというほどわかったからである。

「お屋形さま、さきほどから何をしておいでてございますか？」

佐藤がかごの中をのぞきこむような気配をみせてきいた。フウフウ音がしていたことが気にかかるらしい。

「かごをとめよ」

治憲は命じた。土の上におろされると、治憲はかごの戸をあけた。寒風がピュッと舞いこんだ。タバコ盆から灰が舞った。

「みよ」

治憲はそのタバコ盆を持って外の者にみせた。

「あ、これは申訳ございません。火ダネがございませんな。タバコをおすいでしたら、その辺の家から火ダネをもらってまいります」

佐藤がそういって走り出そうとした。治憲は佐藤に、

「待て」といった。そして、

「火ダネはある」

とニッコリ笑った。

灰の国で(三)

灰しかないタバコ盆をみせながら、

「火ダネはある」

という治憲に、佐藤も木村も妙な顔をした。竹俣当綱も寄ってきた。

「板谷峠を発ってから、私はかごの中からずっと外の光景をみてきた。

残念ながら、米沢の国はこの灰と同じだ、死んでいる…」

かごのまわりに集まった家臣たちは、うなだれた。治憲のいうことがよくわかったし、また、治憲のいうとおりだったからである。

家臣たちは米沢の荒廃が自分たちの責任だと感じて、頭をさげた。が、治憲は
「そう思いながら、私はこの灰の中をかきまわしてみた。万が一と、いう期待があったのだ」

治憲はそういうとニッコリ笑って、

「みてみよ」

と灰の中の小さな火ダネをキセルで示した。フウフウと吹きつづけたので、さっき黒かった部分もいまは真赤に燃えていた。

お、というひくいおどろきの声が一同の口からそろって出た。まさかこの灰の中に、まだ火ダネがのこっているとは思わなかったのである。

「ちいさな火ダネだ、しかし、これは改革の火ダネだ」

突然、治憲はそういった。

「は？」

竹俣がききかえした。

「改革の火ダネとおっしゃいましたか」

「そうだ」

治憲はうなずいた。目が輝いている。十九歳の青年らしい、みずみずしい活気がふたつの目からほとばしっていた。

「改革の火ダネだというイミは、おまえたちのことだ。いま米沢の山も川も死んでいる。この灰皿の中の灰と同じだ。しかし、その死んだ灰の中にも人はいる、必ずどこかにいるはずだ。こんな灰の中にさえ火ダネがあったのだから。

おまえたちは、改革の火ダネとして、私と江戸からいっしょにきた。米沢で燃えろ、なかまを増やせ。決して消えるな。自分の火を吹きつづけよ。そしてその火をほかの者に移せ。米沢にも必ず人がいるはずだ。志を同じくする者がいるはずだ。そういう人間たちを、もっともっと燃えあがらせよう…」

竹俣、木村、佐藤たちは、目を燃した。胸の炎が目まで噴きあがっていた。

三人は治憲の表情を美しいと思った。そこには藩主としてでなく、理想に燃えるひとりの青年が存在していた。

佐藤がいった。

「その火ダネをいただかせて下さい」

「どうするのだ」

「ご改革が実るまで、私は吹きつづけます。つぎつぎとほかの炭に移して、決して消しませぬ」

そういう佐藤文四郎の目もまた、感動に輝いていた。

灰の国で（四）

大沢宿に着くと、治憲は
「ここから馬に乗る」

といった。もう誰もとめなかった。

寒風はいよいよはげしい。空は雲が厚さをまし、時時、パラパラとミゾレが降ってきた。新藩主初入国の日の天候としては、ひどく悪い。

治憲は馬に乗った。そのうしろから佐藤文四郎が、タバコ盆を持ってつづいた。ちいさな火ダネは、すでに大きな黒い炭に火が移されている。

佐藤は誓ったとおり、この火ダネを改革成功の日まで消さないつもりだ。治憲がやったようにキセルか火吹竹で、フウフウ吹きつづけるつもりであった。

改めて北沢五郎兵衛が緊張した表情で案内に立ち、一行は米沢城めざして進んで行った。ここから十二粁の道のりである。

現在、米沢城は米沢市丸の内一丁目にあり、上杉神社のあるところが本丸跡だ。上杉神社には、上杉謙信と上杉鷹山（治憲）がまつられている。

もともとは、鎌倉時代に、大江広元の次男大江時広が、地頭を命ぜられた長井庄にきずいた城で、時広の子孫は長井を姓としたが、八代長井時房のときに、伊達宗遠に攻めほろぼされてしまった。

宗遠の子孫伊達政宗はこの城で生れた。

しかし、その政宗も、小田原攻めの時に参陣が遅れたといって豊臣秀吉に叱られ、移封された。

主人の上杉景勝をむかえる前にこの城の主だった直江兼続《かねつぐ》は、都市計画の大家で本丸のほかに二の丸・三の丸をつくり、その周囲にも深い濠をめぐらしただけでなく、城下町全体を防衛都市につくりあげていた。とにかく狭い米沢の地に、関ヶ原の戦いで徳川家康に叛いた景勝が、数千人の家臣とともにころがりこんできたのだから、食わせることも大事《おおごと》だったが、住居を用意するのも大変だった。

城下町は、城にちかい地域から身分の高い侍に割りあてられたが、間口は身分の高い順に八間、七間、六間という広さだった。が、奥行きはそろって二十五間だったというから、皆、ウナギの寝床だった。

城下町に収容しきれない家臣は〝原方《はらがた》〟といって、城下外の荒地を整地し、ここに住まわせた。のちに、城下町に住む侍たちは、この層を

「原方のクソつかみ」

といって軽蔑し、原方もまけずに

「城下のカユ腹め」

と応酬するようになる。悲しい藩内差別が生まれるのだ。

侍と町人の比率は五四対四六だったといわれるから、いかに侍が多かったかがわかる。

その米沢では、この日、城門には重臣を先頭に藩士群が、そして城下町では軒下や道の脇に町人群が、それぞれ、一番いい着物を着て治憲を待っていた。皆、寒さにふるえていた。

灰の国で(五)

重臣として、治憲を迎えに出ていたのは、千坂高敦、色部照長、須田満主、長尾景明、清野祐秀、芋川延親、平林正在らだ。

色部は、治憲の入国よりひと足先に米沢に戻っていた。江戸で、

「改革の趣旨を、私の入国前に米沢本国の藩士、藩民に伝えておいてほしい」

と治憲にいわれたが、

「そんな大事なことを、とても私ひとりで負えませぬ」

と辞退した。そして、

「本国からしかるべき重役を呼んで、ご趣旨をお話し下さい」

といった。

そこで治憲は、米沢から重役代表の出府（江戸へくること）を命じた。古参の千坂高敦がきた。しかし千坂も、

「こんな大事なことを、お屋形さまに代って、私の口からはとうてい話せません」

と、ことわり、さらに、治憲の脇にいた竹俣当綱や莅戸善政をギロリとにらんで、

「ましてや、このたびのご改革案は、口上手の一部

のよこしまな者たちがつくりあげたもの…」

と思っていたことをいった。

それでも無理に改革案を文書にして、

「では、これを私の代りに皆に読んできかせてほしい」

と、治憲はあくまでも下手に出た。本当は、もう、

「私の命令だ」

といいたかったが、ここで短気を起すのはまだ早い。

千坂はフクレッつらで文書を持って帰った。持って帰ったが、藩士たちには話さなかった。同じ重役の須田や芋川が、

「そんなものを、とんでもない！」

と、顔色をかえて反対したからだ。

特に須田は強硬で、かれは個人的に竹俣や莅戸がきらいだった。せっかく、江戸藩邸へ押しこめたのに、その冷メシ組がそろって息を吹きかえし、意気揚揚と、新藩主の側近として、米沢にのりこんでくることにがまんできなかった。

（あんなヤツラに藩政を自由にさせてたまるか）

と、改革がはじまる前から憤激していた。

世の中によくいる型の人間で、

「何をやろうとしているのか」

という〝何を〟で判断しない。

「誰がやろうとしているのか」

という〝誰が〟にこだわる。

つまり、〝何を〟の中身がどんなにいいことであろうと、そのやり手がきらいな人間だったり、気にくわない人間だったりすると、もうそれだけでダメなのだ。

「どれほどいいことであろうと、あいつのやることには、ぜったいに協力しない」

という考えである。

いまの須田がそうだった。

「竹俣や莅戸が改革の中心になるかぎり、おれは、ことごとく反対する」

と心をきめていた。

灰の国で(六)

だから、もちろん須田は、新藩主の治憲にも好感をもっていない。口のうまい冷メシ組にだまされて、藩政改革のような重大なことを、本国の自分たちに何の相談もなくすすめようとする、世間知らずの青年だと思っていた。

そして、この考えは、米沢の重役のすべてに共通していた。

重役たちは、皆、

(尻の青い若者藩主を、徹底的に鍛えなおしてやろう)

と、手グスネひいて待っていた。そしてそれができると思いこんでいた。

わずかに、色部照長だけがすこし動揺していた。色部は江戸藩邸で治憲にかなり接した経験を持っていた。

治憲をかばうと、須田たちに、

「色部殿もすでに籠絡《ろうらく》(まるめこまれること)されたか」

といわれるので、だまっているが、色部は、治憲が須田たちのいうような、単純な、

「世間知らずの若者」

ではないと思っている。治憲は、たしかに十七歳で上杉家を継ぎ、いま十九歳だが、あの分別、行動の慎重さ、そして、何よりもどんなときにも微笑を絶やさない冷静さは、かなり老成した人間の態度だ。

藩主だからというのでなく、江戸で治憲に接しているときに、色部はいくたびも治憲から圧迫感を感じたことをおぼえている。

そのたびに

(このお屋形は、果して十九歳なのだろうか)

と、よく思った。いや、このお屋形に果して年齢があるのだろうか、と思ったほどだ。

だから、須田のように、ただ怒りにまかせて治憲に向って行っていいのかどうか、色部はかなり懸念していた。

「お」

城下町のほうをみていた芋川がひくい声を立て

た。

「先発の隊がくる」

と、道をゆびさした。合羽を着た黒い一隊が通りを歩いてくるのがみえた。先頭に奴のふる毛槍らしいものがみえるが、いつものようなふりかたではない。かなり作法からはずれたいいかげんな動作だ。

というより、隊全体がスタスタ歩いてくる。大名行列の、

「下にィ、下にィ」

という、あの悠長な速度ではないのである。

「何だ、あの者どもの歩きぶりは」

ほかの重役たちも不審な声をあげた。

一隊がどうも異様な集団に思えるのだ。列の真中に、馬乗の武士がみえる。

「妙な先発隊だな…」

須田がつぶやいた。色部はいった。

「あれは、先発ではない」

「………?」

「本隊だ。お屋形さまの行列だ」

「何ですと?」

重役たちだけでなく、色部のことばがきこえた藩士たちもおどろいた。

灰の国で(七)

町の大通りから城門に向ってくるのは、百人足らずの一隊だ。長旅そのままの服装でのりこんでくる。

シキタリをまったく無視していた。

いかに途中で雨や雪にあい、よごれた道をたどってこようと、城へ入る前には適当な宿場で美しい衣類に着替え、お屋形らしい姿になって入城するのが、シキタリである。

もし、いま、次第に迫ってくるあの一隊が、色部のいうように新藩主の行列だとすると、一体、どういうことなのか。江戸からの旅のよごれをそのまま、この米沢城内にもちこもうというのか。

重役たちは、自分たちがいま着ている絹製の華麗な衣服が、たちまちよごされるようなおそれを感じた。

「…まるで、コジキの群だ」

はきすてるように須田がいった。一度、治憲に会ったことのある千坂は、さっきから苦虫をかみつぶしたような顔をしていた。

（あるいは）

千坂も、コジキの群のような一団をみて、

と思ったのだが、イヤなその予感が当ったことに、甚しい不快の念を抱いていた。千坂も、

（あのお屋形ならやりかねない）

と思っていた。

重臣・藩士たちの、そんな動揺や渋面におかまいなく、よごれによごれた一隊はどんどん城内へ迫ってきた。

治憲は馬上にいる。大沢の宿場を発して城下町に入ると、治憲は道の脇に正座して手をついているおびただしい町人たちをみた。男や女や老人やこどもなどの庶民が、くちびるを白くして、ふるえながらおじぎをしていた。せっかくの着物も、雪と泥によごれてしまっていた。

衝撃だった。

というより、怖れがからだの中を走りぬけた。治憲が一瞬思ったのは、

（私は、何なのか）

ということであった。

何がゆえに、こんなに多くの人間が、雪の道に手をつき、寒さをこらえておじぎをしているのか、ということだった。

（ああ）

胸の中で、治憲は大きな吐息をついた。

とてつもない大きな罪をおかしたような気がした。

（やめてくれ）

道脇のひとりひとりの男女に、特に老人に、そうたのんで手をとってひきおこしたい衝動にかられた。

だから、下にィ、下にィの触れも、毛槍も、ことさらに歩行速度を落させずにズンズン歩かせた。行列の調和が乱れたが、そんなことはかまっていられなかった。

治憲にすれば、こんなつらい道は、一刻も早く通りすぎたかったのである。冬なのに、治憲は、から

だいっぱいに冷汗をかいていた。

灰の国で(八)

入城すると、治憲はよごれた衣類を手ぎわよく脱ぎすて、風呂にとびこんだ。

さすがにからだが冷えきっていた。馬上にいるときから、治憲は城に入ったあとの自分の行動をきめていた。

(何よりも、まず全藩士を集めて、米沢藩の実態を正直に話そう)

と思っていた。藩の白書をことばで発表しようというのである。

そのあとで、

(新藩主として、何がやりたいか)

を告げようと思っていた。目標をかかげるのだ。そうしないと、いかに改革といっても、藩役人がバラバラなしごとをするようになる。そうなった時、誰よりもめいわくをするのは、藩民である。

(そのつぎに、いまの私に何ができるか、どこまでできるかを、率直に話そう)

藩主だからといって、ツヨガリをいうことはいけない、ツヨガリに期待をもたせたら、ウソをつくことになる。できもしないことをできるなどといってはならない。

(そのためには、つぎに、なぜできないかをあきらかにしなければならない)

改革をはばむ壁の種類やその厚さを、正直に話さなければならない。障害の多さに、あるいは勇気のない藩士はたじろぐかも知れない。

しかし、そこを避けては改革はできないのだ。

(最後に、手を突いて、藩士全員に協力をたのもう。私の足らざるところを、皆でおぎなってくれるようにたのもう)

次第に生気をとり戻しながら、治憲は頭の中で自分がやらなければならないことを、改めて整理した。

現代の企業経営に即していえば、治憲の考えたことは、つぎのような段取りになるかも知れない。
一、企業危機の実態報告
二、再建目標の設定と、その目標の内容の開示

三、その目標を達成するための、現有勢力でやりうる限界の認識
四、限界を構成している諸要素の分析
五、その障壁に挑戦する可能性の追求
六、そのための全組織員の協力要請
一は、情報を上から下まで共有しようという態度であり、二は「何のため、誰のための改革なのか」をあきらかにし、三は、しかし、そうはいっても、いま、どこまでできるのかの能力の限界を率直に認め、その限界も実はこういう壁でできているのだから、皆で力を合せれば必ずこわせる、というのが、四、五、六であったろう。

現在、日本で問題にされている行政改革とか経営改革とかも、本当は、このパターンによるべきなのだろうが、そこは人間の世界で、特に政治となると、ドロドロとなまぐさい要素がからむので、かんたんには行かない。

灰の国で(九)

風呂から出ると、治憲はすぐ色部照長と千坂高敦をよんだ。千坂にたしかめておきたいことがあった。

治憲は居丈高でなく、むしろこの頑固な重臣を引き立てるような口調できいた。

「先般、江戸表でたのんだ私の文書は、すでに全藩士に告げてくれたであろうな」

「……」

千坂はたちまち渋面をつくった。脇の色部も顔をしかめた。

「どうした」

柔らかいことばだが、底に鋭いものを据えて治憲はきいた。

「それが…」

歯ぎれの悪い応じかたをした千坂は、しかし突然キッと顔をあげて治憲をにらんだ。ひらきなおったのが治憲にもよくわかった。

千坂はいった。

「お屋形さまの文書は、まだ私の手もとにございます」

「おまえの手もとにあるとは、どういうことか。ま

だ公表していないということか」

「さようでございます」

千坂はもう度胸を据えてしまっているから、傲然と答える。

「なぜ全藩士に告げてくれなかった」

もう米沢本国での第一次激突がはじまった、と思いながらも、治憲は顔に浮べた微笑をヒキつらせないようにしながら、根気づよくきいた。

「ことがらが、あまりにも重大でございますゆえ、私の一存ではご指示に従いがたく、江戸より米沢に戻りました際、重役一同と協議いたしました。その結果、かかる重大事は、重役が全藩士に告げるには、あまりにも任が重いということに決しました」

「私から直接話せということか」

「それもございますが、それ以前に」

「それ以前に、何か？」

「このような重大事は、藩士に話す前に、改めて事前に重役たちにご相談あってしかるべきか、と、これが重役一同の意見でございます」

「……」

治憲はちょっと黙した。が、すぐ、

「重役たちには相談しない」

といった。

「何と？」

グイと向きなおる千坂に、治憲は、

「重役たちに相談すれば、結局はいままでとおなじことになる。そうすれば改革はすすまぬ」

「しかし、この案は、江戸表にいた一部の奸物どもがつくりあげた…」

「千坂、待て」

治憲は千坂の発言をとめた。相当にムラムラしてきているが、まだ微笑は消さない。

「改革案をつくったのは奸物ではない、私がもっとも信頼した者たちだ。それから、案をつくったのはかれらでも、認めたのは私だ。だからおまえに渡したのは、すでにかれらの案ではなく、私の案だ」

灰の国で（十）

ニコニコ微笑しながら、整然とこういうふうに論を立てられると、千坂はグウの音も出なくなった。

そこで千坂は攻撃目標を変えた。

「おそれながら、お屋形さまは、九州高鍋の小藩から当家にお入りになられ、上杉家のシキタリをご存知ありませぬ。

上杉家は、ただいま十五万石とは申せ、かつては百二十万石、そして三十万石の大藩でございます。また謙信公以来、武門のほまれ高いお家でございます。

それを、お屋形さまのように、つぎつぎとシキタリをお破りになっては、われら重役一同、とてもあとに従えませぬ」

「私が破ったシキタリとは」

「たとえば板谷宿での野宿、大名のなさることではございませぬ。それから大沢からの乗馬、上杉家のシキタリでは、羽黒堂から一里の道を馬を召されればよいことになっております。

もっとも大きなシキタリ違反は、いかに財政窮迫の折とは申せ、千人の供を一挙に百人足らずにおへらしになったことでございましょう。

それも雨雪にまみれたボロボロの姿で…城門でお出迎えしたとき、この千坂、あまりの情なさに涙がこぼれましてございます」

ここで本当なら、治憲は千坂にききたかった。

「何に対する情なさなのか」

と。

「おまえのいう、その大藩意識、形式主義の虚栄心が結局、上杉家をまったくの〝金気《かなけ》なし〟の状態に追いこんでしまったのではないか」と。

が、いま、それを口にすることははばかられた。

というのは、千坂はそれだけを生きがいにして今日まで生きてきたのにちがいないからだ。

千坂だけではない。皆、そうだ。それを、いま、頭からピシャッとたたいたらどういうことになるだろう。

そうしたかったが、

(まあ、待て)

と、とめる胸の奥からの声があった。

(これは、予想以上に根気が要るぞ)

と治憲は思った。

千坂にいいたいだけいわせてしまうと、治憲はいった。

「では、改めて私から全藩士に話をしよう。明日、午前十時（当時のいいかたで朝四つ）に全員を大広間に集めてくれ」

「全員と申しますと？」

また千坂がききとがめた。

「城につとめる者全員だ。足軽、めしたき、下男、下女もすべてだ」

「そんな、とんでもない！」

千坂は目をむいた。千坂だけでなく、色部もはっきり非難の目で治憲を見た。

しかし、治憲はいった。

「これは命である。全員を大広間に集めよ。それが、私の藩政の最初である」

小町の湯(一)

朝だというのに、ドヤドヤと五人の若侍がとびこんできた。

「おや、若さま方、こんなに朝早くから」

起きてはいたが、まだ、昨夜の疲れを眼のふちにのこしている宿のおかみお千代のおどろきをよそに、若侍たちは、

「酒、酒だよ、ツマミは山菜でいい」

といいながら、まるで自分の家に戻ったような気やすさで、二階への段を上って行った。

女中や下男を指揮して掃除をはじめたばかりのお千代は、一日の出バナをくじかれた気がして、何となくいやな気がしたが、若侍はいずれも、米沢藩の重役の息子であり、お城からちょっと遠いこの湯の宿を、どういうわけか、ここのところ急にヒイキにしてくれるので、あまり苦情もいえない。

ここは米沢から二里ちょっとはなれたところにある小野川の湯だ。吾妻山から流れ出た大樽川のほとりにあるひなびた湯治場である。まわりは山だ。

むかし、小野小町が父を探して歩く途中、こんなところに湯が湧いているのをみつけたのだという。ウソか本当かわからない。

お千代は江戸で水商売をしていた。ここの宿主が商用で江戸にきてお千代を気にいり、何度かかよって、

「女房になってくれ」

と懇願した。からだの弱そうな誠実な男だった。男の実《じつ》にほだされて、お千代は小野川にきた。ようやく温泉宿の経営をおぼえたころ、亭主が死んだ。生きていたときにも、あまりくわしいことは話さなかったが、身寄りはひとりもいなかった。

死ぬとき、お千代の手をにぎって、

「……ありがとうよ」

と、涙をうかべて礼をいい、

「おれが死んだあとは、全部おまえにやる。宿は売って江戸へ帰ってもいい」

と、ひじょうに話のわかった遺言をした。

遺言が、話がわかりすぎていたために、お千代は逆にこの土地に残る気になった。のんびりしたくらしと、まわりをとりまく山や河の美しさと、四季絶えまのない鳥のさえずりや、草花がさいたり散ったりするのをみていると、もうゴミゴミした江戸の生活に戻るのはイヤだった。

いま三十二歳である。際立って美人というのではないが、色が白く肉が柔らかいので、かなり目には立つ。

「男はほっておかないだろうな」

話のわかった遺言をしながら、たったひとこと、亭主は自分の死後の心配をそういうことばで示した。

「ばかだね、こんなおばあさんを誰がかまってくれるものかね」

お千代は笑ってそういいかえしたが、亭主は信じなかった。亭主のいったとおり、後家になったお千代を狙って、近所の助平商人や農民が先を争ってかよってきた。が、今日の若侍たちはちがった。

小町の湯(二)

半月ばかり前、ひとりの旅姿の娘が訪ねてきた。二、三日泊り、その代金をきちんと精算したあと、突然
「ここで働かせて下さい」
といった。
町娘の姿をしているが、お千代には、その娘が武家奉公をしていたのがすぐわかった。ことばづかい

や、しぐさのひとつひとつがまったくちがう。

「なぜこんなところで働きたいの？　さびしいよ」

「父をさがしているんです。泊る人の噂をきいていれば、きっと手がかりがつかまるかと思って…」

「……」

お千代は黙って娘の顔をみつめ、やがて苦笑していった。

「小野小町みたいなことをいうんじゃないよ。そんなみえすいたウソはきらいだよ」

「でも、本当に」

「おだまり」

お千代はきびしい口調になった。

「あたしも、若いころは江戸で苦労していたよ。わけをきかないでほしいといわれれば、決してきかないよ。でも、ウソをつかれることだけはイヤだよ。おことわりだね」

「……」

娘はおどろいてお千代の顔をみかえし、やがて、みるみる眼から涙を落しながら、

「…ごめんなさい」

と、急に肩をガックリ落した。

「江戸からひとりで旅をしてきたものですから」

娘のひとり旅の突っぱりが、まだ残っていた。が、ズバリと真実を突いたお千代のことばに、その突っぱりがもろくも崩れたのだった。

しばらく泣かせておいて、お千代は、しずかに、嗚咽《おえつ》にふるえている娘の肩に手をおいた。

「なまえは」

「みすずです」

「みすずさん、ずいぶんときれいななまえだこと」

「親代わりのおばさまがつけて下さいました」

みすずは、老女紀伊のおもかげを思いうかべながらいった。

「でも、みすずってなまえじゃ、湯治場宿の女中はつとまらないね」

え、とみすずは涙だらけの顔をあげた。お千代のことばがひっかかったからだ。

「では？」

「ああ、こんな宿でも働きたかったらいるがいいよ。すなおになったあんたをみたら、ちょっと可哀

想になってね」

「おかみさん」

ちょうど、いままで紀伊にしたようにみすずはお千代のひざにすがりついた。そういう無垢な少女のようなところがみすずにはあった。

「あなたは甘えん坊ね」

紀伊はそうされるたびに、みすずの額を指ではじきながら微笑んだ。が、お千代はみすずにすがりつかれて、胸の中で当惑した。

（こんなウブで、温泉の女中がつとまるのかしら）

小町の湯(三)

死んだ亭主は、宿の造作にあまり手のこんだ工作を加えるのがきらいだった。

たとえば湯槽《ゆぶね》も、川ぞいの湯が湧く岩間をそのまま とりこみ、川に板で小さな堰《せき》をつくって、湧いた湯が熱ければ、川の水をひきこんでぬるくするというような工夫をしていた。

この野趣ゆたかな野天ぶろは、客によろこばれた。ただ、大雨や春の雪どけで大樽川の水が溢れるときは、堰は何の役にも立たず、水がどっと流れこんだから、そういうときは内ぶろを仕立てるのだった。

この朝、雪にかこまれた岩風呂の流し場を、みすずはせっせと掃除していた。

憎い上杉治憲に怨みの一太刀を加えるには、あるいは米沢の城下町で仕事を探したほうがよかったかも知れない。

が、みすずは、

（もし万一）

という心配があった。

もし万一というのは、何かの拍子に佐藤文四郎に会いはしないか、という懸念《けねん》であった。文四郎と顔を合わせたら、一体何とこたえたらいいだろう。みすずの胸には、治憲への恨みと同時に、文四郎への慕情が煮《たぎ》っている。矛盾しているのだ。一体、どっちの情念がつよくて、おまえは米沢へきたのか、と問われたら、おそらくみすずはきちんと答えられまい。

みすずの若い胸は、そういう混濁した熱い思いに焼かれているのであった。

川の岩の上に小さな山鳥がきて、とびまわりながらしきりにエサをさがしていた。

（まあ、可愛いい）

と思わず頬をゆるめると、背後から板の縁を騒騒しくふみならす音がきこえ、みすずはいきなり雑巾がけのためにうしろに突き出していた尻をたたかれた。

「ひえ」

と悲鳴をあげてふりかえると、ここのところ、しきりにこの宿にかよってくる五人の若侍が、いずれも下帯一本の裸で手拭片手に、ザブン、ザブンと湯にとびこんだ。しぶきがみすずにかかる。そんなことはおかまいなしに、その中のひとり、須田平九郎がこういった。

「おい、すず、あとで酒の相手をしてくれよな」

すず、とみすずは名を変えていた。

「みすずじゃ、いかに何でもね」

というお千代は〝み〟を取っちまおうよ、といともかんたんにいった。

はい、とみすずはお千代の判断に従った。

（そのほうが、あたしも生れ変れる）

と思った。もう、あたしは江戸の米沢藩邸にいたみすずとは別の人間なのだ。と自分にいいきかせた。すず、というのが、この宿の女中としてのみすずの新しい名であった。

小町の湯（四）

「まったく話にも何もならない」

岩風呂の中で、若侍のひとり芋川磯右衛門がいった。重役芋川延親の息子である。

「ついにおまえのおやじも江戸にとばされたな」

ブルルと湯で顔を洗いながら、神保甲作がいった。やはり重役の神保綱岸の息子だ。おまえのおやじもとばされたな、といわれた若侍は須田平九郎といって、重役須田満主の息子だ。須田はもっとも頑固な保守・シキタリ派で、芋川、千坂とともに、新藩主治憲への非協力派だ。

そのセガレたちだから、この若者たちも治憲にいい感情をもっていない。あとの二人は服部正相、柏木三七という気鋭の青年だ。

入城の翌日、治憲はことばどおり全藩士を、足軽も含め城の大広間に集めた。そして藩が、いまいかに窮境にあるかを話した。約二時間（一刻《いっとき》）にわたる話であった。

大広間にはギッシリ詰めた藩士と、廊下から庭に溢れた足軽やめしたき・下男・下女たちが座っていた。

咳ひとつしないで、全員が治憲のことばに耳を傾けた。

しかし、話しながら、

（この中で、一体、どれだけの人間が私の話を理解してくれるだろうか）

と思った。

それは、並んでいる人間たちの表情をみればわかった。最高座にいる重臣たちは、そろってニガ虫をかみつぶしたようなふきげんな顔をしていたし、中・下級藩士はそういう重役たちのきもちをおしはかりながら、ひじょうにとまどった心境でいた。

足軽以下にいたっては、前例のない大広間にあげられたことで、きもちが動てんし、心は宙に浮いていた。

いずれにしても、治憲の話を落着いてきいていたものは、ほとんどいなかった。治憲は思った。

（こんなことでいいのか）

中には、

「お屋形は一体何の話をしているのだ」

と、話の内容をまったくつかみきれないキョトンとした表情をしている者や、敵意を露骨に示して、はじめからきく耳をもたない層の顔をながめながら、治憲は、絶望し、また怒った。が。

（アセるな）と自身を制した。

（怒るのはただ一度だけだ。そして、怒ったときは、すべてが終る）

治憲は自分にそういいきかせた。実態を話したあとは、改革の目標を示した。

「改革は藩のためにおこなうのではない。藩民のためにおこなうのだ。民こそ国の宝であり、国の源である」

と、はっきりいった。これには大広間がザワめいた。民が国の源だなどという考えは、藩士たちにはなかった。かれらにとっての藩民とは、絞りぬく年貢の源であった。治憲はひきつづき、人事を発表した。

小町の湯(五)

「執政竹俣当綱、町奉行莅戸善政、近習木村高広、倉崎恭右衛門、志賀八右衛門、全部藁科松伯門下ばかりだ」

柏木がいう。

「まったく菁莪社《せいがしゃ》（松伯をかこむ学問のなかま）人事だな、偏向人事も甚しいよ」

「煙ったい重職は全部ヒヤメシ組になる。こんなことでは、うまく行きっこないよ。新藩政もすぐ失敗するね」

神保、芋川が応ずる。

「第一、最初の日の大広間の会議だって、一体、何だ。足軽・下男・下女まで集めて」

それに話すことの大ゲサなこと。あんな話が足軽どもにわかるはずがないじゃないか。みんな、あっけにとられていたぞ、このお屋形は頭がヘンなんじゃないかって」

服部があの日の感想をもらした。芋川があとをひきとった。

「おれがもともケシカランと思ったのは、お屋形が藩上層部のひみつに類することまでペラペラしゃべってしまったことだ。あれは問題だよ。下下の者は、それほど藩は大変なのか、とかえって心配になると思うな。浪人するヤツだって出るかも知れない」

「お屋形っていうのはね」

こどものように風呂の中を泳ぎまわっていた須田が、ブルルと顔から湯をはらい落しながら、口をはさんだ。

「家臣に多くを語っちゃいけないんだよ。何もいわずに、だまってついてこい、というくらいの気概がなければダメなんだ」

「おれもそう思うな」

芋川が応ずる。

「大広間での話しぶりでは、何でも、たのみ申す、たのみ申すの一点ばりだ。家臣にばかり、ものをたのんで、ご本人は一体何をやる気か、とききたい。

あれじゃ、弱音を吐いているのと同じだ。卑屈だよ。権威というものがまるで感じられない」

「その権威だが」

熱くなったのだろう、一旦、外の洗い場に出た神保がこういった。

「やはり、格式と伝統から生れるものだ。養子に入ったからといって、すぐ身につくものではない。まして や、いま、芋川さんがいったように、ああ、ぺラペラしゃべるようでは、自分で自分を軽くしている。藩士たちから逆にバカにされるだけだ」

「手きびしいな」

須田が岩の上に腰をかけながら苦笑した。

「とんでもない、これはほんの序の口だ。いいたいことは、まだ山ほどある」

芋川は笑いもせずに須田を逆ににらむような顔で応じた。本当に治憲に腹を立てているらしい。

「しかし、いいのかな…こんなにお屋形を批判して」

柏木が改めてあたりを気にしながらいった。須田が応じた。

「こういう話ができるから、この小野川の宿をえらんだのだ」

小町の湯(六)

「そうかな」

芋川がニヤニヤした。

「そうではあるまい」

「じゃ、何だ?」

須田は芋川に突っかかった。

「あのすずという女中だろう、本当の目当は」

芋川は奥をふりかえるようにしていった。

「何をいい出す、バカな」

須田は否定したが、その否定のしかたの狼狽ぶりが、かえって皆に芋川のことばが的を射ていることを告げた。

不利になった空気をふりきるように、

「酒にしよう」

須田はザブと風呂の中にとびこんで洗い場に渡り

ながら、そういった。

「酒もいいが、ちょっと気がひけるな」

神保がつぶやく。

「何で」

「だって、お城では、これからしごとがはじまるんだろう。働らいている同僚もいる」

「だって、お屋形は全役所に触れを出したではないか。こんご、藩士の勤務は、それぞれの仕事場で話しあって、交替制をとれ、と。それも好きなときに出仕しで、好きなときに帰れ、と」

みんな、からだを拭きはじめていた。

「でもね」

芋川が笑いだした。

「他見、外見にこだわり、御用もないのに御用ありげによそおいながら、ただ同役が頭数だけそろえているところもあるようだ、というあのことばは、一面、事実だな。そういわれてもしかたのない仕事場があることはたしかだ」

「だから」

神保がひきとる。

「われわれだって、何もいまのままがすべて正しいとはいっていない。変えなければならないことは沢山ある。

しかし、問題はやりかただよ。お屋形みたいなやりかたでは、まとまるものもみんなこわれる」

「むずかしい話になってきたな。ここは寒いよ、部屋に行こう」

須田の主導で、五人の若者はまた廊下を鳴らして部屋に向った。

雪が、また散りはじめた。

雪は音を消す。自分は空からまったく音を立てずに舞いおりてくるのに地上の音まで消してしまうのである。

その雪の中に、ひっそりと建つこの宿で、若者たちが語りあっている話題は、まったく似つかわしくない。しかも、まだ朝である。

芋川に指摘されたように、須田は、たしかにすずにほれていた。

妻にするか（できっこないが）、妾にするかは別にして、とにかくすずを抱きたかった。

清楚なすずの立居ふるまいが、逆に須田の若い欲情を刺激するのである。

酒の席につくと、須田は、

「すず、席へこいよ」

とどなった。皆に何と思われようとかまわなかった。

小町の湯(七)

数本の銚子と、ありあわせの山菜のツマミを盆にのせて、五人の若侍がいる部屋の前まできたみすずは、思わず盆を落しそうになった。中からきこえてきた、声高な若侍たちの話が、みすずの胸に強烈な衝撃を与え、思わずからだをふらつかせたからである。

いきなりみすずの耳にとびこんできたのは、若侍のひとりが口にした。

「何といっても、いちばんケシカランのは、あの佐藤文四郎の奴だ」

ということばであった。

(文四郎さま?)

ああ、あのなつかしい方の名を、米沢へきてはじめてきいた。

が、何という腹の立ついわれかただろう。一体文四郎さまのどこがケシカランというのか。

「トラの威をかるキツネとは、まさしくあいつらのことだ」

すぐ応ずる声がした。ここにいる五人は、そろって佐藤文四郎に悪感情を持っているらしい。

うけた衝撃で、からだがふるえ、足もとがおぼつかないのをかろうじてこらえながら、みすずは顔を鉛色にして中に入った。

「おう、きたきた」

須田が、酒がきたというイミなのか、みすずがきたというイミなのか、むしろ、あとのイミにとれるような大仰な笑顔でいった。

みすずは、口もきかずに銚子や山菜の皿を膳の上においた。腹が立っていて、若者たちの顔もみたくなかった。

(文四郎さまの悪口をいう人なんて、みんなきらいだ)

と思っていた。

かたいみすずの表情に気がついて、

「どうした。おかみに叱られたのか？　気にしないほうがいいぞ。ここのおかみは江戸の女だから、口ではポンポンいうが、根はいい人だ」

須田がそんなことをいった。

（ばか。何もわかっていない）

と思いながら、みすずはかたい顔をくずそうとはしなかった。

（妙だな……）

と思いながらも、須田はまた元の話に戻った。

「こんどの人事で、おれたち若い人間を怒らせた最大のものが佐藤文四郎の近習登用だ。一体、何だ、あいつが近習とは」

「江戸藩邸では、お屋形の小姓だったそうだが、そもそも小姓だの近習だのというのは、いつもお屋形のそばについている職だ。

客の前にもしばしば出る。当然、容姿が美しく、立居ふるまいに品があり、また、学問も深くなければならん。

ところが、佐藤文四郎はどうだ？　学問のことは知らんが、ズングリムックリで、色はまっ黒け、肩は張って劍術ばかりやってやがるから、腕は筋肉のかたまりだ。みっともなくて、とうていヒトさまの前に出せるシロモノではない。あんな男を小姓にしていたのは、日本三百諸侯のうちでも、うちのお屋形だけだぞ」

小町の湯(八)

江戸の藩邸にいたころ、いかにお屋形さまが名君でも、奥に勤める女中たちの間では、なかま同士いろいろな悪口がとびかうのを、みすずも経験はした。

女だから、嫉妬や羨望がその主な原因だった。しかし、みすずは、一度もそういう悪口を口にしなかった。そして、よく、

（こんなことをいいあわない男の世界がうらやましい）

と思ったものである。

が、いま、目の前にいる五人の若侍たちはどうだ

ろう。奥女中以下ではないか。

（これが、男の本当の姿なのか）

腹が立つよりも、呆れた。なさけなくなってきた。女以上の嫉妬を丸出しにして、恥ずかしくないのだろうか。

それにしても、どうしてまた、そろいもそろって文四郎さまの悪口をいうのだろう。

「本来なら、いや、良心があるのなら、たとえお屋形から命ぜられても、本人が辞退するのがあたりまえだろう。米沢の険しい空気を知るなら、そうするほうが逆にお屋形のためになるのだ、ということが、なぜ、あいつにはわからんのだろう」

「それがわかるくらいなら、江戸へヒヤメシくいにトバされやしないさ」

「あいつは朴念仁だ。何でもズケズケ思ったことをいえば、通用すると思っている。ズケズケいわれた相手がどれほど誇りをきずつけられるか、考えたことがない」

「要するに、胸の中がガランドウなんだよ。他人の苦しみをうけとめる容れものが何もないんだ」

みんなお城のおエラ方の息子さんだよ、というお千代のことばだけで、ひとりひとりの名は知らない。

いや、須田平九郎の名は知っている。自分で何度もくどく告げるからだ。何度もくどく自分の名を告げるのは、みすずに強い関心を持っていて、ほかの人間よりも自分だけを、みすずに印象づけようという魂胆《こんたん》だ、ということを知っていた。

若侍たちは、新藩主治憲が悪いのは、治憲をかこむ側近たちが悪いので、その中でも特に佐藤文四郎が悪いと考えているのだ。

が、それだけではない、とみすずは感じた。

（この人たちは、本当は、自分たちが近習になりたかったのだ）

と思った。

それならそうとはっきりいえばいい。そういわないで、ズングリムックリだの、色がまっ黒だの、肩が張っているのだの、文四郎さまのからだのことなんか悪くいうことはまったくない。

この人たちは卑劣だ、とみすずは胸の中でののしった。

急に、江戸藩邸でキビキビ行動していた佐藤文四郎の姿が脳裡に浮んだ。その容姿はたしかに若侍たちのいうとおりだったが、眼が美しかった。正しいことのために、いつも燃えていた。みすずの胸は波立った。

小町の湯(九)

「しかし、どうなんだろう？　藩士の中には多少でもお屋形に与《くみ》する奴がいるんだろうか」

神保がいった。

四人はちょっと黙した。神保は柏木をみた。

「おぬしは足軽たちに好かれているが、どうだ、そういう気配は感じられないか」

「何ともいえない…」

柏木は用心深くいった。

「何ともいえないとは？　すでに同調者がいるということか」

芋川がききとがめて、ややケワしい眼つきになっていった。

柏木は

「おれは足軽たちのくらしぶりを知っている。夜おそくまで、一家をあげて内職をしている実態を痛いほど知っている。

足軽たちだって上杉家の人間だから、お家への忠義ということはわきまえている。しかし、食うこともまた別な意味をもっている」

「ずいぶんともってまわったいいかたじゃないか。はっきりいえよ、足軽たちは動揺しているのか」

芋川がきいた。柏木はうなずいた。

「実をいえばそうだ。くらしに窮した足軽たちは、かつて入ったことのない城の大広間に呼ばれて、新らしいお屋形は、何かやる人だと感じた。足軽たちは何でもいいんだ、とにかく、何かやってくれれば。

池に石をほうりこんでくれる人なら、どんな人だっていいんだ」

「わかる気がするよ」

服部が応じた。

「いまのかれらのくらしでは、一体、何のために生きているのかアテがない。たしかに、あのお屋形なら何かはじめると思ったかも知れないな」

「軽輩者の無責任さだよ」

芋川が嘲笑した。そして
「それにしても、すべてはあの日の大広間からはじまったのだな。大広間に足軽やはした女まで入れるなんて、前代未聞だ。お屋形は、大きなあやまちをおかしたよ」

「で、おれたちは一体何をするんだ」

服部が須田にきいた。須田は半分ウワのソラになって、みすずを凝視していたが、え、と服部をみかえし
「きまっているさ。竹俣・莅戸・木村・佐藤らの足をひっぱりつづけ、お屋形に身のほどを知らせるのだ」

「…お屋形を藩主の座から逐《お》うというのか」

芋川が顔色をかえた。須田は苦笑した。

「そんなことをしたらお家騒動になる。幕府に知れれば、おれたちは殺されてしまうよ。そうじゃないよ。お屋形がシキタリどおりの政《まつりごと》をおこなうように、竹俣殿たち菁莪社の連中を、もう一度江戸に逐うのだ。ヒヤメシを食わせるのだ」

「特に佐藤又四郎をな」

「そうだ」

若侍たちは大きく笑った。みすずはギュッとこぶしをにぎった。

コイを飼おう(一)

春がきた。

が、東北の雪どけはおそい。四月、五月になっても、山間部には雪が残る。それを待っていたのではキリがない。

上杉治憲は、平野部の雪がとけはじめると、佐藤文四郎だけを連れて、領内の視察にでかけた。入国以来、やりたくてしかたのなかったことである。

(まず領内の実態を知らなければ何もできない)

というのが治憲の考えであった。米沢にはどれだけの土地があり、どれだけの人が住み、人は土地をどのように利用しているのかを的確につかみたかった。

治憲は竹俣ら一部の側近と綿密な視察計画を立て、いわゆる〝お忍び〟で領内をみて歩いた。しかし、どうしたことだろう。治憲の視察日程は、すべて事前に洩れていた。

行く先先の村は、必ず治憲がくることを知っていた。村役人が美麗な服装で迎え、農民たちも集められ、また、休息所には魚や野菜を豊富に使ったごちそうの山が待っていた。

（どういうことか…）

治憲は眉をよせて佐藤文四郎の顔をみるが、佐藤には、見当もつかない。

考えられるのは、すでに側近の中にも、治憲のひみつの行動日程を洩らす人間がいるということである。それが誰であるかはわからない。

しかも、村村には郡奉行所の役人がいた。一様に渋い顔をしている。あきらかに治憲の視察をめいわくがっていた。

実態を知ろうと思っても、これではどうにもならない。農民にほんとうのことを話してもらいたくても、治憲の問いにはすべて役人か、役人と結託する村役人が応じてくる。

治憲が農民を指名しても答えることはあらかじめ、

「こうきかれたら、こう答えろ」

と、役人たちから、いいふくめられた答えばかりであった。だから答えは暗誦調の紋切り型であった。

治憲は大いに不満であった。

（これは、本当の声ではない、土から生まれた声ではない）

と思った。自然には春がきて、雪がとけたのに、農民たちの心には春はまだきていない。厚い雪や氷でおおわれている。だから土の中からの声は出したくても出せない。

（が、農民たちは本当に声を出したがっているのだろうか）

藩役人や村役人におさえつけられているから声を出さないのではなく、農民自体が声を出したくないのではないか。

またしても治憲の脳裡に、入国の日のタバコ盆の灰皿が浮んだ。

土地だけが灰なのではない、人の心も灰なのだ。

それに火をつけられるのか。

つぎからつぎへと根気づよく村めぐりをする新藩主を、村村は至極冷淡にむかえた。

そして、冷淡にむかえただけではなかった。

コイを飼おう(二)

治憲のカンは当っていた。

形式的な視察で、何ら得るところなく治憲主従が去ったのを見とどけると、村々は歓声をあげた。してやったり、と喜ぶのである。治憲に何ひとつ真実を告げなかったことに快哉を叫ぶのである。

藩役人と村役人は、治憲が手をつけなかったごちそうにとびかかり、酒をのんで互いの労をねぎらった。

村人たちもおスソワケにあずかった。そして口々に治憲の悪口をいった。

「これ以上、年貢をとろうたって、そうはさせねえ」

「まだ、尻の青さもとれねえ、ほんのこどもじゃねえか」

「木綿を着ろ、一汁一菜にしろといったって、自分はどうなんだ。今日はたしかに木綿を着てきたが、城に戻ればすぐキンキラの絹の着物にくるまるんだろう。ごちそうだってタラフク食っているにちがいねえ。

大体、お屋形さまが、そんなつましいくらしをするわけがねえんだ。口先だけだ」

まじめな農民でさえ、こういうことをいいあった。事前に、治憲についての宣伝がよく行き渡っていたからだ。

宣伝というのは、

「こんどのお屋形さまは、遠い九州の、それも小さな大名のセガレで、もともと上杉家のような大藩の養子になる人じゃない。

それが家を継いだものだから、生まれつきの根性がいっぺんにあらわれて、百姓からいまの何倍も年貢をしぼりあげ、自分のぜいたくをする気だ」

というものである。

もちろん、治憲に好感をもたない重役たちの悪口が、そのまま流れている。

先入観というのは多くこういう形で持たれる。だからその人間の実像とはまったくちがう虚像が、ひとびとの頭の中にえがかれてしまうのだ。

これを変えるのは容易なことではなかった。特に〝不信〟を〝信頼〟に変えるのは並たいていのことではない。

治憲はそれでも、懲りずに村めぐりをつづけた。

(つぎの村こそは)

という期待をもちつづけた。そしてつぎの村でも必ずうらぎられた。

ミジメな主従の姿は、たちまち領内で有名になった。それは、屈折している領民の、いいものわらいのタネとして格好のものになった。

雪どけの道をトボトボと馬で歩きまわり、村に着くたびにニセの報告をうけ、いいようにコケにされて去って行く二人に、村人たちは、いいようのない湿ったよろこびを感じた。

それはきっと、藩という〝権力〟に対する長年のウップンばらしであったろう。たまたま治憲はその標的にされてしまったのだった。

コイを飼おう(三)

城外西方の大樽川にちかい村村をまわっていると、日がくれはじめた。

供をしていた佐藤文四郎がいった。

「お屋形さま、すぐそこに温泉がございますが、寄って疲れをおとりになりませんか」

「温泉！　ほう、こんなところに」

「何でも、むかし小野小町が父を探して、全国を尋ね歩いているときにみつけた湯だそうですが」

「小野小町が？　本当かね、その話は」

「本当だ、と土地の者は申しております」

「やや突飛な話だが、そういう話がまったくの根がなくて生れるはずもなかろうが、なかなかおもしろそうな湯だな」

そういって治憲はかなりの関心を示したが、すぐ、

「いや、城にもどろう」

と首をふった。そして
「考えたいことがある…」

と重い声でつけ加えた。

「せっかくのご視察が、ことごとく、あのようなありさまで、まことに申訳ございません」

「いや、気にするな。一挙に思いどおりには行かぬ。村人が悪いのではない。悪いのは、村人をあそこまでカタクナにしてしまった政治《まつりごと》だ…文四郎」

治憲は馬上からふりかえった。

「はい」

「私の思いすごしかも知れないが、村をまわっていて、ひとつ気になったことがある。それは赤子が少ないことだ、どうしたのだろう」

「それは…」

佐藤は痛いところを突かれたように、口ごもった。その佐藤の動揺をじっとみて治憲は、

「では、私が感じたことは正しいのだな」

「正しうございます。米沢領内では、間引きが盛んでございます。人の数は往時にくらべますと、三万人から五万人減っています」

「やはり、そうか」

治憲はくらい顔をした。

間引きというのは、生れたばかりの赤ん坊を殺してしまうことだ。貧しくて、それ以上家族がふえても農民には養ないきれないのである。

佐藤はつづけた。

「農民だけではございませぬ。家中の者でも下級の者は、ほとんど間引きをおこなっております」

「家中でも…」

治憲は衝撃をうけた。生れ出ずる新らしい生命を、つぎつぎと殺していて領国が明るくなるはずがない。

誰が自分の子を殺したがるものか。

殺した親たちの深い悔恨と、貧しさへの怒りで、領内はくらくなるばかりだ。米沢が灰の国なのは、その辺にも原因がある。

「城に戻ったら、すぐ竹俣や木村たちを呼んでくれ。さっそくたのみたいことがある」

「しかし、お疲れでは？」

「文四郎」

治憲は泣くような笑いをみせた。

「私には、疲れているヒマもないのだ」

コイを飼おう（四）

「こんご、藩士、農民の区別なく、間引きをぜったいに禁止してほしい」

城に戻って、自室に竹俣たちを集めると、治憲はそういった。そして、

「逆に、赤ん坊を多く生んだ者には養育費を出してほしい。こどもは国の宝だ。一時は十二、三万人もいた米沢人は、いまでは九万人足らずしかいないそうではないか」

「おそれながら」

竹俣がことばをはさんだ。

「お屋形さまのご温情、まことに胸温まりますが、何分にもご熟知のような財政状況で、このうえ、赤子のための養育費を出費いたすとなりますと、藩の会計は…」

「わかっておる」

治憲は微笑した。

「だから金をつくろう」

「は」

「藩が領民といっしょになって商売をはじめよう」

「商売を？」

「そうだ、物をつくり、それを藩外に売るのだ」

「…？」

竹俣たちはわからなくなってきた。

治憲はつづけた。

「雪どけを待って、私は領内の村々をみて歩いた。が、村は一様にカタクナで、真実は何もわからなかった。誰も話してくれないからだ」

「申訳ございません、われわれの不行届でございます」

「いや、そうではない。農民たちがカタクナなのは、何のために働き、何のために生きているのか、目標がまったくないからだ。ただ年貢を納めるために働かされているのでは、希望の持ちようもない。

そこで、目標をつくろう。領民のすべてが、働くことを楽しみ、生きることをよろこぶような目標をつくろう」

「は？」

「それには、まず、自分たちがつくり出したものが、正当な価で売れ、自分の収入になるようにすることだ」

「しかし、そのようなことが果たして？」

「できる、できるとも」

治憲はニッコリ微笑みの色を濃くした。

「そういっては悪いが、優秀な才能をもち、私の考えをよく理解してくれるおまえたちにしても、所詮米沢の人間だ。どこかに、のびのびとものを考えることを制《と》める何かがないとはいえない。

そこへ行くと私は、まったく米沢のことを知らぬ。早くいえば無知だ。が、この無知が役立つ。

村々をまわっているうちに、私はまだまだ米沢の土地は、使えるのに使っていないところが沢山あることに気づいた。

たとえば、この城の中や、城下の藩士の家の庭だ。間口はちがっても奥行きの深い藩士の家は、上下をとわずウナギの寝床だ。そして、すべて奥のほうは空いている。ここに桑を植えよう」

「藩士の家に桑を？」

これにはそろっておどろきの声をあげた。

コイを飼おう(五)

いよいよニコニコ笑う治憲は、大きくうなずいた。

「そうだ、藩士の家の庭に桑を植えるのだ。それも重役五十本、中士三十本、下士十本というように身分に応じて割りあてよう。

米沢で蚕を飼うのだ。生糸をつくろう。それも、生糸をヨソに輸出するのでは何もならぬ。絹織物をつくろう。織物はまず藩士とその家族だ」

「…⁉」

「またこの国には、カラムシ（苧）が多い。米沢のカラムシは、名高い小千谷チヂミや奈良サラシの原料だ。米沢は、ただ原料を他国に与えるだけで、あまり益にはならぬ。米沢でも、チヂミを織ろうではないか」

「しかし…織り方を誰も知りませぬ」

「ならば小千谷から織工を招け。それも高い報酬でな」

「は？」

「竹俣、改革というのは、ただ経費を切りつめればいいというのではないぞ。事と次第によっては、逆に思いきって使うことが必要だ。それが生きた金の使いかただ。すぐ、小千谷に交渉の使いを出せ。小千谷は越後の国にある。もともとはわが上杉家の領民だ。話せばきっとわかる」

「は」

は、と答えながら、返事はウワのソラで、竹俣たちは頭の中をクルクルまわるウズでいっぱいにしていた。

治憲の口からつぎつぎととびだしてくる案が、あまりにも常識をこえていたからである。

現代でいえば、〝発想の転換〟というのであろうか。目前の青年藩主が告げる考えは、竹俣たち側近にとっても突飛であった。

治憲はいった。

「小千谷チヂミの織りかたを習うのも、まず藩士とその家族だぞ」

「は？」

「何でもまず藩士が、いやサムライが実行してみせるのだ。そうしなければ領民はうごかぬ」

「おそれながら」

木村高広が口をはさんだ。

「何だ」

「武士たるものが、桑を植え、チヂミを織るに至りましては、およそサムライとしての権威がなくなりますが…」

「木村」

治憲は苦笑した。

「おまえにして、まだそんなことをいうのか。武士の権威とは何か、サムライとは何か。私からみれば、民の年貢で養なわれる徒食の人間にすぎない」

「武士が徒食の人間？」

木村だけでなく、そこにいた竹俣も莅戸も佐藤も、ややムッとしたようである。

「そうだ、それは私も同じだ。ちがうのか？」

逆に治憲はききかえした。

「およそ武士たるもの、徳を積み、人として民の範となり、同時に民がしたくともできぬことを、代っておこなってこそ、真の武士の権威といえよう。私はそう思っている」

コイを飼おう(六)

「が、武士の権威の話はまたのことにしよう。いまは、もうすこし私の話をきいてほしい。

土地で気のついたことをいえば、草原がまだ沢山ある。紅花《べにばな》がよく育ちそうだ。一斉に紅花を植えよう。紅花の紅は染料として、京・大坂の織物屋が先を争って高く買う。儲かるぞ。儲かるぞ」

儲かるぞ、といって治憲は笑った。

竹俣たちは苦笑した。竹俣が、

「それも、まず藩士が植えるのでございますな」

「もちろん、そうだ。まだあるぞ」

「え、まだ、ございますか」

「そうだ、こんどは水だ、水の活用だ」

「水?」

「うん。米沢には思いのほか、小さな川や沼、池が多い。また灌漑用の水路も沢山ある。あの中でコイを飼おう」

「コイを?」

これには座の者はそろって仰天した。治憲の話は、もう完全に竹俣たちの理解をこえていた。

「コイを飼うといっても、コイこくにして食べるためではないぞ。金のある大名や商人が、庭の池で楽しめるように、色のついた美しいコイを育てよう」

「…それも、まず藩士が飼うわけでございますな」

「そのとおりだ。そのために、すでに藩士全員に、勤めは好きな時にせよ、と申し渡してあるはずだ」

「しかし、それでは、肝心のお城のほうの仕事があまりにもオロソカになりはいたしませぬか」

木村がいった。治憲は木村の顔をみかえした。

「いま、お城の仕事というのは一体何だ、どんな仕事があるのだ。役人同士のシキタリやナラワシをまもる仕事はたしかにあろう。が、民とつながる仕事を、一体、おまえたちのほかに誰がしているのだ。コイを飼ったほうがはるかに国のためになる」

痛烈な治憲のことばであった。

(ことばは柔らかいが、こんなきびしいことをいう

人は、ほかにいない）

竹俣たちはそう思った。が、いいかえせなかった。治憲のいうことは事実だったからだ。城に勤める役人のほとんどが、形骸化したシキタリのために、さよう・しからば・ご同役と、いまでいう、休まず・遅れず・仕事せずの〝三ず〟の毎日を送っているのだ。

（その連中が、突然、明日から桑を植え、ハタオリ機に向い、コイを育てる、これは思っただけでもおかしい）

竹俣当綱は急に侍たちのそんな姿を空想して、吹きだした。木村が顔をしかめて竹俣をみた。

「まだ、あるぞ」

つぎつぎと湧く着想に、治憲は青年らしく、さすがに興奮しながら、つづけた。

「ウルシも植えよう。そして上杉家の前領地だった会津から、その道の巧者を招いて、漆器をつくろう、これも藩士がまずおぼえる」

いわれない先に治憲はいった。

コイを飼おう(七)

まだ、あった。治憲はいった。

「領内の笹野観音の前を通りかかったとき、おもしろいものをみた。門前の店で店主がコシアブラの木をサッと一刀で彫って、彫りものをつくっていた。あれは売れるぞ。もっと大大的にやれ。農民でもすぐ彫れる。笹野の一刀彫りとでも名づけよ」

「……」

もう、呆れて誰も口をきかなかった。ポカンとした表情で皆治憲の顔をみていた。やがて莅戸善政が感にたえたようにいった。

「おそれいりましたなあ…お屋形さまは、大変失礼ながら、商人になられたら、さぞかし成功なさいましたでしょうなあ」

莅戸のことばにも治憲は怒らなかった。逆にニコニコとうなずいた。

「善政、なかなかいいことをいうぞ。そのとおりだ。これからの大名は、商才がいるのだ。が、商才だけではならぬ。徳がいる。しかし、若年のこの治憲、くやしいがまだその徳がない。だから、村人も本当のことを話してはくれぬ」

それはちがいます、お屋形のせいではなく、理由はもっと別なところにあります、と一同は思っていたが口には出さなかった。

治憲の、はやくいえば米沢の地場産業の振興策は、たしかに興味深いものであった。何よりも実行できるところに現実性があった。

が――そのすべてを藩士とその家族がまず実験してみせる、というところに最大の難点があった。

というのは、士農工商というのは、お互いの守備範囲をきめた身分制であった。治憲のいっていることは、それを目茶目茶にこわすということである。

（これは大変なことだ）

と、座にいた者のすべてが感じた。

治憲のいっていることは、単なる儲け話ではない。米沢の人間の生きかたを根本から変える話をしている。特に武士のありようを変える話をしている。

（重役たちが目をむいて反対するだろう）

誰もがそう考えた。

あのカタクナな須田や芋川や千坂たちが、庭に桑の苗を植えるはずがなかった。ハタオリ機の前に坐るはずがなかった。

そんなことをする前に、かれらは腹を切ってしまうだろう。治憲が、いかに
「いま、城の中の仕事にどれほど民とかかわりのあるものがあるのだ」

といったところで、重役と藩士の大半は、その民とかかわりのない仕事が武士の仕事であり、生涯の仕事だと思っている。まちがっているが、そう馴らされてしまっている。竹俣たちは
（改革の敵は財政難ではない。むしろ藩士群の古い考えだ）

と思った。

コイを飼おう（八）

口先だけではなかった。翌日、治憲は城内の庭で鍬《クワ》をふるいはじめた。

木綿のジュバン一枚の姿になって、ハッシハッシ

と庭の土を掘りおこしはじめたのである。観賞用の植物など、ひっこぬいて捨ててしまった。

佐藤文四郎が手伝った。

「お屋形さま、ここには何本植えるのですか」

寒気の残る季節なのに、顔から首、背とビッショリ汗をかいた佐藤は、そうきいた。

「そうだな、重役に五十本植えさせるとなると、まず、私は百本だろうな」

「大変ですな」

「大変だ。しかし他人に何かやってもらうのには、まず、頼む人間が自分でやってみせなければダメだ」

クワをふるう手をやすめずに、そう告げる治憲は、急にニコリと笑い、

「しかし、それだけではないぞ、文四郎。私も養蚕ですこし金を儲けたい」

といった。

青年らしい正直な治憲のそのことばに、普段あまりに老成しすぎていて、同じ年輩なのに、とうてい追いつけないものを感じていた佐藤は、急に身近なものを感じた。そこで、

「私も、それでは家の庭に七十本くらい植えます」

といった。

「たのむ、そうしてくれ」

治憲は嬉しそうにうなずいた。

城の建物のあちこちから、藩士や女中が群をつくって、治憲と佐藤をみつめていた。皆、一体何ごとがはじまったのか、と呆れていた。

「お屋形さまは、ご入国早々、ご乱心なされたか」

というのが皆が最初に感じたことだった。

が、改革の手はじめに、養蚕の計画を持ち、全藩士に布告する前に、まず自分が実践しているのだ、ということが伝わると、さまざまな反応が起った。

すなおに感動するものもいた。

「おいたわしい…」

と、衝撃で口がきけないものもいた。

「自分だけいいカッコウをしている」

とナナメにみるものもいた。

「お屋形のすることではない」

と怒るものもいた。

「われわれへのイヤガラセだ」

と、屈折してうけとめるものもいた。いずれにしても、治憲の行動は米沢城内に時ならぬさわぎをひきおこした。

波ひとつ立たなかった沼に、突然大きな石が投げ込まれたようなものだった。

掘った穴に、一本一本の桑の苗を、いとおしむように植えこみながら、治憲は佐藤にいった。

「文四郎、私はいま桑を植えてはいるが、実は、桑を植えているのではない……」

コイを飼おう(九)

「は?」

「入国の日に、灰皿の中に小さな火ダネがのこっていたな」

「はい。いまも私がお預かりして、絶やしませぬ」

「ありがとう。ここに植えているのはその火ダネだ。民のために改革をすすめてくれる人材が、必ずこの城内にいることを信じて、その苗を植えているのだ」

「わかります」

佐藤は眼を輝やかせて、うなずいた。

「竹俣さまや莅戸さまも、いま、自分の家の庭で、お屋形さまと同じようにクワをふるっておられます」

「それはうれしいことだ。木村もか」

「はい、木村さまもです」

「うん」

満足そうに治憲はうなずいた。

まず、改革のキッカケが、米沢の土に、それも米沢城の中に根づく、と思った。

こうしておいて、明日はまた全藩士を大広間に集め、

「重役は五十本、中士は三十本、下士は十本の桑の苗を、それぞれ家の庭に植えよ」

と命ずるつもりであった。

建物の中から、特に渡り廊下には鈴なりの藩士群の顔がみえたが、この日、誰も手伝いには庭におりてこなかった。

感動、反感、軽蔑、嫌悪、憎悪などの、それぞれ

の思いを抱きながら、ただ立ちつくしていた。

というのは、千坂・芋川・色部などの重役が、ニガ虫をかみつぶしたような表情で、しかも恐しい眼つきで庭の治憲をにらんでいたからだ。

感動したまま、うっかり、

「お手伝いいたします」

と庭へとびおりでもしようものなら、あとでどんな仕返しをうけるかわからなかった。

本心では、治憲の手伝いをしたいと思うものが、決していなかったわけではない。

しかし重役たちの実力を知る藩士たちには、とうていそれを形にあらわす勇気はなかった。

（じっと、様子をみているのにかぎる）

と思いながら、廊下の板の上で足をすくませていた。

「まもなく私は江戸へ行く。来年戻るころは、この苗もさぞかし育っていよう」

夕暮までかかって、佐藤とともに百本の桑の苗を植え終った治憲は、やさしい視線で苗の群をみながらそういった。

幕府の大名管理方法として、大名は必ず一年ごとに江戸に行かなければならない。つまり一年を江戸で生活し、一年を国もとで生活する。本妻はずっと江戸にいる。人質だ。この制度を参勤交代といった。そして、国もととの往復、いわゆる〝大名行列〟を華やかにして、各大名に多大な出費をさせるのも、また幕府の政策であった。

一年経つのは早い。治憲もまた江戸に行かなければならない。

コイを飼おう(十)

その江戸へ行く前までに、治憲は自分の改革案を、あるていど実現したかった。

つまり、桑の苗を植えるだけでなく、実際に蚕から糸をつむぎ出し、織ものにしたかった。

青苧から小千谷ちぢみのような織ものも織りたかった。

草原を紅花畑に変えたかった。そして、水のあるところには、いたるところに、色とりどりの美しいコイを泳がせたかった。

この灰の国に、それは何と生き生きした新らしい生命の役を果すことだろう。しかも、色彩感に溢れている。

色とりどりの植物や魚が、きっとこの灰の国をよみがえらせてくれるにちがいない。

そう思うと、治憲の脳裡には、その色彩感に溢れてよみがえった米沢の光景がいっぱいに浮び、何ともいえない充足感にみたされた。

「文四郎、ごくろうであった」

佐藤をねぎらい

「明日は、藩士たちにこの桑畑をみせて、全員が苗を植えるように頼もう」

といった。佐藤もうなずいた。

「この畑をみては、さすがに頑迷なご重役方も何もいえないでしょう」

「うん、そうだといいが」

治憲は部屋に戻った。さすがに疲れていた。

深夜、城門を五人の若侍が入った。一応誰何《すいか》する門番に、若侍たちは、須田・芋川・服部・神保・柏木となのった。

重役の御曹司《おんぞうし》ばかりなので門番は緊張した。若侍たちは

「これから仕事だ。お屋形は、いつでも自分の好きな時間に城に勤めろといわれたからな。われわれは夜に強いんだ」

そんなことをいった。

（酒をのんでいる）

と門番は感じたが、とがめるとあとがコワいので、知らん顔をよそおった。

城内に入った若侍たちは、機敏に行動した。庭に走ると、いきなり、今日治憲が植えたばかりの桑の苗をひきぬきはじめた。ぬいた苗は遠くへ投げすてた。

「あまり音を立てるな」

須田が制止した。

何でもそうだが、植えるのは苦労するが、ひきぬくのはかんたんだ。百本の苗はたちまちひきぬかれ、治憲と佐藤が丹精した畑は無残な姿になった。

「これでよし」

やみの中の畑を見渡して、満足そうにうなずいた

須田は

「つぎは、竹俣・莅戸・木村、それに佐藤のバカの庭だ」

といった。若侍たちは夜の底を治憲の側近たちの家の庭に走った。そして、ここでやったのと同じように、それぞれの庭の苗をひきぬいた。佐藤文四郎が音をききつけて

「誰だ？」

ととび出してきたが、五人の若侍はすでに逃げ去っていた。庭をみた佐藤は、声を失ってまたたきもせずに、無残な庭を凝視した。

コイを飼おう(十二)

「イヌだと？　イヌが桑畑を荒したと申すのか」

治憲は、さすがに怒りに声をふるわせながら、芋川延親に問うた。

「さよう」

芋川は平然と答える。治憲の前には芋川のほかに千坂、長尾、清野、平林、色部の六人の重臣がならんでいた。須田は江戸家老として出府していた。

深夜、何者かにひきぬかれた桑の苗をみて、悲憤した治憲は翌朝、ただちに犯人の探索を命じた。が、重役たちは探索の結果、

「犯人はイヌでございました」

というトボけた返事を持ってきた。

「いつわりを申すでない」

クラクラする思いを必死におさえつけ、心の一隅で、

(冷静になれ。ここで我を忘れてはならぬ)

と自分にいいきかせながら、治憲は六人の重臣たちと対した。

「イヌがあのように、念入りに、植えたばかりの桑の苗をひきぬくと思うか」

「さあと」

芋川は冷笑した。

「それがし、生れてこのかた、イヌになったことはございませぬゆえ、イヌの気持はわかりませぬ。さぞかし腹が立ったのでございましょうなあ」

おのれ、咽喉もとまで怒声がこみあげた。屈辱でからだがふるえた。

（いかに小さな大名の家から養子にきたとはいえ、ここまでバカにされなければならないのか）

という煮えくりかえった思いが噴きこぼれそうだった。かろうじてこらえた。

というのは、いま目の前にいる重臣たちの態度も、単に治憲に意地の悪い接しかたをしているのでなく、底にシタタカなものを溢えていた。

ことと次第によっては、治憲と一戦まじえてもかまわない、というような気配が感じられた。それは六人とも共通していた。

だから、治憲は自分をおさえつづけた。いま、重役たちと決裂状態になるのはまずい。重役たちはいずれもタヌキだから、老巧に治憲のほうから怒るのを待っている。ひとたび治憲が我を忘れて怒鳴れば、一挙におそいかかって、六人が寄ってたかって治憲を面詰するつもりであった。

治憲はそれを知っていた。虚虚実実の緊張がつづいていた。

治憲はこういう状況になると、正直にいって自分の不運をなげいた。

不運というのは、自分が自分の年齢に応じた生きかたができない、ということであった。春がきて、やっと二十歳になったばかりだ。世間の二十歳は、もっと若者らしく、のびのびと生きている。喜怒哀楽をそのまま出して、声をあげて笑い、どなる。

（それが、私にはゆるされぬ…）

治憲とて青年だ。今日のようなことになると、つくづくわが身が悲しくなるのであった。

神の土地（一）

出府（江戸へ行くこと）の時期が迫ったある日、佐藤文四郎が入ってきていった。

「北沢五郎兵衛殿が、至急おめにかかりたい由にございます」

「北沢？　ああ、私が初入国したとき、国境の板谷峠から城まで案内してくれた男だな」

「そうです。よくおぼえておいでございますね」

「世話になったからな。すぐ会おう」

北沢が入ってきた。相変わらず誠実そのものの表情で、愛想のないまま、ビタッと手をついた。

「北沢五郎兵衛にございます」

「入国のときは世話になった」

「とんでもございませぬ。とりかえしのつかぬ不行届をいたしましたにもかかわらず、生命までお助けいただきましたご恩、片時も忘れたことはございませぬ」

「大げさなことをいうな。しかし元気そうで何よりだ。ところで、この治憲に急用とは？」

「されば」

北沢は顔をあげて治憲をみた。

「それがし、おいとまを賜わりとうございます」

「なに」

治憲はおどろいて、北沢の胸の奥をさぐるようにみつめた。が、北沢の緊張をほぐすように、微笑していった。

「ついに、この治憲と、上杉家にアイソをつかしたと申すのか」

「とんでもございませぬ」

北沢は狼狽してはげしく首をふった。

「お屋形さまにアイソをつかすなどと、さようなおそろしいことをなにゆえ私ごときが考えましょうや」

「ならば、なぜひまをとりたい」

「ご領内西方に大樽川という川がございます」

「知っておる。先日、みてきた。付近はまだ、荒地だ。ただ、小野小町が見出した湯があるそうだな」

「さようでございます。そこまでご存知でいらっしゃいましたか」

「この佐藤にきいた」

治憲は脇の佐藤文四郎を示した。北沢はチラと佐藤に好意的な視線を投げ、治憲の眼に視点を据えると、こんなことをいった。

「ただいま仰せられました、小野川のほとりを、新らしく開墾するおゆるしをいただきとうございます」

「何と」

「さらに申し上げますれば、このたびのお願いは、私ひとりのものでなく、私が采配いたしております五十騎組組下一同の願いにございます」

「…………」

「ご入国直後、お屋形さまが大広間において、藩士一同にお話になりました当上杉家の窮状は、痛く私どもの胸にきざまれております。当五十騎組、以来、日を重ねて協議いたしました。

そして、いまの徒食の身を捨て、組一同、百姓となって大樽川畔小野川の荒地を拓《ひら》こうと、意見が一致した次第にございます」

神の土地(二)

「そうか…」

しばらくたって治憲はひくい声でいった。声を出すまでに時間がかかったのは、北沢五郎兵衛の申出に胸がぬれてしまって、すぐに応ずることができなかったからである。

「当家の窮状をみるにしのびず、武士を捨てて土に帰るというのか」

「さようでございます。が、当家の窮状をみるにしのびないというよりも、組の者は、むしろお屋形さまのご苦衷《くちゆう》を、みるにしのびない、とかように申しております」

「……そうか」

眼頭が熱くなってきた。入国以来、はじめて本国人から得た協力申出のことばであった。

「そういうことであったか」

治憲はもう一度いった。そして

「そこまで考えてくれたか、北沢、礼をいうぞ」

「めっそうもございません。私は一度板谷峠で死んだ身、残りの生命はすべて小野川の開拓に費す所存にございます」

「ありがとう。治憲、正直にいって嬉しい。よし、北沢、おまえの願いをききとげよう」

「おゆるし下さいますか。ありがたきしあわせにございます。組下一同もどれほどよろこびますことか」

北沢はまったくウソの色もなく、満面に喜色を浮べた。武士の身を捨てて、農民になることを無垢によろこぶこの中年武士に、治憲は、むしろ奇異なものを感じた。しかし、北沢たちは、そこまで詰めた議論をしたのだと思った。

北沢とその組下は、決して藩を見限ったり、ヤケクソになって農民になろうというのではなかった。動機は純粋であった。それも、治憲の苦労をみていられないから、新らしく大樽川畔の荒地を開拓しようというのだ。

「文四郎」

治憲は佐藤にいった。

「あの火ダネをひとつ、北沢に与えよ」

「はっ」

パッと顔を輝やかせて、佐藤は一礼した。すぐ小さな灰皿の中に赤く燃えている灰をのせて、戻ってきた。

「……？」

北沢はケゲンな表情をしている。治憲は火ダネの由来を説明した。この火ダネは改革の火ダネであり、米沢という灰の国を燃え上がらせる人材のことを念頭においている、といった。

そして、

「おまえたちが、米沢での第一号だぞ」

と笑い、

「この火ダネを消さずに、つぎつぎとふやしてほしい」

といった。さらに、

「ひとつだけ条件がある」

といった。

「は？」

たちまち緊張する北沢に、

「武士の身を捨てることはならぬ。藩士としての身分はそのままだ。扶持《ふち》（給与のこと）もいままでどおりとらせる」と告げた。

神の土地(三)

北沢は感動して退出した。もらった火ダネを大切そうに持ちながら、

「さっそく、組下全員にこの火ダネを分けさせていただきます。さぞかし一同は大喜びでございましょう」

と、心から嬉しそうにいった。

「文四郎、嬉しい話であったな」

北沢が去ったあと、治憲は余韻《よいん》をたのしむように温かみに溢れた声でいった。

「はい」

答えながら、しかし佐藤文四郎は、胸の中で一抹の不安を抱いていた。

不安というのは、いつか、治憲が城の庭に桑の苗を植え、全藩士にも協力を求めようとしたときに、その直前の夜、何者かに桑の苗がすべてひきぬかれてしまった、という事件を思い出していたからである。

苗をひきぬかれたのは治憲だけではなかった。竹俣も莅戸も木村も、そして佐藤もやられた。

何者かに、とはいっても、その何者かの正体は誰もが知っていた。しかし、皆、おそれて口にしなかった。

治憲は即座に、犯人探索を命じたが、重臣たちは探索の結果を、

「犯人はイヌでございました」

という、フザけた報告をした。

（また同じことが北沢殿にもおこらないだろうか）

佐藤はそう心配していた。せっかく意気に燃えて、荒地を耕しはじめても、須田・芋川のセガレたちが、いつ、その開墾地をおそうかわからなかった。

しかも、治憲は近く江戸に出府する。参勤交代だから、これは従わないわけには行かない。

（どうも参勤交代というのは、よくない制度だ）

佐藤はこのごろでは、はっきりそう思っている。

一年は国もと、つぎの一年は江戸でくらせ、という幕府の大名管理は、せっかくの藩政のいとなみを中断する。

国もとと江戸の藩士たちが、一致して協力しあっていればいいが、米沢のように、治憲と重臣たちがまったく対立するような状況では、そうは行かない。治憲が一旦江戸に行けば、軌道にのりはじめた仕事も、重臣たちがすべて元に戻してしまうだろう。

そのとき、まっさきに狙われるのは、治憲に協力した者である。重臣たちの意志にさからい、治憲のいうとおりに、庭に桑の苗を植えたり、池にコイを飼ったり、あるいは小千谷チヂミの織りかたを習ったりしている者だ。

現在、少しずつそういう藩士がふえはじめている。特に足軽のように身分のひくい層に多い。かれらのほうが生活が苦しいからだ。一本のワラをつかむように、せまい庭に一所懸命桑の苗を植えたり、小千谷から呼んだチヂミの織工に、技術を習ったりしていた。

そういう連中が、まっさきに血祭りにされるのは目にみえていた。

神の土地(四)

佐藤文四郎の予感は当った。数日後、大樽川畔の新開拓地でさわぎが起った、という報が入った。

夜にまぎれて、数十人の暴徒が開拓村をおそい、開拓武士たちの小屋に放火したというのである。

耕しはじめた土地も目茶目茶に荒した。

この報をきいて、佐藤は、

「おのれ」

と激怒し、大刀をつかんだ。

みとがめた治憲が、

「文四郎、何ごとか」

ときいた。佐藤は理由を話した。うなずいた治憲は、

「そうか、話はよくわかった。しかし、おまえは血相を変えてどこへ行くつもりなのだ」

「申すまでもありませぬ。犯人はどうせ須田、芋川のセガレども、斬って捨てます」

「証こがない」

治憲はしずかにいった。

「犯人は、すべて百も承知で火をつけている。証こものこさず、またたとえ目撃した者がいても、その人間が決して犯人の名をあかさないことを、十分計算にいれて行動している。文四郎、激するな。とんで火に入る虫になるぞ」

「しかし！」

「おまえのくやしさはわかる。しかし、暴発はならぬ。文四郎」

「は」

「おまえ以上にくやしいこの治憲のきもちがわからぬか。誰よりもくやしい思いをしているのは、この治憲だぞ。その私がじっと耐えているのだ。おまえ

もがまんせよ」

「はっ……」

ガックリ肩を落して坐りこむ佐藤は、やがて肩をふるわせて泣きだした。大粒な涙がボロボロひざに落ちた。

佐藤が存分に泣いて、気がしずまるのを待って治憲は、立ちあがった。

「文四郎、馬をひけ」

「は？」

「春日、白子の両社に詣で、神酒と神礼をいただいて小野川に行く」

「はっ」

佐藤にはたちまち治憲の意図がわかった。アウンの呼吸でつながる主従は、まもなく城外に馬を駆った。

小野川の開墾地では、まだ火のあとがのこり、煙がいぶっていた。小屋の半分が焼けていた。半分は開拓民たちの必死の消火作業で火を消しとめた。土地全体が焦げくさいにおいにみちていた。

焼け出された藩士とその家族は、焼けのこった家に入れてもらい、放火者への怒りをブチまけていた。

そこへ治憲は馬をのりつけた。

「お屋形さまだ！」

「お屋形さまがみえたぞ！」

怒りと絶望で意気消沈していた藩士たちは、口口に声をあげて走りまわり、治憲の到着を告げた。

北沢五郎兵衛がとび出してきた。燻《すす》で真黒な顔をしている。

「お屋形さま！」

「北沢、とんだ災難だったな」

治憲はヒラリと馬からおりた。

神の土地(五)

北沢に命じて、治憲は開拓民とその家族を全部集めた。そして、

「これより、略式ながら藉田《せきでん》の礼をおこなう」

といった。

セキデン、セキデンというささやきが、集まった人間たちの口からもれたが、何のことかわかるもの

はほとんどいなかった。

　藉田の礼というのは、中国の周王がおこなった礼で、土を天から借りたものと考え、人間生活の基本はすべて農にある、と考える儀式である。

　周王はいまから何千年も前の人で、徳をもって民に接し、その遺徳は、孔子はじめ中国の経世家がすべて尊崇していた。

　若いながら、上杉治憲も周王の徳の一部でも持ちたいと、いつもねがっていたのである。が、この日の藉田の礼には、もっと別な意図があった。

　治憲は告げた。

「ここの土地は、米沢の他の土地と同じように、天から賜わったものである。私たちは天からこの土地を借りて耕す。

　この土地でできる稲や野菜は、藩祖上杉謙信公を祀《まつ》る春日社と、上杉家が長く尊崇している白子社の明神に捧げられる。

　つまり、この土地は春日・白子両社の神地であって、何人といえども手を出すことはできぬ。もし、この土地に理不尽な挙を加える者があれば、謙信公と白子明神の神罰が下るであろう」

　若い張りのある治憲のよくひびく声をきいているうちに、藩士たちは、

（ああ、そういうことだったのか）

　と、たちまち、にわかにおこなわれた〝藉田の礼〟の意味をさとった。

　治憲は、

「この土地は、春日・白子両社に捧げる農作物をつくるところである」

　と宣言したのだ。

　つまり〝神の土地〟だと告げたのである。そうなれば暴徒は神の土地に侵入することになる。

　治憲は、すでにおこなわれた放火の追及はしなかった。過ぎたことをあれこれさぐっても、何ら益がないと思ったのである。

　それよりも、これから先をどうするのか、そのほうが大切であった。

　ほっておけば、おそらく暴徒は再びおそってくる。それを防ぐいちばんいい方法は何か。

自由な開墾地にしておくよりも、春日・白子両社の名を借りてしまったほうがいい、治憲はそう判断したのだ。

いくら乱暴な改革反対派でも、〝神の土地〟には手を出すまい、と思ったのだ。

開拓藩士たちは治憲の心くばりに感動した。もういちど勇気をふるいおこして小屋をつくり、土を耕そうと決意した。

治憲は略式の藉田の礼を終えた。そして佐藤文四郎に命じた。

「どこかちかくの宿で、酒を買ってきてくれ。皆にふるまいたい」

神の土地(六)

突然、宿に入ってきた佐藤文四郎の姿を垣間みて、みすずは、思わず、

「あ」

と声をあげ、台所で釘づけになった。足がすくみ、からだがふるえはじめた。

「たのむ、たのみます」

と大きな声で告げる客がいるので、

「はい」

と、いきおいよく返事をして迎えに出ようとした途端、台所と廊下の境に吊り下げたノレンのかげから、客の姿をチラリとみて、突然、みすずは棒立ちになってしまったのだった。

玄関に立っているのは、佐藤文四郎であった。色が黒く、ズングリムックリで、相変らず、肩をイカらせている。江戸の藩邸で火がつき、いまだに消えない思慕の情は、みすずがどうアガいても、日日、いよいよつよくなるばかりだ。

が、

(あの方を慕ってはいけない)

と、みすずはつよく自分にいいきかせてきた。

「文四郎さまは、一度、私の主人紀伊さまをよろこばせて、すぐ悲しみの底に突き落した、あのお屋形さまと同じ考えのお人だ。紀伊さまを病気にした憎いお屋形さまの、一番の信頼厚いお人。

私は紀伊さまの悲しみをはらすために、お屋形さまを刺しにきた。憎しみは文四郎さまにも持たなけ

ればならない。あのような人非人をお慕いしてはならない」

ずっとそういいきかせている。

その佐藤文四郎が、突然、何の用があってこの宿にきたのか。

返事はあったが、誰も出てこないので、佐藤はしきりに、

「たのむ」

と大声をあげつづけていた。台所のノレンのかげに誰かいるらしいのだが、どうしたのだろう、出てこない。

「すずさん」

不審な顔をして、おかみの千代が出てきた。

「どうしたの、お客さまでしょう」

「はい………」

佐藤にきこえないように、みすずは精いっぱい声をひくめて応じた。

「何しているのよ?　お迎えに出なければダメじゃないの」

そういいながら、千代はノレンをめくった。みすずはパッととびさがった。

「何よ、その顔。一体、どうしたのさ」

まっさお、というより鉛色に変ってしまったみすずの顔をみながら、千代は本気で疑いの眼をした。が、玄関にいる侍のほうをほっとくわけには行かない。

「お待たせをして、まことに申訳ございません」

愛想笑いで顔中いっぱいにしながら、小走りに迎え出た。

「ああ、突然ですすまぬ」

「お泊りでございましょうか」

「いや、そうじゃない。酒を売ってくれ、正確には貸してくれ、金を持ってこなかったんだ」

佐藤はせわしい口調でそういった。

神の土地(七)

「お酒を?」

「そうだ。実は」

佐藤は手短かに事情を説明した。千代は目をみはった。

「お屋形さまが、小野川に？」

この湯治場の脇を流れる大樽川のそばに、新しく開墾地がひらかれていることは、もちろん千代も知っていた。

しかし、それが、お屋形さまが直直にお出ましになるような、大変な土地だとは思いもしなかった。

千代は眼を熱くしていった。

「お酒はすぐお届けいたします、お酌のお手伝いもさせていただきます。どうかおまかせ下さい」

もちまえの江戸女の気性が、こういう話になると、すぐ打てばひびくのであった。

佐藤は嬉しそうに笑った。

「ありがとう、それは助かる。では、たのむ」

といって、すぐきびすをかえした。佐藤の頭も、早く酒を開墾地に届けたいという思いでいっぱいなのだ。

(このおかみの話は、お屋形さまもきっとお喜びになる)

と、朗報をもたらしに、とぶように走り戻って行った。

「さあ、忙しいよ！」

千代はパンと手をうちならした。そして、

「みんな、あたしといっしょにきておくれ」

と興奮した口調で、使用人をよび集め、手ぎわよく、酒とツマミになるものを用意した。

「さあ、その開墾地に行こう。みんなでお酌しようじゃないか」

そうながして先頭に立って出かかったが、急に眉をよせた。

みすずが尻ごみをして出てこないからだ。

「すずちゃん、どうしたのさ」

「あたし、おるす番をさせていただきます」

「るす番なんていらないよ。何も盗まれるものなんかありやしないよ。いいから、さ、行こう」

「いえ、あたしは行きません」

「一体、どうしたのさ？」

千代も本気でみすずの顔をみた。

「おかみさん、お願いです、あたしはカンニンして下さい」「…？」

じっとみすずの顔をみつめる千代は、どうも何か

ワケがありそうだな、と感じたが、

「わかったよ。それじゃあ、あんたはお残り」

と、やや、ふきげんな声でいった。

「すずさん、いっしょに行こうよ」

と、なかまの女中が誘ったが、みすずは首をふりつづけた。その姿はかたくなで、誰がみても異常だった。

「おかしな娘だねえ」

外から千代の声が流れてきた。みすずの眼に涙が溢れ出た。きもちがゆらいだ。

が、すぐ自分を叱りつけた。

（おまえは、お屋形さまに恨みがあるはずだ。それを忘れてはなりませぬ）

それにしても、今日、突然、この宿にあの恋しい佐藤文四郎が姿を現すとは。

神の土地（八）

「これは、済まぬな」

酒やツマミを持って駆けつけてきた千代一行に治憲は丁重に礼をいった。

「もったいない……」

千代はへたへたと、土の上に坐りこんでしまった。

見渡せば、たしかに異様な光景であった。焼け落ちた小屋と、焼けのこった小屋と、そして、一面に切り倒された木の幹や掘りおこされた木の根、まだひきぬけなくて、綱のまきついている根もあった。みんなで綱をひいて抜くのだろう。しかも、全部侍だ。泥だらけ、ススだらけになって、粗末な衣類のままで、しかし、みんな微笑んでいた。

千代はおどろいた。米沢藩の侍たちの、こんな笑顔をみたことはいままでなかったからだ。

（荒地を耕すという、百姓まがいのしごとをしながら、なぜ、この侍たちは笑っているのだろうか）

千代にはふしぎだった。

「略式の藉田《せきでん》の礼は終った。ちかくの宿のご内儀の厚意で、酒もきたようだ。さ、大いに飲もう」

そう告げる上杉治憲の姿を、千代たちは、まぶしいものをみるようにみつめた。

まだ成人したかしないかの若者である。話では十九歳だそうだ。が、何と老成していることだろう。顔だけは少年らしさをのこしているが、口のききかた、話の中身、動作のひとつひとつが、まるで中高年のそれだ。

きもちのもちかたが、すでに相当年をとっているにちがいない、このお屋形さまのおきもちは、あるいは、もう老人なのだ、と千代は思った。

でも、何がこの青年藩主をそうさせたのか。

そう思うと、千代の胸にはグッとせまるものがあり、いまにも涙が溢れそうな衝撃をうけた。

くわしいことはわからない。でも、こんな荒地の焼跡にわざわざ駆けつけて、開墾者をはげますお屋形さまをみただけで、千代には一切が理解できるのであった。

千代が治憲に感じたのは、

（このお屋形さまは、悪い人ではない）

ということであった。

千代も江戸で苦労した女である。学問はなくても、直感でいい人か悪い人かを感じとるカンのようなものが、千代のからだの中で育っていた。

千代は治憲に好感をもった。

「お願いがございます。せめて、お酌だけでも、私どもにさせていただきとうございます」

千代は佐藤文四郎にいった。佐藤が取りつぐまでもなく、そのことばは治憲にもきこえた。

「…………」

無言で、いかがいたしましょう、と佐藤は眼で治憲にきいた。佐藤は千代の申出を許可したかった。

しかし、治憲は微笑を振っていった。

「せっかくだが、ならぬ」

神の土地（九）

落胆と多少の怒りで、千代が、

（ああ、やっぱりあたしたちの身分がイヤしいからだ）

と思ったとき、治憲は千代をみてこういった。

「カンちがいするな。そのほうたちが町人ゆえに酌をさせないのではないぞ。

この酌は、誰にもさせられぬのだ。つまり、私以外、酌をしてはならぬのだ」

え、という感じで、こんどは、千代たちでなく、まわりにいた侍たちもおどろいた。

「お屋形さま」

佐藤文四郎と北沢五郎兵衛が声をあげた。治憲はニッコリうなずく。

「他藩の侍なら、かかる苦労を味わうまい。おまえたちに、このような痛苦を味わうまい。おまえたちに、このような痛苦を味わわせるのは、あげてこの治憲に藩主としての力がないためである。ゆるせ。いまより、この治憲が、おまえたちひとりひとりに酒を注ぐ。それはまず、おまえたちへの詫びである。

つぎに、この小野川の荒地に挑むおまえたちへのはげましである。そして」

いつのまにか、まわりの藩士全員を見渡すように眼をあげて話しはじめていた治憲は、一段とよくひびく声をはりあげた。

「何よりも、治憲がいま酒を注ぐのは、おまえたちひとりひとりの胸に燃える改革の火に油を注ぐためである。どうか、胸の火を絶やすな。この小野川の一角で、炎となって燃えつづけてくれ」

いい終わると、治憲は、本当にひとりひとりの侍たちに、自分で酒を注ぎはじめた。

「たのむぞ」

「ごくろう」

「しっかりな」

ひとりひとりの顔をきちんとみて、そういうことばをそえた。

侍たちは動揺した。緊張で盃をガチガチふるわせる者もいたし、

「…もったいない」

と、ただ盃をおしいただく者もいた。

「お屋形さまア…」

と、うめくような声をあげて、その場に坐りこんでしまう者もいた。

北沢五郎兵衛や佐藤文四郎など、ボロボロ落ちる涙を、こぶしで目茶目茶に拭いていた。

男たちだけが嗚咽し、慟哭したのではない、その家族たちもみんな泣いていた。

自分の営む宿の近くに、突然出現した、人間たち

の美しい光景に、千代はことばを失なった。

ぼう然と、この一団をみていた。こんな光景はいままでみたことがなかった。

千代は心で思い立っていた。

（これからも、この開墾村のお手伝いをしよう）

千代も泣いていた。

そして、千代だけではなかった。すぐ脇の小屋のかげから、みすずも、のぞき見をしながら、涙で眼をいっぱいにしていた。

神の土地(十)

（私がまちがっていたかも知れない……）

みすずは率直にそう思った。千代には、ああい、また、佐藤文四郎の眼にはぜったいにふれたくないと思いながらも、みすずは、やはり開墾地にきた。そうせずにはいられなかったのだ。そして、そっと盗みみた。

お屋形さまも佐藤も開墾者に温かかった。その温かさにみんな泣いている。

（江戸の紀伊さまに、このことをお知らせしよう）

みすずはそう思った。

われながら、何と心のもちかたがモロいことか、と思った。

こんなにクルクル決意が変るようでは、あなたは本当は紀伊さまの無念をはらすために、米沢にきたのではなく、文四郎さま恋しさのためでしょう、と、しきりに自身を責める声が胸の中から湧いた。

そして、そう責められても、

「いえ、ちがいます」

と、力のこもった反ばくができない。あるていど、その声は真実をいいあてていた。

みすずは目前の光景に圧倒された。それがみすずのはりつめた心をグラつかせた。

みすずの頭の中では、よく宿にきては、治憲の悪口をいい、佐藤文四郎たちの悪口をいう、五人の重役の息子たちのことが浮んだ。

よほど、

「こういうことがございます」

と、治憲と佐藤文四郎の前に走り出して行きたかった。

（もう、自分をごまかせない）

みすずはそう思った。

紀伊のことと、文四郎のことは分けて考えなければいけないと思った。

私は、紀伊さまのために米沢にきたのか、それとも文四郎さまのために米沢にきたのか。

それを整理しよう。

そして、もし紀伊さまのためであったなら、一度、江戸に戻ろう。どんな手を使っても、紀伊さまのおそばに行こう、ナットクの行くまで紀伊さまに仕えよう。ああ思えば、早くそうするのだったとみすずは悔んだ。

文四郎さまのことは、それからあとだ。ふたりのことが一度にできるわけがない。

（そうなのだ）

とみすずは思った。いまさらながら自分のあいまいさが身にしみた。

（おかみさんにも、本当のことを話そう）

そう思って、みすずは小屋のかげをはなれた。どこか気持がスッキリした。


宿に戻ると、疲れた顔をした飛脚が待っていた。みすずをみると、

「ここのうちの人かね」

と、けわしい声でいった。

「はい、すみません」

「誰もいねえってえのは、一体、どういうことかね。無用心もいいところだ。ところで、この家にみすずさんという人がいるかね」

「あたしです」

「あんたか…江戸から急ぎの手紙だ」

神の土地（十一）

桜田にある米沢藩の江戸邸で、みすずは小夜という奥女中と仲がよかった。

小夜だけには、自分がいまいるところを知らせてある。紀伊に何かあったら教えてほしい、と告げてあった。

飛脚が届けてくれたのは、その小夜からの手紙であった。

急いでひらいて、目を走らせるとみすずは、思わ

ず、

「ああ」

と声をあげた。小夜は、紀伊が死んだ、と書いていた。

「最後の最後まで、あなたにひとめ会いたい、と、紀伊さまはそう申されておりました……」

途中から字がかすんで読めなくなった。ふたつの眼いっぱいに涙が溢れてしまったからである。

「紀伊さま……」

身寄りのない自分を、母親か祖母のようにいつくしんでくれた紀伊のおもかげをしのびながら、みすずは宙によびかけた。

そして、

（ああ、私は何というオロカ者だったのだろう）

と歯がみした。いま、小野川の開拓地で、治憲や佐藤文四郎の行動に感動したことが、死んだ紀伊に対する大変な裏切りのような気がしたのである。自身の人の好さにアイソがつき、まるで汚物がからだに浸みこんだ思いだった。

「ああ」

みすずは身もだえして、その不快なものをふりはらった。

小夜の手紙の中には、紀伊の遺髪が入っていた。白髪まじりのちいさな髪の束を頬におしあてて、みすずは、とめどなく涙を流した。そして泣きながら、胸の中でひとつの意志をかためはじめた。

それは、

（何としても、必ずお屋形さまにこのうらみをはらす）

という考えであった。

（お屋形さまが紀伊さまを殺したのだ）

と思った。

お家の財政が火の車なので、働らいている人を減らそうというのはわかる、でも、紀伊さまが唯一の頼りにしていた私を解雇したために、本当にキメこまかく身のまわりをおせわする人がいなくなった。だから紀伊さまは死んだ。

何という情けもいつくしみもないお屋形さまのなされようか。どんなりっぱなことをいい、りっぱなことをしても、紀伊さまを死なせたことだけで、私はお屋形さまを信じない、必ずこのうらみははらす、と、みすずは改めて決意した。

さっき、小野川の開拓地で、お屋形さまは、

「まもなく、参勤交代で江戸に行く」

と告げていた。私も江戸に行こう、とみすずは思った。とにかく機会をもとめてお屋形さまを狙いつづけるのだ。それにしても、紀伊さま、と、再びみすずが涙にくれたとき、外からにぎやかな話しごえがして、おかみの一行が戻ってきた。

さらに災厄が(一)

(恨んではならぬ、決して恨んではならぬ)

江戸家老須田藩主からの急使がはこんできた須田自筆の手紙をひざの上においたまま、上杉治憲はしきりに自分にいいきかせていた。

治憲が

「恨んではならぬ」

と自分にいいきかせている相手は、実は人間ではない。天である。というのは、須田の手紙に書いてあることは、天のしわざとしか思いようがないからである。

治憲の出府が迫った二月の末(いまの四月初旬)、江戸の目黒行人坂から火が出た。折あしく、つよい風が吹いていて、火はたちまち四方にひろがった。

焼け落ちる家の数はかぞえきれず、大変な大火になった。そして、桜田と麻布にあった上杉家の藩邸もふたつとも全焼してしまった。須田は

「それがし、桜田邸にあって、衆をはげまし、藩員もまた死力をつくして防火につとめましたが、何分にも予想をこえる火勢にて、ついに大切なお屋敷をすべて焼きつくすにいたりました。何とも申訳ない次第でございます…」

と書いていた。

須田は、治憲の改革にはことごとく反対で、ひとつも協力をしない人間だが、こういう際は必死な努力をする。そういう実直さは、須田だけでなく、治憲にタテつくほかの重役もみんな持っている。いや、実直だからこそ、治憲の新らしい考えや、シキタリをこわす行動に反撥するのだろう。

いまの治憲にとって、しかし須田の報告は青天のヘキレキであった。まったく思いもよらない災厄の到来であった。

米沢藩の財政再建のための改革は、まだ、とうていイトグチについたとはいえない状態にある。重役や藩士たちの大部分は協力しない。

協力すればたちまち反対派の暴力におそわれる。早くいえば、イトグチのところで、まだまごまごしているのだ。

（それなのに、私が江戸へ行って一年も留守をしたら、一体どういうことになるのだろう）

と、治憲はこの間から心配していた。この状況での出府は本当に心のこりなのだ。きっと、すべてが元に戻ってしまうと思うからである。

そこへ、こんどの江戸大火の報であった。しかも須田は「幕府から莫大なお手伝い金（献金）のお沙汰がありました。さっそく領民に臨時の課徴仰せつけられ、急遽、幕府へのお手伝い金、および江戸邸再建の資をお送り賜わるよう、お願い申しあげます」

と書いていた。

須田にすれば、お家の大事なのだから、領民への臨時増税と藩士の献金ぐらいあたりまえだ、と考えるのだ。

が――現在の治憲には、逆にこのふたつがもっとも問題であった。領民にも藩士にも、命ずるに忍びないことなのである。

さらに災厄が（二）

江戸大火の報は、諸役所にもそれぞれの回路から入っていた。竹俣当綱や莅戸善政、木村高広らもくらい表情をしてかけつけてきた。佐藤文四郎は、常時治憲のそばにいるので、すでにすべてを知っている。

鳩首して、対策を強調するが、いい知恵は出ない。結論がきまっているからである。すべては金に帰着する。そして、その金がいまの上杉藩にとって、もっとももないもののひとつであった。幕府への献金は、とりあえず少し待ってもらおう、ということに意見が一致した。しかし藩邸は再建しなければならない。治憲の出府にそなえて、これは急ぐ。

「藩士一同に合力をたのむより手がございませぬ…」

竹俣はついにそういった。そして、

「お屋形さまの代りに、私から申しきかせましょう」

と治憲の顔をみた。治憲は首をふった。

「いや、それは私の役だ」

「しかし」

見かえす竹俣の顔には一抹の憂慮の色が浮いていた。竹俣は、それでなくても評判の悪い治憲が、いままた献金の話なんかしようものなら、いよいよ治憲ぎらいの空気が、米沢中にみなぎってしまうだろう、と心配するのだ。

それなら、どうせのことに、自分が泥をかぶろうと思ったのである。

（おれも藩内ではきらわれ者の代表だ。このうえ、さらにきらわれようと、もはや、どうということはない）

と考えていた。


しかし治憲はゆるさなかった。すでに竹俣のきもちをみぬいていた。

「竹俣、おまえの心はよくわかる。しかし、これは藩主たる私の役目なのだ。いやなことを、おまえに代らせるわけには行かぬ」

いつもの柔らかい微笑を溢えて治憲はいった。

「ただ、領民への臨時の年貢（税）だけは、何としても避けたい」

「むずかしうございますな。江戸邸再建には、人だけでなく、何よりも材木が要りますからな」

木村がいった。治憲は木村をみてうなずいた。

「その材木だ」

「は？」

「江戸で買えば、江戸の材木商はつけこんで値をバカ高くする。いくら金があっても足りぬ。そこでどうだろう、この米沢から直接木を伐り出して江戸に送っては」

「米沢から材木を江戸へ？」

異口同音に側近たちは驚声をあげた。治憲はうなずく。

「その作業を民にたのむのだ。年貢の代りに」

「しかし、どうやって江戸にはこびましょう？　運搬には、また莫大な費用がかかります」

「うむ、そうだ、陸路ではな」

「？」

「川を使おう、川から海に流し、海から船ではこぶのだ」

「……！」

顔をみあわせた側近たちは、ひざをすすめてきいた。

「一体、どのような経路をお考えでございますか」

さらに災厄が(三)

「木はおそらく塩地平《しおじだいら》の山林から伐り出すことになろう。とすれば会津境いだ。山間を津川が流れている。伐った木は津川に流す、そうすれば越後新潟に流れ着く。新潟に藩の船をまわしておくのだ」

「しかし津川は会津領を流れる川です」

「会津殿には私から手紙を書く。それを持って、誰か心きいたる者を使者に立てよ。もちろん越後新潟にも同じことをする。どうか？」

どうか？　ときかれて、竹俣たちはことばもない。いつだったたか、

「たとえ、私の協力者であっても、おまえたちもやはり米沢の人間だ。考えることが米沢という容器（いれもの）の中からなかなか出られない。

そこへ行くと、私はヨソからきた人間だから、あるていど、米沢を岡目八目でみられる。そのほうがかえっていい場合があるのだ…」と治憲はいったことがある。

いまの場合がそうだった。米沢藩居つきの竹俣たちは、江戸で起った災厄の大きさに、ただ
「大変だ、どうしよう」

という、思いが先行して、またその思いで頭も胸もいっぱいになってしまっている。

治憲は、その思いを越えて、もう少し現実的に考えていた。

（そこが、われわれとちがうところだ）

と、竹俣たちは、改めて目前の若い藩主に感嘆するのであった。

もう一度顔をみあわせた一同は、

「恐れいりました。お屋形さまの妙策にほとほと感じいってございます。否やはございませぬ」

「賛成してくれるというのだな」

「はい、仰せのとおりにいたします」

「そうか。それは嬉しい。では、さっそく、全藩士を大広間に集めよ」

「は。もちろん、足軽もでございますな」

「そうだ、足軽もだ」

「お屋形さま」

突然、木村高広が顔をあげていった。

「その材木伐り出しの頭取《とうどり》（指揮者）、それがしに仰せつけられとう存じます」

「なに」治憲だけでなく、まわりの者もびっくりした。

「木村がキコリになると申すのか」

「はい。ぜひとも」

「うむ、これはまたおどろいた申出だ、さて、どうしよう」

治憲は楽しそうに一同を見まわした。

竹俣が笑いながらいった。

「木村、それはダメだ」

「ダメ？　なぜですか」木村は竹俣にくってかかる。竹俣は木村をみかえしてこういった。

「それこそ私の役だよ」

「え」

「執政（家老筆頭）たる私が山に入らなければ、誰もついてはこぬ」

「しかし」

「まあ待て。それにこうみえても、私は山歩きが得意だし、木の伐りかたもよく知っている。とてもほかの人間にはこの役はゆずれぬ」

さらに災厄が(四)

「また、全員お呼び出しかよ」

藩士のほとんどがブツブツいいながら、大広間に集った。ここのところ、始終、呼び出されている（本当に、全員お呼び出しの好きなお屋形さまだな）、と大部分の者が思っていた。

しかもそのたびにロクな話はない。上杉家の財政が大変だ、大変だ、という話ばかりである。節約と努力の指示ばかりで、おまえたちの給与を上げてやろうなどという話は全然ない。

そういう気分できくから、治憲の誠意をこめた話も、ほとんど身にしみて耳にのこらない。みんな、

(早く終らないかな。おれたちは内職で忙しいんだ)

と、家でやりかけてきた傘張りや、硝子けずりのしごとのことを頭の中に思い浮べている。

ましてや、今日は、江戸の大火で焼失した江戸藩邸再建のために、またまた全藩士に募金の話である。楽しかろうはずがない。

(ええい、もうどうにでもしてくれ)

というような自暴自棄のきもちになってくる。

「えらそうなことをいったって、結局はおれたちにシワヨセをするんじゃねえか」

と、足軽たちも治憲に好意的ではない。

だから、治憲のこの日の話を、ほとんどの藩士が白けた気分できいた。

治憲が熱をいれればいれるほど、その熱弁が浮きあがる。声はきこえるが話の中身は遠いものになる。しまいには
(お屋形が、ひとりで口をパクパクさせているな)

というようなうけとめかたになる。

治憲にも、広間のそういう空気は敏感に伝わった。

(希望がないからだ……)

治憲はそう思った。希望とは目標である。何のための勤倹節約なのか、藩士はまだその目標をつかみきっていない。

(私が悪い。私がきちんと目標を示し得ていないからだ)

治憲はそう思う。白けている藩士に責任はない。白けさせた責任はすべて藩主の私にあるのだ、と治憲は自分を責める。

治憲の話が終ると、竹俣当綱が
「ご一同、そこでお願いがござる」

と、全藩士のほうにからだの向きをかえた。

「たとえ幕府へのお手伝い金の納付猶予が認められたとしても、お屋形さまご出府を目前にひかえたいま、江戸藩邸の再建は一日を争う急務でござる。

お屋形さまは、諸費節減の折から、必要な木材は江戸で調達せずに、米沢で伐り出し、江戸に送れと仰せられた。

そこで、この竹俣、明日よりさっそく塩地平の山に入り、木材伐り出しの頭取をつとめる所存でござる。ご一同の中で、もしそれがしをお助け下さる篤志の方がおられれば、どうか、よろしくお願い申す」

が、失笑があちこちで起った。

さらに災厄が(五)

治憲の話をきくのにも、藩士たちは序列の順に並んでいる。一番前には重臣群がいる。

失笑したのは、まず重臣群だった。しかも重臣だけではなかった。その後の中級の者も、下級の者も、かなり失笑した。

人間の笑いの中で、この失笑ほど気分の悪いものはない。おかしさの意味がちがう。さげすみのきもちがつよい。

重臣の芋川延親がいった。

「竹俣殿、執政のおぬしが木材伐採のために、山林に入ると申されるのか」

「さようです」

「しかも、藩士にその手伝いをせよと」

「さよう」

「およそ武士たる者の扱いを心得ぬ仕業《しわざ》、鹿をもって馬に使うとは、まさにこのことだ」

芋川は、後輩の竹俣が執政と称して、米沢藩政をとりしきっているのがおもしろくない。いままでも、ことごとに反対、イヤがらせをしてきたが、こういう相手の権威を失墜させるのには、万座の中で恥をかかせるのがいちばんいい。しかも今日は藩士の大部分が失笑して竹俣の話をきいた。

(この機をのがすまい)

と、芋川は攻撃に出た。

鹿を馬に使うようなものだ、というたとえに、藩士のかなりの者が笑った。中でも、須田をはじめ、重臣たちの息子たちは、ことさらに高い声で笑った。皆、もっと笑え、というように呼び水の役目を果していた。

露骨な反対意志の集中攻撃にあって、竹俣はさすがに顔をゆがめ、

「…お願い申す。このとおりでござる」

と、ただ手を突いた。

そして翌日の朝早く、竹俣当綱は蓑に笠という姿で、会津境の塩地平に向って出発した。

「からだをこわさぬよう、くれぐれも留意せよ」

治憲はそう声をかけた。また、それ以上、何もいえなかった。

竹俣は城を出て、専門の伐採人が集まっている地点に行った。城下のある社の境内である。農民の中からの篤志者と、キコリの群であった。社殿の前に立った竹俣はその群にいった。

「改めていう。このたびの木材伐り出しに対しては、まったく報酬は払えぬぞ。それに不承知の者は、いますぐ立ち去るがよい」

頭立った農民が笑いながら、ことばを返してきた。

「いまさらゼニをくれなければ、山に入らねえなんてヤツは、はじめからここには来ませんよ」

仲間がドッと笑った。共感の表情をしていた。頭立った農民は、さらにこんなことをいった。

「まして、お侍さまがわしらのお手伝いをして下さる。というンじゃあ、ゼニなんかもらったら、バチが当ります」

「なに」

竹俣は、ききかえした。農民は竹俣の斜めうしろの、社殿裏手のほうを指で示した。

さらに災厄が(六)

そこに数十人の侍の群がいた。竹俣がきたときは社殿の後にかくれていたのかも知れない。皆、竹俣やキコリ・農民と同じようにミノ・カサに身をかためていた。

「おぬしたちは…」

思わず絶句する竹俣に、前の方にいた若い侍がニコニコ笑いながら、こういった。

「われわれは、経験もないので、木を伐ることはできません。ですから、伐り出された木を川まではこびます。せめて運搬のお手伝いをさせて下さい」

「……！」

竹俣はことばにつまった。やがて、ただ、ありがとう、とだけつぶやくようにいった。

皆、顔は知っているが、名は？

ときかれると、ちょっと即答できない。普段は目立たない侍たちなのである。それが数十人も黙ってここに集まった。江戸藩邸再建と必要な材木伐り出しの運搬を手伝うという。

「竹俣さん」

ちがう若侍がいった。手にフタつきの小さな鉢を持っていた。若侍はフタをとった。中の灰の上に真赤に燃える炭がひとつ入っていた。

思わず、

「それは…」

と息をのむ竹俣に若侍は、そうですとうなずいた。

「ご改革の火ですよ。佐藤文四郎に分けてもらいました。塩地平《しおじだいら》の山中でも、材木の伐り出しが終るまでは、決してこの火は消しません。いや、材木の伐り出しが終ったあとも、われわれはこの火を消さないつもりです」

「そうか」

竹俣は不覚にも胸にこみあげるものを感じながら、大きくうなずいた。そして、

「おまえたちは佐藤文四郎の友人なのか」

ときいた。皆、うなずいた。

「あのバカは、コケの一念でどんなひどいめにあっても、お屋形さま一途に誠をつくしているでしょう。ズングリムックリのあいつが、いつもからだ中に汗をかいて走りまわっているのをみると、どうも黙ってみているのが、ぐあいが悪くなったのです。あいつの何分の一かでも、われわれも汗をかこうじゃないか、と合意したんです。手伝わせて下さい。お願いします」

「お願いしますなどと。たのむのは私のほうだ。本当によくきてくれた」

「われわれのあとからも、何百人か、手伝いにくるはずです。竹俣さん、大丈夫ですよ。がんばって下さい」

竹俣はもう一度若侍が手にしている鉢の中の火を

みた。そして、（この火は、佐藤文四郎から移った。移った火で、ここにいる若侍たちも自分の胸に火をつけた。お屋形さまのいったとおり、この灰の国にも、人はいたのだ。火をつければ燃える人がいたのだ）

と思った。行こう、と竹俣を先頭に伐採隊は出発した。

さらに災厄が（七）

塩地平の山中に入った伐採隊は、まず小屋をつくった。屋根はクマ笹の葉で葺《ふ》いた。本当の山小屋である。

「めしは湯漬と水菜の汁だけだ、いいな？」

総頭取の竹俣はそう宣言した。

「おう！」

と、作業に加わったもの全員の声が山中に力づよくひびき渡った。

運搬をうけもった侍たちは、キコリや農民が、実に手ぎわよく、あざやかに木を伐り倒すのをみた。そして、そのたびに、

「そこへ行くと、おれたちは何もできないな」

と苦笑した。

侍って何だろう、と考えこむ者もいた。毎日、どうでもいいような書類をヒネくりまわして、

「この〝を〟は、〝は〟にすべきではないのか」

などと、およそ領民の生活とはほど遠い、くだらない論議に時間を費してきた城中の勤めが改めて思いおこされた。

いま、江戸藩邸再建のために、深い山の中で木を伐り、倒し、はこぶという作業にたずさわって、侍たちは、

「これこそ、生きた生活だ」

と思った。いままでの生活は死んでいたのだと感じた。

山には無言のいのちが充満している。土の中に、木の中に、草の中に、そしてその中で生きる動物たちの中に、いのちがみなぎっている。

そこへ行くと、城の中にはいのちはない。カケラもなかった。シキタリを守るだけの死人の群が、毎日、ただ惰性で城へ出てくるだけである。早くいえ

ば、一日一日をゴマかして生きているのだ。

山中の作業に加わって、侍たちはいやというほど、このことを知った。

農民やキコリたちが伐った木をはこぶということは、侍たちにとって、今日までのゴマかしの生きかたと、対決することであった。

「この世で、ものをつくりだすのは、われわれ侍ではない。あくまでも農民たちなのだ」

ということを改めて知ることであった。

米沢城下の社の境内で、侍たちは、

「少し汗をかこうと思います」

と竹俣に告げたが、ここへきて、〝少し〟どころではなかった。滝のようにビッショリと汗をかいた。クタクタに疲れた。腹も減った。割りあてられる湯漬だけでは足りなかった。いつも空腹だった。

「ああ、ムギめしでいいから、腹いっぱい食ってみたいなあ」

夜、小屋の中によこたわると、叫ぶようにそういう声を立てる若侍がいた。

皆、ドッと笑う。ドッと笑うけれど、思いは同じだった。人間の本当に〝生きている生活〟とは、まず食うことからはじまるのだな、ということを、侍たちは素朴に感ずるのだった。

さらに災厄が(八)

毎日のように新らしい参加者がふえた。

「せめて、丸太一本でもはこびたいのです」

口口にそういった。山中はやがて五、六百人になった。信じられないことであった。

(藩士たちは、なぜ、そういう気になったのか)

竹俣当綱にはふしぎだった。

郡奉行長井庄左衛門から使者がきた。

「お屋形さまのご親書をたずさえ、会津侯に拝謁いたしました。会津侯は、伐り出した木材を津川に流すことを快諾されました。

また、越後新潟港にも、すでに五百石積みの船をさしまわしてあります」

と告げた。朗報であった。

「さらに」

使者はつづけた。

「この塩地平でのご奉仕をきいた小国《おぐに》の、伐木ご用掛片桐六郎右衛門殿が、同地在番の士をひきいて伐り出しをはじめました。

同地の木材は、玉川を経て、やはり新潟港に積み出される由にございます」

「そうか…」

額の汗を手の甲でぬぐいながら、竹俣は微笑んでうなずいた。

藩士たちはなぜそうなったのか、詮索《せんさく》する必要はない。藩士たちの間につぎつぎとひろがる〝お手伝い（奉仕）〟の気運が嬉しかった。

肩にかついだ木材を、川に投げこんでいた侍たちも、中には木の伐りかたをおぼえる者もいた。それは、自分の中にひそんでいた新らしい能力の発見であった。

（やれば何でもできるのだ）

という自信が湧いたが、同時に、（いままでは、やれることもやらなかったのだ）

と思った。なぜ、やらなかったのだろう。侍たちは、自分たちの行動をさまたげてきた多くの壁のことを思った。

予想以上に作業はすすんだ。すでに八千本の材木を伐り出している。

一本一本、川に投げこむとき、侍たちは、わあ、と大きな声を投げた。

「無事に着けよ」

「おまえたちもがんばれ」

まるで人間に語りかけるように、侍たちは材木を声援した。

ある日、佐藤文四郎が山に入ってきた。旅支度をし、二十人ばかりの侍といっしょだった。皆で数樽の酒をかついでいた。

「おう、佐藤」

姿をみてバラバラと走りよってくる侍たちに、佐藤は、

「お屋形さまからの差し入れだ」

と大声でいった。侍たちは歓声をあげて樽をうけとった。

そのさまを温かい目でみまもりながら、竹俣は佐藤にいった。

「いよいよご出発か」

「はい。いま、板谷峠におられます。くれぐれも皆さまによろしく、とのことでございます」

「うむ」竹俣はうなずいた。

さらに災厄が（九）

「本当は、お屋形さまが直直《じきじき》に、この山中へおいでになる予定でございましたが、まわりでとめまして、お屋形さまは、ひじょうに残念がっておられました」

「そうか、うん、そうだろう」

そう応じて竹俣は、

「江戸へおいでになっても、おそらくお屋形さまのお心は安まることはあるまい。このように、お手伝いの藩士がふえては、反対派はいよいよ硬化しているだろうからな」

「そのとおりなのです。お屋形さまのご伝言は、実はそのへんのことで、米沢におのこりになる竹俣さまのお立場が、ますますお辛くおなりでしょうが、どうか耐えてほしい、というおことばにございます」

「しかと承りました、とお伝えしてくれ。佐藤」

「はい」

自分を凝視する竹俣を、佐藤はまっすぐに見返した。竹俣はいった。

「いまの私は、明日のことは考えない。今日一日を精いっぱい生きることだけを考えている」

「は」

佐藤には竹俣のいう意味がわかった。竹俣はいつも死ぬかくごをしている、と思った。執政を命ぜられた日からそうなのだろう。

いつ、どこででも、死ぬつもりなのだ。たとえばこの山中でも。材木の伐り出しで死ぬなどということは、いままでの侍の道にはなかった。しかし竹俣はそれを越えた。いわば新らしい〝武士道〟をみつけたのである。

「くれぐれもお屋形さまによろしくな」

板谷峠で、この山中に思いをはせているにちがいない上杉治憲の姿を頭の中に浮べながら、竹俣はいった。

「はい」

深いうなずきかたをして、佐藤は去った。かれもまた江戸に行くのである。

山に入って二十日、作業は終った。津川を辿った材木は新潟に着き、玉川から荒川を伝わって流れ着いた小国の材木といっしょに船に積みこまれた。船は出帆した。

が、たちまち大風にあい、宗谷まで流された。さらに南部（岩手県）の洋上でもう一度大風にあい、転覆寸前になった。狼狽した水夫たちは、いきなり材木を海中に捨てようとした。

このとき、輸送の任に当っていた木島甚五衛門は、材木の前にたちはだかって、

「この材木は、お屋形さまのお心と、多くの藩士・藩民のまごころのこもったものだ。一本一本がお屋形さまであり、藩士・藩民と同じだ。それを捨てる気か！　あえて捨てるというのなら、まず、この木島を海中に投ぜよ！」

と叫んだ。いきおいにのまれて水夫たちは立ちつくした。そして、材木からはなれ、必死に船を操った。船は江戸に着いた。

江戸（二）

竹俣当綱を総頭取にして伐り出した材木で、焼失した藩邸はたちまち再建された。

大工たち職人にまかせきりにせず、江戸藩邸の侍たちも皆労力奉仕をした。これには頑固な江戸家老須田満主も文句がいえなかった。ただ不愉快な顔をしていた。

木の香も新らしく、藩邸が完成した日、治憲は江戸勤務の全藩士を集めてこういった。

「おまえたちの力を惜しまぬ手伝い、まことにごくろうであった。江戸藩邸は、たしかに大切な建物であり、なくてはならぬものではあるが、考えようによっては、一年ごとの宿である。

このたびの作事は、おまえたちの労力奉仕の功績が大であるけれど、やはり何といっても藩民たちの努力が大きい。いわば、この邸は藩士、藩民の汗とあぶらで出来あがったものである。どうか、無用の装飾に金を使うことなく、この上とも倹約してほし

い。

また、国もとから送ってくれた材木も藩士領民の厚い忠志のたまものであるから、余ったものもムダにせず、効果的に使ってほしい。

いずれにしても、いよいよ信頼しあい、お互に情厚い日日を送ってくれるように」

あらゆる機会をとらえて、改革への結束をつよめようという治憲の考えであった。

藩士の半分は素直に治憲のことばをきき、半分は、

（また、お説教だ）

とシラけていた。

秋になると、北沢五郎兵衛の使いだといって、若い侍が江戸へやってきた。治憲が会うと、若い使者は紙に包んだイネの穂を一束出した。

「これは？」

ときく治憲に、

「小野川開墾地で、はじめて実りましたイネでございます」

と、若侍は答えた。まっくろに陽に焼け、姿形《すがたかたち》が侍でなかったら、農民そのものだ。

治憲は目をみはった。

「なに、小野川でとれたイネの穂だと申すのか」

「はい。頭取の北沢さまが、何よりもお屋形さまにお届けして、みていただけと…とく、ごらんいただきとうございます」

「うむ、うむ、そうか、そうか」

治憲は何度もうなずいた。目の前のイネの穂が、無言だが、多くのことを語っていた。

大樽川畔の小野川の荒地を拓いて、みごとにみのらせた最初のイネの穂を、

「何はともあれ、お屋形さまにおみせしろ」

と、はるばる、この若い侍に届けさせる北沢のきもちが、手にとるようにわかった。

そして、それは北沢だけでなく、小野川でクワをふるい、水を引き、苗を植え、コヤシをやってイネを育てつづけたすべての侍たちのきもちであった。

「そのほうの名は」

「はい、山口新介と申します」

「山口、ききたいことがある」

江戸(二)

山口新介は緊張した。

「は」

と、ビクッとしながら治憲の顔を見かえした。治憲は微笑した。

「新介、かたくなるな」

「は」

「ききたいというのは、ほかのことではない。心なきものどもの邪魔立ては、いまでもつづいているのか、ということだ」

「は」

ああ、そのことでございますか、と山口はホッとした表情になった。

そして、

「その件につきましては」

と、一気に報告しようとしたとき、

「米沢から使いがまいったそうでございますな」

と、江戸家老の須田が入ってきた。米沢からの使いを、治憲がひとりで会うなどというのはケシカランという色が顔に浮き出ている。

何でも重臣に相談すべきなのに、この養子藩主は、すぐ独断でことをはこぶ悪いクセが、全然直っていない、という不快さをありありとあらわしていた。

しかし、

「ああ、須田もいっしょにきくとよい」

と治憲は、これもいつものことなので、さからわずにニコニコと応じた。そして、畳の上のイネの穂を示し、

「みてみよ、小野川の荒地ではじめて実ったイネだ」

と告げた。須田は、え、とおどろいた色をみせたが、すぐ、フンと鼻をならして黙殺した。

そして、

「馬にされた鹿どもの愚行のたまものでございますな」

と、憎憎しげにいった。山口新介がムッとして須田をにらんだ。須田は気がついて、

「何だ、その眼は」

と、これも山口をにらみつけた。佐藤文四郎が割って入った。

「山口さん、さきほどのお屋形さまのご質問への答えは？」

「はい」

山口はのどもとまできていた怒りをのみこんで、うなずいた。治憲が須田に説明した。

「小野川の開墾地では、もう妨害がなくなったかどうか、私からたずねたところだ」

治憲は、私からということばに力をいれた。山口のほうからいい出したのではないぞ、ということを強調したかったのである。話の内容によっては須田からすぐ本国に通報され、国に戻ってもまた山口はイジめられる、そうさせまいとする治憲の配慮であった。

が、山口のほうが捨て身になっていた。こういう使いにくる以上、ただ、イネの穂を持ってきたわけではない。当然、いろいろな話があるはずだ。治憲にすれば、むしろそっちのことをききたい。

それには山口が本当のことを話さなくてはダメだ。その意味では須田がきたのはまずかった。

と思ったが、山口は一向にそんなことを気にしている様子はない。むしろ須田のイヤ味に反撥して、何もかも洗いざらいブチまけてやれ、という気になったようである。

江戸(三)

「妨害はいよいよはげしくつづいております」

山口新介は、臆するところなくいった。

「特に、頑迷なご重役方の意を体した、ご重役方のご子息たちの妨害が目に余ります。

小野川の地は、神の土地であると、お屋形さまが仰せられて以来、さすがに土地そのものへの暴挙はなくなりましたが、妨害はもっと悪らつになりました…」

「たとえば？」

「たとえば、お屋形さまが藩士一同に下しおかれましたご改革教書の勉強会なるものを設け、開拓村からも強制的に参加させて、登城を命じ、いく日もいく日も縛りつけます」

「しかし、改革教書の勉強会ならば、別に悪いことではないではないか」

「もちろん、実行する方向での勉強会なら、悪いことではございません。しかしそうではなく、ご教書の全文にわたってケチをつけ、あれもムリ、これもムリ、と事前にご重役方が考えたことを、全員に同意させるまでは、城から退《さが》らせてくれませぬ」

「なるほど、考えたな…」

治憲は苦笑した。

知能犯だ。放火も田畑荒しもおこなわないかわり、開墾地の労働力を別の名目で奪っているのだ。しかも、その悪計に賛成しないかぎり、城から出させないというのだから、実質的な監禁である。城から出してもらえるときは、重役たちに同意したことになる。つまり、治憲をうらぎったことになる。

「まるで、昔のキリシタンの踏み絵だ」

佐藤文四郎が吐きすてるようにいった。

「そうです、踏み絵と同じです。われわれが、お屋形さまにつくか、ご重役方につくか、毎日、迫られているのです」

山口は佐藤のことばに賛成した。踏み絵というのは、日本でキリスト教を禁止してから、一般庶民にキリストやマリアの像を彫った銅板を踏ませる方法のことだ。踏むのをためらえば、たちまち、

「おまえはキリシタンだ」

と断定され、牢にほうりこまれる。

米沢でおこなわれている勉強会も同じであった。重役たちは、藩主治憲にそむいて、自分たちに忠誠をつくすことを強要していた。忠誠心の吟味《ぎんみ》試験であった。

(ああ…)

と、治憲は胸の中で深く息をついた。重役たちは、そこまで私が憎いか、と思った。毎日、さあ、どうする？　と同意を迫られている治憲派の苦しさを思った。

その治憲のきもちに気がついたのだろう、山口新介はいった。

「しかし、ご安心なされませ。われら火ダネ組は、どのように責められても、決して重役方に同意はいたしませぬ」

治憲はききかえした。

「火ダネ組？」

江戸（四）

「はい」

山口はうなずきかえす。

「お屋形さまからいただきました火ダネは、いまも赤赤と燃えております。あの火を、私どもはお屋形さまだと思っております。苦しいとき、つらいときは、あの火ダネをかこみ、皆でフウフウ吹くことにしております。新しい炭に火を移すのです。

そういたしますと、ふしぎに勇気が湧いてまいります。だからこそ、こうしてイネも実りました…」

目をかがやかせて山口はそういった。治憲はうなずいた。そして、

「私のために、余分な苦労をかける、ゆるせ」

と頭をさげた。山口はおどろいて、

「何を仰せられます、ゆるせなどと、もったいない」

と、とびさがって平伏した。

山口は去った。その後姿を、冷笑とも、呆れ顔ともつかない複雑な表情で見送って、

「…まったく、余分な苦労をいたしますな」

と、須田満主はつぶやいた。そして治憲のほうをふりむき、

「お屋形さま、ヤセがまんはもうほどほどにして、余分な苦労を捨てようではございませんか」

といった。

「……？」

わからぬ、という表情で治憲は須田をみた。

「何のことか」

「されば、この間から、何度も申しあげておりますように、他家と同じように、当上杉家でも、ご老中の田沼さまに賄賂《まいない》を贈り、お屋形さまにお役をいただくか、あるいはご加増をいただくほうが、つまらぬ苦労をするより、よほど早道でございます。賄賂の金は、この須田がなんとか調達いたしますゆえ、これからすぐにでも、お屋形さまが、軽いきもちで、田沼さまをお訪ねになれば、当藩の財政も一挙に立ちなおること必定でございます」

また、その話か、というように治憲は不快な顔になった。須田は敏感に見とがめた。

「この話をいたしますと、すぐそのようなお顔をなさいますが、いまの江戸では誰もがそうしておりますす。いや、逆にそうしなければお家が危くなります。

ちょっとしたご辛抱でございます。そういたしましょう」

須田がいう田沼さまとは、老中首座の田沼意次《たぬまおきつぐ》のことである。

もとは六百石の侍だったのが、八代将軍吉宗に見出され、その子家重の小姓になった。家重が将軍になると、側衆、御用人、老中と異例の出世をし、収入もいまでは五万三千石になっていた。平和な時代では信じられない出世ぶりであった。

田沼の政策は、

「農業だけに頼っていてはダメだ、もっと商業を盛んにすべきで、そのためには外国の文明もどんどん取りいれるべきである」

という方針だったから、その意味では治憲の考えに通ずるものがあり、決して頑迷な政治家ではなかった。

江戸(五)

ただ、この田沼意次は最大の悪いクセがあった。それは、何よりもワイロが好きだったことである。ワイロといえば、多くの人が、それは悪いことだ、と考えたが、田沼は逆だった。

かれらはこういうりくつを立てていた。

「人間にとって、金銀ほど大切なものはない。皆、大切にしている。その大切なものを他人に贈ろうというのだから、これは誠心《まごころ》だ。従って、私はワイロを沢山持ってくる人間を重く用いる」

こういうことを田沼は公然という。そうなると、これをマにうけた大名・旗本・人たちはドッと田沼のところにおしかける。皆ワイロを持ってである。

そのため、江戸城内のかれの詰所も、邸も、ワイロの贈り手でいっぱいになった。その整理を専門にしている大名が数人いた。田沼の部屋は、日本の名産、名品でないものはなくなった。

目ざとい商人は、

「田沼さまへの贈りものを承ります」

などというのも出てきた。

呆れかえった江戸の市民は、

「役人の子は　ニギニギをまずおぼえ」

という落首を流行らせた。

そして――田沼は自分のことばを実行した。つまり、沢山のワイロを持ってくる大名や旗本たちに役職を与え、領地をふやし、商人には儲かる仕事を独占させた。ワイロを持ってこない者は冷遇した。日本でも空前のワイロ時代が出現していた。

須田は、この状況をいうのだ。ワイロ丸という船に、のりおくれないようにしなさい、とすすめているのである。そのほうが、どれだけラクになるかわからない、というのである。

治憲はいった。

「私は、行かぬ」

「は？」

「田沼殿のところには行かぬ、ワイロは好かぬ」

「誰しもきらいでございます。しかし、いまはそうしなければ成り立たぬ政道でございます。長いものにはまかれろ、というのはこういうことでございましょう」

「ワイロなどは一時のものだ、決して長つづきはせぬ」

「しかし、田沼さまのご勢威は日増しにつのるばかり。このままでまいりますと、ワイロを贈って加増される大名のために、当藩の領地が削られるということにもなりかねません」

「あるいは、そうなるかも知れぬ。しかし、天道はそのようなものではない。ワイロで米沢の財政が立ち直ったとて、誰もよろこばぬ。須田、少なくとも、火ダネを吹きつづけている者はよろこばぬぞ」

ビシッと須田の頬をなぐりつけるような治憲のことばであった。手でなぐれないから、ことばで叩いたのである。

須田は不愉快きわまる表情をした。

江戸(六)

須田は、国もとでの重役たちのうごきを、手にとるように知っていた。

というよりも、かれもその一味だったのである。米沢本国での、一部の〝火ダネ組〟の行動は、重役たちからみれば目に余った。

他家から養子に入った治憲という青年のいうがままになり、自分たちを無視し、シキタリを破り、侍のクセに土を耕し、桑やイネを植え、鯉を飼う連中は、米沢藩の〝恥〟以外の何ものでもなかった。重役たちは、そういう侍たちの存在がはずかしく、腹が立った。

それに、竹俣当綱ほかの、かつての冷メシ組が、わがもの顔に藩政を牛耳り、特に人事を思いのままにしているのががまんならなかった。それが昂じて、

「このまま放置すれば、われわれの生きる場がなくなる」

という不安と危機意識になった。重役たちは、いま、治憲に内緒でおそろしい計画を立てていた。

おそろしい計画というのは、ひとことでいえば、

「治憲追い出し」

であった。

重役たちは、藩の再建が独力でできるなどということを信じてはいなかった。シキタリと形式を重んずるかれらは、何よりも、

「幕府のご意向」

が大切であった。幕府あっての米沢藩なのである。

その幕府は、現在《いま》、あげて〝ワイロ政治〟になっている。いいも悪いもない。幕府がそうなれば、それに従うのがもっとも賢明で安全な道なのである。ひとりで突っぱってみてもはじまらない。

「大名は、幕府によって鉢植えにされた木と同じだ」

と、昔、誰かがいった。

幕府の意向ひとつで、どこにでも植えかえられてしまう。抜かれて捨てられてしまうことだってある。鉢の中の木に自分の意志は持てない。

そして、幕府の意向というのは、そのときの実力者の意向ということだ。そのときの実力者というのは、老中筆頭（首相）のことだ。いままでの幕府の政治は、ほとんど、そういう形でおこなわれてきている。老中（閣僚）というのは何人もいるが、合議で均衡が保たれることはなかなかない。筆頭の意向がほとんど支配する。だからこそ、皆、老中首座を狙うのである。

そして、いまの老中首座の田沼意次は、

「私は、ワイロが大好きだ。沢山持ってくる大名ほど大切にする」

と公言しているのだから、これほどわかりやすいことはない。要はそのとおりにするかしないか、だけの問題だ。

米沢藩の重役は、

「そうしよう」

ときめていた。そして、それで藩の危機をのりきろうと合意していた。治憲にそのことをやらせよう、と米沢と江戸では相談が固まっていた。もし、治憲が応じなければ、幕府に治憲の失政を訴え出るつもりであった。

江戸（七）

重役たちからみれば、いまの治憲の政策は失政以外の何ものでもなかった。

（おそらく、幕府でもそう思うだろう）

と考えていた。だから自信があった。自分たちのほうが正しいと思っていた。

重役たちにすれば、だから、

「田沼さまのところへお行きなさい」

と治憲にすすめるのは、米沢藩重役連合の最後の好意であった。本当なら、ここでいきなり幕府に訴えてもいいのだが、それをそうせずに、もう一度だけ治憲にチャンスをやろうというのである。

重役たちからみれば、いまの治憲は、米沢丸という船から海の中に落ちた人間に等しかった。

だから浮きを投げてやろう、というのである。浮き、とは、田沼にワイロを持って行け、ということであった。それを、治憲はいともかんたんに、いやだ、という。つまり、重役たちの最後の好意をうけないというのだ。

（そんなことをいっていると、本当に米沢から追い出されてしまうぞ）

須田は、なかば呆れ顔で治憲の顔をみながら、しかし、根気づよく、もう一度すすめた。

「われわれからみれば、火ダネ組などのやっていることは、まったくの徒労、幕府の心を寸分たりともうごかしはいたしませぬ。いまの幕府の心をうごかせるのは、ワイロだけでございます。

なるほど、ご潔癖なお屋形さまのご気性からすれば、まことに身を泥水に漬けるような思いでございましょう。

しかし、ただ一度、そうしていただけるだけで、米沢藩は救われます。藩のために、どうか、田沼さまのところにおでかけ下さい」

「行かぬ」

治憲は同じ答えをくりかえした。

「なぜでございますか。なぜ、そのようにかたくなにおなりでございますか」

「かたくなではない。そういう方法では、米沢は救われぬのだ」

「しかし、当座は切りぬけられます」

「私が考えているのは、当座のことではない、もっと先のことだ。それに、幕府にたよろうなどとは思っていない」

「幕府にたよらず、何にたよるとおっしゃるのでございますか」

「米沢藩だ、米沢藩の人間すべてだ」

「………！」

「須田、おまえはカンちがいをしている。私が変えようとしているのは幕府ではないぞ。米沢藩を変えようとしているのだ。老中にワイロを贈って危機を切り抜けようという、そういう安易な考えを変えたいのだ」

「私は、ワイロを持って行くことを、別に安易とは思ってはおりませぬ。いまの藩財政からすれば、多額なワイロを調達するのは大変なことでございます」

「安易の意味がちがう」

江戸(八)

治憲もいまは微笑を捨てていた。真剣な表情をしていた。しかし、ことばだけは変らずにやさしかった。叱りつけたり、どなったりして須田を怒らせてはまずかった。(力でおさえつけるのは得策ではない。納得してくれなければ意味がない)

と、治憲は、他人との会話をいつもそう考えていた。

「須田、きいてほしい。大名は、俗諺《ぞくげん》(世間のたとえ)でいえば、鉢植えにされた木だ。しかし、それならそれで、少なくとも鉢の中をまかされている。まかされたということは、同時に責任があるということだ。私はワイロでその責任を捨てたくない」

「責任を感ずるからこそ、ワイロを贈るのでございます。ワイロを届けるのは自分のためではございません。藩のためでございます。それこそ、お屋形さまのよく口にされます藩民のためでございます」

「しかし、藩民は、自分たちの汗とあぶらが、そういうふうに使われてよろこぶだろうか」

「よろこぶと思います」

「私は目先のことだけを考えているのではないのだ。私たちの子孫が、誇りに思うような方法で改革をすすめたい」

「ワイロで、危機を切りぬけたからといって、子孫は別にわれわれをとがめはいたしませぬ。むしろ、よくやった、と感謝することでございましょう」

話がまったく噛みあわない、と治憲は悲しかった。

(須田よ、私が改革したいのは、まずおまえのような人間なのだよ)

といいたい気がしたが、そこまではいえなかった。それは、須田の全人生を否定することになるからだった。

しかし、改革というのは、決して藩という組織を変革するのではなく、そこに属している人間の変革のことなのだ、と改めて感じた。改革とは、人間ひとりひとりの生きかたを変えることなのだ。だからこそ容易ではない。

現に、いま目前にいる須田は、

「自分の生き方は正しい、まちがっているのはお屋形さまのほうだ」

と強く信じている。そのかたくなさは、生れてから今日までの数十年の年月で固められたものだ。治憲のことばで、一朝一夕に変化するものではない。

「私としては、申し上げるべきことはすべて申し上げました。国もとの重役どもの考えも代弁したつもりでございます。しかし、あくまでもおきき届けがございませぬ以上、どのような事態になりましても、私の責任ではございませぬぞ」

須田はそういって去った。

「まるで、オドシですね」

佐藤文四郎が呆れ声を出した。須田はその声を耳にとめてふりかえり、ギロリと佐藤をにらんだ。

（おまえも同罪だぞ）

という顔をしていた。須田の姿が消えると治憲は苦笑した。

「私は上杉家にきて以来、ずっとオドされているよ」

江戸（九）

「お屋形さま」

佐藤は向きなおった。

「お気をつよくおもち下さい。お屋形さまが胸の火を消されては、私たちはどうしていいかわからなくなります」

「うん、そのつもりだ。しかし、須田のようなのをみていると、こっちの話をわかってもらうキッカケがまったくない。そこをどうすればいいのか、時時、気が滅入る」

「俗に味方千人、敵千人と申すではありませんか。いかにお屋形さまがごりっぱでも、米沢藩士すべてがお味方になることは考えられません。

私は、このたびのご改革は、お屋形さまのお話を理解する者だけで、おしすすめるよりしかたがないと思っております。そして現に、こうしてはじめて実ったイネの穂を届けにくる者が育っているのです。

お屋形さま、そういう人間がいることをお信じになって下さい」

「信じているとも。しかし、佐藤」

「はい」

「今日は、私がおまえに励まされているようだな」

「これは……おそれいりましてございます」

主従は声を合せて笑った。治憲は立ちあがった。

「行こう。申しつけたところへ案内せい」

「は」

「供はおまえだけでよい」

「しかし、せめてお駕籠なりと」

「目立つからいらぬ。花だけはたのむ。庭の花がよかろう」

「かしこまりました」

夕暮がせまっていた。

佐藤文四郎は、庭から菊の花を一枝切り、それを持って、治憲と裏門からそっと出た。治憲は目立たぬ衣類に着替え、頭巾をかぶった。いわゆる〝おしのび〟の姿である。門番は佐藤が口どめした。

「場所は」

「芝でございます。一里もございますまい」

「手ごろだ」

二人は歩きはじめた。

治憲が佐藤に案内させたのは小さな寺である。三田台地の一角の、斜面にこびりついているような寺であった。周囲にも寺が多い。政策上、一か所に集められたのだろう。

さすがに、無断で入るわけにも行かないので、佐藤は庫裏《くり》に行って話をした。その間、治憲は寺内を見渡していた。

門から入って正面に二十坪ほどの本堂と、本堂の左につづく庫裏だけが建物だ。

本堂の右手に裏山に通ずる道がある。道の入口脇に数本の桜や楓や銀杏の木が並んでいた。治憲はそっちへ行った。視界がひらけた。道から入ると、本堂の裏は広大な墓地であった。台地の斜面を、頂まで幕が並んでいた。

いたる所を水が流れていた。湧水が豊富なのだ。その流れを小さな沢ガニが渡っていた。

江戸（十）

治憲は身をかがめると、沢ガニをつかまえた。カニのからだの両側を指でつまむ。ただ、つまめばハサミにはさまれる。たとえ小さくても、はさまれれば痛い。

赤い沢ガニは、宙でもがき、ハサミを立てて怒った。

「何をしておいでです？」

佐藤の声がした。

「カニだ」

治憲は指の間の小動物をみせた。

「こんなところにカニがいるんですね」

佐藤は目をみはった。佐藤のうしろに寺の住職がいた。佐藤から治憲が誰であるかはきいたのだが、突然のことなので、どうあいさつしていいのかわからない。まだ若い僧だ。

「……ご参詣、おそれいりましてございます」

とだけいって、深深と頭をさげた。治憲は礼を返した。

「思い立ったような伺いかたで、ごめいわくをかけます。はい、ご案内申し上げます」

「墓の場所だけお教え下さい」

住職は先に立って歩きはじめた。治憲はあとにつづく前にカニをはなした。佐藤がそのカニを踏みそうになり、あわてて足をあげて奴凧のような格好をした。

が、その瞬間にからだの均衡を失なったので、片足を水の流れに突っこんだ。ピシャッと音を立てて水が治憲の袴にかかった。

「これは…申訳ございませぬ」

と思わず顔色を変える佐藤に、

「よい、気にかけるな」

と、治憲は笑った。そして、

「それよりも、カニの生命を救ったおまえのやさしい心が嬉しい」

と告げた。佐藤は顔を赤らめた。住職がふりかえった。

「なるほど、お噂のとおりのご名君でいらっしゃいますな」

「？」

治憲は住職をみかえした。が、住職はまた前を向いて歩きはじめていた。ただ、

「ちかごろの江戸は何でもすべて金、金の世の中でございます。人の心は汚れ放題、かつて、私どもが美しいと感じた、生きとし生けるものへの思いやり、いつくしみなどは、もはや遠いものとなりました。ひさしぶりに、胸温まる思いをいたしました。いや、ありがとうございます」

と合掌した。カニを助けたことより、治憲と佐藤との自然な主従の心のかよいあいが美しかったのだろう。

「ここでございます」

住職は一基の墓を示した。そして、

「どうぞ、ごゆっくりお詣り下さいませ」

と、すぐ去った。年齢に似あわず淡淡と、枯れたふるまいをする僧である。

「お手数をおかけした」

治憲は丁重に礼をいい、墓に向かいあった。まず、合掌してしばらく瞑目《めいもく》した。やがて目をひらくと、墓に語りはじめた。

「紀伊、ゆるせ…」

江戸(十二)

墓は、江戸藩邸の老奥女中で、みすずの主人だった紀伊のものであった。

江戸へ入府以来、治憲はずっと気にかけていた。気持はどうあれ、結果としてみすずを人員整理の対象にした。

あのとき、紀伊は、

「ご改革のご方針に従います。しかし、みすずは娘同様のもの、また、私にもほかに身寄りはございません。こんごは、私の費用でみすずに給与を払いますので、どうか、このまま手もとにおかせて下さいませ」

と願い出た。現在のことばでいえば、定員減には応じます。ただ、私費でやとわせて下さい、ということだ。もっともな願いなので治憲は、はじめ、

「よろしい、許そう」

と答えた。しかしすぐ、

（この改革に例外をつくってはならない）

　と思いなおし、許可をとり消した。

「朝令暮改も甚しいことです。お屋形さまは、おやさしい方だと思いましたのに、一度、極楽のよろこびをお与えになった者を、すぐ地獄に突き落すのですか。そんなむごいお方なのですか」

　と、いまここにいる佐藤文四郎が顔色を変えてくってかかった。

　改革当初の最初の犠牲者が紀伊だった。みすずを解雇したのち、治憲は、当時まだ生きていた硬骨の医者藁科松伯に、

「くれぐれも紀伊をたのみます」

　と依頼し、また残った女中たちに、

「みすずがいたときと同じように、紀伊に心くばりをしてほしい」

　と伝えた。女中たちは反撥した。

「それほどまで、心くばりをなさるのなら、みすずさんを解雇しなければいいのではないでしょうか」

　と、表情をかたくした。

　佐藤はそのことを治憲にいった。治憲は、

「よくわかるが、それとこれとはちがう。情にまけて例外をひとつでもつくれば、改革は成功しない」

　といって、頑として方針を変えなかった。

　紀伊は死んだ。一斉に治憲への非難がとび交った。が、紀伊は生前、一通の手紙を書いていた。松伯あてである。

　松伯のほうが紀伊より先に死んだが、生きているときに、松伯は紀伊の手紙をひらいて読んでいた。その手紙には、

「お屋形さまのお心づかいに、心から感謝しております。松伯先生に、過分なおせわをいただいて、本当に幸福でございます。

　もし、私に万一のことがございましても、紀伊は心からお屋形さまにお礼を申しあげていた、とお伝え下さいませ」

　という意味のことが書いてあった。死後、考えの浅い女中たちが、あるいは、

「紀伊さまの死をはやめたのは、みすずさんを解雇したためだ」

　という噂が流れるのを懸念したのだろう。

江戸（十二）

紀伊のこの手紙は、松伯の死後、松伯の家人から治憲のもとに届けられた。ずっと紀伊のことを気にかけ、また、あと味の悪い思いをしていた治憲は、この手紙を読んでわずかに救われた。

治憲は、手紙を佐藤だけにみせた。素朴に感動した佐藤は、

「あさはかでございました」

と、江戸邸で治憲にくってかかったときの無礼を詫び、

「すぐ江戸邸の者にこの手紙をみせましょう」

といきおいこんだ。治憲はとめた。

「なぜでございますか」

と不審な表情をする佐藤に、

「死者の文を云訳に使ってはならぬ。それに、この手紙は紀伊から松伯にあてたものだ。公開してはならぬ」

といった。

「しかし」

と、まだあきらめきれない佐藤に、治憲は微笑んだ。

「人の心に無理を強いるな。もし、天に情けがあればいつかわかってくれよう」

「しかし、わからなければ」

「私の不徳のいたすところだ」

静かに応ずる治憲に、佐藤はああ、お屋形さまは、みすみすご自身を不利な立場にお置きになっていらっしゃる、となげいた。

そして、（紀伊殿も、直接、お屋形さまに手紙をのこして下さればよかったのに）

と残念がった。

しかし、松伯にすれば、紀伊が生きているうちには、さすがに公開できなかったろう。というのは、この手紙は紀伊の遺書にひとしかったからだ。

もし、紀伊が死ぬようなことがあれば、松伯はためらわずに、

「こういう手紙があるぞ、お屋形さまへの誤解を捨てなさい」

とみんなに告げたにちがいない。しかし、その松

伯のほうが先に死んでしまった。これも運だ。そういう運の悪さを、治憲は、

「天の命だ」

というのである。そして、天がそういう命を下すのは、自分の不徳のいたすところである、と反省するのである。

(人が好すぎる)

佐藤は率直にそう思う。特に江戸に着く早々、

「公務にひと区切りでき次第、紀伊の墓に詣でたい」

といった治憲のきもちを知るだけに、よけいそう思うのである。

江戸邸で治憲を迎える女中たちの表情はかたかった。きもちがそのまま態度に出て、頬はそろってコワばっていた。

(ああ、この女たちにあの手紙をみせてやりたい)

と、どれだけ佐藤は思ったことだろう。手紙は米沢で治憲が手文庫の底にしまってしまった。

江戸(十二)

無言の墓に語り終ると、治憲と佐藤は再び斜面を伝って本堂の脇に降りてきた。

斜面を川ともつかず、湧水が自然に流れている個所を渡り、平地に着いた時だ。塀にちかい大銀杏のかげから、突然、ひとりの娘が走り出た。えっ、という鋭い声がした。鳥のなきごえのようだ。同時に、ピカリと白いものが宙におどった。娘は治憲めがけて突進する。が、佐藤が治憲の前にとびこむほうが早かった。

「ろうぜき者!」

叫ぶと、佐藤は治憲をかばうように突っ立ち、からだを自然体にかまえて、突きすすんでくる娘を真正面から迎えた。

「えい」

と再び気合をかけながらも、佐藤に立ちふさがれて、娘は一瞬、ためらった。そのスキを狙って佐藤は娘の手首をつよく手刀で打った。短刀は地におちた。佐藤は娘の腕をねじあげ、頬に手をかけて本堂から洩れるうす明りの中で娘の顔をのぞいた。

そして、

「あっ」と声をあげた。

「みすず殿ではないか！」

みすずときいて治憲も、

「なに」とおどろいた。

「みすず？」

はい、という声も出せずに佐藤はぼう然としていた。みすずは顔をそむけ、かたくくちびるを噛んでいる。

「なぜだ？　なぜ、このようなことをする？　みすず殿、このお方をお屋形さまと知ってのことか」

佐藤は歎くような語調でみすずを責めた。みすずは答えない。治憲は無言でいた。しかし、治憲はすでにあることを予感していた。

「みすず殿、答えろッ」

かつての、いや、いまでさえ心の一角で日日熱い思いで、その存在を意識している娘に、佐藤は痛憤きわまりないいきもちのうずに巻かれながら、問い立てた。

かたいみすずのくちびるからやがて

「紀伊さまの…」

という短いことばが洩れた。

「紀伊さまの？　紀伊さまの何です？」

イラ立ってのぞきこむ佐藤は、そのまま、またおしだまるみすずのからだを、

「紀伊さまの何だ！」

と、はげしくゆすぶった。が、みすずは答えない。もう観念してしまったようだ。

「佐藤…」

治憲がいった。

「紀伊の死は、私のせいだとみすずはうらんでいるのだ」

「え」

思わず佐藤は治憲をみた。

「そんなバカな」

と首をふって、みすずをふりかえり、

「みすず殿、そうなのか」

と、きいた。みすずは無言だ。しかし、治憲のことばを否定はしていない。

江戸（十四）

「それはちがうぞ。みすず殿、紀伊殿のことなら、

まったくちがう！　現に紀伊殿は亡くなる前に」

そこまでいったとき、

「文四郎！」

治憲から鋭い制止の声がとんだ。

「それを申してはならぬ」

「はっ。しかし」

「ならぬ」

いつになく、治憲のことばはきびしかった。ことばだけでなく、表情もきびしい。

「………」

佐藤はだまった。しかし、いかにも無念そうだ。

（あの手紙のことを話せば、このみすずも一ぺんに誤解をとくだろうに）

という不満の色がありありと浮いている。

みすずがケゲンな眼をして佐藤をみつめていた。治憲のとめかたが異常なほどきびしかっただけに、これは何かある、と感じたのだ。紀伊殿が亡くなる前に、と佐藤はいった。

（紀伊さまは、亡くなる前に何をなさったのだろう）

こんどはそのことが気にかかった。

（小夜さんも何も手紙には書いてなかった）

親友の女中がくれた文を思いだしながらも、みすずはいぶかしい思いを捨てなかった。

本当なら、そのへんのことを小夜にたずねたいけれど、治憲に切りかかって失敗した私は、このまま捕えられ、重いお仕置きになるにちがいない。佐藤がいいかけたことをたしかめることは、もうできない、と、みすずはあきらめた。治憲がいった。

「みすず、と申したな。おまえのことは、何年か前に佐藤や色部からきいてよくおぼえている。

改革の最初に遭遇したきのどくな例だ。紀伊は自費でおまえをやといたいといった。はじめ、私はそれをゆるし、すぐとり消した。おまえにすれば、さぞ私が憎かろう。母か祖母のように紀伊を慕っていたであろうからな。

しかし、云訳はせぬ。ただ、このたびの出府で、今日、紀伊に詫びにきたのだ。

おまえのきもちはよくわかる。私も討たれてやりたいが、まだ、それができぬ。改革はイトグチについたばかりだ。私がしなければならぬことは、山のようにのこっている。いま、死ぬわけには行かぬのだ。

佐藤、手をはなしてやれ」

「は？」

「かよわい女の腕を、そういつまでもねじあげるな。折れてしまうぞ。みすずを去らせよ」

「えっ、このままでございますか」

「そうだ、このことはなかったことにする。おまえも忘れよ」

「ああ……」

どうしたのか佐藤は、奇妙な声を出した。そしてみすずから手を放し、どこへでも去りなさい、と告げた。が、いきなりみすずの頰をガンと拳でなぐりとばし、叫んだ。

「あなたはバカだ！」

江戸(十五)

頰をおさえながら、みすずは寺町の夜の底を走った。佐藤文四郎はバカだった。なぐられた頰は熱く燃えている。奥歯が折れたかも知れない。

走りながら、みすずは泣いていた。泣いてはいたが、ふしぎにくやしくはない。なぜ、くやしくないのだろう。

自問してみるが、みすずはその理由《わけ》を知っていた。それは、佐藤文四郎になぐられたからだ。みすずをなぐったとき、佐藤は、

「あなたはバカだ」

といった。あのことばのひびきはとてもかなしかった。文四郎さまは何かを憤《おこ》っていた。

憎くてなぐっているのではない、ということばが、言外から告げられた。

みすずは正直にいって、あのとき、からだが溶けるような甘い思いがからだの中を走るのを感じた。それは、幸福感といってよかった。みすずが感じたのは、

（ああ、私は文四郎さまに愛されている！）

ということだった。文四郎がいったのは、

（私がこれほどあなたのことを思っているのに、あなたにはそれがわからないのか！）

という怒りだった。その怒りがこぶしになった。だから、文四郎さまも、私が憎くてなぐったのではない、私がいとおしくて、でも、それだけに、なぜ、お屋形さまに切りかかるようなバカなマネをするのか、といういきもちでなぐったのだ。

なぐられて痛くないことはない。しかも、文四郎は本気でなぐった。が、痛くてもみすずはしあわせだった。

（それにしても、お屋形さまは文四郎さまの何をとめたのだろうか）

それが気がかりだった。あのとめかたはいつものお屋形さまからは、信じられないほどのきびしさだった。

（よほどのわけがある）

と思った。とにかく、そのわけを小夜にきいてみよう、と思った。そして、心の底では、治憲への憎しみが、またゆらいでいるのを、みすずは、はっきり感じた。それは、何といっても、出府した治憲が、どこよりもまっ先に、紀伊の墓まいりにきたことが、みすずの決意をゆるがせたのであった。

そのころ。

「おさわがせをいたしました。どうか、ご住持も、今宵のことはご放念を」

と、治憲は寺の住職に口どめし、寺の門を出た。

住職は、

「ご心配なく、一切、他言は申しません」

と、頭をさげた。そして去って行く治憲主従に合掌し、

「ありがたや。みほとけのおひきあわせです…」

と、ひとりつぶやいた。銀杏の葉が夜の底にハラハラと散って行った。

重役の反乱（一）

米沢城外の松川にかかった橋に福田橋というのがある。これが古くなり、かなりいたんだ。大修理が必要であった。

しかし、藩財政は窮迫していて修理費が捻出できない。特に人夫をやとう金がない。

安永二年（一七七三）の四月末、この福田橋を、突然二、三十人の侍が肌ぬぎになって修理をはじめ

た。

理由があった。参勤交代で江戸に出府中の藩主治憲が、一年たったので米沢に戻ってくる。それなのに、治憲が渡る福田橋がまだこわれたままではすまない、と、城中の一部の侍が、

「藩庁が修理しないのなら、おれたちの手で直す」

と、とび出してきたのだ。金なんかいらない、無料奉仕する、と口々にいった。

侍たちが心配したのは、治憲のことだけではなかった。この橋は多くの通行者が渡る。もし、このままにしておけば、町人、農民がひどく不便をし、米沢に戻ったお屋形さまは、まず、そのことで心を痛められるにちがいない、というのが侍たちの意見であった。

例の須田のセガレやその他の反治憲派は、セセら笑った。

「おまえたちは、何もわかっちゃいないな。橋をそのままにしておくことが、あの養子殿さまに、自分の改革がいかにうまく行っていないかを示すことになるのだ」

といった。

「それはひどすぎるぞ」

と、くってかかると、須田たちは、

「何がひどい。きさまたち、まさか、人夫のマネをして橋を直す気じゃあるまいな？」

と、険しい顔をした。侍たちはいや、そのつもりだと、昂然といいかえた。その先頭に立っているのが、山口新介だった。北沢五郎兵衛の使いとして、去年の秋、江戸へはるばる小野川の開墾地で、最初にみのったイネの穂を届けに行った若侍だ。前から心服していた治憲に、江戸で直接声をかけられてから、完全に治憲の支持者になっていた。

「この野郎、いいカッコしやがって！　きさまらは、それほど、あの養子殿さまにおベッカを使いたいのか」

芋川の息子は憎憎しげにそういうことをいう。

「だまれ。われわれはお屋形さまにおベッカを使うのではない、こうすることが米沢藩のためになるからだ」

山口はいいかえし、重役のドラ息子たちにはおか

まいなく、せっせと橋を直しにかかった。

開墾地から、あの〝火ダネ〟をもらって、この作業場にもおいた。ドラ息子たちは、そばにきて石をぶつけたり、水をかけたりしてイジワルをしたが、町の人間が手伝いに加わった。そうなると、次第に手が出せなくなり、遠まきにして、悪口をいうだけになった。

橋は修復された。

重役の反乱(二)

安永二年四月二十九日、

「行列がみえたぞ」

袖をまくった侍が向うから走ってきた。作業をしていた侍や庶民は、急いで袖をおろし、着物についた泥を揉《も》んで落した。

いま、福田橋の下は、川の水が溢れんばかりにはげしく流れていた。橋すれすれに水面がきていて、ときどき、水面からハネとぶしずくが橋上をぬらした。

侍たちは、ほっておけば橋が流れ落ちると考え、急遽、補強作業にとびだしてきたのだ。上杉治憲が今日帰国してくることも、すでに予告されていた。

行列がみえてきた。相変らず少ない供を連れて、粗末な衣服のまま、治憲は馬上にいた。ようやく二十歳をすぎたばかりのこの青年藩主の顔は、しかし、輝いていた。どんな苦難とも柔らかく対し、決して逃げずに真正面から立ち向って行く勇気がみなぎっていた。

その表情をみたとき、橋の修理をしていた侍や庶民たちは、そろって、自分たちの胸にポッと暖かい陽光がさしこむのを感じた。

りくつではない。治憲の顔さえみれば勇気が湧いてくる。

「よし、おれはやるぞ」

という気をおこさせ、また、

「おれがいまやっていることは、決してまちがっていない」

と思わせるのだ。世の中にはそういうふしぎな力(いまのことばでいうカリスマ性)をもった人間が、必ずいる。

それが、

「人をうごかすのは人だ」

といわれるゆえんなのだろう。

橋の両脇にひかえた侍や庶民たちは、今日までさんざんイジワルをされてきた。せっかく努力した修理がまったく元へ戻ることもあった。

「ああ、もういやだ」

と悲鳴をあげて逃げだす者もいた。

が――いま、向うからやってくる馬上の治憲の明るい顔をみたとき、侍たちは、そういう今日までのつらい思いが一挙に消え去るのを感じた。きもちの澱《おり》が、一度になくなり、胸の中はすがすがしいほど空洞になった。早くいえば、苦労が消しとんだ。

「お屋形さま、お帰りなさいませ」

若侍の中からそんな声がとんだ。山口新介だった。こんなことは例がない。藩主の行列に向って、声をかける侍がいただろうか。案の条、

「無礼だぞ」

治憲の後から、やはり馬に乗って従ってくる江戸家老の須田満主が、鋭い怒声を放ちながら、声を立てた若侍をにらんだ。

ピッと冷たい緊張の空気が流れ、せっかく盛り上がっていた歓迎の雰囲気に水をかけた。

しかし、それを救ったのは治憲だった。治憲は微笑を満面の深い笑みにかえ、

「山口新介、戻ってきたぞ。元気か？」

といった。皆、あっと声をあげた。

重役の反乱(三)

治憲は山口の名をおぼえていたのだ。小野川の開墾地から、はじめて実ったイネの穂を届けにきたこの若侍のことをきちんとおぼえていたのである。

ひとりの若侍の名を、山口新介、元気か、と正確に告げた治憲に、まわりの者のほうがびっくりした。山口新介は感動で涙ぐんでしまっている。

そして、それだけではなかった。橋の手前で、治憲は突然馬からおりた。馬の手綱を佐藤文四郎に渡すと、両の手をひざにあて、

「皆、橋の修理、ごくろうである。治憲、心からお礼をいう」

と、深々と頭をさげた。

「そんな…」

「とんでもない！」

という狼狽のこえが乱れとび、侍たちは恐縮した。庶民たちもどうしていいかわからず、侍たちのかげにかくれて、土の上にひざをついていた。

須田は、この光景を苦苦しくみつめていた。須田は、（この養子お屋形は、また、カッコいいことをやっている）

と、ナナメにみていた。

さらに須田を怒らせることが起った。馬をおりた治憲は、そのまま歩いて橋を渡ろうとした。これにはさすがに山口新介たちも、

「お屋形さま、どうぞ馬でお渡り下さい」

と、口々に叫んだ。

が、治憲はしずかに首をふった。そして
「おまえたちの汗とあぶらがしみこんでいるこの橋を、とうてい馬に乗っては渡れぬ、歩く」

といって、そのまま、歩いて渡った。

山口たちは、おお、うう、とうめくような声を出して治憲を見送った。治憲のあとから佐藤文四郎が馬をひいて従いて行った。

ところが、治憲・佐藤主従のこの行為に、頭から砂をかけるような光景が出現した。

「あんなバカなマネができるか！　わしはおりないぞ！」

そういう怒声をあげて、須田満主は、昂然と胸をはりながら、馬からおりず、ヒヅメの音を鳴らしながら橋を渡りはじめたのだ。

虚勢をはっている、ということは、誰の眼にもあきらかだったが、城下の公道で、しかも大勢の人間がみまもる中での須田のこの行動は、はっきり藩主の治憲に挑戦するものであった。

（これは、大変なことになる）

橋のそばにいた侍たちは呼吸がとまるような思いをし、顔色をかえた。

その心配は須田に対してしたのではない。治憲に対してしたのだ。天下の公道で、こういう反抗をはっきり示した以上、須田も一時の激情にかられてやったわけではあるまい。腹に十分考えがあってのこ

とだろう。

よくみれば、行列の中で、須田だけは、黒チリメンのぜいたくな羽織を着ていた。

若者たちの心配は適中した。未曾有の大事件が起った。

重役の反乱(四)

米沢城に入るとすぐ、治憲は例によって、

「全藩士を大広間に集めてほしい、帰国のあいさつと、江戸で考えたことを話したい」

と須田に告げた。

須田が馬で福田橋を渡ったことにはふれなかった。ところが須田は険しい表情で、

「いや、その前に」

と食ってかかるようなことばをほとばしらせた。しかし、どうしたのか、あとのことばをすぐのみこんでしまった。

「その前に何か?」

治憲のほうが気にしてきいた。

須田は、

「いや、いまは申しあげますまい。他の重役とも相談をいたして。多少存念もございますれば」

と、ことばをにごし、一礼して去った。

「多少の存念…」

つぶやきながら、治憲は
(何のことだろう)

と気にした。

須田は重役の部屋に行った。千坂高敦、色部照長、長尾景明、清野祐秀、芋川延親、平林正在の六人が重い表情で待っていた。

「ただいま、戻りました」

須田はあいさつした。

「ごくろうでした。一年間、お守りが大変でござったろう」

千坂がねぎらった。須田はホッとした思いが胸にひろがるのを感じた。橋畔にいた山口新介たちが、治憲の顔をみてホッとしたように、須田にすれば、重役たちの顔をみて、かれらがかもしだしている雰囲気の中に身を浸らせると、

(ああ、自分の場所に戻ってきたな)

という思いになるのだ。人間というのは、その立場、立場で、どうしても居心地がいい、わるい、という場所があるようだ。

「大変も何も、日日、ハラハラのしどおしで、胃の腑がキリキリと痛んでかないませんでした」

須田はそう笑った。

「そういえば、大分…痩せられましたな」

芋川がいう。皆、笑った。須田はさっそく、いま松川畔でおこったばかりの、福田橋の一件を報告した。重役たちはマユをひそめ、舌をならした。

「橋を歩いて渡るなどとは、藩主が自分で自分の地位を匹夫の身に落すものではござらぬか」

「前代未聞、あきれはてた所業、が、お屋形の前代未聞は、何も今日、はじまったわけではないが」

「同時に、橋の修理に従う侍どももケシカラン。おのれらを、鹿から馬に変えられて、恥とも思わぬのか」

いや、とんでもない、それどころではなく、中には声をかけられて涙まで浮べた奴がいます、という須田の話に、重役たちはいよいよあきれかえった。

「もう、がまんできん！」

突然、芋川延親が怒声を立てた。

重役の反乱(五)

自分の怒声で、芋川は自分の心の堰を切った。心の中に溜っていたものが一度に噴出した。

「われわれ、士農工商の頂点に立つ武士を馬なみに使うはおろか、日日、メシを盛る椀にクソまで盛るようなことをしおる！　私はもう一日たりとも、あの養子を藩主に仰ぐのはいやだ！」

暴言、としかいいようのないことばを芋川は吐いた。

が、とめる者はいなかった。ほかの六人も芋川と全く同じでいたからである。

須田は、いまここへくる前に、治憲が全藩士を大広間に集めろ、といったが、いいかげんな返事をしてきたことを告げた。

「それは大変によろしい、適切なご応接であった」

と千坂が重重しくほめた。須田はうなずいて、

「実は、そのことで…」

と、ひざをすすめ、声をひくめた。謀議がはじまった。

重役陣の不満は治憲に対してだけではなかった。むしろ、現在、藩政をとりしきっている竹俣、莅戸、木村などの治憲の側近群につよい不満をもっていた。

それは、

○竹俣たちが、米沢に生まれ育ち、上杉藩の慣行をいちばんよく知っているにもかかわらず、そのことを治憲に教えず、逆に治憲のシキタリ無視、形式破りにすすんで協力していること。

○このことは、考えようによれば、治憲よりも罪が重いこと。つまり、何も知らない治憲をオダてて、竹俣たちが藩政を思うように操っていること。

○竹俣たちは藩の人事を勝手気ままにおこない、自分たちのなかまだけを重用し、反対派はすべて左遷したこと。

というようなことであった。特に、しごとよりも、人事に対する不満が、組織人を狂的な次元にまでおいこむのは、何も現代だけのことではない。

立身出世欲は、人の世に組織が組まれて以来、普遍的な欲望で、中には、そのためだけに生きている人間もいる。いや、そのほうが多いのだ。

そのために、ひとを誹謗《ひぼう》し、足をひっぱり、デマを流す。

人間のかなしい習性は、自分をたかめる、という方法でなく、ひとをひきずりおろせば自分とおなじ位置にきた、という錯覚の中に生きることだ。

自分が向上せずに、ひとをひきずりおろしても、それは決して、自分が上昇したことにはならないのだが、出世欲にかられた亡者たちは、性こりもなく、その方法をとる。

七人の重役もおなじであった。かれらは、まず自分を変えてみる、という努力を怠り、いまのままの自分に適合しないものはすべて敵だ、という信念にこりかたまっていた。

遠くがみえず、目前のことに血まなこになっていた。

重役の反乱(六)

七人の重役は、謀議をつぎのようにまとめた。
○治憲が今日までおこなってきた改革は、すべて失政として批判する。具体的にその例をあげる。
○こんご、藩政の主導権は重役陣に渡させる。治憲は、重役のきめたことにメクラ判をおせばよろしい。よけいな口出しは一切しない。
○竹俣、莅戸、木村などは役から退け、しばらく休職させる。人事については、重役たちにまかせ、治憲は、承認だけすればよろしい。
そして、
○もし、この案を治憲がのまないならば、重役陣は実態を幕府に訴える。そして、治憲を隠居させる。あるいは養子縁組を解除して高鍋(治憲の実家)に追いかえす。
つまり、ことばをかえれば、

「われわれのいいなりになるか、それとも、おまえが藩主の座を去るか、どっちかえらべ」

ということである。

この強硬策を実行するために、重役たちは、
○あくまでも七人は結束すること。
○治憲に談判する日は、竹俣たちを偽わって登城させないこと。
等をきめた。

「登城停止は、竹俣、莅戸、木村の三人でいいのか」

平林がきいた。

「いや、志賀祐親も危ないですな」

「あの男はただ人がいいだけだろう」

「人はいいが、お屋形には誠実だ」

「では、登城停止にしよう」

「ほかにも、倉崎清恭、浅間忠房らの近習も危ないな」

「そうですな、とにかく近習どもは皆退けよう」

「しかし、ひとりもそばにいないのでは、お屋形も疑うのではないでしょうかな」

「ひとり、人畜無害な男がおりますよ」

「ほう、誰です」

「佐藤です、佐藤文四郎です」

「ああ、あのズングリムックリですか」

「あの男は、お屋形一途ですが、頭の働きもにぶく、別段、害にはなりますまい」

ここにいないからいいようなものの、佐藤文四郎は、七人の重役から、

「愚鈍で、馬車馬のような男」

といわれ、あげくの果ては〝人畜無害〟などといわれてしまった。が——これは七人の重役の大変な誤算であった。そのことを重役たちは談判の当日、思い知る。

七人の重役は、今日の謀議結果を、文書にして、連署して治憲に提出することにきめた。

藩はじまって以来の強行策である。いまのことばでいえば、クーデターだ。

それを、あえて重役たちは実行することを申しあわせた。

重役の反乱(七)

その日——城内の様子がおかしい、ということを最初に感じたのは佐藤文四郎であった。

まず、いつもなら午前十時ごろにならなければ出勤してこない重役たちが、未明から、それも七人そろって突然政務室に入室した。

そして、治憲に、

「至急、おめにかかりたい」

と申し入れた。

(こんな朝早くから、一体何だ。第一、非常識ではないか)

佐藤はそう思った。治憲は佐藤を通じて、

「何の用か」

と、一応たずねさせた。重役は佐藤に、

「ご政務に関することだ」

といった。そして、

「おまえもただ行ったりきたりしていないで、さっさとお屋形に会わせろ」

といった。

まるきり佐藤を無視している。単なる使い走りとしか思っていない。佐藤はムッとしたが、今朝の重役たちはいつもとちがう。ひじょうに張りつめた様

子をしている。何かタダならないものがある。

佐藤は治憲のところに戻って意見具申した。

「ご政務に関することだそうでございます。ご政務に関することとならば、当然、竹俣様、莅戸様お立ちあいが必要かと存じます」

「私もそう思う。重役たちにそう申せ」

佐藤はまた重役たちのところに戻ってきた。重役たちはたちまち険悪な表情になった。

「われわれは、竹俣たちをのぞいて、直接、お屋形にお話がしたいのだ」

「お屋形さまは、それをのぞみません。ご執政（竹俣のこと）方がご出仕になるまで、どうかお待ち下さい」

重役たちは、どうする？　というように顔をみあわせた。芋川延親が微妙なうすい笑いをした。須田満主が同じような表情をする。佐藤は重役たちのそういう表情の変化をじっとみつめた。

（何かある）

という予感が次第に大きくふくれあがってきた。

重役たちの表情には、

「いいじゃないか、ちょっと待とう。どうせ竹俣たちは出仕するはずがない」

という色がアリアリと浮んでいたからである。

佐藤の予感は当っていた。登城する前に、七人の重役は竹俣、莅戸、木村、志賀、倉崎、浅間らの治憲側近群に、治憲の名で、

「本日は出仕におよばず」

という指令の使いを走らせていた。

竹俣たちは不審に思った。理由も告げないで治憲がこんなことをするわけがない、と思った。すぐ城にかけつけた。しかし、城門はとじられ、門番は入れようとしなかった。

「ご諚でございます」

と、コワばった表情で阻止した。

重役の反乱（八）

芋川は佐藤にいった。

「それでは三十分（当時のいいかたで四半刻）だけ待とう。われわれも激職の身だ。そうそうは待てぬ」

何が激職だ、と反撥しながらも佐藤はそのことを

治憲に伝えた。治憲は洗面をすませ、髪をととのえ、衣服も寝巻を着かえて、いつでも重役たちに会える支度をすませていた。

「わかった」

治憲はうなずいた。佐藤文四郎は待った。が、竹俣たちは出てこない。仕事熱心なかれらは、ふつうなら、もう出仕してくる。

（やはりおかしい）

佐藤の疑念は不安に変った。三十分たった。治憲が愛用している時計がそれを示した。上杉家に入るとき、実家の父がくれたオランダの時計である。父が手にいれたときから古物だったが、いまはいっそう年月を経っていた。しかし正確だった。

治憲は立ちあがった。

「文四郎、行こう」

「は、しかし」

佐藤は自分の不安を口にした。

「城内は異常です。やはり、竹俣さまがご出仕なさるまでお待ち下さい」

「しかし、三十分と約束した」

「重役たちの様子は尋常ではありません。万一のことがございますと」

「文四郎」

治憲は微笑んだ。

「武士にとって危険なのは、何も戦場だけではない。二十四時間、何が起るかわからぬ。参れ」

そういうと先に立って居間を出、重役たちのいる政務室に行った。お、というような顔で、重役たちは治憲をみた。しかし、その眼にはそろって敵意がみちみちている。

治憲も敏感にそれを知った。そこでニコやかに、

「老臣たち、早朝からの登城大儀である。折入ってこの治憲に話があるそうだが」

「さようでございます。この際、とっくりと申しあげたいことがございます」

間髪をいれず芋川が昂然と応じた。まず、気力で負けないぞ、という示威であった。

治憲は芋川をしずかに見かえし、須田、千坂、色部、長尾、清野、平林と順に顔をみた。みられたほうは、治憲の視線がくるたびに肩をイカらせ、治憲

をにらみかえした。

（ああ、この者たちは私へのにくしみでみちみちている）

治憲はそうさとった。わびしかった。なぜ、君臣がここまで対立しなければならないのか、私のほうは柔軟なのに、とかなしい思いが胸に溢れた。

須田がひざをすすめた。

「それでは、私より、申しあげます」

「その前に」

治憲は手をあげた。

「佐藤文四郎を証人としてここにひかえさせるぞ。ほかに誰もおらぬゆえ、私にききちがいがあってはならぬ」

重役の反乱(九)

須田もほかの六人も
「どうぞ、ご勝手に」

という表情をした。佐藤など問題にしていないのである。治憲もようやく事態を正確に理解した。佐藤のいったことは正しかった。ここにいるべき竹俣たちには、手がうたれている、とさとった。

（竹俣たちは、重役たちに登城をはばまれた）

かれらはいくら待ってもこない。そうか、今朝のことは計画的なのだ。治憲は突然頭に鋭い短刀の先が突きささったのを感じた。

（これは重役たちの反乱だ）

と思った。

須田が話しだした。

「おそれながら、お屋形さまには、ご相続以来、ご自分のご国政をひじょうによいものとお考えになっているようでございますが、とんでもないことでございます。

米沢の藩士・領民は、すべて顔のうえではいざ知らず、心はまったくお屋形にそむいております。おそらく、ご自分のなさることに夢中になっておられるお屋形には、そういう藩士・領民のきもちなど、とうていおわかりになりますまい。そこが、残念ながらご若年のかなしさ…」

ああ、と治憲は胸の中で声をあげた。須田の話の内容と、話しかたは何というイヤミにみちたゆがんだものだろう。

ひとこと、ひとことに皮肉とうらみの針が含まれている。仮にも藩の重役が、藩主に向って話すのなら、それ相応の品格が保てないのか。これではまるで無頼漢のいうことと同じではないか。

「が…」

自分のことに酔うように須田は続ける。

「これは必ずしもお屋形ご一人の責にあらず、むしろ君側にあって藩政をほしいままにする一部佞奸邪《ねいかんじゃ》智《ち》の輩が、お屋形をまどわし奉っているものと思料いたします…」

「………」

「今日までも、目にあまるかれらの所業が多多ございましたが、ご意見を申しあげても、どうせお屋形はすぐかれらにお洩らしなされ、われら重職を逆に不忠者とお思いになるのがオチでしょうから、われらは無念さをこらえて、何も申しあげずにまいりました。

しかし、その堪忍も、もはや限界に達し、藩士・領民の塗炭の苦しみをこれ以上みるに忍びず、あえて今朝、重役一同がそろってご意見申しあげるべく、かく参上した次第でございます」

長い前おきだ、と佐藤文四郎は思った。しかもイジけている、と胸の中でつぶやいた。

（これが重役か。だから若い者は誰もついて行かないんだ）

と、声に出さずに悪態をついた。それにしても
――お屋形さまは根気がいい、本当にがまんづよいな、と感心した。おれなら、

「フザけるな」

と、たちまち席を立つだろう、と思った。皮肉とイヤミとうらみにみちた前口上が終ると、須田は一冊の冊子を治憲に渡した。

「これをお読み下さい」

重役の反乱(十)

うけとって治憲は微笑した。

「ずいぶんと厚いな」

「それだけお屋形のご失政が多いということでございます。いままでのご失政をすべて書きつらねてあ

ります」

「そうか。ではあとでゆっくり読む」

「いや」

須田は首をふった。そしてつよい語調でいった。

「この場ですぐお読み下さい」

「なに」

さすがにマユをよせて、治憲は須田をみかえした。

さっきから佐藤文四郎も気がついてムカムカしているが、須田は治憲のことを途中から「お屋形」と呼んでいる。「さま」をはぶいてしまっている。段段、治憲をバカにする本性をあらわしたのだ。その姑息さに気がついて、怒りの情が走ったが、治憲はこらえた。

「すぐ読めといっても、このようにぼう大なものを。時間がかかるぞ」

「われらのことなら、どうぞ、ご心配なく。いくらでもお待ちいたします」

「なんと申す」

須田の答えのつよいひびきに、治憲は改めて室内をみまわした。いつ移動したのだろう、ほかの六人がいつの間にか座を移し、巧妙に戸口のそばに坐っていた。さすがに大刀は脇においてないが、しかし、いずれにしても古武士である。武術の心得は十分にある。剣術だけでなく柔術も達者だ。いや、この連中は政務知識よりも、むしろそっちのほうが達者だろう。それにしても、この座の移動は問題である。

（私をこの部屋から出さぬつもりだ）

瞬間、治憲はさとった。佐藤にもそれは伝わり、かれは顔色をかえて身をかたくした。

戸口に岩のように坐った芋川が、佐藤をジワリとにらみ、

「その建言書をおよみになったうえ、われらが云分をお通しになるか、あるいはいまのままの愚政をおいつづけになるか、即刻、お答えを賜りたい」

といった。治憲がこたえる前に佐藤のほうが叫んだ。

「ぶれいでございますぞ！　お屋形さまに、そのようなものの申されかたは」

「だまれ、若僧」

芋川はドスのきいた声でにらみかえす。改革の理念などカケラも理解しないが、こういう修羅場になると、この古武士たちは生き生きしてくる。切ったはったが生きがいなのだ。だから凄みがある。

ぶるぶる身をふるわせた佐藤は、いきなり立ちあがって芋川にとびかかろうとした。

「文四郎」

治憲がとめた。

「しかし」

佐藤はくやしさで血走らせた眼で治憲をみかえした。

「待て」

治憲は眼でうなずいた。そして

「それでは、とにかく読もう」

と冊子をひらいた。

重役の反乱(十二)

「当上杉家は、歳久しくご正系をもってご相続になるシキタリがあり、国のほうも、家中や国のことをよくご存知の方を主君におむかえしてまいりました……」

予想したとおりの書きだしであった。

「それにひきかえ、はばかりながらお屋形さまは、ご正系ではなく、他家からお入りになった方なので、上下のちなみもごくうすいお方であります。そうであるならば、ご正系の方以上に国政を大切になされ、四民を安堵させなくては、ご先祖さまにも国家にも申訳の立たないことであります」

まあ、この七人ならこういうことをいうだろうな、と、治憲は思った。いままでにもさんざんいわれてきたことだから、別段、おどろくことではない。

が、これは前おきであった。つぎの文章から、

「一」なになにと、具体的に、七人のいう、

「いままでのご失政」

のかずかずが書きつらねてあった。冒頭に書かれていたのが、竹俣当綱への攻撃であった。

「そもそも、この竹俣という男は、こどものころから性格がねじけていて、申すならば佞奸邪智のた

め、同輩のものからことごとくきらわれてまいりました。

それを先代のお屋形さまが、特別のお慈悲をもってさとされたので、本人も多少心をいれかえ、真人間に立ちかえりました」

（ひどいことをいう）

と、治憲は思わず胸の中で失笑した。こどものころから性格がねじけていていてなどという表現は、品格を重んじなければならない重役陣の使うことばではない。

（よほど竹俣が憎いとみえる）

「ところが、もともと腹中に立身の野望つよく、たまたま、ご国政にまったくくらい、他家よりのご養子さまにめぐりあいました……」

また、他家からの養子か、とこんどは、さすがに治憲の顔にもうすい苦笑が浮き出た。

途端、

「何がおかしい」

といった怒りの表情が、七人の重役の顔に出た。

それを無視して治憲は読みつづけた。

「他家よりお入りになったお屋形さまが、文学をお好みになることを知って、おのれも多少たしなみのあるところから、たちまちとりいり、ついに当職（執政のこと）にまで相成りました」

「当職着任後は、お屋形さまのご気風に合うフリをしながら、実は大事なことはひとつもお屋形さまのお耳に入らないようにし、国政も自分の気にいった人間だけでとりしきっております。その具体的な例はつぎのとおりであります」

といって、七つの具体例があげてあった。すべて治憲の指示と合意によっておしすすめた改革政策で、別に竹俣だけの罪ではない。

それも、重役たちが改革に反対の立場からみるからそうなるので、攻撃はあくまでも悪意にみちたものであった。

重役の反乱（十二）

つぎの攻撃目標になっているのが、莅戸善政であった。

「莅戸善政も、また佞人であります。竹俣にはじめからとりいり、きげんをとり、竹俣もまたこういうおべっかをよろこんで、かれを重用しております。莅戸は、一体にしまらぬ人柄であります……」

（しまらぬ人柄とは一体何だ）

と治憲は思った。そして、ははあ、と気がついた。重役たちの建言書は、ほとんど竹俣一味の人物論だ。あいつはこういう悪いところがある。こいつはこういう欠点だらけだ。と、早くいえば、人の悪口がならべてあるだけだ。

政策論争ではない。憎い人間たちの悪口を書きならべて、七人はウップンばらしをしているのだ。

この建言書の性格を、治憲はそう判断した。

治憲が感じとったとおり、七人の重役の建言書は、重役たちがにくみ、きらう人物たちのアラさがしに終始していた。

治憲の江戸での学問の師細井平洲にも論及していた。それも平洲の人間についての悪口である。

「……平洲はゆだんのならない人間です。江戸かぎりでおちかづけになるのは、あなたのご勝手ですが、万一、米沢へおよびになろうなどとお考えになるのは大変なことで、この件も竹俣がお屋形さまにおすすめした悪事のひとつでありましょう……」

治憲はうめきたいような衝動にかられた。

（人間とは、ここまでイヤしくなれるものか）

と暗澹たる気分になった。

師の細井平洲に対して、

「ゆだんのならない人間です」

とは何ということか。平洲の学問の深さを知ることなく、浅薄な人間観で切り捨ててしまうこの連中は、

（まず、おそれを知らぬ）

と思った。同時に、

（このような暴言は、学者と学問に対する最大の侮辱である）

と、怒りが湧いてきた。そして七人の重役たちの頭の中には、どうにもならないほど凝りかたまった、かたい石が詰っており、その石できずかれた先入観と固定観念の石垣は、容易なことではくずせないことを知った。

細井平洲のつぎに、佐藤文四郎のことが書いて

あった。

佐藤がすぐ脇にいるので、治憲は佐藤に気取《けど》られないように読んだ。

「佐藤文四郎は、性来すなおでよろしき人間です。しかし、お屋形さまのまわりには、あまりにも佞人奸人が多いので、文四郎のいい性質が毒されないよう、十分にご注意のほどをおねがいいたします……」

治憲は、フッと微笑みたくなったが、笑えば、また重役たちが目をひくので、こらえた。

しかし、佐藤を悪くいわないことはせめてもの救いであった。

そして――つぎの行から、いよいよ治憲への攻撃がはじまった。

重役の反乱(十三)

「そもそも、ご政治の本体は家臣への賞罰にあります。しかるに、最近のお屋形さまの賞罰はすべてスジちがいです」

治憲への攻撃第一条である。しかし、ここに書かれている賞罰とは、ふつうにいう賞罰のことではなくて、

「人事」

のことだということを治憲はすぐさとった。竹俣当綱を中心とする人物の登用が、ことごとく気にくわないのである。

つぎ。

「ご相続以来、あなたはいいことをひとつもおこなっておりません。それは、米沢の人間にとって、あなたのいいこととお考えになることはすべて悪く、あなたが悪いとお考えになることのほうが、実はいいことだからであります。

つまり、あなたと米沢の人間が考えることは、まったく逆なのであります」

(そうだろうか)と治憲は胸の中で首を傾けるが、色には出さない。攻撃の論調はさらにはげしくなってきた。

「つぎつぎと仰せ出されることは、特に文章でお示しになることは、一見、ごもっとものように思えます。しかし、米沢の人間が額面どおりうけとらない

のは、仰せ出されることにはすべてウラがあり、また、あなたにまったくご誠意がないからであります」

（ああ）と治憲は胸の中の意志が目茶目茶に突きくずされるような気がする。

（私のすることに、すべてウラがあるとは何ごとか）

また

（私に、一片の誠意がないとは一体どういうことか）

私のいうことややることを、どのようにながめれば、こんなにねじ曲った解釈が出てくるのか。

とにかく悪くみよう、と、その人間をみつめる角度をきめると、ほかの人間からみれば、正義であることが不正義になり、誠意も不誠意になる。

つまり、ことごとく反対に映るのだ。

（おそろしいことだ）

治憲は人の心の不気味さを改めて感じた。どんな行為も、すべてみる側の心のもちようで評価がきまってしまう。

論難はまだまだつづいた。

○先年、ご藉田の礼までとらせられて、領内の諸所に新らしい田畑をひらかれましたが、一体、どれほどの実りがあったでしょうか。

○ご自身、一汁一菜の食事や、木綿の衣類でお通しになっておられますが、そんなことは小事中の小事で、ご政治とは何のかかわりもありません。

○小野川の開拓地で開拓の士に酒の酌をなさったことや、先日、福田橋で橋の修理に当たっていた士庶に、礼をなされ、しかも下馬してお渡りになったことなど、下世話でいう〝こどもだまし〟の類であります。

重役の反乱（十四）

いうことがいちいちカンにさわる。武士が土を耕し、橋の修理の工夫になるということは、米沢藩だけでなく、当時の二百六十六もある日本中の藩にとっても前代未聞のことだ。

その前代未聞の奉仕に対して、治憲は、

（すまぬ）

と感謝のきもちをもった。だから、土を耕す士には酌をし、橋の修理をする士には頭をさげた。

そのどこがわるいのか。どこがこどもだましなのか。いや、そもそも〝こどもだまし〟などというイジのわるいみかたが、どうして湧いてくるのか。

いやしくも米沢十五万石の、それも自分たちが誇っていう、

「謙信公以来の輝やけるお家柄」の重役陣のいうことだろうか。

藩政の枢要部門から遠ざけられて、治憲や竹俣たちを憎むのはいい。

しかし、憎しみの表現にも一定の品格があろう。いままで書きつらねてきた文章は、足軽以下の市井の無頼同様ではないか。

どこに上杉家重役としての品位と格調があるのか。そのことが治憲には実に無念であった。無念であっただけでなく、治憲のほうがきずついた。

建言書は最後のほうにきていた。さんざんイヤミと皮肉を書きつらねたあと、七人の重役は、具体的に自分たちの要求をつぎのように箇条書きにしていた。

一　あなたも〝越後風〟の伝統をおわきまえになって、こんごはおとなしくおなりなさい。

一　人物は、ものがたく厳正なるものをお好みになって下さい。

一　いろいろ仰せ出されていることをすべて中止し、あなたはただただ誠実を旨となさい。

一　お口さきの理をお捨て下さい。それより、お手風を厚くなさい。

一　賞罰（人事）のあやまりを、心から反省なさって下さい。

一　目下、米沢の国風は、シマリがないくせに、ひそひそとおこなわれることが多すぎます。にぎわいはなくて、騒々しく、人の心は勇んでいるのではなくて、浮気です。忠信の心はなくて、ただ追従がはびこっています。すべて佞奸の徒がまきちらした余毒です。

一　竹俣・莅戸ら、現在の藩政府首脳はすべてお

退け下さい。替ってわれわれが国政をとりましょう。

われわれは、代々家柄をもってご奉公してまいった者ですから、これまでの佞奸の徒のように、あの手段、この工夫というような、謀計にみちた華麗な政治はできません。ただ、正直な順路にかなった政治を着実におこなうだけです。

国風を地味に、正直にいたします。きっと士人の支持が得られるはずです。

こういう要求を羅列したあと、最後にとんでもないことが書いてあった。

重役の反乱(十五)

最後に書かれたとんでもないことというのは、ひとことでいえば、

「われわれをとるか、それとも依然として竹俣たちをとるか、とくと返答をしてくれ」

ということである。そして、それだけでなく、

「ご返事次第では、われわれにもかくごがある」

と書いてあった。

現代の社会に即していえば、企業か役所で、重役が組合をつくり、社長か市長に〝団交〟をしたということになるだろう。

しかも、このばあいは恫喝と脅迫が含まれている。読者の中には、あるいは、

「いかに何でも封建時代にそこまでやるだろうか、誇張ではないのか」

という疑念をもたれるかも知れないが、この〝団交〟は事実である。また七人が書いた文も、訳は悪いが大体原文に即している。

「福田橋にて御下馬なされる類、小野川にて(酒)樽の口をお取りなされ候類の儀、世話に申す子供だましの類にて…」

とか、

「…越後風を詮になされ、おとなしくならせられるべく候」

とかいう文は原文にそのままある。

こうみると、人事の不満からはじまる〝組織人の屈折心理〟は、何も現代社会の特産ではない。むかしからおなじようである。

重役たちが治憲に迫る、

「どっちをとるか」

の二者選択は、このあと、重大な局面に発展する。

須田を正面にのこして、ほかの六人が巧妙に四方に散ったのは、そうか、この回答を得るまでは私をこの部屋から出さないつもりだな、と治憲はさとった。

が、治憲まで緊張しては事態はますます険悪になる。治憲は読み終った冊子をとじると、微笑んでいった。

「いろいろと重大なことが書いてある。私の一存で行かないこともある。大殿さま（先代の重定）にもよく相談して、そのうえで改めて返事をしよう」

「なりませぬ」

即座に須田から返事がとんでかえってきた。

「ご相談なさるまでもなく、大殿さまはわれらの考えにご同意、藩士一同も同心しております。

お屋形ご自身のお考えを、即刻おきかせ下さい」

須田はそういった。ほかの六人も同じ眼をしている。

「なに」

治憲はききとがめた。

「大殿さまは、すでにご同意なされていると申すのか」

「さよう」

「そのうえ、藩士一同もこの書に同心しておると？」

「さよう」

七人は昂然と答えた。しかし、七人のその答えの中に、治憲は〝ウソ〟を嗅《か》ぎとった。

重役の反乱(十六)

治憲は、根気づよくもう一度告げた。

「さきほど申したとおり、おまえたちの建言は、いかにも重要である。大殿さまにとくとご指示を仰ぐため、これからすぐご隠居所へ行ってくる。それまで、ここで待っていてくれ」

条理をつくした回答だったし、治憲もまたそうするつもりであった。

が、七人は首をふった。

「お逃げになるのですか」

と、いよいよ険悪な表情になる。

「逃げるのではない、大殿さまのご意見を承ってくる、と申しておる」

「おそれながら、たとえ他家からお入りになったとはいえ、現在《いま》は、あなたさまがご当主、大殿さまにご相談なさることもありますまい」

須田のことばに、ややはなれたところから芋川も声をそえる。

「ご改革とやらのすべてを、今日までは何ひとつ大殿さまにご相談なく、思いのままにおやりになったのに、ここへきて急に、ご相談とは解《げ》せません。今回も、おひとりでおきめ下さい」

相当な皮肉がまじっている。治憲はなおもこらえた。佐藤文四郎は、もう爆発寸前の状態になっている。

それを眼で制しながら、

「このまま、おまえたちとにらみあっていてもしかたがない。私はご隠居所にまいる」

と、治憲は立ちあがった。立ちあがって戸口まで歩くと、そこにいた芋川延親が、

「そうはさせませぬ。逃がしませんぞ」

と、いきなり治憲の袴の裾をつかんだ。ほかの六人もバラバラと走りよってくる。

佐藤文四郎は爆発した。

「おひかえ下さい！　お屋形さまに、何というぶれいを！」

叫ぶと、思いきり手刀で芋川の腕を打った。武術に長じ、ふだん皆が、

「文四郎のクソ力」

という力で打ったから、芋川の腕はしびれた。そうなると芋川のほうが怒りだした。

「佐藤！　きさま、重役に何というぶれいをするかッ」

しかし佐藤は負けていなかった。

「ご重役こそ、お屋形さまにお手をかけるなど、ごぶれいではございませんか！」

「きさま、重役に口返答するのか」

しかし、このときの佐藤はもう死を決していた。

一身を犠牲にして、治憲をここから逃がさなければならぬ、ときもちをきめていた。

佐藤は、迫る七人の重役を戸口で大手をひろげてさえぎり、大声で治憲にいった。

「お屋形さま、ここは佐藤がくいとめます！　どうか、ご隠居所へおいそぎ下さい！」

治憲は一瞬まよった。佐藤のいうようにしようかと思ったが、それでは佐藤が可哀想だと思った。この時、戸口が外からサッとあけられた。

重役の反乱(十七)

戸をあけたのは、先代重定の侍臣であった。そして廊下に重定が立っていた。

ふだん温厚な重定は、眼を怒りに燃していた。

「これは！」

と思わず平伏する七人の重役に、重定は、

「重役たるものが、年少の主君に何たることをするか！　早々にさがれ！　政務が停滞しておるッ」

と叱りつけた。一同、はっとタタミに額をこすりつけたが、須田だけが頭をあげ、

「おそれながら」

と、まだ何かいおうとした。重定はしかし須田をにらみつけ

「不忠の臣の申すことなど、きく耳もたぬ！　さがりおろう！」

と、おそろしい形相で再度叱りつけた。はっ、と須田は平伏した。重定の態度があまりにもおそろしかったからである。

他家からきた治憲には居丈高になっても、さすがに七人の重役は、先代の藩主には頭があがらない。かれらはたちまち、いきおいをなくし、水をかけられた犬のように悄然とした。

スゴスゴということばがあてはまるとおり、うって変ったへりくだった態度で、七人の重役は部屋から出た。出るときに、しかし、そろって治憲に深い憎悪の眼をむけた。

(私は、さらに憎まれた…)

治憲はそう思ったが、それは心の中のことで、一歩さがると、義父に深く頭をさげ

「大殿さまに、このようなご心労をおかけいたしま

した失態、何ともおわびの申しあげようもございません」

と謝まった。

「わびるのは私のほうだ」

治憲の前に、重定はきちんと坐っていった。

「ここまで、あなたが苦労されていようとは思わなかったのです。まったくもって不届至極、あれが高禄を食《は》む重役かと思うと、情なくなります」

他家から入り、底をついた米沢藩の財政再建を、一身の肩に負っているこの若い養子に、重定はていねいなことばを使う。それには、障害児として育った娘の幸にも、治憲が人のおよばない愛情を注ぎつづけてくれていることへの感謝のきもちも、つよく含まれていた。

「治憲殿」

重定は、まだ眼の中の怒りを消さずにいった。

「はい」

「藩政のことはすべてあなたにおまかせした。どうか、私には一切の配慮なく、思うようになさって下さい」

「そのようにさせていただいております」

「いや」

重定は首をふった。

「私がいうのは政治《まつりごと》のこともだが、特に今日の重役どもの処断です。気のすむようになさって下さい」

「……」

治憲は重定をまっすぐにみかえした。

処分（二）

治憲も心を決していた。

（七人の重役は、このままにはすませられない）

と思った。

しかし、治憲は慎重だった。いきなり七人を罰すれば、

「ああ、お屋形はついに先代さまのご威光を借りて、報復に出てきた」

といわれる。そういわれないために、

（手続を踏もう）

と治憲は考えた。しかも治憲は、

（この事件を、私の考えていることを、全藩士にわ

かってもらうための契機《きっかけ》に使おう）

と考えた。

〝火ダネ〟を合ことばに、治憲の考えに同調し、協力する者がいるといっても、まだ少数だ。主流派にはなっていない。藩の大半は保守的であり、むかしの考えやシキタリにしがみついている。

だから〝火ダネ〟組に対する反感やイヤガラセは多い。七人の重役のセガレたちはその典型だ。

そこで、現代の経営のことばでいう社員たちの〝事例研究〟に、この事件を活用してみよう、と考えたのである。

この日の重役の強訴は、未明から正午まで、およそ七、八時間にわたっておこなわれたが、重定に叱りつけられて退去した重役たちは、そのまま出仕してこなかった。自邸にこもって、外へ出ない。

重役組合として団交に失敗したので、こんどはストライキに入ったといえる。

これだけでも大罪である。罰してもおかしくはない。が、治憲はそうしなかった。手続を踏もう、ときめた治憲は、その手続を着実に踏んだ。

治憲は、自分の使者として、しかるべき者をそれぞれの邸に向わせた。そして、

「治憲のたのみである。どうか出仕してほしい」

という依頼の手紙を渡させた。

七人は一様にせせら笑い、治憲の手紙を破り捨てた。須田と芋川は、それだけでなく、

「われらの言をお用いにならなければ、ただちに江戸に出て、幕府に直接お屋形の失政を訴え出る、と申し上げろ」

と使者にいった。

実をいうと、使者は治憲から、あることを七人にたしかめよ、という密命をうけていた。あることをたしかめよ、というのは、七人の重役が建言書を出すときに告げた
「ここに書かれていることは、われわれだけでなく、全藩士の意見です」

といった、その〝全藩士の意見〟というのが本当かどうかということであった。

七人は昂然と、

「あたりまえだ。書いたことは全藩士の考えだ」

と、ためらいもせずに使者に答えた。使者はそのままを治憲に報告した。

処分(二)

城中では、この日の午後からかけつけた竹俣、莅戸、木村をはじめ、ニセの指示で登城をとめられていた近習たちが、

「お屋形さまの命令だなどと、ウソをついて、まったくケシカラン重役どもです」

と、激昂していた。そして、治憲に、

「即刻、ご処分を」

と迫った。治憲は、まじめな顔で、

「きもちはわかるが、逸《はや》るな。感情で人を裁いてはならぬ」

となだめ、

「しかし、このたびは私もこのままにはすまさぬ」

と、厳然とした態度で告げた。いままで一度もみせたことのないきびしい態度なので、側近たちは顔をみあわせた。そこへ使者が戻ってきた。

治憲は、使者に皆の前で報告をさせた。それも治憲の考えている手続のひとつであった。治憲は、七人の重役を処分するについても、そこに行きつくまでの手続をあきらかにして、全藩士に示すことが必要だと思っていた。

それには、自分のやることの一切を公開するのがいちばん手っ取り早いと考えた。だから使者が七人の重役とおこなってきたやりとりも、自分ひとりがきくのではなく、まず、側近群にもいっしょにきかせたのである。

使者の話をきいて、側近たちはさらに激昂した。

「これは、もう反乱です。公然とお屋形さまに叛《そむ》いています」

と近習のひとりがいった。ほかの者も共感した。

治憲は、しかし、この時期になっても、決していままわりにいる側近たちと同じような怒りを感じているわけではなかった。治憲が感じているのは、むしろ悲しさであった。

治憲の脳裡には、いま強烈にひとつの光景が浮んでいた。それは、かたくなに自邸にこもり、家人や家来たちに、治憲の失政をののしり、自分がいかに

正しい行動に出たかを、得々と語っている七人の重役の姿であった。

「もうすこし、というところでご先代さまがお出ましになった。あれは奸臣どもが仕組んだことにちがいない」

「いくら迎えの使者をよこそうと、お屋形がわれわれの云分を通さない間は、ぜったいに城には行かぬ」

「使者をよこすところをみると、すでにお屋形は心が折れたのだ。もうすこし待てば、必ず降参する」

おそらく、そういうことを声高に語っているにちがいない。そういうカタクナな重役たちの心は、一体どうすれば変えられるのであろうか。

永久に理解しあえない心のかたい壁の存在に、治憲は深い悲しみをおぼえるのであった。

が——いつまでもその悲しみに浸っているわけには行かなかった。

処分(三)

安永二年(一七七三)六月二十九日未明、突如、城のやぐらで太鼓が鳴った。

「藩士総登城」

を命ずる太鼓だ。

夏のことなので、藩士たちはようやくまどろみはじめたころだった。何ごとか、とハネ起きて、目をこすりながら、

「また。お屋形の悪趣味がはじまった」

と、ブツブツ文句をいうものが多かった。

「本当に、全藩士大広間に集まれが好きなお屋形だ。いっそ参勤交代でないときも江戸にいてくれたほうがいい。米沢に戻ってくると、うるさくてしかたがない」

まだ治憲に好感のもてない者はそんな悪態をついた。それでも怠るわけには行かないから、ふくれっツラで城への道を辿りはじめた。身分のひくい者ほど、城から遠いところに住んでいるのが江戸時代のシキタリだから、これは米沢も同じだ。そこまで治憲も直しきれてはいない。

低身分の者は従って駆け足になった。汗だらけになってかけつける。

大樽川畔の小野川開墾地の侍たちもかけつけた。

七人の重役たちも、もちろん太鼓の音をきいた。重役陣は城にもっともちかいところに邸をもらっているから、太鼓の音も大きくひびく。

「何ごとだ」

非常呼集の合図をきいて、さすがに重役たちも耳をそば立てた。やがて、須田満主のところに、ほかの重役から照会の使いがつぎつぎとやってきた。

「何でござろうか」

という問いと、

「どういたそうか」

という問いである。

考えた須田は、やがてニヤリと笑い、

「昨日の使者を追いかえしたので、ほかの藩士をダシに使い、その実はわれわれ重役を、登城させようという策略であろう。

おおかた竹俣あたりの奸物の考えだしたことであろう」

と答えた。そして、

「もちろん、登城などしない。お屋形の降服を待つ」

とウソぶいた。使者たちは、

「よくわかりました。主人にそのように使えます」

と帰って行った。

息子の平九郎が、

「それにしても、何ごとでしょうか。われわれ若手のうち、誰かひとり様子をさぐりに登城いたしましょうか」

ときいたが、須田は、必要はない、と不機嫌な顔をした。

外を走ったり、急ぎ足でつぎつぎと藩士が行く。平九郎は、どういうわけか、大きな不安を感じた。

処分(四)

ほとんどの藩士が中に入り、遠くまで見渡しても、もう走ってくる人間がひとりもいないのをたしかめると、門番たちは城門の重い扉を閉めた。そして棒をかまえて、きびしい警戒の姿勢を示した。

城内の大広間は侍たちで溢れた。風がないから人いきれでたちまち暑くなる。暑さは人をふきげんにする。

「一体、何だ。こんな朝早くから」

「また、お屋形は夢の中で、何か思いついたんだろう。おれも経験があるが、夢の中で、ああ、いいことを思いついた、と思っても、さめてみてよく考えると、くだらないことが多い。その手じゃないのかな。どうせ大した話じゃない」

そんな話がヒソヒソと交された。シッという声がして、治憲が入ってきた。が、今日はいつものように微笑んでいない。鋭い表情をしている。その姿に、藩士たちは突然胸がきゅっと緊張するのを感じた。こんなことはいままでにない。

しかも、治憲はひとりで入ってきたのではなかった。先代の重定をはじめ、大目付、中の間年寄、使番などの藩の監察系の役人を従えていた。

（これは、いつもとちがう、何かある）

藩士たちは直感した。監察系の役人は、藩士の司法・行刑を担当する者だからである。

急にひきしまった大広間の上座に坐った治憲は、さらに上座に重定を坐らせ、

「一同、早期からさぞかしめいわくであったろう」

と告げた。

「本当にめいわくだ…」

下をむいたまま、隅のほうでそうつぶやく侍がいた。まわりの者はクスクス笑った。

広間の一角で起ったしのび笑いに、大目付が目をむいてそこをにらみ、

「まじめにきけ！」

とどなった。クスクス笑っていた連中はまっさおになった。いつもなら、

「まあ、待て」

と、とめる治憲も、今日は知らん顔をしている。

（これはいよいよヘンだ）

と、藩士たちは感じた。緊張感にみちた静寂が、大広間のすみずみまで行き渡るのを見届けると、治憲は、しずかだが、よく通る声でこういった。

「一昨日、須田満主ほか六人の重役から、私あてに建言書が出された…」

反応はない。藩士たちは、治憲のつぎのことばを待っている。その顔の群を等分にみながら、治憲は

つづけた。

「建言書の内容がどのようなものであるか、あとでくわしく読んできかせる。

ただ最初にことわっておくことがある。それは、重役たちはこの建言書について、こういうことをいった。ふたつある。ひとつは、ここに書かれたことは、おまえたち全員の意志である。ということだ」

ひくいドヨメキが起った。

処分(五)

藩士たちのドヨメキをそのままにして、治憲はさらに声をはりあげた。

「重役たちが申すふたつめは、こんご私がこの建言書のとおりにしないならば、幕府に直接訴えて、私を藩主の座から追う、と…」

治憲はことばを切った。こんどこそ大広間は騒然とした。顔をみあわせての私語があちこちで起った。

これは容易ならざることが起った、という空気がたちまち座に充満した。

が、その空気は、必ずしも治憲のことを心配したり、うれえたりするようなものではなかった、藩士たちのかなりの者が、

（へえ、そいつは面白いや）

という好奇心で、これからの話にきき耳を立てようという気配を示した。

これは治憲が予想していたことだ。治憲は、藩の中でも自分に協力する者は少なく、多くは反対者であり、また多くは日和見《ひよりみ》派であることを知っていた。しかし、今日の話は、どの派であれ、すべての藩士が真剣にきいてくれなければ意味がなかった。いつものように、半分ウワのソラできかれては困るのである。

そこで、治憲は、まず、

「この建言書は、おまえたち全員が賛成だそうだな」

ということと、

「もし、この建言書に書かれたとおりにしなければ、私は藩主の座を逐《お》われるかも知れない」

ということを、あるイミではコケおどかしともと

れるように、はじめに告げたのである。

治憲自身にすれば、決してコケおどかしではない。治憲はそういうコケおどかしやハッタリのきらいな人間だ。

しかし、今日の話はウワのソラできかれては困る。最初にそういうことを告げたのは、

「今日の話は、おまえたち全員にかかわりがあるぞ」

ということをいいたかったからだ。そういう緊張感をもってきけ、というイミで、決して、

「藩主の私に同情してほしい」

などという、卑屈な発想によるものではなかった。

第一、そういう窮境におちいった治憲を、一体どれほどの人間が
(それはおきのどくだ)

と思うかどうか疑問だ。

(いい気味だ)

と思う者も沢山いるかも知れない。これで、毎日お説教ばかりきかされる藩政は中止され、むかしのように、〝休まず、遅れず、仕事せず〟の、気楽な役人生活に戻れる、とよろこんでいる連中だっているかも知れない。

そのへんのことは、治憲は十分に承知していた。だからいまはただ、

(私のいうことを、とにかくしずかに身をいれてきいてほしい)

ということだけだった。

処分(六)

藩士たちの耳が、いつもの一部の者にあったダラけたきもちや、フザけた態度を捨てて、一斉に緊張したのをみると、治憲は七人の重役が連署した建言書の冊子をとりあげた。

すでに、今日の治憲がやろうとすることを事前に知っている竹俣たちは、

「そのような大部のものを、お屋形さまご自身でお読みになるのは大変です。私どもが代って朗読いたしましょう」

と申し出たが、治憲は、いや、私が読む、といっ

た。それだけでなく、竹俣たちに、

「おまえたちは出席してはならぬ」

と命じた。

「それは、また、なぜでございますか」

竹俣たちは大いに不満の色を示し、中でも佐藤文四郎は、

「もし、一昨日のような事態になりましたときは、お身がお危のうございます。せめて私なりと」

と、同席を主張した。治憲は、ならぬ、と首をふり、

「その理由は、この建言書の中にはおまえたちのことも書かれている。当事者が目の前にいては、藩士たちも正直な意見がいえぬ」

と微笑んだ。側近たちは、それでもなお、しかし、と迫ったが、治憲は首をふりつづけてきかなかった。

だから、大広間には、いわゆる〝治憲派〟は、そばに誰もいない。小野川開墾地の北沢五郎兵衛の一派がひとかたまりになっているが、北沢の配慮もあって遠くにいる。

七人の重役に対しては、治憲は出席を禁止したおぼえはなく、逆に出席してくれることをねがったが、かれらのほうで出席を拒否した。

従って、形のうえでは、重役派と側近派の、相対立する両派の人間がすべてこの場にいない結果になった。

(そのほうがいい、かえって藩士たちは自由な意見がいえるだろう)

治憲はそう思った。

治憲は読みはじめた。前文に相当する、重役たちのイヤミにみちた藩の現状認識には、大広間の反応はそれほどない。ない、というより、

(重役たちのいうとおりだ)

という共感の雰囲気がある。肝臣ときめつけて竹俣の専断ぶりにふれている個所にも、同じ反応だ。それはちがう、といった顔つきは、まだ際立ってみられない。北沢一派は一種の無表情ともみえる顔で、全体を静視している。

文章が竹俣攻撃に移ったとき、かなり、

「そうだ」

「まったくだ」

というひくいささやきが起った。大目付が何かいおうとしたが、今度は治憲がとめた。

処分(七)

莅戸の攻撃が終り、細井平洲攻撃になったとき、座はかなりおおっぴらに、賛意を示す空気が濃くなってきた。

みなくてもそういう藩士たちの反応は、正確に治憲に伝わった。

(これは、やはり私の敗けか…)

治憲は次第に気が重くなってきた。重役たちの事前宣伝が行きとどいていて、ここに集まった藩士たちは、先入観としてほとんど重役たちが書いたことと同じ感情を、治憲派に持っているのだ、という思いが次第につよまってきたからである。

佐藤文四郎の項を通りすぎ、いよいよ治憲自身のことに建言書がおよぶと、広間内は水を打ったようになった。

治憲がよみあげることばを、ひとこともききもらすまい、とする気配が、圧力となって治憲に迫ってきた。

自分で自分について書かれた攻撃を読みあげる、というのは、どういうことだろう。それも、大勢の家臣の前で。しかも、書かれたことは、治憲としてはすべて承服できないことだ。

それにしても、さっきまでとはうって変った大広間のこのしずけさは何だろう。治憲にはそれが気になった。気になりながら、いよいよ敗北感をつよめた。しかし、その敗北感にうちひしがれて、建言書の朗読を中止するようなことはなかった。最後までよみつづけた。

そして——よみ終った。

治憲は目をあげて大広間内を見渡した。何と解釈していいのかわからない複雑な表情の群が目の前にあった。

ひとりひとりに視線をあてると、とまどったように目をそらした。

(どう、うけとめたらいいのか)

治憲には、まったく判断がつかない。判断がつかないが、今日の集会はただ建言書の公開が目的ではない。治憲には、まだやらなければならないことがあった。そのために全藩士を集めたのだ。

「さて」

と治憲はいった。心の中で半分はもうあきらめていた。確認だけはしなければならない。

「おまえたちにきいてもらいたいのは、私として、たったひとつだけたしかめたいことがあるからだ。それは」

もういちど目をあげて全体を見渡しながら、治憲はいままで胸の中にとじこめてきたことばを一挙に吐きだした。

「最初に話したとおり、重役たちは、この建言書に書かれたことは、すべておまえたちも同意している、といった。

それは事実か？　そのことを私は知りたい」

そういって治憲はことばを切った。いいようのない重苦しい雰囲気が生まれた。

処分（八）

「もし、この建言書におまえたちも同意しているということが事実なら、私はいさぎよく米沢藩主の座を去る、そして日向高鍋に帰る……」

重苦しい空気の中で治憲はそういった。そして、

「どうなのか？　誰でもよい。正直に答えてほしい」

座からは答える者はいなかった。じっと治憲をみつめていた。しかし治憲と目が合うとあわててそらした。

隅のほうで、北沢五郎兵衛と山口新介が立ちあがりかけた。めざとくみつけた治憲は、目でおさえた。

北沢や山口が、治憲を支持していることは誰もが知っている。だから、かれらではダメなのだ。八百長になる、茶番になる。

依然として大広間はしずかである。その重い空気を裂くように、先代の重定がいった。

「もし、さきの当主である私への気がねがあるのな

ら、まったく無用である。遠慮なく思うことを申してみよ。ご当主は問うておられる、いまよみあげた重役どもの建言書に、その方たちも同意か、と」

　重定の発言は、大広間の無言の壁に突破口をつくった。右手の隅で、

「おそれながら」

　と、ひとりの侍が立ちあがった。立って礼をすると、

「末席より言上申しあげます。他の方方《かたがた》がどのようにお考えになっているかわかりませんが、私にとりましては、ご当主さまのご改革のおもむき、いちいちごもっともにございます」

　といった。治憲はおどろいて目をかがやかせ、その侍をみた。そして思わず、

「心づよいことをいう、おまえの名は」

　ときいた。侍は恐縮した。

「これはうかつでございました。柏木伊賀《かしわぎいが》と申します」

　と顔を赤くしていった。そして坐った。

「うむ、ほかに？」

　心にポッとともった小さな火を吹き立てるように、治憲はきいた。たちまち数人の侍が左方と中央で立った。

「柏木の申すことに賛成でございます」

「私も同様でございます」

　つぎつぎと新らしい声が起って、堰《せき》を切ったように賛成者が出た。治憲の胸の中の火はいよいよ燃えさかり、その炎は眼のうらまで温めた。

「大目付さまにおうかがいいたします」

　こうなったら、もういいだろう、と山口新介が立ちあがって大声を出した。山口は北沢に従って大樽川畔の開墾に従事しているから、半分、ふつうの藩士生活からハミ出している。そういう生活ぶりが、大声を出させたのだ。こわいものがない。

処分(九)

「何か」

　名ざしにされたので大目付はややけわしい表情をして山口をみた。山口はこうきいた。

「大目付さまはじめ、中の間お年寄、お使番の方々

は、いうならば常時、藩の政務全般と政務を司るご要職方をご監察になるのがご職責と考えます。そのお立場で、ただいまのご重役方の建言書をおききになられ、どのようなお感じをおもちになったのか、とくとご教示いただきとう存じます」

山口の問いは、大広間で治憲を支持する声に決着をつけようとする追いうちであった。

職責として、藩の政務や主要役人のしごとぶりを監察しなければならない立場にある大目付たちが、それでは一体治憲を支持するのか、しないのか、ここではっきり表明しろ、というのである。考えようによっては相当に意地が悪い。しかし、開墾地で、毎日土まみれの半士半農の生活をしているだけに、山口新介は思いきった質問ができるのだ。

大目付はきびしい表情のまま、しかし堂々と答えた。

「大目付として、お屋形さまのお仕置《しおき》（政務のとりかた）がよろしからずと思ったことは一度もない。また、竹俣さまはじめ要路の方々が佞奸だという事実もまったくない。

もしそのようなことがあれば、私はいままでに、ただちにお屋形さまに申しあげていたはずである」

厳《げん》としていいきる大目付に、大広間の大部分の者がドッと歓声をあげた。

その歓声の中で、山口新介は、

「どうもありがとうございました」

と、大声で礼をいっておどけて頭をさげ、坐った。歓声は哄笑に変った。治憲が米沢に入国してはじめてきく藩士たちの哄笑であった。藩士たちにとっても忘れていた哄笑であった。

笑いは心をほぐれさせる。ある種の感動が大広間に生れていた。それは、何が何だかはっきりはいえないが、

「おれたちは、この若い藩主に従《つ》いて行こう」というきもちの誕生であった。無言のその意志を、治憲は、はっきり手ごたえとして感じた。

治憲は思った。

（みんな、火ダネをもっていた）

そして感じた。

（それぞれの胸に火がついた）

山も死に、川も死んでいたこの灰の国に、人はいたのだ。誠意をつくせば、必ずうけて鳴る心の鐘を、誰もがもっていた。

「…ありがとう。礼をいう」

騒然たる座に向って、治憲は深々と頭をさげた。脇から重定も頭をさげた。重定は涙を浮べていた。その二人をみると、座は互いにからだを突きあい、やがて全藩士が平伏した。そしてその多くの肩が嗚咽《おえつ》でふるえていた。

処分(十)

七月一日。七人の重役は、

「即刻登城すべし」

という治憲の厳命をうけた。使者として正副二人、つきそいとして与力ら二十数人、計三十人ちかい侍が七人のそれぞれの邸にきた。つきそいはすべて武装していた。登城を拒否すれば、たちまち拉致《らち》(むりやり連れて行くこと)しかねない気組みである。

七人の重役は、はじめて
(これは、容易な召喚ではない)

とさとった。

中でも、須田、芋川の二人は、あの日、かなり強引な恫喝をしたので、一瞬、脳裡にひらめかせた思いは、

(藩外へ逃亡するか)

ということであった。が、使者は敏感にその気配を察していった。

「国境の諸出入口、即ち、板谷、新宿、茂庭、中山、小滝、塩地平、綱木、大瀬、玉川などには、すでに士卒十人ずつを派し、かためております。同時に、城下一帯も厳戒の態勢を布《し》いております」

逃げようとしても、それは不可能だ、という鋭い目をしていた。きのうまでは、犬のように須田や芋川たちのいうことを、はいはいときいてきた侍たちである。

今日はうって変った態度であった。須田も芋川も肩を落とした。がっくりきた。

それは、すでに国境を含め、かなりの警備兵が出動して、藩内を厳戒体制においている、ということ

に対してではなかった。この使者に代表されるように、すでに侍たちの心がはっきり須田たちからはなれたことに対する絶望であった。それが何よりもこたえた。

七人の重役は支度をした。かれらにも忠実な家来がいる。

「お供します」

と、使者たちをにらむようにしていった。

（きのうまで、うちのご主人に尻尾をふっていたやつが、手のヒラをかえしたように何だ）

という思いが、家来たちにはある。

いくらまちがった重役でも、かれらにはうらぎられなかった。重役に従《つ》いて行く、というのは、あきらかに使者たちへの挑戦であった。

が、正使は、

「ご随意に」

とうなずいた。要は重役たちを城につれて行くことが目的だ。つまらない悶着は極力さけたい。七人の重役は、それぞれの家来をつれ、そしてそのまわりを城兵にかこまれて城に向った。

城への道を歩いて行くうちに、七人は事態がいよいよ緊迫していることを知った。城の内外の警備状況は、なまなかのことではなかった。

処分（十二）

城下の道を、物頭二人を先頭に立て、その組下に町奉行配下の同心が二十人くらいずつついて、しきりに巡廻をしていた。

城中には治憲の命令で、高家衆・平分領・城代・支候・家老・郷村次頭取・奥取次・大目付・年寄・番頭・お使番・右筆・三手宰配頭・物頭など、あらゆる役職者が登城を命ぜられていた。

正午、治憲は書院に出た。大目付・中の間年寄・お使番・馬上役・三手宰配頭をそこに集め、沈痛な表情で告げた。

「千坂高敦ら七人の重職、おのが非念をもって讒《ざん》をかまえ、徒党を組み、政事をそしり、上《かみ》をないがしろにする条は不届のいたり、よって今夜中にそれぞれ仕置を申しつくるものである。さよう心得よ」

もう一歩もひかない態度だった。この直後、前記のような戒厳令を布いたのである。

重役たちはつぎつぎと城に到着した。城門前にいた侍は、重役についてきた供の家来を、

「ここまで」

といって制止した。家来たちは抗議し、中へ入ろうとしたが番役はきかなかった。きびしい顔でさまたげた。

しかも、重役たちを大門から入れず、脇の潜《くぐ》り門から入れ
「草履とりだけは供をしてよい」

といった。

家来からはひきはなされた重役を、ひとりについて数人の侍がかこんだ。

玄関には、町奉行が二人待っていた。ひとりずつ、前後をかこんで溜の間にみちびき、ここで、刀、紙入れを出させて、屏風でかこった控室に別々に拘留した。

日がくれた。午後八時、七人は書院に呼び出された。竹俣当綱以下ズラリと藩士が並んでいる。

治憲が出てきて、すぐ判決を下した。

「おまえたちがさし出した建言書について、全藩士にたしかめた。しかし、おまえたちがいうような事実はまったくない。民もまた藩の方針によく帰服している由である。

即ち、おまえたちは重職の身を忘れ、それぞれの非念によって徒党を組み、上をあざむき、下をもあざむいた。よって、急度《きつと》仕置を申しつける」

そう宣言して下した仕置は、
切腹　須田満主、芋川延親
隠居・閉門・半知召上げ　千坂高敦、色部照長
隠居・閉門・知行のうち三百石召上げ　長尾景明、清野祐秀、平林正在
であった。きびしい判決であった。切腹が二人も出たことには、さすがに全藩士も動揺した。そして、治憲が一旦筋を通すとなると、果断に厳刑を下す一面があることを、身にしみて知った。

処分(十二)

きびしい処分を実施してからちょうど二年目の、安永四年七月三日に、治憲は須田・芋川の家は、そ

れぞれ遺児の平九郎と磯右衛門につがせる。そして両家の系図や重宝の刀を返し、新知二百石を与える。

また、閉門中の色部・千坂・長尾・清野・平林らの罪もゆるし、それぞれ嗣子に家をつがせる。

しかし、そこへ行くまでの二年間は、七家は治憲をうらんだ。かれらには、どうしても、自分たちがまちがっているとは思えなかった。まちがっているのは治憲のほうだと信じていた。

須田・芋川の切腹は、即日、城の簀《すのこ》蔵でおこなわれた。警史が両家に走り、家財処分にあたったとき、須田の家から一通の密書が発見された。

かつての藩の学頭でもあり藩医でもあった藁科立沢から、須田満主にあてたものである。

おなじ藁科をなのりながら、立沢は心がよこしまで、猜疑心に富んでいた。特に、死んだ藁科松伯の学問の門人である竹俣・莅戸・木村たちが藩政の要路につくと、

（自分の藩学頭・藩医の地位が危ない。竹俣たちは、おそらく松伯と懇意であった江戸の細井平洲を米沢に招くにちがいない）

と先走りして疑心暗鬼の念にかられた。被害妄想である。

そこで、江戸家老だった須田に、あることないこと、いや、ないことないことを、ことさらにことあげして書き送り、

「お屋形に迫って、なにとぞ竹俣一派を退けられたし」

と懇請した。

密書は治憲のもとに届けられた。読むと、文意とその表現はさきに七人の重臣が提出した建言書とまったく同じであった。

特に竹俣、莅戸、木村あるいは細井平洲への人格攻撃は、七人のほうが立沢の文章をそのまま使っていた。

治憲は七人の重役の強訴が、実は、自分の地位を心配するひとりの藩医の疑心暗鬼に端を発していることを知った。

もちろん、七人にも潜在的にそういう思いがあったから、与《くみ》したのだが、それにしても、須田がまず

立沢にのせられたのだ。正直な須田は、立沢の密書をみて、

「そうだ、竹俣一派はけしからん」

と、直情的に思いこみ、わざわざ江戸から米沢に走り戻って、治憲に強訴したのだ。

治憲は改めて七人の重役たちの、単純な頑固さをかなしんだ。思えば江戸邸火災のとき、鬼のように藩士を指揮して、火を消そうとした須田は、正直な武士であった。その須田はもういない。

治憲は、須田を死に追いやった立沢に、かつて感じたことのない怒りをおぼえた。

処分(十二)

九月二十六日、藩政府は十分な証こがためをしたうえで、藁科立沢を町奉行所に召喚した。

奉行所に出た立沢は、そこに大目付が同席しているので、たちまち顔色をかえた。町奉行は、

「本日は、大目付さまお立会いのもとに審問する」

と宣して、いきなり立沢の密書を出した。立沢はまっさおになって鼓動の速度をはやめた。呼吸はとまりそうであった。

「これは、そのほうの書いたものか」

キラリと目を光らせながら、町奉行はきく。

「い、いや…」

「そのほうが書いたものではないと申すのか」

「い、いや」

「どっちだ」

町奉行の追及はきびしい。大目付はまたたきもせずに、立沢の顔を凝視している。

立沢は全身冷汗でまみれ、もはや生きた空はない。失禁しそうなきもちになっている。

町奉行は、七人の重役が治憲に提出した建言書を出した。そして立沢の密書と符合する文章を、ひとつひとつ立沢に示した。

七人の重役は、肝心の箇所は、一字一句文章を変えずに立沢の文を利用していたから、早くいえば建言書は立沢が書いたのも同様である。

「…おそれいりましてございます」

ついに立沢は手を突いた。

大目付は「斬罪」の刑を立沢に下すことを治憲に

進言した。治憲は許可した。

七人の重役には、まだ一掬の哀れさがあった。それは、頑迷に古さを信じていたのだが、その古さを信ずることが、かれらにとっては公の信念であった。そのほうが正しい藩政だという考えであった。しかし、立沢にはひとかけらの公心もなかった。かれにあるのは私欲と、それにもとづく竹俣たちへの憎しみであった。

治憲は、そういう立沢がゆるせなかった。

「立沢こそ、七人の強訴事件の元凶である。斬れ」

と厳として告げた。それが切腹した須田・芋川への、治憲なりの回向《えこう》であった。

審問のあった翌日、即ち九月二十七日、立沢に判決が下った。

「そのほう、元須田満主に姦謀をすすめ実証書相あらわれ、吟味の下に直筆の段白状におよぶ。大悪不道重罪の者につき、斬首仰せつけられるものなり」

そして即日首を落とされた。

改革にはじめて三人の血が流れた。治憲はきもちがくらかった。しかし、改革ははじまったばかりである。治憲はその血の中で、さらに起ち上らなければならなかった。

新らしい火を（一）

ここのところ、ずっと考えていたことがあって、まず佐藤文四郎の意見をきいてみよう、と、ある日、治憲は、近習たちの控室に行った。

数人の近習がそれぞれ仕事をしていたが、佐藤文四郎は隅でフウフウ口をとがらせて、火を吹いていた。

七人の重臣の処断が終った年の冬のことである。突然控室に入ってきた治憲におどろいて、近習たちが一斉に平伏するのに、

「よい、そのまま仕事をつづけよ」

と、治憲は微笑で応じ、佐藤のそばに行った。

「文四郎、何をしておる」

ふりむいた佐藤は、

「やあ、これは」

とニッコリし、自分の前の火鉢を示した。

「また、お屋形さまの火ダネを分けるのです」

「ほう、誰にだ」

「おぼえておられますかなあ、ずいぶん前に、北沢五郎兵衛殿たちが、大樽川のほとりに新らしく田をひらいたことがございます」

「おぼえているとも。藉田の礼をとりおこなった土地だ」

「そうです。その藉田の礼をおこなわれた際、酒がなくて近くの旅宿に借りにまいりました」

「旅宿では、酒を貸してくれただけでなく、おかみが使用人を連れて酌にかけつけてくれた。なかなか垢ぬけたおかみであったな」

「あのおかみは江戸の女でしてね、亭主運にめぐまれず、米沢にきたようです。江戸では、水商売をしていたようですから、垢ぬけているのは当然です」

そこまでいって佐藤は突然、

「一体、何の話をしているのですか」

と、とがめるように治憲をみた。

「旅宿のおかみが垢ぬけている、という話だ」

「そうじゃありません。そんな話をする気は毛頭なかったんです。お屋形さまがいけないんですよ、珍らしく女の話なんかするものだから」

まじめに抗議口調になる佐藤と治憲とのやりとりをみて、脇にいた近習たちは笑いだした。また、はじまったと思ったのだ。

しかし、こういう笑いごえも、かつては米沢城内にまったく起らなかった。城内のあらゆる詰所が、暗い、沈んだ空気に満たされていた。

それを、とにかく破って、あちこちの詰所に笑いごえがよみがえったのは、何といっても治憲が、思いきって七人の重臣を処断したからであった。

七人の重臣の城内での圧力はそれほど強かったのである。

佐藤はいった。

「この火は、その宿のおかみがほしがっているんです」

新らしい火を(二)

なに、と治憲は佐藤の顔をみた。

「あのおかみが火ダネを」

「はい。前前からたのまれていたのですが、女中の中にひどく熱心な者がいて、どうしてもお屋形さまにお願いして火ダネをちょうだいしてくれ、とせがまれてしかたがないのだそうです。

おかみは、この火をぜったい絶やさないようにして、宿のつづくかぎり、使用人といっしょに、あの宿で働くときの心がまえにするそうです」

そうか、と治憲はうなずいた。

「火ダネを民もほしかるようになったか」

うれしそうだった。

「ほしがるなんてものじゃありません」

佐藤は語気をつよめた。

「いま、ご領内では農民、商人の別なく、民からぜひ火ダネを、という願いが殺到しているのです。まともに応じていたら、城の侍は全部朝から夜まで、フウフウ火を吹いていなければなりません。とても応じきれないのです」

「……」

治憲は信じられないような表情で、佐藤をみつめていた。が、心の中ではよろこんでいた。

火ダネは改革の象徴だ。それを領民たちまでほしがり出したというのは、改革の精神が領民たちの間に浸透しはじめた、ということだ。

「桑を植える者たちには〝桑組の火ダネ〟を、楮《こうぞ》（紙の原料）を植える者には〝楮組の火ダネ〟を、紅花を育てる者には、〝紅花組の火ダネ〟を、鯉を飼う者には〝鯉組の火ダネ〟を、というように、と、とりあえず組別に、与えてはおりますが。佐藤のいうように、ひとりひとりにはとても分けられません」

近習の中から、倉崎清恭がそう声をそえた。

いままでは、誰でも気軽に自分の意見を治憲にいえる癖がついている。

「そうか…そこまでになったか」

治憲は部屋の中から庭に眼をやった。寒い日であったが、空は晴れていた。青い冷たく澄んだひろがりがあった。

治憲の脳裡には、米沢十万人の住民が、一戸一戸の家の中で、改革の火ダネを大切に守っている光景が浮んだ。

それは、小さな火ダネを共通のものとして連帯する、身分のへだてのないつよいつながりを示す姿であった。

（一日も早くそうなりたい）

治憲は痛切にそう思った。そして、いま自分が佐藤に意見をきこうとしてここへきたのも、実はその火ダネのことだったことを、改めて思いだした。

「ちょっと皆の意見をききたい、仕事の手を休めずにきいてくれ」

治憲はそういった。

新らしい火を(三)

最初は佐藤ひとりを自室に呼んで、その意見をきこうと思っていたのだが、治憲はもうそういう考えを捨てていた。

控室の雰囲気から察せられるように、近習たちはひとつに溶けあっている。この中から佐藤文四郎ひとりを連れだすのはまずい、そうだ、どうせのことに皆の意見をきこう、と思ったのだ。

殿さまから、直接意見がききたいといわれて、近習たちはさすがに緊張し、机に向っての書類整理や書きものの手をとめた。

それをみて、治憲は、

「仕事の手を休めてはならぬ」

と再度注意し、

「おまえたちのいまの火ダネの話は、大変にうれしい。私が相談したいというのも、実はその火ダネのことなのだ。

といっても実際の炭のことではない。人のことだ。人材のことである。

人間にとって、つねに新らしい血が必要であるように、藩にとっても同じことがいえる。火ダネを絶やさぬように、人も絶やしてはならぬ。

そのためには、何といっても学問だ、若い人間たちの教育だ。おまえたちにつづく者を養なうことだ。この間からそのことが気にかかって仕方がない。そこで、おまえたちの率直な意見がききたいのだ……」

「…………」

さすがに近習たちはすぐには応答しなかった。事が重大すぎる。かんたんに、

「それはけっこうなことでございます、ぜひ、どうぞ」

といえない事情がある。事情というのは、もちろん財政だ。金がない。

若い子弟を教育したい、というからには、治憲の胸の中には、きちんとした学校をつくる構想があり、高名な学者を教授として招きたいという考えがあるにちがいない。

そして、治憲のその考えをいちばん正確に感じとったのは、やはり佐藤文四郎であった。

（そうか！）

佐藤は突然ひざをたたきたいような予感を胸にひらめかせた。

（お屋形さまは、細井平洲先生をお招きしたいのだ）

そう思ったのである。

「若い人間教育、と申しますと、やはり学校をおつくりになる、というお考えですか？」

浅間忠房という近習が、さぐりをいれるようにきいた。

「そうだ」

治憲はうなずいた。

「そして、よい先生をお招きしたい」

そうつけ加えて佐藤の顔をみた。治憲の自分にむけられた視線で、佐藤は自分の予感が適中していることを知った。

新らしい火を(四)

「そうなると、また大変にお金がかかりますなあ」

佐藤といっしょに、江戸以来、治憲に仕えて、治憲の気質を知りつくしている木村高広が、のんびりした口調でいった。金がかかる、という切実な話を、のんびりした口調でいったものだから、その調子がチグハグで、座にいた者は一斉に笑いだした。

治憲も笑いながら、

「そうだ。大変に金がかかるのだ。そこでおまえたちに相談したのだ」

といった。木村は、

「お屋形さまのお考えになることは、何でも大変にお金がかかりますなあ」

と、さらにからかうようにいった。そして、

「これは、竹俣さまや莅戸《のぞき》さまが、頭を抱えるぞ」

とつぶやいた。

佐藤文四郎が、新らしい炭に火を移し終って顔をあげた。夢中で火吹竹を吹いていたので、顔が赤くなっている。佐藤はいった。

「ご改革の精神はもちろん皆よくわかっているが、実際にやることは、どうしても目前《めさき》のことになる」

「………」

何をいいだすのか、とほかの近習たちは佐藤の顔をみた。その顔をみかえしながら、佐藤はいった。

「目前のことになるというのは、目の前の一本の木に目をうばわれるということだ。その奥の林のこと、森のことから論議がはずれるのだ。

これは、米沢藩の将来を考えると、まことになげかわしい」

木村が茶々をいれた。

「まるでお屋形さまそっくりだ、佐藤治憲公のおことばであるぞ」

ひかえい、とほかの近習に告げたので、皆は大笑した。佐藤は狼狽し、

「ちがうぞ、おれはそんな大それたきもちでいったのではない。おれはただ」

「学校をつくることに賛成だ、というのだろう」

「そ、そうだ」

興奮すると出てくるうまれつきのドモリをとめられずに、佐藤は大きくうなずいた。

「ここにいるものは皆賛成さ。問題は財政だ」

倉崎が静かに告げた。そして
「何か新らしい財源がみつかればいいのだが…」

と思案した。

治憲は立ちあがった。

「議論してほしい。意見がまとまったら教えてほしい」

そういいのこした。

こういう座には、いつまでもいないで、あとは自由な討論をさせたほうがいいことを、治憲は知っていた。石を投じればいいのである。近習たちは、すぐ立つ波をうけとめる。

新しい火を(五)

佐藤文四郎は、寒風の中を馬で小野川に向った。土製の容器の中に火のついた炭が入っている。

「いただきにうかがいます」

と、宿の女主人はいったが、佐藤は急に思い立って、

(いや、おれが届けよう)

という気になった。治憲が、

「そのおかみに、いつぞやの礼を丁重にいってくれ」

といったからである。

それに、取りにこさせたのでは、火ダネのありがたみもうすれる、と佐藤は思った。

城下町を出、一本道を西へ小野川の方角に向うと、佐藤は馬上で考えた。

(お屋形さまは、さっき、おれの考えをききたかったのだ。特に、細井平洲先生のことで)

そう思った。

佐藤文四郎がそう思うのには理由があった。細井平洲という学者を、治憲も佐藤もよく知っていたし、また、共通の思い出があったからである。

細井平洲は、尾張国の生まれで、名は徳民といった。少年のころから京都に行って勉学したが、その期間は極度に生活をきりつめ、文字どおりの一汁一菜で通し、父から送られる学費は、ほとんど本に使った。

故郷に帰るときは、ぼろぼろの着物で、からだも垢まみれ、まるで乞食のようだったが、馬を一頭引いていた。馬の背には、いままでに読んだ本が、馬が降参するほど沢山くくりつけられていた。

二十四歳のときに江戸に出て、学塾をひらいた。門人はすぐふえ、高山彦九郎などという変りダネもいた。

平洲の学風は一応朱子学ではあったが、幅広い応用性を大事にし、

「学問と今日(現実)とが別の道にならないようにすべきだ」

というのが口ぐせであった。

つまり、日常の実生活に役に立たないような学問

は教えない、というのだ。

従って、あまり高邁高遠な理論や説は教えず、また、教えかたもかなりくだいた表現を使った。わかりやすいのだ。

治憲は、さっき、

「私の考えている新らしい学校は、藩士だけのものではない。もちろん、藩士の子弟も入れるが、同時に、百姓、町人のこどももも入れたいのだ」

といった。

これがまた大問題になる。藩の学校で、藩士の子と庶民の子が机をならべて勉強するなどといったら、もうそれだけで古い考えの藩士たちは、

「とんでもない、そんな学校をつくるのは反対だ」

ということになるだろう。

(つぎからつぎへと、お屋形さまはよく問題になる火ダネをお考えになる)

佐藤は馬の上で苦笑した。

新らしい火を(六)

細井平洲は、死んだ藁科松伯とよく知っていて、上杉治憲が十四歳のときに、その師として招かれた。

だから、治憲にはこどものときからの師になる。平洲は、徹底して、

「政治の基は道義であります」

ということを教えた。少年治憲がいずれは上杉家の当主になるからだ。藩主教育をしたのだ。

この教えは、いまも治憲の心の芯《しん》になっている。

「政治をおこなう者は、まず徳をやしなわなければならない」

というかれの態度は、こどものころからの平洲の教えがしみついているからだ。

江戸の藩邸では、治憲のうしろで佐藤文四郎たちも勉学させてもらった。佐藤はそのころ小姓だったから、江戸の浜町山伏井戸にあった平洲の小さな家をよく訪ねた。平洲も、佐藤の朴とつで、正直な気質を愛し、藩邸での講議とは別に、

「おまえは、私の特別な弟子だ」

といって可愛がった。

佐藤が朴とつで正直だ、といえばこんなことがあ

った。

十七才になって家督を相続した治憲は、相続早早に平洲から、

「まず、領内の孝子や節婦の表彰をなされよ。領民のはげみになります」

という助言をうけた。

さっそく急使が米沢にとび、米沢からも折返し名簿が届いた。

それを徹夜で整理した佐藤は、赤い目のまま、早朝、

「この名簿は、細井先生もぜひみたいと申されております。本日のご講議は、たまたま孝、貞が主題とうけたまわっておりますので、どうかその折に、細井先生におめにかけて下さい」

と治憲に渡した。治憲は、

「わかった。徹夜での整理ごくろうであった。必ず今日、細井先生におみせする」

と約束した。

平洲が桜田の上杉江戸藩邸へ出講するのは、毎月十六日ときまっていた。その日がそうだった。

佐藤文四郎は、睡眠をとらないで、そのままひきつづき、平洲の講議をきいた。

が、講議が孝にふれ、貞にふれても、治憲は一向に名簿を出さない。そのまま講議は終ってしまった。帰りがけに、平洲は治憲に、

「この際、私に何か申されることは？」

ときいたが、治憲は、

「ございません。いつもながらのありがたいご講議に、ただ感動するのみでございます」

と応じただけだった。

さようか、と平洲はチラと佐藤をみて、そのまま去った。

佐藤文四郎は、その直後に爆発した。

新らしい火を(七)

「何か、お忘れになっていることはございませんか」

血相をかえて佐藤は治憲に迫った。

「何も忘れてはおらぬが……」

けげんな表情になって治憲は佐藤をみかえす。

「細井先生に何か申しあげることがあったのではございませんか」

「別に……何かあったか」

ああ、と佐藤は胸の中で声をあげた。

(お屋形さまは、完全に忘れてしまっておいでだ)

そう思うと、突然、怒りが爆発した。もう相手が主君であることなどかかわりがなくなってしまう。佐藤はそれほど一徹だった。

「孝子、節婦の名簿がございましたでしょう!」

どなりつけるようにいった。

「あ」

と、思わず治憲は声をあげた。さっと顔色が変った。

「文四郎、ゆるせ」

すぐあやまった。が、佐藤は首をふった。

「ちょっとお待ち下さい。なにゆえ、あの名簿を細井先生におみせになりませんでしたか」

「…………たのだ」

治憲は語尾だけきこえるような応じかたをした。

「きこえませせぬ。はっきりおっしゃって下さい」

「徹夜をしたおまえの努力をまったく無にした、すまぬ」

「私がおたずねしているのは、徹夜のことなんかではありません! お屋形さまはまったくおわかりになっていらっしゃらない」

佐藤のどなり声はそこいら中にひびく。しかも主君をどなっているのだから、まわりの者が気にした。

同じなかまの木村高広や、上役の竹俣当綱が、

「佐藤、すこしことばがすぎるぞ」

「お屋形さまにむかって何という口をきく」

と、こもごもおさえにかかった。しかし佐藤は肩をふってその制止をふりとばした。そして、

「ことばはいささかもすぎぬ! 第一、このようなお人を、私はすでにお屋形とは思っておらぬ!」

と、さらに大変なことをいいだした。周囲の連中は真蒼になった。ここまでいわれた治憲が、こんどは、いかに何でも怒り出すだろうと思ったのだ。

が――治憲は怒らなかった。怒るどころではなく、いよいよ反省の色を濃くして、

「…本当にすまぬ、失念したのだ」

と力なく頭をたれた。ところがこれがまた佐藤にはひっかかった。

「失念、と申されましたか」

「そうだ」

「失念とは、お忘れになったということでございますか」

「そうだ」

新らしい火を(八)

「あなたさまのご政道とは、このように大事なことを、たちまちお忘れになるような、そんないい加減なものなのでございますか」

「ちがう。こんなことはいままで一度もない。自分でも理由がわからぬ。疲れていたのかも知れぬ」

「疲れているのは、あなたさまおひとりではございませぬ。藩士のすべてが疲れております。お屋形さまは、今日まで細井先生のお教えをどのようにおうけになってきたのでございますか。

察するところ、お屋形さまのご学問は、わしは学問をしているぞよ、とただ世間にひけらかしたいだけのものでございますな。形だけのもので、実のほうはまったくおとりにならぬ……。

ああ、このようなお方を今日まで名君とあがめ、賢君と信じてきたこの佐藤文四郎は、米沢随一の大たわけ者でございます。ああ、情なや、情なくて、情なくて、涙がこぼれます……」

そういいながら、佐藤は本当に泣きだした。しかし、傍《はた》の者にしてみれば、そのままにはできなかった。

「くどいぞ、文四郎」

「いい加減にしろ」

という声は、いまは怒りのそれに変っていた。家臣の立場をあまりにも逸脱している、という感じを皆が持っていた。

それを
「いや、悪いのは、文四郎ではない、この私だ」

と治憲のほうが逆にとめた。そして、治憲は
「文四郎、このとおりだ。ゆるしてくれ」

と、ついに手を突いた。

ここまで治憲にやられては、さすがの佐藤も恐縮するだろう、と周囲は思ったが、それは甘い観測で、一徹者の佐藤はそんなことで退《ひ》くものではなかった。

こんどは泣きながら

「お屋形さまがあやまるのですか、ご主君が家臣にあやまるのですか。それで、家臣が、よし、ゆるすといえば、あなたさまはそれでご満足なのですか、へえ、そうですか、あなたさまはそのていどのご主君なのですか」

といいだした。

きいている者はすべて

(何たる雑言だ)

(あのいいかたの憎々しいこと)

と、一様に不快感と憤りの眼で佐藤をにらみつけた。

おどろいたことに、佐藤の怒りはこころの底からのものであり、かれはそこにそのまま正座してうごかない。治憲も「文四郎がゆるしてくれるまで、私もここにいる……」

といいはるが、まわりが、無理に居室のほうへ連れて出た。

新らしい火を(九)

治憲の居室に戻ると、側近たちは口口に、

「あいつはけしからん」

「あんな男のいうことなど、どうかお気になさらずに」

といって治憲をなぐさめた。

「まったくいいたい放題いいおって。お屋形さまも、すこし文四郎も甘やかしすぎましたな」

竹俣でさえそういった。

その日、夜がきても治憲はじっと坐っていた。夜の食事も、膳を前においたまま、まったく手をつけない。

「おからだにさわります。どうか少し召し上って、早くおやすみ下さい」

と竹俣たちがすすめたが、ゆるく首を横にふり、

「いや私が悪い。文四郎はどうしている」

ときく。さっきのままです、と答えると、では、

私もこのまま坐っている、といった。二人ともいい出したらきかないから、このままほっておけば、幾日もおなじことをしているにちがいない。

いきおい、治憲のそばで仕える者たちも眠れない。皆、弱った。

深夜になって竹俣当綱がついに意を決した。

「木村、浜町へ行ってくれ」

「え」

「こうなったら、細井先生にきていただくよりほか、方法がない。ごくろうだが、先生によく理由《わけ》を話して、お連れしてくれ」

さすがの竹俣も、もうどうにもならなかったのだ。

木村は夜ふけの街を浜町へ走った。そして細井平洲を連れてきた。途中で大体の話をきき、邸に入って、坐りつづけている治憲と佐藤文四郎の姿をみた平洲は、思わず吹きだしそうになった。

詰所で、こどものように意地をはって肩をいからせている佐藤と、自室で悄気かえっている治憲の姿が、おかしくて仕方がなかったからだ。

「大変なめにおあいになりましたな」

そう声をかける平洲の笑顔をみると、

「これは、先生」

と、治憲はすがりつくような色を浮べ、

「私の不始末から何ともごめいわくをおかけいたします」

と頭をさげた。平洲は、

「いや、過まって改むるに憚かることなかれと申します。ご反省はもう十分でございましょう」

そういうと、そのまま佐藤のところに行き、

「これ、文四郎。師の私がお見限り申さぬお屋形さまを、弟子のおまえが見限ったとは、なにごとか」

とどなりつけた。あっけにとられて平洲をみた佐藤は、すぐ、はっといって、平伏した。

新らしい火を(十)

(あのときは、おれも若かった。お屋形さまも若かった)

いま、佐藤はそう思いだす。その細井平洲先生を、お屋形さまはお招きしたいのだ。

しかし、学校を建て、先生をお招きするとなれば、木村さんのいうように、大変に金がかかる。その金を一体どうやって捻出するのか。

着想はたしかにすばらしい。が、それをまかなう金のことになると、佐藤文四郎もたちまちくらいきもちになるのだった。

道を左折して南に向かうと、前方に、左から吾妻、飯森、三国、飯豊《いいで》の山山が、深い雪の表面を陽光に反射させ、その光が冷たく眼に映る。

馬上から佐藤は雪の連峰の美しさに見ほれた。連峰の四季はそれぞれに美しいが、佐藤は中でも冬が好きだ。

大樽川のほとりに出た。この川をさかのぼると白布の湯に行く。川はさらに南の吾妻連峰に源をおいている。

小野川の開墾地が近い。北沢五郎兵衛や山口新介の顔をみたかったが、帰りにしようと思った。いまはとにかく、火ダネをあの宿に届けるほうが先だ。

見おぼえのある川ぞいの道に入って馬をおり、宿への道を辿りはじめた。湯井戸があった。柵でかこまれ、寒気の中に白い煙をあげている。村の家では、ここから自分のところに湯をひいているところもある。それぞれほそい溝がつくられ、湯はその溝を走る。

長い道を走ってきたので、佐藤の指はこごえていた。佐藤は屈んで湯の流れの中に手を入れた。熱い。が、辛抱した。やがて、熱い湯が冷えきった手を温め、温かさは手の先から、からだのすみずみまで伝わった。

湯の流れから抜いた手を宙でふっとしずくを切り、何の気なしに佐藤は指をなめた。塩からい。

「うむ？」

佐藤は目を大きくみひらいた。

(塩だ)

胸の中でそう叫んだ。湯は塩味がする。湯の中に塩が溶けこんでいるのだ。はじめて気がついた。

(待てよ)

佐藤の頭は忙しく回転した。

ほとんど四方を山にかこまれた米沢は海がない。従って塩がとれない。すべて他国から輸入する。佐

藤はいま
（この湯から、塩を採ることができないか）

と思ったのだ。もし実現すれば大変な発見だ。佐藤の胸はおどった。

佐藤は火ダネの入った容器を持って、宿の前に立った。

「ごめん」

と大声を出すと、はい、と澄んだ声がして若い女中がはずむように出てきた。その女中をみて、佐藤は思わず手にした容器を地に落した。女中はみすずだった。

新らしい火を（十二）

「みすず殿…」

呆然と立ちつくす佐藤文四郎とは逆に、このとき、機敏に動いたのは、みすずのほうだった。佐藤文四郎が、手にしていた容器を土間に落したのをみると、みすずはすぐ台所に行き、カラのどんぶりを持って走り戻ってきた。

足袋のまま、土間にとびおりると、そこに散った灰をすくってどんぶりの中に敷き、灰の中にころがっていた炭を手づかみでどんぶりに移した。

炭は城から持ってきた改革の火ダネである。真赤に燃えている。ジュッ、とみすずの指が焼ける音がした。

この光景をみると、佐藤は突然われにかえった。かれは外に走り出て、道の端に積っている雪を両手ですくって持ってきた。そのまま、みすずの前に突き出し、

「みすず殿、雪の中に手を入れなさい。いまなら間にあう」

といった。

火を誤って手づかみにしたとき、すぐ冷たい水の中に手をいれれば、ヤケドになるのを防ぐことができることを、佐藤はこどものときから経験で知っていた。

それは、かれ自身が、幼ないときからかなり、いまのみすずとおなじようなことをしていたからである。おなじことといっても、みすずのように機転がきいたとっさの行動ではなく、佐藤の場合は、性来

のかれのそそっかしさからだった。

「…………」

眼に感謝の色を溢えながら、みすずは、佐藤が両手を器のようにまるめて持っている雪の中に、いま火をつかんだ手をさしいれた。冷たかった。でも、心は温まったか。佐藤文四郎の、無骨な、やさしい心づかいがうれしかったのである。

「みすず殿」

「はい」

「なぜ、この宿に」

「…………」

みすずはほほえんだ。話せば長くなる。そう、とても長くなる。でも、それを一度に、みじかいことばにうまく整理して話せるだろうか。

それに、いま、話すのには、あまりにもきもちのほうが動てんしている。佐藤が落した火は、宿の女あるじの千代が、毎日口ぐせのようにいっていた。

「お屋形さまの火ダネ」

だとわかったから、衝動的に、(消してはならない)と思って、どんぶりにすくったのだった。考えてやったというより、もっと本能的なものだ。

佐藤に劣らず、みすずのほうもきもちが動てんしていた。あまりにも突然の佐藤文四郎の来訪であった。それも、千代が熱望していた〝お屋形さまの火ダネ〟を持ってくるとは。

道で人の足音がし、宿の前でとまった。

新らしい火を(十二)

玄関の土間に立っている二人を、道のほうからケゲンそうにみている人間の気配がした。みつめあい、きもちがたかぶっている二人は気がつかない。

みすずが手を入れ、その熱で佐藤の手の中の雪はすこしずつ溶けた。そして二人の心も溶けていた。現代風にいえば、恋する者同士の、甘い幸福感ということだろう。ただ、そうしているだけで、佐藤もみすずも幸福だった。

「…すずちゃん」

道から声が、おずおずととんできた。

「何をしているの」

その声に、ハッと自分をとり戻したみすずは、佐

藤の手の中からあわてて自分の手をひっこめ、

「おかみさん」

と、真赤な顔になっていった。佐藤もふりかえって、

「やあ」

といった。佐藤も真赤になり、その態度は狼狽していた。若い二人のそんな様子に、千代のほうもまごつきながら、

「これは、佐藤さま。また、急なお越しですこと」

と、佐藤の顔をみた。佐藤は頭に手をやりながら、

「お屋形さまの火ダネを届けにきました、それを」

といいかけると、こんどは千代のほうがおどろいた。

「お屋形さまの火ダネを。わざわざお持ちになって下さったのですか。こちらからおうかがいいたします、とあれほど申しあげましたのに。そんな、もったいない…」

と、心の底からの恐縮の色を浮べた。

「お屋形さまからも、くれぐれもよろしく、と。いつか、小野川の開墾地で籍田の礼をおこなったときに、酒やつまみを用意して下さったおかみのご好意に、まだ感謝している、と申されておりました」

「そんな、お屋形さまが。たかが温泉宿のおかみに、そんなことをおっしゃってはいけません。そんなにおっしゃられると、私、もうどうしていいか…」

人のいい千代は、江戸の女らしく、佐藤の伝えたことばにすぐ感動し、みるみる涙ぐんだ。

「しかし、その先があるのです。それなのに、そのせっかくのお屋形さまの火ダネを、私が大失敗をして、この土間に落してしまったのです」

「え」

きいて、千代はまっさおになった、とがめるように佐藤の顔をみた。佐藤は千代の視線をやわらかくうけとめて、ほほえんでいった。

「火ダネは無事です。みすず殿がとっさに拾ってくれたのです、それも手づかみで」

まあ、とホッとしながらも、千代は思わずみすずの手をみた。

新らしい火を（十三）

「すずちゃん、おミソを塗ったほうがいいよ、いまなら間にあうから」

千代のそのことばに、みすずがクスリと笑った。

千代はマユをよせた。

「何か、おかしい？」

「そうじゃないんです。佐藤さまも、いまなら間にあうから、とおっしゃって、外からこの雪を」

説明するみすずに、ああ、そうだったの、と千代も納得し、顔をほころばせた。そして、上り框《かまち》においてあるどんぶりの中の火ダネをみると、大切そうにどんぶりを両手にもち、

「お屋形さまの火ダネを、あたしのような女にまで下さるなんて。お屋形さまは本当におやさしいお方…うれしい」

と、まるでどんぶりにほほずりをしかねないほどのよろこびを示した。

そのままの姿勢で、佐藤とみすずを見て、

「あたしは、すずちゃんからあらましをききましたけれど、佐藤さまは、すずちゃんがなぜこの宿にいるのか、ふしぎでしょう。

すずちゃん、二階へ行って、佐藤さまに、積る話をしてあげたら」

といった。

「はい」

みすずは、すぐそうしたい風情を示したが、佐藤は首をふった。

「いや、せっかくですが、みすず殿の話は改めてきます。今日の私は、お屋形さまのご命令で、ただ火ダネを届けにきただけですから、私用で時をすごすわけには行かないのです。それに」

それに、といってその先をつづけようとする佐藤の話を途中から奪って、千代はいった。

「あなたはすずちゃんの話とちっとも変りませんね。まじめ一方で、融通がきかなくて。そんなことばかりいっていると、すずちゃんとは、死ぬまですれちがいになりますよ」

千代は、あらましでなく、かなりくわしい事情も知っているようだ。

「死ぬまですれちがいになりますよ」

といういいかたは、そのへんのことを如実に語っていた。千代のことばに、また赤くなりながら、佐藤文四郎はこんなことをいった。

「私は、みすず殿が好きです。ですから、死ぬまですれちがいにならないように、何とか手をうちたいと思います。

しかし、いま、お話ししようとしたのは、そのことではないのです。お城で竹俣さまや莅戸《のぞき》さまたちが待っておられるのです。お屋形さまが、新らしく学校をつくりたい、と仰せ出されたからです」

「がっこうを？」

千代が突然とん狂な声をあげて、みすずと顔をみあわせた。

新らしい火を(十四)

「そうです、学校です」

千代の異様なおどろきを無視して、佐藤はつづけた。

「おかみがいま持っている火ダネは、私たちが丹念にめんどうをみて行けば、いつまでも燃えつづけます。

それと同じことを、お屋形さまは人間についてもなさりたい、とおっしゃるのです。つまり、あとをつぐ若い人たちを、いまから育てておかなければいけない、それには学校がいちばんだと」

「……」

何かいいかける千代を、こんどは佐藤が制止した。佐藤は自分の話をつづけた。もう夢中になっていた。

「でも、きいて下さい。学校というと、誰でも藩士の子弟を教育するところだ、と思うでしょう。お屋形さまのお考えはちがいます。お屋形さまは、新らしくつくる学校には、侍の子だけでなく、農民、商人などの庶民の子もいっしょにまなばせようというのです。すばらしいお考えです」

すばらしいお考えです、といったときに、佐藤の眼は輝やいた。佐藤自身が、その学校に大きな夢と感動をもっているのが、よくわかった。

みすずは、そういうときの佐藤をみているのが好きだった。男が自分のうちこむしごとのことを、熱っぽく語るときほど、男の美しさがにじみ出ることはない。江戸にいたときも、佐藤文四郎はよくこういう姿をみせた。

（文四郎さまは、ひとつもお変りになっていない）

みすずの胸の底はうずいた。

（死ぬまですれちがいになっても、私はこの方をお慕いする）

そうしても、私は決して不幸ではない、とみすずはひとりでこえに出さずにつぶやいた。

「しかし、お屋形さまのお考えがすばらしければすばらしいほど、何というか、つまり、お金がかかるのです。そのお金がいまの藩にはありません。学校には、江戸から細井平洲先生をお招きしたいのです」

「細井先生を」

千代が驚声をあげた。佐藤は千代をみかえした。

「ご存知ですか」

「ええ。江戸にいたころ、なまいきに、細井先生のご講義をすみできかせていただいたことがあります。細井先生は、身分にこだわるお方ではありませんでした」

それと、お話も、むずかしいことをやさしく砕いて下さって。あたしのような無学な女にも、とてもよくわかりました」

「そうです、そのとおりです。いや、これは嬉しいな」

無邪気なよろこびかたを表して、佐藤は千代の手をにぎった。

新らしい火を（十五）

いいかげんに調子を合わせたのでなく、千代が正確に、細井平洲の印象をつかんでいたことが、佐藤文四郎には嬉しかったのだ。

が、すぐ暗い表情になって、

「しかし、その細井先生をお招きするにしてもお金がいります。何でも金、金、ああ、考えると頭が痛くなります。特に私は金の才覚がありませんから」

佐藤は話をそうしめくくり
「で、お城に戻って、皆でその相談をするのです。

そのために急いで帰らなければなりません」

　相手が町人の女なのに、佐藤文四郎は、終始、千代にていねいな敬語で話した。

　それは、主人の上杉治憲が、

「あのおかみには感謝している」

と、いまでも籍田の日の千代の奉仕を忘れないからであり、さらに、理由はわからないが、とにかくみすずがせわになっているからであった。

　その千代がいった。

「そういうお話なら、すずちゃんとのお話はこのつぎにしていただきましょう。すずちゃんもがまんしなさい。でも、同じ米沢にいるんですから、こんどはいつでも会えますものね」

　そうみすずにいうと、佐藤のほうをまっすぐにみて、

「お急ぎのところをすみませんが、ちょっとお話ししていいですか」

「どうぞ」

　佐藤はうなずいた。

　千代は外から戻ってきたときに持っていたふろしき包みを示した。

「包みの中に、孟子の本が入っています」

「孟子？」

　佐藤はびっくりした。

「はい。あたしはいま小野川の学校にかよっているのです」

「小野川の学校？」

　けげんな顔をする佐藤をみて、千代は笑いだした。

「学校なんていうと大げさですね。でも、かよっている人はみんなそう呼んでいます。先生は北沢五郎兵衛さまです」

「北沢殿が」

「はい、小野川開墾地の宰配をとっておられる方です。いまも、お屋形さまの火ダネを大切になすっています。

　本来なら、板谷宿の失策で切腹しなければいけなかった身を、お屋形さまに救われた、とおっしゃって、あの方のお屋形さま思いには、そばでみていて、いつも胸をうたれます。

その北沢さまが、開墾地に住む藩のお侍さんのお子さんたちに、ただクワをふるっていてもだめだ、何のためにクワをふるうのか、やはり学問をしなければいけない、とおっしゃって、塾をおはじめになったのです。誰がきてもよい、とおっしゃるので、あたしもこの間からかよわせていただいているのです…」

新らしい火を(十六)

北沢五郎兵衛が使う教材は「孟子」だけだという。

「孟子のとなえる、人間は誰でもその性は善である、他人に対するやさしさをもっている。しかし、何らかの理由で、そのやさしさが表に出ないことがある。そのやさしさをすなおに出しあうために、もう一度、ここで孟子を勉強しあおう」

北沢はそういって、孟子が書いた〝井戸におちるこども〟の話をよくするという。

人が井戸のそばを通りかかったとき、いましもこどもが井戸の中に落ちようとしている。

そのとき、それをみた人はどうするか。衝動的にこどもを助けに走るだろう。

「あっ、危ない」

と思う心理。そして

「助けよう」

と走り出す心理。

「そういう人間の自然な心を、孟子は〝忍びざるの心〟といった。みているのには忍びないという意味だ。

いま、米沢藩はつぶれるか、つぶれないかの瀬戸ぎわにいる。藩をつぶさないためには、もちろん金がいる。金をつくらなければならない。

しかし、お屋形さまは、貧乏な米沢にも人はいるとおっしゃった。人間がいるとおっしゃった。

お屋形さまはヨソからこられたから遠慮もあり、また、根がおやさしいから強いことはおっしゃらない。

私は、ただ人間がいるだけでは何の役にも立たないと思う。その人間が他人の役に立たなければだめだ。人間が他人の役に立つためには、まず、この忍びざるの心をもつことが必要だ。井戸に落ちかかるこどもがいたら、衝動的に走り出すやさしさをもつことからはじめなければならない。

私たちは、この開墾地で、そのやさしさをまなぼう」

北沢五郎兵衛はそういったという。

寒風の中を、馬をとばして城への道をたどりながら、佐藤文四郎は、

「…やさしさか」

と馬上でつぶやいた。そして、

（北沢殿の教えは、孟子とお屋形さまのお考えとを、みごとに一致させている）

と思った。

小野川のほとりを開墾しはじめたとき、北沢五郎兵衛は、治憲の〝火ダネ〟をもらった。

しかし、千代からきいた北沢の学塾の話は、ただその火ダネを燃やしているだけではない。

（北沢殿は、その火ダネに、自分なりの新らしい炭を加え、薪を加えて、さらに炎を燃えたたせたのだ）

佐藤はそう思った。そしてもっと嬉しいことがあった。

新らしい火を（十七）

「さっき、お屋形さまが、新らしい学校をおつくりになるというお話をきいたときに、私がこのすずちゃんと、思わず顔をみあわせたのは、そういう事情があったからなんですよ」

話し終って千代はそういった。

そして、

「ちょっとお待ち下さいまし」

といって奥へ入ると、まもなくふくさ包みを持って戻ってきた。佐藤にさしだした。けげんな顔をする佐藤に、

「死んだ亭主があたしにのこしてくれたお金です。いま、別に手をつけなくても、宿のほうはどうやらやって行けます。

佐藤さま、どうか新らしい学校をおつくりになるのに、お使い下さいませ」

そういった。おどろいた佐藤は、

「冗談ではない、そんなことができるか」

と、出された包みをおし返した、が、千代もきかない。

「あたしも江戸の女でございます。一度出したものを、ひっこめるわけには行きません」

「そんなりくつは米沢では通用しない。第一、藩が学校を建てるのに、町人のおまえに金を出させるわけには行かぬ」

さっきまでのていねいな口調から、佐藤もいいかたが変っていた。ていねいなことばでは、千代の申し出をことわれない、と思ったのだ。

佐藤のことばをきくと、千代は猛然とくってかかった。

「ずいぶんとおかしなことをおっしゃいますね」

「何がおかしなことだ」

「だって、そうじゃございませんか。佐藤さまは、さきほど新らしくつくる学校は、お侍さんだけでなく、農民、町人でもかよえるのだ、とおっしゃったじゃありませんか」

「ああ、そういった」

「それなら、町人の私がその費用の一部を出しても、別にかまわないでしょう。町人のおまえに、金は出させないなんていいかたは、バカにしていますよ」

「うん、それはそうだ」

佐藤はあっさり降参した。

「これは私がわるかった」

「何も、そうすぐあやまって下さらなくともいいんですよ。佐藤さまは、すなおだから、本当にやりづらいったらありゃしない。もっとも、すずちゃんはそういうところが好きなんでしょうけれどね…」

ほほえみながら、みすずをチラリとみた千代は、真顔になっていった。

「じゃあ、こうして下さいませんか。お城に戻って、みなさまとお話しあいをなさって下さい。このお金を使って下さるかどうか」

「もちろん、皆さんは使えないとおっしゃるにきまっている」

「そうでしょうか」

千代は首を傾けた。

新らしい火を(十八)

そうでしょうか、と首を傾けた千代のことばは正しかった。

竹俣、莅戸、木村とそろった人々は、寒風を突いて戻ってきた佐藤文四郎の話をきくと、佐藤の予想したような対応をみせなかった。佐藤は、頭から、竹俣たちは、

「こんな金は使えない」

といい、

「なぜ、こんな金をあずかってきたのだ」と詰《なじ》られると思ってきたのだ。

が、――三人は、佐藤の話をきき終ると、互いに顔をみあわせた。そして、互いに何かをいい出すのを待っている。

それは、いちがいに千代の申し出を拒む表情ではなかった。

(一体、どういうことだ)

佐藤は不審の念を持った。莅戸がこんなことをいいだした。

「――この金を一時、借りる、ということにしたらどうだろう」

「私も、そう考えていた……」

木村もそういった。

「借りる、とおっしゃるのですか」

佐藤はひざをすすめた。

「町人の金を」

「さ、その考えかただ」

木村が佐藤をみて苦い笑いを浮かべた。

「千代と申す宿のおかみのいうことにも一理ある」

「何が一理あるのですか」

「そう、いちいち目をむくな。話もできん」

そういって木村は、

「たしかに藩が何かしごとをするのに、町人に金を出させるというのは、おまえのいうようにあまりいさぎよいことではない」

「あまりにも、何も、藩当局の恥です。藩庁の責任放棄です」

「おれもむかしはそう思った。しかし、こういう考えかたもできよう。千代のような町人がふえてくれ

れば、お屋形さまがなさろうとすることが、よけい米沢の人間に浸《し》みこむのではないか。金を借りることによって、ご改革の趣旨がよりよく伝わる気がするのだ」

「そんなのは詭弁《きべん》（いいぬけ）ですよ。私は承服できません。この金は返してきます」

ふくさの包みをとって立ち上ろうとする佐藤を、まあ、待て、と竹俣がとめた。そして、

「木村よ、まだ話の先がありそうだな」

と、興味深い色を眼に浮べた。木村が、さらに何か新らしいことを考えていることに気がついたのだ。

「あります」

木村は、はっきりうなずいた。

「私は、学校をつくる資金を、全領民によびかけて、馳走《ちそう》（献金）してもらったらどうかと考えているのです」

新らしい火を（十九）

「そんな。もう無茶苦茶です」

佐藤文四郎は、あきれ声を立てた。

「町人はおろか、農民からも馳走の金をとろうなどというのは、武士たる者の資格がない。恥です」

そういいつのる佐藤を、木村はニヤニヤしながら、弟をいとおしむようにながめ、

「おまえも、まだまだお屋形さまのおっしゃることが、よくわかっていないな」

といった。

「そんなことはありませんよ。お屋形さまのおっしゃることを、私ほどよく理解している人間はいない、と思います」

佐藤は心外だといわんばかりにいいかえした。

「そうかな。それでは、まだ自分を変えきっていない、といったほうがいいかな」

木村は、からかうような口調だが、案外まじめなことをいった。

「自分を変えきっていない、とはどういうことですか」

「お屋形さまは、こう申された。改革というのは、制度や政治のやりかたを変えるだけではない。何よ

りも大切なのは、人間が自分を変えることだ、と。そして、自分を変えるときに、いちばんさしさわりになるのは、古い考えへのこだわりだ、と。

そして、それは、自分がこのことはぜったいに変えられないのだ、と思いこんでいることだ、と。

傍《はた》からみれば、瓦のようなものを、本人だけが、宝の石のように思いこんでいることがよくある、と」

「私の考えは、カワラだとおっしゃるのですか」

「どうだろう……」

木村はニヤニヤ笑いを消して、じっと佐藤をみつめ、やがてこういった。

「たとえば、いまおまえのいった武士の恥というやつだ。武士だけがひとりぎめでそう思っているのではないだろうか。まだまだ、おれたちは、そういうひとりぎめのせまい場所で生きているのではないだろうか…」

「………」

佐藤は無言になった。無言で木村のことばを牛のように、胸の中で反すうしていた。直情的だが、佐藤もばかではない。それに、木村が引用している治憲のことばは治憲からいつもきいている。

よく考えてみれば木村のいうとおりだ。

武士の恥とは一体何か。千代が使ってくれというのなら、それをすなおにうけいれて、どこがいけないのか。

「私は木村の考えに賛成だ」

竹俣がいった。

「新らしい学校は、みんなで、みんなの金でつくるのだ」

募金(一)

夜が深まると、風がやんだ。点には鎌形の月が、仰向けになって鋭い輝やきかたをしている。

佐藤文四郎は、その月下の道を歩いていた。町家の群れている一角の辻に立つと、あたりをみまわした。誰もいない。

「よし」

ひとりでつぶやくと、佐藤は辻をまがって、さらに細い露地に入った。「質」と染めぬいたのれんがみえた。

佐藤は背に大荷物を背負っていた。重い。質屋はまだやっていた。店のあるじが、ほのぐらい行灯《あんどん》のかげで、厚い帳簿をくりながら、玉のばか大きいソロバンをはじいていた。

その姿を、入口からしばらくぬすみみていた佐藤は、意を決して、

「ごめん」

と声をかけた。

「へい」

顔をあげた店主は、ちょっと警戒の眼で佐藤をみたが、佐藤が背に大荷物を背負っているのをみると、

「いらっしゃいまし」

と、すぐ表情をゆるめた。佐藤は、店主の脇に背の荷物をおろすと、

「これで金を貸してくれ」

といった。

「へい」

うなずく店主は、

「お品は何でございましょう」

ときいた。佐藤は誇らしげに答えた。

「鎧《よろい》だ。祖先伝来の品で由緒が深い。それに高価なものだ」

「ヨロイねえ」

佐藤の気負いとは別に、店主はいたって気のなさそうな応じかたをした。

「五十両貸してくれ」

佐藤のことばに、

「ご冗談を」

と、店主は、はっきりそれとわかる嘲けりの笑いを浮べた。

「こんなに太平の御代《みよ》が続いて、戦さがまったくないのに、ヨロイなんかおあずかりしても、どうにもなりません。ま、せいぜい五両というところでございますな」

「五両だと」

佐藤は、それこそ冗談ではない、といきまいた。

「さっきも申したとおり、祖先伝来の品だ、五両などと、ばかなことを申すな」

「ばかであろうと何であろうと、相場はそんなものです。あたし共には、その祖先伝来というやつは一文の価値もないので」

そういいながら、それでも店主は行灯の明りをすかして、こっちをみた。

「ところで、ご用立てするお金を一体何にお使いになるので？」

募金(二)

佐藤は、

「それがな…」

といって、ちょっと口ごもった。質屋の店主に、本当のことを話すことがためらわれた。先祖伝来のヨロイにも、まったく感動の色もみせず、金を貸してくれそうもないから、よけいそう思った。

「お武家さま」

くらい灯《あか》りの下から、もう一度佐藤の顔を凝視した店主は、佐藤のそういうためらいをみて、

「まさか、これから女郎屋に行くわけじゃないでしょう」

と、からかうようにいった。

「ばかな。断じて、そんなことではない」

佐藤はたちまち色をなして大声を出した。そして、

「藩の学校を建てる資金に上納したいのだ」

と、ついに本当のことをいった。店主のさぐりにひっかかってしまったのだ。これをきくと、

「やはり、そうでございましたか」

店主は相好を崩した。そして、ひざの上のゴミを手ではらいながら、立ちあがり、

「ちょっと、ごいっしょにおいで下さいませんか」

と誘った。

「何だ」

佐藤はけげんな顔をした。

「蔵へご案内したいので」

「蔵？」

「はい」

「………」

何のために蔵に行くのかわからなかったが、とにかく佐藤は店主の誘いに従った。

店の裏から、土の道を少し歩き、夜空を切る厚い屋根の土蔵を、店主は大きな鍵であけた。持ってきた手燭《てしょく》（懐中電灯のようなもの）で、内部を照らし
「どうぞ」

といった。佐藤は中に入った。蔵の内部独特の臭気が鼻に迫った。色色な品物が納められていた。そして、実によく整理され、保存されていた。

「ずいぶんと、きちんとしているな」

感心して佐藤はいった。

「はい」

店主は応じた。

「お客さまの大切な品をお預りしているわけでございますから、お返しするときには、お預りしたときと同じようになっておりませんと」

そういって
「お武家さま」

と、そこにあった友禅の着物にそっと触れながらふりかえった。

「佐藤だ」

佐藤は名のった。

「佐藤さま」

と店主は名を呼んで、

「質屋の苦労は、金のほうより、お預りした品を、虫に食わせないように保存するほうが、よほど大変でございます」といった。

募金(三)

「それはそうかも知れないな」

生まれてはじめて質屋にきて、店に入る前から胸に溢れていたはずかしさが、少しずつ消えていた。店主の態度がそうさせるのだ。特に預かった担保《たんぽ》の品の保存に、万全をつくす店主の姿は、感動癖のある佐藤文四郎を、たちまち感動させた。

「ここへおいで下さい」

友禅の着物の脇にあったみごとな刀に目をとめていた佐藤は、店主にうながされて、そこに行った。ヨロイが二領、ならんでいた。その脇に槍が林のように立っていた。ヨロイにも槍にも、それぞれ名を書いた紙が結びつけてある。

その名をみる前に、佐藤は、ヨロイと槍の群を、

一括してナワでかこい、そのナワにぶらさがってい
る木の札をみた。
「学校建立の御為《おんため》」
と書いてあった。書いたばかりらしく、墨が完全
に乾いていない。佐藤はびっくりした。
「これは！」
目をみはって、こんどはヨロイと槍についている
紙の名を読んだ。店主が、読みやすいように手燭を
すぐ脇に持ってきてくれ、つぎつぎと照らした。
ヨロイには、北沢五郎兵衛と書いた紙が結んであ
った。もうひとつのヨロイには、山口新介と書いて
あった。
槍は、すべて北沢の配下で、かれとともに、開墾
のしごとに従っている侍たちのものであった。
「さきほど、おみえになりまして。そうでございま
すな、佐藤さまと、四半刻《しはんとき》（三十分）くらいちがい
ましたでしょうか」
店主はそう説明した。しかし、その先はきかなく
てもわかった。
（やられた！）
佐藤は率直にそう思った。
藩政府は今日、全藩士、全領民に協力要請の触れ
を出した。
「あとにつづく若者のために、学校を建てたい。つ
いては、いいにくいが、皆の志を得たい」
という、はやくいえば募金趣意書である。新らし
くつくる学校では、武士も農民も職人も商人も、区
別なくまなばせる、と書いてあった。
小野川の湯の宿の、千代が上納した金がきっかけ
になったのである。
北沢五郎兵衛は、率先、その募金に応ずるため
に、大切なヨロイを質入れしたのだ。山口新介もこ
れにつづいた。
そして、これを知った北沢の配下も、われもわれ
もと槍を提供したのだろう。そういう光景が、ほと
んど事実通りに佐藤の眼のうちに映った。
（北沢さまはえらい、みごとだ）
佐藤はそう思った。

募金（四）

店主がいった。

「北沢さまは、自分たちは、しばらくは、ヨロイは野良着と笠に、槍はクワとスキに持ちかえるから、預かってくれ、とおっしゃいましてな。いや、剛腹なお人でいらっしゃいます。てまえどもでは、古いころからのおつきあいでございましてな。

小野川にいらっしゃる前にも、この店にはよくおみえになりました」

何が店主の警戒心をとかせたのか、そんなことまでいった。

「小野川に行かれる前から？　北沢さまは、それほど金にお困りだったのか」

曲りなりにも、番頭《ばんがしら》の職にある北沢が、なぜそれほど金に困っていたのか、ちょっと不審に思って、佐藤はきいた。店主は笑いだした。

「なあに、質入れしてのお金は、全部、組の方にお酒をのませてしまうのですよ。気っぷのいいお方ですなあ。

でも、ずっと前からそうだったというのではございません。よくは知りませんが、ご存知よりの方のお話ですと、昔の北沢さまは、むしろ倹約一辺倒で、組の方ともほとんどおつきあいなさらなかった、とうかがっておりましたが。何かおありになったのでございましょうなあ、急にお人がお変りになって、自分のことは一切かまわずに、他人のことばかりご心配になるようにおなりになった、と……」

（板谷峠のできごとだ！）

佐藤にはすぐわかった。お屋形さまが、はじめて入国されたときに、北沢さまは大失敗をした。北沢さまの失敗というより、本当は藩の重役の意地悪だったのだが、北沢さまは、責任をとって腹を切ろうとした。

それを察したお屋形さまは、このおれに、

「北沢に腹を切らせてはならぬ」

とかたくおっしゃった。

その恩義を感じて、北沢さまは変った。変ったというより、自分で自分を変えた。

自分のことを一切考えないで、他人のためだけにつくしている、という店主のことばは正しい。

他人のためにつくすということは、他人への思いやりであり、やさしさだ。

そこまで考えて、佐藤は突然、

（そうか）

と気がついた。

千代は
「北沢さまは…いま、孟子を教えて下さる。孟子の〝忍びざるの心〟に、他人へのやさしさを教えて下さる」

といった。

全部つながる。北沢五郎兵衛の言行は一貫している。そしてその動機はあの雪の板谷峠にある、佐藤はそう思った。

募金(五)

（人が人に与える影響というのは、大変なものだ）

北沢は、あきらかにお屋形さまによって人が変った。自分のこどもの年齢ほど若いお屋形さまと会ったことで、きのうまでとはまったく別人になってしまったのだ。

（事件だな）

胸の中で佐藤はそうつぶやいた。人と人との出会いというのは、人間にとって、大変な事件なのだ、と思った。

「おやじ」

佐藤はよびかけた。

「北沢さまには、いくら用立てた」

「三両でございます」

「三両？」

佐藤は目をむいた。

「あまりにも少ないではないか」

「佐藤さま」

店主は苦笑してふりむいた。

「このヨロイでは、三両でも多うございます。私は、やはり商売人でございますから、商売のワクははずしません。おきもちに感動することと、お金をご用立てることとは別でございます」

佐藤は口ごもった。そういう佐藤を、ちょっと鋭くした眼でみて、

「質屋はもともと百姓、町人相手の商売でございますよ。お侍さまの心意気はわかりますが、それに感動して、見さかいなくお金をお貸ししたら、店がつぶれてしまいます。

そうなると、一番困るのは、百姓、町人でございますよ。あの人たちにとって、質屋は欠くことのできないものでございます。

そういうご政道でございましょう。ちがいますか」

いまは真顔になって佐藤の眼をみつめていた。佐藤は圧倒された。そういうご政道でございましょう、というひとことには参った。

お屋形さまのご改革も、ようやく活気を呈してはきたが、まだいとぐちについたばかりで、米沢全体がゆたかにうるおったわけではない。

領内には、まだまだ、いままでとまったく同じように、質屋がよいをして、その日をしのいでいる農民や町人がたくさんいるのだ。佐藤には、質屋のおやじのいうことがよくわかった。

佐藤は店主の顔をじっとみつめかえし、急にひとりで笑いだした。

「どうなさいました。何か、おかしうございますか」

「ああ、おかしい。おまえをお屋形さまに会わせたいよ」

佐藤はそういった。ところが、店主は、真顔でいった。

「私もお会いしとうございます」

「なに」

「なるほど、ご改革の大筋はまちがいなく、また、民こそ国の宝だということもわかります。でも、そのおきもちを本当のものにするためには、一度、お屋形さまも、この質屋においでになることでございます、蔵の中をごらんになることでございます」

募金(六)

頑固で、自分なりの生活哲学をもっているこの店主をみていて、佐藤文四郎は、実は冗談に、

(お屋形さまと、このおやじを会わせたらどうだろう)

と思いついたのだ。

しかし、おやじのほうは本気だった。うてばひびくように、すぐ反応したというのは、いつもそのことを考えていたからだろう。

（お屋形さまに会って、このことを話したい。そうすれば、ご改革がもっとキメのこまかいものになる）

という庶民の切実な希《ね》いを、この店主はいつも胸に溢れさせていたのだ。

そして、そういう思いを抱いているのは、このおやじひとりではあるまい。

（米沢には、きっとそういう領民がたくさんいる）

しかし、そういう声が、ちゃんと流れこむような水路が、きちんとつくられているだろうか。

藩政府の役人たちは、やはり机の前や頭の中で考えた改革をすすめているのではないのか。

これは、慄然とする考えであった。佐藤文四郎は、はじめて町の真実の声をきいた気がした。そして、

（本当に一度、お屋形さまをここにお連れしよう）

と思った。それはそれとして、交渉がはじまった。

「五両ということはない、せめて十両貸してくれ。ご先祖にも相済まぬ」

「お気になさいますな。ご先祖はもうお亡くなりでございましょう。六両まででございます」

「おまえの蔵の中での話には感動した。だから十両」

「だから申しあげたではございませんか。気持とお金をご用立てすることはまったく別なことだ、と。六両が精いっぱいでございます」

「では、九両、おれも折れる、おまえも折れろ」

「はじめておいでになったにしては、なかなか交渉がお上手でいらっしゃいますな。では、折れて七両」

「九両」

「七両」

佐藤は、いまは恥も外聞も忘れていた。五十両などという金額はとっくに忘れていた。とにかく一両でもいいから多く借りたい、ということだけに熱中

していた。

「では、こういたしましょう、八両で手をうちましょう」

「ありがたい」

「ただし、お貸しするのはあくまでも七両でございますよ」

「なに」

「一両は、私の上納金にさせていただきます」

「………」

店主をみかえす佐藤の眼が、少しずつうるんできた。

募金（七）

「いいな…本当にいいな」

カラになって、たたんだふろしきをにぎりながら、佐藤文四郎は凍《い》てついた夜道を歩いて行った。

ふところには八両の金が入っている。質屋の店主はがんこで、ついに七両しか貸してくれなかった。先祖伝来のヨロイにも、この太平な時代には、それだけの価値しかないのだ。

「大切にお預りします」

店主はそういった。その点は、蔵の中の、あのみごとな質入品の保管ぶりをみせてもらったから、安心できた。

しかし、一体、いつうけ出しに行けることだろう。

それにしても、気っぷのいいおやじだった。貸す金は、これ以上ふやせないが、これは私の分です、いい学校をお建てになって下さいませ、といって一両上のせしてくれた。

すがすがしい思いだった。鎌形の月も中天から、かなり西のほうに移っていた。

寒気は鋭く、肉を通りぬけて骨まで冷たくしたが、佐藤の心は温かった。

家の前に着くと、ひとりの侍が門の前で待っていた。

米沢藩では藩士に与えた土地は身分に応じて、広い、せまいはあるが、大体が長方形のうなぎの寝床状である。

近習の佐藤は、約五十坪ほどの土地を与えられていた。家は二十坪ほどだ。裏の庭には桑の木と、うるしの木がびっしり植えてある。自分で食う大根や菜のたぐいも、その脇につくっていた。

侍は山口新介であった。

「新介、何だ、こんなおそく」

おどろく佐藤に、むかしからの友人の山口新介は、

「きさまこそ何だ。こんな夜おそくうろうろ歩いていて」

と、逆に文句をいった。寒い路上で待ちつづけたので、もう、からだがすっかり冷えきってしまったのだろう。やや、ふきげんで、ことばには突っかかるような調子があった。

「急用か」

「あたりまえだ。急用でもなければ、誰が夜の夜中に、こんなボロ家にくるか」

「ボロ家とは何だ」

「ボロ家ではないか」

ふたりはそのボロ家に入った。

「寒い」

ローソクに火をつける佐藤をみながら、山口は手をこすりあわせた。佐藤はいった。

「床の間に、ご改革の火ダネがある。それで手をあたためろ」

「ご改革の火ダネで、からだを温めてはバチが当る。茶碗をふたつ持ってこい」

「何だ」

「酒がある」

山口は持ってきた徳利をふった
「酒？」佐藤はききかえした。

募金(八)

「開墾地でおれたちがつくった酒だ。ドブロクだがね」

「のめるのか、そんなもの。目がつぶれやせんか」

「ばかをいえ。いいから早く茶碗をもってこい」

茶碗をもって行くと、山口はふたつの茶碗の中に、白濁した酒を注いだ。

火の気のまったくない部屋で、佐藤は山口と向きあい、ドブロクをのんだ。

「長い間、外で待っていたので腹が減ったな、何か食うものはないか」

山口がいった。

「食うものか、さてと。何かさがしてこよう」

立ち上った佐藤は、ふりかえって、

「このドブロクはイケる、うん、うまい」

とほほえんだ。

「そうだろう。ばかやろうめ、目がつぶれるようなら、小野川の開墾地では、北沢さまをはじめ、皆、とっくに盲目《めしい》になっているわ」

山口は悪態をついた。佐藤は台所に行って戻ってきた。誰もいないひとりぐらしだから、何でも自分でやる。

「ほら、食いものだ」

佐藤は鉢をふたつ出してならべた。中をのぞいて、山口は苦笑した。

「相変らず、こういうものを食っているのだな」

「そうだ」

佐藤はうなずいて鉢の中のものを口に含んだ。乾し飯《いい》と焼ミソだった。共に、戦場での食物、それも保存食だ。

佐藤は、

「ご改革は合戦と同じだ。敵は財政逼迫というやつだ。この敵を討ちほろぼすまでは、おれは、戦場にいる気でくらす」

といって、毎日、こういうそまつな食事に徹しているのだった。

「ところで急用とは何だ」

少しからだが温まったところで、佐藤はきいた。うん、とうなずいて、山口はふところから布の包みを出して、タタミの上においた。

「これを、お屋形さまにさしあげてくれ。学校をつくるための、小野川開墾地の一同の志だ。二十両ある」

「二十両!」

佐藤はびっくりした。質屋できいた貸金は、北沢のヨロイが三両、山口のヨロイが二両、ほかの者の槍がまとめて三両で、全部合わせても十両にもならない。あとの金をどうしたのだろう。

佐藤がきく前に、山口はこんなことをいった。

「いや、どんな窮境にあっても、女というやつは存外金をためているものだな。皆、それを吐き出したよ。山内一豊の妻のようにな、あそこにいるのは、ヘソクリ上手な女ばかりだ」

そういって笑った。

募金(九)

「どうもありがとう。たしかにお屋形さまにお渡しする」

礼をいって、佐藤は包みをおしいただいた。そして、床の間の〝改革の火ダネ〟を入れた鉢の脇においた。

座に戻ると、いきなり山口の肩をなぐった。

「やられたよ」

「痛い。何のことだ」

山口は肩をおさえた。

「ヨロイだよ。いや、ヨロイと槍だ」

「…………」

眼をみはって山口は、佐藤をみつめかえした。やがて、

「きさま、知っているのか！」

と笑顔になった。文字どおり、ほころんだ、という顔のくずしかただった。佐藤も笑いかえしてうなずいた。

「うん」

「なぜ、そんなことがわかった」

「おれも行った、たったいま」

「なに」

こんどは山口がおどろく番だった。

「きさまも？」

「ああ、祖先伝来のヨロイを質に入れてきた。頑固おやじでな、七両しか貸さん」

「七両？　おれにはたった二両しか貸さなかったぞ」

「ヨロイがちがう」

「ちがうものか。おれのほうがりっぱなくらいだ。ちく生、明日、抗議に行く」

「だめだ」

佐藤は首をふった。

「おれは、蔵に入ってきさまのヨロイをみた。おれ

のほうが格段にいい」

「蔵の中で？　くそ、あのおやじ」

「いいおやじだよ。北沢さまやおまえたちに感心していた。しかし、感心することと金を貸すことは別だといったよ。

　質屋がつぶれて困るのは、侍より、百姓、町人なんだと。だから感心ばかりして、店をつぶすわけには行かない、とそういっていたよ」

「そうなんだ。おれたちにもそういった。面白いおやじだ」

「うん。おれは、考えちがいをしていた。ご改革は侍だけですすめるものときめて、はりきってきたが、そうじゃないな。百姓、町人といっしょにすすめるものなのだ。百姓は百姓なりに、町人は町人なりに、自分たちの改革を考えている。藩の侍が考えたことに、ただ従わせるだけではだめだ。かれらの考えをもっと謙虚にきくことが大切だ。

　そのためには、おれは、一度、あの質屋のおやじをお屋形さまに会わせようと思っている」

「質屋のおやじをお屋形さまに？」

　とん狂な声を出す山口は、しかしすぐ、

「それは面白いかも知れんな。いや、ぜったいに面白い。ご改革がキメこまかくなる」

　と手をうった。

募金(十)

「今夜はここに泊って行け。明日の朝、早くに開墾地に戻ったらどうだ」

　話疲れてきて、佐藤はそういった。そして、

「もっとも、もう、その朝にちかい時間だな」

　と苦笑した。

　若いふたりは、改革の将来と、当面の新学校の建設のことで、互いの夢を語りあい、口から泡をとばしていたのだった。

　綿のふとんなどない、うすいふとんにくるまって横になると、

「闇の中だから、話しやすくなったが、文四郎、実はもうひとつ、きさまに話したいことがあるんだ」

　行灯《あんどん》の火を消したので、たしかに部屋の中は闇になっていた。

「何だ」

「おれは妻をもらおう、と思っている」

「ほう」

「ほう、などとからかうような調子でいうな。おれは真剣なんだ」

「からかってなんかいないよ。相手はどこの女だ」

「すぐちかくの、小野川の温泉宿《ゆやど》の女だ」

「なに」

佐藤の睡気《ねむけ》が一度に吹っとんだ。同時に、いやな予感が胸の中に湧きあがってきた。

（まさか！）

と思いながらも、

「温泉の宿の女？」

とききかえした。

「ああ、すずという女中だが、江戸の娘で、もともとは武士の出らしい。事情があるようだが、実にやさしい気立てのいい娘だ。礼儀作法もちゃんとわきまえているし、侍の妻にしてもちっともはずかしくない」

このばか、このばかやろう、と、佐藤は山口がしゃべっている間、声に出さずにわめきつづけていた。

何が気立てがいいだ、あのみすず殿ならあたりまえだ。

礼儀作法をわきまえているだと？　ばかやろう、みすず殿は江戸藩邸の奥女中で、礼儀作法のかたまりみたいな人なのだ。きさまなんかより、よほど礼儀正しいぞ。

が――佐藤が混乱しているのはそんなことではなかった。親友の山口新介が、あのみすずに目をつけてしまったことであった。

（これは気づかなかった）

しかし、考えてみればみすずは目立つ。若い侍なら皆目をつける。まして、佐藤文四郎とのことなど誰も知らないのだから、なおさらだ。

しかし、その佐藤をもっとぶちのめしたのは、山口がいったつぎのことばだった。

「それでなあ、きさまにたのみがあるんだ。おれの代りに、すずさんにおれのきもちを伝えてもらいたいんだ」

募金(十二)

「どうした、ひどく元気がないな」

竹俣当綱が、顔をみる早早いった。佐藤文四郎は、

「はい、昨夜、少しおそくまで調べものをしておりましたので…」

と、ごまかした。

「そうか。あまりむりをするなよ。おまえは、私たちの中でも若手で、つぎの世代が育つまで中継《なかつぎ》をしてもらわなければならぬしな」

竹俣のことばに、

「そうです、佐藤は米沢の星だ、がんばれ」

と、豪快に木村高広がいった。同じ部屋の中にいる近習仲間の倉崎や浅間が笑った。

皆、金の整理をしていた。

「おどろいた。こんなに、金がすぐ集まってくるとは思わなかったな」

竹俣があきれ声を立てるほど、学校建設のための募金に応ずる者が多かった。

大げさないいかたをすれば、われもわれもと、まるで、待っていたように、金をさし出してくる藩士、領民が多かったのである。

「これは、一体どういうことかな」

さすがに竹俣もびっくりしていた。

「いや、武士、町人の別なくまなばせる、というご方針がよかったのですよ」

莅戸《のぞき》善政が、そういった。

「そうかな。それで、百姓、町人の拠出が多いのか」

「そうだと思います。やはり、子に未来を托すのは、親の心情でしょうから。百姓、町人の子が立身するには、学問以外ありませんからな」

「そのとおりだと思いますよ。ですから、この拠出金には、そういう親のきもちが、血と汗としてにじんでいると思いますよ」

倉崎がそういった。

「桑組、こうぞ組、青苧組、鯉組、うるし組、紅花組…お屋形さまが、おすすめになった土地の産業組からも、ずいぶんときましたな」

楽しい整理であった。

楽しくないのは佐藤だけだった。佐藤は、ずっと考えこみ、元気がなかった。山口新介のことばが頭の中にこびりついていた。

（よりによって、なぜ、みすず殿を。しかも、妻にほしいという申しこみを、おれに言ってくれとは何ごとだ）

と憤懣やるかたなかった。が、同時に、本当のことをいわなかった自分自身にも腹をたてていた。すべてとりかえしのつかない思いだった。

「これだけの金があれば、学校も建つ。お屋形さまも江戸へ細井平洲先生をお迎えに行ける。そのときは佐藤、おまえがお供するのだな」

これをきくと佐藤は、え、と完全な絶望状態になった。

（いま、このおれが江戸へ？）

そんぴん（二）

「お屋形さまのお供をして、江戸に行くことになりました。新らしい学校に、細井平洲先生をおよびするためです」

千代とみすずに、佐藤文四郎はそうあいさつした。玄関先で迎えた二人は、上がりがまちにきちんと坐って、佐藤のあいさつをうけた。それは、まあ、ごくろうさまでございます、といいながら、千代は、

（この方は、本当にごていねいな方だこと）

と感心した。

「おかみの最初の献金が、あれほどのお金の呼び水になったのです。おかみの金は、学校の資金の火ダネでした」

佐藤はそういった。千代は
「まあ、火ダネだなんて…」

と、顔を赤くした。そして、

「先日、北沢さまのお教えで、恐縮《きょうしゅく》ということばをおぼえました。佐藤様にそうおっしゃられると、あたし、恐縮してしまいます」

と、恐縮ということばに、ことさらの抑揚をつけていった。笑いながら、佐藤は、しきりにみすずをぬすみ見ていた。さっきから何度もそうしている。

千代は、

（あたしにあいさつにきた、というけれど、本当はすずさんに会いにきたのだ）

と感づいていた。それに、今日の佐藤は何となくおかしい。そわそわしている。

（すずさんに、特別のお話でもあるのかしら）

そんな気がした。

「すずさん」

「はい」

「今日は、お泊りのお客さまはどなたもいらっしゃらないし、二階のお部屋がみんな空いているでしょう。佐藤様にちょっと上っていただいたら？」

「はい」

みすずは、千代のことばをすなおにうけとめて、澄んだ眼で、佐藤をうながすように見た。佐藤は狼狽した。

「いや、私は江戸へ行く支度がありますし。これで」

「でも、何かお話があるんでしょう」

「いいえ、別に…」

「そうですか。でも、すずさんのほうが、あなたにお話があるかも知れませんよ」

おかみさん、と、すずがとめるのを微笑でふりきって、千代はそんなことをいった。

佐藤は二階へ上った。西向きの部屋に入った。窓から遠くに吾妻連峰が見えた。下の道ぞいに温泉の溝があり、白い蒸気をあげていた。塩分のある温泉の水路だった。佐藤は意を決して、みすずを正面から見た。

「みすず殿に、折入ってお話があります」

そんぴん㈡

「はい」

と、みすずは坐りなおした。むかし、上杉家の江戸藩邸にいたころの、奥女中の姿勢になった。宿の女中姿だけに、みすずがそうすると、よけいひきしまった。

佐藤文四郎は、江戸藩邸にいたころ、みすずのそういうひきしまった姿を見るのが好きだった。

いま、再び、みすずのその姿をみて、佐藤の胸に痛がゆいような思いがよみがえり、それは矢のように、胸の奥をつらぬいた。

しかし、その痛がゆい、それでいて甘い思いに、いつまでもひたっているわけには行かなかった。佐藤には、しなければならないことがあった。

「みすず殿、折入っての話とは、あなたに縁談の申しこみがあるのです」

「私に縁談の申しこみ？」

さすがに、みすずはおどろいて顔の色を赤くし、困惑を含めて何とも複雑な表情になった。その表情をみると、佐藤はいよいよつらくなったが、ええい、と胸の中で気合をかけて、つづけた。

「その男は、まじめなやつです。無骨で、自分の思うことも満足にいえませんが、みすず殿を心の底から敬愛しているのです。いや、尊敬しているのです」

話しているうちに、ことばの調子に次第に熱が入ってきた。佐藤は、山口新介のきもちを代弁しているよりも、いつのまにか自分のきもちを語っていた。そのことに佐藤は気がつかなかった。


「……」

佐藤を見かえすみすずの眼に、小さな光が浮かび、それはたちまち大きくなった。明るさとよろこびをいっぱいに溢えた光だった。佐藤もみすずをじっと凝視していた。

「それで…」

みすずは、かなりたってから、少しかすれた声でいった。きもちがたかぶっているので、声がなめらかに出てこないのだ。

「佐藤様は、私にその縁談をおすすめになりますの？」

みすずはそうきいた。その問いは佐藤にとって、決定的な一撃だった。佐藤は、もう一度、ええい、と胸の中で気合をかけた。それだけでなく、

(文四郎、きさまは男だろう)

と叱りつけた。さっきからしきりに湧いているもうひとつの感情を、そうすることによっておさえつけたのだ。

佐藤は、固唾《かたず》をのんで答えた。

「すすめます…」

声はひくいが、語調は悲鳴にちかかった。佐藤の答をきくと、みすずは、眼の輝きをさらに増し
「では、私、おうけいたします」
と、三つ指を突いて、深深とおじぎした。真黒な髪から漂う髪油のにおいが、佐藤の鼻をうった。佐藤は、まだ何が起ったのかわからなかった。

そんぴん(三)

出る前に、佐藤文四郎がまとめて行った旅の必需品を、おちつかない風情で山口新介はながめていた。

立って、床の面にある鉢のふたをあけ、中の灰の上にのっている〝火ダネ〟を見たりした。とにかくいても立ってもいられないのである。

「それにしても…ひとりものというのはどうしようもないな」

山口は殺風景な佐藤の住居の中を見まわしながら、そうつぶやいた。

佐藤文四郎が帰ってきた。馬をとばしてきたので、まだはげしい呼吸をしている。顔も上気しているが、眼の色は暗い。

山口はいやな予感がした。思わず、

「おい、佐藤」

と声をかけた。そして、

「ことわられたのか⁉」

と絶叫した。佐藤はその山口を見かえし、しずかに首をふった。

「いや…」

「では?」

「みすず殿は承知したよ」

「本当か!」

「本当だ」

「うおうッ、すごい」

山口はとびあがり、思いきり、佐藤の肩を叩いた。

「そうか、みすず殿は承知してくれたのか!」

「ああ…」

邪気なく、からだ中からよろこびを発散する山口新介とは対比的に、佐藤文四郎の表情は一向に冴えなかった。山口に肩を叩かれた痛みは、重く、いつ

までもからだに残った。深い絶望が佐藤の心に厚い板となって生れ、佐藤の心は、その板の下であえいでいた。おしつぶされるのも、すぐのことだ。

「佐藤、きさま、おれのことをみすず殿に何と話したのだ」

「…無骨だが、正直で、自分の思うことも満足にいえない、誠実な男だ、といった」

「そのとおりだ。うん、それで？」

「みすず殿はだまってきいていた。やがて、おれに、佐藤さまは、この縁談をおすすめになりますか、ときいた」

「おまえは、何と答えたのだ」

「心から、すすめます、と答えた」

「えらい」

山口はまた力をこめて佐藤の肩をたたいた。佐藤は思わず、うっとうめいた。肉体より、心のほうにつよくひびく痛さであった。

「それで？」

なおも先をうながす山口に、

「それで終りさ。みすず殿は、それではありがたくおうけいたします。といったよ」

「そうかア、いや、本当にありがとう。おまえはいい友だちだよ。まことの〝そんぴん〟だ、おれは嬉しいぞ」

はしゃぐ山口をみながら、佐藤は突然、待てよ、とはじめて重大なことに気がついた。

そんぴん㈣

そんぴん――ということばは、ちかごろ藩士の間で再び流行りはじめた米沢の方言である。

一徹で、時の流れにのらず、みすみす損だとわかっていても、その損な生きかたをつらぬく米沢精神のことをいうのだ。

上杉治憲が改革をはじめて以来、それまで死んでいたこのことばが、また、にわかによみがえった。〝そんぴん〟などと、ほかの地方の人間がきいたら、何のことかわからない方言に、米沢藩士たちは、新らしい意味を与えた。

いま、藩内で、

「このそんぴんめ」

とか、

「きさまは、そんぴんだ」

といえば、それは、相手をほめる意味になっていた。頑固なまでに、治憲の改革を支持し、自分流にそれをおしすすめて行く連中が、特にこのことばを好んだ。

「そんぴんか…おもしろいな」

藩士たちの間で流行っていることばの意味をきいて、治憲はほほえんだ。

そんぴんということばには、〝批判ずき〟という意味も含まれる。だから、この流行語が溢れる場所では、議論も活発だった。

しかし、改革そのものは、決して、一糸乱れず、整然とすすんではいない。藩内にはまだまだ古い藩政のやりかたが忘れられず、そういうものにしがみついている人間も沢山いた。当然、改革を批判し、治憲を批判し、治憲に処断された重役たちに同情した。殊に七人の重役の息子や家臣団は、治憲を恨み、治憲のまわりにいる側近たちを憎んでいた。

こういうバラバラな改革のすすみかたに、竹俣当綱や莅戸《のぞき》善政、木村高広らは、もどかしいものを感じ、いつも歯がみした。

「藩内には、まだ、お屋形さまのいうことがわからないやつがいる」

とか、

「一体、いつになったら、藩士全員の気がそろうのだろう」

とかの不満のことばが、城の詰所に集まると、必ず出た。

しかし、そのたびに治憲は、

「あせるな」

といった。そして、よく、

「立場をかえてみよ」

といった。

「立場をかえてみよ、とおっしゃいますと?」

率直な木村がきく。

「たとえば、私が藩士の立場に立ったとする。長年、この米沢にいて、一歩も他国の土をふんだことがない。しごとのやりかたも、先輩や親たちが教えてくれた方法以外知らぬ。

そこへ突然、みも知らぬ他家から養子に入った藩主がのりこんできて、改革をはじめた…」

そんぴん(五)

「それも、いままでの改革とはちがう。武士である藩士やその家族に、桑を植えさせ、コウゾを植えさせ、うるしを植えさせる。

　新しい田もひらかせる。漆器もつくらせ、鯉まで飼わせる。

　これは一体何だろう。武士を農、工、商の身分に落すつもりなのか、そういう疑問は当然湧くだろう」

「ですから、お屋形さまは、そこを、民は国の宝だとおっしゃって、忍びざるの心、即ち民へのやさしさ、思いやりを説かれたはずです」

「そうだ、しかし、その考えが自分の血肉にならなければだめだ。血肉になろうとは、自分で納得し、自分を変える勇気をもつことだ。新しい〝そんぴん〟に生れ変わることだ」

　それはあせってもだめだ、むりをすれば抵抗だけがつよくなる、バラバラでもどかしい、改革の歩みはおそい、と思うだろうが、いまは着実に前へすすむことが大事だ。その代り、前へすすんだら決してあとへは退かぬことだ――治憲はそういった。そして、

「旧来の考えを正しいと信ずる者は、それなりに自分を〝そんぴん〟だと思っているだろう。

　おまえたちも自分のことを新しい〝そんぴん〟だ、と思っている。改革とは、その古い〝そんぴん〟と新しい〝そんぴん〟の戦いだ。この戦いを通じて改革はすすむ。短兵急に腹をたてるな」

　そう説くのだった。

　いま、上杉治憲は江戸に行く。新しい学校の教授に、細井平洲を迎えるためである。供には、かつての平洲の門人神保綱忠や佐藤文四郎をつれている。

「お屋形さまが自らおいでにならなくても、私どもの誰かが名代《みようだい》でまいります」

　と、竹俣や莅戸たちがそういったが、治憲はきかなかった。

「師を招くのに、名代ではあいすまぬ。私が行く。

幕府のほうの許可だけとっておいてくれ」

そういった。

それほど人数が多くはない行列は、いま、国境の板谷峠の頂上ちかくにさしかかっていた。山路をたどってきたので、一同は汗をかいていた。

板谷宿はみちがえるようによみがえっていた。いきいきとしていた。いや、一度死んだ宿駅は、よみがえったのではなく、新しく生れたのかも知れなかった。ここも、〝火ダネ〟の群が新しい息吹を吹きこんだのだ。

その宿駅の活気を、ここちよく吸いこんで、治憲たちは、いま、その頂上にさしかかっていた。

突然、治憲が、かごの中から、

「かごをとめよ」

と命じた。

そんぴん(六)

かごがとまると、治憲は、道脇に立った新らしい二メートルばかりの高さの石碑を示した。

「めずらしい碑が立っている」

治憲に指さされて、供の者たちは碑をみた。前面に「なむあみだぶつ」と刻んであり、側面に、明和六年、佐藤これを建つ、という意味のことが刻ってあった。それも大野九郎兵衛のため、とあった。

「大野九郎兵衛?」

供の者は口口にその名をつぶやいたが、誰もその名を知らない。

「大野九郎兵衛というのは、たしか元禄の赤穂事件のときの、浅野家の家老ではなかったかな……」

治憲のことばに、神保綱忠が、

「そういえば、そういう家老がおりましたな。大石内蔵助とはちがって、藩の財宝をぬすんで逐電したとか、いう……」

「そうだ、その大野の碑かな。そうだとすれば、これはめずらしい。しかし、また、なぜ米沢に……」

そういう疑問をもって、周囲をみまわすと、ちょうどちかくにひとりのキコリがいた。年をとっている。

「あのキコリにたずねてみよう。ここへ呼んでくれ」

治憲のことばに、供のひとりが走ってキコリをよんできた。お屋形さまだ、ときいて、顔色をかえてふるえ出すキコリは、土の道の上に坐って手を突いた。治憲は、

「すまぬ、しごとのじゃまをして」

と、まず謝った。

「ちょっとたずねたいことがある。その新らしい石碑だが、大野九郎兵衛というのは、あの赤穂の家老のことか」

治憲の問いに、キコリは用心深い表情をした。治憲の質問の意味がよくわからなかったし、答えかたによっては、おとがめをこうむるかも知れない、と思ったのだ。にわかに警戒の色を深めたキコリに、治憲は柔らかい笑みをみせた。

「案ずるな。たとえ大野九郎兵衛の碑であっても、別に私はとがめはせぬ。なぜ、大野九郎兵衛が、この米沢にかかわりをもっているのか、それを知りたいだけだ」

治憲の態度に本当にそのことばのとおりかも知れない、という安心感が湧いたのだろう。キコリは話しはじめた。

「およそ七十年前のことですから、ちょうどおれが生れたころになります……」

「うむ」

「おれの家は何代もキコリですが、七十年前に、ここでひとりのキコリが腹を切ったそうです。それが大野九郎兵衛という人だったということです」

「ほう。しかし、また、何で」

「そのころのお屋形さまは、吉良さまのお家から、米沢に養子にこられたそうだ」

「ああそうだったな、綱憲さまといってな。私も養子だよ」

治憲はさらに微笑んだ。

そんぴん(七)

キコリの話はつづく。

「何でも、浅野さまのご家来が吉良さまをねらっているので、吉良さまは、この米沢に逃げてみえるというわさがあったそうです」

「そうかも知れないな」

治憲はうなずいた。

「しかし、大野はなぜここで腹を切ったのだ」

「大野さまは、ここでキコリの姿になって、その吉良さまがくるのを待っていたそうです。つまり、逃げてきた吉良さまを、ここで殺そうと…」

「なに」

治憲の顔から笑いが消えた。その変化にキコリはビクッとしたようだったが、そこまで話してもうその先を話さないわけには行かなかった。

「それが、江戸のほうで大石さまたちが吉良さまの首をとったので、大野さまも安心して腹を切ったのだ、と……」

「ふうむ」

治憲はうなった。

「それでは、藩の財宝をぬすんで逃げたというのはウソか」

「そういうことにして、実はこの米沢にきたんだ、とおれもおやじからききました。この碑を立てた佐藤さまという人は、米沢で旅籠《はたご》をやっていますが、むかしは浅野さまとご縁があるそうで、だから、この話は決してウソじゃねえです」

訥訥《とつとつ》と語る老キコリの話は、治憲だけでなく、供の者全員を唖然とさせた。

そんなことがあるだろうか、とまずはキコリの話を疑ったが、しかしキコリの表情があまりにもまじめなので、あるいは本当かも知れない、と思いはじめた。

治憲はキコリにきいた。

「しかし、この佐藤と申す者は、なぜまた、いまごろになってその大野九郎兵衛の碑を建てたのだろう」

「いままでは、赤穂のご浪人のほうが評判がよくて、吉良さまの評判がひどく悪かったから、その吉良さまからご養子をもらった上杉さまを、はばかったのでしょう」

老キコリは適切な応じかたをした。

「そうかも知れないな」

治憲は老キコリの説明を、そのとおりだろうと思ってきいた。それにしても、まだ疑問が残った。老キコリは、顔をあげて、治憲をみた。

「もっと本当のことを申しあげますと、いまごろ、佐藤さまが思いきってこの碑を立てたのは、こんどのお屋形さまは、ご養子でお若いけれど、なかなかのお人なので、たとえ大野九郎兵衛の碑でも、きっとおとがめにはなるまい、と、そういっておられました…」

「そうか、佐藤と申す者はそういっていたのか」

苦笑した治憲は、

「財産持ちにげといわれた大野が、実は忠臣であったとはな…意外だ」

と感慨深い表情をした。

そんぴん(八)

治憲は神保綱忠に指示した。

「この碑の建てぬしに褒美を与えよ。埋もれた、正しい歴史を掘りおこした勇気に対してである。もちろん、碑は、いつまでもここにおけ、と伝えよ」

はい、と神保は胸をあたためてうなずいた。

「さて」

治憲はそうつぶやくと、供の中の佐藤文四郎に眼をとめ
「これ、文四郎、米沢の〝そんぴん〟、ここへこい」

と呼んだ。

治憲と佐藤文四郎の仲は皆知っているので、神保たちの供は遠くへはなれた。何か水いらずの話があるように思えたからだ。

道の端に床几《しょうぎ》（折りたたみ式の椅子）をおいて腰をおろした治憲は
「きいたか、いまのキコリの話を」

「はい」

「思わぬところで、思わぬことをきくものだ。しかも七十年後になってな」

「はい」

「文四郎」

「はい」

「さっきから、はい、はいといっておるが、ひどく元気がないではないか。いや、城を出るときからずっと元気がない…」

「いや、別にそんなことはございませんが、少し疲れているのかも知れません。ご心配をおかけして申

訳ございません」

「その顔は、からだの疲れではない。心の疲れだ。文四郎、何があった」

「別に」

「別にではない、何か心配ごとがあろう。文四郎、心をひらきあった主従というのはな、互いに何でも話しあえなければならぬ。私がきいても、いい答えは出せないかも知れぬ。しかし、話してしまえば気休めになることもあろう。ひとりでくよくよ想いつめていないで、話してみよ。

　この治憲を主人と思うな、仲のよい友人だと考えよ」

「そんな！　もったいないおことばでございます。たしかに、いま、心配ごとはございますが、しかし、これは公《おおや》けのことでなく、まったくの私事《わたくしごと》でございますので」

「公けのことなら、おまえでなくてもほかの者も話してくれよう。私事だからきくのだ。それとも、この治憲は信用できなくて話せぬか」

　やや、からかい口調になった治憲に
「何をおっしゃいます、もったいない」

　と、佐藤は狼狽した。

　そして
「お話し申します」

　と語りはじめた。

そんぴん(九)

　佐藤文四郎の話がすすむにつれて、治憲は途中から笑い出したいのをこらえた。

（このそこつ人間め）

　と、何度もふきだしたくなった。いや、そこつではない、〝そんぴん〟なのだ、と思った。

　山口新介のために、自分の恋情をおさえて、そこまでみすずに縁談の仲介をするこの男は、またこの男なりに、一徹な米沢の〝そんぴん〟精神をつらぬいているのだった。それにしても、この男は何とまあそそっかしい人間なのだろう。

　治憲のそういう心理状況を知らずに、

「…そういうわけでございます」

　と佐藤は語り終った。またもやこみあげる笑いを

こらえて、治憲は、

「よくわかった。また、よく話してくれた」

と、手で軽く佐藤の肩を叩いた。佐藤は頭をさげた。

「おはずかしゅうございます。やはりお話しするのではなかった、と後悔しております」

「何をいうか。おまえらしい美しい友情の話だ。ところで」

治憲は佐藤が顔をあげるのを待ってきいた。

「ちょっとたしかめるが、それでは、みすずと申す娘と縁談の話をしたときに、山口新介の名は一度も出さなかった、と申すのだな」

「はい。いまにして思えば、やつの名はまったく申しませんでした。はじめから、わかりきったことときめこんでおりましたので」

「それでは、みすずのほうも誰からの話か、わからぬな」

「はい、混乱していると思います」

「にもかかわらず、みすずは、おうけいたします、と答えた。一体、誰に申しこまれた、と思って承諾したのだろう」

「おそれながら」

佐藤の表情は苦しいものになった。いまにも冷汗がふき立ちそうだ。

「この、私、つまり、文四郎が申しこんだものとみすず殿はカンちがいしたものと存じます」

「そのとおりだ」

治憲はうなずき、

「しかし、カンちがいではないぞ。みすずは正しくうけとめたのだ」

と告げた。

「は?」

「おまえのような話しかたをすれば、誰でも、本当は自分が申しこみにきているのに、他人ごとのように話している、とうけとるのは当然だ。

文四郎」

「はい」

「おまえは、そのみすずという娘が好きなのか」

「好きでございます」

「それならば、正直になれ」

そんぴん(十)

「なぜ、自分の本心をかくす。みすずが承知するといったのも、おそらくみすずのほうもおまえを慕っているからであろう。なぜ、そのことを正直に告げぬ。おまえは、山口新介のところに本気でみすずを嫁にやりたいのか」

「とんでもございません。あんな〝そんぴん〟に、そんな気は毛頭ございませぬ」

力をこめていいかえす佐藤文四郎に、治憲は、はじめてこらえていた笑いを噴き立てた。それは、もうとまらなかった。

腹をかかえんばかりの治憲のそういう態度に、ちょっと、あっけにとられた佐藤も、やがて苦笑し、笑いの色を深めた。そして、

「とんだ〝そんぴん〟でございました」

と深く頭をさげた。そこまできいてくれた治憲に、深く感謝をしたのである。

「文四郎」

「はい」

「すぐ米沢に戻れ。小野川に行って、みすずに真実を告げよ」

「しかし、私はお屋形さまのお供をして、江戸にお供を」

「旅はゆるゆると行く。話がきまったら、すぐあとを追ってこい。早ければ、福島の宿場ででも会えよう」

「そこまでお屋形さまに」

「これは主命である。ただちに発て」

「はっ」

「おまえのその暗い顔と、江戸までつきあうのは、私のほうでごめんこうむる」

軽い悪態の中にこめられた治憲の愛情を感じて、佐藤文四郎は一目散に走り出した。

(あのいきおいでは板谷宿で馬を借りるだろう)

治憲はそう思った。

「いやはや、どうも…」

苦笑しながら神保が戻ってきた。

「きこえたか?」

「きこえました。しかし、あきれはてたそこつ者で

すな」

「そこが文四郎のいいところだ。細井先生も、そういう文四郎を愛しておられる。文四郎がいないと、細井先生も米沢へこられるのを渋られるかも知れぬ。

神保、福島の宿で文四郎を待とう」

「はっ」

米沢へ戻った文四郎は、そのまま小野川へ馬を駆った。

そして——再び千代の宿の二階で
「実は…」

実は、とくりかえしていた。みすずは、じっと笑いをこらえてがまんしていたが、その場に立ち会った千代は、ついにこらえきれなくなり
「お茶を持ってきましょうね」

と、逃げるように部屋からとび出し、階段をころぶようにおりると、むせるほど笑い出した。

なかま割れ（一）

「ひどい冗談を。たとえ冗談でもいっていいこととわるいことがあります」

「何が冗談だ、おれは本気だ」

「それがおかしいっていうんですよ」

「何がおかしいんだ」

「だってそうでしょう。ご自分の胸にきいてごらんなさい。あなた、酔っていらっしゃるんですか。村で密造したにごり酒をのみすぎて」

「酔ってなどおらん。おい、それにひときのわるいことをいうな。にごり酒は密造ではない、藩庁にちゃんと届け、おゆるしをいただいてある。たのむ、おかみ、おれの願いをききとどけてくれ」

「いやですよ、ばかばかしい」

「ばかばかしいとは何だ。少しひどいじゃないか」

「ひどいのは山口さんのほうですよ」

「何がひどい」

「だってそうじゃありませんか。山口さんはあれほどすずさんにご執心だったんでしょう。それが、すずさんの本心が佐藤さんにあったとわかると、とたんにこんどはあたしに乗りかえる、そんなばかな話ってありますか」

「あろうとなかろうと、実際にそうなんだから仕方がない」

「ごめんですよ、あたしはすずちゃんの身がわりなんて」

「すず殿の身がわりではない。おれは心底おかみが欲しいのだ。いや、よく考えてみると、おれははじめからおかみに気があったのかも知れない。うん、きっとそうだ」

「調子がいいこと。山口さんて、無骨だけど、心はもっとまっすぐな方だと思っていた。きらいですよ、そんな山口さんは」

「いや、きらわれては困るんだ。どうか、好きになってくれ。そして、おれの妻になってくれ」

「……」

千代はあきれて山口新介をみつめ、やがて苦く笑った。

「山口さん、あなた、あたしがどういう女だか知っているんですか」

「いい人だと思っている。お屋形さまもほめていた」

「それは、皆さん、米沢へきてからのあたししか知らないからですよ。それもいいところばっかり見ているから」

「それでいいじゃないか。おれのほしいのは、いまのおかみで、むかしのことなんかどうでもいい」

「どうでもよくはありません」

千代はぴしっといった。

「山口さんはよくても、まわりがよくは思いません。いえ、山口さんだって、先行きどうなるかわかりやしません。はじめはおいしいことをいって、あとで男の人がどんなに心変りするか、あたしは、いままでいやというほど、つらいめにあってきたんです……」

なかま割れ(二)

「江戸でのあたしは水商売をしていました。からだもずいぶん売りました。そうしなきゃ、女ひとり生きて行けないもの」

そのうちに、ここの宿の主人に買われて。でも、亡くなった宿の主人は、あたしのからだだけを欲しがったんじゃない、あの人、本当にあたしのことを考えてくれました。いま、こうやって、とにかく、一軒の宿を切りまわして行けるのも、あの人のおかげなんです。あの人のおかげで、ぼろぼろだったあたしの心も、柔かい舌で舐《な》められて、すっかり快くなったんです。

ですから、あたしはもう、二度と男の人にだまされたくないし、痛い思いをするのは、こりごりです」

「おれは、おかみをだましはしないよ。痛い思いなんかぜったいにさせないよ」

「だめなんですよ」

少しイラ立って千代は裂くような声を出した。

「たとえ山口さんはそうでも、まわりが承知しません。何といったって、米沢は古い土地です。どこの誰が何をしているか、みんなわかっちゃうんです。あたしのことなんかすぐ知れてしまいます。

お屋形さまだって、そういう米沢の古さのためにご苦労なすっているんでしょう」

「米沢はたしかに古い。でも、いまはどんどん変っているよ。大丈夫だよ」

「だめですよ」

「強情だなあ、おかみは」

「あなたがしつこいんですよ。大体、山口さんはあたしがいくつだか知っていますか」

「知らないよ。年齢なんかどうでもいい」

「よくありません。女が三十すぎたら、老《ふ》けかたの早さは男の人の比じゃないんですよ。山口さんはおいくつ？」

「三十ちょうどだ」

「ほらごらんなさい。あたしのほうが年上ですよ」

「いくつなんだ」

「いくつだっていいでしょう」

「世間ではあねさん女房のほうが実《じつ》がある、というよ」

「それはね、年上の女が年下の男に捨てられまい、と必死になるからですよ。女にすれば、死にものぐるいなんです。世間でいうようなのんきなものじゃありません」

「どうしても、だめか」

「だめです」

「おれはあきらめないぞ。またくるぞ」

「またいらっしゃっても、あたしのお答えは同じですよ。水商売上りの宿のおかみが、お侍さんの奥さんになれるわけがないじゃありませんか」

「それを、なってくれとたのんでいる」

「だめですよ」

千代は突然山口を凝視した。

なかま割れ(三)

「山口さん、あなた、まさか女が欲しいんじゃないでしょうね」

「どういう意味だ」

「自分をもて余して、ただ、そういうことのために、あたしを」

「ばかだな、おかみは」

山口新介は笑いだした。

「毎日の開拓はひどく疲れる。そんな気はない。おれは、たとえどんなに疲れても、この米沢の将来や、お屋形さまのことを、いっしょに話せる女の人がそばにいてくれればいい、とねがったのさ。それには、おかみがいちばんいいと思ったんだ」

「変りようの早いこと。この間までは、すずちゃんでなければ、夜も日もあけなかったくせに」

「すず殿のことはもういうな。しかし、佐藤のやつは幸運だな。すず殿にあれほど慕われて。真実を告げられたとき、おれは佐藤を叩っ斬ってやろうかと思った……でも、佐藤が、そうだ、おれはおまえを裏切った。どうか存分にしてくれ、といったとき、怒りがすっと消えたよ。あいつはいい男さ、おれは好きだよ」

「あたしも好きですよ」

「なに」

山口は眼を鋭くして千代をみた。

「おかみ、まさか、おかみも佐藤のやつを?」

「さあ、どうでしょう」

千代は複雑な笑いかたをした。山口は肩をがっくり落して
「…そんな、ばかな」

と絶望のうめき声をあげた。その山口に千代は、

「女のきもちっていうのはふしぎですよ。まるで生きものです。ですから自分にもよくわかりません。突然、ばかなことをするのも、そのせいでしょうね」

「たとえそうであっても、佐藤はやめたほうがいい」

「なぜですか」

「なぜですかって、佐藤にはすでにすず殿がいるではないか。それを横から、第一、不公平だ、皆、佐藤を好きになるなんて」

「不公平だろうと何だろうと、そうなっちゃったら仕方ないじゃありませんか」

からかうように千代は笑った。そして、

「ご安心なさい、冗談ですよ」

といった。山口は改めて、いま千代と話している小野川の宿の帳場から、外をのぞいた。

「ところで、すず殿はどうしたのだ。さっきから姿がみえぬが」

「二階のお客さまのお相手ですよ」

「二階のお客さま？」

「ええ、芋川さま、神保さま、須田さま、服部さま、柏木さま」

「ちょっと待て」

山口は顔色を変えていた。

「それは、藩ご重役方の？」

「ええ、息子さん方ですよ。よくみえますすよ」

なかま割れ(四)

「細井平洲を米沢に入れるわけには行かない」

須田平九郎がいった。眼に狂気にちかい炎が燃えている。父の満主を切腹させられたくやしさがまだ胸の中でふっとうし、その煮えたぎったしぶきが、眼からほとばしっているようだ。

「おれもそう思う。平洲は、口舌の徒だ。学者という形をかりながら、実はお屋形の考えを、米沢の藩士と領民に植えつける気だ」

芋川磯右衛門が同調した。芋川も父を切腹させられている。上杉治憲へのうらみは深い。このうらみをはらすためには、どんなことでもやる、という精神状態になっている。須田と芋川の二人にしてみれば無理はない。

「神保、平洲はいつ米沢に着くのだ」

須田が神保を凝視してきいた。

「うむ」

神保は重い返事をした。下を向いている。さっきからずっとそうだ。大きな屈託《くったく》があるらしく、表情もさえない。

しかし、座にいる若者たちは、その理由を知っていた。

神保甲作の父綱忠は、この間、治憲に従《したが》って江戸に行った。細井平洲を米沢にむかえるためである。綱忠はかつて平洲にまなんだ。治憲は、この綱忠を、新らしく建てた藩校興譲館の実質的な館長にするつもりでいる。適任だ、という声が高い。

だから、最近の甲作の言動は目にみえてにぶってきた。これも無理はない。

しかし、須田や芋川にすれば、これは裏切りだ。五人はかつて、

「必ずお屋形（治憲）を米沢から逐う」

という盟約を交している。その盟約にもそむく。

須田の問いは、そのへんのことを含んでいた。早くいえば、神保の同士への忠誠度を試しているのだ。

「細井先生は」

神保は重苦しい声でいった。いうときに、上眼づかいに須田をチラリとみた。正視できない心理が神保の胸を満たしている。

「何だ、きさま」

たちまち、芋川が怒声を放った。

「細井先生とは何だ、平洲と呼び捨てにしろ」

「細井平洲は…」

神保は、まるであぶら汗を流すような表情になる。

「ちょっと待て」

服部が手をあげた。そして、部屋の隅にいるみすずに眼をむけていった。

「いいのか、そんな重要なことをこの女中にきかせて」

「心配ない」

芋川が笑った。

「すずさんは、われわれの同志だ」

なかま割れ(五)

みすずは、思わずからだをかたくした。が、それをさとられてはならない。柔かい微笑でごまかした。

無言だったが、その微笑は、

「決してひみつはもらしません」

と語っていた。いや、語っているようにみえた。もちろん、みすずは、ここできいたことをすぐ佐藤文四郎に告げる気でいる。

(それが妻のつとめです)

自分にそういいきかせた。そういいきかせて、思わず、

(まあ、妻だなんて)

と、ひとりで赤くなった。

「五月初旬に着く」

神保が、こんどは父や上杉治憲を裏切った罪を、その瞬間から感じたような調子で答えた。

正直な青年だから、その様子はありありとほかの者に伝わった。

「五月いく日だ」

須田はさらにきく。もう意地になっている。だからことばにトゲがある。

もちろん、そういう気配は神保も正確にうけとめている。だから、今日のこの集まりは、神保にとっては針のムシロだった。

「わからない…」

神保は首をふった。

「わからないはずがあるか！　藩校の館長になろうというおやじをもちながら、わからないという法があるか」

「いや、本当にわからないのだ」

「かくすのか」

「別に、かくしはしない。わかっていれば、おれは話す」

「このごろのおまえはおかしい」

芋川がいった。

「何がおかしいんだ」

神保は芋川の顔を上眼づかいにみてきいた。

「われわれの企てに、熱心でない。前ほどお屋形の悪口もいわなくなった」

「それは…」

神保は少し狼狽していった。

「ちゃんとおれたちの顔をみて話せ。そうやって、伏目で話すと、それでなくても何かかくしごとをしているように思われるぞ」

須田がどなりつけた。どなられて、神保は、くそ、と胸の中で声をあげ、まっすぐ顔をあげた。

「おれはたしかに、お屋形さま攻撃に熱心ではなくなった」

「また、さまをつける！　あんなやつはお屋形でいい！」

芋川の大声に、隅でみすずがびくっと緊張した。

「何だ」

芋川がみた。みすずは、

「何でもございません。ちょっと足が」

とごまかした。本当は、治憲のことを、あんなやつ、といわれてカッとしたのだった。が、そんなことに気がつかない芋川は、

「足がしびれたのなら、あぐらをかけ。おまえがあぐらをかいた姿をみたい」

と、みだらな笑い声を立てた。

なかま割れ(六)

「芋川、まじめにやろう」須田が注意した。そして、芋川の代りに、

「神保、何だ、その先をいってみろ」

といった。返事次第ではゆるさんぞ、といった固い顔になっている。

神保は須田をみつめかえしてこう答えた。

「不熱心なのは、おれだけじゃない。ここにいる服部も柏木も同じだ」

この発言に、服部は、

「おい、神保」

と顔を赤くしたが、柏木は平然として静かな顔をしていた。

「このやろう、自分のことをタナにあげて他人《ひと》のことをいうな！」

芋川がどす黒い憤りを噴き立てて、また怒声をあ

げた。とにかく、今日は神保をどなりつけることで、うっぷんをはらしていた。

このとき、

「神保のいっていることは正しい。事実だ」

と、柏木が静かな声を立てた。

「………」

普段、口数が少なく、いつもだまってこの集まりできめたことを実行する柏木が、発言したから、皆、おどろいた。

「何だと？　おまえ、いま何といったのだ」

芋川の怒りの顔はこんどは柏木にふりむけられた。柏木は芋川をみかえした。

「神保は本当のことをいっている。少なくともおれはもうお屋形攻撃はやめる」

「何ィ」

芋川の表情は険悪になった。須田も同じである。

「一体、どういうことだ！」

「話してわかるかな、あんたたちは頭に血がのぼっている」

「ああ、そのとおりだ。たしかに頭に血がのぼっているが、それでもきさまのいうことくらいわかる。何だ、いってみろ」

「おれは、お屋形に反発していた。急激な改革を、何も知らないくせにすすめるいやな若僧だ、と。

だが、考えてみれば、おれの反発はどうもあの人の若さに対してだったようだ。おれより年下の若僧が藩主づらをしやがって、何だ、というきもちが主だったようだ」

「それは誰もが同じだ。藩士の大部分がそう思っている」

「おれたちは、依怙地《いこじ》にお城の会議にも出ないが、会議に出たものの話では、あの人は、いつも藩士に切々と訴えている、たのんでいる、決して命令はしない、強制もしない」

「それがどうしたというんだ」

芋川が焦《じ》れて、くってかかった。そういう芋川を柏木はジロリとみた。

なかま割れ(七)

「そういうふうにケンカ腰になるのなら、おれは話はしない。さっきいったはずだ」

「このやろう」

「おれはこのやろうではないぞ」

柏木はさっと面上に怒気を走らせて、芋川をにらみつけた。

「芋川」

須田が制した。

「柏木、その先をきこう」

といった。柏木は、まだ芋川をにらみつけていたが、やがて自分を制して
「おれは感じたんだ。あの人はまったく腸《はらわた》のきれいな人だと。何の疑いもなく、おれたちを信じ、しかも愛しているのだ、と」

「他家から養子にくればあたりまえだ。そうするより、生きる道がなかろう。大体、若僧のくせに、おれたちを信じたり、愛したりするなんてなまいきだ」

「そういうが、しかし、誰にもできることではない」

「それで、おまえは何がいいたいんだ」

「この集まりから抜ける」

「なに」

「おれは明日からお城の会議に出る。そしてお屋形さまの方針を支持し、従う」

座は騒然となった。裏切り、とか背信とかの罵声がとんだ。しかし柏木は平気だった。何をいわれてもこたえずに腕をくんでいた。

須田がいった。

「おまえもチョロいな。信じられたり、愛されたりするのが、そんなに嬉しいのか」

「嬉しい」

柏木は大きくうなずいた。

「なぜならば、そのふたつが、いままでの米沢にいちばん欠けていたからだ」

お屋形さまは、板谷峠に着いてまず米沢をみたとき、この国は灰のようだ、と感じたという。

米沢を灰の国にしたのはおれたちだ。領民ではない。民をゴマのようにしぼり、そのくせぜいたくをし、仕事といったら、互いの足をひっぱることだけだ。

おれは目がさめたんだ。そういうわけで、悪いが抜けるよ」

抜けるよ、といったあとの柏木の表情は、実にさばさばとしていた。まるで、悪い憑《つ》きものを落したかのようだった。

座はしずかになった。白けたのは須田だった。芋川はよけい怒った。神保はほっとした表情になり、服部は複雑でおちつかない顔をしていた。

その服部に須田が皮肉なききかたをした。

「おまえは…どうするんだ」

「ことがらによる」

「何？」

「いいことには従う、悪いことには従わない」

これをきいて、須田は、ふ、と笑った。

なかま割れ（八）

「是是非非《ぜぜひひ》というわけか」

須田は苦笑していった。

「そうだ…そうなる」

服部はややうしろめたそうに応じた。

「そうか、わかった。結局は、おれと芋川のふたりになった、ということだ。

やはり、父を切腹させられた者でなければ、本気であいつをうらめないのだ」

それは須田の本心だった。本心だけに、さすがにそのことばは座にいる者たちの胸をうった。何といっても、父を犠牲者にしている人間の発言は、正しかろうとまちがっていようと、それなりの重みがあった。きく者に、それなりのひびきを与えた。

「芋川とふたりだけでもいい。おれは初志をつらぬく。神保」

須田はこみあげる背信者たちへの怒りを一応措《お》いて、神保にきいた。

「お屋形は、平洲のやつをどこまで出迎えに出るのだ」

「須田、きさま」

神保は真青になった。

「まさか、お屋形を？」

「そこまでの度胸はない」

須田は苦笑した。

「いや、本当はお屋形を斬りたい。しかし、そこまではやらない。おれは平洲を殺す。もちろん、すぐ殺すわけではない。平洲にそのまま江戸に戻れと告げる。いうことをきかなかったときは、斬る。それには、お屋形が出迎える場所より、もっと遠くで待ち伏せしなければならぬ」

須田の細井平洲迎撃計画は、それなりに筋を立てていた。

「…普門院だ」

神保は答えた。

「普門院？　関根宿のか」

「そうだ」

「あいつは、あんな遠くまで平洲を迎えに出るのか」

須田はあきれたように、神保の顔をみつめた。

「そうだ」

神保はうなずく。そのことをもらしてしまったことを後悔している様子だ。

「城門まででいいものを、よくよく目立つことの好きな男だ」

「どこで平洲を待ち伏せようか」

そうきく芋川には答えず、須田は意味ありげな笑いかたをした。

「それは、いえぬ。今日からはな」

そういって、神保、柏木、服部の顔を順にみた。

「芋川、注意しよう。今日からはおれたちは二人だぞ」

「そうだった。うむ、待ち伏せの場所は、あとでおまえと相談しよう」

(それがききたいのに)

みすずは、思わず、心の中で身をもんだ。

普門院（一）

現在の奥羽本線は福島から分れ、ほぼ国道十三号線ぞいに、山形、秋田、青森と辿って行く。四八七・四粁の長さをもつ幹線だ。

工事がはじまったのは、明治二十五年だというが、全線が開通したのは明治三十八年である。

もちろん、ほかの土地と同じように、鉄道敷設は、賛成と反対のすさまじい相剋があり、この線についても、山形県下の全地域意志がひとつにまとまったわけではなかった。

が、それにしても、これほどの年数が工事にかかったのは、板谷峠のトンネル工事のためもある。

板谷・峠・大沢・関根とつづく駅は、大体、昔の宿駅や集落をそのまま、国鉄駅にしている。

関根もそのひとつであり、福島からきた列車はここから平地に入る。ということは、福島に向っては、ここからが登りになるのだ。峠駅は海抜六二四米ある。

神保甲作が口にした普門院は、関根駅から西へ五分くらいのところにある。千余年前の開山という古い寺だ。

現在は、〝コロリ観音・地蔵〟で参詣人が絶えない。それも、山形県民より福島県民のほうが多く詣でるという。詣でる人は、

「死ぬときは安らかに、長わずらいしないで死にたい」

とねがう。従って、老人が多い。若い者の負担になることをきらって、の死亡希求は、どこか安楽死志向をみるようで、切ない。

上杉鷹山が、細井平洲の最後の訪米を迎えたのも、この普門院だが、そのときの、

「対面の屋」

や、

「鷹山公お手植えの唐松」

ならびに、

「平洲先生お手植えの椿」

が敬師史蹟としてのこっている。鷹山の出迎えに感動した平洲は、高弟樺島公礼にこの様子を手紙に書いたが、その文の一部が、境内の、

「一字一涙」

の石碑にのこされている。

しかし、細井平洲がはじめて米沢にきたときは、とてもそんななごやかな雰囲気ではなかった。もっと殺気立っていた。

時は、五月中旬である。日本列島の平均的季節でいえば、もう夏だ。

が、春のくるのがおそい米沢では、青葉の候である。

先般の、治憲が江戸へ出向いての招へいに、平洲は訪米を快諾した。

「早い時期に、必ずうかがいましょう」

と答え、そのことばどおり、いま初夏の奥羽街道を米沢に向って歩いていた。供には神保綱忠がついている。

普門院(二)

「松伯殿が生きておられれば、ぜひともお会いしたかった」

平洲はそういった。

「はい、松伯殿も同じ思いでございましたでしょう」

神保綱忠もうなずく。松伯というのは、藁科松伯のことである。竹俣、莅戸、木村たち、いまの改革派は、すべて松伯の門人であった。

松伯は、平洲と親しく、平洲を治憲の師としてすすめた。治憲は十四歳のときから平洲にまなんでいる。

平洲は、山山を埋めつくす、むせるような青葉のにおいをかぎ、その色に酔った。

若葉は新らしいいのちであった。それだけに吐き出す息は若く、新らしかった。

「人間は、この若葉の息を吸って生きて行く。若葉は人間の恩人です」

葉の群を、いとおしむように、平洲はいう。

「はい」

神保はうなずく。

「それにしても…」

藁科松伯への追懐の情を絶てないのか、平洲は眼をあげて、山のかなたの空を見て、こう詠んだ。

「浮雲の、あとをしるべに訪いくれば、忘れず山のかいもなかりき」

さらに、

「苔の道というより袖の露をだに、せめては人の形見とも見む」

と詠んだ。

「惜しい人であった…おいくつでしたかなあ」

「三十三歳でございました」

「お若い、惜しい、本当に惜しい」

「おしかりき、命のきょうぞおおからぬ　さだめなりける数と思えば」

神保は、忘れたことのない松伯の辞世を誦した。すると、

「けさの露と　われも消えけり草のかげ…」

平洲もつづけた。平洲もまた松伯の辞世を忘れていなかった。

「米沢のこと、お屋形さまのことしか考えぬお人でございました」

神保のことばに、

「さよう、まことの誠忠の士でありました」

平洲もうなずく。

板谷峠からの降り道である。

「まもなく峠でございます。宿場でございますので、ひと休みいたしましょう。何分にも、山道ばかりでございますれば、さぞ、お疲れでございましょう」

「いやいや、貧乏ゆえ、若いころから歩くのにはなれております。そうですか、つぎが峠の宿場ですか」

平洲はうなずいた。

その峠宿のてまえの、道脇の若葉の群の中で、芋川磯右衛門と須田平九郎が、何人かの配下をひきいて、眼を血走らせて待っていた。

普門院(三)

「細井平洲を米沢に入れてはならぬ」

「平洲はお屋形の師だ。新らしい学校は士民をとわず、まなべるということは、実は、お屋形の巧妙な策略だ。士農工商の身分をこわす、あの危険な考えを、お屋形はこんどは学校を使って一般領民にもおよぼす気なのだ」

「民こそ国の宝である。藩主と藩士はその宝たちの年貢で養なわれている。従って、藩主と藩士はその宝に奉仕しなければならぬ、とお屋形はバカのひとつおぼえのようにいいつづけた。何というおそろしい考えだ。そんな考えをつらぬけば、武士は目茶目茶になる。武士が百姓町人に奉仕するなどというばかなことがあるか、おれはぜったいに承服できない。

そんな考えをひろめたら、米沢だけでなく日本は目茶目茶になってしまう」

「お屋形だけが悪いのではない。悪いのは、竹俣、益戸、木村、佐藤らの故藁科松伯の門人どもだ。こらしめるべきは、あいつらなのだ」

「あいつらは、また細井平洲の門人でもある。学者どもの無責任な口舌で、米沢をかきまわされてたまるか」

先日、小野川温泉の千代の宿で、若侍たちは口口にそういいあった。

が――その細井平洲を米沢に入れないための直接行動に出る、という段になると、若者たちの中からつぎつぎと脱落する者が出た。

神保甲作は平洲の弟子の神保綱忠の息子だし、服部はこういう集りに次第に冷却していたし、柏木は、はっきり上杉治憲の施策に、共鳴しはじめていた。柏木は、

（武士とは一体何だろう）

と考えていたし、さらに、

（年貢で食っているのをあたりまえと思っているが、その武士は年貢を納める民に、一体、何のお返しをしているのだろう）

と、素朴なことに疑問をもっていた。

しかし、その日、なかまにその話をすると
「ばかだな、民百姓はおれたちがいるからこそ、毎日を安心してくらせるのだ」

と、芋川や須田に一笑された。

「うん…」

と、うなずきながらも、柏木は、「しかし、おれたち武士がいるから、民は安心してくらせる、という、その安心とは何だろう」

と、またきいた。須田は言下に、「いざというときに、敵から民百姓を守るのが、おれたちの役目だ。いまさら、何をばかなことをいっているのだ」

と応じた。

侍の常識なのに、この男は、一体、何をなやんでいるのだ、という口ぶりである。柏木は納得しない。

普門院（四）

まだ納得しない柏木の顔をみて、こんどは須田の

ほうが逆にいきり立った。

　須田は、大身の家に生れた青年だから、他人が自分の言うことに、あくまでもさからうと、きげんが悪くなる。議論でも強引に相手をねじ伏せようとする。

　そのときがそうだった。不得要領な表情をしている柏木をみると、須田はムッとした。

「おれのいっていることが、まちがっているのか」

「いや…それが侍の常識だ、ということはわかる。皆、そう思っているし、おれもそう考えてきた。が」

「が、何だ」

　噛みつくように須田はいった。

「どならないでくれ。どなるのなら、おれは話すのをやめる」

「どなりたくもなるぞ、おまえみたいに、いつまでもそんなばかなことをいっていれば」

「ばかなことだろうか」

　柏木は目をあげて、まっすぐに須田の顔をみた。が、すぐ、険悪な表情で自分をにらんでいる須田をみて
「やはり、やめよう」

と、つぶやいた。須田はこわばった顔を努力してやわらげ
「どならない、話してみろ」

といった。柏木は再び須田をみて、うなずいた。そして、

「おれが疑問に思ったのは、あんたのいう侍の常識というやつだ。あんたは、いま、いざという場合とか、敵とかいった。

　いざという場合とは、どういう場合なのだ、また、敵とは誰なのだ」

「そんなことはきまっている。この米沢に攻めこんでくるやつだ」

「そんなやつが、いま、いるのか」

「いる」

「どこに？」

「しつこいやつだな。近隣の大名だよ、いつ、攻めてくるかわからん。そういう警戒心は常時忘れてはならん」

須田は昂然といった。

しかし、柏木は、

「元和の昔、権現さま（徳川家康のこと）は、この日本ではもう戦さはしない、と申された。以来、百五十年余、島原の乱をのぞいては、この国に戦さはない。おれたち武士も太平になれた。須田の考えでは、それでもまだ戦さをする大名がいるのか」

「いる」

大きくうなずく須田は、なあ、と横のなかまに同意をもとめた。

「そうだ」

と呼応したのは芋川だけだった。

「そうかなあ…」

柏木は、どうもわからない、と首をふった。そういう柏木の態度をみると、須田はまたカッとした。思わずどなった。

「きさまは、何がいいたいのだ！」

普門院（五）

結局は、またどなる須田に、柏木ははっきりこういった。

「おれは、もうこの国には戦さなんかないと思う。しかし、あんたがそういうのなら、百歩ゆずって、いざという場合があるとしよう。すると民は、いつだかわからない、いざのために、一万人にもちかい藩士を養なっているのか」

「養っているとは何だ！　おれは民百姓に養われているとは思っていないぞ。おれたちが民百姓を養っているんだ」

「どうやって」

「政《まつりごと》だ！」

わめくように須田はいった。もうこれ以上の論議はむだだ、といった強圧的な態度である。柏木は黙した。もちろん、須田の、声が大きいだけの論を認めたわけではない。須田の論は、説得性がない、と柏木は心の中で思った。

こうつぶやいた。

「その政だが、藩士の大半は机の前で文書をもてあそび、しかも、文中の（を）は（に）ではないかとか、（へ）ではないか、とかそんなくだらない論議で毎日を送っている…いいのかな、それで」

「……！」

怒りを頭の頂点にまで噴出させた須田は、そのあまり、ことばを失った。とびだすばかりの眼で、柏木をにらみつけていたが、やがて、

「きさまはもうだめだ、完全にお屋形にかぶれてしまった…」

と嘆くようにいった。柏木は抗弁しなかった。心の中で、

（そうかも知れない）

とつぶやいた。それがこの間の宿でのできごとであった。

いま、まぶしい青葉の光に、眼をほそめながら、

「柏木のやつ」

そのときのことを思いだして、須田はつぶやいた。芋川がこっちをみた。頭の鋭い芋川は、須田が何をつぶやいたのか、すぐさとった。こういった。

「須田よ」

「何だ」

「柏木にはこういってやればよかったんだ。民をあやまらせないために、お屋形の考えに反対するのも、民のためなのだと。

それも政なのだ。そのために年貢を納めさせることに、おれはどこも悪いとは思わぬ。胸をはって年貢をとる。

武力をもたぬ者では世は治まらぬ。おれは武士であることを誇りに思っている。お屋形は、その武士を武士でなくそうとしている。腹を切らされたおれのおやじとおまえのおやじは、そのためにお屋形に諫言したのだ。

そして、殺された…」

殺された、といういいかたの中に、芋川の上杉治憲に対する深いうらみがこもっていた。

人の足音がきこえた。須田たちは緊張した。

普門院(六)

「平洲か」

はっとからだをかたくして、二人はささやきあった。配下に、

「殺してはならぬぞ。追いかえすのが目的だ。斬っ

ても、手か足だ」

と命じた。配下たちはうなずいた。

道をふんできた足音が急にとまった。そして、

「須田さんと芋川さん、出てきて下さい」

といった。

「あの声は」

「佐藤だ！」

二人は、はっと顔をみあわせた。ききおぼえのある佐藤文四郎の声は、なおもつづいた。

「話があるのです、道に出て下さい」

須田と芋川は、佐藤のそんな声はききすてた。二人がいま互いに頭の中で忙しくめぐらせている思いは、

（佐藤のやつは、おれたちがここにかくれていることを、なぜ知ったのか）

ということであった。

日和見になった神保、服部、それにはっきり考えを変えた柏木たちには、この迎撃の場所は告げていない。連れてきた配下にも、もちろん道を歩きだしてから教えた。

洩れるはずがないのである。それをどうして？

二人の顔は疑心暗鬼になった。

須田はわめいた。

「佐藤、何の用だ」

「お屋形さまがお呼びです」

「なに」

「至急のお召しです」

「お屋形がおれたちに何の用があるのだ、おやじのように腹を切らせるのか」

「ちがいます、とにかくそこから出て下さい」

道に立つ佐藤文四郎も、青葉の群の光とにおいにむせていた。手をかざして、陽光をうちかえす若い葉のかがやきをふせぎながら、佐藤は根気づよく、説得をくりかえした。

芋川がいった。

「もし、行かぬといったら」

「それは困ります。ぜひ、きていただきます」

「周囲を役人でかこんだのか」

「そんなことはしません。私はひとりです」

「ひとり？」

ききかえしながら、芋川は須田と顔をみあわせた。

が、二人ともふだんから佐藤文四郎がうそをつかないことを知っている。

「出るか」

うなずきあって、斜面をのぼりはじめた。枝葉を分けて道に出ると、佐藤がことばどおり、たったひとりで立っていた。二人に、

「やあ」

といった。

普門院(七)

「細井先生を斬るつもりですか」

淡淡と佐藤はきいた。

「そうだ」

ここへくる以上、どうせ佐藤も二人の目的を知っているだろうから、二人もごまかさなかった。

「とめようと思ってもだめだ。この下に何十人もいる」

須田は威嚇した。が、佐藤は笑いだした。

「そんなにいませんよ。正確には七人です」

「きさま」

あきれた須田は、しかしすぐ怒りだした。

「われわれがここにいることを含め、なぜ、そんなことまで知っている。一体、誰にきいたのだ」

「いうわけがないでしょう。こんな重大なひみつを教えてくれた人のことを」

そういって佐藤は笑いを消し、

「細井先生を斬るなどということは、私がさせませんよ」

と鋭い眼になっていった。須田と芋川は硬化した。

「きさま、じゃまする気か」

「そうです、じゃましますよ。当然でしょう」

刀の柄に手をかけた須田と芋川に、佐藤も脚をひらいて、つま先に力をこめた。

須田と芋川は当惑した。小姓とか近習とかの役をずっとつづけているが、この佐藤はこどものころから、剣術の修行を欠かしたことがない。藩でも一、二を争うほど強い。無類の剣士なのだ。もちろん、

須田と芋川の二人でかかってもかないっこない。

刀の柄に手をかけたものの、二人はそれ以上の行為には出られない。

（いやなやつが現れた）

と、心の底から憤いた。剣術でかなわないから、よけいそう思うのだ。

二人のそういう心のゆれうごきは、佐藤もみぬいた。

「つまらないまねをやめて、お屋形さまのところにきて下さい。お屋形さまは、そこの普門院におられます。細井先生をお迎えにこられたのですが、あなた方お二人に、どうしても先にお話ししたいことがあるそうです」

「茶坊主め」

須田は佐藤にさげすみのことばを投げた。

「いや、虎の威をかるキツネか。何のために、お屋形はおれたちをよぶのだ。細井を守るために、普門院におしこめようというのか」

「ちがいます」

佐藤はまた首をふった。

「では、何だ」

たたみこむ須田に佐藤は、

「それはお屋形さまにきいて下さい」

と、静かに応じた。斜面から、配下たちがそろって顔を出した。道でのやりとりの長さにしびれを切らしたのだ。

普門院(八)

出てきた配下たちは、そこに立っている佐藤文四郎をみると、思わず顔色をかえた。

自分たちを討ちにきた、と思ったのだ。そして、皆、佐藤の剣技を知っているから、佐藤ならたったひとりで、自分たちの五人や十人を、たちまち討ちはたすだろう、と思った。

最近は、剣術もろくに修行していない。須田と芋川におどかされて、

（誰かが斬るだろう）

と、他人だのみでついてきたのだ。

心から細井平洲という学者にうらみがあるわけではない。

その七人に佐藤は機先を制した。

「おれとやるつもりか？　それなら容赦はせんぞ」

そういってぐいとにらみ、すぐ
「ばか者！　即刻、ここから去れ」

と大声でどなりつけた。ふるえあがった配下たちは、うわあ、と恐怖の声をあげて、豆のように坂道を走り出した。

佐藤にどなられたのが、いいきっかけだった。もともと、あまり気が乗ってなかったのだ。

おどろいた須田と芋川は、

「おい、待て」

「戻れ！」

と叫んだが、一旦、恐怖心を抱いた七人は、それどころではない。一目散に坂下へころがるように逃げた。

「きさまあ、卑怯だぞ」

二人は佐藤をにらんだ。佐藤は静かに対する。

「細井先生を斬るのに、あんな連中をまきこんでは可哀想でしょう。それに少しも役には立たない」

と微笑した。そして、

「おねがいします、普門院にきてお屋形さまに会って下さい。何もないことは私が保障します。別におとがめとか、そういうことではないと思います」

「おまえは、知っているのだな？」

疑い深そうに、芋川は佐藤をみた。

「知っています、ご相談がありましたから」

わるびれずに佐藤はこたえた。

「何の話だ」

「いえません。お屋形さまが直接話されるでしょう」

「ちっ」

芋川は舌をならした。

結局、配下は逃げてしまったし、佐藤文四郎があくまで立ちはだかる以上、どうにもならなかった。

二人は、一応、

「話だけ、ききに行こう」

ということになった。関根の宿場まで戻った。関根街道から南へちょっと入ると、田畑の中に小さな普門院があった。

石段を辿り、草で葺いた門をくぐった。

治憲は、庭に出て、池の中の魚をみていた。

普門院（九）

「魚というのはおもしろいものだな」

入ってきた佐藤、須田、芋川の三人の、誰へともなく治憲はいった。

「この池には、鯉、フナ、金魚、ハヤ、ヤマベ、いろいろな魚がおる。よくみると泳ぎかたにもいろいろ特徴があるようだ。

金魚や鯉はもともと池に飼われているので、泳ぎはゆるやかだ。フナは、ちょっとどっちかとまどっておる。

ヤマベやハヤは、川の魚だから泳ぎかたも忙しい。

それぞれ生れ、育ったところがちがうのだから、いろいろな泳ぎかたがあっていい。しかし、池の中に長く入れられていると、川魚が次第に緩慢な泳ぎかたになる。

たとえば、このヤマベもハヤも、すでに長くこの池に入れられているとみえて、金魚のようにゆるやかな泳ぎかたをしておる。これはいいことか悪いことか、むずかしいな、むずかしいな」

と、治憲は自分からは結論をひかえているような話しぶりをしたが、治憲が何を話しているのかは、三人にはすぐわかった。三人共、

（お屋形は、米沢城内の藩士のことを話している）

と直感した。

それは、藩庁を池に見立て、藩士を魚に見立てていた。その魚も古い魚と新らしい魚に見立てている。

新らしい魚が、古い魚の影響によって、緩慢な泳ぎかたになるのを批判し、また、新らしい魚をそうさせる古い魚をも批判している。どちらにしても、

（おれたちのことをいっていやがる）

と、須田と芋川は思った。だから、

（あい変らず、イヤミなお屋形だ。若いくせに、説教ばかりしやがる）

と、たちまち不快になった。そして、

（会う早早こんな話をするようでは、どうせろくな用ではあるまい）

と腹が立ってきた。

治憲は、そんな二人のきもちを知ってか、知らずにか、須田と芋川にまっすぐ眼をむけた。

「須田平九郎と芋川磯右衛門か」

「は」

あまりにも澄んだ治憲の眼に気押されて、二人は思わずそう答えて頭をさげた。しかし、治憲が続けていった。

「父親たちにはきのどくなことをした。改めて詫びをいう」

ということばをきくと、何をいっていやがる、と二人とも、たちまち胸の中でカッとした。腹を切らせておいて何だ、と思った。

治憲は、二人に告げた。

「二人とも、亡き父親の跡目相続を命ずる。藩庫に預かりおいたそれぞれの家の宝物も返す」

普門院(十)

あっけにとられる、という表現があるが、須田も芋川も、その表現どおり、まさにあっけにとられた。口だけをあけて、治憲をみつめた。

その二人へ、

「突然の話なので、いきなりこんなことをいわれても、即答はできなかろう。よく考えて返事をしてほしい。返事は直接私にしてほしい。

もし、受けてくれるようなら、何の役についてもらうかは、そのときにまた相談しよう」

こういうのを何というのか、白ばくれているというのか、とぼけているというのか、須田平九郎と芋川磯右衛門には見当がつかなかった。

一体、治憲は二人の細井平洲迎撃を知っているのだろうか。いや、知っているにちがいない。おそらく、知っていて、機先を制したのだ。老獪なやつだ――二人は、こもごもそう思った。

知っているからこそ、父の跡目をつけ、家宝も返すなどという、恩情で二人を懐柔しようとするのだ。

「その手はくわない」

二人はそう思った。

それにしても、佐藤文四郎のやつは、誰から平洲迎撃のひみつをきいたのだ？　二人の考えは、めぐりめぐって、結局はそこに行くのだった。

そして、それはいくら考えても思い当たらないのだった。

（おれが洩らすか、こいつが洩らすか）

須田も芋川も、最後は互いを疑うよりほかなかった。しかし、互いにそんなことをするはずがなかった。

木村高広が入ってきた。二人をみると、お、と、ちょっとびっくりした顔をしたが、

「まもなくご到着です」

と治憲に告げた。治憲は、

「そうか、お着きになるか」

と、顔をほころばせた。そして、

「道までお出迎えに出よう」

といった。木村は、

「いや、道までお出にならなくても、すでにお城からここまでお出になっていらっしゃるのですから、どうかここでお待ち下さい。私どもがご案内してまいります」

と応じたが、治憲は、

「そうは行かぬ、道へ出る」

と、ゆずらなかった。須田と芋川は、

（これがこの人の悪いところだ。好意をすぐおしつける）

と、また屈折したうけとめかたをした。

庭から出るとき、治憲は二人にもう一度、

「たのむぞ」

といった。二人は返事のしようがなかった。

普門院（十二）

治憲につづいて木村と佐藤文四郎が出た。木村が突然こっちをふりかえってこういった。

「おい、苦労知らずのわがまま坊主。これだけはおぼえておけ。お屋形さまはな、人にだまされはしても、決して人をだまさない方だ」

そういったあと、

「きさまたちは、大ばかやろうだ」

といった。

そういいながら木村は笑っていた。豪快な笑声を

のこして去った。

「おのれ」

二人は、大ばか野郎といわれて、思わずあとを追おうとしたが、すぐそのきもちは萎えた。何か、この庭へ入ったときから、ずっと調子が狂っていた。

「わからん……」

治憲たちがいなくなって、二人だけになると、芋川がつぶやいた。

「まったくだ、わけがわからん」

須田も同感のきもちを示した。

上杉治憲は道に出た。土地の人間はこの地域を羽黒堂と呼んでいた。田園である。多くの農民たちが田畑で仕事をしていた。

しかし、その田の中の細い道に、かなりの侍が集まったので、

「何だろう」

といぶかった。そのうちに、

「あれは、お屋形さまだ」

という声が走った。これをきくと、たちまち、

「ばかな。お屋形さまがこんなところにくるわけがねえ」

と、一笑する声がそれに応じた。が、

「いや、たしかにお屋形さまだ。あのお若い方がそうだ」

と、そっと指で治憲を示す声もがんこに自分の主張をゆずらなかった。

本当か、本当か、という声は、やがて本当だ、に変った。

「本当にお屋形さまだ…」

ついに田畑の中の農民たちは信じた。そうなると、皆、へたへたと土の上に坐っておじぎをした。

治憲がこれに気がついた。気がついて、

「まずい…」

とつぶやいた。治憲はひとりで畔道《あぜ》に入ってきた。少し大きな声でこう告げた。

「治憲だ。皆の毎日の丹精に礼をいう。今日は新しくつくった学校の先生をお迎えにきた。どうかそのまま仕事をつづけてくれ、たのむ、立って仕事をしてくれ」

ひとりひとりに語りかけた。しかしそういわれて

も、誰も立ちあがる者はいなかった。皆、衝撃をうけて土の上に坐りこんでいた。からだも心もふるえていた。

動てんしている農民たちに、治憲はさらにいった。

「おまえたちも、何とか時間をつくって、学校にきてくれ。江戸からすばらしい先生をおよびした」

普門院（十二）

佐藤文四郎が畔道へ入ってこっちへ走ってきた。途中から、

「お屋形さま、おみえでございます！」

と高い声をあげた。街道からこっちへくる数人の人の群がみえた。神保綱忠たちに先導された細井平洲の一行だった。

治憲は急いでそっちの方へ戻った。

土の上の農民たちは、やがて、その治憲が、ひとりの学者に向って深深とおじぎし、その手をおしいただくのをみた。皆、仰天した。

（あれがお屋形さまのすることか！）

と思ったのである。かれらは、まだ耳にのこっている治憲のことばをこもごもに思いだしていた。

「どうか立って仕事をしてくれ」

たのむ、とおっしゃった。農民に、仕事をさせることを、

「たのむ」

といったお屋形さまがいままでいただろうか。いや、お屋形さまだけではない。お城の侍で、そういうもののいいかたをした人間が、いままでにひとりでもいただろうか。

しかも、時間をつくって、学校へこいとおっしゃる。一体、どういうお方なのだ、あの方は、と、土の上で農民たちは自分の胸の中で問答をした。

知らないうちに、多くの者が涙をこぼしていた。かれらは思わず手を突いて、普門院の方をみつめた。

「ほどほどに。ほどほどに」

細井平洲は恐縮しきっていた。自分を道まで出て迎え、手をおしいただいた治憲の態度に、多少の困惑さえおぼえていた。

「あなたさまは、江戸時代とちがい、すでに十五万石の太守です、どうか、ほどほどに」

ほどほどに、ほどほどに、ほどほどに、ということばをしきりに使った。そのことばよりほかに、適切な辞退の用語がなかったからだ。

普門院は坂を上る。

「足もとにお気をつけ下さい」

先に立つ治憲はふりむいてそういった。

「はい」

微笑で応じながら、平洲は脇の神保綱忠に、

「いよいよ、恐縮です」

と苦笑した。神保は、

「お屋形さまは、心からおよろこびです。あのご様子は、本当に嬉しくて仕方がない、と心身がはずんでおられます。臣として、私どもも嬉しゅうございます」

と、うすい涙をみせて答えた。

門の下に立つと、治憲は、

「ご案内」

と高い声でいった。そしてさらに、玄関に着くと、また、

「ご案内」

と告げた。まったくの案内役に徹していた。それは、寺内の木々の新緑のようにさわやかな声であった。

きあぴたれ(一)

現在、残っている「興譲館の図」によると、学校は城の北にあった。

正面奥に聖堂があり、左斜め手前に講堂、右手に文庫があって、その南に童生教授場が、上等、中等、下等の別に連なっている。

教授場のまわりには塀をめぐらし、また、大きな池がふたつつくられた。池は、ただ水を溜めているのではなく、外部の水路から水をひきこみ、流出させるようになっていた。

右手には、食堂、宿泊寮、医学館、浴室などが完備していた。二階建ての建物もあり、教授場、総監室などがあった。

よくくふうされた、いたれりつくせりの学校であ

った。

神保綱忠と片山一積が提学に任じられた。正規学生は二十人だったが、必ずしも若者ばかりでなく、才学があれば、中高年もその中に入れた。

学生生活は自治を重んじ、自分たちの中からリーダーをえらばせて、藩は口を出さなかった。えらばれたリーダーに、藩は月謝を免除し、逆に手当と食糧を給付した。

学生への講義のほか、教授たちは月六回、講堂で、

「講談の会」

をひらいた。これは藩士だけでなく、一般の農庶民にも開放した。公開講座である。

「藩士も庶民もいっしょにまなべる学校」

はうそではなかったのである。

この六回の講義には、細井平洲も出て、やさしい話をした。特に孝子、節婦などの具体例をまじえながら話すので、庶民の評判がよかった。

もちろん、まだ上杉治憲の政治になじめず、批判的な人間も沢山いたから、そういう公開講座に、

「お屋形は、領民すべてを自分の考えどおりにしようと、飼いならしているのだ」

と悪口をいうものもいた。しかし、そういう連中に、講義をきいた者は、

「とてもいいお話だぞ。悪口ばかりいってねえで、おめえたちもきいてみろ」

といいかえした。

庶民の中で、もっとも熱心なきき手は、小野川の千代とみすずだった。月六回、二人は必ず学校に通ってきた。そして目を輝やかせて細井平洲たちの講義をきいた。

女二人の存在は目立った。特に美しいみすずの存在は目立った。

「あれは誰だ？」

とか、

「藩ご重役のかくし子か」

とか、いろいろなひそひそ話がささやかれた。

「毎回、若い美女が講義をききにきている」

という噂は、たちまちひろまった。しまいには、ただ、みすずをみたいだけで、講堂に通ってくる若

侍がふえた。

きあぴたれ(二)

講義が終ると、若侍たちは、急いでみすずのところに走りより、

「家まで送ろう」

とか、

「松川のほとりをいっしょに歩かないか」

などと誘った。その都度、千代が、

「この人には仕事があるんですよ、とても、そんなひまはありません」

と、柔らかく拒んだ。若侍たちは、(うるせえおかみだな、余計な口出しをするな)

と思うが、実は千代のほかにもうひとり、屈強な護衛がいた。山口新介である。

山口新介は、月に六回、必ず学校に通ってきた。山口はあまり学問が好きではないから、講義の間は、池のほとりで水中の魚をみていた。

ここにも他国に売り出す観賞用の錦鯉が飼われていた。上杉治憲が、

「米沢領内の池、沼、あるいは水田も利用し鯉を飼え」

とすすめた。あの鯉である。いまではいたるところで育っていた。そしておもしろいことに、この鯉がどんどん売れた。

売れる先は江戸である。

ワイロ好きの老中首座(いまの首相)田沼意次《たぬまおきつぐ》が、色彩鯉が好きなのだ。

そこで、大名や大商人が、田沼に贈るために、米沢の鯉を買いあさった。

田沼の邸の池は、たちまち鯉であふれた。池の中に鯉がいるのでなく、鯉の中に池がある、という状況になった。

そうなると、大名、大商人は、自分たちの庭の池で鯉を飼いはじめた。田沼のまねをして、幸運や出世にあやかろう、というのである。

そして、誰がいいだしたのか、

「鯉は米沢のがいちばんいい」

という評判が立った。米沢の鯉はとぶように売れた。が、買手が問題である。また、鯉のおちつき先

が問題である。

治憲は、このへんを気にした。竹俣を呼んで、

「色彩鯉の売れ行きはどうか」

ときいた。

「とぶように売れております。いま、わが藩の財政再建には、欠くことのできないものになっております」

「しかし、買手がどうも汚れた者が多いようだな。そういう金で、藩財政をうるおすのは、いささか気になるな」

「そのようなことをお気になさいますな。いま、米沢では鯉を飼うのは、老人、こどものたのしみになっております。かれらに生きがいを与えただけでも、けっこうなことでございませぬか」

きあぴたれ(三)

竹俣当綱は、さらにこういって笑った。

「お屋形さま。鯉をごらん下さいませ。鯉は口が大きゅうございます。あの大きな口で、パックリと何もかものみこみます。いわば、清濁あわせのむ、といえましょう。お屋形さまのご心配、ごもっともとは思いますが、すべてはこの竹俣と鯉におまかせ下さい」

すべては、この竹俣と鯉におまかせ下さい、といいかたがおかしかった。

しかし、冗談めかしといってはいるが、鯉のことにかぎらず、改革の全般について、何か重大な責任追及がおこなわれたときは、竹俣は、自分で一切をかぶるつもりであった。

(改革の責任者に任命された以上、それが当然だ)

と、竹俣は考えていた。

そして、かれが責任をとる、というのは、腹を切ることであった。竹俣は、改革にいのちを賭けていた。

そのきもちは、治憲にもひしひしと伝わった。

(この男は、すでにいのちを捨ててかかっている)

治憲はそう思った。そう思うと、それ以上、鯉の買手について何かをいうことはできなかった。

(すべてが清くというわけには行かない。私のいっていることは、過度の潔癖だ。おしつけてはなら

ぬ）

米沢の鯉を、江戸の大名や大商人に売るな、ということは、私の好みの問題になる。鯉を飼うことに年寄りやこどもが生きがいを感じている、というのなら、それを大切にしよう。年寄りやこどもらもそれによって、なにがしかの小づかいを得ているのだろう。

（それを奪ってはならぬ。老人やこどもを大切にするのは、何よりも私の主張する政策ではなかったのか）

治憲はそう反省した。

季節は初夏である。木々の緑はいよいよ変り、高い山から走り出た雪どけの水は、平野部の川をたっぷりと流れていた。山も川も野も、自然は生き生きとはずんでいた。それは、人の心もはずませた。治憲は若い。世間なみのいいかたをすれば、まだ青年だ。

自然の躍動がひしひしと伝わるさまは、江戸のような大都会では味わえなかったことだ。

治憲は、城の中でじっとしているのががまんできなくなった。佐藤文四郎を呼んだ。

「村里をひそかにまわりたい」

佐藤はまたですか、という顔をした。村めぐりは、前に一度やってひどいめにあった。藩役人と村役人が結託し、本当のことは何ひとつ治憲に教えなかった。農民でさえ、役人たちから、こういえ、といわれたセリフをただ口にした。

きあぴたれ（四）

「前に村をまわったときは、私に甘いきもちがあり、おごりがあった。それは、村々が私を藩主として扱えというのではない、藩主の私には正直に何でも話すと思ったのだ。

それが思いあがりであることを、私はいやというほど知った。そこで、こんどはこうしたい。私はさりげなく村をまわりたいのだ」

「お忍びですか」

「いや、忍んで行けば、役人も農民も、わかったときにあわてるし、また、そういうやりかたは陰険だ。はっきり行くことを知らせよう。ただし、村々にはこう伝えてほしい」

そういって治憲は、

「村めぐりの条件」

を話した。かなりあった。つぎのようなものだった。
○道筋一切掃除をしないこと
○通行する村々は盛砂をしないこと。これは泊る宿も同じ。
○田畑でしごと中の農民は、私が通るからといって、いちいち簔笠を脱いだり、農のしごとをやめたりしないこと。
○橋を新らしく架けなおさないこと。ただし、ぬかるみはつくろうこと。これは私のためでなく、皆のためであること。
○巡村のために村々の人夫はひとりたりとも使わないこと。
○宿泊する宿での食事は一汁一菜のこと。ただし、宿泊料はきめられたものを必ず支払うこと
きいていて、佐藤は笑いだした。二人とも顔をみあわせ
座には竹俣や莅戸《のぞき》もいた。二人とも顔をみあわせた。

「これは、まあ、おどろきましたなあ」

「われわれが廻村しても、ここまではこまかく指示しませんなあ」

そして二人は、笑っている佐藤に、

「おまえは何を笑っているのだ」

と妙な顔をした。佐藤はこう応じた。

「だって、お屋形さまのご指示は、番役人や村役人に痛烈な皮肉だからですよ」

「痛烈な皮肉？」

「そうです。お屋形さまのご指示は、こういう生きかたを金科玉条にしている人間にとっては、全部逆の指示です。大混乱が起りますよ」

「…………」

佐藤のいうとおりかも知れない、と二人も思った。治憲は静かに笑っていた。治憲も佐藤のいっていることを別に否定しなかった。胸の中では、佐藤のいうとおりのことを考えているのかも知れない。

ただ、

「佐藤、供はそのほうと、山口新介に命ずる」

といった。

きあぴたれ(五)

池の鯉をみながら、山口新介は講堂の講義が終るのを待っていた。月に六日の学校がよいはちょっと問題だ。

小野川の開墾地に住むなかまたちは、ほとんど休めない。山口はだから、その分をほかの日で埋めあわせた。特に、講義のある前の日は深夜まで働らいた。

なぜ、そんな思いまでして学校に従いてくるのか。

山口は千代とみすずの二人が心配だったからだ。

「藩にはオオカミが多い。私が守る」

といって護衛役を買って出た。しかし山口のきもちは微妙であった。

いま、山口は千代に、

「おれの妻になってくれ」

と、しきりに迫っている。しかし、ついこの間まではみすずに夢中になっていた。

とんでもないカンちがいをしていて、恥をかき、みすずが慕っているのは佐藤文四郎だと知った。

(そうだとするなら、いさぎよくあきらめよう)

と、身をひいたが、ひいたのはからだのほうで、心の中にはまだみすずへの思慕がのこっている。

千代は、

「あたしを、すずちゃんの代りに考えているんでしょう」

という。

「ちがう」

と、否定するが、果して否定しきれるかどうか。

小野川からの遠い道を、興譲館まで往復するたびに、山口は惑う。いま、興譲館の庭の池のふちで、水中で泳ぐ鯉の群をながめながらも、山口はそんなことを考えていた。

それにしても初夏の気候はこころよい。しかも、昨夜は深夜まで労働して疲れている。立っていたのが、しゃがむ姿勢になり、やがてあぐらになり、ついにうとうととした。

そして、甘い居眠りにとろとろすると、

「おい、新介」
とうしろから軽く肩をたたかれた。
はっとして目をひらくと、佐藤文四郎が立ってい
た。
「居眠りか。後生楽な男だ」
「昨夜、おそくまでクワをふるっていたのでな。疲
れた」
「それなら、小野川で休んでいればいいのに。何
も、遠い学校までテクテクくることはあるまい」
「こいつ、恩知らずなことをいうな。おまえのみす
ず殿をまもっているんだぞ。おれがまもらなければ、みすず殿はとっくに藩中の若いオオカミの餌食
になっている」
「そうかな。いや、それはどうもありがとう。ところで、お屋形さまから、おまえに仕事だ。おれと一
緒に、お屋形さまの廻村のお供をしろ」

きあぴたれ(六)

「このたびの廻村は、まず、東置賜、西置賜、南置
賜の三郡をまわりたい」
と治憲は告げた。
この年の五月六日午前四時、治憲は佐藤文四郎と
山口新介だけを供に、城を出た。
北に向い、糠野目村の開墾地をみて、そのあと松
川を舟で下り、洲島林の開墾地をみたあと、八丁
巻、中島道心河原、西悪戸などをめぐり、夜は小出
村に泊る予定である。
七日は、宮原、平山の開墾地、野川のしめきり堤
防、八日は御筒屋製蠟所、モミ倉、宮村の青苧の
倉、成田村兎女ヵ原開墾地、九日は石那田開墾地、
四ッ松川原開墾地、十日、白鷹山登山、十五壇山植
立の杉林、十一日は小出村堀切、上川原開墾地をそ
れぞれみる、という予定を立てた。
廻村の目的はあきらかであった。村めぐりとはい
っているが、そのほとんどは、新らしくひらいた開
墾地におかれていた。荒野に挑戦した武士や農民の
労をねぎらうのが目的だったのである。
通過する村村は、城中で佐藤文四郎が笑ったとお
り、大混乱をおこしていた。
「道の掃除をするな」

とか、

「盛砂をするな」

あるいは、あいさつもいらない、しごとをつづけよ、という指示が、本当のものかどうか、大いになやんだからだ。

いや、指示は本当のものなのだろうけれど、本当にそのとおりにしていいのかどうか迷ったのである。村村では役人よりも農民の方が、

「このお達しは、本当がなし」

とか、

「いままでと、何でもかんでも逆だもなし」

と、口口にいいながら額をよせあった。

結局、

「最初にお通りになる村の様子をみよう」

ということになった。

その意味では、最初の通過村は大変だった。激論の末
「掃除もやめ、盛砂をやめよう」

ということになった。もちろん、おとがめかくごのうえだった。


しかし、馬にのった治憲一行は、田畑の中にいる農民たちに、

「ごくろう、ごくろうである」

と声をかけながら、どんどん通りすぎて行った。馬のすすめかたは急いでおり、農民のしごとのじゃまになることを、極力避けようとする態度が、はっきりしていた。

「お達しは本当だ」

と、村人は信じた。それは、さらに、

「普段のとおりにしていればいいのだ」

というように理解された。

「そうだ。普段のとおりにしていればいいんだ。特別なことをすると、かえってお屋形さまはおきらいになる」

と、つぎの村に伝えられた。

きあぴたれ(七)

「私のいったことが、うそではない、本当なのだ、と皆に信じてもらうのに、ずいぶんと手間がかかるものだな…」

馬上で治憲は苦笑していった。

「はじめてだからですよ」

後から山口が大声でいった。

「はじめて?」

ききかえす治憲に
「そうです、村の人間たちは、藩庁のいうことが、オモテもウラもなく、つまりタテマエもホンネも同じだというお達しに接したのは、おそらく、こんどがはじめてだったのです」

といった。

「おい、山口、それではいままで、藩庁はずっと領民をだましてきたようにきこえるではないか」

佐藤が苦笑して抗議した。山口はうなずいた。

「そうだ、事実、だましてきたではないか。達しではていさいのいいことをいっておきながら、もし、本当に村や領民がそのとおりにしたら、あとが大変だ。

ばか者、こんな達しを本気にするやつがいるか、こんな紙きれはタテマエでホンネは、これこれだ、そのくらいのことがわからないのか、と、饗応やワイロを要求するのが、いままでの藩庁だった。だから、領民の心は二重底になり、お達しなど信用しなくなった、むりもない。佐藤」

「何だ」

「おれが、小野川の開墾地へ行ったのは、そういう藩庁に籍をおいている罪ほろぼしの意味もあるのだ」

佐藤に語っているが、山口は実際には、治憲に語っているのだろう。

(佐藤といい、山口といい、米沢にはいい侍がいる)

と、治憲は思った。

その山口が、前方をみて、

「お、こりゃ、いかん」

と馬をとめた。

道の行手で、老婆がひとりで荷車をひいていた。薪を積んでいる、が、よろよろしていた。

後からくる三人に気づいているのか、いないのか、とにかく一生懸命にひいている。

「押してやろう」

山口は馬からとびおりた。

「おれも手伝う」

山口につづいて佐藤も馬をおりた。すると
「私も手伝う」

治憲もとびおりた。

「お屋形さま！」

思わずおどろきの声をあげる二人に
「何の。私は若い。力ではおまえたちに負けぬ」

と治憲は笑った。三人は老婆の車に走ってちかづいた。

きあぴたれ(八)

「あそこが、家だ」

老婆は、突然、

「お婆ちゃん、車を押そう」

と手伝いに寄ってきた三人の侍に、ていねいに、これはこれはと恐縮しながらも、自分の行先を指さした。街道から右手斜めに、小さな林とその林の前のワラぶきの農家がみえた。

「大変だなあ、お婆ちゃん。いま、いくつだね」

治憲がきいた。治憲も、佐藤と山口と同じようなそまつな木綿の着物を着ているから、老婆には、治憲が藩主だとはわからない。

「八十二だ」

と気やすく答える。そして、

「おめえさまがた、お城のお侍さまかね」

ときいた。

「そうだよ」

治憲は平然と答えた。老婆はいった。

「今日はお屋形さまが、ここをお通りになるそうだ。おらのような婆アが、道を車でふさいでは申訳ねえ。早く脇の道に入れてくれ。だけど、お屋形さまはえれえお人だ」

「何がえらい」

佐藤がきく。

「何がって、いま、米沢の村村では、みんな年寄りを大事にするようになった。これは大変なことだ。お屋形さまが、年寄りや病人や女、こども、とりわけ、からだの不自由な人を大切にしろ、とおっしゃったからだ。

うちでも、おらは急に大事にされはじめた。そうなると、いままでのように、にくまれ口をきいて、嫁いびりばかりしているわけには行かねえ。だから、おらもついこうやって薪をはこぶようになる。

考えてみりゃあ、お屋形さまは人使いのうめえお人だ。おらたちのような婆アまで、うまくおだてて働らかせるものな」

ふひひ、と老婆はシワだらけの顔をほころばせた。しかし、おだてられて働らく苦しさを感じている顔ではなかった。老婆は幸福な顔をしていた。

「いまのは冗談だ。おらが本当にいいたかったのは、おめえさまがたも、お屋形さまのツメの垢でも煎じて、年寄りを大事にしろっていうことだ。

もっとも、おめえさまがたは、こうやって年寄りの車を押してくれる親切者だから、いい若え衆だ」

家のほうから、人がひとり走ってきた。女だ。手をふっている。

「うちの嫁だ」

老婆はいった。

「今日は孫の生れた日だ。この薪でキビを蒸して、おらがダンゴをつくってやるだ」

「キビダンゴか…」

治憲は微笑んだ。そして、

「お婆ちゃん、たのみがある」

といった。

きあぴたれ餅(九)

若い侍から、突然、たのみがあるといわれて、しかし老婆は、

「何だね」

とにこにこして治憲をみた。何を基準にしてそうきめたのかわからなかったが、三人のうちで治憲がいちばん気にいったようである。

「いつか、またくるから、お婆ちゃんの、そのキビダンゴをごちそうしてくれ」

「キビダンゴ？」

ききかえして老婆は、ははは と歯のない口をあけて笑った。そして
「インや」

と首をふった。

「何だ。くれないのか」

「おめえさまには、もっとうめえものをやる」

「もっとうまいもの？」

「そうだ、きあぴたれ餅だ」

「きあぴたれ餅？」

「ああ、餅に餡をまぶしてな」

「餡をまぶした餅か。それはさぞうまかろう」

「ところが、餡には砂糖が入ってないぞ」

「砂糖の入っていない餡？」

「そうだ、百姓はごちそうといっても、そのくらいのものしか食えねえんだ。いいよ、いつでも寄ってくれ、きっとだぞ」

そううなずいて、しみじみと治憲をみつめ、

「おめえさまはいいお人だ。やさしい眼をしている。お屋形さまもおめえさまみてえなお供を出世させなきゃいけねえ。こんど会ったら、お屋形さまにそういってやろう」

吹きだしたいのをこらえている佐藤と山口に気がつかず、老婆はそんなことをいった。

治憲は笑いながら、

「うん、ぜひたのむ」

といった。

あぜ道を走ってきた女は、頭から手ぬぐいをあわててはずしながら、

「お侍さまが、こんなことを、まあ。お婆ちゃんもまた平気でお侍さまに車なんか押させて」

と、おろおろしながら、何度も治憲たちに頭をさげた。しかし老婆は、

「おらは車を押してくれなんてたのまねえぞ。この三人が勝手にやっただ。

城の侍だっていうから、大方、あとからくるお屋形さまのために、大急ぎで道からおらをどかしたんだろう。ちゃんと知っているぞ、このワルめ」

そういって老婆は、佐藤と山口が、あっと声をあげる前に、力いっぱい治憲の肩をたたいた。

そして、

「いや、おめえさまはワルじゃねえ」

と、改めて、また治憲の顔をみた。

きあぴたれ餅(十)

「いや、おどろきました」

再び馬にのって道をたどりながら佐藤はいった。

「お腹立ちのところを、おこらえいただいて、本当に申訳ございません」

と、まるで自分が罪をおかしたようにあやまった。

「お屋形さまは腹なんか立てているものか」

山口は笑った。

「しかし、山口」

と苦渋の顔をむける佐藤に、山口は、

「お屋形さまはけっこうたのしんでおられたよ。そうでしょう、お屋形さま」

と治憲にいった。治憲は、

「山口のいうとおりだ。私はたのしかったよ」

とうなずいた。ほら、みろ、といいばりながら、山口はこんなことをいった。

「えらい人のそばにいるから、佐藤もつまらないことを気にするようになったたな。むかしのおまえはもっとおおらかだった…」

「そんなことは、原方《はらがた》(開墾地のこと)にいるからいえるんだ。城の中にいてみろ。いろいろと苦労があるんだ」

「屁みたいな苦労さ」

「それなら、おまえも城で仕事をしてみろ」

「いやだね」

山口は即座に首をふった。

「おれは、クワをにぎって土にふれているほうが性に合う。佐藤、土というものはいとしいものだぞ。おれは、この間、土を食ったぞ」

「土を食った?」

「ああ、万物はすべて土から生れると思うと、急に土がいとおしくてね、つい食っちまったんだ」

ふうむ、と佐藤はうなった。その佐藤に、山口は急に
「おい、佐藤、このごろ、城のやつらが、おれたち開墾地にいる者を何といっているか、きいているか」

ときいた。目が光っている。

佐藤はだまった。そのだまりかたがちょっと異様だった。

「何もきいてないのか」

山口はくりかえした。じっとみつめられて、佐藤はひくく、

「…きいているよ」

と応じた。

「何といっているのだ」

山口は追求の手をゆるめない。

「お屋形さまの前だ。あとにしよう」

佐藤は苦しそうだった。治憲はふりむいた。

「かまわぬ、申してみよ」

「ほら、おゆるしが出た。おれたち開墾地の侍を、城の、特に城下町に住んでいるやつらは何と呼んでいるのだ？　教えてくれ」

執拗な山口の問いに、佐藤は大きな呼吸をしてこういった。

「原方のクソつかみ…」

原方のクソつかみ(一)

佐藤文四郎が口にしたことばは、山口新介よりも治憲のほうにより衝撃を与えた。治憲は、

「原方のクソつかみ？」

思わずききかえした。

「はい」

「どういう意味だ」

馬上で目を交しあって、山口が代って答えた。

「原方というのは、城下町に住めず、領内の荒地に住んでそこを開墾している侍のことであります。クソつかみというのは、原方の侍が農事にいそしんでいるために、肥料の桶をかつぎ、時に、これが桶からとび出て、からだにかかることもございます。

特に馬の糞などは、手づかみでほぐすこともございますので、そう呼ぶのでございましょう」

「誰がそう呼ぶのだ」

「城下町に住む侍たちでございます。殊に、お屋形さまのご改革の趣旨が、まだよくわからぬ者、いや、わかろうとしない者がそう呼びます。そこで

…」

そこよ、といってさらにつづけようとした山口は、治憲が何かいいたそうなので、ことばを切り、治憲をみた。

「そこで?」

が、治憲は出かかったことばをのみこみ、とうながした。先に山口の話を全部きこうと思ったのだろう。山口はつづけた。

「原方の者も、このごろではいいかえすようになりました」

「何と申しているのだ」

「城下町のカユ腹め、と」

「城下町のカユ腹?」

「はい。原方はクソつかみとののしられようと、自分たちがつくった米を食えます。しかし、城下町のやつらは、カユしか食えまい、と…」

「………」

山口と佐藤は、治憲の表情がたちまち、厚い雲におおわれたのをみた。その暗い表情のまま、治憲はしばらく馬をすすめた。

やがて、静かにこんなことを語りはじめた。

「私の生家秋月の家は、日向の高鍋というところに藩地がある。となりは薩摩だ。

薩摩も、当上杉家と同様に、関ヶ原の合戦では西軍に味方した。そのため、領土をかなりせばめられ、多くの家臣を抱えて苦しんだ。やむなく、大勢の侍が、山口たちのように城から遠い荒野や山林を開墾して住んだ。

はじめはこういう侍たちを、藩は賞讃していたが、やがて、城下町の侍たちは、開墾地に住む者を〝一日兵児《ひしてべこ》〟と呼ぶようになった。一日兵児というのは、一日おきの侍という意味だ、一日は百姓だというのだ。

が、最近はもっとその呼び方が悪くなった…」

原方のクソつかみ(二)

「いままで、開墾者たちは、その住んでいる地域の名をとって、衆中と呼ばれていたが、ここへきてどういうわけか、〝郷士〟と呼ばれることになった。藩が方針で、城下町に住む侍よりも一段格をさげてしまったのだ。

そうなると、城下町に住む侍たちは、堰《せき》を切ったようにこの郷士をばかにしはじめ、郷士を〝唐芋《からいも》（サツマイモ）郷士〟と呼ぶようになった。

もっとひどい者は、〝唐紙《とうし》一枚〟とも呼んでいる。郷士など、斬り殺しても唐紙一枚の届出ですむ、というわけだ。

こうして城下町の侍と開墾地の侍の身分が、薩摩でははっきり分れてしまったが、もっと悲しいことに、その郷士たちがさらに自分たちを、上級郷士と下級郷士に分けてしまったことだ。郷士同士でさげすみあっている。

こうなると、人間の業《ごう》は果しない。いま、薩摩では、人が人の下に人をつくりつづけている。佐藤、山口」

「はい」

「この米沢では、微塵《みじん》もそういうことをしたくない」

「はい」

治憲の声は濡れていた。それは悲しみで濡れていた。

人間は貧しいとき、そして前途に希望がないとき、必ず自分のまわりを見渡す。それも、下ばかり見る。自分より下位にある者がいると安心する。そして、

（あいつよりは、まだ自分のほうがましだ）

と思う。優越感だ。この優越感はやがて、その下位者に対する侮蔑に変って行く。

薩摩では、藩中にその侮蔑感がうずをまいている。

「薩摩藩は、藩庁がそういうことになるのを予想していなかったのでしょうか」

佐藤がきいた。

「うむ」

治憲はちょっと返事をためらった。佐藤の問いは治憲の大きな疑問でもあった。治憲はこう答えた。

「藩は知っていたのかも知れない」

「と申しますと？」

「佐藤よ」

何ともいいようのない悲しい眼をして、治憲はい

った。

「藩が貧しくなれば、藩士の不満は必ず藩庁に行く。しかし、それをきちんとうけきれなければ、藩庁は藩士の不満を、別な方向に散らさなければならぬ。

悲しいことに、侍は身分とか体面を重んずる。つまり形にこだわる。これが弱点だ。薩摩藩はその弱点をうまく利用したのだろう」

「新しく身分を分けて、藩士同士争わせ、藩庁への攻撃をそらそうというのでございますな」

佐藤もそう理解した。

原方のクソつかみ(三)

「そうだ、佐藤のいうとおりだ」

治憲はうなずいた。そして、

「しかし、それは人間同士、疑いあえということだ。人間が互いに互いを侮りあうということは、何の思いやりもいたわりもない。

ただ憎みあえ、ということでしかない。不信だけを育てる。米沢ではぜったいにそうなってはならぬ。

佐藤、山口、まさか、おまえたち二人も、クソつかみだの、カユ腹だのと、ののしりあっているのではないだろうな」

「とんでもございません」

二人は同時に否定した。

「私たちの胸には、依然として、板谷峠でいただいたお屋形さまの火ダネが燃えております。そんな呼びかたは決していたしません。ガッチリと手をにぎっております」

「うむ、たのむ」

うなずいて治憲はようやくほほえみをとりもどした。そして、

「ガッチリと手をにぎっている、か、ガッチリとは、また力づよいことばだな。いつまでも、ガッチリとにぎりあっていてくれよ」

「はい」

原方のクソつかみ、というひとことで、治憲がどれほどきずついたか、二人にはよくわかった。

治憲がきずつくのは、自分をそう呼ばれている人間の立場におきかえるからであった。つねに相手の

立場に立ってものを感じ、考えるからであった。

それほど、この若い藩主の心が柔らかく感じやすいことを二人はよく知っていた。

糠野目村の開墾地がみえてきた。入口に開墾にたずさわる武士、村役人、農民のすべてがかたい姿勢で待っていた。やはり緊張しているのだ。

入口で三人は馬をおりた。治憲は満面に笑みを浮べて、

「ごくろう、ごくろうである」

とあいさつした。そして、

「皆、仕事に戻ってくれ。私はありのままの皆の姿をみたいのだ。これでは、私がきたことは、皆の仕事の邪魔をすることになる。どうか畠に戻ってくれ」

と、まるでひとりひとりに哀願するようにいった。村役人たちは、顔をみあわせていたが、やがてうなずきあって、手で、皆、畠に戻れ、というしぐさをした。

治憲の事前の達しが、決してうそではないと知ったのだ。

農民たちが畠に戻ると、治憲は開墾の責任者に、

「大変だったな。よくここまでにした」

とねぎらいのことばをかけ、

「あわてて城を出てきたので、何もみやげがない。あとで酒でも買ってふるまってくれ」

と、なにがしかの金を渡した。責任者は、土の上にひざをついておしいただいた。

原方のクソつかみ(四)

初夏の陽光と温気に、土は、はげしく呼吸していた。その吐き出す息は強烈だった。

「これが土の匂いだ」

治憲はひらかれた畠の中を歩きながら、口をあけて胸いっぱいに土の匂いを吸いこんだ。

「山口」

「はい」

「おまえが土を食うきもちがよくわかるぞ」

「おそれいります」

いま、米沢の各地方は、治憲のすすめで、米作のほか、青苧、大豆、小豆、紅花、綿、蠟、うるし、

楮、植物油（荏、ごまなど）の生産が盛んだ。

そういう原料の苗や木があらゆるところに植えられている。

治憲は、従来の米沢藩の、

「原料輸出」

を、

「製品輸出」

に変えた。それも、改革反対派から、

「お屋形さまは、武士に農工商同様のことをさせ、武士の家族にも同じことをさせている」

と、一部から批判されながらも、原料から製品に変える作業の労働力に、武士とその家族を組みこんだ。

「民こそ国の力である」

と念ずる治憲は、

「藩士は、その国の宝の汗とあぶらである年貢で養なわれている。徒食はゆるさぬ」

という方針を立てた。

いま、領内の開墾地や城下町の生産地には、かなりの武士やその家族が混って働らいている。

案外なもので、武士の妻は器用であった。苧からサラシをつくったり、蚊帳にしたり、小千谷ちぢみの変型版の米沢織を織るのも、実にうまかった。

技術指導は小千谷から呼んだ職人や、奈良からきた職人がおこなった。きびしかった。

「そんなお上品な手つきではだめです。こうやるんです」

と、びしびし指導した。

「武士の妻に向ってぶれいな」

と憤慨する妻もいた。

が――そんな感情をこえて、妻たちは、自分の手でものをつくり出すよろこびを知った。

土の中から物を生み、それを加工し、要る人に分ける、という生産者のよろこびを知ったのである。

同時に生産者の労苦も知ったのだ。

何もせずに、農工商三民の上にあぐらをかいて、その汗とあぶらの結晶を当然のごとく消費してきた過去をふりかえり、

「武士とは一体何なのだろう、その家族とは一体なんだろう」

ということを、はじめて考えたのであった。

原方のクソつかみ(五)

それに、生産に従事すると、あとでいくばくかの金になった。これは、貧しい武士家族の家計にとって、本当に助かった。

いまは、物物交換の時代ではない。

「年に何石」

とか、

「何人扶持」

とかいうように、武士の給与は米を基礎にしているけれど、世の中は、すでに貨幣で運営されている。ネギ一本、トウフ一丁買うのにも金だ。米を持って行くわけには行かないのだ。

それは、あと戻りすることのない世の中の進行であった。すすんで開墾や加工の仕事に加わった武士とその家族は、まず、そういう経済のしくみを知った。いままでの、

「重農賤商主義」

が、いかにまちがっているかを知った。

そうなると、にわかに、いままで目もくれず、逆に軽んじてきた領内の技能者や、中小の商人の存在が目に映った。

(この人たちを大切にしなければならぬ)

そうしなければ、藩内の生活はゆたかにならないし、いきおい、いつまでたっても藩も富まない。

(ああ、われわれは今日まで一体何をやってきたのか)

と、生産作業に参加したものは、まず、自分の過去をふりかえった。

他家から養子にきた、あの若いお屋形さまのいうことが、やっとわかってきた。

そして、何よりも、自分のからだをうごかすことによって、無から有が生れ、その有がまた別のものに変り、しかも、それを欲しがる人人の手に渡すということは、何か、

「私は、この世の誰かさんのために、役に立っている」

と思うことができた。

それは、働らくことのよろこび、ひいては生きる

ことのよろこびであった。

佐藤文四郎と山口新介は、はあっ、はあっと大きく胸をあえがせながら、いっぱいに土の匂いのみなぎる空気を吸いこみ、はき出し、そして、その土の中にいる農民や武士のひとりひとりに、

「ごくろうである。たのむ」

と、にこやかに声をかける治憲の姿をみて、

（お屋形さまは、米沢の人人に、生きがいを与えたのだ）

と思った。

治憲もまた、自分が
「畠に戻ってくれ」

とたのんだら、すぐ土の上に戻った開墾民たちの姿に、

（この者たちは、すでに働くことのよろこびを身につけた）

とさとった。嬉しい発見であった。

原方のクソつかみ（六）

糠野目村をまわったあと、用意された舟に乗って、松川を下った。こんどは洲島の開墾地に向う。洲島は現在の東置賜郡川西町に属している。昭和三十年に編入された。キラキラと川面に散る陽光は、そのまま銀粉にみえた。

「どうだ、景気は」

治憲は船頭にきいた。

突然、領主からものをきかれて、中年の船頭はびっくりした。巧みに竿を操る手をとめずに、「おしょうすな（ありがとうございます）」

といった。そして、

「なえったたってかえったたって（何といっても）、お屋形さまのおかげです。いまは鯉を飼って、これがひどく江戸に売れてます」

と、陽にやけた顔の中で白い歯をみせて笑った。そして、急に、

「お屋形さま、洲島へ着く前に、網をうとうか？　鱒がとれますよ」

といった。

何かひとつでも治憲をよろこばせよう、というきもちがあらわれていた。

「鱒か、それはたのしみだな。しかし、いまは洲島を先にしよう」

治憲の答えに、船頭はうなずいて
「ほんだらまず（それでは）、帰りに網をうとう」

と応じた。うなずく治憲が、

「うん、帰りにたのむ」

というと、船頭は、

「きっとだぞ、約束だぞ」

とムキになっていった。治憲は、

「ああ、きっとだ。約束した」

と応じた。

こういう領民とのやりとりを、佐藤も山口も、もうとめない。ぶれいだとか何とかいう境いをとっくにこえている。

朝、道で車を曳いていた老婆も、この船頭も、治憲を藩主としてとらえているのでなく、人間としてとらえている。

治憲も相手を人間としてとらえている。そこで交される人間同士の交流は温かく、傍《はた》からとやかくいえる性質のものではない。

そのへんは、二人はよくわきまえていた。

糠野目の開墾地を去るとき、途中まで送ってきた責任者に、治憲は、

「おい、原方のクソつかみ」

と微笑んでいった。

「は？」

思わずけげんな表情になる責任者に、

「土を肥やすためにクソをつかむのは、崇高ないとなみである。誇りをもて」

と告げた。治憲のことばの意味をさとった責任者は思わず、

「はい」

と目を輝やかせた。その責任者に治憲は、重ねていった。

「しかし、おまえたちは、かりそめにも、城下町のカユ腹などといってはならぬ」

「わかりましてございます！」

原方のクソつかみ（七）

（このお方には、天性、人をひきつけるものがあ

る）

佐藤も山口もしみじみとそう思った。どんな人間でも魅了してしまうこの性格は、きっと天性のものので、他人がまねようとしてもまねができない。

老婆も船頭も、本能的に治憲の人間性を感じとるのだ。それは、

（この人はうそをつかない）

ということだろう。何の警戒心ももたずに、ズバリと本当のことが話せる、ということを感じとるのにちがいない。

だから、佐藤も山口も、

（領民との話は、そっとしてあげたほうがいい。脇から、決してとめたり、邪魔をしたりしてはならない）

と考えていた。それは、そばでみていて、本当にほのぼのとする光景だったからだ。

洲島村でも、治憲は出迎えていた村人を全部土に戻した。

「自然の、ありのままをみせてほしい」

といった。

洲島村の村民は、すぐ治憲のことばに従った。治憲は、ここでも大きく口をあけて、土の匂いを吸いこんだ。そのあと、八ケ巻、中島道心河原、西悪戸などを精力的にみた。

佐藤や山口のほうが、かなり疲れをおぼえるほどに、治憲の歩きかたはすさまじかった。

移動の途中で、馬糞をはこぶ農民に出会った。中年者だったが、
片方の脚が不自由で、そのため、桶いっぱいにした馬糞の運搬がかなり辛そうだった。

治憲は馬からとびおりた。そして、

「おい、その桶をこの馬にのせよ」

といった。

ふりかえった農民は真青になった。かれは、声をかけた武士が、この国のお屋形さまであることを知っていたのである。

そのお屋形さまが自分をよびとめた。

農民は、治憲が、

「おい」

と自分を呼んだことはわかったが、そのあと何を

いわれたのか、わからなかった。不自由な足で、馬糞の桶をかつぐ重さを、懸命にがまんしていたからだ。

（うるせえやつだな、うしろからひとを呼びやがって）

そう思いながらふりむいたら、お屋形さまだった。これには仰天した。

「うわあ…」

からだ中から力がぬけ、農民は肩から桶を落してその場にひっくりかえった。

「あ、これはすまぬ」

恐怖心を顔いっぱいにみなぎらせて、あぜ道のほうへ、じりじりと逃げる農民に、治憲は本当にすまなそうな顔をした。

原方のクソつかみ(八)

あぜ道で尻もちをついている農民は、自分が治憲の行手をじゃまして、とがめられたと思ったのだ。足が悪いために、よけいそう思った。

「おどろかすつもりはなかった、ゆるしてくれ」

治憲は、手をのばして農民をひきおこそうとした。

しかし、農民のほうは怖がって手を出さない。治憲は、佐藤と山口に、

「桶を私の馬にのせよ」

といった。

二人は顔をみあわせたが、こういうことになると、とめても治憲はいうことをきかない。

二人とも、いわれたとおりにした。

（いかに何でも、これは少しやりすぎではないのかな）

と思っていた。

その間にも、治憲は、農民にちかづき、

「足はどうしたのだ」

ときいていた。

「…………」

まだ完全に警戒の念を捨てたわけではなかったが、少しずつ治憲の柔かい態度がうそではない、と感じたのか、

「…こどものとき、斧《おの》で切った」

と答えた。

「そうか、それはひどいめにあったな」

まるで自分の足が斧で切りこまれたような顔をして、治憲は眉をしかめた。

その治憲をじっとみつめていた農民は、やがて土の上にきちんと正座し、手をついていった。

「お屋形さま、申訳ねえ。このとおりです。どうか、かんにんして下さい」

「何をいう。おまえは私に何も悪いことはしておらぬ。私のほうがおまえをおどろかしたのだ、すまぬ」

治憲はもう一度あやまった。

そして、こんどは別な意味で恐縮しきってしまった農民を連れて、自分の馬に馬糞の桶をのせた治憲は、農民がその桶をはこぶ場所までいっしょに歩いて行った。

別れぎわに、農民は眼に涙をいっぱい浮べていた。その肩に手をおいて、

「米沢は、足の悪いおまえを大事にするような国になる、皆の力できっとなる」

といった。

夕昏がせまっていた。再び馬に乗って歩み出すと、

「お屋形さま」

山口新介がふりかえっていった。

「ごらん下さい」

山口の示す後方をみると、いまの農民が道の上に坐りこんだまま、手を合わせてこっちを拝んでいた。

原方のクソつかみ(九)

その夜の宿は、小出村の竹田という家であった。

「せわになる」

にこやかに竹田の家に入った治憲は、はじめに、

「ご主人、三人の宿賃はきちんととってくれよ」

といい、佐藤と山口をふりかえって
「おまえたちも、決して踏み倒すではないぞ」

といった。緊張していた家人が一度にからだの固さをほぐした。それだけでなく、皆、どっと笑っ

た。

（お若いのに、何という気さくなお屋形さまだろう）

と一様に感じた。

竹田家の主人は、

「ありあわせのもので、何のおかまいもできませんが、まず、おふろをどうぞ。さぞ、お疲れでございましょう」

とすすめた。

「それは何よりの馳走です」

とよろこんだ治憲は、

「おい、佐藤、山口、いっしょに入ろう」

といった。

「冗談ではございません。そのようなことを」

びっくりして辞退する二人に、

「私も冗談などいっておらぬ。それとも、私といっしょに入るのははずかしいのか」

と治憲はからかった。

「いや、そのようなことは…」

「では、まいれ。背中の流しあいをしよう。案内をおねがいする」

治憲は主人に告げた。

佐藤と山口は、

「えらいことになったな」

と、心底弱った顔になったが、竹田の主人のほうが、

「せっかくああ仰っておいでです。いいではありませんか。風呂場は広うございます。どうぞ、ごいっしょにお入り下さい」

とすすめた。

「そうするか」

「ああ、そうしよう」

二人は意を決した。

「何をごそごそいっておる。早くまいれ」

廊下から、治憲がうながした。

風呂場に着くと、治憲は青年らしく、ぱっぱっと衣類をぬぎすて、

「先に行くぞ」

と中に入った。

佐藤と山口は、ぬいだ衣類のなかから、そろって

茜染《あかねぞめ》のじゅばんを別にすると、これだけ、ていねいに衣桁《いこう》かけにかけた。

つぎだらけの木綿のじゅばんで、つぎ布の方が多く、もとの布など、いまでは申訳ていどしかのこっていない、ひどいものだった。

手伝いにきた女中が、これをみて、思わず吹き出しかけたが、二人ににらまれて、下をむいた。でも、くっくっと笑いをこらえていた。

原方のクソつかみ(十)

ほどよい熱さの湯にひたり、たがいに背を流しあった三人の主従は、一日の疲れを忘れた。

先に出た治憲を見送ったあと、「全く、すさまじいお屋形さまだな」

湯槽《ゆぶね》の中で、ぶるぶると顔を洗いながら、山口はいった。

「どこにあんな力がひそんでいるのか、別段、米沢ではご鍛錬をなされるひまもないのに」

「気力だろう、きっと」

そんな話をしながら、二人は風呂から出た。

準備された食事は、鮎の塩焼きと、自然でとれた草のごまあえ、それに汁だけのものだった。しかし、治憲は、

「これは大変なごちそうだ」

と、よろこんだ。

酒をすすめながら、

「ところで、こんなことをおうかがいするのは大変にごぶれいか、と存じますが」

と、主人がおそるおそる佐藤と山口をみた。

「何でしょう」

鮎の頭を持って、ぴっと一気に魚の骨を手ぎわよくひきぬいた佐藤は、主人をみかえした。

自炊もする佐藤はこういうことが得意だ。箸で魚の肉をぎこちなくつまんでいる治憲に、

「このように、やってさしあげましょうか」

といった。治憲は、

「たのむ、おまえは器用な男だな」

と感心して、鮎の皿をよこした。佐藤は、治憲の鮎の頭をつかみながら、

「どうぞ、何でもきいて下さい」

とうながした。主人は、

「さきほど、おふたりがおふろにお入りになるときに、茜染めのごじゅばんを、ていねいに衣桁かけにかけておられましたが、あれには、何かいわれがございましょうか」

といった。

これをきくと、佐藤と山口だけでなく、治憲も頬をほころばせた。そして、

「ご主人、あの茜染めのじゅばんは、あまりにもボロなので、おどろかれたのではないのか」

ときいた。主人はうなずいた。

「正直、そのように感じましてございます」

「もっともだ。もとの布よりもつぎのほうが多いものな…」

治憲は高く笑った。

佐藤がいった。

「あのじゅばんは、お屋形さまお手縫いのものなのです」

「え」

思わずおどろきのこえをあげる主人に、

「お屋形さまがお手縫いになってお召しになっていたものを、われわれがおねがいして、拝領したものです…」

佐藤はつづけた。

赤いじゅばん(一)

つぎはぎだらけの、ぼろ襦袢が、実は上杉治憲の手縫いだときいて、宿の主人はことばを失った。ぼう然として、その話をした佐藤文四郎をみつめた。

「お手縫いの襦袢を、野山に生えた茜《あかね》の実で染められてな、ご褒美に賜ったのだ…」

「……」

主人は、まだ、声を出さない。

やがて
「…本当のことでございましたな」

と、つぶやくようにいった。

「何が本当のことだ」

山口新介がききとがめた。

「いえ」

主人は、はっと気がついていいよどんだ。自分が

何の気なしにとんでもないことをつぶやいたことに気づいたのだ。あわてて、

「何でもございません。どうぞ、お忘れ下さいまし、さ」

と、酒をすすめてごまかそうとした。

「ご主人」

佐藤文四郎が骨をひきぬいてくれた鮎の肉を、こんどは頰いっぱいに口に入れて、のみ下した治憲は、いたずらっぽい微笑を浮べてこんなことをいった。

「私はね、家臣とよく議論をする。中には、時時、何かいいかけて、いや、何でもありません、と話をやめてしまう者もいる。

しかし、そういう時は必ず何か意見があるものだ。ご主人もどうか、何でも話してほしい」

澄んだ治憲の眼にみつめられて、主人は、はい、と答え、ためらいながらも
「それではお話しいたします」

とうなずいた。誠実で率直な性格らしい。

「この里には、お屋形さまがご入国以来、おすすめになっていらっしゃるご改革を、必ずしも心から信じている者ばかりはおりません」

「……？」

「ご改革は、いままでと同じように、百姓をいじめるだけで、お城の方方は、特にお屋形さまが木綿を着て、召し上るものも一汁一菜だ、というのは、ウソにきまっている、ただ、そういっているだけだ、と申す者が沢山おります」

「それは当然だ。誰も、私の日常を実際にみていないのだから」

「はい」

そのとおりでございます、とうなずいて、主人は、

「実は、私もそのへんは、お城の方方のお話をウノミにしていたわけではございませんでした」

と正直に告白した。

「しかし、さきほど、茜染めのご襦袢を拝見して、それが本当であったことを身にしみて知りました。かりそめにも、お屋形さまをお疑い申しあげたことを、心からおわびいたします」

と、手をついて頭をさげた。

赤いじゅばん(二)

「頭をあげなさい、ご主人」

治憲のほうが当惑した。

「たかが襦袢一枚のことで、そのようにいわれると、私のほうが恐縮する。

ここにいる佐藤や山口のように、城にはとてもよく働らいてくれる藩士が沢山いる。しかし、私には褒美としてやれる金品が何もない。せめて、ぼろの襦袢くらいなものだ」

治憲のことばに抗議するように山口がたちまちいった。

「たとえ、ぼろ襦袢でも、お屋形さまのお心がこもっています。私はどんなに高価な金品をいただくよりも、この襦袢のほうがどれほどうれしいかわかりません。茜染めの襦袢は、私の宝物です」

といった。率直な山口のことばだ。席にいたものは、そのことばを、決しておせじとはきかなかった。

山口のことばに、私も同じです、という表情をしながら、佐藤文四郎はこういった。

「襦袢のほかにも、お屋形さまの下されたご褒美がございますよ」

「うむ?」

治憲は佐藤のほうをみた。

「そんなものがあったのか」

「ございます。火ダネです」

「ああ」

うなずく治憲は、

「あれは褒美ではない。もともとおまえたちの胸には、燃える大きな炭があった。私は、ただ、火をつけただけだ」

「それが大切なことです。いまでは多くの藩士が燃えています」

「そうだとうれしい」

そういう主従のやりとりをずっとみつめていた主人は、

「うらやましゅうございますな…」

と、嘆声をもらした。

「何がだ？」

ききかえす山口に、

「お屋形さまと、あなた方お二人がでございます」

主人はそういってさらにつづけた。

「お互いに、心から信じあっておいでになる、だから、何でもお話になれる…貴重なことでございます」

主人は山口に酒を注いで、しみじみとした表情になり、銚子を片手の掌でいとおしむように包んで話しつづけた。

「現在《いま》の世の中は、人間のみにくいことをあばくことだけが、人間の本当の姿なのだ、という風潮がしきりでございます。

人が人を信ずるとか、人のことを考えるとか、つまり、やさしさ、思いやりのようなものは、すべてウソで、つくりものだ、という不信のきもちが行き渡っております。でも、そうではない、ということを、今夜、私は、はっきり知りました…それが本当にうれしゅうございます」

赤いじゅばん(三)

主人には、娘がいて、ちかく嫁に行くのだ、という。

「わがまま娘でございましてな、嫁入り道具に桐のタンスを三棹《みさお》、しかも、ひき出しには絹の着物をいっぱい入れてくれ、と申します。

そこが親ばかでございましてな、絹はご改革のお留め品と知りながらも、つい、娘のねがいにほだされまして、酒田の商人からそっと買いいれました。

それも、さっき申しましたとおり、お屋形さまが木綿をお召しになっていらっしゃるはずがない、と思っていたからでございます。

しかし、目がさめました。明日にでも娘によく話をし、絹はすべて木綿にかえるつもりでございます。本当におはずかしいことでございます…」

主人は大きな罪をおかしたような口調で語った。

治憲は主人の話をきき終ると、

「ご主人、それはいかん」

と箸をおいた。

「は？」

「娘御がかわいそうだ。そのまま、絹の着物を持たせてやりなさい」

「いえ、そうはまいりません。お屋形さまにおめにかかる前ならいざ知らず、いまでは、もうそのようなことはできません」

主人もがんこだった。

「しかし、それでは娘御に私が恨まれる」

「とんでもございません。ご禁制を破った私のほうが悪い父親なのでございます」

「でも、娘御は承知しますか」

「さあ」

主人は自信なさそうに苦笑した。

「いまの若い者の気質は、親にもわからないところがございまして…しかし、説得をいたします。それよりも、お屋形さまに折いってお願いがございます」

主人は急に態度を改めた。真剣な眼になった。

「何ですか」

「私にも…その茜染めのお襦袢をぜひいただかせていただきとう存じます。家の宝にするだけでなく、里の者一同に、お屋形さまのお心を伝えとうございます」

「……」

治憲は無言だった。胸の中では襦袢がそういう宣伝に使われることをいやがっていた。襦袢にかぎらず、治憲は、自分のすることがそういうふうに大げさに世の中に伝えられることを歓迎しなかった。さりげなく、自然に領内に浸透することのほうをのぞんでいた。

そのへんの治憲の心理は、佐藤文四郎のほうが敏感に察した。佐藤は治憲にいった。

「もし、おゆるしをいただけるのなら、私が拝領した襦袢を主人に与えたいと存じますが」

赤いじゅばん（四）

佐藤のきもちにすれば、

（まだ、お屋形さまのご改革の目的が、まっすぐにうけとめられていない村村には、ぼろ襦袢をみせて本当のことを知らせるのは、決してムダなことでは

ない)

と思っていた。

しかし、治憲はそういうことのためには、ぜったいに襦袢を与えない。

そこで、自分がもらったものを自分の判断と責任で、主人に与えてしまおう、というのだ。

しかし、目の前に治憲がいるので黙認の許可を申請したのだ。

「おい」

山口がびっくりした。

「おまえ、大事なご拝領品をやってしまって、どうするつもりだ」

佐藤は笑った。

「城に戻ったら、お屋形さまに、もう一枚いただく」

「…………」

治憲は何ともいわなかった。いいとも悪いともいわなかった。ただ微笑んでいた。しかしその微笑の中には、

「好きなようにせい」という黙認の意思表示があった。翌朝、まだ明けきらぬうちに宿を出た。佐藤文四郎から茜染めのぼろ襦袢をもらった主人は、それを宝物のように抱きながら、平伏して一行を見送った。

家内総出で見送る中に、娘がいた。まだ父から何もきいていないのだろう、若さをいっぱいにみなぎらせて治憲たちを見送った。

「あとであの顔が般若《はんにゃ》のようになるぞ」

山口は佐藤にそうささやいた。

この日は、宮原と平山の開墾地と、野川のしめきり堤防をまわった。

つぎの八日は、小出村、御筒屋製蠟所、モミ倉、宮村の青苧《あおお》倉、成田村兎女ヵ原開墾地をみた。

そして、この日は、

「お屋形さま、約束だぞ」

と迫る例の熱心な船頭にせがまれて、松川に舟を浮べ、野川落合で鱒の漁をみた。

斑点のある美しい鱒が、網の中でハネながら水中からひきあげられる光景は、治憲の心をやわらげた。これほどほっとする時間は、入国以来、はじめ

てだった。

しかし、鱒は意外に弱く、川からひきあげられると、まもなく死んでしまうので、治憲の胸はいたんだ。

「塩焼きにしようか」

という船頭のことばにも、

「いや、いまはいい」

と首をふった。

人間である以上、そうせざるをえないのだが、そのとき、治憲は人間に食われる魚の生命のことをふっと思ったのである。

深く考えれば、終りのない考えの淵にひきずりこまれそうであった。佐藤と山口はそういう治憲をみて、顔をみあわせた。

赤いじゅばん(五)

五月九日。

宮村から舟にのり、石那田の開墾地をみて、川筋の鮎や貝を管理するお役屋将本庄弥次郎の家に行った。

本庄弥次郎は、改革の初期から治憲の意図をよく理解し、率先、自分の家臣をひきいて、このちかくの四つ松川原を開墾した。治憲は弥次郎に、

「開墾のこと、まことにごくろうであった」

とねぎらいのことばをかけた。

感動する弥次郎の脇に、弥次郎以上に、感激に身をふるわせている老人がいた。治憲はきいた。

「おまえの父か」

「はい、本日はひとめなりともお屋形さまにおめにかかりたいと申しまして、同道いたしましてございます。開墾の際は、父も老骨にムチうって、クワをふるいましてございます」

「そうか」

治憲は弥次郎の父に声をかけた。

「いくつになる」

「…七十、をすぎましてございます」

半ばふるえ声で父は答えた。

「ごくろうである。暑気あたりをせぬように、身をいたわってくれよ」

「はっ」

父は顔もあげることができず、肩をふるわせた。

その父の肩に、治憲は自分の羽織をぬいでかけた。

「これは」

とおどろく弥次郎に、

「決していい品ではない。しかし、おまえの父に、私からの礼のしるしだ」

と治憲はいった。

「もったいのうございます」

のどにつまるような声を立てる弥次郎の脇で、

「まことに…まことに」

と、それ以上のことばを出すことができず、弥次郎の父はからだをふるわせつづけた。渋紙のようなその頰を、ひとすじの涙の糸が伝っていた。

弥次郎父子たちが拓いた開墾地をみて、その日は小出村に戻った。翌十日は、松川を舟で伝って荒砥に出、白鷹山に登った。

帰りに、うるしの苗畠や杉の植林状況をみた。土地の者の切望で、翌十一日は白川落合でハヤの漁をみた。

とれた数十尾のハヤを
「おみやげに」

という役人に
「いや、私はいい。父に届けてくれ」

と、養父重定へ届けることをたのんだ。

十一日に上河原開墾地をみて、今回の巡村を終り、十二日に小出村から城に戻った。

城に戻ると、二人の若侍が治憲を待っていた。

赤いじゅばん(六)

治憲を待っていたのは、須田平九郎と芋川磯右衛門の二人だった。治憲の改革方針が気にいらず、ほかの五人の重役とともに治憲に強訴して、切腹を命ぜられた須田満主と芋川延親の息子である。

父が切腹して以来、二人は治憲を恨みつづけ、改革反対派の急先鋒として、かずかずのいやがらせをした。

それを、治憲は、数か月前、「家督をつげ。改めて私に協力してほしい」

と申し渡したのだ。二人は、

「考えさせていただきます」

と退ったが、その返事をしにきたのかも知れない。

治憲は、そのことをきくと、巡村の疲れもせず、

「すぐ二人を通せ」といった。

「広間にいたしますか」

ときかれて、

「いや、居間でよい」

と答えた。

やがて、二人がきた。複雑な表情をしている。固い色ものこっているが、それだけではない。本人たちもどうしていいかわからない、とまどいと当惑の色も浮いていた。

「毎日、待っていてくれたそうだな」

治憲はにこやかに声をかけた。

「予定を立てない巡村では、城にもいつ帰るといいおいて行かなかったので、めいわくをかけた。ゆるせ。さ、楽にしろ」

治憲はできるだけ、二人の気分をほぐそうとしてそういったが、二人にすれば、そうそうかんたんに楽な気分になれない。

あれだけ抵抗してきたのだ。にこやかに笑ってはいるが、治憲だって腹の底では何を考えているかわからない、と思っている。

「ところで、考えはきまったか」

治憲は二人を等分にみながら、そうきいた。

は、とひくい声で応じながら、芋川は須田の腕をひじで突いた。突かれて、こんどは須田がひじで芋川の腕を突きかえした。大身の坊ちゃん侍の性癖がそんなところにも出た。それでも、

「…きまりましてございます」

たちまち汗を面上に噴き立てながら、須田が苦しい呼吸をして答えた。

「家督の儀、ご恩情に甘え、つがせていただきとうございます」

屈辱か、怒りか、あるいは間の悪さからか、須田の声はからだからしぼり出すあぶらのようだった。

が、治憲は、

「そうか。それはよかった、ありがとう」

と、たちまち素直なよろこびの声をあげた。

赤いじゅばん(七)

治憲は二人に、

「それぞれ新知二百石を与える。約束どおり押収してあったおまえたちの家の家宝は返す」

と、その場で藩庁が保管していた刀その他の品を返した。系図も返した。

ひさしぶりに戻ってきた刀や系図をみて、二人は感無量の面持ちになった。

治憲はいった。

「おまえたちが家を相続してくれたのを機会に、千坂・色部・長尾・清野・平林たちの閉門も解こう。過去を忘れよ、といってもすぐには無理だろう。私も忘れよ、とはいわぬ。

いや、忘れてはならぬのだ。あの事件を互いに強く胸にきざんで、新らしい生きかたを探そう」

水に流して、などという安易な処世を治憲は求めなかった。

人間のありかたとして、そんな方法こそごまかしだと思ったのだ。関係者の胸にのこったある事件のきずあとを、折にふれてじっとみつめることのほうが、どれほどこれからの生き方の緊張剤になるかはかり知れない。

現代のことばでいえば、

「事実は事実として、はっきり認識して行こう」

というのが治憲の態度であった。しかし、それは決して、

「いつまでも、おまえたちの父をゆるさぬぞ」

ということではない。

父は父、子は子である。しかし父のやったことは事実として消すわけには行かない。

また息子たちにしても、治憲に対して、すぐ感動したり、好感をもったりするわけには行かない。心の問題はそう単純ではない。が、それをごまかさずに、互いに正直にぶつけ合って行こう、と治憲はいうのだ。

「主従である前に、お互いに人間だ」

というのが治憲のきもちであった。

そのへんの治憲のきもちは、二人にもわかった。二人とも頭の鋭い若者であった。

しかし、だからといってすぐ治憲に迎合したり、揉み手をしておせじをいうような態度は、二人にはとれなかった。二人にも誇りがあった。

特に治憲の脇には佐藤文四郎がいた。あのいまいましい文四郎がである。

が、その文四郎は、いま、決して勝ちほこった顔はしていなかった。

むしろ、苦渋のにじんだ顔をしていた。二人の心情を深く察しているからである。

「いずれ、おまえたちにも茜染めの襦袢をやろう」

治憲は退出する二人にそういった。

赤いじゅばん(八)

巡村から城へ戻る途中、治憲は山口新介にこんなことをいった。

「山口、どうだ？　私のそばへきて佐藤といっしょに働かぬか」

「は？」

馬を佐藤とならべながら、山口は不意をうたれて、思わず佐藤の顔をみた。

「そうしろよ、新介」

佐藤がよろこびの色を顔いっぱいにみなぎらせて、ことばをそえた。

「佐藤はな、ひとりでは私のめんどうがみられぬのだ。私がわがままなのでもてあましているのだ」

治憲は笑ってふりかえった。

「いや、そんな。そうではございません。そうではございませんが、山口がきてくれれば、ひじょうに助かるのです」

あわてて佐藤は弁解した。

そういう二人のやりとりが、自分への好意であり、開墾のつらい仕事から、そろそろ開放してやろうという治憲のきもちもよくわかった。

しかし、山口はいった。

「ありがたいおことばではございますが、ご辞退申しあげます」

「なぜか」

馬をすすめながら治憲はきいた。山口はこう答えた。

「もし、私がおそばにまいりますと、開墾が出世の手段に変ります」

「なに。それはどういうことか」

「まず、山口は、開墾などと、ていさいのいいことをいいながら、実はお屋形さまのお目にとまって、おそばに仕える魂胆だったのだ、といわれます」

「ばかな、そんなことは誰も思わぬ」

「お屋形さまはお思いにならなくても、藩の人間はそう思います。まだまだ藩の人間は、古いどうしようもないものの考え方をしている者が沢山おります」

「…………」

「私がおそばにまいると、私への非難とは別に、たちまち開墾地へ人が殺到するでしょう」

「なぜだ」

「そのほうが出世の早道だからです。お屋形さまのお目にとまるのが早いからです。

　殊に、このたびのご巡村が、開墾地だけでございましたから、なおさら、そうなりましょう」

「開墾は遊びではない。つらい仕事だ。そのつらさを自ら求めるというのか」

「そうです、人間とはそういうものです。私はそういう人間に土を耕してもらいたくありません。土が汚れます。

　同時にこのことはお屋形さまへも飛び火します」

「私に？　何の火が飛んでくるのだ」

「お屋形さまは、出世をエサに藩士を開墾地へ行かせる、と……」

「…………」

　山口のことばに治憲は黙し、考えこんだ。

赤いじゅばん(九)

　考えこんだ治憲が、何を考えているかは、山口にも佐藤にもよくわかった。

　それを承知のうえで、山口はいった。

「さぞ、人間とはそれほどいやしいものか、とお思いでございましょう。しかし、出世のためには、ナリフリかまわないのが、多くの人間の本心でございます。

　また、それをいやしい、と頭から退けるのも可哀想でございます。私や佐藤は、こうしておそばにいられて、本当にしあわせでございます。多くの者がこのようにはまいりません。

だから、お屋形さまのおそばにきたくても、こられない者は、逆にお屋形さまの悪口をいうこともあるのでございます」

藩士たちの心情をつぎつぎと分析し、しかもなお同情する山口新介の心の温かさに、治憲は、目をひらかれた。思わず、

「おまえは、できた人間だな」

とふりむいた。

「とんでもない」

と首をふる山口は、

「そういうわけで、私は開墾地に戻らせていただきます」

といった。

治憲も、もうとめなかった。心の中では、

(こういう男だからこそ、いよいよ私のそばにいてほしいのだ)

と思ったが、そのことは口にしなかった。

治憲を本丸まで送って、再び城門までくると、そこで門番がひとりの老婆といい争っていた。

老婆をみて、山口は、お、と小さく声をあげ、すぐ微笑んだ。

「おい、婆さん」

と声をかけた。老婆よりも門番のほうがおどろいてこっちをみた。

「山口さま、この婆ァをご存知で？」

「知ってるよ、先日、村の道で会った」

老婆のほうも思い出していた。

「ああ、あのとき、車を押してくれたワルだな」

「そうだ。じゃまになるから、押してやるフリをして、道から婆さんを追っぱらったワルだ。一体、ここで何をしているのだ」

「これよ」

老婆はきたない紙のおおいをかけた、ふちの欠けた皿をみせた。

「何だ」

「きあぴたれ餅よ」

「ああ、お屋形さまと約束したあの餅か。さっそく持ってきてくれたのか」

「そうよ。それなのに、このがんこな門番が、お屋形さまがそんなことをいうはずがない、気がふれたのか、といってどうしても通してくれねえんだ。せっかくの餅が固くなってしまうぞ」

「そうか、それでいい争っていたのか」

山口は門番にわけを話した。

赤いじゅばん(十)

山口新介は再び城内に戻った。老婆を連れて、治憲のところに行った。庭にまわって、治憲にそのことを告げた。

治憲は相好をくずして、縁まで出てきた。

「よう、婆さん、よくきたな」

「おまえさま、お屋形さまだそうだな。うちのヨメが調べてすぐわかったぞ。年寄りをだまして、本当にワルだぞ」

「すまなかったな、だますつもりはなかった。が、いう必要もなかったのだ」

「こんな大きなお城に住んで、一体、ひとりで畳を何畳使ってるだ。おらのところなんぞ、六畳一間に五人寝てるぞ。ヨメなんぞ台所の板の間だぞ。よほどのワルでなきゃ、平気でこんなお城に住めねえはずだぞ」

おい、こら、と山口と佐藤の二人がとめにかかった。しかし、治憲は手をふって、ほっておけ、といった。

突然の異様な訪問者に、城内のあちこちから侍や女中が、鈴なりになって、こっちをみていた。

「きあぴたれ餅を持ってきてくれたそうだな」

治憲のことばに、

「そうだ」

と老婆はうなずいた。

「いくらワルでも約束は約束だからな。ほれ」

老婆は皿を突き出した。うけとってあんをまぶした餅を指で突いた治憲は、

「まだ柔かい」

といった。

「そうだ。けさ早くおらが搗《つ》いた。つき立てのを持ってきた。ただ、あんには砂糖は入ってねえぞ。だから甘くはねえ。それでも百姓にはごちそうだ」

うん、と治憲はうなずいた。

「ありがたくいただくよ」

「気にいったら、これからもちょくちょく持ってきてやるぞ」

「たのむ。たのしみだ」

「だけど門番によくいっておいてくれ、おらがきたらだまって通せ、と」

「わかった。よくいっておく」

婆さん、といって治憲は、用意した茜染めの襦袢をさし出した。

「あげるよ」

「おらにか」

「そうだ」

「ずいぶんぼろぼろの襦袢だな」

「私が縫った」

へえ、と治憲の顔をみた老婆はしばらくみつめていた。やがて、「茜色は年寄りには温まる、どうもありがとう」

といって、しかしすぐ、

「お屋形さまが襦袢を縫ってちゃ困るだ。そんなひまがあったら、いいご政道をやってくれ。米沢には、まだまだワルがいるぞ」

といった。

暗い雲(一)

城へ、きあぴたれ餅を届けにきた老婆の話で、上杉治憲には、ちょっと気にかかることがあった。

それは、老婆が何度も口にした
「ワル」

ということばであった。

(ワル？　一体何のことだろうか)

老婆が去ったあとも、治憲はずいぶん考えた。

侍をみれば誰でもワルという、あれは老婆の口ぐせなのだ、深い意味はない、と考えてしまえばそれまでだが、どうもそうではない気がした。

老婆は、何か具体的なことをさしてそういっているような気がする。しかし、それが何のことをさしているのか、見当がつかなかった。

ある日、治憲は城内の各役所を廻った。時時、そうする。役人が働らいているか、怠けているかをみに行くのではなく、多くの人間と知りあいたいからであった。

人を知るには、まず接触しなければならない。ことばを交さなければだめだ。

それでなくても、一般の藩士たちにとって、藩主は雲の上の存在である。雲の上にあがってこいといってもなかなかそうは行かない。やはり、藩主のほうから降りて行かなければだめなのだ。

治憲は、各役所に詰める藩士たちに、

「勤務時間は各自思い思いでよい。好きなときにきて、好きなときに帰れ。仕事がなかったらこなくてもよい。

その代り、その分だけ土を耕すなり、木を植えるなりしてくれ。城で、議論のための議論をしたり、文章の小さな誤りを、ああでもない、こうでもないと、ただそれだけで一日を過すようなことはやめてほしい。

私たちのくらしが、年貢を納める者によって支えられていることを知ろう。

それには、年貢を納める者の苦労を、私たち自身が身をもって体験することだ」

と告げた。

現代風にいえば、管理系の机仕事の人間に、生産現場に行って、現場体験をしろ、かれらの苦しみを知れ、ということだ。

多くの共感を得たが、必ずしも全藩士が賛同したわけではない。中には、

「お屋形さまは、武士を百姓や職人にしてしまった」

と非難する者もかなりいた。

しかし、治憲の信念はかたく、このごろは、大した仕事もないのに城にきて、さも仕事があるかのようなフリをしている者はいない。だから、城中の各役所はかなりガランとしていた。

そんな城の中のある役所で、数人の藩士がひそひそ、こんな話をしていた。治憲は廊下でそっと足をとめた。

暗い雲(二)

「田中よ、おぬしもそろそろご加増の時期だな」

「そうだが、まあだめだな」

「なぜだ。ずい分熱心に仕事をしたし、おぬしの実績は皆が認めているぞ」

「いくら実績があってもだめだ。おれは竹俣派ではないからな」

「それはいえるかも知れないな。いまの米沢藩では、竹俣さまの息がかからないかぎり、出世も加増もみこみなしだな」

「人間、権勢を持つと誰でも同じだな。竹俣さまだけは別だと思っていたが、そうではなかったな」

「このごろでは、村村を廻っても、かなりぜいたくな接待を強要するらしいな。ごちそうをするかしないかで、年貢が重くなったり、軽くなったりするらしいぞ。各村から、大分苦情がきている」

「いくらお屋形さまがりっぱなことをいっても、あれではご改革が誤解される」

「一体、お屋形さまはそういうことを知っているのだろうか」

「さあな。お屋形さまは雲の上のお方だからな」

「たとえ知っておられても、竹俣さまには口が出せまい。お屋形さまは、竹俣さまのいいなりだものな」

「おい、ちょっと待て」

廊下に人がいる、と目くばせして、藩士のひとりが発言をとめた。そして立ち上ると、そっと廊下をのぞいた。誰もいなかった。

「どうした」

「いや、誰かいるような気がしたのだ」

「盗みぎぎを気にするようでは、藩庁の空気も暗くなったたな…」

藩士たちは陰気に笑った。

胸の高鳴りをおさえて、急いで自室に戻った治憲は、

(うそだ)

と胸の中で叫んだ。

(あの者たちはうそをいっている。竹俣にかぎってそんなことはない)

と強く否定した。

しかし、なぜか否定しきれないものがあった。ひっかかるものがあった。藩士たちのひそひそ話に

は、治憲にそう思わせるひびきがこもっていた。

治憲は、立ちぎきをしたことをいやしいと思った。しかし、自然に耳に入ってしまったのだ。

藩士たちのひそひそ話を気にするということは、竹俣を疑うことになる。家臣を疑うことなど、今日まで治憲は考えもしなかった。それもよりによって、無二の功臣である竹俣当綱を疑おうとは。

竹俣は、重役の中でもっとも治憲の意を体し、改革方針を具体化して着着と実績をあげている人物だ。

(その竹俣が、権勢に狎《な》れて、おごりたかぶっているというのか)

いいようのない衝撃であった。

暗い雲(三)

思いなやんだ果てに、治憲は佐藤文四郎を呼んだ。その表情は苦渋にゆがんでいた。佐藤ははじめて治憲のそんな顔をみた。

「…文四郎、ききたいことがある」

重い声で治憲はいった。

「何でございましょう」

いつもとはまったくちがう、ただならぬ治憲の顔つきをいぶかりながら、佐藤はききかえした。

「おまえは、私にかくしていることはないか」

「どういうことでございましょう」

「何でも私に話しているか、ということだ」

「何でも申しあげております。おそれながら、君臣のへだてをのぞいて、何でも話しあわなければ、改革は成功しないとおっしゃった、お屋形さまのおことばを、私はもちろん、おそばでお仕えする者のすべてが守っております」

「本当に守っておるのか」

「お屋形さま」

やや憤りの色が佐藤の顔の上を走った。いつもとちがう遠まわしな治憲のもののいいかたが気にさわったのだ。

「この佐藤、あまり頭がよくございませぬ。はっきりおっしゃっていただきとうございます」

「うむ、ではいおう」

治憲はまっすぐ佐藤をみた。

「先日、村をめぐったとき、薪を積んだ車をひいていた老婆に会ったな」

「はい、お屋形さまに、きあぴたれ餅を届けた老婆でございますな」

「そうだ。あの老婆は、しきりに私たちをワル、ワルと呼んでいた」

「ああ、あのことでございますか」

佐藤は破顔した。そして、

（お屋形さまは、あのことを気にされていたのか）

と、今日の治憲の顔のくらさの原因がわかった気がした。

そこで、

「あのことでございましたら、まったくお気になさることはございません。あれは老婆の口ぐせで、むしろおせじのつもりでございましょう。笑ってきき流してよろしいかと存じます」

「本当に笑ってきき流してよいのか」

「はい」

「竹俣のことはどうなのだ」

「は？」

佐藤の顔色が変った。

「竹俣当綱のことも、笑ってきき流してよい、というのか」

「それは…」

狼狽した佐藤の態度をみて、治憲は絶望した。

（文四郎は、あきらかに竹俣のことを知っている）

と感じたからである。

「文四郎」

治憲は悲痛な声で呼びかけた。

「知っているのだな、おまえも竹俣のことを」

暗い雲(四)

佐藤文四郎は目をあげた。

「おそれながら」

「何か」

「竹俣さまのこと、一体誰がお屋形さまのお耳に入れましたか」

これをきくと、突然、治憲の顔が紅潮し、怒りの声が口からほとばしった。

「だまれ、文四郎！」

「はっ」

「私は竹俣の噂が真実かどうかをきいている！　誰が私に告げたかなどをいうことは問題ではない！　そのような詮索こそ、おまえもすでに堕落した証こである！」

「はっ…」

佐藤は真青になって平伏した。こんなに怒る治憲に接したのははじめてであった。佐藤は恐れいって身を固くした。

その佐藤をみて、治憲は声をひくめ、こんどは悲しいひびきを湛えながら、訴えるようにいった。

「おまえは、たったいま、何でも話しあわなければ改革は成功しないといった。

私はそのとおり実行している。何でもおまえたちにかくさずに話している。それなのに、おまえたちは、なぜ私にかくしごとをするのだ？　なぜ、竹俣のことを話さぬ」

「………」

無言の姿勢をつづける佐藤は、やがて、顔をあげずにうめくようにいった。

「このことを、お屋形さまにお話しすれば、さぞかし、お屋形さまのお心がお痛みになるだろうと…それでつい…」

「無用の心配である」

治憲のことばはまたきびしくなった。

「たしかにそのような話をきけば私の心はきずつこう。しかし、耳に痛い話はすべて控え、聞きよい話だけを私に告げるのは、いい家臣とはいえぬ。

文四郎、いつからおまえはそのような悪い家臣になったのだ。おまえこそ、あの老婆のいったワルだぞ」

「申訳ございません！」

絶叫するように佐藤はいった。

「文四郎」

治憲は、ようやくいつものやさしい口調に戻って、しみじみと語りかけた。

「私の心をきずつけまいとするおまえたちの心づかい、うれしくは思う。

が、まちがっているぞ。まちがっているというのは、すべて、はじめはおまえたちのように、上の者を心配させまいとする心づかいが、次第に上の者を真実から遠ざけ、本当のことを何も知らないようにしてしまうのだ。

文四郎、私は雲の上の人間でいたくはない。おまえも昔は、あれほどズケズケ私にものをいったではないか。あの文四郎は一体どこへ行ったのだ」

暗い雲(五)

ひたすらに、ただ、

「申訳ございません」

と恐れいる佐藤文四郎に、治憲は改めてきいた。

「竹俣の噂は事実か」

「…事実でございます」

「具体的には、竹俣はどういうことをしているのか」

「人の閥《ばつ》をつくりはじめております。それも親族あるいは、巧言を弄する者を登用しております。

また、廻村の際、村方《むらかた》に饗応を強要し、それによって年貢を加減する由でございます」

「…………」

治憲の表情はいよいよくらくなった。

得てして、ひそひそ話には、あること、ないことをとりまぜての話が多い。時にはまったく根も葉もないことが噂になることもある。いわゆる、火のないところに煙が立つこともあるのだ。

実をいうと、治憲は竹俣の噂にそういう期待をしていた。

(噂はうそであってくれ)

とねがっていた。

が、その期待はうらぎられた。

佐藤文四郎は、はっきり、

「それは事実です」

と、いいきった。ほかの人間ならともかく、正直な佐藤のいうことならたしかだろう。

「…無念だ」

長い沈黙のあと、治憲は沈痛な面持ちでいった。

「お耳に入れなかったこと、何とも申訳ございません」

佐藤は改めて謝った。

「もう、そのことはいい…」

さっき、怒声を出したことを悔いながら、治憲は治憲で佐藤文四郎にすまないことをした、と思っていた。

「なぜ、そうなったのだろう」

「は?」

「竹俣は、なぜ、そうなったのだろう」

「わかりません」

佐藤は率直に首をふった。その佐藤に治憲は鋭い眼をむけた。

「私に告げなかったことは、ひとまず忘れよう。しかし、おまえたちは竹俣に注意をしなかったのか。おまえも莅戸《のぞき》も木村も、誰もそういう竹俣を諫めなかったのか」

「諫めました」

まっすぐ顔をあげて、佐藤は答えた。

「私も、莅戸さまも木村さまも、何度も竹俣さまにご注意申しあげました。しかし」

「しかし、何か」

「竹俣さまはききません。逆にこういうことを申しました」

「……?」

「政治《まつりごと》というのは、どんなに正しいことをおこなうのにも、根まわしがいる、このほうがうまく行くのだ、と」

暗い雲(六)

「このほうがうまく行く?」

「はい。清い政治をつらぬくのにも、よごれ役が必要で、自分は率先、その役をやっているのだ、と」

「……わからぬ」

治憲はつぶやいた。

「そのようなことは、はじめからわかっていたことだ。わかっていて、私たちは否定したはずだ。米沢藩政をにごった沼にしてはならない、いつも澄んだ水の流れにしよう、と誓いあったはずだ。

私たちの改革は、そういう悪しきならわし、いま話に出た根まわしや、役人に饗応するなどという悪習を全部やめよう、ということからはじまったはずだ。

そして、そのことは、誰よりも竹俣自身がいちばんよく知っているはずだ。その竹俣が…信じられぬ」

「おそれながら」

佐藤は治憲にこういった。

「人間には、よく魔がさす、と申します。竹俣さまのご所業は、どう考えても魔がさしたとしか考えられません」

「そうかも知れぬが、それではすまぬ、ことは領民にかかわりをもっている。民こそ国の宝だ、といった私の考えがいちじるしくゆがんでしまう」

「……………」

佐藤は黙した。治憲のいっていることはよくわかったし、しかし、肝心な竹俣が周囲の諫言をききいれない以上、どうすることもできないのだ。

「私が竹俣に話そう」

治憲は意を決していった。そして
「噂をもとにして、もっとも信頼する者にこういう話をするのは、本来、私の好むところではない。

しかし、ほってはおけぬ。さっきもいったとおり、ことは、領民に大きな被害を与える。すぐ竹俣を呼んでくれ」

「竹俣さまにも云分があるかも知れません」

きびしい治憲のことばに、佐藤は多少とりなすようにいった。

治憲はうなずいた。

「それをきこう。私は竹俣の云分に条理があることをねがっている。私は決して竹俣を憎んではいない。あれだけの功労者に、感謝しこそすれ、憎むことなどとうていできぬ」

佐藤の眼頭は熱くなってきた。治憲の深いきもちが惻惻《そくそく》と伝わったからだ。

佐藤は竹俣を呼びに行った。が、すぐ戻ってきていった。

「竹俣さまはお出かけでございます。小松という土地へ巡回に出た由でございます。今夜は、その地の金子という豪農の家に泊る予定だそうでございます」

「すぐ呼び戻してくれ。私が火急の用があるといってな」

治憲はそういった。

暗い雲(七)

まだ陽が高いというのに、金子家の広間で竹俣当綱はすでに酔っぱらっていた。

脇に、当主のほか、竹俣が連れてきた供が三人いた。三人とも、竹俣が最近登用した連中で、巧言を弄しては竹俣に取りいっている、と噂されている者だった。

村木、佐田、中谷というのが三人の名だった。そろって中年である。

「おら、お屋形の秘蔵っ子、どうした」

入ってきた佐藤文四郎をみると、竹俣は床柱を背にした座から手をあげて大声でいった。竹俣と供の三人の前には、かなりの馳走の皿をのせた膳があった。二の膳までついている。

いまの城中では藩主の治憲はじめ、皆、一汁一菜の食事に耐えている。こんな目をむくようなごちそうは、絶えて誰も食べたことがない。

佐藤は、村木、佐田、中谷の三人をにらみながら、竹俣の前に坐っていった。

「お屋形さまがお召しです」

「お屋形が？　何の用だ」

「それはお屋形さまから直接おききになって下さい」

固い佐藤のものいいかたに、竹俣は、うむ？　とさすがに緊張の色を浮べた。

しかしすぐ、

「すまぬが、目下、おれはご用繁多だ。そう申しあげてくれ。ご用をすませ次第、ただちにお伺いする。もっとも、ただちにといっても、ここの用が一体どれほどかかるかわからぬが」

竹俣は意味ありげな笑いかたをして、当主をみた。当主は苦笑した。

そういうさまを、苦い顔でみながら、佐藤は固い顔をつづけていった。

「お屋形さまは、すぐおいで下さいとのことです」

「無理だ。第一、おれはこのとおり酔っぱらっている。お屋形に非礼にあたる」

「風呂場で、頭から水をおかぶりになったらいかがでしょう。酔いだけでなく、いろいろとおさめになることが、おありになるでしょうから」

入ったときからむかっ腹を立てている佐藤はそういうことをいった。

なに、と顔色をかえる竹俣が何かいう前に、村木が、

「おい、佐藤さんよ」

とこっちをみた。髪のうすい、ネズミのような眼をした男だ。侍というより、遊芸人のような人間で、人に話すときに故意に肩を落とす姿勢になる。くだけている、ということなのだ。

村木は肩を落していった。

「佐藤さん、いかにお屋形さまの秘蔵っ子とはいえ、それは少しご家老さまにいいすぎではないでしょうかね」

暗い雲(八)

ちょうど夏だ。暑いさかりである。村木は扇子を持ってとじたりひらいたりしながら、いつものように肩を落して話すから、まるきり遊芸人のようになった。


「……」

佐藤は応じなかった。黙殺した。村木の表情がこわばった。こういう型の人間は侮辱には敏感に反応する。

「あんた、佐藤さん、あたしの話をきいているんですか」

武士のくせに、あんたとかあたしとか、そういうことばを使った。佐藤の胸の中をいいようのない嫌悪感が走った。

「佐藤殿、村木が何かいっていますよ。どうなんです？」

脇から中谷が声をそえた。このほうは小柄で肥満した、色の白い男だ。ふくらんだ頰の中に埋没しそうな眼をしている。

佐藤は依然として竹俣をにらんだままだ。再び、

「どうなんです」

執拗にきく中谷に、佐藤は竹俣から眼をはなさずにいった。

「おまえたちの話をきいていない。ききたくもない。私は竹俣さんと話している」

これをきくと、佐田が、うへ、と大仰な声をあげた。

「おまえたちだってさ。さすが、お屋形さまの秘蔵っ子さまは、いうことがちがうよ」

怒りを屈折させたイヤミたっぷりの口調でいった。そして、

「ひとがものをきいているのに、きいていないなどというのは、バカにしているよな」

「ずいぶんとお高くとまっていらっしゃる」

「われわれをさげすんでいるのだ、きっと」

などと、三人三様の受け止め方を話しあった。

佐藤はうんざりした。

(竹俣さまは、いつからこういう連中にまわりをとりまかせるようになったのだろう)

と、改めて情なくなった。

その竹俣は、

「うるさい、ごちゃごちゃいうな」

と三人を叱りつけた。そして、佐藤にいった。

「こいつらが出世目当てに、おれにくっついていることは、おれが一番よく知っている。こいつらの考えはみえすいていて、その根性たるや、実に唾棄すべきものだ。

が、藩の現状は、こういうやつらが現場の実力者なのだ。抱いて行かなければ改革はすすまない。おまえは少しいいすぎだぞ」

竹俣のことばに、三人は、

「うへ、またずいぶんとはっきりおっしゃる」

「でも、さすがに竹俣さまは事実をきちんとわきまえていらっしゃる」

「それに人徳。竹俣さまなら何をおっしゃっても、腹は立たない」

そんなことをいった。

暗い雲(九)

「竹俣さまはお変りになりました…」

佐藤文四郎は悲しそうにいった。

「あえて変えている」

竹俣は応じた。

「そうではありません。いまの竹俣さまには何か魔性のものがついておられます。どんどん心を侵され

ています」

「清冽な政道をつらぬくためには、誰かが身をよごさなければならぬ」

「云訳です。拝見すると、いまの竹俣さまは、けっこう、このような席を楽しんでおられます」

「こういう席は手続のひとつだ。いうならば仕事の一部だ」

「そんなことはありません。多くの藩士が一汁一菜で、土を耕しています」

「それぞれに役割分担がある。私もそういう立場に立てば、必死に土を耕すだろう」

「さあ、どうでしょうか」

「何だ、そのいいかたは」

「はっきり申しましょう。こういう饗応を、竹俣さまは強要なさっているという噂がもっぱらです」

竹俣の顔色が変り、怒気が走った。

当主が機敏に割って入った。

「お話ではございますが、竹俣さまがご接待をご強要になったなどということはございません。てまえどもが勝手にやっていることでございます」

「……………」

佐藤は当主のほうにむき直った。「それが本当なら、ご主人は藩のご禁制にそむいていることになる。いま、このような酒食を出すことは禁じられているのです」

「……………」

当主は黙した。

「固いことをいうな。まるで、おまえはご禁制のお触れが着物を着ているようだぞ」

竹俣がからかうようにいった。

佐藤は、

「下級藩士や領民に、きびしい倹約を強いておきながら、上の者がぜいたくをしていては示しがつかないのです。改革は反撥を買うばかりです」

「先憂後楽か、ききあきている」

そろそろ佐藤の話がうるさくなって、竹俣はそういった。そして「佐藤、もう帰れ。そういうわけで、おれはすぐにはお城に戻れない。お屋形には適当にとりなしてくれ。お屋形は、おまえのいうことならきく」

「そうは行きません。お屋形さまは、竹俣さまを必ずお連れしろと厳命を下されました」

「すると、おまえはおれの首に縄をつけてでも、お城にひっぱって行くというのか」

「そうです。お屋形さまは、おそらく私が戻るまでお寝みにならないでしょう」

暗い雲(十)

「お屋形は、一体おれに何の急用があるのだ！」

突然、竹俣は癇癪《かんしやく》を起した。相手が佐藤なので、いままでかなり自制してきたのだが、話をしている間も、酒をのみつづけていたので、次第に酔いが深まり、理知より感情のほうが前に出てきてしまったのだ。

そういう竹俣を痛ましそうにみつめながら、佐藤は悲痛な声でいった。

「お屋形さまは、何もかもご存知です」

「何をだ！」

「竹俣さまが人事に公平を欠き、村村に酒食を出させて苦しめていることを」

「では、お屋形はおれに説教をしようというのか」

「何をなさるのか、私にはわかりません」

「持ってまわったようなことをいうな！　はっきりいえ」

「本当にわからないのです。私が知っているのは、竹俣さまのことで、お屋形さまが、ひどくきずついていらっしゃることです」

「………」

「竹俣さま。私といっしょにお城に戻って下さい。竹俣さまの本当のきもちをお屋形さまにお話になって下さい」

「………」

大声を出したので、竹俣の胸の鼓動は早くなり、呼吸が荒くなっていた。口を結んで鼻の孔から息を吐いたり、吸ったりしながら、竹俣は、視線を畳に落して、しばらく考えていた。

その面上には、いままで佐藤はしばしば見たが、三人の取りまきははじめて見る竹俣の真摯《しんし》な苦渋の色があった。

佐藤は、

（竹俣さまは、まだ本心を失っていない）

と感じた。ぱっと期待の光が胸の闇にさしこんだ。

が、やがて竹俣はいった。

「…だめだ。このままつづけるより仕方がない」

「まだ戻れます」

「いや」

竹俣はゆるく首を横にふった。

「一旦、坂をころがり出した樽はとまらない。坂下の何かにぶつかって、ばらばらに砕けるまでだ…」

「なぜ、そんなふうにご自分をお考えになるのです。昔の闊達な竹俣さまは、どこに行かれたのです」

「時勢が変れば人も変るのだ…だがな、佐藤」

竹俣は、はじめてしみじみとした深い眼をむけた。

「おれは、おれなりにお屋形のご改革をすすめているよ。おれはご改革の正しさを信じている。だからこそ、こういうウジ虫ともつきあっているのだ」

地割れ（一）

帰途、佐藤文四郎は、小野川の開墾地に寄った。

竹俣当綱の態度が、どうにも理解できなかったからだ。

（あれは、竹俣様の本当の姿ではない。竹俣様はわざといつわりの姿をしておられる。うそをついておられるのだ）

と感じた。

三人の卑しい取りまきにかこまれて、こんなウジ虫とか、おべっか使いとかいいながらも、けっこう、そういう雰囲気をたのしんでいるらしい竹俣の姿は、佐藤にとって、何とも不可解であった。

そして、結局、佐藤は、〝小僧の使い〟になった。上杉治憲の指示をきちんと守れなかったからだ。

治憲が命じた。

「必ず竹俣を連れてまいれ」

といったことばにそむく結果になった。竹俣は、

「おれは、いま忙しい。仕事がすんだら城に行く」

といって、相手にしない。

こんなことがあるだろうか。あの態度は、あきらかに主命への反抗だ。

いままでの竹俣だったら考えられもしない。いままでなら、どんなに重大な仕事があろうと、治憲の命令なら、すぐとんで行ったはずだ。

このまま城に戻ることは、佐藤にはできなかった。第一、

（お屋形さまに何といえばいいのか）

佐藤にはわからなかった。せめて、治憲への説明を、親友の山口新介に意見をきいて、まとめようと思ったのである。

山口新介は畠にいた。開墾村の人々といっしょに、耕した土地に桑の苗を植えていた。

みていても、それはもう馴れた作業で、つぎつぎと植えこんだ。それも、皆が連帯して、ひとつの流れ作業になっていた。

佐藤文四郎は、声をかけるのを忘れ、しばらく、村民たちの作業をじゃまにならないところに立って見ていた。

山口は気がつかずに、そのまま仕事をつづけていた。山口をはじめ、桑の苗を植えこむ村民たちの姿に、佐藤は、

（うらやましい…）

と思った。そして、

（この人たちは、おれにできないことをやっている）

と感じた。城勤めをしていた侍とその家族が、いま、目の前で全くの農民になって働らいている。自分を変えたのだ。

「佐藤、お屋形さまのごきげんはどうだな」

突然、背後から声をかけられた。おどろいてふりむくと、北沢五郎兵衛が立っていた。北沢はいま、この開墾地の長《おさ》になっている。

地割れ（二）

「お屋形さまは、いたってごきげんが麗しゅうございます」

佐藤はほほえんで答えた。そして、

「北沢さまにも、いよいよご壮健で」

と、礼をした。北沢も農夫姿だった。もう、すっ

かりその姿が板についている。

「うん、すっかりからだが丈夫になった。実をいうとな、佐藤」

佐藤のことばに、北沢はわが意を得たように笑いながら、こんなことをいった。

「お城にいたころはな、私はどうも腹にないことや、みえすいたことをいうのが不得手でな。そのために、ずいぶんと煙たがられ、出世もおくれた。

まあ、そんなことはどうでもよい。しかし、そのために私は胃や腸をこわしてな、いつも下痢に苦しんだものだ。酒はのまぬから、もちろん気の病いからきた腹痛だ。板谷宿での大失策のころは、それが一番ひどいときでな、こうやっていても、冷汗が流れるくらい痛かったものだ。

私は、お屋形さまのおゆるしをいただいたとき、もう、それほど長くは生きられぬ、と思っていた。だから、のこり少ないいのちを、すべてこの土地の開墾で使い果たしても悔いはない、と思っていた。ところがだ、佐藤」

北沢は、大声で笑い出した。

「いまはどうだ、飯はドンブリで食うし、胃の痛みなんかどこかへとんで行ってしまった。

城内での苦労は、一体何だったんだろう、といぶかるほどだ。本当だぞ。城でのくらしがまるでうそのようだ。

からだがすっかり変ってしまったような気がするぞ」

そういって、北沢は腹をこぶしで音を立ててたたいた。そうしても、胃腸にはまったくひびかないぞ、という誇示であった。

佐藤は微笑した。胸の中で、

(北沢さまは、もともと無垢なお人だったのだ。お城の形式中心のくらしは、北沢さまのそういう無垢さをかくした。

が、いまは土が北沢さまを本来のお人に戻したのだ)

と思った。

「それはようございましたな。でも、北沢さま」

微笑んだまま、佐藤はいった。

「いまは、お城の中でも、胃を悪くする方は、誰もおりませんよ」

「そうらしいな」

北沢はすぐうなずいた。

「いまのお城は、思ったことや、いいたいことが何でもいいえる。胃腸には、いちばん効く。

その意味では、お屋形さまは米沢一の名医だ。いや、医者が癒せなかった城の病いを、みごとにお癒しになった。えらいお方よ」

そういった北沢は、急に畠に向ってどなった。

「四半刻《しはんとき》（三十分）休むぞ。山口、お客だ」

地割れ(三)

「千代さんが、こんなことをいったことがある…」

佐藤文四郎の話をきき終ると、しばらく無言で、どう答えようか、とまよっていた山口新介は、急にそういうことをいい出した。

畠からちょっとへだたった櫨《はぜ》の林の中に、山口は佐藤を誘った。

「この木にはな、やがて実が成って、それが蠟になる」

山口はそう説明した。

「蠟は、夜の日輪だ、月だ」

そういう山口に、佐藤は、かつて、城下の質屋に行って、新らしい学校を建てるために金を借りたときのことを思い出した。

あのとき、質屋の主は、蔵へ案内して、北沢や山口などが質入れした具足や槍をみせた。それらの品を照らしたロウソクを、佐藤はフッと思い出した。

しかし山口のことばに、佐藤はムッとした。

「こんなときに、何が千代さんだ。山口、まじめにおれの話をきけ」

「まじめにきいているよ。おれもまじめに話している…」

山口は真黒に陽やけした顔でいった。

「しかし、こんなときに、きさまは千代さんの話を」

いくら好きでも、こういう話に千代のことを出すのは、不謹慎ではないか、と思ったのだ。

ところが山口は、本当にまじめな表情で、

「千代さんのいったことは、いまおまえがいった竹俣さまのことに、かかわりがあるよ」

と、逆に山口のほうが、何を怒るのだ、というような意外な表情をした。

「千代さんの話が、竹俣さまとどうかかわりをもつのだ」

「千代さんがね、むかし、江戸で水商売をしていた時」

「………」

佐藤は返事をしなかった。相の手も入れなかった。

（話が、また遠くなって行く）と思った。

山口は、そんな佐藤の胸のうちを知ったが、かまわずにつづけた。

「千代さんのなかまの中にはね、何人ものこどもを持って、そういうしごとをしている女の人が沢山いたそうだ…」

だから、どうしたのだ、という声が佐藤の咽喉のところまできていた。

が、がまんしてききつづけた。

「そういう女のこどもたちは、小さいときは母親のしごとを大変だ、と思う。だから、自分たちを食べさせるために、夜おそくまで働く母親を皆で、ごくろうさまといたわる…」

「………」

「母親のほうも、夜のつらい仕事を、こどもたちに、そういうふうにいたわられることで、救われる。ところがだ」

山口は突然声をはりあげた。

地割れ（四）

「根が水商売であってみれば、母親は時には、客のためにいかがわしい求めに応じなければならない。ことわれば、店をすぐクビになるからね」

「山口…」

おし殺した声で佐藤はいった。眼が険しくなっている。山口は佐藤のそういう心理状態を無視した。おだやかな眼で、佐藤をなだめるようにみつめて、つづけた。

「母親のつとめはいよいよつらくなる。こどもたちには話せない。しかし、そういうつらさも、家に戻ったときに、顔をそろえて迎えてくれるこどもたちの、お母さん、ごくろうさまのひとことで、すべていやされる。

つらさを涙で噛みしめるのは、ふとんに入って、こどもたちが眠ったあとだ」

「おれは、もう、がまんできないな」

怒りの堰《せき》を切ったように、佐藤はいった。

「一体、きさまは何の話をしているのだ。水商売の母親が、竹俣さまと、どうかかわりがあるのだ」

「気が短くなったな、佐藤」

「短気なのは昔からだ」

「そうではない、他人の話を落ちついてきかなくなった。もっとも、それはおまえだけではない。お城の熱心な改革派は皆そうだ」

「おい、ちょっと待て。ききずてならないことをいうぞ」

佐藤は山口のほうに向きなおってにらんだ。

「お城の改革派が、他人の話に耳をかさなくなっただと？　妙なことをいうな。

現に、さっき、北沢さまなど、ちかごろのお城では何でも話せるから、胃腸をわずらう者もいない、とおっしゃったばかりだ。われわれは、どんな意見でも、ちゃんときいている」

「ききかたが問題だ」

「なに」

「落ちついてきいていない、いまのおまえのようにだ。いたずらに解決を急いで、身にしみてきこうとしない。改革派はアセっている」

「きさまは、改革派ではないのか」

「改革派だが、おれはアセらない。だから、いまから何年ものちに育つ桑の苗を植えている」

「………」

佐藤は黙した。佐藤もばかではない。

「つづけろ」

といった。が、山口は、

「話は終ったよ」

といった。

「終ってない。それで母親はどうしたのだ」

「母親はどうもしない。問題はこどものほうさ」

「こども？」

地割れ（五）

そうだ、と山口はうなずいた。

「こどもはどんどん大きくなる。大きくなって、そういう母親をみたとき、何と思うか、だ」

「………」

「な、佐藤、こどもは何と思うだろう。幼いときは、自分たちを食べさせるために、夜の夜中まで身を粉にして働らいている母親に、こどもたちは、心からごくろうさまと思い、感謝のきもちを持った。

しかし、大きくなって、世の中のことが次第にわかるようになったとき、母親はただ酒の酌をしているのではない、金のために客と寝ているのだ、とわかったとき、大きくなったこどもたちはどう思うだろう。

いや、おれがきいているのは、そんなことではない。一体、母親とこどもとどっちが正しいのだ？　こどもが、母親を責めることができるのだろうか、ええ、おい、佐藤」

山口の眼の中に、悲しみの色が走った。

（そうか）

佐藤にはやっとわかった。

山口は、千代からきいた話として、江戸の水商売の女と、そのこどもの話をした。

あきらかに竹俣当綱を母親になぞらえ、竹俣の最近の行為を責める改革派をこどもになぞらえている。

（しかし）

佐藤はつぶやいた。

「竹俣さまを、その母親になぞらえるのには無理がある」

「何が無理だ。同じだよ」

「どこが同じだ。竹俣さまは、歴とした米沢藩重職であり、その母親はいやしい市井の女だ」

「何をいっているのだ、重職も市井の女も同じ人間だ。

おれが同じ人間だ、というのは竹俣さまやその母親のことではない。

竹俣さまが改革の仕事をすすめるうえで、相手になさるのは、江戸の市井の男客と同じ連中だ、ということがいいたいのだ。

城の中の侍がそうだし、村役人や商人がそうだ。もちろん、まじめにお屋形さまのご意志に協力する領民もいる。

が、それはまだすべてではない。米沢はまだ混沌としている。改革の美しい面ばかりみて、改革は成功していると思ったら、それはまちがいだ。

それに、人間をそれほどきれいなものだとみるのも、考えが浅い…」

山口のいっていることはおかしい、と佐藤は思う。が、どうしたわけか反論ができない。考えようによっては、山口新介は上杉治憲を批判している。にもかかわらず、佐藤は山口に反論できなかった。

地割れ（六）

遠くのあぜ道に立って、北沢が鳴子のひもをひいて鳴らした。

山口は立ち上った。

「さ、仕事に戻る時間だ」

「山口…」

佐藤も立ち上って山口にいった。さっきの怒りの色は消え、むしろ深い苦悩の色がそれに替っていた。

何だ、というようにみかえす山口に、佐藤はいった。

「お城に戻ってくれないか。おれは、この間、おまえに、そばにきてほしいとおっしゃられたお屋形さまのおきもちが、いま、ようやくわかった気がする」

これをきくと、山口はほほえんだ。

「お屋形さまには、おまえがいるよ」

「ところが、そのおれはどうも、本当にはお屋形さまのお役には立っていないような気がする。そのことも、おまえの話でやっとわかった。いままで、まったく気がつかなかったことだ…」

「たとえそうでも」

山口は、笑いの底に複雑でいたずらっぽい色を浮べた。

「だめだ、おれは行けないよ」

「なぜだ」

「なぜって」

山口の笑いはいよいよ苦《にが》くなった。

「おれとおまえはな、こうして離れた場所で、ちがう仕事をしているから、うまく行っているんだ。それが同じ場所で働らいてみろ、必ずケンカになる。おれには、わかっているんだ」

「……」

ちょっと黙った佐藤は、やがて思い当ったようにきいた。

「それが…いつか、お屋形さまのお話をおことわりした、本当の理由か？」

「それもある。が、やはり、誰がみても、おまえの引きでお屋形さまのおそばに行った、とみられるのがいやだったからだ」

そういって、

「さ、早くお城に帰れ。お屋形さまに何とお答えするかは、自分で考えろ。

ところで、おまえ、みすずさんをいつもらう気だ」

急に話をとんでもない方向に持って行かれて、佐藤は狼狽した。

「ばかめ、何をいい出すのだ。いまは、それどころではない」

「その、いまはそれどころではない、というのも、このごろの改革派の皆が口にすることばだ。

いまはそれどころではない、といいつづけて、一体、いつになったら、それどころではない、ということばが消えるのだ。おれのほうは、近々、話がまとまるかも知れんぞ」

「千代さんか」

「ああ」

「それは、めでたい」

地割れ(七)

三日後。

竹俣当綱が、上杉治憲に見通りを願い出た。

佐藤文四郎から、あまり要領を得ない報告をうけて、胸の中に納得しないものをのこしていた治憲は、

「すぐ会う」

と応じた。

が、治憲がくるのを平伏して待っていた竹俣は、平伏したまま、いきなり
「おそれながら、お役を辞めさせていただきとう存じます」

といった。

なに、と治憲はおどろいた。唐突な竹俣の申出だ。いや、唐突すぎる。

「当綱…」

うけた衝撃の大きさに、治憲は呼吸をととのえながら、ききかえした。

「突然、何を申すのだ。何か、不満でもあるのか」

「不満などございませぬ。ただ、いささか疲れましてございます」

「それはそうであろう。済まぬと思っている」

「お屋形さまに、詫びていただくために、辞職をお願いにまいったわけではございませぬ。どうか、おゆるしをいただきとうございます」

「重大な話である。かんたんにゆるすわけには行かぬ」

「いや、たっておゆるしいただきたく…」

よくみると、竹俣は平伏したまま、からだが左右にゆれている。突いた双の手も、ともすれば、バタンと倒れそうだ。

そういう力の入っていない手を支えにしているから、からだが不安定で、均衡を失いがちになり、見ていて、ハラハラする。

そうか、と治憲は気がついた。

「当綱、おまえは酔っているな」

同席していた佐藤文四郎が、治憲のこのことばにはっと緊張した。

しかし、それは竹俣をとがめる眼の色ではなく、逆に竹俣のあやまちを自分も犯している、というような、そういう緊張の色であった。もちろん、佐藤は酒など飲んでいないが、まるで共犯者のような反応であった。

「…さよう、宿酔《ふつかよい》でございます。まことにもって、不届千万、この一事をもってしても、当然、お役ご免になる罪でございます…まことに、どうも、不届至極」

自分で自分のことを、何度も不届だ、不届だといった。

「………」

からだをゆらゆらとゆらせながら、依然として顔をあげない竹俣の姿を凝視した治憲は、

「………」

意見を求めるように、脇の佐藤を見た。しかし佐藤は、治憲のその視線に気がつかず、食いいるように竹俣をみつめていた。佐藤の眼には、深い同情の色がみなぎっていた。治憲は混乱した。

地割れ(八)

竹俣当綱は、

「自邸にて、おゆるしのお沙汰をお待ち申しあげます。不謹慎ながら、眠くなってまいりましたので、これにて…」

と、相変らずからだをゆらせながら、そういって退出して行った。最後まで、ついに顔をあげなかった。治憲と眼を合わせなかった。

(私と視線が合うのを避けている)

治憲はそう感じた。しかし、それは、申訳なくて合わせるのがつらいのか、それとも、治憲がきらいになって合わせたくないのか、わからなかった。

「…考えなおしてくれ、当綱」

ようやく、それだけのことをいう治憲に、身をかがめて退きながら、竹俣は、

「枉《ま》げて、おゆるしのほどを…」

と、いいつづけた。辞任の決意は相当に強いようであった。

「何が起ったのだ」

竹俣が去ったあと、治憲は佐藤文四郎にきいた。佐藤は、わかりません、と答えた。しかし、さっきの佐藤の目つきを見た治憲は、

(佐藤は、何かを知っている)

と思った。同時に、

(しかし、それを私には話さぬ)

と思った。

この間、あれほど、どんなことでもかくすなと怒り、佐藤もそういたします、と答えたのに、数日たたないうちに、また元へ戻ったこの原因は何だろ

う、と治憲は考えた。

自分の知らないところで、佐藤たちは、何か苦しんでいるのだ。と思ったが、それが何だかわからないために、治憲は余計悩むのであった。

「皆を呼んでくれ」

治憲は佐藤にいった。皆というのは、莅戸《のぞき》や木村、神保などである。

席を立つ佐藤に、治憲はことばを加えた。

「ああ、それから須田、芋川の倅たちも呼べ」

「………?」

一瞬、佐藤は治憲の顔をみかえしたが、すぐ、はい、と応えて皆を呼びに出た。

胸の鼓動がたかまっていた。それは、

(お城に、新らしい川が流れはじめた)

と感じたからであった。

新らしい川、というのは、上杉治憲の心に変化が起った、ということであった。

変化とは、

(お屋形さまは、お心の一部に、われわれへの疑心をお持ちになった)

ということであった。われわれというのは、竹俣・莅戸・木村・佐藤などの、江戸以来の側近のことである。

そして、佐藤文四郎のこの直観は当っていた。

地割れ(九)

治憲はいった。

「私は、私たちの改革を、私たちだけの代で終らせてはならない、と思っている」

集まった面々は、緊張してきいている。特に、新らしくこういう席に加えられた須田平九郎と芋川磯右衛門の二人は、複雑な表情をしていた。

「そのためには、改革をおこなう藩庁に、少しずつ、新らしい血を入れなければならぬ。須田と芋川は、その新らしい血だ。父たちのことは父たちのこととして、領民のために、どうか私に協力してほしい」

前置きをそう告げて
「今日、急に集まってもらったのは、実は竹俣当綱が辞任を願い出てきたので、その扱いをどうすればよいか、相談したかったのだ」

え、とさすがにおどろきの声が、佐藤をのぞく列席者の口からほとばしった。

治憲はつづけた。

「竹俣に何かが起っている。私は何が起ったかを知りたくて、手をつくした。直接、竹俣からきこうと思ったが、かれは何もいわぬ。みたところ、佐藤は多少は何かを知っているらしい。が、私には話さぬ。

こういうとき、山口新介ならきっとズケズケ本当のことをいうだろう。が、あの男は、城づとめをすれば、開墾は出世の手段に使った、といわれるからいやだ、といって側にはこない。

あるいは、佐藤のほかにも、竹俣のことについて、おまえたちの中には何かを知っている者がいるかも知れない。もし、そうなら、この場で話してほしい。

その点については、いまの佐藤はだめだ。

が、これは佐藤の責任ではない。須田と芋川をのぞいては、皆、私が家を継いだときからの仲間だ。気をそろえて今日までできた。

しかし、私は考えた。その気をそろえてきたということが、いつの間にか、私たちの間に何か狎《な》れを生んだのではないのか、と。

狎れが、きっと佐藤にもよけいな配慮をさせるようにさせたのだ。私は佐藤をとがめているのではなく、私たちが次第にそういうふうに狎れあって行くのが、怖い。

私たちは、もう一度、川上に戻らなければならぬ。清冽な水の湧く、川の源に戻らなければならぬ。それが、初心というものだ。

新らしく、須田、芋川を加えたのもそのためだ。どうか、今日はそういうつもりで、率直なことをきかせてくれ。

竹俣当綱の辞任願いをどう扱うか、それをききたい」

重苦しい沈黙が座に流れた。治憲の発言は重大であった。かなり思いきったことをいっていた。特に、佐藤文四郎を例にあげての、側近の〝狎れあい〟の指摘は痛烈であった。

意見は出なかった。出しようがないのだ。

佐藤はじめ莅戸たちが認識している、改革推進の裏の構造など、治憲に説明しても、わかってもらえるはずがない。

話せば、きっと、

「それは、当綱があまりにも可哀そうではないか」

ということになるだろう。

そして、同時に、その裏の構造をこわし、そういう仕組みにかかわりをもっている人間たちを、治憲は立ち所に処分するにちがいない。

「改革は、つねに清流に泳ぐ魚の気がまえでおこなえ」

という治憲にとって、川を濁らせ、その水を溜めて汚れた沼のような溜りをつくることは、何としても耐えがたいことになる。

佐藤文四郎は、改めて、山口新介が、

「水商売の女と、そのこどもたち」

にたとえた、いまの藩の状況への比喩が卓抜なものに思えた。

（云い得ている）

と思ったのだ。

治憲はもちろん、たとえ話の中のこどもではない。

しかし、もっと別な高い立場から、母親に、そういうみだらな行ないをやめさせ、こどもたちに胸をはって誇れるくらしの道を立てよ、というだろう。

みだらな客の求めに応じることはやめよ、というにきまっている。そして、治憲は、

「その女が、そういうことをしないですむ世の中をつくらなければならぬ。それが改革だ」

というにちがいない。

そのとおりだ、と佐藤は思う。

が、一方、母親にすれば、

「でも、そういう世の中になる日まで、どうくらせばいいのです？

お上《かみ》がこどもたちを食べさせてくれるのですか」

と、ききかえすだろう。その問いは切実だ。

竹俣がどういうきっかけで、いまのような、治憲

の前にも酒に酔って出てくるような仕儀になる道にふみこんで行ったのか、わからない。

しかし、あれほどの徳のある、器量人の竹俣がそうなるのには、やはり、それだけの苦労の積み重ねがあったはずだ。

(それに、われわれは気がつかずにきた)

いま、須田と芋川をのぞくすべての列席者が、苦くその思いを噛んでいた。

それは、改革の理念と美名で、米沢藩の古さを、一挙に押し切れると思いはしなかったか、米沢藩に巣くっている古いならわしの根づよさを、かんたんに考えすぎなかったか、という反省であった。

即ち、改革の敵を、あまりにも甘く見てこなかったか、という鋭い悔いであった。竹俣当綱は、ひとりでその境い目の犠牲になった。米沢藩には、まだまだ〝古さ〟が頑として残っているのだ。

大評定(二)

城の太鼓が鳴った。久しぶりの

「藩士総登城」

の命令だ。

いままでに何度も経験したことなので、藩士たちも、もうそれほどおどろかなかった。

このごろでは、上杉治憲の

「やむをえない仕事をしている者のほかは、別に時間どおり城にこなくてもよい。好きな時間にきて、仕事をすませたら、好きな時間に帰れ。

また、いままでのしきたりや、形式だけの仕事は廃止しよう。そういう仕事をしている者は、別に城にくることはないから、余った時間を、新らしい土地の開墾や、植物を植えたり、錦鯉を飼うことに使ってほしい」

という指示に従う藩士も多かった。

だから、最近はまったく城にこないで、開墾地ですごす侍も沢山いた。

そういう藩士たちにとって、総登城命令は、懐かしい顔をひさしぶりに見る絶好の機会だった。

「しばらくだな、元気か」

という月並みなあいさつにはじまり、

「ずいぶん色が黒くなったな」

「おまえだって、ひとのことはいえんぞ」

と、陽にやけた互いの顔を指さした。

話はさらに、

「楮《こうぞ》のできぐあいはどうだ」

とか、

「錦鯉の育ちかたはどうだ」

とか、植物や魚の育ちかたをたずねあう。そして、

「まるで、農民のようだな」

と笑いあうのだった。

が、その笑いにもう自嘲のひびきはなかった。ごく自然に自分たちがいまやっていることを、ききあい、答えあって、お互いの参考にした。

つまり、藩士たちが、領民と連帯してすすめている、米沢の地場産業の振興ぶりをたしかめあっているのだ。

むかしなら考えられなかったことだった。

だから、中にはがんこな侍もいて、

「まるで百姓の集まりだ。武士は一体、どこへ行ってしまったのだ」

と、にがにがしげに、藩士たちの話をきく者もいた。

が、そういう侍にしても、いま、城の大広間にみなぎる活気だけは、どう否定しようもなかった。

武士という身分を忘れて、直接、生産の場で生きるようになった藩士たちは、自分の手で土からものを生み、育てることに、大きなよろこびを感じているのだった。

「静かに」

上席から制止の声がかかった。治憲が出てきた。

大評定(二)

治憲は、上座に坐ると、ひと渡り藩士たちの顔を見た。そして、

「しばらくだった」

と、ニコリと笑った。その笑顔をみて、思わず胸の中に温かいものを感ずる藩士が沢山いた。

そういう藩士たちにとって、上杉治憲は、すでに慕わしい存在になっていた。

やさしい微笑をみせる治憲の顔をみるだけでも、

城にきた甲斐があったと感ずる者が多かった。

「改革は順調にすすんでいる。おまえたちを、農民のようにしてしまったが、どうか、もうしばらくがまんしてほしい」

治憲がそういうと、隅から声があがった。

「私は生涯開墾地においていただきたいと思います。かた苦しいお城づとめよりも、よほど楽です」

ドッと笑声が湧き、ふりむくと山口新介だった。

こういうなごやかさも、昔はなかった。

その解けた雰囲気の中で、治憲は真顔になって告げた。

「忙しいおまえたちに、今日、突然集まってもらったのは、実は相談したいことができた。どうか、遠慮なく自分の考えをいってほしい」

そう前置きして、

「実は、竹俣当綱が執政辞任を願い出た。私はまだ許可していない。どうしてよいのかわからぬからだ。相談したいというのは、そのことだ。どうすればよいのか、どうか教えてほしい」

座は軽くどよめき、すぐ静かになった。思いもかけなかったことを相談されたからである。

チッ、と治憲にきこえないように小さな舌うちをする者がいた。その藩士はぶつぶつ、こういった。

「また、お屋形のわるいくせだ」

脇の者が顔をみた。舌うちをした藩士は、

「そんなことは、ご自身でおきめになることだ。われわれに相談することではない。めいわくだ…」

とつぶやいた。そして、

「この忙しいのに、そんなつまらないことでわれわれを集めるなんて、お屋形もずいぶんひまになったものだな」

といった。

脇の藩士がひくい声で反論した。

「そんなことをいったって、いま改革の中心にいるのは、竹俣さまだ。辞められたら、改革は頓座してしまうぞ」

「そんなことはない、莅戸《のぞき》さまも、木村さまもいる。代りには困らないさ」

「いや、無理だ。竹俣さまの代りは誰にもつとまらない」

「そこで話をしている者」

二人の私語に気づいた治憲が、突然声をかけてきた。

「意見があるのなら、話してみよ」

大評定(三)

治憲にそういわれると、舌打ちしていた藩士も、その藩士に反論した藩士も、顔を赤くして下をむいた。

治憲は、うながすように二人をみつめたが、二人は顔をあげなかった。あきらめた治憲は、また、全体を見渡しながら、

「誰か、意見はないか。何でもいい、思うところをいってくれ」

と告げた。

隅のほうから、

「おそれながら」

と、山口新介が声をあげたとき、山口より先に、列の前の方で、

「おそれながら」

という声があがった。治憲はそのほうをみた。発言の許可を求めたのは、須田平九郎であった。

「須田か、申してみよ」

治憲がそう声をかけたので、声だけではわからなかった後方の藩士群は、発言者が、かつて治憲にさからい、ほかの六人の重職とともに処罰された須田満主の息子であることを知った。

芋川磯右衛門とともに、最後まで、処罰された父の恨みを晴らすため、治憲をにくみつづけてきた青年であった。

が、最近は、治憲の命で父のあとをつぎ、しかも、治憲の近習として仕えていることが評判になっていた。

「お屋形にまるめこまれた」

「やはり、シッポをふって仕えてしまうのか。切腹させられた父親の恨みも、それほどかんたんに忘れてしまうのか」

と、悪口をいう者もいた。

実をいうと、今日の総登城の案は、先日の側近会議のときに、須田と芋川が出した。

突然の竹俣の辞任申出は、側近群に、改めて藩内に残る古いしくみと、そのしくみにしがみついている頑強な藩士の存在を知らせた。そして、改革をすすめるうえで、竹俣はそのしくみの上に乗らなければ、何もできないことを骨身にしみて味わっていた。

早くいえば、藩の機構や、領内の有力者たちには、一片の書類による命令や、口頭指示など、ほとんど役に立たなかった。

事前の〝根まわし〟や、了解をとるための付け届は、依然として必要だった。

それをしなければ、藩の組織はかたくなに静止してうごかないのだ。

強権を発動してやらせようとすれば、表面は従ったふりをして、実際には何もしない。怠業の挙に出てくる。

しかも、そういう実力者たちは、正規の役職者でない人間が多かった。一種の蔭の実力者であり、やみの牢名主であった。

大評定(四)

そういう連中は、根まわしや付け届をして、顔を立ててやれば協力するが、それを省くと、こんどはかげにまわって、陰湿な妨害をした。手がつけられない。

治憲の

「民を富ませるための改革」

という美しい理念も、こういう人間たちの胸をみじんもうたなかった。

かれらにとっては、改革も仕事であった。そして、

「仕事なら、ちゃんと根まわしをしろ」

という態度を捨てなかった。

竹俣当綱は、おそらく、はじめは、

「藩は腐っている」

と怒ったにちがいない。

しかし、それが命令や力ずくでこわせないほど強力だった。

そこで、竹俣は、改革をすすめるために、そうい

うしくみをこわすのに多くの時間を費すよりも、

「いっそ、ぐるみで活用してしまったほうが早い」

と判断したにちがいない。

藩の実力者たちを利用したほうが、改革はすすむ、しかし、こういう層を弾圧したら、改革は一歩もすすまず、逆に諸種の妨害が起る、竹俣はそう思ったのだ。

だから、自分からそのしくみの中にとびこんで行った。山口のいう、身を汚す水商売の母親になったのだ。

竹俣のひとりで抱えた苦労はよくわかる。しかし、そういう方法は果して正しかったのか。

何ともわりきれない思いが、木村や莅戸や佐藤たちの胸に満ちた。竹俣の人間が変ったのは、きっとそういう層との、やむをえない接触が原因だ、とは思ったが、しかし、

（本当に、それ以外に、方法がなかったのだろうか）

という思いが、それぞれの胸にあった。

そういうもやもやがあったために、竹俣をよく知る側近たちは、治憲にいい意見をいえなかった。

それにひきかえ、須田と芋川は、この連中とはほとんど行を共にしてこなかったから、竹俣のことを、冷静にみつめた。

深い考えがあったわけではない。いつまで待っても、側近たちが何もいわないので、須田と芋川は、

「いかがでございましょう、藩士の総会議にかけては…」

といったのだ。

それは、

（このお屋形は、何でも藩士総登城を命ずるのが好きだから、この件もそうすればいいではないか）

という、ほんの軽い動機からだった。が、治憲はこれに乗った。

すぐ、

「そうしよう」

といった。

大評定(五)

その須田が、今、真先に意見をいおうとしてい

る。

何をいい出すのかわからないが、これは新らしい変化であった。こういう議題であったなら、当然、

「竹俣さまは留任していただくべきです」

と、真先に答えるはずの莅戸、木村、佐藤などの改革派が、今日はなぜか黙っている。

代わりに、治憲に父を殺され、改革にも反対してきた須田が、何かいおうとしている。

改めて反治憲派の結束を固め、一挙に藩政の主導権をうばいかえそうとしているのだろうか。

大広間は、藩士たちのいろいろなおもわくをみなぎらせて、異様な雰囲気になった。

が、さすがに旧家老の息子である。須田平九郎は、そういう雰囲気にも、別に臆さなかった。

須田はいった。

「竹俣さま、ご辞任の儀、まことにおそれいりますが、なにとぞ、お屋形さまよりご慰留賜わりとう存じます」

ざわめきが起った。須田の発言は大方の予想をうらぎった。須田が竹俣を留任させせよ、というとは思わなかった。

須田はつづけた。

「おそれながら、このたびのご改革の儀、殊に農政の指導において、竹俣さまは抜群の実績をあげられ、余人をもって替えられません。どうか、お屋形さまのお力によって、竹俣さまにご翻意を願うよう、おとりはからいのほど、ねがわしゅう存じます」

あちこちで私語が交された。その多くは、

「須田殿は、お屋形さまにみごとに飼いならされた」

というものであった。

切腹させられた父のうらみを忘れて、いまは、治憲の忠臣になってしまったのだ。

だから、わけ知りのシタリ顔をする連中は、

「あの発言は八百長だ」

とまで、意地のわるいうけとめかたをした。

須田の発言が終わると、すぐ、脇の芋川磯右衛門が、

「それがしも、須田の意見にまったく賛成でござい

ます。いま、竹俣さまにお辞めになられては、ご改革に重大な齟齬《そご》をきたします」

と、つづけて同趣旨の発言をした。

「うむ」

とうなずいた治憲は、眼をあげて隅のほうをみた。

「さきほど、意見をいいかけた者がいたな」

「はい、例によって、私です」

山口新介が手をあげた。重苦しい大広間の空気が、再びほぐれた。

大評定(六)

山口新介も、

「須田殿に賛成です」

といった。そして、さらに、

「しかし、そう何もかも、いつまでも竹俣さまおひとりにおんぶするのは、竹俣さまにおきのどくです。後継者が必要です。

そちらにおいでの莅戸さま、木村さまも、いつでも竹俣さまの代りがつとまるよう、ご精進下さい」

冗談めかしてであったが、山口はことばの底に案外な真実のひびきをもたせて、そういった。

山口のことばは、佐藤文四郎の胸に鋭くひびいた。それは、

「お屋形さまに、耳あたりのいいことばをいうな。もっと真実を伝えなければだめだ。それが本当の側近ではないのか」

といっていた。

「今日のことも、おまえたち側近が、本当のことを知らせずに、竹俣さまひとりに苦労をさせたからだ」

と、とがめられている気がした。だからこそ、そういう旧側近群の後退に替って、須田、芋川たちが発言力を持ってくるのだ、ともいわれている気がした。

こうなると、大広間の空気はひとつの流れを生んだ。

村木、佐田、中谷のような、いま竹俣の取りまきになっているような連中でさえ、

「竹俣さまご留任、余人をもって替えがたし」

などと、声をあげた。

竹俣の辞任を認めよう、という声はついに出なかった。

「よくわかった。おまえたちのことばに従う。私から竹俣にねんごろに、翻意をたのもう」

治憲はそうしめくくった。うれしそうだった。

居室に戻って、側近たちを集めると、治憲は、

「ごくろうであった」

と労をねぎらった。そして、

「須田、芋川は、特によくやってくれた」

とほめた。

治憲に対して、複雑な思いをもつ二人だったが、ほめられてわるい気のする人間はいない。二人は神妙な表情で平伏した。

その二人に、

「すぐ竹俣のところに行ってほしい。今日の評定のことを話し、私が会いたがっていると伝えよ」

といった。二人はおどろいて治憲を見、つづいて佐藤をみた。佐藤は表情に苦しい色を溢えていた。

いままでなら、こういう使者には佐藤が立つ。が、治憲はそうしなかった。須田と芋川に命じた。うるさい城中スズメはすぐこのことをうわさするだろう。

それは、きっと、

「お屋形さまのご寵愛は、すでに須田殿と芋川殿に移った。佐藤文四郎は見捨てられた」

といういいかたになるにちがいない。人事は、いつの世でも、誰もが好んだ。

大評定(七)

「大成功です、さあパアーッとやりましょう」

自分のことが評議されるので、登城を遠慮し、自邸の居室で控えていた竹俣当綱は、昼ちかくなって、にぎやかな三人の侍の訪問をうけた。

三人というのは、村木、佐田、中谷だ。

庭の立木にとまったセミの声をきいて、何かおぼつかない思いに考えを漂わせていた竹俣は、廊下を鳴らせて入ってきた三人のうるささに、われにかえった。

「何が成功だ」

思わずききかえすと、ぺたりと芸人のようにひざよりも尻で坐った村木が、いつものように扇子をとじたり、ひらいたりしながら、ひひひ、と笑い、

「おとぼけとは、これまた憎い。辞任のお申出は、今日の藩士総会議を、とっくにお見通しのうえでしょう」

と、肩を落していった。

「………」

さすがに竹俣は村木を凝視した。この男の精神の卑しさに、背すじが寒くなる思いだった。

「おまえは、私が故意に辞意を申し出たと思っているのか」

眼の底に鋭いものを浮べてそうきいた。そういう視線に、たじろぐような村木ではない、ネズミのような眼で、竹俣をみかえしながら、

「そりゃそうでしょう、おやめになるおきもちもないくせに、ありゃあ、お屋形さまを試す、みごとな大芝居だ。きわどい芝居でしたけれどね。

われわれ忠臣が三人、気をそろえて、ご留任を強調しましたよ。とにかく、よくがんばったよなあ」

ほかの二人に同意を求めた。

佐田も中谷も大仰にうなずいて、自分たちの発言がいかに大広間の評定に、影響を与えたか、をこもごも話した。

きいていて、竹俣は次第に情なくなった。

(こいつらは、おれがわざと辞任をねがい出たと思っている)

人間とはそういうものだ、と思いこんでいる、したり顔での解釈がカンにさわった。

人間はすべて卑しく、性悪で、権謀と術策だけで生きている、と思っているのだ。

だから、こんどのことについても、竹俣は、はじめから今日の結果を見通していて、つまりすべて先を読んだ上で、辞任をねがい出たのだ、とこの三人は思っていた。

(ばかな)

竹俣は腹が立つ。

(おれは本気で辞めたいのだ)

なぜそのきもちがわからないのだ。竹俣は胸の中でつぶやいた。

（辞めなければ、おれという人間はだめになってしまう。すり切れてしまう）

大評定（八）

人間というのはふしぎな生きもので、時とすると、自分で自分がどうにもならないことがあることを、竹俣は知った。

自分が、自分の意志どおりにうごかない。それだけでなく、意志とまったく逆のことをやってしまう。

意志が、

「そんなことは、やってはならない」

と命じているのに、その命令をきかずにやってはならないことをやってしまう。ここのところ、ずっとそういうことの連続だった。

竹俣は、そういう、自分で自分を統御できない状況を、

（おれのからだの中には、何か魔性の者が棲《す》んでいる）

と思っていた。そして、このままで行くと、その魔性の者に、からだも心もすべて食いつくされてしまう、と思っていた。

ここにいる三人は、竹俣のからだの中に棲む魔性の者と連動し、竹俣を日々、堕落の道にひきこんでいた。

三人は、藩の腐った組織の蔭の実力者だった。根まわしや付け届で組織をうごかす、どうにもならない存在であった。

が、それだけにそういう陰の面での顔の広さは無類で、誰でも知っていた。だから、

「たのむ」

と低姿勢で、金品を用意して相談すれば、

「まかせて下さい」

と、たちまちうごく。そのうごきは敏捷で、またツボ、ツボをおさえるから、仕事のすすみかたは早かった。

反対に、話を通さないと、仕事は一歩もすすまなかった。

この三人と同じような連中が、呆れるほどの共同の網をはっているからだ。

情報の伝わり方が早い。それも自分たちにとって、敵か味方かをすぐ嗅ぎ分ける。

そろって、

「タテマエを実現するには、どうしてもよごれた部分が要る。それをわれわれが代行する」

という妙な自信をもっていた。

具体的に、どこでどういうつながりかたをし、どういううごきでそうなるのか、竹俣にも、まだ、全貌はわからない。

しかし、藩内のいろいろな原料を製品にしたり、最上川を通じて酒田へ積み出したりする仕事はもちろん、その代金の収納、支払いも、この連中に、ひとこと、

「たのむ」

といえば、さっと仕事がはこぶのだ。年貢にしてもそうだった。村役人と結んで、巧みに村々に割りあてた。

そして、

「その代り、ちょっと名主の家にお顔を出して下さい」

三人はそういった。

大評定（九）

（しかし）

と、竹俣は、いま、深刻に悩んでいる。

それは、そういう風にうまく仕事をすすめることが、果して上杉治憲の意にかなったことであるのか、どうか、ということだ。

つまり、改革をすすめるのに、うまく行きさえすれば、どんな手段や方法を使ってもいいのか、ということだ。

竹俣は自答する。

（おそらくだめだ）

と。

（お屋形さまは、改革は、目的だけでなく、それをなしとげる手段も同じように大切なのだ）

とおっしゃるにきまっている。

そうしなければ、ひとびとの意識が変らないからだ。

まして、改革は、急いでうまくやることではな

ある。

い。いままでの悪いしきたりや、領民を苦しめるいいろいろなやり方を、根底から改めることにも目的が

当然、それをあくまでも守ろうとする層との間

に、はげしい闘争が起る。

その闘争をくぐりぬけなければ、ひとびとの心の

壁はこわせない。

（それを、おれは、いままでの悪いしくみをそのま

ま使っている）

そんな改革があるだろうか。

ひとことでいえば、竹俣当綱の悩みはそういうこ

とであった。

（おれは、改革によって得られる成果だけを狙って

きた）

実績があがれば、その方法は問わなかった。もち

ろん、それを評価する人間は沢山いる。

が。

（お屋形さまは、決しておよろこびにならない）

改革は、利益をあげさえすればいい、というもの

ではない。どういうやり方をとり、ひとびとがどう

いう生きかたをしたかが大事だ、といつも口をすっ

ぱくしていわれた。

「何が得られたか」

だけでなく、

「それは、どういう方法で得られたか」

が大事なのだ。

それを知りながら、おれは、ただ目前の〝何が得

られたか〟だけに狂奔した。

そして、狂奔しながら、いつもお屋形さまのお顔

を思い浮べていた。つらかった。そのつらさから逃

れるために、おれは次第に酒をのみ、腐ったしくみ

の連中の中に深入りして行った。

いま、三人の取り巻きが、自分たちの城中での大

活躍（どこまで本当かわからないが）を語るのを、う

わべだけできながら、竹俣はそういうことを考え

ていた。

用人が入ってきた。そして、

「お屋形さまからのお使者として、須田平九郎、芋

川磯右衛門のお二方《ふたかた》がおみえになりました」と告げ

た。

大評定（十）

「須田と芋川が？」

竹俣は妙な顔をした。用人は、老人だから、

「はい」

と答えたまま、表情をかえない。それに、この用人は、三人の取り巻きがきらいだ。だから、きらいな連中に取り巻かれている竹俣にも批判的だ。

何度も、

「いいかげんになさいませ」

と意見した。しかし竹俣はきかない。用人の心は次第に竹俣からはなれた。

用人は藩主の上杉治憲を尊敬していた。自分の孫くらいの年若な治憲が、それこそ身をほろぼして領民と藩士のために努力する姿に、何度も涙をこぼした。

「あの方《かた》はえらい方だ。とても、あそこまでできるものではない」

と、いつも周囲に語っていた。もういくらも持ち時間のない、自分の生命を、あのお屋形さまのために全部さし出そうと思っていた。ところが、主人の竹俣が変ってしまった。

それも、よく変ったのでなく、悪く変った。悪く変らせたのはこの連中だ。用人はそう思っているから、三人がくると、いつもにらみつけている。

そして、竹俣に対しても、いわれたこと以外やらなくなった。

「なぜ、佐藤がこないのかな」

「奴め、何かしくじったな」

「それにしても、須田と芋川がお使者とは。お屋形さまも粋《いき》なことをなさる」

「いや、あの人は人の使いかたはうまいよ。若いけれど大したものだ」

須田と芋川がきた、ときいて、たちまち、そんなしたり顔の話をする三人に、用人は、いよいよ憎悪の色を露骨にしてにらみつけた
（このばかどもが！　叩っ斬ってやりたい）

用人は本気でそう思っていた。

「客間にお通ししてくれ」

そういう竹俣に、

「お通ししてあります」

用人は冷たい眼で答えた。うむ、そうか、とうなずきながら、立ち上った。

須田・芋川の二人は、固い表情で客間にいた。じっと宙をにらんでいた。緊張している。

竹俣が入ってきて、

「ごくろうです、どうか上座に」

と床の間のほうを示した。

「そうですか、では」

須田がそう応じて、悪びれずに上座に移った。藩主の使者だからそうした。芋川も移った。

「お使者のおもむき、うかがいましょう」

下座に正坐して、竹俣はいった。須田が答えた。

「お屋形さまは、竹俣さまの辞任をお許しになりません。そのことについて、お屋形さまが至急お召しです」

鷹の人(一)

天明五年（一七八五）二月三日、上杉治憲は幕府に隠居を願い出た。突然のことに、周囲はおどろいた。

が、治憲にすれば、かなり前から考えていたことであった。いや、かなり前というより、自身が上杉家の養子に入った時から考えていたことであった。

最初、漠然と考えたのは、

（上杉の家は、なるべく早く上杉の血筋の人間に渡さなければならない）

ということだった。

九州の日向高鍋の、三万石の小大名の家から、米沢十五万石の大名の家に入ったのだから、ふつうなら、あくまでも自分の血筋の者に相続させようとするだろう。

（一度得たこの座は、他人にはゆずらない）

と思うのが人情だ。

が、治憲はそうは考えなかった。そして、治憲の、上杉家の血筋の人間に上杉家を渡したい、という思いが具体的に促されたのは、治憲が養子に入った後に、養父重定に実子が生れたことであった。

治憲は、この子が十三歳になった時、自分の世子とした。周囲はいぶかった。いい格好をする、と皮

肉な眼でみる者もいたし、

「お若いのにえらいお方だ」

と感動する者もいた。

「策士だ」

とカンぐる者もいた。

しかし、治憲は心の底から、先代藩主の子である世子に、早く上杉の家をつがせたいと思っていた。それがなかなか実現できなかったのは、何といっても上杉家の実情のためである。

何百年かかれば返せるか見当のつかないほどの、多額な借財のために、上杉家の財政再建は、若い治憲のふたつの肩に、ずっしりと重みをかけた。まるで、千貫ミコシをひとりでかついでいるようなものであった。

治憲は家督をついだ時、十七歳だった。本国入りをしたのは十九歳の時である。米沢藩士や藩民からみれば、足りないものだらけの藩主であった。
○若い
○九州のちっぽけな大名の家から養子にきた
○米沢のことは何も知らない
○米沢の家臣は誰も治憲を知らないし、治憲もまた家臣の誰も知らない
「それで、一体、財政再建ができるのだろうか」

誰もがそう思った。

いや、すぐ失敗して、すごすごと藩主の座から去るだろう、と思った。ちっぽけな家から大藩の養子にきたことを、心の底から後悔するだろうと思った。誰もが、「上杉家は、そんな甘いものじゃないぞ」という眼で治憲をみた。

鷹の人(二)

しかし――治憲は多くの人間の予想をうらぎった。かれは、冷たい米沢の空気を、力でおしつぶそうとはしなかった。逆だった。

「自分の力はこれしかない」

と率直に告げた。年齢が若いことも、何も知らないことも、正直に話した。そして、

「だから、私の足りないところを皆で補なってくれ」

といった。

こんな藩主はいない。はじめから、

「私には力がない」

といったのである。

が、この若い率直な藩主は、

「上杉家の再建は領民のためにおこなう。民は国の宝だ」

といった。こんなことをいう大名もめずらしかった。いや、ほかの大名も幕府もたしかに、

「民は国の宝だ」

という。

しかし、それは税を沢山しぼりとろうとするオダテだった。本気で国の宝だなどと思ってはいなかった。胸の中では、

(民は、しぼればしぼるほど油のとれる菜のようなものだ)

と思っていた。だから、死なぬように、生きぬように扱かった。

若い養子藩主は変っていた。かれは自分が口にした
「民は国の宝だ」

ということを本気で実行した。それは何よりも領民たちを、人間として尊んだことである。現在《いま》のことばでいえば、領民ひとりひとりの人権を尊重したのである。

藩内は動揺しはじめた。

(こんどのご養子は変っている)

と思った。特に城につとめる藩士は動揺した。そういう藩士たちに、治憲はこういった。

「藩士ひとりひとりが火ダネになってほしい。まず自分の胸に火をつけてほしい。そして他人の胸にその火をうつしてほしい」

「そのためには、私も自分を燃やす」と。

藩士たちの反応は二様だった。白けたり、ソッポをむいたり、反対したりする者もいた。

が、本気で自分の胸に火をつけた者もいた。上杉藩は、こういう自分の胸に火をつけた層によって、少しずつ、よみがえりはじめた。特に治憲がすすめた地場産業で、領民たちがうるおいはじめていた。

そして、領民たちは、若い養子藩主が口先だけでなく、本当に愛情と思いやりの人間であることを知

った。

治憲はよくこういった。

「たとえ、おまえたちの中に私をだます者がいても、私は決しておまえたちをだまさない」

本当だった。治憲は決して人をだまさなかった。

鷹の人(三)

竹俣当綱の事件が持ち上った時、治憲は大きな不安におちいった。それは、

「改革派が、新らしい権力を持った派閥とみられている」

ということであった。

自分は古い派閥をこわし、藩を風通しのいい職場にするために改革をはじめた。

が、それをこわす勢力を、藩士や藩民は新らしい派閥だと思ったのだ。

「竹俣さまにおねがいすれば、出世できる」

と藩士の一部は思ったし、

「竹俣さまにおねがいすれば、儲かる仕事がもらえる」

と藩民の一部は思った。楽をして出世や儲けをねがう層は、竹俣のところに殺到した。新らしい腐敗がはじまったのだった。

竹俣はそれを、

「改革を早くすすめるための、やむをえない手段だ」

といった。

さらに自分を、

「こどもをりっぱに育てるために、身を汚す飲み屋の女」

といった。犠牲者だというのである。

その心情はわからないわけではなかったが、治憲は、

(ちがう)

と思った。

(竹俣はカンちがいをしている)

と思った。

私がすすめている改革は、時間がかかろうとも、そういうことを一切なくすことだと思った。

(それなのに、竹俣は結果だけを急いでいる、私が

大切にしたいのは過程だ）

米沢に住むひとびとのひとりひとりが、自分の胸に火をつけて、誰かの幸福を実現するために生きることが改革だ、と治憲は思っていた。

あの時、竹俣を留任させたのは、竹俣にもう一度機会を与えるためだった。治憲の志は竹俣がいちばんよく知っているはずであり、どうかその原点に戻ってほしい、というねがいがあったからであった。

しかし、うまく行かなかった。竹俣は最初の道に戻らず、相変らず脇道を歩いた。

ついに治憲は竹俣を罷免した。あとをうけたのは莅戸善政だった。固辞したが、奇妙なことに、竹俣がもっともつよく莅戸を推した。竹俣の心の底には、やはり初心が涸れずに残っていたのだ。

治憲が、

「隠居しよう」

というきもちをつよめたのは、改革派が、治憲を頼りにしすぎる、と感じたことである。ある日、

（私ひとりを頼りにしている）

とさとったからであった。

鷹の人（四）

そのことが、もっとも具体的に表れたのが、世子治広に対する教育係の木村高広の態度であった。治広が十三歳の時に、正式に世子にすることを幕府に届け出た治憲は、教育係に硬骨漢の木村高広をつけた。

いつの日かくる相続の日にそなえて、木村は治広に藩主教育をすることになった。

が、結果としてこの人選は失敗だった。木村の頭の中には治憲の映像しかなかった。世子教育の基準《モノサシ》は、すべて治憲の言行であった。

木村からみれば、十三歳の治広は、まるでダメな少年であった。木村は容赦しなかった。

「そんなことで上杉の家が継げますか」

とびしびし治広を鍛えた。大声で叱った。

しかし、ふつうの叱りかただったら、治広も何とも思わなかったにちがいない。歯をくいしばって木村に従《つ》いてきただろう。木村はひとことよけいなことをいった。

それは、何につけても叱る時に、

「お養父上《ちち》の、お屋形さまは、十三歳のときはこうでしたぞ」

とか、

「お屋形さまのご世子として、そんなことをなさってはいけません」

とかいうように、必ず治憲をひきあいに出すことであった。

はじめのうちは、そうだな、と思っていても、あまりたびたびそういうことが続くと、云っている方はいいが、きかされている方はうんざりしてくる。

現代でも、ぐうたら二代目が、

「あなたのお父さんは、そんなダラシのない人ではなかった」

とか、

「先代なら、こういうことはこうした」

といわれるのと同じだ。

責められる二代目は次第に自信をなくす。劣等感をもつ。それはやがて屈辱感に変り、そういうことをいう人間を憎むようになる。いや、いう人間だけでなく、先代そのものにも悪意を抱くようになる。

治広の場合もそうであった。治広は、木村がことごとに口にする。

「お屋形さまなら、こうなさる」

ということばに食傷した。

食傷しただけでなく、しまいには怒った。

「私は不肖の子だ、とても養父上のまねはできぬ」

と、ヤケクソになっていった。きいた木村は真青になって、

「何ということを」

と目をむいた。治広は、その木村に、

「おまえも大きらいだ」

と目をつりあげていった。治広なりの精いっぱいの抵抗だった。

鷹の人(五)

世子に、大きらいだ、といわれたことは、教育係としては失格である。

その日、木村はすぐ辞職し、家にこもった。おどろいた治憲は使いを出して、木村の留任を求めた

が、使いは顔色をかえて走り戻ってきた。

そして、

「木村さまは自刃なさいました」

と告げた。治憲は声を失なった。木村は五十二歳であった。硬骨漢のかれは、治広にきらわれたことで、治憲に申訳ないと思い、自殺してしまったのだ。

治憲には衝撃であった。

治憲は沈思した。そして、ずっと考えてきたことが、決して絵空《えそら》ごとでなく、現実のことだとさとった。

それは、

(みんなは、私をえらい人間だと思いすぎる)

ということであった。それが昂じて、

(私は、生きた仏のように扱われてしまうのではないか)

という心配であった。

いや、すでにそういう現象が起っているのだ。竹俣事件もそうだし、木村事件もそうだ。

(ふたつとも私が原因だ)

と治憲は思った。それは、私をあまりにも理想化するからだ、と感じた。

そして、

(このままで行くと、藩は何ごとにつけても、私ひとりを頼るようになる)

と思った。

それはまちがいだ、藩はこれからも存続する。しかし私はいずれ死ぬ、それなのに、私ひとりに頼っていてはどうにもならない。

(では、どうするのか)

治憲は自問する。そして自答する。

(私ひとりに頼らせぬことだ)

(その方法は？)

(隠居、退隠だ)

(まだ若いではないか)

(年齢はかかわりはない)

(改革が途中だぞ。おまえがいなくなって大丈夫か)

(わからない。しかし、その苦労を味わわなければ、後継者は育たない)

治憲は胸の中でこういう問答をくりかえした。

そして、ついに隠居を決意した。治広もすでに二十歳をすぎている。こどもも生れている。治憲は三十五歳だったが、すでに祖父なのだ。

治憲は、莅戸、佐藤文四郎らのごくわずかな側近にこのことを告げた。二人は何もいわなかった。黙って治憲をみつめていた。

やがて、二人の眼に涙が溢れてきた。

鷹の人(六)

治憲は、紙に、

「鷹山」

と書いた。

相続の一切の手続きがすんだ夏の日のことである。

治広には、

「伝国の辞」として、三カ条の心得を書いて渡した。
一　国家は先祖から子孫に伝えるもので、私してはならない
一　人民は国家に属しているもので、私してはならない
一　君（藩主）は国家・人民のために存在するので、国家人民は藩主のために存在するのではない
という内容である。文章は砕いたが用語は原文のままだ。つまり、国家という字も人民という字も使っている。故ケネディ大統領は、こういうところにも、鷹山の中に民主的な政治家の姿をみたのだろう。

佐藤文四郎が入ってきた。二十余年のつきあいで、治憲のことは知りつくしている。隠居にも反対はしなかった。それに佐藤もいい中年になっていた。

「何でございますか」

佐藤は治憲が書いた字をみた。

「ようざん、でございますか」

「そうだ、これからの私の号だ」

「鷹の山……」

佐藤は声に出して読んだ。そして、

「お屋形さまは、鷹のお人でございますな」

と微笑んだ。治憲はききとがめた。

「文四郎」

「はい」

「私はもうお屋形ではない」

「はは、これは失礼をいたしました。ご隠居さまでございましたな。ご老公とお呼びしなければなりません。それにしても、お若いご老公で」

「そうでもない、孫もおる。ところで、何か用がありそうだが」

「はい」

うなずいた佐藤は、

「おひまがございましょうか」

といった。

「ひまではないが、おまえのためにつくろう」

「ありがたいことで。何でございますぞ。ご隠居あそばされても、そうやってお城の一角にがんばられておられては、ご当主も役人も、気ぶせりでうっとうしゅうございますぞ。そこで、今日は遠乗りにおさそいにまいりました」

「遠乗り？　どこへ行く」

「板谷峠の先です」

「ほう、何かあるのか」

「おみせしたいものがございます」

「何だ」

「ひみつです。おいでになればおわかりになります」

「気をもたせるやつだ。よし、案内せい」

治憲は立ち上った。

鷹の人(七)

笹野観音の前から、さらに一騎加わった。山口新介だった。

「お供をさせていただきます」

「新介、元気か」

「はい、おかげさまで。お屋形さまもご健勝で」

「おい、お屋形ではない、ご隠居さまだ」

佐藤文四郎がいった。しかし、山口は首を横にふった。

「おれにはお屋形さまだ、いつまでもな」

いつまでもな、ということばの底に、山口の深いきもちがこめられていた。それはふたつの眼にはっきりあらわれていた。

観音の門前で、ひとりの老人がコシアブラの木をスパッスパッと、小刀で細工をしていた。治憲は声をかけた。

「老人、売れるか」

まぶしそうに目を細め、陽光を手でさえぎった老人は、これは、とおどろいて土の上に坐った。

「お屋形さま」

「よせ、土の上に坐るのは。仕事を続けてくれ。売れ行きはどうだ」

「それがばか売れで、こんなもののどこがいいのか……」

本心からとまどった表情でいった。

「有名になったな、笹野の一刀ぼりも」

「へえさみんなお屋形さまのおかげでございます」

入国のころ、治憲はこの老人がなぐさみに、コシアブラの木を削っているのをみて、地場産業のひとつにしたらどうだ、とすすめた。それが当ったのだ。

「暑いから無理をするな」

そういって、治憲は街道へ出た。そして、

「ばか売れはよかった」

と大笑した。

板谷峠の宿場が、みごとに復活していた。治憲が初入国したとき、この宿場は朽ち果てていた。

家は倒壊し、泊る宿もなかった。あのときは焚火をして一夜をあかした。

それが、生まれ変わったように生き生きと、活力のある街に変わっていた。

家や店が生きかえったよりも、そこに住むひとびとが生きかえっていた。

どの人間の眼も明るかった。

「お休みになりますか」

佐藤がきいた。

「いや」

治憲は首をふった。

「忙しい宿場の者に、めいわくをかけたくない」

三騎は宿場を通りぬけた。やがて福島との国境になる。

坂道は無人になった。馬をおりて歩いた。

やがて、

「ここです」

佐藤がいった。

鷹の人(八)

無人の道に、十本ほどの棒杭が立っていた。その一本一本に、ヒモでザルが結びつけられていた。ザルの中に何か入っている。治憲はちかづいた。ザルの中には、にぎりめし、季節のくだもの、ワラジ、ローソク、紙、油、ミノ、カサなどの生活日用品や旅に要る品物が入っていた。

(こんなところで?)

興味を持って、ザルの中をひとつひとつのぞいた治憲は、

「ほう」と嘆声を発した。

いくつかのザルの中に、金が入っていたからだ。よくみると、棒杭にはそれぞれ札が下っていて、にぎりめし何文、ワラジ何文というように値段が書いてある。

金は、ザルの中から要る品物を取った者が払って行った代金なのだ。

「誰も盗まないのか」

思わず治憲はきいた。佐藤は首をふった。

「盗みません」

なぜか、というように治憲は佐藤をみた。佐藤は微笑んだ。山口が代って答えた。

「お屋形さまのせいですよ」

「私の?　どういうことだ」

「お屋形さまがわれわれの胸につけた火が、米沢の民百姓、さらに他国の旅人にまで移ったのです」

「……」

「お屋形さまはおっしゃった。たとえ自分をだます者がいたとしても、自分は決して他人をだまさない、と。そのお考えが人々に伝わったのです。

ですから、いまは、ごらんのように、旅の人間でさえ棒杭にもうそをつきません。要る物があれば、ちゃんと代金を払って行くのです。盗む者はひとりもおりません」

ふうむ、と治憲はうなった。

「これは、予想もしなかった。米沢は、ついにここまできたか」

「そうです、ここまできたのです」

山口はそういった。そして、

「お屋形さまが、こうなさったのです」

と微笑んだ。

佐藤は、ザルの中からにぎりめしを三個取った。そして代金をきちんとザルの中においた。

「いかがですか。腹が減りました」

といいながら、治憲と山口にすすめ、自分は大きく口をあけてかぶりついた。

「うむ、もらおう」

治憲はにぎりめしをうけとり、道脇に尻をおろした。見あげる木々の葉が陽光をさえぎり、涼しい風が吹いていた。それは汗ばんだ肌にきもちがよかった。

三人は黙黙とにぎりめしを食った。そして時折、顔をみあわせて笑った。

鷹の人(九)

「藩政が、少しずつ昔に戻っています」

にぎりめしを食い終った佐藤が、指についためし粒を、ひと粒ずつ、もう一方の手の指で取って口にはこびながら、急にそんなことをいった。

治憲は無言でいた。それをみて、

「若君にご相続をおさせになったおきもちはよくわかりますが、このままだと、改革も途中で挫折します」

山口が、佐藤のことばのつづきをいった。

どうやら、ただ〝棒杭の商ない〟をみせにきたわけではないようだ。

二人とも、本当は、このことがいいたかったらしい。

「何がいいたいのだ」

治憲も佐藤のまねをして、めし粒を丹念に取りながらきいた。

「改革の続行は、若君と莅戸様の手には余ります。やはり、お屋形さまがおられないとだめです。改革に太い芯棒《しんぼう》がありません」

「さっきは、私が城にいると、皆がうっとうしがるといったではないか」

「あれは冗談です。お屋形さまがお城においでになるから、どうにか藩政が保っているのです」

「そんなことはない、皆、よくやっている。治広も」

「よくやっていることと、成果とは別です」

「私にどうしろというのだ」

「もっと前面に出て、いままでのように藩政をおとり下さい。そうしないと、せっかくのいままでの積みかさねが全部崩れます」

治憲はだまった。重なりあう木木の葉の群の、はるか上方の天をみた。天をみたままいった。

「私は、前には出ない。たとえいままでの積みかさねが全部崩れても」

「なぜですか」

「私は隠居の身だ。米沢は治広に任せた」

「若君はまだご若年です」

「そんなことはない。治広は二十六歳になった。私は十七歳で上杉家を相続した」

「お屋形さまは特別です。若君は」

「待て」

治憲は手をあげて発言をさえぎった。

「治広は当主だ。若君という呼びかたはやめなさい。治広がお屋形なのだ。もうひとつ、おまえがいまいった、私が特別だ、という考えかたが、あるいは今日のありさまを招いたかも知れない…」

「はっ、どういうことでございましょう」

「おまえたちが、寄ってたかって私をえらくしすぎた」

鷹の人(十)

「いや、おまえたちだけの責任にするのは酷すぎる。他家からきて、若年の私は正直にいって心細かった。

それを、おまえたちははじめから支えてくれた。つい、うかうかと私はそれをいいことにした。竹俣をあやまらせ、木村を死なせたのも、私が原因だ」

「そんなことはありません」

たちまち、佐藤と山口の二人は、はげしく否定した。が、治憲はじっと天の一角をみつめながら、も

う一度、

「私のせいだ……」

といった。そして、

「私は前へは出ない。私は道を拓いた。しかし、その道を歩むかどうかは、治広と治広を支える者たちの考え次第だ。隠居が口を出せば、国は乱れる」

「しかし」

「こういう考えを、おまえたちは私の温情ととるかも知れない。逆だ。私は逆にもっと非情なのだ。私がしていることは、治広や治広を支える人間を突き放している。自立《ひとりだち》をせよ、と命じている。谷底へ子を蹴落す獅子と同じだ。

そうしなければ、改革は治広のものとはならぬ、そして、米沢のものとはならぬ。

その意味では、この棒杭の商ないも、いつまで続くかわからない。棒杭は、ある日突然なくなるかも知れない。いや、それ以前に、人人がザルの中の金を盗むかも知れない。代金を払わずに、品物だけを持って行くかも知れない。

それをそうさせるかどうかは、治広たちが自分できめなければならない。私は米沢を治広に伝えたのだ」

自分で自分のことばを噛みしめるような、治憲の話しかたであった。相変らず天の一角をみつめたままである。

佐藤と山口は顔をみあわせた。そして、今日の説得が失敗したことをさとった。

(米沢は、これからいよいよ大変だ)

というのが、二人の偽わらざるきもちだった。

それにしても、治憲がさっきから空をみつめているので、二人はそっちをみた。

一羽の鳥がとんでいた。天を悠悠と舞っていた。天がまるで自分ひとりのもののようにだ。

「鷹だ、珍らしい」

佐藤がいった。そうだ、とうなずいた山口が、

「まるで、お屋形さまだ……」

とつぶやいた。佐藤も共鳴した。そして、天に舞う鷹を仰ぎみたまま、こんなことをいった。

「お屋形さま、藩政に何かあったときは、あの鷹のようにさっと降りてきて下さい」

治憲は何もいわなかった。何もいわずに微笑んでいた。しかしその眼の底には、米沢への深い深い愛情が溢えられていた。

（完）

第二部

上杉鷹山の経営学

※一九九〇年八月にＰＨＰ研究所より刊行された『上杉鷹山の経営学』（文庫版）。

プロローグ　なぜ、いま上杉鷹山か

構造不況の米沢藩を甦らせた男・鷹山

アメリカのジョン・F・ケネディ大統領が生きていたころ、日本人記者団と会見して、

「あなたがもっとも尊敬する日本人は誰ですか」

と質問されたことがある。その時、ケネディは即座に、

「それはウエスギヨウザンです」

と答えたという。

ところが残念なことに、日本人記者団のほうが上杉鷹山という人物を知らず、

「ウエスギヨウザンて誰だ」

と互いにききあったというエピソードがある。ケネディは、日本の政治家として、何よりも国民の幸福を考え、民主的に政治をおこない、そして、

「政治家は潔癖でなければならない」

といって、その日常生活を、文字通り一汁一菜、木綿の着物で通した鷹山の姿に、自分の理想とする政治家の姿をみたのである。

しかし、ケネディが尊敬した上杉鷹山とは、一体、どんな人物だったのか、またどんなことをしたのか。

そして、第一、いま、なぜ上杉鷹山なのか。

上杉鷹山は、いまから二百二十年ばかり前の米沢（山形県米沢市）藩主である。米沢藩は、いろいろないきさつがあったが、上杉謙信の養子景勝を藩祖とし、関ケ原合戦後から明治維新まで続いた大名である。

上杉家は初代謙信のころは越後地方で二百万石を超える収入を得ていたが、二代景勝の時に、豊臣秀吉によって会津（福島県）百二十万石に移され、さらに関ケ原役後、徳川家康によって米沢三十万石に減封された。それだけですまず、四代目から五代目になるときに、相続の手続に手ぬかりがあり、危うく潰されかけたのを、辛うじて半知の十五万石に減らされて家の存続を許された。

一方、鷹山はもともと上杉家の人ではなく、九州の日向（宮崎県）高鍋の秋月という三万石の小大名の家に生まれた。縁があって、上杉家の養子に入り、家つき娘と結婚すべく十七歳の時に藩主の座に

上杉鷹山

ついた。この家つき娘は幸《よし》という名だったが、心身障害者だった。
　鷹山が藩主になったころ、日本は経済の高度成長期の頂点にあったが、やがて失速し、こんどはいままでと全く対照的な低成長期に陥る。
　日本もそのころは、もうかなり貨幣経済の社会になっていたのにも拘らず、土地から生まれる農作物だけを税源とする幕府や藩は、こういう経済状況に対応出来ず、極度の財政難に陥った。そのため幕府も藩もそろって、

「財政再建のための行政（経営）改革」

に狂奔した。

　しかし、どこも、必ずしも成功しなかった。

　上杉家は、名門であり、謙信以来の家なので、万事が形式を重んじ、その形式には出費がともなう。特に家臣団への妙な配慮をつづけ、謙信の時にくらべれば二十分の一ちかく、景勝の時にくらべても八分の一に収入が激減しているにも拘らず、人員整理を全くおこなわなかった。つまり、経営規模が大企業から中小企業級に縮小しているにも拘らず、社員をひとりも減らさなかったのである。昔の定員をそのまま、抱えていた。だから、鷹山が相続した時、藩士の給与総額だけで、藩収入の九十数%も占めていたのである。こんなバカな財政構造がある訳がない。鷹山の先代はついに、ネをあげ、

「大名家を幕府に返上しよう」

とまで決意した。いまでいえば会社更生法を適用されても、どうにもならないほど、上杉家は逼迫していたのである。

　それを鷹山は十七歳の若さでひきつぎ、やがてみ

ごとに藩財政を立ち直らせてしまった。

藩というのは、いまの自治体と地方警察と裁判所と消防署と、さらに地域産物の独占企業との合同体だといえよう。だから、当時の改革は、いまの行政改革だけでなく企業の経営改革の側面も大いにあった。

しかし、他家から養子にきて、ほかにもいろいろむずかしい条件を抱えていた鷹山が、なぜ、みごとにその経営改革をなしとげることができたのだろうか。

経営改革を実行する過程で、鷹山は足もとの藩庁役人たちに、つぎのような方法をとった。

一　改革を妨げる壁は、三つあることを示したこと。そして三つの壁とは、

①制度の壁

②物理的な壁

③意識（心）の壁

二　改革とは、この三つの壁をこわすことである、と告げたこと。中でも、特にこわさなければならないのは、③の〝心の壁〟であることを強調したこと

三　このために、

①情報はすべて共有する

②職場での討論を活発にする

③その合意を尊重する

④現場を重視する

⑤城中（藩庁）に、愛と信頼の念を回復する

人材登用は誰でもやることだが、鷹山は特に、

「職場の問題児」

を登用した。

「トラブルメーカーのほうが、イエスマンよりもよほどパワーを持っている」

と判断したためであった。

要約すれば、鷹山は、

「経営改革の目的は、領民（おとくいさん）を富ませるためである」

と明言し、その方法展開は、

「愛と信頼」

でおこなおうとしたのだ。

江戸時代の幕府や各藩の改革をみていて、それが

必ずしも成功しないのは、この二つが欠けているからだ、と鷹山は思っていた。

鷹山のみたところ、そのころの幕府や藩は、一様に財政難におちいっていたが、改革をおこなうにしても、国民や領民のことを忘れ、自分たちが富むためや、またそのための権威を取戻すことに狂奔し、部下に対しても、

「何をやっているのだ」

と責め立てるだけであった。

鷹山はそうしなかった。かれの改革の基底には、領民と藩士への限りない愛情があった。そして、かれは、

「徳」

を政治の基本におき、それを経済に結びつけた。かれは単なる倹約一辺倒論者ではなかった。その証拠に、

「生きた金」

は逆に惜しみなく使っている。

価値観の多様化による客のニーズの多元化と、国際バッシングの激しさは、現在の日本の多くの企業とそこで働くビジネスマンに、ともすれば暗い思いを湧かせる。必然的に、他人や職場環境に文句をいう風潮を生む。つまりヒトのせいにすることが多い。が、鷹山の社員管理法は、

「やる気のある者は、自分の胸に火をつけよ。そして、身近な職場でその火を他に移せ」

ということであった。

この本では、そういう冷えた灰にも等しかった米沢藩に、再び希望の火をともした鷹山の改革手法と、その底に据えられた哲学を、探ってみたい。それが、現在の日本の社会状況の、厚い雲をひき裂くひとつのきっかけになるかもしれないからである。

なお、第一章は内容上どうしても叙事的な文が続くので、若干、単調になっているかもしれないが、辛抱して読み通していただきたい。

第一章　名門・上杉家の崩壊

――財政破綻はなぜ起こったか

災難つづきの上杉藩

米沢藩というのは、今の山形県米沢市を中心にした一帯のことである。

米沢藩主である上杉家は、上杉謙信の流れを汲んでいる。上杉謙信は、越後（今の新潟県）を中心に、北国一帯に勢力をふるった戦国大名だったが、妻がなかったので、親戚から景勝《かげかつ》という人物を養子にした。上杉景勝は、豊臣秀吉の時代になって、越後から会津に移封された。会津の所領高は、百二十万石であった。しかし、上杉景勝は、関ケ原の戦いに際して、西軍の石田三成に味方したため、戦後、米沢三十万石に移封された。つまり、減封左遷の処分にあった。

上杉謙信

米沢三十万石は、もともとは上杉景勝の家臣直江兼続《かねつぐ》の領地だった。したがって、家臣が主人を迎え入れたというかっこうになった。そのために、直江兼続は、いったん自分の領地を徳川幕府に返上して、その地を新しく主人の上杉景勝の領地になるような手続をとった。以来、米沢は、上杉家を藩主として明治に至る。

ところが、寛文四年（一六六四）、時の藩主綱勝が死んだ時に、あとの相続人の手続をキチンとしていなかった。そこで、上杉家では、あわてて、他家から養子を迎えた。この他家からの養子というのが、有名なケチンボ吉良上野介の息子綱憲である。

幕府は、上杉家を綱憲が相続することを認めたが、手続の不備を理由に、領地は半分の十五万石に減らしてしまった。

にもかかわらず、上杉家は藩祖景勝以来、伝統として、どんなに領地が減っても、家臣団の整理を一切、おこなわなかった。つまり、収入規模が謙信当時の二百数十万石はともかく、景勝時代の会津百二十万石の時に比べれば八分の一に減ってしまったのに、社員を一人も整理しなかったのである。

当然、財政構造はイビツなものになる。残っている記録によれば、上杉家の家臣の数は、藩が開かれて以来、ずっと六千人台を確保している。これは、享保十年（一七二五）になっても変わらず、五千人の人数を確保している。しかも、この五千人の給与は、十二万九千五百石と記録されている。約十三万石だ。収入が十五万石しかないのに、社員の給与が十三万石というようなバカな会社がどこにあるだろうか。

社員の人件費が社の総収入に占める比率は、八〇％を超えている。しかもそれだけではなかった。上杉家では、代々しきたりを非常に重んじた。しかもいろいろなしきたりには、それぞれ費用を伴った。しかも金がかかるのである。あいさつとか、神社仏閣へのお詣りとか、あるいは、慣習的な行事だとか、あるいは着るもの、食べるもの、乗るもの、行列の時のお供の数などに固く決められたことがあり、代々の藩主はそれを守った。養子に入った吉良上野介の息子綱憲もそうだった。

収入が八分の一に減ったにも拘らず、人員整理を全くおこなわないで、しかも従来の慣習をすべて経費を伴ったまま守り続けた。こんなことをしていれば、財政破綻が訪れるのは当然である。上杉家は、こういう積み重ねで、本当の真《ま》っ赤《か》っ赤《か》の火の車になってしまった。

給与のベースダウンを実施

江戸時代の各大名が抱えていた藩士、すなわち社員の数は正確には分からない。一種の軍事機密に類したからである。

それにしても、上杉家が抱えていた藩士の数は当時としても異常で、例えば、同じ十五万石規模の他の大名と比較してみてもそれはすぐ分かる。記録によれば、明治維新の時に米沢藩が抱えていた士の数は、士族三四二五家族、卒族三三〇八家族であった。この比率は、藩総人口の二三％に当たる。同じ収入規模の南部藩（岩手県）は六・九四％であり、秋田藩は九・八％である。また、人の数で言えば、高田藩が士族六〇九家族、卒族一二三八家族であり、姫路藩が士族七〇六家族、卒族一四〇二家族、松山藩が士族一六八三家族、卒族二八六八家族である。米沢藩がいかに多いかは歴然としている。しかも、五十五万石の大藩であり、徳川家の御三家の一つであった尾張藩（名古屋）の士族にしても二五二五家族であって、米沢藩の方がはるかに多い。財政が圧迫されるのは当然である。

　米沢藩は、定数減を全くおこなわずに社員を温存したが、しかし給与そのものは温存する訳にはいかなかった。十五万石という八分の一に減らされた時点で、米沢藩もさすがに藩士たちの給与をベースダウンしている。多くの藩士たちが二分の一から三分の一に減俸された。人の数を減らさないのだから、そうしなければ、給与をまるまる保障する訳にはいかなかったのである。

　その上、藩士たちは当然、農業に従事するとか、あるいは職人的加工業に従事するとか、あるいはさらにそれを市場へ運ぶとか商人まがいの仕事までしたようである。いわゆる内職が日常化したのであった。

　藩財政の窮乏は、社員に対するほかの給与にまで及んだ。藩政府は、いろいろな軍事出動や、幕府への手伝いがあった時は、従来は「合力」と称して、藩政府から家臣に金を貸したり、いろいろな助成をしたり、現物給与をするなどが例であった。しかしあるころから、そういうことが全くされなくなった。されないどころではなく、逆に家臣団の自己負担によってそういう軍役や手伝いをしろ、というようになってしまった。

が、自己負担であるうちはまだ良かった。自己負担するにしても給与は全額支給されていたからである。ところが、この給与全額支給があるころから絶たれた。絶たれたどころではなく、

「半知借上」

　と言って、藩が借りるという言い方で、藩士の給

与を半減してしまったのである。事実上のベースダウンであった。

このころは、もう貨幣経済が発達しており、土地からとれる米を給与としながらも、実際に武士生活は貨幣によっておこなわれていた。人間は米だけで生きてはいけない。いろいろなものがいる。いろいろな物を買うのには金がいる。その金は、藩から支給される米を売って得るのが当時の武士の普通の経理方法であった。

そして、それでなくても物価の騰貴にスライドしない固定した給与の支給は、日本の武士群の生活を著しく圧迫していた。経済が高度成長しても、あるいは低成長になっても、武士の給与は固定されたままだったから、インフレになればなったで生活は苦しくなり、デフレになればなったで生活は苦しくなった。

経済が高度成長してホクホクするのは商人であり、あるいは一部の農民である。つまり一部の生産者と流通担当者であった。しかし単なる消費者であり非生産者である武士は、その甘い汁は全く吸えなかったのである。

このために藩政府である藩庁は、しばしば藩士に対して、次のような禁令を出している。

○武具や馬具は自弁すること
○京や江戸の上り下りに際しても、妻子にはもちろん、組頭その他に対して扇子一本の土産も買ってはならないこと
○また酒肴を整えて、他人にご馳走をしてはならないこと
○給料が出た時に、この時とばかり妻子に衣裳を買ったりしないこと
○下級武士は、平常絹を着てはならない
○朋輩との寄合いにご馳走をすることは禁止する。親類縁者で止むを得ない祝儀不祝儀があった時も、一汁一菜にとどめること
○遊山賭博は一切禁止する
○若衆狂いし、酒を飲んだり女と戯れることを禁ずる

こういう禁令を出しながらも、それによるモラールダウンが心配だったのだろう。藩庁はこういう禁

令も出している。
○上からの指示について、デタラメな噂をしたり、君臣の間を妨げるようなことを言ってはならない。そういう者を見つけたら、すぐ捕えて糾明すること
○主人を誇ったり、自分より上役の者に対して妄《みだ》りなことを言ったり、また逆に自分より下の者に対して侮ったり辱しめたりするようなことをしてはならない
○法律にそむくようなものがあったら、親子兄弟でもすぐ密告すること
○他藩の者と交際してはならない。ましてや、他藩の者に米沢藩のことをとやかく言うことを禁止する

他藩との交際はこの通りにいかなかったが、それにしても藩庁は、自分たちのやることについて、ある種の後ろめたさがあり、それによって藩士たちが何を考えているかを前もって知っていたのである。だからこういう禁令によって、藩士を圧迫した。しかし、してはならないことをやりたがるのは人間の常であり、またこういう禁令が出るということは、こういう禁令に相当するようなことが、しばしばおこなわれていたことを如実に物語っている。

＊　＊

関ケ原合戦の移封のころ、それでなくても狭い米沢の土地に、夥しい家臣団が会津から入って来たから、最初の都市計画は非常にとまどった。

城が築かれると、城に近い所に上級武士が住み、下級武士は城から遠い所に住むのが当時の日本のシキタリであった。米沢藩もこの例に洩れなかった。上級中級の家臣は城の内部あるいは城近くに配置され、下級家臣は、城内はもちろん、城下町にも住めなかった。彼等は西部を中心にして、新しい候補地を開墾しながらそこに住まわされた。一種の屯田兵形式が当初からとられた。西原、南原、東原、館山、玉庭などはそういう家臣団が開発して住んだ村々である。下級家臣団は半士半農の生活を強いられた。

そこで、城下町に住む上級中級武士群は、こういう下級家臣群を指さして、

「原方のくそつかみ」

と馬鹿にする言葉を放った。これに対して、原方のくそつかみ、すなわち半士半農の下級武士達は、城下町や城内に住む上級中級武士に向かって、

「城方の粥腹」

と応酬した。

悲しい現象である。人が人を見下そうとする差別の発生だ。米沢藩内部において、上中級武士が下級武士を侮り、下級武士はまたそれに対して怒りの声をあげるという、憎しみの言葉の投げ合いであった。それも藩全体の貧しさゆえに生まれた差別であった。つまり、人の下に人を作るような風潮が、貧しさから生まれたのである。

そうは言うものの、上級武士の中でも苦労する者もいた。上級武士そのものが苦労するのではなくて、上級武士に仕えているいわゆる陪臣《ばいしん》の中には、下級武士のように開墾地に住む者もいた。たとえば色部長門は米沢藩代々の家老であったが、かれの家臣たちは、領内の窪《くぼ》田村に住んで茄子を栽培した。そして出来た茄子を城下町に売りに行った。そのため〝窪田茄子〟と言われて、今でも米沢の名産品になっている。

入るを計らず出づるを制せず

米沢藩の財政逼迫の原因を、もう一度整理すると、たびたびの減俸にあいながらも、家臣団の整理をしなかったこと。そのため収入に対して相対的に過大支出を伴った。ということは、そのまま社長である藩主の収入も激減した、ということだが、ほかにもまだいくつかの原因がある。それは、

○米沢藩の地理的・自然的条件は必ずしも恵まれたものではなかった。山岳中央部の盆地にあり、陸ならびに海に対する交通要路を確保していなかった。最上川が唯一の道であり、水運によって地場生産品を運んだ。しかし、西回りの海運が開けるのは寛文年間であって、それまでは関西の市場との結びつきを得るのにひどく苦労をした。最上川水運が可能になったとしても、河港、海港などを押えているのは他藩であったから、当然高い通行税を取られた。財政支

出が伴う高い輸送費は、そのまま領内製品の買上価格安に結びつかざるを得なかった。

○米沢藩の税の徴収方法は、半分を米で取り、半分を金で取るという方法であった。しかしこの半分の金納は、藩が農民から米やその他の特産物を買い上げることによって相殺していた。従って藩が高く買い上げるはずがないから、その負担に苦しむのはいつも農民である。金納という体裁の良い制度をとられながら、実は農民はほとんど現物によって納める結果になっていた。このことは、せっかく作った農産物を自己処理する道を絶たれることになるから、旨味もなく、農民の生産意欲はどんどん下がっていった。

○悪いことに米沢藩藩政時代、凶作や飢饉《ききん》の回数が四十三回の多きを数えた。こういうたびたびの凶作は、当然藩財政を圧迫した。などである。

歳入がこういうように不安定であり、また少ないにも拘らず、歳出の方は、

「入るを計って出づるを制する」の原則を無視して、全くの放漫支出をしていた。たとえば、参覲交代に藩祖以来の仰々しい行列をそのまま守ったり、江戸での生活をことさらに贅沢にしたり、また開藩以来の形式主義とそれに伴う財政支出を全く放置したことなどである。これに加えて、幕府からは、

「手伝い（幕府の事業を自藩の出費とその責任において負担させられること）」

がたびたび命ぜられた。開幕当初の江戸城の普請の手伝いや、あるいは大坂城の豊臣攻めや、さらに江戸城の石垣修復やら二の丸の修復やらあるいは堀さらいやら、何度も何度もそういう手伝いを命ぜられた。また、宝暦年間には上野東叡《とうえい》山の修理や仁王門の再建の工事まで命ぜられた。こういうことで、常に十万両単位の巨額の支出を伴い、藩財政はいよいよ逼迫した。そしてこれに輪をかけて米沢藩の財政支出を促したのは、吉良上野介によってであった。

吉良上野介に乗っ取られた上杉家

元禄十五年（一七〇二）の十二月十五日未明に、吉良上野介は赤穂浪士によって討たれた。この時、米沢藩の中では、

「吉良上野介殿を恨んでいる連中が多かったので、この知らせを受けると、悲しむ人間はほとんどなく、むしろいい気味だと口に出して言う者さえいた」

と言われるような反応を示した。

どうしてこんなことを言われたのか。五代藩主綱憲は吉良上野介の息子である。前に書いたように、その綱憲が上杉家に入ることによって、三十万石が十五万石に減らされたものの、上杉家は存続した。

しかし、上杉家の藩士たちは、吉良上野介の息子が上杉家を相続することについて、必ずしも透明な見方をしていなかったのである。むしろ不透明な見方をしていた。それには理由があった。

なぜかと言えば、俗説によれば、四代目の藩主綱勝は、寛文四年（一六六四）閏《うるう》五月一日に、たまたま江戸城近くにあった吉良上野介の屋敷に寄った。ここでお茶をもらった。しかしこの時に飲んだお茶が当たったのかどうか、その夜中から綱勝は急に苦しみ出して、極度の腹痛を訴えた。医者が診たが治らず、終いには嘔吐を続けて、一週間苦しみ抜いた挙句、五月七日未明に死んだ。

この有様を見ては、藩士たちが、

「吉良殿の家で飲んだお茶が原因だ。あのお茶には毒が入っていたのではないか」

と疑うのは当然であった。

そしてその疑いをいよいよ増すようなことが起こった。それは吉良上野介の息子が、綱勝の後継者として急遽養子に立てられたからである。この養子擁立については、上杉家が出た後会津に入った保科家（幕末まで続く。幕末の京都守護職として有名だった松平容保《かたもり》は、正式には保科容保と言う）の奔走によるところが大きかった。当時の将軍補佐役の保科正之が、文字通り東奔西走して将軍の了解を得、また老中たちを説得して、吉良上野介の息子を上杉家の相続人にすることにしたのである。

死んだ綱勝はわずかに二十七歳であった。しかし八歳で家を継いだので、ほぼ二十年近く在位していた。そしてその妻が会津藩主保科正之の娘であった。が、間もなく病死したので、綱勝は京都の大納言四辻公理《きみまさ》の娘をもらった。この四辻家は綱勝の祖母の生家でもあった。しかし新しい妻にも子が出来なかった。したがって綱勝が死んだ時は、相続人がいず、また幕府が定める手続を欠いていたから、本当なら上杉家は潰されるはずであった。

しかし保科正之の奔走によって、かろうじて上杉家は存続され、その代わり収入を二分の一に減らされた。

こういうような状況であったから、吉良上野介の息子が上杉家を継ぐことについて、上杉家の藩士たちは必ずしも両手を挙げて歓迎するものばかりではなかった。中には全く違った人物を上杉家の相続人に据えようという動きもあったのである。しかし保科正之はこれを弾圧した。そしてまるで自分が上杉家の重職であるかのごとく世話をやいて、藩士たちを説得し、吉良上野介の息子を据えたのである。反対派の藩士たちの動きは不穏であったらしく、保科正之が直々米沢城に乗り込んで来て、そういう不穏分子を説得し、反乱事件を未然にくい止めるようなこともあった。

こうして保科正之の活躍によって、人心の不安は抑えられ政治はそのままおこなわれることになったが、米沢藩にとっては、この吉良上野介の息子を藩主に迎えたことは、決して幸福ではなかった。前にも増してこの新藩主が、財政の支出を膨らませたからである。

吉良上野介の家が名門であったことは疑いない。足利時代からの由緒ある家で、徳川幕府の中でも僅か二千石の禄高しかとっていなかったが、吉良の家は高家と言われ、幕府の扱いは丁重であった。有名な忠臣蔵事件が、こういう吉良上野介の家格名門意識による礼儀作法に端を発し、それが塩という地域生産物を伴って、浅野家との深刻な争いになったことはよく知られている。吉良上野介はそのために、それ殺された。吉良上野介が礼儀作法を重んじて、それに暗い浅野内匠頭をいじめたのも事実であろう。名門意識のこり固まりである吉良から見れば、浅野内匠頭は若い田舎大名のように見えたのも無理はなかった。そういうことを知りながら、浅野家の家臣たちが、吉良上野介に対して、相応の礼を尽くさなかったのは、補佐役として十分ではなかったと言えよう。

吉良上野介は一体どれほど米沢藩の財政状況を知っていたのだろうか。知っていたとしても彼は容赦しなかったに違いない。吉良上野介は米沢藩を食いものにした。自分の贅沢な生活費のほとんどを息子に言い付けて、上杉家から支出させたからである。

それでなくても江戸の藩邸は、奥方を中心として生活が贅沢になっていた。第三代藩主の夫人は、京都の四辻大納言の娘であり、四代綱勝の妹は吉良上野介の妻であり、その息子が上杉家の相続人になり、その相続人の息子がまた吉良家に養子に行くというような関係もあって、江戸の大都市風の生活が、どんどん米沢藩を侵蝕していたからである。

特に吉良家から養子が入ることによって、すべてにわたって贅沢が嵩じ、種々な建物が建てられたり、そういう贅沢を取りしきる役所が新しく設けられたり、またそういう役所に勤める役人が増員したりした。同時に諸行事がすべて派手におこなわれ、諸寺社への寄付までどんどん増えた。

例えば書院を新しく造営したりしたが、その書院は、

「江戸城の書院をそのままかたどったもので南北十二間半、東西三間半、美麗を尽くして、表御座の間より長廊下をもって連ね、御中の間また美麗の一亭を置き、それをおすきやと言った。御舞台は表御座の間の東にあって、切戸口に通じており、御台所の南に上膳部所があり、南北十四畳、東西四畳、その中に膳立の間、鉢部屋、銚子部屋、番将部屋などが設けられた」

というように、江戸風の造りであった。

また綱憲は、能を好んだ。自分が着る能装束をたくさん作らせた。しかも頻繁に能興行を催した。

こういう有様であったから、綱憲の年間の衣食代は二千両という高額に上った。

吉良家がらみの財政支出増大は、藩主の綱憲にと

どまるものではなかった。その父の吉良家もしばしば上杉家から合力を求めた。その出費は年々膨大なものになり、吉良上野介が勝手に江戸で買った品物のツケが全部米沢に回って来た。その額は時に年六千両にも及んだという。すぐ返せないので、上杉家は年千両の月賦にしてもらうようなことさえあった。元禄十一年（一六九八）に吉良邸が焼けたが、新邸を呉服橋に造った時、費用の大部分がツケで上杉家に回ってきた。元禄十三年（一七〇〇）には、その合力額は二万五千余両となって、しかも、まだ借金が残っていて、お盆のころになると、多数の商人が上杉藩邸に押しかけてきて、

「吉良様の借金を払ってくれ」

と迫ったという。

藩主の父の所行だから、心で思ってもなかなか口に出せないことだったが、中にははっきり口に出す者もいた。

「先年上野介殿類焼の節上杉殿をたのみ金銀を尽くして、上野介殿の驕奢の心の及ぶかぎりの造営をして、善を尽くし美を尽くしたが、誠に分外の造営である。近習や弁佞の取巻き連中でさえもア然とする様であった。上野介殿はすでに隠居の身であるにも拘らず、にぎやかな社交を希んで人の侮りや世の嘲りを考えず、友人をたくさん呼んで、自分の心に従う者は、人の善悪も弁《わきま》えずに相会して茶寮を作り茶の湯を催し、珍奇な物を求め、宴会を楽しみ、天下の嘲りをかっている始末である」

と書き残すような米沢藩士もいた。藩祖上杉景勝が米沢に転封されて以来の財政逼迫は、その後の藩の生き様そのものが赤字を増大し、これに加えて吉良上野介一門の贅沢三昧な生活費まで持たされて、結局、米沢藩はもうどうしようもないような破綻状況に陥ってしまった。

＊　　＊

当時、江戸でこんな冗談が流行《はや》った。

それは、今の人はあまり経験がないかも知れないが、昔は、新しい鉄製品、つまりナベやカマを買うと、〝金気《かなけ》〟というのがあった。この〝金気〟があるとお湯をわかしてもくさいし、物を煮てもまずい。何か変なにおいがする。

そこで、庶民は、新しいナベやカマを買うと、しばらくこの〝金気〟を取ることに苦労した。

当時、江戸に流行《はや》った冗談というのは次のようなことだ。

「金気《かなけ》を取るなんざあ、わけあないよ」

と江戸っ子のAが言う。

江戸っ子のBが、

「そりゃあまた、奇特なことを言うじゃねえか。いったい、どうやって〝金気〟を取るんだい」

と聞く。

Aは、こう答える。

「紙に字を書いて、新しいナベやカマに貼りゃあ良いんだよ」

「紙には何て書くんだい」

「上杉と書きゃあいいんだよ。上杉と書いた紙を新しいナベやカマに貼ったとたん、ナベ、カマが持ってる〝金気〟がスーッと抜けちまあ」

うそか本当か分からない。しかし、江戸の路地裏で、大名生活とはほど遠い八っつぁん、熊さんが、日常会話でそういうことを言い合うほど、上杉家の貧乏は知れ渡っていたということである。

ついに破産を申告

上杉鷹山の前代の藩主重定は、こういう藩財政下で生き抜いた人物である。が、必ずしも窮境を切り抜けようという積極的な意図を持つ人物ではなかった。

元禄十四年（一七〇一）に初めて家臣団の知行借上をおこなって以来、藩財政はますます窮乏して、藩士の給与はついに預り札（金券）で支給されることになった。しかし、預り札をもらっても現物は一向に支給されないので、この預り札は結局は不渡り手形になってしまった。武士の中には、もう体面を捨てて武士の家格そのものを売ってしまう者さえ出た。下級武士は、日傭稼ぎや、細工ものに従事したり、あるいは金貸になったり、あるいは商人の下働きをして、荷物を運んで他領へ人夫として出る者さえ出現した。そしてこういう風潮は、武士は食わねど高楊枝というような毅然とした態度をとっている者を、逆に時勢に合わない者と馬鹿にするような気風さえ生んだ。商人化した武士たちが、毅然としている武士たちを憎んで、そういう嘲笑を加えたのである。

　家臣の中には、早々にあるたけの財産を自分の子供に譲ってしまい、家名を他人に売って武士を廃業してしまうような者も出た。刀や槍など武具を売り払うことは日常茶飯事であった。こうなると、いままで財政援助をしていた商人たちも見放した。米沢藩と聞いただけで、一文の金も貸さなくなった。

　そこで窮した藩庁は、商人や農民の中で金を貸してくれる者には、武士としての待遇を与えた。つまり苗字を許したり、刀をさすことを許したのである。極端なのは、土地を与えて、そこからの収入を商人に与えてしまうようなことさえあった。

　こんな乱脈な状況で、唯一の税源である農民は、しぼられるだけしぼられた。農民はたまったものではない。だから農民の中には、

「米沢藩はもう駄目だ。他の土地へ行こう」

　と言ってどんどん土地を放擲《ほうてき》して逃げ出す者が増えた。逃散《ちょうさん》である。逃散人口はどんどん増え、さらに生まれたばかりの子供を殺してしまう〝間引き〟が増え、米沢の人口は激減した。宝暦十年（一七六〇）には九万人にまで落ち込んでしまった。十四万人弱の人口がここまで減ってしまったのである。そしてこの激減状況は鷹山の時代も続き、米沢藩が十一万人台に人口を回復するのは、ようやく文化十四年（一八一七）のことである。

　税源がいなくなってしまったのでは藩財政は立ちゆかない。荒廃した土地と、乱脈を極める経営に米沢藩は、ついに破局を迎える。藩主重定は、

「謙信公以来の名家ではあるが、このままでは米沢藩は野たれ死をする。いっそのこと版籍を奉還して、名だけを保つようにしたい」

　というような悲愴な決意にたち至った。

　明和元年（一七六四）藩主上杉重定は、江戸家老色部典膳を尾張藩主徳川宗勝に遣わして、この意を伝えた。驚いた宗勝は、老臣の石河伊賀守を使い、上杉家の江戸家老竹俣当綱《まさつな》を呼んで、

「上杉家版籍奉還の話を密かに聞いたが、とんでもないことである。謙信公以来の名家をこういうよう

なことによって潰すのは、それこそ謙信公の名を汚すことになろう。どんなに辛くても、ここで一番、財政再建のための藩政改革を断行して、藩名を存続するように努めなければならない。尾張家としても応分の手伝いをするから、どうか藩士一同結束して、藩主重定公に版籍奉還の気持を思いとどまらせてほしい」

と命じた。

これを聞いた竹俣は、

「お話はよく分かりますが、年来藩の財政が逼迫していることは予想以上で、御政事が相立ちがたく、国民もまた非常な苦しい生活に喘《あえ》いでおります。連年万端にわたって出来るかぎりの節約を励行して参りました。しかしだからと言って、幕府のお手伝いを怠ったり、非分の政治をおこなうことのないように努力して参りましたが、もうどうしても心力の及ぶところではございません。是非なく藩領地を差し上げ、藩国人を救いたいと思いますので、どうかもう一度版籍奉還をお許しのほどお取りなしを願います」

という願書を出した。

徳川幕府が開府されて以来、大名が自分の版籍を奉還して封土を放り出したいという申し出は、明治以前では恐らくはじめてのことだったろう。

石河に説得された竹俣は、このことを重定に報告した。しかし、重定は改革の意欲を失っていた。彼自身が贅沢な生活が好きであり、到底改革の実行者ではなかったからだ。重定の生活ぶりによっても藩財政の赤字は増大していた。そこで、重定は隠居を決意した。そして、藩政改革のすべてを、遠い九州の小大名の家に生まれた治憲、すなわち上杉鷹山に全面的に任せることにしたのである。

第二章　名指導者への序曲

——実学感覚を修得せよ

上杉鷹山というのは号であって、彼は幼名を松三郎、また直松といった。諱名《いみな》は治憲《はるのり》である。鷹山というのは、隠居して後、五十二歳のときに自らつけた号である。

彼は、宝暦元年（一七五一）七月二十日に日向（宮崎県）高鍋の藩主であった秋月種美の次男として江戸の麻布で生まれた。母は、筑前の秋月城主黒田甲斐守の娘である。鷹山の養父となった上杉重定のいとこにあたる女性である。これが鷹山が上杉家の相続人になるつながりとなった。

鷹山が九歳になったとき、この母の縁で、上杉家との養子縁組が決まった。母方の、

「上杉家には男の子がおありにならない。養子をおもらいにならなればいけないが、私の方に秋月の次男松三郎という子供がいます。まだ九つですが、とてもりこうな子です。それに、毎日の遊びなども、普通の子供と違って、みんなの褒めものになっています。この子を養子に推薦します」

という推薦が効いた。

しかし、この養子縁組は、鷹山にとって必ずしも幸福とはいえなかった。鷹山を待ちかまえていたのは、華麗な大名の座ではなく、公私にわたる苦難の座であったからである。

少年鷹山に「望み」をかけた男たち

上杉鷹山の米沢藩政改革を助けたのは、竹俣当綱《たけまたまさつな》、莅戸《のぞき》善政、倉崎恭右衛門、志賀八右衛門、木村丈八などであった。

これらの人物は、すべて藩医の藁科松伯《わらしなしょうはく》と気脈を通ずる者であった。松伯は学者細井平洲の友人であり、細井を上杉家の非常勤講師にしたのも彼であった。

では、こういう連中を、鷹山はなぜ知ったのであろうか。

まず藁科松伯との遭遇がそのきっかけだ。

あるとき、上杉家の相続人に指名されながらも、まだ世子として江戸藩邸にあった鷹山は、麻布桜田邸にいた。ある夜、窓に射し込む月光で本を読んでいた鷹山は、庭でぶつぶつ月に向かってつぶやいている男を発見した。それが松伯であった。松伯は月

に向かってこう言っていた。

「月の姿はいつも変わらない。それなのに、なぜ人の心は変わるのだろうか」

　そう言いながら、はらはらと落涙した。それを室内から見ていた十三歳の鷹山少年はびっくりして窓から松伯に聞いた。

「松伯、どうしたのだ、なぜ泣いている？　何か心配事でもあるならば、私に話してくれないか」

　松伯は恐縮してこっちを振り向いた。そして、こういうことを言った。

「さすが若君、御明察恐れ入りました。あなたは他家からおいでになってこの上杉家の相続人になったばかりで、こんなことを申し上げてもお分かりにならないでしょうが、米沢に森平右衛門と申す男がおります。出身は至って低身分でありますが、藩公に取り入り甘言をもって藩政を壟断《ろうだん》するに到りました。特に悪徳商人と結びつき、農民を苛め、それから得る収益を私しております。江戸にあってこの噂を聞く我々は、何とも我慢出来ずに、寄り寄り相談を致しました。その結果、竹俣当綱が、森を刺殺《しさつ》することに決しました。

　竹俣は米沢に参り、森を呼び出し一刀のもとに刺し殺しました。国許の重臣たちも、竹俣のこの行為を大いに誉めそやしました。そして竹俣こそ米沢藩の真の忠臣であると称えました。

　ところが森が殺されたことを知った藩公は、激怒されて竹俣に切腹を命じました。驚いた国許の重臣群が、強く取りなしをして、竹俣は何とか切腹だけは免れましたが、藩公は二度と顔を見たくないとおっしゃって、竹俣をこの江戸藩邸に追放致しました。

　そうなると、人の心というものは情けないもので、あれほど竹俣を煽動し森が殺されたことに快哉を叫んだ重臣たちが、掌《たなごころ》を返すように変わりました。竹俣を非難する側に回ったのです。藩公が森が殺されたことに激怒していることを知ると、竹俣の行為を一緒になって非難するようになりました。そのことを聞いて、私は人の心の何とはかなきものよ、月はいつもその光が変わらないのにと、嘆いていた次第であります」

この話を聞いて鷹山は、

「国乱れて忠臣現わるとは昔からの言い伝えだが、竹俣こそ本当の忠臣であろう。しかし、それが養父《ちち》に正しく理解されずに、誤解を受けていることは誠に残念だ。しかし、私はあなたの今夜の話を決して忘れないぞ」

と言った。おそらく藁科松伯は少年の鷹山に期待する所が多く、こういう話をしたのだろう。鷹山は、それを正しく受け止めた。

＊　＊

松伯の友人に細井平洲という学者がいた。尾張の生まれで、幼名を甚三郎と言った。平洲は号だ。学派は朱子学派であったが、彼は必ずしも忠実な朱子学者ではなかった。彼は常にこういうことを言っていた。

「高遠の説は急務ではない。ひたすら聖賢の道を現実に実践するところに学問の意味がある」

後に平洲に学んだ鷹山も、平洲のこの説を尊重してこう言っている。

「学問と今日とは二つの道ではない」

今日というのは現実という意味だ。現実に役立たぬ学問は学問ではないという意味である。これは、後年の横井小楠等も唱えた実学の思想である。

細井平洲は幼くして京都に学んだ。そのころ学費が十分でなかったので、彼はいつも垢だらけで粗末な着物を着て、ろくな食事もとれなかった。野菜の葉を噛みながら、ただ学問だけに専心した。父からは五十両の金をもらったが、京都にいた時使った金は僅かに十両だったという。余った金で本を数百巻買い、二頭の馬に乗せて帰ってきた。その後この本を家から出ずに全部読破したという。さらに十八歳の時には長崎に行って中国語を学んだ。繁文縟礼に終始する他の朱子学者とは全く異なった。この平洲と藁科松伯は友人であり、松伯は後に平洲を鷹山の師として推薦するのである。

＊　＊

鷹山が十五歳の年の冬のことである。彼は、父の代理として、江戸城に登営した。寒気が厳しく、特に風雨の強い日であった。供たちは、顔を手で被いながら、苦しい歩行をした。鷹山は駕籠の中からこ

の光景をじっと見ていた。屋敷に戻ると、すぐ供の部屋に来て、かっぱを脱ぎながら雨を払っている供の者に、

「今日は特に御苦労であった。風邪をひかぬように、よく風呂にでも入って、休んでくれ」

と労《ねぎら》った。これをじっと見ていたのが竹俣当綱であった。竹俣は、自分が、米沢本国の悪臣を切ったにも拘らず、藩主の怒りをかって江戸藩邸に左遷されていたため、怏々《おうおう》として楽しまなかったが、鷹山のこの行動を見てたちまち胸を熱くした。そして、

「自分のような忠臣を退けるようでは、米沢藩ももうお終いかと思っていたが、他家から来たこの若君は見所がある。この若君が家を相続する日を楽しみに待とう」

と密かに思った。その思いをすぐ書面にしたためて、鷹山に奉った。

書面には、

「厳寒の日は、自分も寒いし、人も寒いものです。炎天の夏は、自分が暑く思えば、人もまた暑く思います。それを、あなたは、下々の者まで今日のように労《いたわ》って下さるとは、何とも胸を熱くする次第です。恐れながらまだお若くあらせられながら、人を生かして使う道をすでに御存じだと、竹俣、深く感動致しました。どうか、米沢藩治国のためにいよいよ御研鑽のほどを御願い申し上げます。遠くから、この竹俣も、大いに希望を持って見つめております」

というようなことが書かれてあった。鷹山はこの手紙を黙って手文庫の中に仕舞い込んだ。鷹山もまた藁科松伯の話で、竹俣当綱が今、どんな思いをしてこの江戸藩邸にいるかを知っていたからである。しかし、すぐ竹俣を登用することはしなかった。少年ながらも、鷹山は、そうすることが果して良いのか悪いのか分からなかったからである。

鷹山の非を厳しく叱る

大名の小姓と言えば、いまの秘書だ。当時の風習として、美少年が用いられることが常であった。しかし鷹山はこの基準に従わなかった。鷹山の小姓の

役を勤めていたのは、佐藤文四郎という少年であった。まだ鷹山が正式に家を相続しないころ、ある夏の夜に、江戸の藩邸で本を読んでいた。蚊が多かった。庭の木が多いからである。はじめは佐藤が吊ってくれた蚊帳の中に入って本を読んでいた。が、蚊帳に遮られて灯《あかり》が暗くて仕方がない。そこで、鷹山はこう言った。

「佐藤、灯が暗くて本がよく読めない。すまないが、蚊帳をはずして、お前そこから扇子で蚊を追ってくれないか」

これを聞くと、佐藤は色をなしてこう言った。

「これはもっての外のことをうけたまわります。私は、あなたの蚊を追うために給料をもらっているのではありません。あなたは、お一人だけが安楽に本が読めればそれでよろしいのですか。万民が塗炭の苦しみにおちいっている米沢藩の現状を見て、よくそういうことがおっしゃれますね。また、士たる者に扇子で蚊を追えとは、士を用いる道を一つも心得ていらっしゃいません。だいたいあなたは本ばかり読んでおられる、書物から得られることだけが学問ではありません。今宵は生きた学問をお目に掛けましょう。私と一緒に御出下《おいで》さい」

と言って、先に立ち鷹山を促した。

佐藤文四郎が連れて行ったのは、江戸藩邸の足軽の長屋であった。

深更なのに、長屋には、乏しい蠟燭の光がそれぞれの家についていた。足軽たちはまだ起きていた。足軽だけではない。その妻も子供も親も、家族を挙げて起きていた。起きて内職をしていたのである。傘の骨を削ったり、あるいは楊枝を削ったりしていた。子供のおもちゃを作る妻たちの姿もあった。皆粗末な着物を着て、汗まみれになり、その顔や身体には蚊がいっぱいたかっていた。しかし、蚊を追うどころの話ではなかった。労働に夢中で、それどころの話ではなかったのである。貧しさゆえであった。

佐藤は言った。

「ご覧なさい。この者たちの姿を。あんなにたくさん蚊がたかっているのに、一匹も叩き潰すことさえ出来ないではありませんか。これは、すべてあなたたちのせいです」

　鷹山はびっくりして聞き返した。

「これが、私たちのせいとは、一体どういうことか」

　佐藤は鷹山を冷たく見て、厳しい言葉を放った。

「だってそうではありませんか。この者たちの給料は元々低い。にも拘らず藩庁は、その安い給料さえ半額に削ってしまった。しかも未払いです。こうでもしなければ彼らは食っていかれないのです。藩庁がこういう貧しい者たちの給料を半減したのは、即藩主の責任です。藩主の相続人たるあなたの責任です。それなのに、あなたは毎日ただ本ばかり読んでいて、たかが蚊が止まったといっては、私に扇子で追えという。また、蚊帳の中で本を読んでいれば、灯りが暗くて読めないから蚊帳をはずせと言う。我儘そのものです。そういうことでは、次の藩主になっても決して良い政治は出来ないでしょう。

　つまり、下の者に対する思いやりを全く欠いているからです。冬の雨の激しい日に、あなたは供回りを労った。あんなことは誰でも出来ます。生きた学問とは、ここでこうして蚊に食われながら、家族を挙げて働いている足軽たちの生活を、どうするかということです。それが出来ないような学問なら、いくら学んでも無駄でしょう」

　佐藤の言葉は厳しかった。しかし誠実さに溢れていた。佐藤は決して私心から鷹山にそういうことを言っているのではなかった。佐藤は、足軽たちの身になって、自分がその立場に立って、切々と鷹山に訴えたのである。

　佐藤は、竹俣から鷹山が冬の日に供回りたちを労った話を聞いていた。内心密かに、

（これは期待出来る相続人が出てきた）

と喜んだ。しかし、喜んだのも束の間、夏になって、すぐ今夜の出来事であった。佐藤の期待は裏切られた。その分だけ怒りに変わったのである。しかし、そうかと言って佐藤は決して鷹山に期待を捨てていなかった。だからこそ内職に勤《いそ》しむ足軽たちの姿を見せて、生きた学問をしてほしいと願ったのである。

　鷹山は佐藤の心情にうたれた。うなだれて自分の

部屋に戻ると、

「佐藤よ、今日は本当に良い学問をさせてもらった。礼を言うぞ。お前の言う通り、生きた学問をしてこなかった。確かに、書物の中からだけでは、生きた学問は学べない。今日は本当に有難い経験をさせてくれた。私は、相続人として、今夜の足軽たちに、心から済まないと思う」

と言った。佐藤は驚いて、たちまち涙を浮かべ、

「何をおっしゃいますか。本当は、私はああいう失礼なことを申し上げたのですから、腹を切らねばいけない立場です。にも拘らず、あなたは、私の言葉をまっすぐ受け止めて下さった。あなたは本当は部下思いの優しい方なのです。どうか今夜の失礼はくれぐれもお許し下さい」

と詫びるのであった。

藁科松伯に続いて、鷹山は竹俣当綱を得、さらに佐藤文四郎を得た。

自分の過ちを直視する

佐藤文四郎については、こんなこともあった。

まだ、江戸の藩邸にいたころ、鷹山は藁科松伯の紹介で細井平洲について学び始めた。佐藤文四郎がよく供をした。平洲は、日を決めて上杉邸にやって来たが、鷹山の方から訪ねることもあった。あるとき、佐藤文四郎は、米沢藩内の模範的農民の名を書き出して、鷹山に、

「この人たちを表彰して下さい」

と申し出た。こういうことは、鷹山は大切にするほうなので、

「よし、分かった。あとで名簿をゆっくり見せてもらおう。また、私だけでなく、細井平洲先生にもこの名簿を見せて、なぜこれらの者たちを表彰するかをお話しし、先生のご意見を伺うことにしよう」

と応じた。佐藤文四郎はこれを聞いて喜んだ。そして、翌日、細井平洲が来たときに、講義がすんだあと、鷹山がいつその名簿を出すかと楽しみに待っていた。

その日の講義は中国のいろいろな本から引き出した忠や孝や節義の話であった。文四郎は、名簿がいよいよ今日の講義に関係があると思い、胸をおどら

せていた。

講義が終った。平洲は立ち上がった。しかし、鷹山はその平洲を見送りに立っただけで、名簿を出さなかった。文四郎は怪訝《けげん》な表情で一緒に平洲を送ったが、鷹山は最後まで名簿を出さなかった。忘れてしまったのである。文四郎は腹を立てた。そこで、平洲が帰ったあと、鷹山の居間に行って、キッとなった表情でこう言った。

「今朝お渡しした名簿は、どうなさいましたか」

鷹山は顔色を変えた。すぐ、

「済まぬ。つい、失念した」

と文四郎に謝った。鷹山は名簿のことをすっかり失念していたのである。たちまち取り返しのつかないことをしたという後悔の念がつき上げてきた。文四郎は許さなかった。

「今日まであなたを、他家からお入りになった割には、また、お若い割にしては、大変に人物のできた方だと尊敬申し上げておりました。そして、これから藩をお継ぎになったあとは、さぞかし名君になられるだろうと期待もしておりました。しかし、その喜びも期待も、今日の一事で私は棄てます。あなたは、口先ばかりうまいことを言って、せっかく細井先生から大切なご講義を受けながらも、私が今朝あれほどお願いした領民の表彰名簿のことを忘れてしまうようなお方なのです。結局、あなたは、書物の中だけに生きていて、現実の政治の中に生きていないのです。あなたの頭の中には、領民のことなど、ないのです。そういう方をこれから名君と仰ごうなどとしていた自分が情けなくなります。残念ですが、私はあなたをお見限り申し上げます」

そう言って佐藤は荒い態度で部屋を出て行った。残った鷹山はうなだれたまま、どうすることもできなかった。その夜は食事もとらず、じっとそこに座ったままでいた。

一方、控室に下がった佐藤も眠らずにじっと正座していた。口惜《くや》しそうに唇をかみしめている。夜が明けた。昨夜からの二人の態度に、まわりの家来たちは、あきれ、驚き、また、佐藤に怒りもしたが、佐藤は名うての強情者なので、どうしようもない。

そこで、細井平洲と親交のあった藁科松伯が平洲のところへ行った。そして、かくかくしかじかだとわけを話した。平洲は、「どういうことになるか分からないが、とにかく私が参りましょう」

と、藩邸にやって来た。鷹山も文四郎も昨夜のままの姿でじっと座っている。これを見ると、平洲はおかしくなった。吹き出しそうになったが、笑ってはいけないので、文四郎にまず聞いた。

「佐藤、お前は見どころのある誠忠の士だが、どうしていつまでもそのようにこだわっているのだ」

文四郎は昨日、鷹山に言ったのと同じことを話し、

「そういうわけで、私は、すでに、若君をお見限り申し上げました」

と答えた。平洲は鷹山のところに行った。鷹山は、佐藤の言うことに理があることを正直に話し、自分がいかに大きな過ちを犯したかを深い悔恨の情とともに語った。平洲は、

「中国に、過ちて改むるに憚《はばか》ることなかれ、という古語があります。お見受けするところ、若君はすでに十分お改めになっていらっしゃるので、もはや憚られることはないでしょう。佐藤には私からよく話しましょう」

と言って、再び佐藤のところに戻った。

そして、いきなり大きな声を張り上げた。

「こら、佐藤！　私はお前の師である。師の私がお見限り申さない若君を、弟子であるお前がお見限り申すのは、僭越至極である。考えを改めろ！」

佐藤は、そう言われると一言もなかった。不承不承、

「考えを改めます。若君をお許し申し上げます」

と言った。平洲は、

「臣が君をお許し申すなどという生意気なことがあるか。お前は少し自分の考えにこだわって自惚れが過ぎる。それがお前の悪いところだ。改めろ！」

「はい」

平洲の取りなしで、鷹山と文四郎は再び前のような君臣の間柄に戻った。

左遷派たちの言い分

木村丈八という男がいた。硬骨漢である。学問が

深かったが、学問が深いだけに、曲がったことが大嫌いだった。だから歯に衣着せずに、常に苦言を呈した。鷹山に対しても同様であった。しかし、木村は、多少他人の言うことに対して、シラケたりそっぽを向くことがあった。頭が鋭いので、他人の言うことが時に馬鹿馬鹿しく思えるのである。馬鹿馬鹿しく思えると、たちまち態度に出す。

ある時、鷹山が自分が感じたことを側近たちに話した。竹俣以下皆なるほどという顔をして聞いていたが、木村だけがそっぽを向いた。鷹山は、話を終えて、一人になると、そっと木村を呼んだ。

「さっき、お前は私の話を聞きながら、そっぽを向いた。なぜか」

木村は鷹山をまっすぐに見て臆せずに答えた。

「確かに私はそっぽを向きました。それはこういうことです。得てして、偉い人は、立派なことを言います。そして、何でも思ったことを言ってほしいとおっしゃいます。その何でも言ってほしいということの中には、自分の耳に痛いこと、つまり批判でもよいから言えというようなことがあります。私はかつて、そういうことばを真《ま》に受けました。真に受けて、藩公に直言しました。藩公は初めはニコニコして聞いていらっしゃいましたが、やがて段々表情が変わり、ついには目に怒りの色が浮かびはじめました。その場はそれで済みましたが、やがて来たのは私に対する左遷の命令でした。

その時私は悟りました。偉い人が、何でも言ってみろと言うのは、実はうそだと。本当は耳に快い誉めことばばかりが欲しいのです。それなのに、何でも言ってみろということを真に受けて、耳に痛いことを言った私はバカでした。たちまち怒りに触れて左遷されるということを、私は身をもって知ったのです。

だから、今日あなたがあんな立派なことをおっしゃっても、私は信じません。どうせあなたに耳に痛いことを言えば、私を左遷してしまうでしょうから」

これを聞いて鷹山は、すぐ言い返すことをしなかった。心の中で、

（この男の言うことは一面の真理だ。恐らく、今ま

での米沢藩では、そういうことがしばしばおこなわれたのであろう。そのことが木村の心を頑なにしたのだ。木村は真面目なだけに、そういうことに怒りをおぼえているのに違いない。しかし、こういう真面目な男が、本当のことを言わなくなるような藩はおしまいだ。何とかしてこの男に本当のことを言わせるようにしたいものだ）

　と思うのであった。

　志賀八右衛門は、どちらかと言えば柔軟な平凡な男であった。よく自分のすることを弁解した。それに、人から何かを言われても、

「それは無理だ。到底出来るものではない」

と言うのが常であった。やる前に、まず出来ないということを強調するのである。

　ある時鷹山は、志賀に言った。

「なぜ、お前は、そのように常に出来ない出来ないと言うのか。また自分のことについて、弁解がましいことをくどくどと言うのか」

　この問いに対して、志賀はこう答えた。

「私は、人間には誠意があるということを信じております。すなわち、真心さえあれば、多くのことを語らなくても、人は自然に分かってくれるものだと信じておりました。

　しかし、米沢藩ではそうではありません。真心を持っていても、黙っていると、黙っていることを良いことにして、人々はあらぬことを言いたてます。私の過去がそうでした。私は多くを語らず身をもって、行いをもって示すことを信条としてきました。言葉は多く費やしませんでした。誠意さえあれば、自分の行動から人々はこの誠意を分かってくれると思ってきたからです。しかしそうではありませんでした。米沢本国の人々は、私が黙っていることを良いことに、私について種々噂をたてました。その多くは私の全く身に憶えのないことでした。ある日、そのことを知った私は、びっくりいたしました。私とは全く縁のない私が、一つの虚像として他人の間を歩いていたからです。私の実体はそんなものではないと痛憤しました。

　そこで、噂を聞くたびにその噂が広がっている場所にとんで行って、そうではない、私はそんなこと

はした憶えがない、またそんなことを言った憶えもない、私が本当にしたことはこうであり、私が言ったことはこうである、というように、実は、実はという言い訳に走り回ることが多くなりました。

　それが、いつの間にか習性となって、すべてことを起こす前に、それは出来ないと言った方が、むしろ私にとって有利であり、また私について言われることを雑巾を持って汚れを拭いさるように、追い回す癖がついてしまったのです。そうしなければ私は米沢藩では生きていられないのです」

　これを聞いた鷹山は、志賀を哀れとは思ったが、責めたてることはしなかった。志賀がそうなっているのは、志賀一人の責任ではなく、米沢藩の社会環境がそうしているのだということを知ったからである。これも、鷹山が知った米沢藩の実態の一つであった。

　このように、鷹山は人間一人一人を見つめることによって、藩の実態を知っていったのである。つまり人間に現われている現象がそのまま藩の実態を反映していると見たのである。したがって、人を知れば知るほどその分だけ鷹山は、米沢藩の実態を知った。人一人一人に現われている実態の総和によって鷹山は次第に頭の中に米沢藩の実像を構築していった。

第三章

変革への激情

——「真摯さ」がなければ、何事も始まらない

なぜ、幕府の行革は失敗したのか

鷹山が家を継いだのは、明和四年（一七六七）で、かれは十七歳だった。

そのころ、中央政治をとりしきる徳川幕府は、十代将軍家治の時代で、鷹山が上杉家を相続したのと同じ時期に、突然、田沼意次《おきつぐ》という人物がのし上がってきて、持ち前の才幹で、あれよあれよと人々が驚いているうちに、ついに老中筆頭（首相）になってしまった。

田沼は父が紀州藩の足軽という、いたって低身分の出身だったが、それだけに、あまりしきたりにはこだわらず、思いきった政策を展開した。

幕府の根本政策は、

「重農主義」

で、いきおい、

「賤商主義」

をとり、経済人はいつも圧迫された。が、田沼はむしろ重商主義をとり、また、鎖国という国是を破って、開国同様の状態にし、外国の文物をどんどんとりいれた。

おかげで、オランダの医学書を翻訳した解体新書などの本も出たし、平賀源内のひらいた物産展などで、国民は大いに生活をゆたかにする方法を知った。

田沼はまた、北辺の問題を国民の課題にした。工藤平助が書いた「赤エゾ（ロシア人のこと）風説考」という本をテキストにして、

「日本人はもっと北の国に関心を持つべきだ」

と、北海道や千島列島、さらに樺太の探検調査をおこなわせた。

今日の眼からみれば、田沼の政治はかなり開明的で、それほど批判されるものではない。

が、田沼には大きな欠点があった。ワイロが好きだったことである。しかもかれはそのことを少しも恥じず、

「金や品物をくれる人間は、それだけ私に誠意がある証拠だ。だからそういう人間はどんどん出世させるし、便宜をはかる」

と公言していた。そのためかれの家はいつも贈賄

者でいっぱいだった。大名も旗本も商人も、金品を持って、何とかいい役職や儲かる仕事をもらおうと、朝から押しかけてくるのである。

鷹山は、中央政治がこういう状況のときに藩主になった。重役たちは、

「藩政改革で、つまらない苦労をするよりも、田沼様にワイロを贈ったほうが、幕府で補助金をくれるのではないでしょうか」

とすすめたが、鷹山は首をふった。

「民の汗であり、あぶらである年貢（税）を、ワイロなどには使えない、米沢藩は自力で更生しよう。政治家は徳の人でなければならない」

と答えて、暗に田沼を批判した。

そのうちに、田沼の政治に反感をもつ大名たちが結束し、田沼を失脚させた。田沼に代わって登場したのが東北の白河（福島県）藩主松平定信だった。定信は八代将軍吉宗の孫で、頭もよく、人格者だった。国民は定信に期待した。

定信が展開したのは、

「一大倹約政策」

で、その線にそった行政改革であった。かれは田沼の政策をすべてひっくりかえした。

「重商主義」

を、再び、

「重農主義」

に変え、商業を弾圧した。西洋の学問も禁じた。国民都市にいる若者には田舎にUターンを命じた。国民のぜいたくも一切禁じた。貿易も禁じた。日本は、固苦しい、しめっぽい国になった。経済は低成長のまま、二度と景気が浮揚することは期待できなかった。

そうなると現金なもので、農民や町人は、

「白河さまのきれいに澄んだ清流のような政治よりも、前の田沼様の汚れた泥沼のような政治のほうがマシだった」

と言い出した。

上杉鷹山は、こういう時代に生きた。つまり、経済の高度成長と低成長の二つの時代を生きたのである。そして、田沼意次の国民の消費助長政策と、松平定信の緊縮政策の二つをじっとみつめていた。

この状況と経済の中から、若き鷹山は独特な改革案を考え出したのであった。

鷹山は、かつての将軍吉宗や宰相水野忠之による享保の改革や、最近の宰相松平定信をはじめとする徳川幕府の経営改革が、なぜ今まで成功しなかったのか、その理由を次のように考えた。

一　経営改革の目的がよくわからないこと

二　しかも、その推進者が一部の幕府エリートに限られたこと

三　改革をおこなう幕府職員にも、改革の趣旨が徹底していなかったこと

四　当然、改革の目的や方法が親切に国民に知らされずに、一方的に押しつけられたこと。つまり、国民の世論を喚起するためのＰＲに欠けていたこと

五　改革が進んで、徳川幕府が身軽になれば、当然国民の負担が軽くならなければいけないのに、逆に幕府は増税をしたこと。つまり、四公六民という税率であった所得税を、五公五民、あるいは六公四民のように上げてしまったこと

六　改革を進める官僚は、すべてエリートであり、部下に対して、指示・命令としてのみ方法を押しつけたこと

こう分析した後に、もっと大きなことに鷹山は気がついた。それは、

「改革の根本に優しさといたわり、思いやりがまったく欠けている」

ということであった。

＊　＊

政府や企業が、経営改革をおこなう時には、当然それなりの理由がある。経済が高度成長から低成長に落ち込み、閉塞状況になって、税収が落ち、新しい仕事がやりにくくなった時に、必ず改革がおこなわれる。あるいは思い切って身を削《そ》ぎ、身軽になって、新しい仕事に集中するために、古い仕事を切り捨てるというようなことがある。そのために、組織を縮小し、人員を減らし、経費を切り詰めるというのは常套手段である。

これらのすべてが悪いことだとはいえまい。国民

や お得意さんのためにおこなう変革は、日々、日常業務の中でおこなわれなければならない。これは必要である。しかし、それは、経営改革とか行政改革とか、鳴り物入りで誇大に宣伝して仰々しくおこなうことではない。地道にコツコツとその当事者が、自分たちの生活を成り立たせてくれている人々のために、誠心誠意でおこなうべき日常業務のはずである。それぞれの職場において、そこの成員が、討論と合意によって案を生み、より良い方法を、日常業務として実現していくことが、真の経営改革なのだ。行政改革なのだ。上杉鷹山は、こういう点に着目した。そして、今までの幕府が改革に失敗したのは、

「すべて、民と社員に対する愛情の欠如だ」

と思うようになった。

「改革は、愛といたわりがなくてはならない」

というのが、鷹山の経営改革の底にすえるべき基本理念であった。

たとえ財政再建のための行政改革、経営改革であっても、その対象となる人々への愛といたわりがなくては決して成功しないということを、十七歳の彼は感じ取ったのである。

そこで、彼は、自分の経営改革は、決して藩政府を富ませるためにおこなうのではなく、むしろ、藩民を富ませるためにおこなうものでなければならない、と思うようになった。

そう思うと、彼の胸は膨《ふく》らんだ。つまり、経営改革が、陰気で勤倹節約だけを主目標にした、じめじめした暗いものではない、むしろ全藩民が藩主と一緒になって、厳しいけれども前途に希望を持っておこなう楽しい事業である、とさえ思うようになったのである。

そして、

「そのための、灯《ともしび》は、私がトップとして掲《かか》げなければならない」

という責任を強く感じた。

心身障害者の妻から学ぶ

鷹山は、自分がおこなう藩政改革の目的を

「民富」

におき、その実現は、

「愛と信頼でおこなう」

と決意したが、その中には、

「領内の弱い立場にある人々をいたわろう」

ということも含まれていた。

それを改革の目的のひとつに含めたのは、鷹山が、もともと弱い立場にある人々に優しい気持を持っていたからだが、実はもっと身近なところに理由があった。

それは、鷹山が上杉家を継いでから結婚した家つき娘の幸《よし》が、生まれてすぐの心身障害者であったからである。幸は今でいうＣＰ（小児まひ）にかかったのかも知れない。生まれてすぐのその病気が、その後の幸の肉体を普通に発達させなかった。彼女は、鷹山が養子になったとき、同い年の九歳であったが、二歳か三歳くらいの幼女の状況にあり、また、肉体だけでなく、精神の状態も同じであった。

鷹山は、この幸と結婚することになっていた。そして、結婚は、鷹山が十七歳のときにおこなわれた。幸も十七歳である。

しかし、十七歳になっても、幸の幼女のような肉体と精神の状況は変わらなかった。若い娘に見合った発育は、ついに遂げられなかったのである。したがって、上杉鷹山は、上杉家の相続人となって身体障害者の幸姫と結婚した。

こういう身体障害者の幸を妻として、若き鷹山は、どういう日々を過ごしたのだろうか。

伝記によれば、このころ、若き鷹山は、日々、障害者の妻のために、紙で鶴を折って持って行ったという。幸は、それを糸でつなげて、鶴が日々増えていくのを手を拍《う》って喜んでいた。また、あるときは、鷹山は、自分で粗末なもめんの布を使って人形を作って届けたという。それを受け取った幸は、鏡に自分の顔を映し、鷹山の作ってくれた人形にたまたま顔の部分が描いてなかったので、口紅と眉墨を使いながら、鏡に映った自分の顔を、人形の白い部分に写し取った。

しかし、ふつうの十七歳の娘と違って、幸は、身体障害者である。尋常の絵が描けるわけはない。その絵は、恐らく必死の努力にもかかわらず、稚拙なものであったに違いない。

人形に自分の顔を写し終ると、幸は、胸を躍らせながら、鷹山の来るのを待っていた。

鷹山が来ると、幸は嬉々として、自分が顔を描いた人形を見せながら、

「幸《よし》、幸《よし》」

と言った。

つまり、鏡に映った自分の顔を写したのだから、この人形の顔は自分なのだという意思表示なのである。だから、自分を見てほしいということと同時に、絵が描けたということを、鷹山に認めてもらいたかったのに違いない。

鷹山は、幸の描いた人形の顔を見せられると、こう言った。

「実にあなたによく似ている。まるで幸殿そっくりだ。あなたは体が不自由なのに、絵を描く才能がある。私もそれを発見できて非常にうれしい。あしたから、もっとたくさんの人形を作って持って来ましょう。どうか今日以上の上手な絵を描いて持って下さい。この人形は本当にあなたを見るような気がする」

お世辞ではない。鷹山は本心でそう思っていた。つまり、身体障害者の妻に、絵に対する志向があることを知って、それがそのまま幸の生き甲斐につながると信じたからである。鷹山は、幸のこの生き甲斐を大切にしようとした。だから、いい加減な応答をしないで、

「あなたにそっくりだ」

という本心からの褒め言葉を口にしたのである。

これを聞いて、幸は涙ぐんで喜んだ。不自由な彼女にも、褒められたということは伝わった。幸は、涙を浮かべて、鷹山の褒め言葉を聞いた。そして、次の日も、その次の日も、鷹山が新しい人形を持ってきてくれることを今か今かと待ちかねたのである。

このように、公私共にきびしい状況の中で、上杉鷹山は、いよいよ改革案の作業に乗り出した。

自身が変わらねば、組織は変わらない

鷹山は、藩政改革案を作成するのに、藁科松伯・莅戸《のぞき》善政竹俣当綱《まさつな》・莅戸善政・木村丈八・佐藤文四郎・倉崎

恭右衛門・志賀八右衛門らを登用した。そしてこう言った。

「お前たちが、それぞれ胸の中に、藩の現状に対して怒りや悲しみを持っていることはよく分かった。その怒りや悲しみが決して私欲に基づくものでないこともよく分かった。そこでお前たちに命ずる。お前たちで財政再建のための藩政改革案を作れ。しかしその目的はただ一つである。つまり、藩内の身体障害者・病人・老人・妊婦・子供など社会的に弱い立場にある者たちを労わる政治を実現したい。つまり、米沢藩の藩政改革は民を富ませることにある。藩政府が富むことではない。そういう藩政改革案を作れ。そしてその案を二年間この江戸藩邸で実験してみよう。実験の過程で、悪い所は直し、良い所は残そう。そして、改革案を練り固めて本国で実施しよう。しかし、一つ条件がある」

　そう言って、鷹山は目の前に居る側近たちを見回し、こう言った。

「あり体《てい》に言って、お前たちは米沢本国の人間から、すべてレッテルを貼られた人間である。レッテルには問題児と書いてある。問題児に対する世の中の見方は、片寄ってはいるが、ある面で真実を言い当てていないとは言えない。そこで頼みがある。人の世の中は、何を言っているかを大切にすべきであって誰が言っているかは問題でない、ということを十分私も知っている。しかし、人は悲しいものだ。必ずしも理屈通りにはいかない。やはり、誰が言っているかによって、大きく左右される。

　そこで頼みというのはこういうことだ。お前たちも少し自分を変えてほしい。問題児のレッテルを片隅でもいいから自分で剝がせ。つまり自分を変えてほしいのだ。そうすることによって、頑《かたくな》な本国の連中もお前たちに対する見方を変えるだろう。見方が変わってくれば、お前たちがこれから作る案が生きてくる。ああ、あれほど彼らは変わったか、変わった彼らが作った案ならば、読んでも少しはタメになるだろう、どれ、というようにお前たちの作った改革案に目をとめるに違いない。

　今のままでは、恐らくお前たちがどんなに良い案を作っても、本国人はそっぽを向いてしまうだろう。一顧も与えまい。そうなっては残念だ。藩を変えるためには、藩人が変わらなければならない。その藩人の中にはお前たちも入る。もちろん、お前たちだけに変われというのではない。私も自分を変えていく。つまり、自己変革は藩の変革のためにまず成し遂げなければならない藩人の義務なのだ。この点よく分かってほしい」

この鷹山の言葉を聞いて、木村丈八は、心の中で、

（何を言っているのだ。悪いのは我々ではなくて、本国の人間だ。まず本国の人間が自分を変えなければ、俺たちがいくら変えてみたってどうにもならない）

と思った。

その木村の気持は敏感に鷹山に分かった。鷹山はこう言った。

「お前たちの中には、すべて悪いのは本国の人間であって、自分たちは少しも悪くない。自分たちは正義の士であって、不正なことは何もしていない。したがって、まず変えなければならないのは本国人である。そうしなければ、いくら江戸にいる連中が自分を変えてみても、何の意味もない、と思う人間もおろう。

しかし、それは堪《こら》えてほしい。それにこだわると何事も進まない。そしてそれにこだわることは、誰か大切な人々を忘れていることになる。誰か大切な人々とは、年貢を納める人々のことだ。私たちの生活の資を生み出す人々のことである。そういう人々の存在を忘れて、私たちが私たちの考えだけで争うことは、何の意味もない。だからまず気付いた方から自分を改めるより他に方法がないのだ。辛いことはよく分かる。しかし堪《こら》えてほしい。江戸の方から自分を変えて本国に乗り込んでいこうではないか」

先制攻撃を受けてしまって、木村の心中は決して穏やかではなかった。しかし、一面、

（この若い殿様は、なかなか侮れない人だ。若いくせに、よく人の心を見抜く。これは、案外大物かも知れないぞ）

と、思うのであった。

＊　　＊

鷹山は、人間が、何でも、すぐ、

「これかあれか」

あるいは、

「俺が正しいか、お前が正しいか」

というような短絡思考で物事を決めることを好まなかった。彼の頭脳はもっと柔軟であった。世の中のことはすべて二者択一ではなく三者択一であり四者択一であり、あるいは五者択一の場合さえあると思っていた。選択肢は無限にあるのである。その中から一番良いものを選ぶ、あるいは次善のものを選ぶ、それが人間ではないかと思っていた。そうしなければ、人々は常に争い続け、何ら得るところがなく力を費やしたまま終ってしまうからである。

正義の士ばかりが集まっている江戸藩邸の連中に、自己変革を求めるということは、思い切ったことであった。当然、不満が出るのも分かっていた。しかし、鷹山はあえてそれをした。そうしなければ、本国の人間が到底鷹山たちの言うことはきかないと思ったからである。

鷹山は、自分が若く、貧しい他家から入り、藩の実態も知らないままに藩主の座に就いたことを、決して快く思っていない連中がたくさんいることを知っていた。鷹山がまず戦わなければならないのは、自分に対する偏見と軽侮の目であった。それを克服しなければ、到底藩政改革というような大事業は出来ないのである。

組織は人である、ということを鷹山はよく知っていた。そしてその組織は人であるという場合の〝人〟は、一人一人の人間であるということを知っていた。だから、まとめてこうしろああしろと言うことを鷹山はしなかった。一人一人の人間をよく見つめ、一人一人の人間が自覚に基づいて自分を変革し、その変革の総和が組織を変革していくというふうに考えていたのである。

だから、鷹山の改革第一歩は、本当は正義の士であり、何ら憚るところのない連中にさえ、

「自己変革」

を求めたのである。

革命的発想が鷹山を動かす

いわゆる本国人から見て問題児とレッテルを貼られた連中は、夜を日に継いで、一室にこもり、改革案を作った。そして、鷹山に提出した。鷹山は一読して、ニッコリ笑った。そして、

「良いものを作ってくれた。本当に良い案だ。礼を言う」

と言った。

この案を基に、鷹山はすぐ、江戸の藩邸にいる藩士たちを全部集めた。このとき、重役だけでなく今までのしきたりにはなかった平侍《ひら》まで呼んだ。さすがに江戸藩邸の家老がびっくりして、

「そういうことは、今まで藩の例にありません」

と言った。鷹山は微笑んで、

「例にないことをするのが、私の改革の第一歩である」

と言った。

集めた藩士たちに鷹山は、こう言った。

「上杉家は、大家《たいけ》より小家《しょうけ》になった。しかしそれにも拘らず、藩の上下は、諸事についていまだに大家の昔を慕っているために、おのずから家格も重い。重ければ余計な支出も増える。また太平が久しく続いているので、国全体の風俗も奢るようになっている。そのため、今これが、相応のことだと思うことも、実はすぐ奢りに結びついている。当家もその風潮と無縁ではなく、誠に嘆かわしいことである。このまま成り行けば、月を経るに従い、米沢の富は尽き果てるだろう。今の藩は、他人から借りた金銀によって漸く取り繕っているような始末である。誠に国の守りというについては甲斐の無いことである。特に上がこういう状況であるのに加えて、水難、旱魃、火災、幕府お手伝い等があれば、国家はたちまち立たなくなってしまう。私は、小さな大名の家から大きな大名の家を譲り受けたが、このまま上杉家の滅ぶるのを待って、国中の人民を苦しめることは到底出来ない」

こう前提して、鷹山は切々と訴えた。

「これほど衰えてしまった国家をどうしたら再び立てることが出来るだろうか、一時は、この国家を返

上しようとまでその筋へ尋ねてみたこともあったが、いながらにして滅ぶるを待つよりも、皆がギリギリの力を出しあって、努力するにしくはないと思い返した。どうか、頼む、最後の努力をしてくれ、このとおりだ」と言って、頭を下げた。

　鷹山の話に対して、話を聞いた藩士たちの反応は様々であった。

　第一のグループは、素直に鷹山の話に感動して、「この新藩主は、我々がやりたいこと、言いたいことをはっきり口に出してくれた。この若い藩主の下《もと》で、我々も精一杯努力していこう」

と、発奮した。

　第二のグループは、真向から鷹山の考えに反対した。

「この新藩主の考えを実現すれば、伝統のある上杉家の格式はメチャメチャになってしまう。到底この人の言うようなことは出来ない。我々は、あくまでも、上杉藩士の立場に立って、他家から来たこの藩主の政策に反対していく」

　と、会った早々から鷹山の政策に真向から対立しようと、心を決めた。

　第三のグループは、鷹山のトップとしての態度に疑いを持った。

「トップというのは、もっと威信がなくてはならない。そこへいくとこの新しい藩主は一体何だろう。実態報告とは言いながら、べらべら、藩の秘密に類するようなこともしゃべり、あまりにも度が過ぎる。ましてや、足軽ごとき身分の低い現場職員にまで、ここまで藩の最高秘密を話すことはない。トップは方針を示したら、黙って俺についてこいと言うのが正しいリーダーシップではないのか。この人は、弱音を吐きすぎる。目的に対して自分の限界を示すのは正直かも知れないが、逆に言えば自分の無力振りをさらけ出しているようなものだ。そういう頼りないリーダーについていくことは、とてもじゃないがやりきれない。この人は、我々の考えているリーダーのイメージとはほど遠い。まるでヒラ社員のようだ。第一、統制は出来ないから参加してくれとは何だ。こんな人の下ではこの先、我々はどういう目に遭うか分からない。おそらく、梲《うだつ》も上がらないだろう。早く見切りをつけた方が勝ちだ」

第一のグループは協力派、第二のグループは反対派、第三のグループはシラケ派あるいは脱走派と言っていい。そしてその通りのことがその後の藩士の態度として表れた。

鷹山にすれば、改革の基本が、いたずらな緊縮政策では、藩士や藩民のモラールが萎縮すると考えた。それは、徳川幕府がいままでにおこなった行政改革が、すべて勤倹節約の緊縮政策であったために、行革を推進する幕府職員自体、あるいはそれを受けとめる国民自体が萎縮してしまって、結局はその改革に協力しなかった。だから改革は失敗した。鷹山はその改革失敗の原因を自分なりに考えた。それは前に書いた通りだ。そこで、

「改革を進めるには、まず改革主体のモラールをアップしなければならない。また改革される側が喜んでその改革を受け容れるようにしなければならない。改革を喜んで受け容れたり、モラールアップをしながら改革を進めるということは、改革する側もされる側も改革の趣旨をよく理解し納得して、自発的に協力するようなムード作りが必要なのだ。それには、改革の目的そのものが、究極的には、誰かさんのために役立つという意義が設定されていなければならない」

だから鷹山が藩士たちに話したことは、別な言葉で言えば、

○何がしたいか
○どこまで出来るか
○なぜ出来ないか
○どうすれば出来るか
もっと言葉を変えれば
○理念・目的の設定
○限界の認識
○障害の確認
○可能性の追求

ということになろう。そして、そのためには、

一　情報の共有
二　全藩士参加

が必要だということになる。

しかしやっかいなのは、反対派とシラケ派の始末

であった。反対派・シラケ派は、共に、
一　トップはもっと責任を持て。不言実行を重んずべきだ。この藩主は下に頼りすぎる。
二　秘密をしゃべりすぎる。そのことによって藩士たちは逆に不安を持つ。情報が公開されたとは思わない。
三　この案が展開されると、年功序列が乱されるおそれがある。特に正当な藩士群が退けられ、いわゆる札つきの問題児たちがのし上がる危険性がある。
四　上杉藩は伝統と格式のある藩だ。それを無視して、伝統、格式をことさらにこわし、上杉家の恥を天下に晒す危険がある。他藩から笑われる。
五　民富民富というが、民は胡麻と同じだ。絞れば絞るほど油がとれるのだ。それを民こそ国の宝など、民を富ませることが改革の目的だというのは、社会秩序を乱す。民をのさばらせ、士が馬鹿にされる。統治者としての士の権威が失墜する。民は甘やかすものではない。

こういう論理を持っていた。特に最後の、「民は胡麻と同じで、のさばらせてはいけない。民富というのは、社会秩序を乱す」
という発想は、ほとんどの藩士に共通していた。これは、士農工商という身分秩序が、米沢藩だけでなく、二百六十余の他藩にもすべて共通するものであり、また徳川幕府そのものがその士農工商によって成り立っていたからである。

士イコール武士という考え方に立った徳川時代の士たちは、そこを自分たちの生存の唯一の拠り所にしていた。民富民富という鷹山は、その秩序を壊すものであった。そういう意味では、藩士たちの大部分は、鷹山の発想の中に、武士階級否定の革命的なものを感じとったのである。

ある面でこれは事実であった。鷹山は、朱子学者である細井平洲に学問を学んだが、これから展開しようとする政策の根幹には、必ずしも朱子学だけが置かれているのではなかった。むしろ孟子の考えがあったと言って良いだろう。

＊　＊

鷹山の話に感動するどころか、逆に大きな不安を持った層は、もっと極端な拒否の行動に出た。極端な拒否の行動というのは、藩を見捨て、鷹山を見捨てて、脱走してしまったことである。彼らは、

「こんな藩主の下では、到底ウダツが上がらないし、どんな目に遭うか分からない。それに、民富を基本とする改革などまったく協力する気はないし、徳川幕府に対する大きな犯罪ではないのか。そういうことに加担する訳にはいかない。他所《よそ》へ行って違った生き方を求めよう、新天地を探そう」

そう考えて、逐電してしまったのである。いまでいう転職者だ。こういう層はかなりいた。つまり鷹山の政策に反対で、鷹山を見捨ててしまったのだ。

しかし、こういう状況に対して鷹山は耐えた。腹は立てなかった。腹を立てれば一度でおしまいである。鷹山は、こういう事態があることをはじめから予測していた。だからこそ、江戸の藩邸で問題児達に、

「改革案を作れ。しかし、作るお前たちも自己改革をしろ。世の中は、誰が言っているかが問題であって、なかなか何を言っているかにならない。その意味では、改革案がいかに立派なものであろうとも、それを作ったお前たちが、自分を変えなければ、米沢本国では到底受け容れられないだろう」

と言ったのは、すでにそのことを見抜いたがためであった。この予感はあたった。しかし、反抗とシラケは予想以上に大きかった。鷹山は再び窮地に立った。

重役たちの真向からの反抗

江戸の藩邸で改革案の趣旨を述べた鷹山は、このことを同時に本国へも伝えたいと思った。そこで本国から家老の千坂高敦を招いた。千坂に、

「志記」

と題した一文を書いてこれを示した。そして、

「この志記を米沢本国の重臣はじめ、一般藩士たちにもよく読んでもらいたい」

と言った。志記には、

「私は日向高鍋の第二子に生まれ、幸いに先君の命

によって当家を相続することになったが、この上は国家を再興し、人民を安んずることをこの身生涯の願いとして努めたい。当家は武尊公（上杉謙信）の末葉で、英名を日本中に輝かし、武威を関八州に奮い、関東管領《かんれい》ともなった家柄である。それなのに、困窮のため国を滅ぼすのは悔しいかぎりである。そこで、この度大節約をとりおこなうことになった。このため人民が迷惑に思うこともあろうが、結局は人民の将来の安堵のためである（中略）。

この度、千坂高敦をして、申達させることについて、十分心服し得ないところがあるかも知れないが、治憲自らが色部照長と論議の上、色部も賛同したことであるし、それに江戸藩邸の諸役人の同意を得たものである（中略）。

以上は、千坂下向に際して、私の微志を伝えるために記した手控である。ただただ私の願うところは人民の安堵である。この点をよくよく申し聞かせ、人民の不信起らず国家再興の願いを日夜忘れることなく、よくよく心得、家中一人も漏れないように申し渡してもらいたい」

この志記を携えて千坂は米沢に下った。そして、米沢城に勤務する重臣たちにこれを見せた。しかし、重臣たちの中には、この志記に対して必ずしも快い感情を持つ者ばかりではなかった。はっきり不快の念を表わす者もいた。それは、

「藩政改革などということは、藩にとって大問題である。それを、本国の重役に一言も相談せず、江戸藩邸にいる一部の者共と、何も分かりもしない新藩主が一緒になって案を作るなどとはもっての外である。ましてそれを自分自身で言うならまだしも、国老の一人を呼んで、単なる手控を与えて、それをもって藩士全員に改革の趣旨を徹底せよとは論外の方法である。現に、江戸藩邸にいる者共に対しては、藩主自身が告げているではないか。本国と江戸藩邸とどっちが大事か。本国は本社であり、江戸藩邸は東京支店にすぎない」

というような論が起った。千坂はこれを抑え切れなかった。そこで、再び鷹山に、

「米沢の本国へ帰って、あなたの志記を伝えましたが、重臣たちからはこういう意見が起っておりま

す。このような重大な事件を、米沢の重臣群に一言の相談もなく独断でなされたことは誠に遺憾でありますという意見が強うございます。また江戸詰めの者には藩主が直々示達しながら、米沢本国には千坂をもって示達するとはもっての外、という意見が渦巻いております。

ついては、これを鎮めるために藩公自ら米沢に御入国の上、改めて御示達のほどを願いたいと存じます」

早く言えば、千坂は自分で自分が小僧の使いであったことを表明したようなものである。つまり、鷹山から言われたことをまったく実行できなかったからである。

千坂からこの報告を受けた鷹山は、反対している重臣の名を確かめ、一人一人に直書を書いた。反対した重臣というのは、須田満主、芋川正令、本庄職長、安田賀元、市川盛房、清野祐秀などであった。再び同じことを直筆で書いて送った。しかし、重臣たちは依然として承知しなかった。

「このような藩政改革は、米沢藩の体面を汚すものである」

とか、

「新藩主は、三万石の小藩の育ちだから、気持が小さく吝嗇《りんしょく》なので、謙信公以来の当家の格式を知らないのだ」

と嘲笑した。さらに、一部の重臣は、

「十七歳の少年がこれほど見識のある改革案を作るはずがない。これはきっと莅戸や竹俣や木村などが密かに少年藩主を唆《そそのか》して作ったものであろう」

と類推した。これはある面で当っていた。問題児として本国重臣たちが退けたこれらの層が、実際に改革案を作っていたからである。鷹山が危惧していたことは当った。本国の重臣たちは依然として江戸藩邸にいる問題児たちを、問題児として見ていた。だからどんなに良いことが書かれていようとも、彼らが案を作る限り、決してこれに従うまいという気概を示していたのである。生半可な自己改革くらいでは到底米沢本国の重臣たちは、問題児たちに新しい目を向けようとはしなかった。

非情を超えねば変革はできない

「孝」は、武家社会の規範である。この思想は、中国の孔子や孟子からきている。孔子や孟子をよく勉強していた当時の武家社会では孝の観念は絶対であった。

しかし、鷹山がとった政策は、養父の重定の政策とはまったく相反するものであった。この点、治国治民のためには、父の放逐さえ辞さなかった武田信玄の立場と良く似ている。信玄もまた国のため民のためとあれば、国を破り、民を苦しめる父を放逐することに、何ら逡巡しなかった。上杉鷹山が展開した藩政改革の諸政策は、悉く前代藩主の重定の政策に反するものである。これは、ある意味において、政策的に父を放逐したと同じことだろう。「孝」にそむく行為だ。しかし鷹山はそれを辞さなかった。そして彼が政策的に父を放逐したに等しいにも拘らず、そのことで指弾されないのは、あくまでも鷹山の人柄によるものであろう。

鷹山のひたむきな誠実の態度が、人々の心を打って、事実上父を放逐したという行為を責める者は誰もいなかったのである。それどころではなく、その鷹山のために起ち上がったのが、ほかならぬ重定その人だった。重定は、それまでの生活が贅沢で、決して名君とは言えなかったが、後を託した鷹山が、弱年でありながら、その第一歩ですでにそういう苦労をしていることを見るに忍びなかった。重定は、千坂と須田を呼んで、江戸からの改革案について、いったいどうなっているのかと聞いた。千坂は、

「重臣どもで相談をしておりますが、まだ決議に至っておりません」

と答申した。重定は、

「なかなか議論が尽きないのはもっともであるが、新藩公の存念もあろう。どうか早く決定して、新藩主に協力してほしい」

と命じた。そしてさらに、一部の重臣から、重臣群の意向を聞くと、

「それは重大である。どうしても新藩主が直接本国に来て説明をしないと納得をしないと言うならば、新藩主の代わりに、隠居の私が代わって藩士全員に

説明しよう」

　と言った。

　新藩主には好感を持っていない重臣群も、永年仕えてきた旧藩主には、頭が上がらない。しかもその旧藩主が城の広間に出てきて、自分から説明すると言うのでは、重臣群としての補佐の任を全うしているということにはならない。彼らは辟易した。そこで、相談したところ、全員が、

「やむを得まい」

　と渋々鷹山の藩政改革案に賛成した。しかし芋川だけは最後まで反対し、重臣会議にも欠席した。彼の決意は固かった。終始一貫新藩主の政策に反対しようという気持を持っていたのである。

　重臣群のこういう逡巡ぶりを見て、前藩主重定は、そのままにしておかなかった。十二月十一日、重定は米沢城の大広間に全藩士を招集した。そして自ら鷹山の志記を手にとって、それを読み上げた。読み上げただけでなく、

「この新藩主の方針に、自分は従うつもりである。どうかお前たちもそうしてほしい」

　と諭告した。

　重定のこういう収め方は、問題を後に残した。それは、本国の藩士たちが、本心から鷹山の改革案に賛成したわけではないからである。表面《うわべ》だけ重定に従ったのだ。旧主にそこまで心配をかけるのは悪いということで、会長の言うことに表面従った振りをして、実は新社長の方針にはあくまでも不満の意を持っていたのである。それは、案の作成者が誰かということに拘泥《こだ》わることによって表れた。米沢藩の藩士たちは重臣群だけでなく、一般藩士も、

「この改革案は、江戸にいる左遷組が作ったものだ。彼らは自分たちの権力復活を狙って、新藩主を煽《おだ》てて、こんなものを作り上げ、我々を押えつけようというのだ。この改革案は、敗者復活の案である」

　と言い合った。この噂はたちまち広まり、また説得力を持った。藩士たちに罪があるわけではなかったが、あまりにも当時の米沢藩士は井の中の蛙で、社会状況を知らなかった。藩が経済的に追いつめられていても、形式主義を守り、旧来の慣習に生きる

ことが、士のすべてだと思い込んでいたのである。自分の身に変革が及ぼされることを極度に嫌った。

　倉橋清吾という藩士がいた。正義の士であったが、この噂を非常に気にした。そこで、江戸にいる莅戸善政と木村丈八に手紙を書いて、

「あなた方は、せっかくの君徳の美を、だいなしにしてしまう。ためにならないので、早々に辞職されよ」

　という辞職勧告書を送った。莅戸と木村はひたいを集めて相談をした。周りに居た連中は、

「そんな噂を気にするな。自分たちが正しいと信ずることを貫こうではないか」

　と言ったが、莅戸と木村は深く考えこんでしまった。

「今度の大令は、もちろん新藩公の深慮から出たものではあるが、無知の者共はそうは信じまい。やはり、君公を煽《おだ》てて我々が作ったというふうに考えるのもある面で無理がない。そこで、我々が君側から退けば、本国の噂も少しは鎮まり、新しい改革がうまくいくかもしれない」

と考えた。そこで、二人は、

「病気のためにお役に立ちません」

という理由を述べて、辞職を願い出た。

　鷹山はこれを聞いて驚いたが、莅戸と木村の顔に漂っている決意の強さを見て、鷹山も悟るところがあった。

（これは自分たちが犠牲になる気だな）

　と感じた。そこで、この際は二人の気持を尊重することにした。

「お前たちは誠に忠義の士である。そういう忠義の士こそ、いま私の周りにいてもらわなければ困るのだが、止むを得まい。藩士の疑惑がそういうことによって晴れるならば、お前たちだけにそういう苦労をかけるのは忍びないが、辞職を認めよう」

　と涙を流して言った。そして一首の和歌を詠んで与えた。

　恨むなよ後の光を待てよかし
　　今の曇りはとにもかくにも

莅戸にはさらに一首を与えた。

思いきや憂しと見し日のそれならで
　憂からぬ君に別かれせんとは

こうして翌年（明和六年）一月七日、莅戸と木村は寒風の中、江戸邸を去って行った。目ざすは米沢本国である。二人は辞職しただけではなく、
「米沢本国に戻って、しばらく休息をいたします」
と願い出たからである。米沢に帰って休息出来るわけがない。恐らく重臣と藩士たちは、群狼の如く二人に襲いかかるであろう。そして、
「なぜこのような改革令を出したのか、お前たちが唆したのであろう。なぜとめなかったのか」
というような罵詈雑言《ばりぞうごん》がいっせいに飛んでくるに違いない。二人は進んでそれを受けようというのであった。辞職して、江戸屋敷で便々《べんべん》と暮らすことをしなかった。むしろ積極的に米沢本国に飛び込んで、飛んでくる礫《つぶて》を一身に引き受けようと思ったのである。その心根が鷹山を泣かせた。

しかし、事を成すには犠牲者が必要であった。二人は鷹山のおこなうべき改革の橋作りの人柱に進んでなったのである。

このことは、鷹山が、自分の改革を推進するために、養父である前藩主重定の施策をほとんどひっくり返し、その非難を、先兵として莅戸、木村の二人に負わせたということになる。ある面で非情な措置であった。しかしその非情を超えなければ、改革の端緒がつかめなかったのである。それほど米沢藩の内情は複雑で錯綜していた。

ましてや、自分の政策を否定され、あるいは批判非難の対象ともなりかねない前藩主重定が、自ら進んで、そういう保守的な米沢藩の重臣群を説得してくれたことは、上杉鷹山にとって、何とも有難いことであった。それだけに、彼の処置は彼自身にとっても非常に辛いことであったのである。しかしその辛さを超えなければ、改革は出来なかった。

不幸なことが続いて起った。藁科松伯が死んだことである。藁科松伯は不幸にして肺患に罹っていた。彼は、病重くついに明和六年（一七六九）八月

二十四日に死んだ。年は僅かに三十三歳であった。これから改革が実行されようという時の鷹山にとっては痛恨極まりなかった。松伯の辞世は、

　　惜しかりき命の今日ぞ多からぬ
　　　定めなりけむ数と思えば

また、

　今朝《けさ》の露と我も消えけり草の陰

　鷹山は慟哭し、深くその死を悼んだ。しかしいつまでも松伯の死を悼んでいるわけにはいかなかった。彼にとっていよいよ本国入りの日が迫ってきたからである。

過ちて改むるに憚ることなし

　米沢本国に入る前、作成された改革案に従って、鷹山はまず自分の身近なところから改革を実行した。それは奥女中の人員整理であった。

　それも、数十人いたのを一挙に九人に減らしてしまったのである。

　奥女中というのはだいたい藩主の夫人についている者たちだ。先代藩主重定の夫人は、徳川御三家のうちの尾張家から入っていた。したがって、鷹山が減らそうという奥女中は、元々は尾張家の人間である。当然感情的な縺《もつ》れが生じた。しかし鷹山は理をつくして説明をした。そして、あくまでも減員に協力してほしいと要請した。江戸家老は色部照長だったが、まずこの点を心配した。そこで、

「もともと上杉家に奉公している女中を減らすことは構いませんが、尾張家から来た女中をいきなり減員するのはどうかと思われますので、その点少し加減をなさった方が良いのではないでしょうか」

　という妥協案を出した。しかし鷹山は首を振った。

「減員に特例を設けてはならない。特に減らし難いと思われるところを減らさなければ改革の実はあがらない」

　そう言って、自分で筆を執った手紙を市ヶ谷にあ

った尾張家の屋敷に送って、

「当家近年不如意にて、家が存続し難い状況にあります。このたび家中の者へ厳しく倹約令を達しました。ついては、奥向きの女中たちにも多く暇をとらせたく、尾州家よりお差し回しの者についても減員令したいと思いますので、どうかよろしく御引取りのほどお願い申し上げます」

と申し送った。

尾張家では、前に先代藩主重定から、密かに、

「版籍を奉還したい」

という相談を受けていて、それは大変なことだから、藩が挙げて努力をして、もう一度再建の道を講じたらどうか、尾張家も、出来ることは協力する、と言ったことがあるので、鷹山の申し出に反対するわけにはいかなかった。尾張家は了承した。

しかし一難去ってまた一難といっていいことが起った。奥に仕えているある老女がいた。上杉家に仕えること長く、非常な功労者であった。身体が次第に衰弱していたので、自分用に一人の少女を使っていた。この少女も一応奥女中として登録されていた。この少女が減員の対象になった。老女から嘆願が出た。

「このたびの御改革令はごもっともと思います。私も奥女中の減員には賛成します。しかし、私が手許で使っている少女は、身体の衰弱しつつある私にとっては、手足も同然の者でございます。そこで、減員には賛成をいたしますが、いかがでございましょう、少女の給与を私個人が負担することにして、そのまま手許に置くことをお許しいただけませんか」

藩の方針には従う、そして減員にも異論はない、しかし、この少女は自分の健康保持上どうしても必要なので、自費で雇い続けたい、という妥協案の嘆願であった。この嘆願を受けた色部照長は、鷹山のところに相談に来た。そして、かくかくしかじかだと言上し、鷹山の裁断を待った。鷹山は、ちょっと考えたが、すぐ、

「老女の言うところはもっともである。その嘆願を許してやれ」

と応じた。色部は喜んで早速このことを老女に伝えに行った。老女も喜んだ。

が、鷹山はすぐ色部を呼び戻した。そして、

「今の判断は誤った。決定を取り消す。少女は例外にしてはならない。たとえ自費で雇うと言っても、その少女をこのまま藩に置くわけにはいかない。解雇せよ」

　これを聞いた色部はムッとして言い返した。

「それは聞こえません。あなたは、たった今老女の願いを許すと言ったではありませんか。それをすぐそのように指示を変更したのでは、朝令暮改もよいところで、部下の信頼を失います。私は今、老女にあなたの有難い決定を伝えたばかりです。老女は涙を流して喜んでおりました。あの顔を思い浮かべると、それを取り消すなどということは、到底出来ません。私はその使いで奥に行くのは嫌です」

　と言った。これを聞いた鷹山は、

「もっともである。その使いには私が立とう」

　と言った。そして、

「朝令暮改はけしからんとお前は言ったが、たしかにそういう解釈もあろう。しかし、私は過ちて改むるに憚ることなかれ、という中国の古語を信じている。私は過ったのだ。だからすぐそれを改めたい。憚らないわけではないが、さっきの決定は、禍根を残す。したがってやはり例外を作らないような方針で改革を実行したい」

　こう言われると、さすがの色部も、言い返せなかった。彼は、心が重かったがもう一度奥へ行って、老女にこのわけを話した。老女は、もとより鷹山の改革に対しては賛意を表していたので、

「止むを得ません。御決定に従います」

　と言って、少女を解雇した。

　色部の反対の気持の中には、実を言えば、鷹山の婚約者《いいなずけ》である幸姫《よし》の看護の問題があった。幸姫は、身体障害者であったために、普通の面倒の見方では足りない、当然多くの人手がいるだろうという判断をして、色部は色部なりに幸姫のために奥女中をそれほどまで減らす必要はないのではないかと思っていたのである。しかし鷹山はそれを退けた。

第四章　大いなる不安

――絶望感は自らの力で取りされ

我もまた、皆と同じだ

上杉鷹山が初めて米沢本国に入ったのは、明和六年（一七六九）閏《うるう》十月二十八日であった。十月十九日に江戸を発った。閏《うるう》十月と言っても、旧暦のことだから、十二月の半ばになる。真冬である。東北の冬は特に厳しい。関東地方から、福島に入り、福島から米沢への国境の道を辿るころは、全山雪である。吾妻連峰も、前方の蔵王の山々も、そして出羽三山も白皚々《はくがいがい》という姿であった。その雪の道を鷹山一行は辿って行った。

従来上杉家が移動する時は、千人単位の士が供をすることになっていたが、鷹山はこれを十分の一に減らしてしまった。僅かな供を従えた、身窄《みすぼ》らしい行列が、雪の道を踏んで米沢の国境に迫った。国境を越えた第一の宿場は板谷である。今の奥羽本線の板谷駅に相当する。奥羽本線はだいたい昔の街道沿いに駅が作られている。板谷、峠、大沢、関根、そして米沢という順になる。

福島からの国境を越えて板谷宿に入った途端、駕籠の中から外を見続けながら旅をして来た鷹山は、愕然とした。それは、米沢の山河、そして人々の表情があまりにも暗く沈んでいたからであった。

国境第一の宿場といえば、人の出入りが激しい。当然、その宿場は賑やかなはずである。が、板谷宿は死んでいた。廃墟同様の宿場であった。街道筋の家々はくずれ、住む人も少なかった。多くの人々が税の重さに逃げ出してしまったからである。宿場を放り出してしまったのだ。板谷宿は廃宿であった。初めて自分の国に入って来た藩主を迎えたのは、この廃宿であった。鷹山は愕然とした。

＊　＊

鷹山を愕然とさせたのは、廃宿同様の板谷宿の姿だけではなかった。間もなく家臣の一人が来てこう言った。

「お話があります」

「何か」

「御覧の通り、当駅は山の上の寒村でございます。もちろん宿駅でございますから、当然お屋形《やかた》様（殿様ということ）にお泊り戴く本陣がなければならないのでございますが、御覧のように、私共も予想しなかったほどの荒れ様でございます。目下、せめて、お屋形様だけでもと、宿探しに狂奔しておりますので、しばらくお待ちのほどお願い致します」

これを聞いた鷹山は手を振って言った。

「その必要はない」

「なぜでございますか」

「野宿しよう」

家臣たちはびっくりした。家臣たちはすでに野宿の覚悟を決めていた。しかし、せめて鷹山の宿だけでも準備しようとそこいら中を走り回っている途中だった。鷹山は、しかしこの荒れ果てた宿駅を一瞥した途端、到底どこにも泊れる宿がないことを察していた。そういう状況の中で、自分一人がぬくぬくと家の中に眠ることは、彼の良心が許さなかった。

（恐らく家臣団は、この雪の道に野宿するであろう。野宿といっても恐らく焚火をして、その周りに立って暖をとるだけのことに過ぎまい。そういう中で、どうして私ひとりが布団の中に寝られようか）

と思ったのである。そこで、先に野宿しようと言い出したのだ。家臣団は顔を見合わせて当惑した。上杉鷹山の申し出は、大名の言葉とは思えなかったからである。同時に、いかにも自分たちが腑甲斐なく、だらしがないように思えて、その責任を痛感するのであった。それを察して鷹山はさらに言った。

「ただし、雪の夜の野宿は冷える。酒が要る。せめて酒だけでも近所の民家に行って調達してきてくれないか。そして代金は必ず払ってほしい」

家臣たちは走った。そして、近所を探し回って酒を調達してきた。あちこちで焚火が燃え始めた。鷹山の趣旨は徹底した。鷹山自身が野宿に参加するというので、家臣団は沸き立った。そして、今夜の不始末は、米沢本国に入ってから後の改革推進の手伝いをすることによって埋め合わせをしようと、それぞれが誓い合った。鷹山は届けられた酒を家臣団の一人一人に注いで回った。

「御苦労である。風邪をひかぬように注意せよ。酒も冷《ひや》ですまぬな。しかし、お前たちも大変だろうが、多くの者が逃亡したにも拘らず、この宿駅に残って、何くれとなく面倒をみてくれる民も大変である。どうか宿場に残った者を咎めてはならぬ。去った者も咎めてはならぬ。つまり誰も咎めてはならぬのだ。これはすべて藩政が行き届かぬゆえのことである」

と言って回った。藩主として、初の入部に際し、第一の宿場がこういう為体《ていたらく》であることを、得てして藩庁の役人は、誰かに責任を押しつけ、罪人を出さなければすまないのが例であるが、今回に限って、そういうことを決してしてはならないということを、鷹山は酒を注ぎながら窘《たしな》めたのである。ましてや、自分に付いてきた家臣団を咎める気持など毛頭なかった。

上杉鷹山はこうして、初めての入国の日、雪の宿場で、焚火をしながら一夜を送った。

変革の火種をひろげるのは社員一人一人だ

板谷宿で野宿した後、坂道を下って行ったが、鷹山の絶望感はますます深まった。いくら米沢城に近づいて行っても、米沢藩の領内の光景は決して明るくはならなかった。山も死に、川も死に、土も死んでいた。そして、何よりも死んでいたのはそこに住む人々の表情であった。表情だけが死んでいたのではない。心が死んでいるのだ。米沢藩内に住む領民は、誰一人として希望を持っていなかった。希望がないから心が死んでいるのである。

駕籠の中に煙草盆があった。煙草盆の中に灰皿があった。灰皿の灰は冷たく冷えていた。鷹山はその灰皿に目を留めた。そして手にとって、

「米沢の国はこの灰と同じだ」

と呟いた。

冷たい灰が、そのまま米沢の国を象徴しているように思えたのである。鷹山はさらに呟いた。

「この死んだ灰と同じ米沢の国に、何かの種を蒔いてもいったい育つだろうか。恐らくすぐ死んでしまうに違いない。だからこの国の人間は誰も希望を持っていないのだ。ああ私は大変な国に来た。年若く、何も知らず、経験もなく、この国で民富のための藩政改革をおこなおうなどというのは、天を恐れぬ高言であった。恐らく、私は、米沢城で、改革の

第一歩にも着手しないうちに、しっぽを巻いて、遠い日向の国に帰らざるを得なくなるであろう」

そういう悔恨の情が次から次へと突き上げてくるのであった。

そのうちに、鷹山は、何の気なしに冷たい灰の中を煙管《きせる》でかきまわしてみた。

鷹山は、煙草《たばこ》を吸わない。だから、家臣たちも、火に注意を払わなかったのである。が、灰の中に小さな火の残りがあった。それを見ると、鷹山の目は突然輝いた。そして、何を思ったのか、駕籠の隅にあった炭箱から新しい黒い炭を取り出して、残り火の脇に置いた。そして、煙管《きせる》を火吹竹の代わりにしてフーフー吹き始めた。つまり、残った火を新しい炭に移そうとしたのである。

駕籠脇についていた供の者たちは、駕籠の中で鷹山がフーフー何かを吹いているのでビックリした。そこで、駕籠の外から声をかけた。

「お屋形様、いったい何をしていらっしゃいますか」

「火をおこしている」

「火をおこしているとおっしゃいますか、煙草でもお吸いになりますか」

「いや、そうではない」

「中がお寒くて、火がおいりようでございますか」

「そうではない」

家臣たちは当惑した。いったい鷹山が何のために火をおこしているか分からなかったからである。すると、駕籠の中から声があった。鷹山は、こう言った。

「駕籠を止めてくれ、お前たちに話がある」

駕籠が止められると、鷹山は雪の道に降り立った。手には、灰皿と、その上に新しくおこった炭火を持っていた。怪訝《けげん》な顔をする家臣団に鷹山はこういうことを言った。

「ちょっと話があるので聞いてくれ」

そして、鷹山は、言葉を続けた。

「お前たちに話したいことは、実はこういうことだ。福島から米沢への国境を越えて、板谷宿で野宿し、さらにその宿場を発って沿道の光景を見ながら、私は正直に言って落胆した。絶望もした。それは、この国が何もかも死んでいたからだ。この灰と同じようにである。恐らくどんな種を植えても、この灰の国では何も育つまいという気がした。だから今、領内に残っている人間たちの表情に希望がないのだ。それを私はよみがえらせねばならぬ。しかし、そんなことは私には出来ない。私は、いい気になって今までお前たちに改革案を作らせたが、しかしそれを受け入れる国の方が死んでいた。これに気づかなかった。私は甘かった。そこで、深い絶望感に襲われ、灰をしばらく見つめていた。

やがて私は煙管を取ってその灰の中をかきまわしてみた。すると、小さな火の残りが見つかった。その火の残りを見つめているうちに、私は、これだ、と思った。これだというのは、この残った火が火種《ひだね》になるだろうと思ったからである。火種は新しい火をおこす。その新しい火はさらに新しい火をおこす。その繰り返しが、この国でも出来ないだろうか、そう思ったのだ。

そして、その火種は誰あろう、お前たちだと気がついたのだ。江戸の藩邸で色々なことを言われながらも、私の改革理念に共鳴し、協力して案を作り、江戸で実験をして悪いところを直し、良いところを残す、そういう辛い作業をやってくれた。そして今、その練り固まった改革案を持っていよいよ本国に乗り込もうとしている。そういうお前たちのことを思い浮かべた時、お前たちこそ、この火種ではないかと思ったのだ。お前たちは火種になる。そして、多くの新しい炭に火をつける。新しい炭というのは、藩士であり藩民のことである。中には濡れている炭もあろう、湿っている炭もあろう。火のつくのを待ちかねている炭もあろう。一様《いちよう》ではあるまい。ましてや、私の改革に反対する炭もたくさんあろう。そういう炭たちは、いくら火吹竹で吹いても、恐らく火はつくまい。しかし、その中には、きっと一つや二つ、火をつけてくれる炭があろう。私は今、それを信ずる以外にないのだ。

そのためには、まず、お前たちが火種になってくれ。そしてお前たちの胸に燃えているその火を、どうか心ある藩士の胸に移してほしい。城に着いてからそれぞれが持ち場に散って行くであろう。その持ち場持ち場で、待っている藩士たちの胸に火をつけてほしい。その火が、きっと改革の火を大きく燃え立たせるであろう。私はそう思って、今、駕籠の中で一所懸命この小さな火を大きな新しい炭に吹きつけていたのだ」

すべてではなかったが、家臣団の多くは感動した。たちまち声がおこった。

「分かりました。お屋形様、その火をいただかせて下さい」

「この火を？」

鷹山が聞き返すと、その家臣はこう言った。

「その火をお借りして、さらに大きな新しい炭に火を移します。それを私は、お屋形様が言う改革が達成される日まで、決して消しません。炭を消さないで、家に大切に保存致します。同時に、私の胸に燃えている火を、自分の持ち場に帰って仲間の胸に移します。その火が乏しくとも、数が少なくとも、万分の一なりともお屋形様のお考えをこの米沢で実現させましょう」

同じような声が、同時にあちこちでおこった。家臣団は、鷹山が持っていた炭火を受け取り、それを細かく割って、一人一人が新しい炭を用意し、火を移した。火種は一つの火種が十にも二十にも変わった。そしてそれぞれがまた新しい炭に移された。炭火は十倍にも二十倍にもなったのである。これが、雪の道に燃えた、新しい民富のための改革の火種であった。

誰よりも現場の人間に分かってもらいたい

米沢城に入城するには、関根の羽黒堂というところから城まで一里の道を、藩主は馬に乗ることになっていた。それを、上杉鷹山は、三里手前の大沢から馬に乗ると言い出した。家臣団は、またびっくりした。

「そんな例は今までございません」

鷹山はニッコリ笑った。

「例にないことをやるのが私の改革の初めではなかったのか。ここから馬に乗ろう」

寒風の吹き荒《すさ》ぶ街道である。三倍の道を鷹山は馬に乗って歩き始めた。そうした方が、沿道の領民た

ちに、

「これが新しい殿様だ」

ということをＰＲするのに都合がよかったからである。

しかも、従来の例によれば、大沢宿からの行列は、今まで着てきた旅の衣《ころも》を脱ぎ捨てて、美々しい絹の着物に着替え、華やかに城に入って行くのが常であった。しかし、鷹山はそうしなかった。江戸以来の雨露に汚れたままの旅装でそのまま入城して行った。その姿に、きらびやかな衣服に身を固め、裃姿で城門に待ち構えていた重臣をはじめ、米沢城の藩士たちはあきれた。

「これが上杉十五万石の殿様の行列なのだろうか。まるで乞食の群れだ」

と心の中で嘲ったし、怒りもした。上杉家が伝統的に守り抜いてきたしきたりをいとも軽々と破ってしまったこの少年新藩主に、藩士たちは言いようのない憤懣を覚えたのであった。鷹山はそれを意に介さなかった。平然として馬を進めて行った。彼自身も乞食のような姿だったし、そしてそれに従う数十人の家臣もまったくの浮浪者同様であった。

入城するとすぐに、上杉鷹山は全藩士に登城を命じた。しかも、

「その中には足軽も入れよ」

と命じた。重臣たちは驚いた。

「城の大広間に足軽を入れた例などございません。いかに新しいお屋形様のご方針とはいえ、あまりにもそれは行き過ぎです」

と反対した。しかし鷹山は、

「先例に背くことが私の改革の第一歩であるということはすでにお前たちもよく知っているはずだ。改革を進めるのは、実に現場の人間たちである。その現場の人間たちに改革の趣旨や目的を説明しないで、何で改革を進めることが出来よう。今回の改革も、足軽たちが主力になって進めるものである。そういう層に、キチンとした説明をしておきたい。どうか私のわがままを許してほしい。足軽たちも呼んでほしい」

と言って譲らなかった。

城の大広間に家臣団を集めた鷹山は、語った。

「先に千坂を通じて私は自分の考えを文章にし、それを届けてあるので、みんなも聞いてくれたと思う。今日はもう少し詳しく私から藩の実情と、その藩を立て直すために私が何をしたいかを話したい。私は、率直に藩の実態を話すつもりだ。いささかも隠すことはしない。そして、私のしたいことを話す。どうか、よく聞いてもらいたい」

足軽まで呼べと言ったので、広間はもちろん、廊下や、さらに庭に近いところまで、藩士たちがあふれていた。前代未聞の大集合であった。しかし、鷹山が見渡したところ、藩士たちの中には、ひたむきに鷹山の言葉を聞こうとするもの、あるいは初めから反対の色を露骨に示しているもの、あるいはシラケて何を言ってやがるんだという表情を見せながらそっぽを向いたり、鼻毛を抜いたりしているもの、マチマチであった。

鷹山は心の中で、

（これは、容易なことではないな）

と感じたが、ひるまなかった。鷹山は、自分のやらなければならないことを信じていた。だから、これが改革の成否を左右する大事な第一歩だという考えを持っていた。鷹山は、語った。

その日の鷹山の話は、整理すれば次のようになるだろう。

一　藩の実態を白書として話した。

二　藩政改革の目的を民富に置くと定め、その目的を達成するために、藩政改革をおこなうのだと話した。決して、藩主や藩士や、つまり藩庁が富むための藩政改革ではないと明言した。

三　しかし、その目標を達成するための、藩主としての自己に限界があることを率直に語った。限界とは、

(1)自分は大藩の生まれではなく、九州の小藩の生まれであること。

(2)若年であること。

(3)経験が非常に不足していること。

(4)米沢藩を継いだものの、米沢本国には初めて入って来て、米沢の実態を全然知らないこと。

(5)今日、広間に集まってもらった藩士たちとは初対面であり、江戸藩邸で一緒に暮らした者のほかは、ほとんど誰をも知らないこと。
(6)同時に、藩士の方も自分をまったく知らないこと。

四　したがって、やりたいことだけを示しながら、それをやり抜けるだけの実力を藩主として持っていないこと。

〔だから、今、この広間でみんなに頼むことは、指示・命令ではなく、協力の要請である。私は、みんなを統制・統御する力は持っていない。目標に対して私の力はあまりにも小さ過ぎる。限界がある。したがって、藩士のみんなは大き過ぎる目標に比べて小さ過ぎる私の実態をよく見つめ、その目標と私の力との間に空《あ》いた隙間を、みんなの協力によって埋めてほしい〕

五　そのために、鷹山自身も自己開発して小さな自分を少しでも大きくするように日々努め、みんなの能力に追いつくように努めると誓ったこと。および一日も早く藩の実態を知り、みんなの気持を知るようにすると誓ったこと。そのために、次のように話した。

(1)今後の改革に必要な情報は、すべて包み隠さずに、藩士全員に告げる。つまり、藩政に必要な情報を、藩の上層部だけが独占するのではなく、末端のヒラ藩士まで行き届くようにする。これは約束する。
(2)各持ち場持ち場では、その持ち場における討論を活発にしてもらいたい。身分の上下に拘らず、思うように意見を言い合えるような職場づくりに勤《いそ》しんでもらいたい。また、そこで働く人びとも身分や年功や、経歴や、年齢などを気にすることなく、これが領民のためになると思うことは、遠慮なく言ってもらいたい。そして、そこで合意されたいい意見は、組織を通じて、必ず私の手許まで上がってくるようにしてもらいたい。
(3)私の考えや、重役たちが相談して決めたことは、必ず末端のヒラ藩士まで行き届くように努める。つまり、みんなの考えが私のところまで届くための回路と、私や重役たちの考えがみんなのところに届く回路とを、一本化する。その回路は、太く短くする。

つまり、現代の経営方法に即していえば、鷹山は、

○実態の報告
○方針の明示
○自己の限界明示
○協力要請（統御でなく参加を求める）

そのために、

☆情報の共有（トップへの偏重を避ける）
☆討論のすすめ
☆コミュニケーション回路を太く短く設定する
☆トップダウンとボトムアップを滑らかにする

などであったといえるだろう。

謙信の霊に誓う

鷹山は、こうして全藩士に改革への協力を求めると同時に、かれ自身もひそかに誓いを立てた。

誓いを立てた、というのは、藩政改革責任者としての自分の心構えを、上杉家の祖先の前にはっきり披露したことである。

上杉家を相続した時に、鷹山は次のような和歌を詠んだ。

受け継ぎて国の司《つかさ》の身となれば
忘るまじきは民の父母《ちちはは》

鷹山は十三、四歳の時代に、彼の師であった細井平洲から論語の講義をきき、その中で

「民を見ること傷のごとし」

の一行を解釈してもらって、涙を流したというエピソードがある。したがって、この和歌は、論語のこの一行に端を発するものだが、それ以上に、上杉鷹山は生まれながらに優しい人間であったということが言えるだろう。

彼の政治の根本は常に人間への優しさであった。

入国すると、かれはこの和歌に詠んだ心構えを、そのまま誓いの言葉とし、誰にも言わずに、そっと藩祖謙信を祭る春日神社（上杉神社）に、つぎのよ

うな誓詞として入れた。

誓　詞

一　文学壁書の通り怠慢なく相努め申すべく候

一　武術右同段

一　民の父母の語。家督のみぎり。歌にも詠み候えばこのこと第一に思惟仕《つか》まつるべきこと

……以下略

右、以来固く相守り申すべく候。もし怠慢仕まつるにおいては、忽ち神罰を被り家運長く尽くるべきものなり。依ってくだんの如し

ちなみにこの誓詞は長い間発見されなかった。上杉鷹山がこの誓詞を書いたのは彼が家督を相続した明和四年（一七六七）のことであったが、この誓詞の発見は慶応元年（一八六五）のことであるそうだ。春日神社が火災に遭って、時の住職が社内の宝物を持ち出す時に、たまたま一個の箱があって、箱の中にこの上杉弾正大弼藤原治憲敬書という表書のある誓詞が発見されたということである。

鷹山は、このほかにも米沢の白子神社にも次のような誓詞を奉納している。

誓　詞

国家衰微仕まつり、国民相衰え申し候。依って今般大節倹用《もち》い申し候。この段色部典膳同意仕まつり候。勿論これ以後政道国民相泥み候儀仕まつるまじく、このこともし相異仕まつるにおいては忽ち神罰を被るべきものなり。依ってくだんの如し。明和四年九月十三日

羽州置賜《おきたま》郡　米沢城主　上杉弾正大弼藤原

治憲敬書　　花押

今から見れば多少芝居がかってはいるが、彼自身は本当に真面目であった。自分が自分に誓ったことを実行しない時は、神罰を被ってもいささかも文句を言わない、という態度を持っていたのである。

やたらに誓うことは誓っても、それを破った時は、また何だかんだと適当な言い訳をして、醜く生き残ろうとするような現代の一部の政治家などとは大違いである。

第五章　断行

――飽くなき執念と信念が奇跡を生む

反対派の意地の悪い攻撃

　鷹山が改革の推進に核として登用したのは、竹俣当綱《まさつな》・莅戸《のぞき》善政・倉崎恭右衛門・志賀八右衛門・木村丈八・佐藤文四郎などだったが、その中心は竹俣であった。具体的には、竹俣が改革の全采配を揮うことになったのである。

　竹俣は、鷹山と同じように、

「改革は、それを進め、あるいはその対象となる藩士たちが、萎縮していては駄目だ。藩士たちが萎縮するのは、何よりも勤倹節約のみの強行である」

　と考えていた。そこで、ある日鷹山に進言し、

「長年の藩士たちからの知行借上をこの際、少し緩めてはいかがかと思いますが」

　と言った。鷹山は名案だと思った。そこで、

「苦しい財政であろうけれども、お前の言い分はもっともである。まず、藩士から借りている給与の一部を返そう」

　と指示した。竹俣がこの線に沿って、全藩士に知行借上分の一部を返還すると発表した。これは藩士たちにとって朗報であった。しかし、この程度で、鷹山の考える民富を目標にした藩政改革が滑らかに推進するとは思えなかった。

　それは、やはり改革の推進者が、竹俣一派であるために、

「何のことはない、結局は改革を進めるのは竹俣などの、死んだ藁科松伯の門人群であって、江戸へ左遷された彼らが復権のために改革を利用しているのだ」

　という噂がしきりに流れ、その噂は真実としてほとんどの藩士たちの胸の中に蟠《わだかま》っていた。

　鷹山の改革に対して、反対派は、露骨にサボタージュの方法で対する者もいたが、もっと悪辣なのもいた。こういう連中は、

「改革の御趣旨は良く分かりました。しかし、あなたのおっしゃるようにすれば、いままで以上にお金がかかります。そのお金をどこから捻出するおつもりですか」

　という意地の悪い問い方をして、鷹山を窮地に追い込んだ。

鷹山は、改革の目的に、藩内の身体障害者に対する虐待禁止を入れたが、それだけではなかった。ほかにもまだあった。

たとえば、〝間引き〟の禁止と、保育手当の支給である。間引きというのは、子を生んだばかりの母親がすぐ脇に寝ているというのに、産婆が、

「産湯《うぶゆ》を使わせてやるね」

と言いながら、生まれたばかりの赤ん坊の足を持って逆《さか》さにつるし、水を張ったタライにつけてしまうことである。赤ん坊は窒息死する。これが江戸時代、貧しい家でおこなわれた〝間引き〟である。

この間引きの風習が米沢藩にもあった。あったどころではなく、非常におびただしくおこなわれていた。

そのために、ふつうなら十五万人いるはずの米沢の人口が、九万人を割るほどに減っていた。自然減ではなく、人工減によって、人口がこれほど激減していたのである。

鷹山は、この間引きも禁止した。

「生命というものは、たとえ貧しい家に生まれ、あるいは、身体の一部を損《そこ》なってこの世に出て来ようとも、ひとしなみに尊いものである。人の命を粗略に扱ってはならない。ましてや、貧しい家に生まれたからといって、生まれたばかりの赤ん坊を殺すとは何ごとであるか。天の道に背くものである。今後こういう行為をおこなったものは、厳罰に処する。また、それは、個人の責任だけではなく、五人組、十人組の責任である。村の責任である。藩の責任である」

すなわち、貧しい家に生まれた生命がその場で断たれることは、その生命を生んだ家だけの責任ではなく、コミュニティ（近隣社会）の責任であり、藩政府そのものの責任であるということを表明したのだ。

このほかにも鷹山は、老人、病人、子供、妊婦、及びこれに準ずるような弱い人たちの福祉を重視した。しかし、その福祉も、いきなりそのすべてを藩財政で負担することはできなかった。そこで鷹山はこれらのことを

一　自ら助ける。すなわち自助

二　互いに近隣社会が助け合う。互助
三　藩政府が手を伸ばす。扶助
の三位一体でおこなうことにした。

しかし、いずれにしてもこれらのことを実行するのには多額の金がかかる。目的がいかに美しくても、それを担保する財政の裏づけがなければ、そんなものは絵に描いたモチだ。反対派の追及はそこを突いていた。

そして、金の調達力のほかに、鷹山にはもうひとつ大きな弱みがあった。それは、鷹山自身が持っているハンディキャップである。

鷹山自身は決して全藩士に拍手で迎えられた藩主ではなかった。むしろ、冷たい目で迎えられた。
一　彼が秋月家という九州の小大名の生まれであったこと。
一　これが、大藩意識の強い上杉家の藩士たちにとって軽侮の対象であったこと。
一　そしてそれに応える鷹山自身が非常に若かったこと。
一　若いだけではなく、米沢本国の実態を全く知らなかったこと。これは見たこともない国なので、地理的条件や、あるいは人心の状況などをほとんど把握していなかったこと。
一　また米沢城に勤務する藩士たちの誰一人として知らなかったこと。藩士たちもまた上杉鷹山などという若者を全く知らなかったこと。
こういうように、鷹山自身が大きなハンディキャップを、いくつも抱えていた。反対派はそこも突いた。金と能力の両面から攻撃してきた。

すべての生産物に付加価値を与えよ

これに対して鷹山には用意があった。用意があったというのは、江戸藩邸にいた時や、あるいは米沢本国に入ってから、現場の事情に詳しい者たちから、現場の事情をこと細かに聞いて鷹山なりに一つの考え方を持っていたからである。鷹山は反対派に対してこう言った。

「私の案を話す。しかし、何分にも現場に疎《うと》い私のことだから、あるいはお前たちの目から見れば到底実行出来ないことであり、あるいは笑いごとかも知

れない。しかし一応は聞いてほしい。私はこう考えている。それは、

〝日本の税の体系は全て米で組まれている。しかし、東北の地はもともと米作には適さなかった。だから縄文の文化が発達した。しかし、そうばかり言ってはおられず、やはりこの米沢の地でも米作が強いられている。農民たちは苦労をして、本来は育たなかった土地に米が作れるようにした。

しかし、自然の条件は、限界があって、無制限に人間の考えによって変えるわけにはいかない。米作は、一部でおこなわれても、それが東北全体の大きな農作物になるのは無理である。したがって、東北の地には東北の地に合ったような植物を植えるべきである。私がみたところ、この米沢では、漆《うるし》や楮《こうぞ》や桑、あるいは藍、あるいは紅花などが非常に適しているように思われる。中でも漆は、実から塗料や蠟が得られて、非常に利益を生む。

そこでどうだろう、米沢ではこれから、米作の他に漆・楮・桑などを植えて、その原料から種々な品物を作ろうではないか。例えば漆からは塗料や蠟をとり、楮からは紙を漉き出し、桑からは生糸を織り出して、更に絹織物まで作りたいと考えている〟

つまり、いままで米作一辺倒であった農作物を多種化し、他植物を原料とする製品を作り出して、その補いに充てようというのだ。いや補いではなく、むしろこっちの方を主眼にしても良いかも知れない。その他自分の考えていることがいろいろあるので、どうかこれがもの笑いの種なのかどうか検討してほしい」

と言った。

鷹山の言うところは、自然条件に見合った植物を植え、それを原料にして製品を作り、収益の道を開くべきで、米作だけに依存をするのは間違いだということであった。それと同時に、米沢藩がそれまでやってきた原料輸出を止めて、原料に付加価値を加えて、製品化し、それによる収益を上げようということであった。

反対派たちは目を剝《む》いた。藩が先に立って、木を

植えたりものを作り出したりするという行為は、士農工商の農工商のやる仕事であって、士のやることではないと思っていたからである。だからこれには、藩士の大きな意識変革がいる。鷹山はそれを読んでいた。

「漆などの植樹を進めるのは、単なる殖産興業策ではない。むしろそのことを通じて、藩士の意識変革をし、正しい改革者に鍛えあげるためだ」

と思っていた。

竹俣当綱に相談すると、竹俣は手を打って賛同した。そして、

「妙策です。私は、憚りながら農政に詳しいので、お考えをどんどん実行するような案を立てましょう」

竹俣はすぐ実行に移した。彼の植樹案は次のようなものであった。

一　漆百万本
一　桑百万本
一　楮百万本

を目標にする。そしてたとえば、そのうちの漆の植立て計画は次の通りである。

一　六十四万本　郡中百姓持地一竈《かまど》へ三十本ずつ
一　二十六万五千本　郡中空地七百五十町歩の地所へ
一　七万五千本　家中諸地諸士一屋敷へ十五本ずつ
一　五千本　町々一屋敷へ五本ずつ
一　五千本　郡中諸寺院境内へ一寺十本ずつ
一　一万本　郡中神社仏閣一地へ二十本ずつ

というような割り当て計画であった。これを見ても分かるように、漆を植えるのは何も農地だけではない。また農民だけではない。空地の活用や、更に藩士たちの住居、それから町民の住居、さらに寺、社《やしろ》にまですべて割り当てている。こうして百万本を消化しようというのである。もちろん百万本というような規模壮大な計画が、早々に受け容れられるはずがない。当然反対の声もあがり、非難ごうごうの声があがった。

役人主義を排す

漆の苗を植えるといっても簡単なことではなかった。漆には男木と女木の区別があって、苗は女木の方からとる。根を掘って、そこからとるのだ。その作業が面倒なので、単にどこどこには何本植えよというような割り当てが済んだからといって、作業が滑らかにいくわけではなかった。

事実、竹俣当綱が、百万本植立て計画を立て、その実施を藩内にふれても、その二年後になっても、僅か二、三万本の植樹が完成したにすぎなかった。この不成績に当綱は怒って、担当の役人を呼んで叱りつけた。

「財政逼迫の折に、苗のための資金も十分与えたのに、なぜこんな程度なのか。こんな状況では百万本完成するのにはいったい何百年かかるか分からないぞ」

役人はこう答えた。

「苗木にはメスオスの別がございまして、これを判別するのには、その生長を待たなければなりません。したがって我々は故意にサボっているわけではありません」

「そんなことは言い訳だ。それを承知の上で、お前たちは百万本の植樹計画を了承したのであろう。なぜ初めからそういうことを言わないか。すぐにでも、メスの木を掘り返しその根から苗をとれ」

「今はちょうど実が生《な》り盛りの時期ですから、そんな作業はとても出来ません」

これを聞くと竹俣は、カッとした。

「よく分かった。もうお前たちには頼まない。自分でやるからいい」

そう言って竹俣当綱は、漆の林に出掛けて行った。そして、農民の意見を聞きながら、メスの木を探して、その根を掘った。そしてそこから三百七十余本の苗木をとった。その時の説明をしてくれた農民が、非常に漆の植樹に堪能なので、

「漆苗根ぶせ方頭取」

に命じた。つまり、農民を漆の苗を集める役人に命じたのだ。藩士の役人では役に立たないと判断したのだ。問題はあったが、とにかくこの農民の採用

で、漆苗の植樹はどんどん進むようになった。竹俣はまたこういう事もおこなった。それは、割り当て以上に苗を植えた者には、奨励金を出し、割り当て以下の者は罰したことである。罰したといっても、足りない分について一本いくらという風に罰金をとったのだ。そしてそれを多く植えた方に回すのだから、藩庁の腹は一切痛まなかった。

これはかつて豊臣秀吉が織田信長の下級部下であった頃、城で使う燃料費を倹約した時の事例に似ている。秀吉は若い頃信長に仕えていろいろなことをやったが、ある時、信長が、

「どうも城の燃料費が嵩《かさ》んで困る。おかしい。お前燃料奉行をやれ」

と秀吉に命じた。

これを受けた秀吉は、自分で薪を燃やして一日に城でいったいどの位の燃料が必要か調べ、一年分を計算した。そして、その燃料が入ってくる流通過程を調べた。何人もの仲買人が入っていた。ブローカーである。生産地から城へ入るまでに、そういうブローカーが何人も介在したので、儲けが追加されて、いつの間にか途方もない薪代になっていたのだ。しかも、商人の言うがままに城の人間が買うから、季節を問わず馬鹿馬鹿しく高い燃料を買い入れることもあったのである。

そこで秀吉はこれを改め、まず必要量だけを買うことにした。それによって経費は大きく節減された。しかし秀吉はそれでもやめなかった。彼は村々を回って、村々に、古い木が何本もあることを見てとった。そこで、村役人に、

「古い木を一村について一本ずつ供出してくれぬか」

と頼んだ。村々は古い木を切り倒して城に運び込んだ。これによって燃料費はただになった。が、秀吉は、そこでもやめなかった。こんどは木を提供してくれた村々に対して、新しい苗木を与えた。つまり死んだ古木を提供させて、新しい生命を持つ木を与えたのである。もちろん苗を買うための出費が必要だ。しかし秀吉はそういう出費は惜しまなかった。したがって薪の購入費をタダにして、植林のための補助金を支出するというようにしたのである。

竹俣当綱がこのことを知っていたかどうか分からない。しかし、竹俣は、奨励金と罰金を併用することによって、植樹をどんどん実現していったのである。

竹俣も、鷹山と同じように、人間というのは張りがなくては働かないし、生きてはいかない。ただ締めつけるだけでは到底改革の目的が達成されないことをよく知っていた。竹俣もまた苦労人であった。しかし、この苦労人であることが、後に竹俣を誤らせる。

あらゆる可能性に貪欲になれ

上杉鷹山が示した改革案の中で、

「原料に付加価値を加えて製品とする」

という方針には、問題が二つあった。一つは、技術指導と、もう一つは労働力の不足である。

技術指導者の不足というのは、米沢藩がそれまで諸植物をただ原料としてのみ他国へ輸出していたために、技術指導者が一人もいないことであった。鷹山は言った。

「例えば小千谷《おぢや》縮みというのがある。あれはもとは当米沢藩が産出する青苧《あおそ》を原料にして、特別な織り方を加えたものである。小千谷縮みが、他国においても高く売れていることはお前たちもよく知っているだろう。もったいないではないか。なぜ米沢で豊富な青苧を活用して、自ら縮みが出来ないのだろうか。そこで、私はこういう事を提案する。それは小千谷から小千谷縮みの織り手を招くことだ。それも一人招くのではなく家族ぐるみ、数家族招け。そして、高い報酬を払え。技術指導に高い報酬を払うのは先行投資だ。いかに財政逼迫下といえども活きた金の使い方である。いま使う経費が、将来どれだけの富をもたらすか分からない」

さらに、

「青苧は、奈良に行けば晒《さらし》になり、蚊帳になっている。これも高く売れているではないか。なぜ、他国で出来る技術が米沢で出来ないのか。出来ないなら出来ないで奈良から技術者を招け。小千谷縮みと同じだ。そういう技術者に高い報酬を払うのは決して無駄ではない」

とも言った。また、

「紅花は、大きな都市に行けば、女の人たちの高価な口紅になっている。また京阪に行けば友禅染めの高い染料になっている。これももったいないではないか。なぜ米沢がすぐ口紅を作ったり染料に出来ないのだろうか。これもやってみる価値がある」

さらに、

「楮《こうぞ》も同じである。紙の作り方は長州藩その他が優れていると聞くが、当藩でもやれないことはなかろう。紙を漉く技術者をどこからか招こう」

こんなことも言った。

「この国には沼や池が多い。また水田もある。水田には真鯉を入れよ。鯉の出すフンは稲のために良い肥料になる。また池や沼には錦鯉を飼え。錦鯉は、今の老中筆頭である田沼意次様のお好みになるものだ。争って各大名や商人が田沼様への贈り物にしている。賄賂に使う鯉を育てるのは些《いささ》か気が咎めるが、しかしそれも一興であろう。池や沼には錦鯉を入れて飼え」

また、

「この間、笹野観音の前を通りかかったら、門前で、一人の老人がこしあぶらの木を短刀でスパスパと削っておったぞ。そして見事な彫り物を作っていた。あれを、笹野の一刀彫というような言い方をして、旅人やその他の者に売ったらどうか。あるいは米沢の名産品になるぞ」

また、

「小野小町が発見したという小野川温泉の湯は、塩分が多いそうだな。あの湯を干して塩をとったらどうだ。この国は山国であって海から遠い。塩を他国から入れるにも非常に高い。だから自ら塩をつくろうではないか」

とも言った。とにかく鷹山は、米沢の風土に適したものは最大限に活用し、また不足するものも自給自足の方針を立てていったのである。もちろんそれは、塩にしても、大量の生産は不可能であったが、彼はとにかく実験をした。そして少量ではあったが、現実に塩が産出されたことはよく知られている。

また米沢織にしても、元は越後の縮み布を真似して作った麻織物であったが、やがて独創性を出し始めた。縦糸を絹にし、横糸を麻にしたり、あるいは絹の竜紋や唐糸織やあるいは絹縮みを工夫して、多様多彩な米沢織を産出することになったのである。これは今日でも有名である。

鷹山の人間管理の原則は、

「してみせて、言って聞かせて、させてみる」

というものであった。何につけても理屈だけではない、よくその趣旨を説明し、趣旨を分かってもらったところで、今度は自分が実行してやってみせる、手本を見せてそれに従わせるというのが鷹山の方針であった。

そして、自分に出来ないことは、正直に自分の限界を示し、出来る者に協力してほしいと頼むのである。植樹や農事の指導は、竹俣当綱が自ら農事に明るいと公言する通り、彼はかなりのことを成し遂げた。彼が書いた農政指導書は、今でも農民たちのテキストとして、あるいは米沢藩の藩政改革の記録として残っている。

ホワイトカラーに意識変革を起こせ

技術指導は他国の技術指導者を招聘《しょうへい》することによって解決した。しかしもう一つの問題はなかなか解決するのが難しかった。前に書いた労働力の不足である。

鷹山が進めようとした地場産業の振興策は、いわば土に基を置いている。したがってこれらの作業は農事と考えられて、農民が主体と考えられがちであった。そこで、家臣たちは、

「農民は米作で手一杯です。この上、漆を植えたり、植えた漆から塗料や蠟《ろう》をとったり、あるいは楮から紙を漉いたり、繭から絹糸を紡ぎだしたりすることは到底不可能です」

と言った。これは当然であった。鷹山もまた、

「その通りである。地場産業の振興は、農民が、片手間にやれる仕事ではない」

「それがお分かりならば、なぜこういうような地場産業の振興策をつぎつぎとお命じになるのですか」

鷹山はこう答えた。

「労働力はある」

「どこにございますか」

「この城内にある」

「この城内に？」

家臣団はいよいよ不審な表情をした。鷹山は答えた。

「まず、お前たちの家族である」

「家族？」

「そうだ。家族の中でも老人と子供など、たとえば鯉に餌をやったり、鯉を育てたりすることには興味を示すであろう。ただ餌をやらせるだけでなく、鯉を売って得た利益の中から、何がしかの配分をすれば、老人子供も小遣いを得て喜ぶであろう。恐らく年寄は、この貧しい米沢の国では、肩身を狭くして日々を送っているであろうから、何がしかの収入を自己の労働によって得れば、それによって精神的負担も少しは軽くなるであろう。あるいは孫に小遣いを与え得て、家の中における地位も復権するであろう。私が言うのは、そういうことだ。

また、織物を織ったり、蚕から糸を紡ぎ出すのには、藩士たちの妻やその母がいるではないか。こういう手仕事は女性でなければなかなかうまくいかない。武士の妻だからといって、夫が城へ出仕した後、何事もなく家事に縛りつけておくというのは、決して得策ではない。老人子供と同じように、女たちにも仕事を受け持ってもらって、またそこで得た収益の何がしかを配分すれば、家計も潤うであろう。私が労働力が城の中にあると言うのは、そういう意味である」

藩士たちは目を剝《む》いた。いやしくも武士の妻が、糸を紡いだり、木を植えたり、あるいは家族が鯉に餌をやったりすることなど、いままでのしきたりから言えば思いもよらなかった。たちまち非難ごうごうの声が沸いた。しかし鷹山は静かに微笑んでいた。数日経つと、それが少しずつ実現され出したことを、竹俣が報告した。鷹山は、

「そうか」

とうなずくだけで自慢もしなかった。逆に竹俣たちに、

「武士でありながら、その妻や家族をそういう仕事

に振り向けるには、大きな勇気がいったに違いない。また決断もいったであろう。そういう形で協力してくれる家臣たちに、私は心から感謝をする」

と言った。

＊　＊

ある時、鷹山はこういうことを言った。

「城内の藩士たちの勤務ぶりを見ていると、必ずしもすべてが仕事があって城に来ているのではないように思える。特に文書を扱う部署では、一日中、てにをはの使い方を論議していて、終日暮らしてしまうような者もいる。これはお互いに無駄ではないか。大体そういう仕事は廃止すべきだし、そういう職場もいらない。文章などというものは、修飾語に労を費やすのではなくて、いつ、どこで、誰が、何のために、何をしたという五つの要点が備わっていればそれでよい。美しく飾る必要はないのだ。意味が分かればそれでよい。それを単なる形容詞や副詞の使い方の論議で時間を費やすのは大いに無駄である。

そこで、こういう提案をしたい。不要の組織は廃止せよ。また仕事のない藩士は、強いて朝決められた時間から夕方決められた時間まで、城に勤務する必要はない。好きな時に来て好きな時に帰れ。そして自分の割り当てが済んだら、桑を植えるとか楮を植えるとか漆を植えるとかしてほしい。その方がはるかに生産的である」

と言った。竹俣は鷹山の気持をよく知っているから、すぐ頷《うなず》いて、そういたしましょうと応じた。これは現代で言えば、勤務時間をソフトなフレキシブルなシステムにするということである。ソフトにするだけでなくて、タイムレコーダーだとか出勤簿だとかを一切廃止してしまい、二十四時間制にして、好きな時に藩士が勤務すればよいということになる。フレックスタイムだ。その方が能率的だと鷹山は考えたのだ。ナウい。

その代わり家にいる時には、植物を植えるとか、鯉に餌をやるとか、そういう生産的な仕事に従事してほしいということであった。

しかし、これにもごうごうたる非難が起こった。

「お屋形は、いったい我々を何だと思っているのか。われわれは人足でもなければ農夫でもないぞ！」

と怒る藩士が多かった。

が、そのうちに、次第に、城の中がまばらになり、藩士の勤務が乱れてきた。乱れてきたというのは、決まった時間に勢揃いして、決まった時間にそっくり帰ってしまうということがなくなったのだ。城に来ていない時には、藩士たちは自発的に自分の家の庭に楮や漆や桑の木を植えたり、あるいは飼っている鯉に餌をやるようになった。生活のありようが次第に変わってきたのである。

つまり、城に行っても、仕事らしい仕事をしていなければ、仕事らしい仕事をしている部署に対して面目が立たず、何となく尻がこそっぱゆくて、いづらくなってきたのである。仕事がないにも拘らず、文書をひねくり回して、ああだこうだと言うような藩士は一人もいなくなった。そんなごまかしが通らなくなってきた。竹俣は、

「お屋形様もなかなか人が悪うございますな」

と言って笑った。鷹山は、

「何を言うか。私は人間をあるべき所に納めて、無駄を省いただけだ」

と微笑み返した。そして、

「形式や外見に拘泥《こだ》わって、用が無い時もあるように取り繕って、同役が顔を揃えておりますというようなことばかりが、従来この城でおこなわれてきた。これは人間の無駄であって、時間の無駄でもある。そして、使えば使える労力を、全く鈍《にぶ》らせている。人間は働かなくては生き甲斐を失う。私はただその生き甲斐を一人一人が自分なりに発見してほしいという道筋をつけただけだ。水到って渠《きょ》成るという言葉があるが、私は渠にすぎない。藩士は水である。水が到らなければ渠はならないのだ」

とつけ加えた。

鷹山は、こういうように不要の組織を廃止し、冗員を生産面に振り向けることに努力したが、実際に彼が廃止した仕事は、例えば、

一　佳日、祝日等の行事
一　役人間の形式的な挨拶や行事
一　形式的な登城や、時間潰しの登城

などで、廃止された事項は四十六項目に及んだという。もちろん、これらの仕事をしていた藩士たちは、生産労働に回されるか、自発的に新田開発に進んでいった。

現場に入りだすホワイトカラーたち

藩士の勤務については、鷹山は、竹俣当綱の指導によって、

「藩士による新田開発」

を奨励した。藩士が、荒地を開墾して、新しい田を拓《ひら》き、あるいは畑を拓いて農作物を植えた時は、しばらくは、その田あるいは畑からは税をとらないことにした。

つまり拓いた田畑からの収穫物は、まるまる拓いた者の収入にしてよいと言ったのである。これは農民にも適用された。そこで農民は争って新田を開発し、次第に労働に生き甲斐を感ずるようになってきた。可処分所得が増えたからだ。

かつて板谷宿で、上杉鷹山が入国の日に感じた、あの山も河も土も死に、そして人が死んでいた光景は少しずつ改まってきた。藩内のあちこちで、鍬を振る姿が見られ、木を切り倒す姿が見られ、根を掘り起こす姿が見られ、あるいは耕した土に種を蒔く姿が見られるようになった。

この状況を見て、家臣の一部には、

「せっかく拓いた田からあるいは畑から上がる収穫物を、そっくり開拓者にやってしまうのは、藩庁にとって損ではありませんか」

と言う者も出た。しかし鷹山は、首を振って、

「私の改革は、飽くまでも民富にあると言ったはずだ。民を富ますのは、民が自ら拓いた田から得る収穫物を自分の物にするのでなければ富むことにはならない。せっかく田を拓いても、今までは、皆税として取り上げてしまうから農民が土を耕す意欲を失っていたのだ。嘘をついてはならぬ。当分新しく拓いた土地からの収穫物は、拓いた者に与えよう」

と応じた。

＊　＊

藩に五十騎組という武士集団があった。上級家臣団である。ある日この中から、

「当分お暇《いとま》を戴きたい」

と願い出た者がいた。北沢五郎兵衛という士である。応接に当った竹俣が、

「何のための暇乞いか」

と聞くと、北沢はこう答えた。

「小野川のほとりに荒地がございます。それを組下の者と一緒に開拓しとうございます。それで、しばらくお城への勤務がかないませぬ故、お暇を賜わりたいと願い出たのでございます」

竹俣はこのことを鷹山に報告した。鷹山はうれしそうに笑って、

「北沢をこれに呼べ」

と言った。北沢が来ると、鷹山は、

「上級職にも拘らず、このたびの願い出まことに有難く思う。よろしく頼む。ついては、お前たちが耕してくれる小野川の荒地で藉田の礼をおこないたい」

と言った。

藉田の礼というのは中国の古法であって、これから耕す地が実り豊かであるように、天と神に祈る儀式である。それを鷹山は自ら小野川の荒地でおこなうというのである。北沢たちは感動した。

用意が出来た荒地で、鷹山は自らこの藉田の礼をおこなった。中国古代の周の方式に倣って、当日鷹山が斎戒沐浴し、数人の供を連れて、まず、春日・白子の両神社に参拝した後、そこで拝受した神酒をもって、荒地に臨む。そこで、祭りの行事をおこなった後、鷹山が一番最初に立って鍬を持ち、土に打ち込んだ。次に執政（家老）の竹俣当綱が鍬をふるった。さらに奉行がふるい、代官がふるい、村役人までふるった。

行事が終ると、鷹山は、北沢に、何がしかの金を渡し、

「いくらもないがこれを開墾の資金にしてほしい」

と言った。さらに、開墾に携わる北沢の組下藩士全員に、酒を注いで回った。そして、

「これは私が注ぐのではない。天が注ぐ酒である。どうかよろしく頼む」

と言った。一人一人の藩士たちは、感動した。そして、

「この荒地から、必ず見事な農作物を得るように努力致します」

と誓った。鷹山は、

「どうか頼む」

ともう一度くり返して、にっこり微笑むのだった。

＊　＊

この話には後日談がある。この開墾地が成功して、農作物がとれるようになった時、開墾に携わった士の一人が、

「初なりの農作物を、どうにかしてお屋形様に届けたい」

と言い出した。この時、上杉鷹山は、参勤交代で江戸にいた。江戸まで小野川開墾地の作物を届けたいと言うのである。しかし、労働力は不足し、また第一江戸までの旅費がなかった。そうすると、これを伝え聞いたある足軽が、

「私が参りましょう」

と言って、その役を買って出た。

「足軽のお前がどうやって江戸に行くのだ」

と北沢は不審な顔をしたが、足軽はにっこり笑って、

「私にお任せ下さい」

と言って、本当に江戸に農作物を持って行った。その時その足軽は、家財道具一切を売り払って旅費を作ったのである。彼もまた、鷹山の方針と、上級武士でありながらその方針に従い荒地を開墾して、初の農作物を鷹山に捧げたいという開墾村の藩士たちの心意気に感動したのである。こういう風に、武士でありながら、荒地に鍬を打ち込んで、田を開き畑を開く層が増えていった。

上杉鷹山が入国の日に、板谷宿で言った、

「火種を移せ」

という願いが少しずつ実り始めたのだ。火種は、心ある藩士から藩士の胸に次々と移っていった。そして、まだ燃えない炭を持っていた藩士たちは、火を移されて、次第に自分の胸を燃やすようになっていた。それは生き甲斐の再発見であった。そして人のために尽くすということが、いかにその生き甲斐を強く成り立たせるかを、彼らは自ら鍬をふるうこ

とによって知ったのである。その事は同時に、農民がいままで苦労に苦労を重ねて納めてきた年貢が、いかに血と汗と脂の所産であるかを知らせた。藩士たちは、自分たちが鍬で土を耕すことによって、自分たちの生活の糧が、どのように辛い思いを経て作られるかを如実に知ったのであった。それは肌で知った学問であった。鷹山の言う生きた学問だった。

鷹山はまた、藩士や庶民の中で善行をした者を褒賞した。しかし与える褒美の品がなかった。そこで鷹山は、自分が着ていた襦袢を贈った。しかしその襦袢は木綿の粗末なもので、野に咲く茜《あかね》の草からとった染料で染めた真赤な襦袢であった。それも着古したものだ。それを鷹山はよく洗って清潔にしたものを贈った。何時《いつ》の間にかこの褒美が有名になり、

「お屋形様の茜襦袢」

と呼ばれて、これをもらうことが藩士や領民たちの誇りになった。先を争ってこの茜の古襦袢をもらおうと皆が良いことをするようになった。

現場の心を収攬した鷹山

鷹山は、こうして、武士をどんどん農業に従事させたり、時には職人に等しいような作業をさせたり、あるいはさらに商人と間違うような行為までおこなわせた。これは、当時としてはかなり破格な考え方と行動であって、今で言えば近代精神の持ち主と言える。

しかし、鷹山はただ前へ前へと進む人物ではなかった。古いことの中にも、伝統的に歴史の重みを感じさせるような行事があれば、それを決して廃止はしなかった。

例えば、明和八年（一七七一）にひどい日照り続きがあった。この時、農民たちは、

「お寺で雨乞いをしてほしい」

と願い出た。藩の役人は、最近の鷹山のやり方を見ているから、雨乞いなどと願い出れば、一笑に付されると思って、これを退けた。

ところが、このことを伝え聞いた鷹山は、

「ちょっと待て」

「愛宕山雨乞いの時のご帰還」の図

と止めた。

「雨乞いをしようではないか」

と言い出した。びっくりする藩役人たちに、鷹山は、藩内の林泉寺、大善院、鳳台寺などに命じて雨乞いの祈りをさせた。また同時に、自身が徒歩で城の西にある愛宕山に登って、頂上で天に祈った。雨が降り始めた。それも大雨であった。祈り続ける鷹山はびしょ濡れになった。驚いた家臣たちが、傘をさしかけると、鷹山は首を振ってこう言った。

「雨を祈っているのに、雨が降ったからとて、傘をさしていたのでは雨乞いにも何もならない。これは私というよりも、米沢領民の願いが天に通じて降った雨である。それを傘で受けては申し訳が立たぬ」

と言って傘を退けた。そしてずぶ濡れのまま祈り続けた。帰路も依然として雨が降り続いていた。その中を、鷹山は相変わらず濡れたまま城に戻って行った。沿道の農民たちは感動し、雨の降る道端に膝をついて鷹山におじぎをした。鷹山は、

「よかったな、よかったな」

と、その農民たちに言いながら帰って行った。こ

れは、鷹山が、農民たちの信仰を伴う行事まで近代精神によって廃止することは、逆に農民たちを困惑させるという判断をしたからである。生活に深く密着した行事は、そのまま維持していく方が、かえって農民生活には安定を与えるということを鷹山は知っていた。

＊　＊

植物を植えることや鯉に餌をやることなどに端を発して、城に勤める藩士たちやその家族の生活はどんどん変わっていった。それは労働に対する観念が次々と変わっていったということでもあった。

例えば、米沢藩内の諸施設が壊れた時に、その修理は、専門の職人にやらせるのが常であった。しかし、それにには往々にして多額の出費を伴った。そこで、藩士たちは相談をして、

「城内の建物や、あるいは川にかかった橋や、あるいは馬小屋などの破損は、我々の手でも直せるのではないか」

と言い出した。実際にそれをおこなった。

例えば、安永二年（一七七三）に、雪解けの水が城下を流れる松川に氾濫し、かかっていた橋を何本も流したことがあった。特に福田橋は、藩主の江戸への往復などにも使われていた城への出入りの重要な橋であった。その福田橋が流された。そこで、藩士たちの中から有志がとび出て来て、懸命にこの橋を修理した。そこへ江戸から帰って来た上杉鷹山の行列が通りかかった。鷹山は江戸から参勤交代の帰国の途中であった。しかし、雪解けの水が流した福田橋を見て一驚し、さらに、修理をしているのが藩士たちなのにもっとびっくりした。鷹山はいきなり馬からとび下りた。そして家臣団に、

「御苦労である。怪我をしないように気をつけよ」

と言いながら、一人一人の労をねぎらった。ついていたのは須田満主という江戸家老だ。彼は、鷹山が馬から下りる時に、とめた。

「城門近くで藩主が馬から下りるなどもっての外であります。先例にお従い下さい」

と言って恐い顔をした。しかし鷹山は、きかなかった。

「藩士が手ずから修理している橋を、どうして馬で

渡ることが出来ようか」

と言って、強引に馬から下りた。そして藩士たちを、一人一人ねぎらったのである。この間須田は渋面をつくって鷹山を睨んでいた。そして自分は馬を下りることなく、馬上のまま橋を渡ってしまった。須田は、古い形式主義者であって、鷹山の改革に協力しない急先鋒だった。鷹山の、例の志記が千坂を通じてもたらされた時も、

「こんなことは問題にならない。新藩主は小藩の生まれであって、大家の格式を全く知らない。こういうことを実行すれば、上杉家の名が廃《すた》る」

と言って、初めから鷹山の計画に協力しない人物だ。

だから藩士が、次々と荒地の開墾に乗り出し、半農半士の生活に入っていく状況を見て、須田は、

「武士がああいうことをするのは、飯の椀にクソを盛るようなものだ」

と言って、苦い顔をしていた。

鷹山は、初入国した時に、藩士全員に強飯《こわめし》を配った。しかし、藩主の初入国は、鯛の焼物や、上等な酒をつけて重役だけに配るのが例であった。それを鷹山は、重役だけでなく足軽のような低身分の者にまで配った。そのためにその内容が強飯に変わった。須田はこれを非難した。非難しただけでなく、鷹山が配った強飯を受け取らなかった。拒否したのである。

「従来の例にないこんな強飯など到底受け取ることは出来ない」

と言って使いの者を追い返した。

軌道に乗る変革への団結

藩士の労力奉仕と言えば、こういうこともあった。安永元年（一七七二）に、江戸の目黒行人坂から出た火が江戸中を焼いた。そしてこの火で上杉家は、江戸に持っていた桜田及び麻布の両屋敷を全焼させてしまった。この時の江戸家老は須田満主で、かれは、何度も言うように、鷹山の改革に対する頑固な反対者であった。しかし、この火事の時は、彼は、率先、先頭に立って消火に努めた。しかし彼の努力も空しく風の勢いの方が強くて、上杉家は焼け

てしまった。

　この報を受けた米沢本国は憂鬱になった。屋敷は当然再建しなければならない。しかし金が無かった。それに、江戸では大工たちの賃金が上がり、また材木商人たちは木材不足につけ込んで、一気に材木の値を上げた。いつもの二倍にも三倍にも金がかかるのである。米沢藩の重職たちは、ひたいを集めてこの金の捻出に鳩首した。しかしどうすることも出来なかった。

「せめて、材木だけでも江戸に送ることが出来れば」

　と言い合った。

　この時、藩士の一団からこういう申し出があった。

「材木は、我々の手で切り出し、我々の手で最上川や越後に通ずる川に流して港から江戸に送りましょう」

　この報告を聞いて鷹山は喜んだ。

　そして、

「そこまで藩士たちが藩のことを考えてくれるのか。感謝に耐えない。どうか身体に気をつけて作業に当ってくれ」

　とこの願いに許可を与えた。

　藩士たちは、会津との国境にある塩地平の山に入って、材木伐採を始めた。竹俣当綱は率先、頭取をかって出た。当綱は蓑笠に身を固め、ぐんぐん人跡未踏の深山に入っていった。拠点とする小屋は、皆の手で建て、笹の葉で屋根を葺き、丸太を組み立てただけの粗末なものであった。同時に食事も貧しく、湯づけと水菜しかなかった。ろくな物も食わないで、重労働に従うのである。辛くないはずがない。しかし藩士たちはよく耐えた。

　一方、鷹山は、庄内藩と、会津藩に頼んで、最上川河口あるいは、会津領内にある津川へ材木を流して新潟港から船で江戸へ送りたいという申し入れをした。両藩とも快くこの要請を認めてくれた。

　しかし、藩士たちの努力によって切り出された材木が川を流れて河口に達し、港から船に乗って江戸へ向った時、船が、強風に遭って沈没しかけた。驚いた船頭が、

「材木を捨ててくれ。そうしないと船が沈む」

と叫んだ。船の宰領をしていたのは、木島神五右衛門という男だったが、これを聞いて怒った。

「この材木は、我がお屋形様の真心と、我々の忠誠によって伐り出されたものだ。我々の誠意を天が汲んでくれるならば、決して材木を積んだ船は沈みはしない。材木を捨てるならまず我々を捨てろ」

と言って頑張ったので、船頭も怯《ひる》んだ。やがて凪は止み、船は無事に江戸に着いた。

上杉の江戸藩邸は見事に再建された。その新築棟上げの時、鷹山は次のような諭告を出した。

一　藩邸は、貴客のもうけとはいえ、一年の旅宿にすぎない。もともと江戸は火事が多い所なので、この先もどうなるか分からない。しかも、このたびの工事費は、すべて窮民の膏血である。公例のよんどころない場合は格別だが、その他は大いに簡略にすべきだ。いわんや勝手向きは、必ず無用の飾りなどしてはならない。他のところで言っていることを気にすることはない。自分の定規《じょうぎ》で建築をすることが大切である。

二　国許からきた材木は、国中の忠誠心の篤い者共が自ら手を下して、切りとったものである。たとえそのうちの一片の木片といえども、決して疎《おろそ》かにしてはならない。

三　諸役人は、いよいよ互いに労わりあって、励んでほしい。また手伝いの町人たちに対しては、特に情をかけて、怠けないように励ましてほしい。

こうして、新田の開発に始まった藩士たちの労力奉仕は、橋の修復になり、材木の切り出しになり、それ以後、城内外の普請や、本丸、二の丸、三の丸の堀の新設や、あるいは水難よけの堤防造りや、あるいは道普請、あるいは飛脚、荷物運送にまで及んでいった。

もちろん、すべての藩士がそれに従ったわけではなく、中にはあくまでも反対し、あるいはシラケている連中もいたが、それにしても、鷹山の志を理解して、自ら刀を脇に置いて、鍬や鶴嘴《つるはし》をふるうような連中がどんどん増えていったのである。

ありのままの視察行

「書を捨てて町に出よ」

という寺山修司さんの有名な言葉がある。

机の前ばかりに座っていても世の中のことは何にも分からない、それよりも、たまには本を放り出して、町の中で生きている人々の姿を凝視してみろという意味であろう。デスクプランでは、本当の改革はおこなえないということにも通ずる。

上杉鷹山は、実学者の細井平洲に学んだだけあって、この説の信奉者であった。だから、改革を進める過程においても、決して自分の居間で机の前に座ったきり、ああしろこうしろというような指示の出し方はしなかった。よく町に出、そして村に出た。

しかし当時封建領主の廻村《かいそん》は、村や農民にとって有難いことではなかった。そのために準備をしたり、掃除をしたり、あるいは御馳走をしたりしなければならなかったからである。藩主が出てくる前に、先布令《さきぶれ》役人の指示をいちいち聞いて、こと細かい準備をすることは、農村にとっては、はなはだ迷惑であった。

上杉鷹山が、

「藩内の村を見たい」

と言った時、役人は渋った。村の迷惑を知っていたからである。竹俣当綱もそう思った。そこで、

「現在は改革途上にあります。村々は相応の努力をしております。もうしばらく経ってからおいでになった方がよいのではないでしょうか」

と婉曲《えんきょく》に止めた。

しかし、鷹山はきかなかった。実際に改革の進行状況をこの目で見、改革に携わっている人たちを励ましたいと言った。言い出したらきかない鷹山のことだから、竹俣もそのことを下僚に命じた。村々は大騒ぎになった。

それに、鷹山の改革方針に則って、竹俣当綱は執政として、各農村にいろいろな指示を下していた。それは農事に関して、種々細かい注意を与えたものであったが、その中に、

一　今後、農民の口を塞いではならない。何でもお上に申し上げさせよ。

鷹山、織物作業視察の図

一　廻村は、村々を巡見して、その村の迷惑になったり、民の害になっていることを除くためにおこなうものである。したがって廻村は賄賂や年貢をごまかす相談をするためのものではなくて、農民の暮らしが、更に改善されるような目的を持っているものである。

というような内容が含まれていたから、村役人にとっては、鷹山が出てきたら、百姓たちが殿様に何を言うか分からない、という危惧を持っていた。まだまだ改革は行き届かず、村方には多くの不正があったし、またその不正に対して不満を持っている農民もたくさんいた。それがばらされては困ると思ったのである。大騒ぎになった村は、掃除や諸施設の整備などに狂奔するだけでなく、不満のありそうな農民たちへの口封じが重要な仕事になった。余計なことを言うなという脅しや、煽《おだ》てや賺《すか》しが盛んにおこなわれた。

そういうところへ鷹山からの達しが来た。それは、

一　御道筋は一切掃除に及ばないこと。

一　御通行の村々では盛り砂無用のこと。
一　田畑の勤めに出ている者は、御通りだからといって蓑笠を脱いで、農事をやめる必要はないこと。
一　橋を新たにかけかえる必要はないこと、ただし、人馬が踏み抜かるようなところは修復しておいてほしいこと。しかし、その修復の方法が見苦しくても一向に差し支えないこと。
一　この廻村のために、村々から人夫は一人も徴発しないこと。しかし村においてどうしても必要な人夫には必ず賃金を与えること。そしてその賃金は藩庁に請求すること。
一　お泊りになるお宿や下宿は、食事は上下の別なく、一汁一菜にすること。しかも、旅籠《はたご》代を必ず請求すること。

これには、出す前に出す側の藩役人のほうが驚いた。さすがの竹俣当綱や莅戸善政も目をまるくして、

「これほどのことは、いままで例もございませんし、あまりと言えばあまりという気もいたしますが、もう少し何か注文をおつけになってもよいのではないでしょうか」

と半ば当惑して鷹山に言った。鷹山は、

「この通りにせよ、私の廻村が、忙しい農民たちの仕事を妨げてはならない。それに、私はありのままの農民と農村の姿を見たいのであって、取り繕った農民や農村の姿など一向に見たくない。本当の村の姿が見たいのだ」

と言った。竹俣たちはやむを得ずこの布令を出した。受け取った村は、仰天した。そして、首をひねった。結論はこうであった。

「これは我々を試すお布《ふ》れだ。この布れ通りにしたら、きっと藩役人がとび出てきてお前たちは、お屋形様をいったい何と心得るかと言って重いお咎めがあるに違いない」

そこで、布れを信じずに、再び掃除を始めたり諸施設を整備したりしようとした。しかし、これを知った竹俣が役人を派遣して、どんどん止めさせた。

「布れは真実である。もしも、この布れに背いてお前たちが見てくれのための掃除をしたり、施設を修

理したり、農民の口に箍《たが》をはめたりしたら、それこそ重いお咎めがあるぞ」

と言って、鷹山の廻村のための取り繕いを一切やめさせた。

この時、鷹山は、東置賜、西置賜、南置賜の三郡を廻った。廻村には一週間の日を使った。しかも、廻村したのは、主として開墾地であった。すなわち糠野村、州島村、八丁巻、中島、道心河原、西悪戸、小出村、宮原村、平山村、それに野川の堤防、さらに製蠟所、籾倉、青苧の倉などであった。最後に、山の杉林の植林光景も見た。また白鷹山にも登った。松川では、漁師たちの希望によって、鱒の漁を見た。しかしとれた鱒は、自分の口にせず、そのまま養父の旧藩主、重定の所に届けさせた。

この廻村の過程で、鷹山が何を見、何を悟ったか、その詳細は不明である。ただ、この廻村が終った後、どういうわけか鷹山は、藩士たちの手伝いを解放した。

「今後、藩士の諸作事への労力奉仕は必要ない」

という布令を出した。

上杉鷹山に詳しい研究者によれば、この時鷹山は、廻村と、さらに藩士たちの労力手伝いの二つを組み合わせて、鷹山の改革でもどうにもならない、

「身分の問題」

を感じとったと書いておられる。

それは、藩士が労力手伝いという形で農工商の生活に近づいていっても、農工商は所詮その作業をつけ焼刃として受け止め、本心から、武士たちの共同作業を歓迎してはいなかったということなのかもしれない。それは、両側に理由があるのであって、農工商側から言えば、自分たちの守備範囲を固持したかったであろうし、また武士たちにすれば、最後まで武士気質が抜けず、いわゆる武士道というものを捨て切れずに、本当の意味での農工商になりきれなかった、というようなことが作用していたのかもしれない。

いずれにしても、この時の上杉鷹山の廻村は、水戸黄門のような、領内漫遊というわけにはいかなかった。彼はより苦い思いを抱いて城に帰ったのである。その詳細は、あまり書き残されていない。

ただこんなことがあった。ある村を廻った時に、ある老婆から「きあぴたれ餅」というのを御馳走になった。きあぴたれというのは今も残る米沢の餅だが、餡《あん》に砂糖が入っていない。砂糖の代わりに塩が入っている。つまり塩辛い餡の入った餅である。これは、鷹山の創始と言われているが、ある村で知り合ったある老婆が鷹山にこのきあぴたれ餅を献じた。この後も老婆は、毎年のようにきあぴたれ餅を持って城へ鷹山を訪ねてきた。城門に立っている門番はびっくりして、老婆をとめたが、老婆は、

「わしはお屋形様とは知り合いじゃ。お屋形様はわしのこのきあぴたれ餅を楽しみにしていらっしゃる」

と言って譲らなかった。根負けした門番は上役に照会した。照会は鷹山の所まできた。鷹山はニッコリ笑って、

「その老婆はよく知っている。ここへ通せ」

と言った。庭先へ通った老婆からきあぴたれ餅をもらいながら、

「婆さん、相変わらず元気だな。来年も必ずきあぴたれ餅を持ってきてくれよ」

と老婆を励ますのが常であったという。老婆は、そのことを生き甲斐にして、また翌年も元気で生き抜いていった。

第六章

最後の反抗

――衆知を集めて悪弊を斬れ

アンチ鷹山派、団交に入る

　こうして、鷹山の改革は少しずつ進んでいった。米沢国内では、かなりの荒地が開墾され、水田でない所には、漆、楮《こうぞ》、桑の植樹がどんどんおこなわれ、季節がくればその緑の葉が太陽の光に輝いた。また水の中には鯉が泳ぎまわり、水田には真鯉が、そして沼や池にはカラフルな錦鯉が泳いだ。藩士たちの家々では、その妻たちが機《はた》織りに勤《いそ》しんだ。多くの織物が藩士たちの家から生まれていった。また町々でも、いろいろな新しい名産品を生むことが急がれた。

　そして、これらの製品を他国へ輸出するのに、鷹山は決して江戸・大阪などの大きな商人に期待しなかった。領内の良心的中小企業を活用したのである。つまり、藩政府は、殖産興業の指導と、その流通経路を確保し、収益を全体で分配するというような共同会社のような形をとった。そしてまた藩は同時に、地域における政府でもあった。

　が、順風満帆という風にはいかなかった。問題が起こった。問題というのは、積年の鷹山の改革指導に、ついに我慢のならなくなった保守層が反乱を起こしたことである。重役が七人も加わるという大規模な、かつ厄介な反乱であった。

　事が起こったのは、安永二年（一七七三）六月二十七日未明のことである。この日、米沢藩の重職である千坂高敦、色部照長、須田満主、長尾景明、清野祐秀、芋川延親、平林正在の七人は、早朝から登城して、鷹山に面会を求め、一冊の冊子を出した。

「この冊子をお読みの上、即刻御決断下さい。それまで、われわれはこの座から退きません」

　と言った。表情が堅く、露骨に敵意を示していた。鷹山の返答いかんによっては、何か考えがあるということが言外に含まれていた。鷹山は冊子を手にとった。七人の連署による冊子である。鷹山は頁を開いた。内容はすべて竹俣当綱と莅戸善政をはじめとする改革派の弾劾であり、またそういう層を登用している鷹山に対する弾劾書でもあった。藩主を批判するような文書を、連署で国老群がつきつけるとは、当時の社会状況では大変稀《まれ》なことであった。

七人が提出した冊子に書かれていたことは、次のような内容である。
○あなたは御家督以来今日までの御国政を、御自分では大変良いことだと思っていらっしゃいます。しかし事実はそれに反して、市民の人情はばらばらになってしまって、もってのほかのことでございます。あなたは、御自分のなさっていることに熱中されているから、そうはお考えにならないと思います。しかし実際には、われわれが気をつけて見ておりますと、第一にあなたは佞者に、はなはだしくお惑いなされて、正しい意見を言う者を、まるで不忠者を見るように思っていらっしゃいます。
そこで我々忠義の士としては、自分たちの正しい考えをあなたに告げても、あなたは恐らく不忠者のようにおぼし召されて、佞者にお漏らしなされて、彼らと共に嘲り笑うのが関の山と存じ、今日まで何も申し上げませんでした。しかし、ことここに至って、もう黙っていられませんので、今日はあえて申し上げます。
○申すまでもなく、当上杉家は年久しく御正系をもって相続されてまいり、国中の者も、譜代相伝の主君を迎えることと考えておりましたが、憚りながら、あなたは御正系ではなく、御他家より御家督なさった方であります。
したがって、上下の因《ちなみ》も薄いと申さねばなりません。そうであるならば、別《わ》けても御国政を大切におぼし召されて、市民が安堵するようになさらなくては、御先祖様はもちろん、国家に対しても大変に申し訳ないことだと存じます。
○そもそも手違いの始めは、竹俣当綱を登用したことにあります。竹俣は、幼年のころから邪智の人間で、仲間からはことごとく嫌われておりました。大殿様の時代に失策があって、きつく叱られたために、世間を気にし、邪智を慎んで、万事控え目になりましたが、再び重いお役につけられると、またまた世間を憚る気持を忘れ、もともと神を怖れる気持がないものですから、いよいよ性来に任せ、君上を押し込んで、自分の心に合うものばかりかれこれ採用するようになりました。

さらに、あなたの御気風をよく呑みこんで、物事は何でも遠回しに何となくあなたのお耳に入るように仕向け、同時に文学に長じているものですから、あなたが文学をお好みになるということを知って、その才能をフルに活用し、いよいよ取り入っております。特に莅戸、木村、倉崎、志賀などの一味を引き立て、これに反対する者を遠ざけておりますが、莅戸たちも竹俣同様皆奸佞《かんねい》の者であります。

当綱は、沙汰《さた》聞などというものを置いて、下情を知るのだと言っておりますが、それは結局は彼ら一味について、人々が何を言っているかを探るためのものであります。そして正しい意見が入っても、それは彼らの身を陥れるものと解釈して、すべて退けております。今の米沢藩は、藩士の知行を数十年借り上げ、しかも無料のお手伝いなどさせておりますのに、水難や火難が相次いで起こり、日本の中で米沢ほど衰えた藩はないと言われております。今は、城下町にまで狼がやってきて、のそのそと歩いております。町の人間は恐がって夜歩きも出来ません。それはこういう異変が起こるのも狼と同じような人間が政治を執っているからだ、と皆言っております。

いずれにしても、今の御政道はただ上べだけを飾り、美しい言葉をまきちらすだけで、いっこうに実の伴わない空しいものであります。

○莅戸善政もいったいに佞人であります。最初から竹俣に取り入って、その機嫌をとり、重用してもらっております。だいたい彼はしまりのない人柄でございます。

○細井平洲を国許へ招こうということも正しいことではありません。米沢藩の実態を何も知らない学者が、一年ばかり来て何か教えたところで、領民の風俗強化など出来るはずがありません。それなのに平洲に家を用意し、高い報酬を出すということは無益どころか、いろいろ金がかかる藩財政にとって、実に大害であります。竹俣もそうですが、だいたい文学者といわれる者は、佞者が多く、彼らは文学にことよせて、辻褄《つじつま》を合わせておりますが、逆に文学が藩士の風儀を乱すことは多大であります。これはすべてあなたが無用の文学をやっているところに責任があります。あなた自身、一汁一菜の食事で、木綿を着ていらっしゃることは結構なことでございますが、そんなことは細かいことにすぎません。そんなつまらないことをしたからといって、政治の流れが変わるわけではございません。

だいたいあなたは自分で開拓地に行って鍬をふるったり、雨乞いをしたり、また先日は藩士の手伝いで漸《よう》く修理の出来た福田橋を渡る時に、馬から下りて、手伝い過分に存ずる、と藩士の労を謝しておりましたが、あんなことはすべて子供騙《だま》しとも言うべきで、藩士は皆笑っております。こういうことは、いかにあなたの政治に対する考えが薄いかに原因があります。

○佐藤文四郎は、竹俣たちと違って、もともとは性格の良い素直な人物でございましたが、最近は佞人共の影響を受けて、性格も歪《ゆが》んでまいりました。お側近くお用いなさっているようでありますが、これからは、佐藤の言うことも、あまりお用いにならない方が良いと思います。

こういうふうに、竹俣当綱や細井平洲や、挙句の果ては佐藤文四郎まで攻撃した上、いよいよ上杉鷹山自体の政治について攻撃の矢を向けた。

社長・鷹山のやり方を批判

○御政治の本体は、本来賞罰の二つにあります。しかし、近年のお仕置（なさること）は、賞罰のすべてが筋違いでございます。

○憚りながら、今まであなたが良いと思ってなさったことは、全部悪いことでございます。また悪いこととしてお退けになったことはほとんど良いことでございます。

○御家督以来、すでに何年か経ちましたが、何一つとして良いことは出てこないで、年を追って悪いことばかり起こります。天候不順による凶作も恐らくそのせいでありましょう。神仏の咎めが下ったものだと思います。それは、そもそも最初から仰せ出された志記その他によるお考えが間違っているので、文章上は何となくもっとものように聞こえますが、すべて裏表が逆に出ております。
○たとえば、開墾地に行かれて藉田の礼などなされましたが、あんなことは、児戯に類することで、結局は旱魃、長雨、時候不順になって、五穀は実らず、ただアズキだけが僅かに出来た結果に終りました。
○一汁一菜の食事を続けられ、木綿などお召しになっていらっしゃいますが、肝腎の大事なことをないがしろにして、こんな小さなことばかりが国中にゆき渡るようでは、他国に対しても面目が立ちません。

こういうふうに、鷹山のすることなすことにいちいちイチャモンをつけた。そして、最後に、自分たちの要求として、次に掲げるようなことが書いてあった。

一　御生活を越後風になさっておとなしくなって下さい。
一　もの堅く厳正なる者をお用いになって下さい。
一　今なさっていることを一切中止して、誠実な藩政に戻して下さい。
一　口先ばかりの理屈をお捨てになって、重厚な政策をおとり下さい。
一　賞罰の誤っていることを、深く反省して下さい。
一　目下、米沢の国風は、しまりがなくて、いたずらにひそひそとしております。活気もなく、騒々しくて仕方がありません。人心も、向上心がなく、ふわふわした浮気が多くなっております。これらはすべて追従《ついしょう》に終っております。忠信がなくなってすべて追従《ついしょう》に終っております。これらはすべて竹俣はじめ佞奸人たちの余毒でございます。
一　竹俣、莅戸をはじめ佞奸の者をお退け下さい。われわれほど、国政に丹精して、国を中興出来る者はおりません。しかし、われわれは口べたで、文学も心得ないために、今退けられておりますけれども、現在藩政を取り仕切っているような佞奸の気持は全くございません。われわれをお用いになれば御政道も正しく立ち直ると思います。

こういう要求を掲げた後に、彼らは、最後にこういうことを書いていた。

「万一私たちの申し上げていることが、筋がないというふうにお思いになるならば、これはよんどころないことでございます。われわれは一人として今後お役を続けることが出来ませんのでどうかお暇を頂きたいと思います。われわれはそういう覚悟をしております。右二つのうち、どちらをお選びになるか、かれこれ佞奸の者に相談しないで頂きたい。この場で、あなた自身のお考えで決めて下さるようお願い致します」

要求の主旨はこの最後に尽きていた。つまり、竹俣、莅戸たちをとるか、あるいは自分たちをとるかどちらか一つの道を選べ、と言っているのである。

政策に対する非難はつけ足しであって、実は人事上の不満に終始していた。鷹山は民主的な人だから、こういう要望書を突き付けられれば、当然竹俣たちと相談すると見て、それを事前に封じたのである。

そして、この日、明け方から、ある部屋に鷹山を閉じ込めたまま、彼らは巧妙に出入り口に散っていって、いつの間にか鷹山を囲む態勢をとっていた。返事を聞くまでは、一歩たりともこの部屋から出さないという気構えを示していたのである。脅迫的な団交であった。座にいたのは僅かに佐藤文四郎一人だけであった。要望書を読み終った鷹山は、七人の顔を見て、

「書いてあることはよく分かった。相談をするなと言われても、これには重大なことがたくさん含まれている。私は竹俣たちと相談をしたい。また先代の御隠居様にも相談しなければならない。ひとまずこの書面をあずかって、また戻ってくる」

と言って立ち上がろうとした。しかし、七人は強《こわ》張《ば》った表情でこれを阻止した。中でも芋川は、つつと進み寄ると、鷹山の袴の裾をとって、動こうとし

なかった。これを見た佐藤文四郎は、いきなり芋川の腕を手刀で打った。

「佐藤、何をするか！」

芋川は怒ったが、佐藤は馬鹿力があるので思わず手を放した。その隙に佐藤は扉を開けて、

「お屋形様早く」

と言って廊下に鷹山を押し出した。そして扉の所に立ちはだかったまま、追おうとする七人を阻止した。鷹山は、廊下を伝わって、隠居した先代重定の所に行った。

重役たちの主張を全社員討議にかける

鷹山から、ことの次第を聞いた先代の重定は、激怒した。

「七人の重臣たちは言語道断である。即刻全員切腹させよ」

と言った。しかし鷹山は、

「いや、全員切腹は重きに過ぎます。彼らの言うことにも藩士の感情の一面を代表するものとして、一理はあります。私たちの改革があまりにも急速度で進みすぎているからでありましょう。しかし、このままには捨てておけません。今、こちらにお伺いいたしましたのは、これらの重臣群の意見に対して、ご隠居様が特別なお考えがあるかどうかをお伺いに参ったのでございます。しかし、今のお言葉で、よく分かりました」

と言った。

鷹山が重定に相談したのは、処理に困って相談したのではない。七人の要求書を読み進みながら、鷹山は鷹山なりにすでにある気持を固めていた。この意見書にどう対応するかはすでに決意していたのである。

しかし、それを先代の重定に黙って実行しては、やはり相すまぬという気持があった。なぜならば、重臣群は重定と深い関係があり、その重用を得てきているので、重定に黙って重臣群に対応しては、重定の面目を潰すと思ったのである。

もっとはっきり言えば、重臣群は、重定を背景にしている。重定の権威を背景にして、他家から来た若僧藩主よ、何をやるか、というような態度があり

ありと見えた。そのために、重定が、一体この七人に対して今もどういう感じを持っているか、それを確かめないでは、対応策をすぐ実行する訳にはいかなかった。

重定の、

「不届きである。全員切腹させよ」

という激怒は、鷹山を励ました。

この日、なぜか竹俣、莅戸、木村、志賀、倉崎、浅間などの側近群は登城していなかった。後で分かったことだが、七人がうそをついて、これらの側近群を、登城させなかったのである。団交は、はじめから計画したものであった。佐藤文四郎だけが側にいられたのは、七人が、まだ佐藤の人の好さを信じていて、彼らから見れば、まあいてもいなくてもいいような存在に見られていたためであった。が、その佐藤が、虚を衝いて、芋川の腕を打ち、鷹山を逃がしてしまった。これには七人が臍《ほぞ》を噛んだが、追いつかないことであった。

重定は、鷹山に、七人に対する怒りを示しただけではすまず、そのまま立ち上がって、七人がいる部屋に行った。そして、いきなり、

「この不届き者共、弱年の主君に対し、不法千万、即刻城から退出せよ」

と怒鳴りつけた。先代の藩主の言うことだから、さすがに七人は平伏した。げて、何か抗議しようとした。それをみると、重定はいよいよ怒りを表にあらわして、

「無礼である、早々に下がれ」

と、もう一度怒鳴りつけた。仕方なく、七人は退出して行った。

そして、この日以来、七人は城には来なくなった。つまり、政務を放り出したのである。重役陣の同盟罷業である。

このころ、城内で何が起こったかを知らされた竹俣たちは、驚いて城へとんで来た。そして、鷹山に、

「重臣群に騙《だま》されて、登城を控えておりましたが、その間に、お屋形様はひどい目にお遭いになったそうで、何とも申し訳ございません。それで七人はいかが致しましたか」

と聞いた。鷹山は、一応の話をした。怒った竹俣たちは、

「ご先代様のおっしゃる通り、七人に切腹を命ずるべきです」

と、いきりたった。鷹山は、まあ待てと止め、翌日、自分の使いを七人の所へやった。そして、懇々と、

「どうか城に出て仕事をしてくれるように」

と頼んだ。しかし、七人は、使いの者にせせら笑いをしただけで、一向に鷹山の言うことを聞き入れようとはしなかった。むしろ鷹山が使いをよこしたことで、

「ようやくあの若殿も、われわれの言うことが分かったらしいな。我々がいなくてはやはり困るのだ。そこで頼みの使いをよこしたのだ」

と思った。が、これは誤算であった。そうではなかった。鷹山はただ手続として、そういう手順を踏んだだけであった。鷹山の胸の中には、七人をどう処分するかはすでに決まっていた。しかし、いきなりそれをすることをしなかった。彼は民主的に、どこまでも根気強く手続を踏んでいった。

だから手続の第一弾として、まず、七人に登城の要請をしたのである。そしてそれが拒まれたので、次の第二の手を打った。翌々日、前藩主重定列席の上、竹俣たちを除いて、大目付、中の間年寄、使い番など藩政や藩士の監察の職にある者を全部招集した。そして、七人から出た冊子を示して、全員に回読させ、

「ここに書いてあることの中に、事実があるか、また、私のやっていることは間違っているのか。率直に言ってほしい」

と聞いた。冊子を読んだ大目付たちは、まっすぐ顔を上げて答えた。

「ここに書かれている御政道がよろしからず、人心が心服していないという事実は全くございません。竹俣様はじめ諸重職の奸佞なる事実も、私共は聞いておりません。もしそういうことがありますれば、当然私共監察の職にある者の耳に入っております。お屋形様からお尋ねを頂くまでもなく、そういうことがあればとっくに申し上げております。今までそ

ういうことを申し上げたことがないのは、そういう事実がないということでございます」

と答えた。鷹山は、

「そうか」

とうなずいた。

次に鷹山は、藩士の組頭たちを呼んで、再びこの冊子を見せ、大目付たちに聞いたことと同じことを尋ねた。しかし、彼らの答えも同じであった。

「御政道は正しいし、人心も服しております。どうか今のままご改革をお進め下さい」

鷹山は安心した。もちろん、大目付や組頭たちの言うことが、すべて額面通り受け取っていいものではなく、藩内にはまだまだ鷹山の改革に反対している者や、シラケている者がいることは事実であった。しかし、藩庁の責任者たちが、公然と、鷹山の政道は正しいし、人心も服していると言うことは、鷹山にとって、そのことの確認をとったのも同じである。大目付や組頭たちが、鷹山に対して、鷹山の改革を支持しますという協力を誓ったことでもあったわけである。


こういうように監察の職にある者や、実際に藩士群を指揮している指導者から率直な意見を聞いた後、鷹山は大広間に全藩士を集めた。総登城を命じたのである。藩士たちが総登城すると、城門を閉じた。広間の中央に坐った鷹山は、全藩士を見ながらこう言った。

「私は当家の家督を相続し、衰えたお家を再興するために、竹俣をはじめ諸士を登用して国政を委《ゆだ》ねた。お前たちから見て、これは正しかったのか、間違っていたのか、目下国家存亡の場合である。どうか身分の高下にこだわらず各々思うところをはっきり言ってもらいたい」

しかし、大広間は粛然としたまま、誰も答える者はいなかった。重い緊張感が漂っていたが、率先して口を切る者はいなかった。張りつめた藩士たちの気持が、そのまま大広間に漲《みなぎ》っていた。それは、今までのように反抗したり、シラケたりしている空気ではなかった。何かが爆発しそうな雰囲気があった。鷹山は再び言った。

「どうだ、誰か意見がないのか」

この時、大広間の隅から声があった。

「恐れながら申し上げます。他の方々の御心底はよく分かりませんが、どなたも御返答がないのに、身分の低い私が末席から真先に何かを申し上げるのは、大変さしでがましゅうございます。が、どうしても微賤の私にとりましては、申し上げなければならない思いが胸に溢れておりますので、申し上げます。

近年の御政治向き、いちいちごもっともしごくで、私にとりましては、誠に一点の非の打ちどころもございません。かつての私は、率直に申し上げて、お城に勤めに出るのが嫌でございました。毎日何をしていいか分からず、またしていることの意味がよく分からなかったからでございます。しかし、今は、城へ来るのが楽しみでございます。それは、お屋形様のご改革が、何のためのご改革かを、はっきり示してくれたからでございます。お屋形様は、私に、天の星をお示しになりました。私は、その星をめざして歩いております。どうか、いろいろおつらいことがおありのこととは思いますが、くじけずに、今のままの御政道を、お続け頂きたいと思います」

訥弁《とつべん》ながら切々たる言葉であった。その男は、自分の名を柏木伊賀と言った。柏木の発言が導火線になって、その後、どっと意見が出た。

「伊賀の意見の通りでございます。どうか、そのままご改革をお進め下さい。私共も、微力ながら、精一杯努力いたします」

というものが圧倒的だった。そして、それらの意見は、多く大広間の隅の方から起こった。つまり身分の低い層から起こってきたのである。それに引きずられて、真中あたりにいた中級藩士たちも、われもわれもと、

「重役たちのその意見は、間違っております。私たちは決して同意しておりません。どうか改革をお進め下さい」

と言った。前列の方にいる重臣群は、重苦しい表情をしていた。七人はもちろん来ていなかった。前の方にいる重臣たちは、今日まで、

「休まず・遅れず・仕事せず」

という態度で、いわば中立を守ってきた人々である。しかし、鷹山は隅の方の下級藩士の声と、それに触発されてあげた真中あたりの中級藩士の声に勢いを得ながら、じっとすぐ前にいる重臣群を見た。重臣群は、息苦しそうに顔を伏せた。

あまり諄《くど》く求めてもいけないと思ったのか、鷹山は、その日は、

「今日はこの程度にする。明日もう一度この会議を開く。そこで、今日言ったことが間違いであったと思う者はその旨を率直に話してほしい。過って改むるに憚ることなかれ、というのは、私の信条である」

最後の方は冗談めかして、鷹山は微笑んで言った。それで張りつめた大広間の空気が解《ほぐ》れた。

ついに衝撃的な人事異動を断行

翌日、鷹山は約束通りもう一度大会議を開いた。そして、

「昨日は、柏木伊賀の発言に端を発して、多くの者が伊賀の意見通りであるという答えがあった。私は非常に嬉しかった。しかし、一夜明けて、皆の意見はどうか、考えの変わった者は変わったことを、この場ではっきり言ってほしい。私は謙虚に聞く。そしてその意見が、昨日と全く正反対な、即ち私の改革には反対する、私に日向の高鍋に帰れ、という意見でもいい。私は、多くの者がそう思うのなら、潔くそれに従う」

と宣言した。しかし、昨日と違ってたちまち反応があった。昨日の前半のような重苦しい沈黙はなかった。異口同音に、いっせいに、

「昨日の意見に相違ございません。一夜明けても、決して考えは変わっておりません」

と言いたてた。鷹山は前面を見た。前面に座っていた重役陣も、今日はまっすぐ顔をあげて鷹山を見ていた。そしてこもごもうなずいていた。

やがて、その代表が、

「かれらの言う通りでございます。われわれ重役陣も、お屋形様のご政道に決して異議はございません。改めて今日から努力いたします」

と言った。鷹山は大きくうなずいた。不覚にもそ

の目に涙が滲《にじ》んでいた。鷹山は嬉しかった。なぜ嬉しかったのか。改革を実際に推進する現場から、まず賛成の声があがったからである。そしてその現場の声が、中級藩士を動かし、さらに上級藩士を動かしたことに鷹山は感動したのだ。改革は何と言っても現場が軸になる。その現場がよく理解せずに、ぶすぶす燻《いぶ》ったまま、ただ上からの押し付けだけで、仕事をさせられれば、決して納得した仕事ぶりは期待出来ない。不満が湧き、不平が湧き、それはいずれくすぶって火が付き、狼煙《のろし》となって別な方向で炎をあげるだろう。鷹山が一番心配していたのは、そのことであった。

しかし、昨日の柏木伊賀の発言は、見事にその不安を消した。現場の藩士たちは、鷹山の改革を文字通り支持していた。身分の低い層ほど、鷹山を支持していたのである。それが鷹山には何よりも嬉しかった。鷹山は、米沢に入って、初めて自分と心の通い合う同志を得たような気がした。それは、藩主と藩士の主従関係ではなかった。民のために、藩を富まそうとする、志を同じくする同志であった。同志的紐帯《ちゅうたい》が、この日、形に現われてはっきり結束されたのである。

が、藩士全員の承諾が得られたといって、それですませるわけにはいかなかった。七人の重役を処断しなければならない。

大会議を二日続けた後、鷹山は、竹俣当綱を呼んだ。そして、全役職者を広間に集めさせた。広間に集められた役職者たちは、竹俣から厳しい指示を受けて、すぐ城外へ出て行った。あるいは城内で武装した。城門は固められ、また国境の宿場宿場に兵が飛んだ。武装した兵がそれぞれ関を固めた。やがて、七人の重役の家に、それぞれ使いが立った。使いは丁重に鷹山の、

「どうか心を変えて登城してほしい」

という要請を伝えた。しかし七人はかたくなに首を振った。彼らは、まだ鷹山をみくびっていたのである。そこであらゆる手続を取り終えた鷹山は、はじめて七人に出頭命令を出した。武装した何人かの士が七人の家に向かった。そして、こもごも城に入

ると、城門を閉じた。彼らは、一人ずつ玄関から控室に入れられた。玄関で、厳しい表情をした士たちが刀を奪い、紙入れを取り、屏風で囲った中へ、一人一人を別々に勾留した。警固の士が立った。夜になると、七人に裁決が下った。すなわち、

「その方たちが申し出た趣は、藩士たちに相尋ねたが、政治に誤りもなく、竹俣ら諸重職も、奸佞の儀は全くなかった。また今の政治には、民も帰服している旨の申し立てがあった。にもかかわらず、お前たちは、それぞれの非念をもって政治を誹謗し、讒《ざん》を構え、徒党を組んで、私を脅迫した。その罪は重大である。そこで、千坂高敦、色部照長両人は、隠居閉門を申し付け、知行のうち藩地を召し上げる。須田満主、芋川延親両人は、即刻簀倉《すのこぐら》において切腹を申し渡す。長尾景明、清野祐秀、平林正在の三人は、隠居閉門を申し付け、知行のうち三百石を召し上げる」

たかをくくっていた七人にとって、茫然とする厳しい断罪であった。ましてや、鷹山のような若い優しい人間が、二人の家老に切腹を命ずるとまでは誰も思わなかったからである。しかし鷹山は厳しかった。

それにしても鷹山は、なぜ二人の切腹者を出すほど、厳しい処断をしたのであろうか。彼の論理はこうである。七人は、鷹山の政治を誹謗し、竹俣以下を誹謗する時に、

「これは全藩士の意見です」

と言った。うそだった。鷹山は二度の広間の大会議において、確かめた。七人の意見に同調する者はいなかった。むしろ、

「それは、われわれの意見ではありません。われわれは、改革を支持します」

という意見が圧倒的であった。

つまり、鷹山からすれば、七人の書いたことが不当であっても、その背後に多くの支持者がいて、書かれたことが多くの藩士の意見であるなら、鷹山は潔く藩主の座を去り、高鍋に帰ろうと思っていたのである。藩士世論の支持のない改革は、進みっこない。本当にそれが藩士世論であるならば、言い訳をせずに黙って去ろうと心を決めていたのである。し

かし違った。鷹山は怒った。上に立つ者が、下の者の気持を代弁していると称して、全くのうそをついて、自分たちに都合のいいような言い方をしたことが、鷹山を怒らせたのである。七人の重職は、全く自分の言っていることを理解していないと思った。それはあくまでも、民のための改革を推進したいという理念を塵《ちり》ほども理解していないということである。

鷹山はしかし、怒りをすぐ表わさなかった。手続を踏んだ。だから何度も、

「城に来てほしい」

と勤務につくことを要請した。しかし七人は来なかった。来ないだけでなく鷹山を馬鹿にした。そして、二回の大会議において、藩士世論が決定していた時にも、鷹山は、もう一度、七人に出勤を要請した。しかし七人は出て来なかった。ここまでの手続を踏んで、出て来なければ、鷹山は、最初の怒りの原点に戻って、彼らを処断せざるを得なかった。だから、鷹山は七人を容赦しなかった。

果敢な人事異動とも言える処断に、全藩士は驚いた。そして、改めて鷹山の優しさの底に潜む厳しさを発見したのである。

「あの若いお屋形様は、とうていあなどれるお人ではないぞ。怖いお人だぞ」

とこもごもが思った。優しい人というのは、得てして好い人、好人物と思われるが、鷹山は決してそうではないことを自ら示したのである。思えば、これは一つの賭けであった。冒険であった。ヘタをすれば、鷹山は、一挙に信頼を失い、藩士に背を向けられる可能性もあった。

しかし、藩士たちは背を向けなかった。むしろ七人を処断したことに、拍手を送ったのである。鷹山の改革は、危機を脱した。

鷹山は、しかし七人を処断したものの、いつまでもその状態を続けなかった。二年後、鷹山は、切腹した須田、芋川の息子たちを召し出し、家を継がせた。そして新知二百石ずつを与えた。藩庁が預かっていた、両家重代の刀や系図を返し、士組に組み入れた。また千坂、色部、長尾、清野、平林らは閉門を免じ、その相続人に家督を命じた。

第七章　英断

——必要とあらば、非情であれ

魔がさした右腕・竹俣

民富という改革理念の浸透、藩士の討論や合意による方法論の確立とその実行、後継者の養成、藩士ならびに藩民に対する改革の趣旨のＰＲなど、鷹山は、着々と自分の考えを実行していったが、ここに、思わぬことが起こった。

どんなに優れた人間でも、あるいは鷹山の考えを理解していても、好事魔多しというたとえの通り、権力は魔ものである。権力に永く馴れていると、知らないうちに人間は堕落する。その典型的な例が、鷹山の、それもごく身近な所で起こった。

竹俣当綱が堕落したのである。竹俣当綱は鷹山の信頼を一身に受けて、江戸藩邸の時から改革案の作成に加わり、本国にあって執政に命ぜられ、改革の推進をほとんど一身に背負った。これは、本当なら鷹山にとっても、当綱にとっても、大変なことであり、その辛さは言いようがなかったはずである。この時期に、人の嫌がる改革を進めるということが、どれほど世の指弾を浴びることになるか、二人ともよく知っていたからである。しかし竹俣はその任を避けなかった。彼は鷹山の信頼に応えて、特に農業政策に優れた治績を残しながら、改革をどんどん実行していった。

しかし、この改革を単なる政策変更だと見る者もたくさんいた。それは、政策の変更を、人事の異動による、

「政変」

と見る層である。こういう層は、政策の中身よりも、その時の権力者が誰であるかということにしか目を向けない。米沢藩内にも、藩士の一部分、あるいは商人、富農の中に、そういう見方をする者がいた。つまり、こういう人々は、

「他家からおいでになった若いお屋形さまは、竹俣さまを信頼しておいでになる。これからの政事《まつりごと》は、竹俣さまの意のままにおこなわれる。竹俣さまこそ新しい権力者である。すべて竹俣様にお願いしなければ、ことは成らないし、また何でも竹俣さまにお願いすればことは成る」

というように、思った。

だから、竹俣に取り入ることが人事の上で有利になり、また商人や富農は、商売がうまくいったり、あるいは税の加減がしてもらえると思ったのである。こういう考えを持つ層は、竹俣のところに殺到した。それぞれ土産物や、金を持ってである。竹俣は、はじめはこういう層を相手にしなかった。会いもせず、家来を通じて、

「早々に帰れ」

と言って、追い返した。

が、こういう層の竹俣への接近は、しつこかった。あの手この手で竹俣を籠絡しようとした。そのうちに面倒になった竹俣は、つい、

「一度ぐらいなら良いだろう」

と思って交際《つき》あった。しかしこの一度くらいが突破口だった。一度が二度になった。三度になった。習慣になった。

竹俣は、よく村を回ったが、村を回っても、昔のように厳しい態度で観察したり、自分が稲田に入って、稲の実り具合を調べるというような労はとらなくなった。村の豪農の家に泊り込んで、朝から晩まで宴会を続けるようになった。魔がさしたのだろう。昔の竹俣には、想像も出来ないことであった。

それまでの竹俣は、上杉家中興の名臣として鷹山の改革を助け、縦横に才略を活用して、きびきびと改革を進めた。藩が抱えていた莫大な借財を、何人もの商人に頼みこんで、返済を延ばしてもらったり、植樹のための資金を提供してもらったり、漆、桑、楮などの大規模な植樹計画を立てたのも彼であったし、実行したのも彼であった。細井平洲招請にも彼は労を惜しまなかった。つまり耕田、殖産、蓄

竹俣当綱

米など、いちじるしい業績はすべて竹俣のものであった。

竹俣は人に言われているうちに、その功に酔った。

悪いうわさが次々と鷹山のもとに入ってきた。鷹山は胸を痛めた。

安永六年（一七七七）十一月二十五日、突然竹俣が鷹山に目通りを願い出た。

「どうしたのだ」

胸の中の痛みには触れずに、鷹山はきいた。竹俣はこう言った。

「辞職させていただきたいと存じます」

唐突な辞職願いであった。しかし、鷹山は無言で竹俣を見つめた。竹俣はじっと鷹山を見つめ返した。鷹山は、この時、

（竹俣は不純な考えを抱いている。この辞職願いは本心ではない。私を試しているのだ。彼は世間の悪評を知っている。それが私の耳に届いていることも知っている。だから、先制攻撃をかけて、辞職を願い出て私がどう対応するかを見つめているのだ）

と悟った。

鷹山は竹俣の辞職願いを許さなかった。

「そういうことを言わずに、今まで通り私の忠臣として、どうか私を助けてほしい。私は、変わらずにお前を信頼しているのだ」

と言った。竹俣は、感動して平伏した。しかし、その面上をほっと安堵の色がよぎったのを鷹山は見逃さなかった。鷹山は若いけれども、人間を見る眼、洞察力には優れていた。鷹山は、竹俣の手には乗らなかった。そして、しばらく様子を見るために、竹俣を泳がせようと思ったのである。

この夜、鷹山の恩情ある計らいをうけながら、竹俣は心を入れ替えなかった。竹俣の堕落ぶりはいよいよ速度を増した。彼の巡村といえば、村を挙げてのご馳走という意味にとられた。また、竹俣に追《つい》従《しょう》する多くの佞奸の徒が生まれた。彼らは腰巾着として竹俣につきまとい、村々を歩いてはご馳走のお裾分けに与《あずか》った。そして大きな顔で、

「今年の税の多寡は、みんな我々が決めるのだぞ」

と酔った声で、村々を触れ歩いた。村々は辟易し

た。そして、

「これが御改革の実態なのか」

と密かに胸の中で思った。竹俣の所行によって、改革は、初めの理念を失い、次第に汚れたものとして藩民の眼に映るようになった。そういう報が頻々《ひんぴん》と鷹山のもとに入ってきた。鷹山はもう捨ててはおけなかった。そして事件が起こった。

泣いて馬謖《ばしょく》を斬る

鷹山が江戸へ参勤に出て、国許にいなかった時のことである。竹俣は例によって村を巡った。そして、下長井の村々を巡回して、小松という宿場に泊った。その時、翌日が上杉謙信の命日に当たっていた。上杉藩では、謙信の命日には、藩主が直々《じきじき》に社《やしろ》に詣るしきたりがあった。そして、藩主が江戸に参勤中で、不在の時は、執政がこの代わりを勤めることになっていた。竹俣は、その日が謙信の命日であることを知っていたのか忘れていたのか、よく分からない。彼は酔いつぶれていた。そして、さすがにこのことに気づいた供の者が、

「神社にお詣りにならないと、大変なことになります」

と、心配顔で言ったが、竹俣は、構わぬ、構わぬと手を振った。そして、不覚にも寝入ってしまった。目が覚めた時は、すでに日は中天に高く昇り、昼を過ぎていた。今からでは、社に駆けつけるにも間に合わなかった。社の方では大騒動が起こっていた。代参の執政がついに姿を見せなかったからである。このことは、急飛脚をもって江戸の鷹山のところに告げられた。鷹山はさすがに怒り、苦悩した。そして、江戸に従《つ》いてきている莅戸善政や佐藤文四郎を呼んだ。二人にきいた。

「おまえたちは、竹俣のことを知っていたか」

「……はい」

二人は苦しそうに答えた。

「なぜ、私に言わなかった」

二人は困ったように下をむいた。やがて莅戸が顔をあげて言った。

「竹俣さまは、お屋形さまのご信任のもっとも厚い方です。もし、お耳にいれて、お屋形さまのお心を

お苦しめ申してはと……」

「耳の痛いことは言わなくなったのだな」

　莅戸はびっくりして鷹山をみた。鷹山の眼は鋭く光っていた。ことばにはトゲがあった。二人はこんな鷹山をみたことはなかった。いままで鷹山はいつも優しかった。しかし、今日の鷹山は明らかに怒っていた。

　鷹山は言った。

「よいか。藩主の乱れは、忠臣が本当のことを言わなくなった時から始まる。耳の痛いことを言わずに、耳に快いことばかり報告するようになれば、藩主は次第に暗君になる。真実から次第に遠ざけられるからだ。そうなった時、忠臣はもう忠臣ではない。おまえたちもそうだ」

　鋭い鷹山の言葉に、二人は身を固くし、あぶら汗を流していた。

　そういう二人をみて、鷹山はやや声をやわらげた。そして、

「と言いたいところだが、私はまだおまえたちを忠臣だと思っている。そこできく。おまえたちが私の気持を傷つけないために、竹俣のことを黙っていたことはよく分かった。しかし、竹俣に対して、おまえたちはなぜ忠告しなかったのか、バカな所行をやめよ、ととめなかったのだ」

「……忠告はいたしました。とめもいたしました。しかし」

「しかし？」

「竹俣さまはききません。きかないどころでなく、こういうことを申しました。『ご改革の目的は美しい。しかし、それを実行するのには、奈落での根まわしがいる。その根まわしをする汚れ役がいる。おれはその汚れ役なのだ』と」

「根まわし？　汚れ役？」

　鷹山の眉が再びけわしくつり上がった。

「竹俣がそう申したのか」

「はい」

　ここで佐藤が顔をあげた。必死の表情になっている。

「清い政治をおこなうのも、人間が相手であれば、必ず汚れ役が要る、という竹俣さまの言葉にも一理

ございます。

なるほど、お屋形さまのご改革の理念は美しうございます。しかし、残念ながらその美しさを全藩士・全藩民が理解しているとはいえません。まだまだ反対する者や横を向いている者もおります。

竹俣さまは、そういう連中を相手になさっているのです。なにとぞ、竹俣さまのご苦労のほどをお察し下さいますようお願いいたします」

「………」

鷹山はじっと佐藤をみつめていた。やがて言った。

「竹俣を許せ、というのか」

「はい」

「佐藤」

「はい」

「おまえは、いま自分が言ったことを本気で信じているのか」

「は？」

「私の改革に汚れ役が要ると本気で信じているのか。かつてこの江戸藩邸で、蚊を追うことを拒み、私に足軽たちの生活の実態をみせたおまえが、本気でいま言ったことを信じているのか」

「それは……」

たちまち佐藤は狼狽した。竹俣をかばう一心で、もちろん佐藤はいま口にしたことなど信じてはいなかったのである。そのへんを鷹山に鋭く見ぬかれて狼狽したのだ。

鷹山はしずかに言った。

「二人が竹俣をかばおうとするのは分かる。が、それは、耳に痛いことは絶対に私の耳にいれまいとするのと同じだ。誰のためにもならぬ。

莅戸、佐藤」

「はい」

「私の改革に汚れ役はいらぬ」

「は」

「どんなに時間がかかろうと、反対があろうと、私は清い政治をつらぬく。米沢を再び濁った沼にしてはならぬ。汚れ役が根まわしをすれば、たしかに仕事の進みは速かろう。が、私はそういう姑息で拙速な道はとらぬ。私の改革は、どれほど道が遠かろうと、清い方法で歩く。

それは、領民のためである。改革は領民のためにおこなっているのであり、そうであるなら、領民の眼にいささかの汚れもみせてはならぬ」

「はっ」

「私は竹俣を斬る。泣いて馬謖《ばしょく》を斬る」

「はっ」

二人は平伏した。やがて肩をふるわせて泣き出した。竹俣への思いもあった。が、それ以上に、そこまで考えていた鷹山の辛い心情が手にとるように分かったからである。そして、本当はそれが分かりながらも、つい、妥協的心情になっていた自分たちの甘さを、いやというほど思い知らされたからであった。二人だけでなく、鷹山も目をとじていた。その目から、いまにも涙がこぼれ落ちそうであった。

鷹山は莅戸に密命を下した。

「つらいだろうが、おまえの役目である」

「よく分かっております」

密命を下す鷹山の顔は苦渋にみちていた。

莅戸も苦渋の顔をもって鷹山の密命を受け、急いで米沢本国に下った。この時、彼はすさまじい木枯しと冷雨の中を旅して行ったが、那須野の原に来た時、そのすさまじい旅路と、また、米沢に戻ってからしなければならない密命のことを思うと、心は憂鬱であり、荒れた。このとき彼は歌を詠んだ。

故郷《ふるさと》に帰ると人の羨まん
　山路を越える憂きを知らねば

旅衣《たびごろも》晴れぬ想いを重ね着て
　しぐるるまでに袖は濡れつつ

不要な企業功労者は処断せよ

米沢に着いた莅戸は、すぐ年寄や執政群と諮って使者を竹俣の家に差し向けた。

「御用があるのでさっそく、執政の家まで来てもらいたい」

という口上を言わせた。執政は複数制であって、竹俣はその最高責任者であった。竹俣は、使いの表情から、用が何であるかを悟った。それに、莅戸が

江戸から急に帰って来たこともきいていた。そこで、

(やはり来たか)

と潔く覚悟し、衣服を改めて、指定された場所に行った。

上座に着いた莅戸が執政や重役たちが同座する中で、竹俣に、鷹山の密命を伝えた。それは、

「御役を免ずる。芋川邸に押籠める」

という判決であった。竹俣は、

「恐れ入りましてございます」

と言って、この命を潔く受けた。竹俣はこの時、五十四歳であった。すでに、竹俣は自分のやっていることが藩内で悪評を呼んでいることを知っていた。また彼自身、決していいと思ってはいなかった。結局は惰性であった。習慣がいつの間にか彼を深みにはめてしまっていたのである。御役御免と押籠めは、竹俣にとって救いであったかもしれない。自分竹俣は、誰かの手によって処断されなければ、自分自身をこの深淵から救い得ないと思っていた。だから、鷹山が莅戸に命じて竹俣を処断したことは、竹俣自身にとってはむしろ救いであったのである。彼は鷹山を恨まなかった。逆に鷹山に感謝した。

その証拠に竹俣は、押籠めになって以来、全く別人のように昔の竹俣に戻り、毎日毎日きかされる藩政の動向について、一喜一憂した。そして、彼はいろいろときかせてくれる人に意見を言ったが、その意見は、誠忠無比、理念に忠実で、質素な暮らしに甘んじていたころの竹俣そのものであった。竹俣も鷹山の改革を心から信じていた。しかしその方法論の展開において魔がさしたのか、自分自身が権力の虜となってしまったのである。しかし、その権力から解放されると、竹俣は再び誠忠無比の人間に戻った。

竹俣は芋川邸に幽閉されること三年で、後に自分の家に帰ることを許されたが、謹慎は解かれなかった。十年の禁固刑に処せられて寛政五年(一七九三)に死んだ。六十五歳であった。

禁固中、彼は歌を詠んだ。

積もる園いつかは我が身に白雪の

今日の寒さを訪《と》う人もなし

彼は幽閉中もいろいろな改革論を書き、「長夜寝語」、「樹養編」、「文武論」、「政談夜光集」などの政務要書数十巻を書いた。そして、子の原綱《もとつな》に、

「自分は不敏のために幽閉の身となった。これが死んでもきて御国に報いることはできない。この後生心残りである。お前は幸いにして執政の職務に就くことになった。私の書いたこの本の中から、良いものを選んでおこなってくれ。それが私の志を継いで、国に報いる道である。お前がそうしてくれれば、私は地下ではじめて安心出来る」

と遺言した。ひとことも私事に及んだり鷹山に対する恨みの言葉はなかったという。十年の禁固が、淡々と彼に反省の日々を続けさせたのであろう。いずれにしても、トップの信頼を一身に集めて、自分ではそのつもりでなくても、権力が集中していると見られれば、まわりの人間が放っておかず、寄って集《たか》って堕落させてしまう典型的な例であった。

同時にまた、そういう連中に対しては、根まわしとか、仁義を切るというような古いシキタリが、まだまだ効果があるという藩内の古さもあった。

竹俣は、その古さにひきずられた。ということは、竹俣にもそういう古さが残っていたということである。

（鷹山公の目的を早く実現するのには、この方が速い）

と思ったのだ。目前の現実に即応して、改革理念の遠大さを忘れたのである。

トップはつねに時代とともに歩む。社会が変化すれば、その企業に対するニーズも変わる。そのニーズに応えるには、企業も企業人も変わらなければならない。特にトップを補佐する重役層は、このへんをよく考える必要がある。

それは、

○社会状況の変化で、所属企業に何が求められているのかを知り、

○そのニーズに応えるには、いまの企業目的や組織や社員の意識が、それでいいのかどうかを反

省し、

○それをどう改革して、上を補佐し、下を指導するか、

ということを、自分で的確に把握することである。

それが、トップ側近の補佐役の責務だ。

竹俣当綱は、そういうことを知りながら、焦って、つい、古いシキタリを復活した。しかし、歴史がそれを認めなかった。歴史の進みぐあいを知る鷹山は、だから竹俣を処断したのである。

（私が処断するのではない。歴史が処断するのだ）

と言いながら。

竹俣のようなタイプは、企業草創時の功労者の中にたくさんいる。しかし、いつまでも、昔の功にしがみついていると、結局は、歴史に処分される。

第八章　巨いなる遺志

——老兵・鷹山と若き後継者

後継者養成に労を惜しむな

改革を進めるに従い、鷹山は、自分がいつまでも藩主の座にいることが、米沢藩のために果たして良いのか悪いのか、考え始めていた。それは、皮肉にも鷹山が養子に決まった後、前藩主重定に男の子が生まれたからである。中国の故事にくわしい鷹山は、このことが気になって仕方がなかった。日本でも、水戸光圀は、兄の子に水戸家を譲っている。鷹山は、

（早く養父の子に、藩主の座を譲りたい）

と思うようになった。それと同時に、改革の進展に伴い、その改革の理念が引き継がれ、今の藩士たちの胸に燃えている火が、そのまま次代に引き継がれることが大切だと思った。いつまでも、自分が主導者であり、藩士が鷹山を頼っていてはダメなのだ。藩士は早く自立しなければならないし、改革は皆のものなのだ。そのためには、藩校を充実して、若い子弟を教育することが大事だと思った。教育こそ、後継者養成に欠くことが出来ないと思ったのである。そして、養成される若者たちは、学問に専念して、余計なことを考えないような環境に置くことが必要だと思った。そうしないと、オトナの処世術ばかりおぼえる旧タイプの藩士になってしまう、と思ったのだ。

そこで、鷹山は藩校の創立を思い立って、竹俣に相談した。このころの竹俣は、まだまだ清い政治をつらぬく正義漢であった。命を受けた竹俣は、頭を抱えた。藩校創立には異論はなかったが、そういう金がなかったからである。しかし、彼はそれを捻出した。鷹山に黙っていたが、あらゆる方策を講じて学校を創る金を調達した。そして

「学校を創ることは私にお任せ下さい。しかし師としてどなたをお招きでございますか」

と聞いた。鷹山は、

「細井平洲先生である」

と応じた。そこで細井平洲への講師要請の使いが江戸に発った。平洲招請のことは、七人の重職があれほど真向から反対したことであったが、鷹山は、誰が何と言おうと、上杉藩の藩校には、細井平洲を

鷹山、細井平洲を迎える図

おいて、子弟を教育する師はいない、と思っていた。平洲は喜んで米沢にやってきた。鷹山は、郊外まで迎えに立った。今の奥羽本線の関根という駅のそばに、普門院という寺があるが、この寺まで迎えに出た。普門院は真言宗の寺院だが、米沢城から約八キロの地点にある。平洲とは十三年ぶりの対面であった。鷹山は道まで迎えに出て、普門院に案内する時、先頭に立って、門内で待つ藩士たちに、

「先生のお着きであるぞ」

と大声でふれた。平洲は感激した。その時の状況は、平洲が知人に詳しく手紙で書いている。今、普門院には、

「一字一涙」

という碑が建てられているが、感激した平洲の手紙の一部分が、その碑に刻まれている。二人が会った座敷は、そのまま保存され、その時鷹山が植えた唐松と、平洲が植えた椿が、

「敬師史跡」

として残されている。それほど鷹山は、細井平洲に、私淑《ししゅく》していたのである。細井平洲には、ただ

一つ悲しいことがあった。それは、旧友の藁科松伯が死んでしまっていたことである。米沢に着いた平洲は、すぐ松伯の墓のある善立寺に行った。そして松伯の墓の前に行って、何時《いつ》までもその冥福を祈った。彼は、哀悼の歌をその場で詠んで捧げた。

浮き雲の後《あと》をしるべに問《と》い来《く》れば
　忘れず山のかいもなかりき

苔の道をと（問）いより袖の露をだに
　せめては人のかたみともみん

見れどなお夢かとばかりたどられぬ
　今日もふりしか苔のいしぶみ

新しい学校は、興譲館と呼ばれた。学校の名の由来は、

「大学」

一節にある、

「一家仁一国興仁一家譲一国興譲」

からとったものである。細井平洲が命名した。平洲は命名する時に、

「興譲とは、譲を興すと読みます。譲を興すとは、〔恭遜の道〕を修養させることです」

と説明した。教授には、片山一積と神保容助を据え、事務局長には、莅戸善政を命じた。聖堂、講堂、学寮など二十余の部屋があった。また食堂や当直室や、看護室などを完備していた。寮も作られ、宿泊も可能であった。したがって、学生たちは、泊まりこみで勉強する者と、通って来る通学生とに分かれていた。


この寄宿舎に泊まれる学生は、学問の成績優秀な者二十人であって、これを定詰め勤学生と言って、宿舎代をただにして、逆に手当を出した。そして、後輩の指導に当たらせた。後輩の指導だけでなく、助教授のような扱いをした。そして、どういう学問をどういうふうに教えるか、あるいはどういう書籍を購入するかなども、すべてこの二十人の学生たちに討議をさせて、その合意によって決定した。

運営はかなり民主的であった。大部分が二十代の

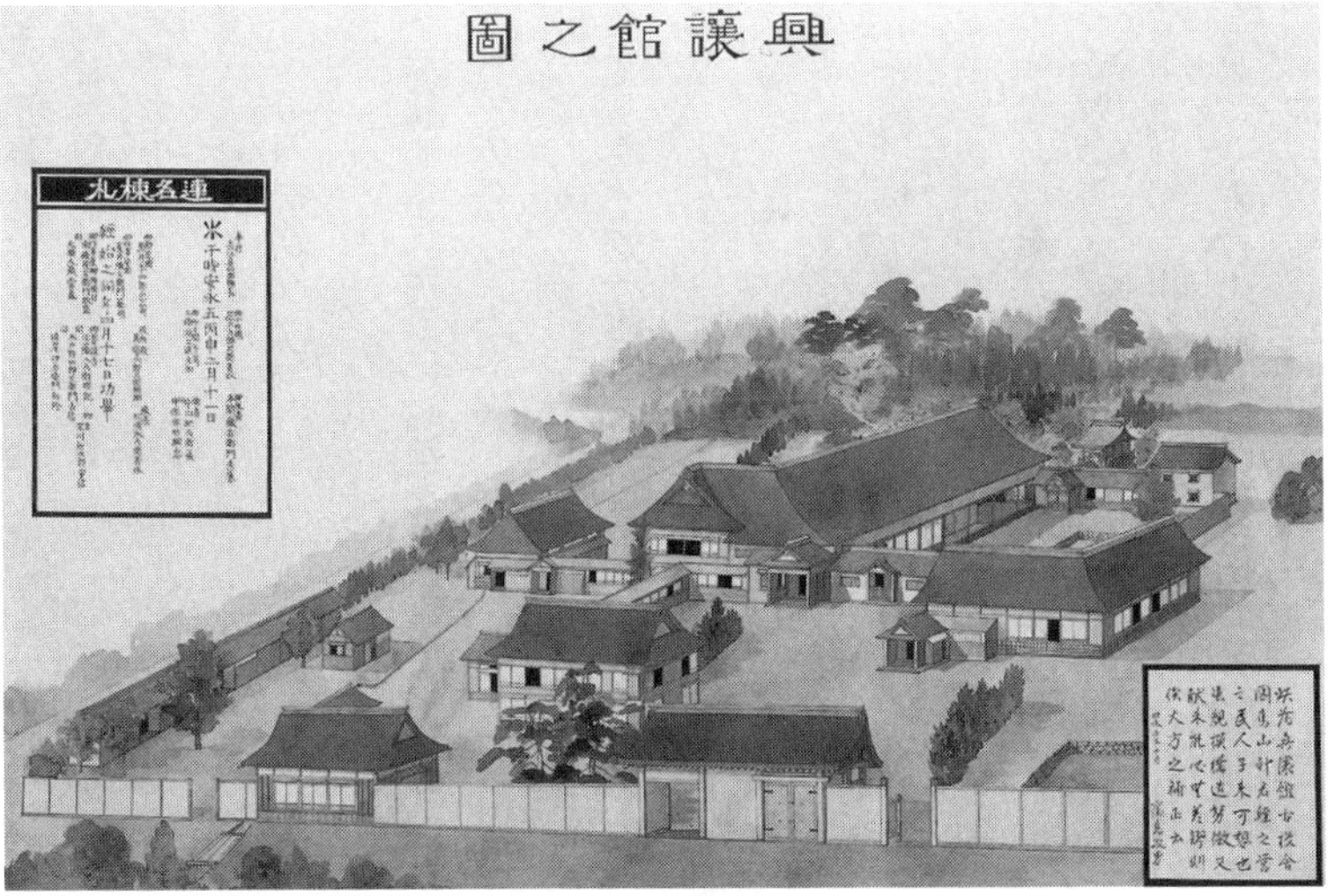

興譲館の図

青年であったが、三十七歳という年長者もいた。一番最初に学頭に選ばれたのは、千坂与市という三十歳の青年であった。

教育の目的は、

一　上級藩士の子弟は、一国の安危を任せられるような家臣に育てる

一　中級の子弟は、命を上に受け、令を下に施す忠良な家臣に育てる

というようになっていた。何といっても当時の幕藩体制の限界を示しているのはやむをえない。

しかし、選ばれた学生たちの生活は、かなり自由であって、ここでは身分はものを言わなかった。むしろ、長幼の序が重んぜられた。同時に才能の有無が並行して重要視された。後にこの学校を出た子弟で、米沢藩の農政改革の先頭に立って活躍する人物が多かった、といわれるのは、やはり平洲の教育方針が、実学を重視したゆえんであろう。

興譲館は、決して孤立した士だけの学校ではなかった。平洲は、鷹山と相談をして、庶民の中でも、学問好きな者はどんどん入学させた。そして同時

に、平洲はじめ教授陣は、町や村に積極的に出かけて行って、村人や町人を集めて、出張講義をした。テキストは、「孝経」をもとに人間道徳を非常に分かりやすく話した。村人や町人たちは喜んで集まり、平洲や教授たちの話に深い感銘を受けた。

反発する二代目に経営を譲る

安永五年（一七七六）四月に、上杉鷹山は二十六歳だったが、前藩主重定の子供保之助を自分の相続人とした。保之助はこの時、十三歳であった。傅役《ふやく》（家庭教師）に木村高広を命じた。木村は剛直の士であって、学問も深い。鷹山の理想もよく理解している。そこで、保之助の傅役にしたのである。

天明二年（一七八二）、鷹山は江戸に出て、幕府に保之助を養子にすることを願い出、これが許されると九月に将軍家治に謁見し、将軍の名を一字もらって保之助は治広と改めた。十九歳であった。越えて十一月、尾張大納言宗勝の娘純姫と婚約した。同じ日に、傅役木村高広が辞任した。木村の辞任には、わけがあった。

木村は剛直の士である。十三歳の治広の傅役を命ぜられてから、ビシビシこの後継ぎを教育した。彼は、その教育方針の中に、

「この若君は、お屋形さま（鷹山のこと）のように育てなければならない。そうすることが私の責任だ」

と思っていた。だから、すべて治広のすることに、

「そんなことはお屋形さまはなさいませぬ。お屋形さまならこうなさいます」

と言った。何事につけても上杉鷹山を物指しにしたのである。これが治広には面白くなかった。

現代でもそうだが、二代目が古い重役たちから、何かにつけて、

「先代ならそんなことはしなかった。先代はこうなさった」

と言われると面白くないのと同じである。

自分というものが失われてしまうし、立派過ぎる先代を物指しにされたら、とうてい同じことは出来ないし、手も足も出なくなってしまうからだ。治広

も同じであった。だから、彼は次第に木村が嫌いになった。木村が嫌いになっただけでなく、あまりにもくどく、

「お屋形さまのようになさい。お屋形さまならこうなさいます」

と言われると、そのお屋形さまである上杉鷹山すら嫌いになってくるのであった。木村に一言言われると、たちまちうっとうしくなり、自分の手かせ足かせとなり、身がすくんでしまうのである。そして、そうさせる鷹山を決して快くは思わなかった。そうなると、そういう気配を察知した家臣群がまた動揺する。

「若君は、どうもお屋形さまがお嫌いのようだ。そうなると、お家を継いだあとは、お屋形さまのような政務は、お執りにならないだろう。当然、お側に仕えるものの陣容も変わってくるに違いない」

というように、その時の人事の布石まで予想して、チョロチョロし始める。今と全く変わらない。

木村は、こういう藩内の動揺をよく見ていた。だから、いよいよ治広に対して厳しかった。治広がしっかりしなければ藩内の動揺がさらに増すと判断したのである。だから、

「お屋形さまのように」

という基準は、いよいよ激しく治広に適用された。これに対して、ついに治広が怒った。

「そうそうお前の言う通りにはならん。私は私であって、父ではない。私は私の思うように生きる」

と宣言した。これは木村には大変な衝撃であった。こういう言葉を聞いては、傅役の責任は果たせない。木村は家に引き籠り、絶食した。そして、引き籠ったまま出仕しなかった。神経を痛めていたともいう。極度に思い込んでいた木村は、治広が相続人に決定し、将軍から名の一字をもらって尾張家の娘との結婚が決まった日に、辞任したが、間もなく家で自殺した。五十二歳であった。

さすがに治広も驚いて、木村の数年間の傅役の功を賞し、深く墓前に詣でた。そして、長くこのことを忘れずに、木村の命日ごとに、霊前に供物を送り続けた。

天明五年（一七八五）二月三日、鷹山は隠居の願

書を出し、鷹山と世子治広は、江戸城に入って、鷹山は隠居を許され、治広は家督相続を正式に許された。この時、鷹山は三十五歳であった。在職十九年である。

この時鷹山は、治広に米沢藩主としての心得三カ条を与えている。

それは、

一　国家は先祖より子孫に伝え候国家にして、我、私すべきものには之《これ》無く候

一　人民は、国家に属したる人民にして、我、私すべきものには之無く候

一　国家、人民のために樹てたる君にて、君のために樹てたる国家、人民には之無く候

右三条、御遺念あるまじく候事

天明五巳年二月七日　治憲

治広殿　机前

というもので、世間はこれを、

「伝国の辞」

と呼んでいる。

この伝国の辞は、米沢藩主が交代するたびに引き継がれた。

訳すまでもなく、鷹山の思想がはっきり現われている。つまり、当時の封建幕藩体制下では、藩主はそこの藩民を私し、単なる税源としてしか考えていなかった。領民の人格を全く無視していたのである。しかし鷹山はそうは考えなかった。ここで国家というのは藩のことである。藩は藩主の私物ではないということと、藩の民すなわち藩民はこれも私物ではないということである。つまり、領民は藩という当時の自治体に属しているものであって、たまたまそこに遭遇した藩主や藩士たちの私的税源では全くない、ということを鷹山は宣言したのである。だから、藩主というのは、その国家と人民のための仕事をするために存在するのであって、国家や人民は、藩主のために存在しているのではない、と明確に言い切った。

これは、今から二百十五年も前に言った封建領主の言葉とは、とても思えない。後の民主主義政治をおこなう政治家たちでも、ここまではっきり自分の立場を認識して、天下に明言した人は少ない。又明

鷹山、治広に「伝国の辞」を語る図

言しても、その通り実行する政治家は更に少ない。

　ケネディが、鷹山を、

「私の尊敬する日本人」

としてあげた理由も、このへんにあるのだろう。

　もうひとつは、この考えはあきらかに藩機関説である。藩は人民の合意を実行するための機関だということを明言している。およそ二百年ほども前に、こういう民主主義的な考え方を表明したことは、徳川幕藩体制下では稀有のことであって、また、鷹山の思想がどれほど思い切ったものであったかを示している。まだ近代民主主義が発達しているわけでもなく、鷹山がまたそんなことを知るわけもない。あくまでも鷹山の独創であった。しかし、原典は恐らく中国の書物であろう。中国の書物の中から、鷹山は、

「藩主も人民に奉仕するものである」

という主権在民説を学び取っていたのである。これは、企業において、

「顧客こそ主人であって、企業員はこの顧客に奉仕するものである。なぜならば、企業員の生活費は、

顧客から与えられるものだからである」

といういうことにも通じよう。

現場に湧き起こる〝鷹山再任〟の声

上杉鷹山の治績は、相続人治広とそれを支える新しい家臣団によって引き継がれた。しかし、やがて、治広と治広を囲む家臣団は、気力においていささか欠けるところがあり、ついに、鷹山の改革政策を次々とくつがえした。彼らには、改革を推進するうえで逆流してくる渦を受け止めるには、あまりにも力が弱かった。そこで降参してしまったのだ。

鷹山の改革は、

「民富が目的で、藩が富むためではない」

ということだが、これが新藩主の側近群には気にいらない。

「民富とは何だ、農民なんてゴマと同じで、絞れば絞るほど油がとれる」

と、また、昔ながらの農民観をもち出す。

その背景には、鷹山が、労働力の不足を補うのに、藩士の家族や、藩士まで動員していることが面白くない、という感情がある。

「侍に、木を植えさせたり、コヤシ桶を担がせて何だ」

という不満があった。

「おれたちは武士だ。士農工商のトップに立つ、この世でいちばんエラい人間だ」

という意識が前へ出てくる。

治広たちには、これを説得する気力もない。信念がないから情熱もない。ズルズル押された。

結局、

「侍は侍に戻そう」

ということになって、侍が農工商に協力することを一切やめてしまった。いきおい、そういう政策もやめてしまった。地域産業を振興する役所は廃止され、侍たちはまた城に戻ってきた。そして、昔のように、

「さよう、しからば」

と形式主義に終始し、机の前で文書をヒネクリながら、

「この〝は〟は〝に〟ではないのか」

「いや〝へ〟であろう」

などと愚にもつかない論議で一日を送るようになった。

「休まず・遅れず・仕事せず」

に戻ったのである。

鷹山は憂慮した。が、隠居の身でよけいな口出しは出来ない。

同時に、彼の周囲にも忠臣が減っていた。藁科松伯は死に、竹俣当綱は処罰した。

莅戸善政はその時、

「竹俣さまをこうさせたのは、私にも大きな責任があります」

と言って職を退き、謹慎してしまった。木村高広は傅役失敗の責任をとって自殺してしまった。

したがって、いま鷹山の脇にいるのは、わずかに佐藤文四郎だけであった。その佐藤は、日を逐って変わる新政権の政策に、バリバリ歯をかみならして怒りの声をあげた。

「かれらは、全くご隠居さまのお心が分かっておりません。せっかくのご改革が、全部元に戻ってしまいました」

「治広殿には治広殿の考えがあるのだ。そうイキリ立つな」

「しかし、治広さまはともかく、まわりにいるやつらはひどすぎます。やつらのやることは、前代の政策は何でもひっくりかえしてやろう、というイヤガラセです」

「そうヒネクレたもののみかたをするな。やがて私たちが正しかったことが分かる」

「そうでしょうか」

くやしがる佐藤はこう言った。

「ああ、いまにして思えば、竹俣さまがああなる前に、私たちはもっとつよく忠告すべきでした。ご隠居さまのおっしゃったことの正しさが、改めて思い起こされます」

「すんだことだ。過去をふりむくな。治広のために、前を見よう」

「しかし、このままでは米沢藩はつぶれます。きっとつぶれます」

「そういうことをあまり確信をもって言うな」

鷹山は苦笑した。しかし、思いは佐藤と同じであった。

寂莫たる思いが鷹山の胸の中にあった。それは二代目が自分の考えで先代の政策をひっくりかえすのはいい、しかしそのことによって、こんどこそ本当に米沢藩がつぶれてしまうことを、治広たちは知っているだろうか、いや、おそらく知るまい、というむなしさであった。

米沢藩は再び危殆に瀕した。

が、改革続行の声は意外なところからあがった。それは開拓地にいる下級武士や、地場産業に携わっている藩士の家族たちからであった。かれらは、

「徒食者の侍が、せっかく得た生き甲斐を失いたくない」

と言った。家族たちは、

「貧しい家計の足しになる収入を失いたくない」

と言った。

さらに、

「改革の火ダネを消すな、火はまだ我々の胸に燃えている」

と叫ぶ者がたくさん現われた。ほとんどが現場からの声であった。

そして、その声は、

「ご隠居さまにもう一度政務をとっていただきたい」

という要望に変わり、

「補佐役に莅戸殿を」

という要求にたかまった。

治広派はこの声におされた。ついに治広自身、鷹山のところにきて、

「どうか、もう一度、藩政のご指導を」

と頭をさげた。

そこではじめて鷹山は腰をあげた。

隠居の身のまま、もう一度、藩政の前面に出た。院政のようなものであった。この時、登用されたのが莅戸善政である。竹俣当綱が死んだのち、木村高広も死に、鷹山の側近群は、次々と倒れていった。いずれも不幸な死であった。

（私の理念のために彼らは命を失った）

と鷹山は痛恨極まりなかった。犠牲者として彼ら

を見ていたのである。しかし、その犠牲者を出しながらも、次代の治広の政治は、姑息な家臣群の補佐によって、時に揺れ、時に沈んだ。見ていられなかった。

鷹山は、莅戸善政を登用して、彼に神保容助、あるいは黒井忠寄らを配して、表面は治広体制を強化しながら、内実は鷹山が政治指導をした。

この人事異動によって、かつての改革政策を復活し、養蚕を奨励し、その他の国産品を振興し、医学館も建て、堰《せき》を造り、村々に伍什組合をコミュニティとして組織させ、次々と民富を実現していった。藩政は再び安定した。それを見届けて、文政五年（一八二二）二月十二日、鷹山は病を得て床に就いた。そのころは、治広から斉定に家督が継がれていたが、二人はもちろん、家臣団のすべてが深く憂慮した。しかし、三月十二日の早暁、丑の刻に、鷹山はついに冥界に旅立った。七十二歳であった。廟号を、

「元徳院殿聖翁文心大居士」

と称した。

エピローグ　愛と思いやりの名経営者・鷹山

人の心を甦らせる者こそ現代の指導者だ

上杉鷹山の治績は、今も称《たた》えられている。それは、日本だけでなく、伝えられるところによれば、アメリカの故ケネディ大統領でさえ、尊敬するほどであった。

しかし、ここで考えたいことがある。それは、上杉鷹山は、確かに優れたトップであったし、殊に他家から養子に入って、弱年であり、また米沢の実態を何も知らず、社員の誰も彼を知らず、また彼も社員の誰も知らない状況を克服していった力量は、見事である。一面、翻って考えてみると、そういうことが、一人の人間によって果たして成し遂げられるのだろうか、という疑問も湧いてくる。恐らく、鷹山は、その伝国の辞に言う通り、自分を、

「機関」

と課していたのではなかろうか。つまり、伝国の辞は、主権在民の説であると同時に、藩主機関説の意味も含んでいる。また藩政府機関説の意味も含んでいる。つまり藩のトップである藩主は、社員並びにお得意さんの意志によって動く存在であり、その意志を無視しては存立し得ないことを示しているのだ。

これは、鷹山が、前に書いた自身の負っているハンディキャップ（他家から養子に入った・年が若い・何も知らないなど）をよく認識するがゆえに、窮鼠《きゅうそ》猫を噛む的に、それをプラスに逆転させて、開き直った一つの考え方であったと思えるのである。つまり鷹山は自身の負っているハンディキャップを克服するには、その逆、逆と出ることが、最も自分を活かす道だと信じたのである。

だから、彼は、一挙に自分を機関化してしまい、また藩政府も機関化してしまい、税を納める領民たちの意志を藩政府に反映させ、藩政府がそれを一旦吸収して消化した後に、成立する合意によって、再び自分を動かしてほしいというような存在に変えていったのである。

これは思い切った発想の転換である。藩主の立場を一八〇度転換したものであった。士農工商の身分制が際立って厳しい江戸中期に、こういう挙に出ら

れたということは、やはり鷹山が優れたトップリーダーであったことを物語る。そして、戦国期ならともかく、太平の世が長く続いた徳川中期にあって、ここまで思い切った挙に出られたということは、鷹山のほかには、誰もそういう大名はいない。

ここに鷹山の新しさがある。つまり経済の低成長期の湿潤な時期においても、発想の転換をし、複眼の思考方法を持ち、歴史の流れをよく見つめるならば、閉塞状況の中でも、その壁を突破する道はあるのだということを、鷹山の軌跡は如実に示している。鷹山は、決して中国流の人情一辺倒のトップではなかった。彼は、はるかに柔軟な思考と、果断な行動力を持っていた。そしてそれをおこなうのに、徳というシュガーコートをまぶした。しかしその徳は、彼の生来のものであり、メッキではなかった。まやかしものではなかったのである。率先垂範、先憂後楽の彼の日常行動は、多くの人々の心をうった。彼が、贋物《にせ》でなく、本物の誠実な人間であったからである。

世の中が多元化し複雑化すると、ものごとが思わぬように発展しない。そうなると人々は、どうしても他人を責めたり、状況のせいにしたりすることが多い。しかし、鷹山はそれを突破した。鷹山の経営改革が成功したのは、すべて、

「愛」

であった。他人への労わり・思いやりであった。経営改革を、顧客のものと設定し、それを推進する社員に、限りなき愛情を注いだ。痛みをおぼえなければならない人々への愛を惜しまなかった。その優しさが、北風と太陽の例ではないが、人々に古い外套を脱がせた。それも自発的にである。外套を脱いで、身軽になった米沢藩の人々は、士といわず町人といわず農民といわず、鷹山の改革に協力して勤《いそし》んだ。それは、改革に協力することが、自らも富むことにつながっていたからである。

そしてそれは、富むだけでなく、他人を愛する心を復活させた。鷹山が甦らせたのは、米沢の死んだ山と河と土だけではなかった。彼は、何よりも人間の心に愛という心を甦らせたのである。現在の世でもっとも欠けているのは、この愛と労わりと思いや

りの心であろう。この心を除いては、どんなに立派な経営計画も、経営改革も決して成功はしない。鷹山の治績は、そのことを如実に物語っている。そして、それは徳川幕府による三大改革が、特に白河楽翁といわれた名君の松平定信の寛政改革と、水野忠邦による天保の改革が、あまりにも明確に失敗した例によっても計り知れるであろう。

名宰相と言われたこの二人は、社員に対しても、民に対しても愛情を欠いていたのである。それが改革を失敗させた主因である。鷹山は、その轍《てつ》を踏まなかった。鷹山を今日見直す意味は、その点にこそあるのだ。

第三部
再考・上杉鷹山

私が『小説　上杉鷹山』を書いた理由《わけ》

“美しい日本人の心”を描く

『小説　上杉鷹山』は、一九八三（昭和五十八）年六月十五日に学陽書房より刊行された。書き下ろしではなく、本になる前に「山形新聞」に一年あまり連載されたものを、学陽書房の高橋脩部長が発見し、上下二冊にまとめてくれた。しかも高橋さんは新聞連載の記事をそのまま本にしたわけではない。全篇にわたって徹底的な書き込みや削除を求めた。いくたびか深夜から未明にわたっての論議も、いまはなつかしい思い出だ。本書には、本として出版される前の、「山形新聞」連載当時のままの小説を収録しているが、連載中から、読者の声がかずかず寄せられた。そのほとんどが、

「泣けた」

というものだった。

私が上杉鷹山を書きたいと思った動機は、もちろん掲載紙の地域性もあるが、それ以上に、

「日本人の美しい心」

をもう一度発見し直したいと思ったからある。戦前世代である私は、小学校で鷹山の話を教え

られた。が、その扱いは、「質素」と「敬師」であってどこか親しみにくかった。そして、終戦後、復員してきて神田の古本屋街で出会ったのが、内村鑑三の『代表的日本人』（岩波文庫）だった。西郷隆盛、上杉鷹山、二宮尊徳（金次郎）、中江藤樹、日蓮の五人の小伝によって編まれたこの冊子は最初、英語で書かれたという。つまり内村鑑三の目的は、

「外国人にほんとうの日本人を知ってもらいたい」

ということだった。

この小冊子との出会いによって、私はもの書きとしての幹線のレールを「この本でいこう」と決めた。この本でいこうというのは、

「ここで扱われた人物を、順に小説にしたい」

ということである。そして、一九七四（昭和四十九）年の『西郷隆盛〜物語と史蹟をたずねて』を最初に、『小説　上杉鷹山』（一九八三年、学陽書房）、『小説　二宮金次郎』（一九九〇年、学陽書房）、『小説　中江藤樹』（一九九九年、学陽書房）、『国僧日蓮』（二〇〇〇年、学習研究社）と書きついできた。モチーフはいずれも、

「美しい日本人の心」

である。美しい日本人の心などといえば、レトロ、化石といわれるかも知れない。しかし、現実は毎日私たちが直面している生活上の苦難を、根雪をとかすように解決してくれるのは、ちょっとした身近な思いやりややさしさ、孔子の言葉で言えば「恕《じょ》」の精神である。そういうものをふんだんに持っていながら、日本人自身が活用していない。心などというとバカにしたりテレた

りもする。

しかし日本人がいま直面しているいろいろな問題や、あるいは国際的信用を確立するうえで、その解決の武器となりパワーとなるのは、他国にはない独特の〝美しい心〟だと信じている。

（以上、『小説　上杉鷹山』下〈学陽書房人物文庫〉「あとがき」を加筆修正）

人間愛に満ちた鷹山のヒューマニズム

ところで、「山形新聞」に小説を連載するにあたって、内村鑑三の書いた上杉鷹山の事績の中から、私は次の三つに力点を置いた。

――入国時に経験した〝火ダネ〟のこと。

――妻である幸《よし》さんへの愛情と介護ぶりのこと。

――棒杭《ぼっくい》の商いの美風。

そしてこの三つのことを実現するために、私は、次の二つを中心に描いた。

――鷹山の人材開発（適材適所）。

――その指導力（リーダーシップ）の数々のこと。

ついでに言えば、私はいわゆる〝美濃部《みのべ》都政〟と言われた時代には、その中心において仕事をした。私の書いた『小説　上杉鷹山』には、この体験がかなり投影されている。

自画自賛するよりも、逆に、「あんなことをしなければよかった」とか「あのことはまだまだやり足りなかった」というような反省材料がたくさんある。人間関係においても、私はこの時代に管理職として仕事をしたが、若年のためにいたらなかった面が多々ある。

そういう失敗や反省も込めて、あの小説を書いた。本にする時に、「池の飼いならされた金魚と野生の魚の確執」を書き出しとして新たに書き加えた。この話は、私が三十二歳ではじめて課長になったときの体験をそのまま扱っている。その意味では、相当思い入れの深い作品だ。

内村鑑三は、上杉鷹山を書くにあたって『米沢鷹山公』（川村惇著、朝野新聞、一八九三〈明治二十六〉年）だけを資料としたのと同じように、私が小説化するときに使った資料はわずか一冊である。『史伝 上杉鷹山』（杉原三郎著、日本産業報告新聞社、昭和十八〈一九四三〉年）だ。ただ申し訳ないことだが、著者の杉原三郎さんがどういう人なのか、私はいまだに知らない。この本には著者略歴がないからである。

この本を選んだのには理由がある。終戦で復員してきたとき、小学校の教師が「この銅像になっている金次郎少年（二宮尊徳）は、この学校から多くの子どもを戦場に送りだした張本人だ」と言っていることに腹を立て、相当な疑いを持った。

そこで私は、「そうであるなら、逆に戦争中に書かれた人物伝を読み直してみよう」と思い立った。当時は「大政翼賛」が叫ばれ、戦争遂行のための国策に協力することが善とされ、これに反対することはすべて悪とされた。おそらく日本産業報告新聞社が発行した『史伝 上杉鷹山』も、鷹山の農業振興と、期待される人物像の育成に力点が置かれたのだろう。

ところが戦争中に刊行された他の出版物についても同じだと思うが、必ずしも著者たちは軍部や政府の言うことを鵜呑みにしてはいない。よく使う手だが「序文」や「おわりに」という箇所でわずかに国策協力の姿勢を示してはいるが、本文はまったく違う場合がある。

この『史伝　上杉鷹山』についても同じことが言える。この本に書かれているのは、戦争遂行のための鷹山伝ではない。むしろ、「人間愛に満ちた鷹山のヒューマニズム」がテーマであり、同時に「地域における理想郷《ユートピア》づくりには、なにが必要であり、そこに住む人間はなにをなすべきか」ということが力強く書かれている。言ってみれば、現在しばしば問題になる「真の地方自治はいかにあるべきか」ということなのである。

為政者は民《たみ》の父母でなければならない

私なりに調べた上杉鷹山の事績から、思い切って彼の姿勢に加えたものの一つに、「身分制の破壊」がある。徳川時代は士農工商の身分制によって、日本人は〝生きるマニュアル〟を強いられていた。

ところが鷹山は、

――士農工商は職業区分、すなわち横の区分であって、縦の身分制ではない。

――サムライであっても農業の得意な者は農村に行け。技術のある者（工）は山に入ってダムをつくれ。そして商業感覚のあるものはいまで言えばＪＡ（農業協同組合）をつくって商人になれ。

――これは非常の措置であって恒久的なものではない。籍はあくまでも城に置き、給与も城から支給する。

と告げた。

特に鷹山の「主権在民思想」は、養子（養父の実子）に家督を譲るときに与えた『伝国之辞《でんこくのじ》』にはっきり表れている。意訳すれば、「大名とその家臣のために地域住民は存在しているのではない。逆に、地域住民のために大名とその家臣が存在している」ということだ。

鷹山は、「年貢の納め手が地域行政の主人である」と断じたのだ。

まだフランス革命も起こっていないときの発言だ。これは驚嘆すべき思想である。その思想はあげて師の細井平洲から教えられた、「為政者は民《たみ》の父母でなければならない」というひと言につきている。鷹山は徹頭徹尾、この教えを守り抜いた。

心の赤字を克服しなければならない

内村鑑三の『代表的日本人』における上杉鷹山は、危機に直面したときに、しばしば神に対する敬虔《けいけん》な信仰心を発揮する。この信仰深さが内村のキリスト教への信仰に重なり、その点が内村にとっては好《この》もしく、また尊敬すべきものに見えたのだろう。が、やはり江戸時代の武士である鷹山にとって、なによりも心の支えになったのは「儒教」である。鷹山の師・細井平洲も実学の人ではあったが、根本とするところは儒教だ。

したがって細井平洲が唱える、「為政者は民の父母でなければならない」という教えは、そのまま鷹山が大名として担うべき責任を果たすうえでの〝信仰の対象〟であった。つまり鷹山を支えた精神的な柱は、この〝民の父母を貫く〟という思想である。

寛政時代の老中筆頭、松平定信は、「望ましい藩主の模範」として上杉鷹山と肥後熊本藩主、細川重賢《しげかた》の二人をよく話題にした。松平定信自身、白河藩主で、〝白河楽翁《らくおう》〟と呼ばれた。日本で最初の「老人の日」をつくり、同時に日本で最初の「公立公園」を造成した人物であった。日本人の美しい精神をなによりも大切にした人だ。

松平定信も上杉鷹山も細川重賢も、やや精神主義的な傾向が強いが、しかし逆に言えば、この精神主義的な傾向がいまはかなり失われてしまっている。この復興のためにも、上杉鷹山の事績は、現代の政治、経済、経営者の理念設定、あるいは組織におけるリーダーシップの執り方などに多大な参考面がある。

これら三人の大名は、

「改革は、単に財政上の赤字だけではなく、人間の心の赤字を克服しなければならない」

という信念に熱く燃えていたからである。

（以上、『内村鑑三の「代表的日本人」』〈ＰＨＰ研究所〉より一部加筆修正）

その後の考察

愛知県東海市「童門冬二の嚶鳴講座」平成三十年度講演より

八代藩主・上杉重定の自己改革

『小説　上杉鷹山』を書いた当時、上杉鷹山が米沢藩に養子に迎えられる経緯について、次のように考えていた。

米沢藩上杉家は、上杉謙信を祖とする名家である。その領地は二百万石と言われたが、豊臣秀吉によって会津に移封《いほう》されたときに百二十万石になり、関ヶ原の戦いで西軍に与《くみ》したため、米沢三十万石に転封《てんぽう》され、さらに四代藩主綱憲になると十五万石に減らされてしまう。しかし、米沢移封時に、直江兼続が立てた、リストラは行なわないという方針により、家臣の数は百二十万石当時のままという状況が続いた。しかも、名家としての体面を保つための経費も嵩《かさ》んだ。そのため、米沢藩は、成立当初から財政的に厳しかったが、八代目重定の時代には、極論すれば、予算の八割が人件費で、残りの二割を借金の返済に充ててもまだ足りないという異常な状態に陥ってしまっていた。もちろん、歴代の藩主たちも財政再建の努力はしていたが、それでも太刀打ちできず、八代藩主重定は、版籍を幕府に返上する相談を義父だった尾張藩主・徳川宗勝にして諫《いさ》められている。

このような状況から、私は、宗勝に諫められた重定が、財政再建を図るために、藩儒の藁科《わらしな》松伯《しょうはく》や竹俣当綱《たけのまたまさつな》等の重臣たちの進言によって、賢いと評判の高かった日向国高鍋《たかなべ》藩主の次男・松三郎（後の上杉治憲、鷹山。以下、わかり易いようにすべて鷹山の表記とする）を養子に迎えた。そして成人後は再建事業に従事させるために、細井平洲を招いて松三郎の教育にあたらせた、と考えていた。

ところが、最近、『東海市史 資料編3 新編細井平洲全集』の年譜や、小野重伃《しげよ》先生の『嚶鳴《おうめい》館遺稿《かんいこう》注釈 米沢編』を細かく見直していると、重定が鷹山を養子に迎えたのは宝暦十年（一七六〇）で、藁科松伯の進言によって細井平洲を鷹山の賓師として迎え、初めて講義を受けたのが四年後の明和元年（一七六四）十一月、鷹山十四歳の時。翌月に、鷹山は将軍家治にお目見え。重定が版籍奉還を言い出したのもこの年だったことに気づいたのである。すなわち、版籍奉還を尾張藩主の徳川宗勝に諫められ財政再建のために鷹山を迎えたのではなく、それ以前に、重定は、鷹山を養子に迎えていたのである。

なぜ、鷹山を養子に迎えて四年もたったこの年に、重定が版籍奉還を言い出したのかはわからないが、『嚶鳴館遺稿注釈 米沢編』によると、「御治国安民之御大業行ハれ 自然此偽成功無之時ハ御領国（を幕府へ）被差上候他無之段ニ御決定被遊」と『国政談』（奉行の竹俣当綱が書いた藩政の分析）にあると書かれているので、ひょっとすると「（鷹山を養子に迎えた）この改革が成功しない時は、版籍を幕府に返上する」という、なみなみならぬ決意が重定にはあったのかも知れない。

重定にも少年鷹山の能力に不安があったのだ。

重定は、鷹山とともに、細井平洲の講話も聞いていたようだ。米沢藩に招かれた平洲は、まず『大学』を講義している。『大学』というのは『礼記』という古代中国の本の一つだが、その主題の一つになっているのが、人は、まず「誠の心」を持ち、その上で、修身、斉家、治国、平天下を実践する生き方である。逆に言うと、日本の社会（天下）を平和にしていくためには、治国、すなわち藩・大名家を治めなければならない。治国のためには、家族・家庭を治めなければならない。そして、そのためには、まず、家族・家庭の構成員である一人ひとりが自分を治めなければならない、すなわち自己改革が必要である。そして、自分が身を治める時の自己資源こそ、誠の心であるということである。私は、これを「自治」に置きかえて、

修　身　個人の自治
斉　家　家族・家庭の自治
治　国　地方自治
平天下　国の独立性と主体性

と位置づけているが、いずれにせよ、いかに聡明とはいえ、まだ十四歳の鷹山に、平洲の教えがすべて理解できたとは考えられない。逆に、鷹山よりも先に、重定は、この『大学』の教えを平洲から徹底的に学び、自己改革をしていった可能性がある。

七家騒動

鷹山改革は、大まかにいって、前半と後半に分かれている。前半は言うまでもなく、十七歳で家督を継いでから三十五歳で隠居するまでの間の改革。後半は、隠居後の寛政三年（一七九一）に十代藩主治広を補佐してはじまるいわゆる「寛政の改革」である。

その鷹山改革の最初、鷹山が初めてのお国入りをしてから四年後の安永二年（一七七三）、米沢の七人の重臣が改革に対して鷹山に詰問する「七家騒動」が起こった。この時、七人の重臣が詰問したことは、

・あなた（鷹山公）は、三万石の小さな国の出身です。だから、たとえ今は、十五万石とはいえ、かつては百二十万石だった名門上杉家の家風をご存じない。

・名家には名家なりのしきたりがあって、細かなことについても照らし合わせなければならない規範がいろいろある。

・それをご存じないところに加えて、よくわからない細井平洲という町学者の言いなりになって、改革案を立てられた。しかも、実際に立案したのは、江戸にいてトラブルばかり起こす連中、問題児だ。

・しかも、江戸から文書で送ってきて、写しをつくり配っておけ。いずれ自分が国に入った時に、その方針に従って改革を推進する先鋒を務めよとの仰せである。

・しかし、改革などということは、我々重役にまず話すべきであって、我々の意見も聞くべき

である。現場の意見をまったく聞かないで、米沢の現状に知識もない連中が、遠い江戸でつくったような案が、なぜ、上杉家の再建につながるのか。
・だから、我々七人は、相談して、あなたのつくった改革の原案を読まず、お蔵入りにしてある。

というものである。最初にこのことを知った時、私は鷹山の身になって、無礼極まると腹が立ったことを覚えている。いかに年が若く、養子だとはいえ、鷹山は現当主である。それに対して、現場の重臣が先頭に立って異議を唱えるのは許されることではないと考えたからである。

しかし、その後、私自身が年齢を重ね、やがて相手の立場に立って考えようという〝恕の精神〟を大切にするようになって、家老たちの立場に立って考えることも必要ではないかと思うようになった。そこで、もう一度、家老たちの詰問を考えてみると、現場の意見としては、家老たちの言っていることはすべて正しい。誰も嘘偽りを述べておらず、内容的には保守的だけれども、言っていることには筋が通っていることがわかった。また、七人の重臣たちは、自分たちのことだけではなく、先代の重定や上杉家に代々仕える旧臣たちの気持ちも忖度した上での詰問だったと思う。

しかし、いかに筋が通っているからといって、改革のために藩主になった鷹山にすれば、それに従うわけにはいかない。おそらく、この時、鷹山をふるい立たせたのは、入部する時に、細井平洲から送られた「勇なるかな」という言葉、「改革者としての筋を通しなさい」という言葉だったに違いない。

いずれにせよ、この問題は、自分の養父である重定の意見を抜きにして実行することがはばかられるため、鷹山は、重定に相談することにした。

重臣たちにしてみれば、重定のところに行けば自分たちの言うことを理解してくれるだろうという気持ちがあったに違いないが、逆に重定は、重臣たちの言動に激怒し、処分は鷹山に任せるという。その重定の言葉を受けて、鷹山は、首謀者二人は切腹、残り五人は閉門という果断な処分を行なった。

この事件によって、詰問した七人や、七人に与《くみ》する反対派の者たちも考えを変えざるを得なくなった。一つは、若い鷹山が意外にも固い意志を持った養子藩主であるということ。もう一つは、隠居した重定を頼りにするわけにはいかないことを知った。そして、これが一つのきっかけになって、前半の鷹山改革は力強く進むようになったのである。

この事件を見るとき、重定に対する失望から生ずる孤独感が七人には漂っていたと思われるが、その孤独感は、鷹山自身が一番強く感じていたに違いない。鷹山がたよりにし、相談もできる細井平洲は江戸にいて米沢にいない。「平洲先生がいてくださったらなぁ」と孤独な思いをしていたと思う。

一方、細井平洲も、江戸にあって、米沢で起こっていることに思いを馳せ、鷹山が苦労していることを知っていた。しかし、その鷹山を傍にいて助けられない自分のふがいなさと孤独感をひしひしと感じていたに違いない。

また、重定にしても、それまで世話になってきた七人をしかりつけ、突き放してしまったと言う孤独感があった。この時は、みんな寂しい人だったのではないかと思う。

いずれにせよ、この時だけではなく、鷹山の改革を本当に理解し、細井平洲不在の米沢で平洲の代わりに改革の話し相手となり、支持者ともなっていたのは、平洲の教えによって自己改革をした先代の重定だったのではないかと思う。

その意味では、重定は、決して、「藩を幕府に返上する」と言っただけの凡庸な藩主、親孝行な鷹山の下で、のんびりと余生を送った「御隠居様」ではなく、立派な名君だ。鷹山改革の中で、もう一度、事績を見直す必要のある人物ではないかという気がしている。

細井平洲、鷹山に荀子を講義

『東海市史　資料編3　新編細井平洲全集』の年譜で、もうひとつ興味深いことに気がついた。「七家騒動」が起こる前年の安永元年（一七七二）八月、参勤交代で江戸にいた鷹山に、細井平洲が荀子の講義を行ない、以後、毎月四と九の日に定期講義を行なっていたことだ。

折衷学派であるとはいうものの、細井平洲は基本的には朱子学者で、孟子の性善説にのっとっている。その平洲が、孟子とまったく反対の「性悪説」を説く荀子を、しかも性善説の人・上杉鷹山に説いているのである。

荀子の言う性悪説というのは、人間は欲望の塊《かたまり》であり、そのままに放置しておけば、どんどん人間が悪くなると同時に、社会そのものも汚染してしまうというもので、それを食い止めるには社会正義を設定して、それを守らせることが大事だということである。つまり、人間は、そのままにしておけば本能のままに生きて社会正義を崩す悪人になってしまうというのが、荀子の言う性悪説である。だから、法というもので、こういうことはすべきだ、これはしてはいけないということを決める。それを守ることが、社会正義を維持していく一つの方法だと、荀子は説くのだ。

朱子学でいうと、「社会正義を崩す」というのは「無礼」、すなわち、礼を失うことであり、無礼にならず社会正義を維持するために、人は道徳を実践する必要があるということだと、私は考えている。また、人間の中には善と悪が共存しており、悪が前に出ると鬼になり、善が前に出ると仏になる。だからみんなが仏になるように、一人ひとりが心の中に鏡を持ち、自分のやっていることや人のやっていることをその鏡に映して、善悪の判断をしていこうということにもつながっており、平洲の思想と荀子の性悪説はつながっているのだ。

米沢で実際の改革に着手して間もない鷹山に平洲が荀子を説いたのは、改革を実行する際には、孟子の言う性善説を鵜呑みにせずに、やはり人は善と悪という二つの心を持っているということを意識することも大事だということではなかったかと思う。

もう一つ、平洲が鷹山に説いたのは、荀子の「天の理」と「人の理」ということ。人間はしばしば、困った状況に陥ると運が悪かったとか、天から見放されたと言うが、荀子はこれを否定している。天というのはあくまで自然現象であって、その自然現象から離れたところに人間の理というものがあるはずだ。だから場合によっては、人間の理で、天の理、自然の理を利用することもあるというのだ。

その後の鷹山の産業振興の過程を見ると、ある意味、この荀子の教えをヒントにしている点が見受けられる。たとえば、米沢では、青苧《あおそ》は麻糸としてそのまま米沢の名品として出荷していたが、越後の小千谷《おぢや》では小千谷縮《ちぢみ》という高価な織物に加工しているし、近江では蚊帳《かや》に加工している。鷹山改革では、同じように、自然の賜物《たまもの》である原材料そのものに人間が知恵を加える、いわゆる加工品として出荷するという産業政策をとっているのである。

荀子は、また「自然の理」と「人間の理」は「自然と天の譲り合いだ」とも言っている。すなわち、事業を行なう過程では、譲り合いが何よりも大切だということである。譲り合うというのは、孔子の言う〝恕〟の精神そのものであり、孟子の言う忍びざるの心である。

上杉鷹山が目指した、いわゆる目に見える米沢藩の赤字の解消と、藩民の心の赤字をゼロにして、みんなが恕の心、忍びざるの心を持てるように意識改革をしなければならないという二つの改革は、ただ漠然と言葉で言っていてもダメで、一つ所に集まって学ぶことが大事だ。そのため鷹山は、途絶えていた藩校を再興し、細井平洲が「興譲館《こうじょうかん》」と名付けた。意味は、譲《ゆず》るという徳を新しく興《おこ》すということだ。恕の精神、忍びざるの心を身につける学び舎《や》であり、ここで学ぶ者はそれを自分のものにして欲しいという願いが込められているから、荀子の言う譲るというのは、忍びざるの心、恕の精神を体得していくことだろうと思う。

三十五歳での隠居

十歳の時、上杉家の養子となった鷹山は、十七歳で家督を継ぎ、天明五年（一七八五）に、三十五歳で隠居をし、家督を先代重定の次男・治広に譲る。鷹山は、〈世襲制が基本である以上、直接血のつながりのある人に譲るべきである。それが、城内の武士や領内に住む人々にとって収まりが一番良い〉と考えていたようだ。これは、今の会社でも同じで世襲制の会社というのは、血のつながっている人が継ぐのが、社員の納得を得るにも一番良いという気もするが、それにしても、早い隠居だ。

なぜ、彼がそんなに早く隠居したのかはわからないが、江戸時代の経済の波を考えると、高度成長が三回、そのあとに続く財政再建と改革の時代が三回あった。一回目の高度成長は元禄時代で、これは徳川綱吉が牽引している。二回目が明和安永時代で田沼意次の時代。三回目が文化文政期で徳川家斉が責任者だった。そして、改革は、一回目が徳川吉宗の享保の改革、二回目が松平定信の寛政の改革、そして三回目が水野忠邦の天保の改革である。江戸時代というのは、基本的に合議制だが、この成長期とそれに続く改革期を見る限り、合議制ではなく、強烈な個性を持った人のワンマン経営である。そして、将軍家はさておき、田沼意次にしても、松平定信にしても、水野忠邦にしても、ある程度、改革をやり終えた段階で、役割が終わっている。やはり、安定期ではない、「非常の時」には「非常の人事」をする必要があるのかも知れない。

そういった視点で、米沢藩における上杉鷹山の役割を考えた時、一種のタスクフォース、すなわち財政再建という緊急の目的を達成したら、ポストから外れてもよい、あるいは外れるべきだという短期契約的な大名として米沢家に養子として迎えられた一面もあるのかも知れない。ひょっとすると、鷹山自身もそのことを自覚しており、天明の飢饉で思うように進まなかったとはいうものの、改革の方向性がはっきりした段階で、三十五歳という若さでの隠居になったのではないかという気もしないではない。もちろん、自分が養子になって以降のこととはいえ、重定に実子がいる以上、できるだけ早く家督をその子に譲るべきだという、鷹山の謙虚さとやさしさがあったことも間違いない。

ところが、鷹山が隠居すると、反改革派が再び勢力を得て、それまでの鷹山改革をすべて廃止してしまった。飢饉のための備えとしての義倉《ぎそう》や食糧の保管倉も廃止し、あげくのはてには興譲館も廃校に追い込もうとする動きが出たのである。

このときに立ち上がったのが、下級武士と、藩民たち、とくに農民と貧しい商人たちであった。彼らは、「御隠居様の改革は間違っていない。誠の心で我々に嘘をついたこともないし、ご自身の生活ぶりもつましいもので、私たちに模範をお示しになっていた。だからあの改革は続行すべきである」という意見がわいてきた。

そのことによって、鷹山自身が、「自分がまいたはずの火種、あるいは苗木は、決して自分が隠居したからといって滅びたわけではない。名もない農民や身分の低い武士ではあるけれど、正確に受け止めてくれた」と考え、請われるままに、隠居のままで、第二次の改革に着手するのだ。

勇なるかな

「受次《うけつぎ》て　国のつかさの　身となれば　忘るまじきは　民の父母」。これは、明和四年（一七六七）、十七歳で米沢藩主となった上杉鷹山が、その決意を託して詠んだものだ。十四歳から、細井平洲について藩主としてのあり方を学ぶ中で、平洲から教えられた「民の父母」という言葉を、鷹山は生涯忘れなかった。

しかし、その鷹山が、様々な困難を乗り越え、改革を成功させていく過程で、常に心に言い聞かせていたであろう言葉が、もう一つある。

それは、明和六年（一七六九）、初めてのお国入りを控えて、自分のような若輩者が米沢に行って果たしてやっていけるのだろうかという不安から、細井平洲に教えを請うた時に、平洲から送られた、

「勇なるかな　勇にあらずして　何をもって　行なわんや」

という言葉である。普通、勇気といえば、恐れず前に進むいさましい姿を想像する。しかし、平洲は、勇気とは、

・「責任を持つ覚悟だ」とまず言う。「責任を持とう」と自分自身に言い聞かせる勇気を持ちなさい。

・その勇気を持った上で、正しいと思ったこと、やらなければならないと思ったことは、何事をも恐れず、前向きにいさましく推し進めなさい。それが本当の「勇気」というものだ。

と、鷹山を励ましたのである。先に述べた七家騒動の時も、隠居後再び改革の最前線に立つときも、鷹山は、この言葉を心の支えとして、果断に改革に着手していったに違いない。

著作一覧

※このリストは、愛知県東海市の「細井平洲・童門冬二記念 嚶鳴広場」が令和元年（二〇一九）五月十八日段階で所蔵している著作です。
※監修本、共著本等は、著作一覧に入れていません。
※■は元本、□は文庫版・改訂版等です。
※書籍のタイトル、発行日は、各書籍の奥付記載のものです。
※文庫版・改訂版等は、基本的にメインタイトルと発行年のみを記載しました。
※文庫版・改訂版等の発行年が複数ある場合、二番目以降は、新装版・改訂版・改題版等の発行年です。

	タイトル	出版社	発行日(奥付日)	解説
1957 昭和32年	春風浪人	雄文社	1957/12/25	密書を腹中にしたお犬様を守って一人の侍が東下りをすることになった……。本名、太田久行名で出版した、痛快、爆笑、剣と恋の時代小説。
1958 昭和33年	文藝2人誌 さ・え・ら	(自費出版)	1958/3/5 創刊	純文学作家を目指して、昭和三十二年(一九五七年)に生田直近と創刊した同人誌。芥川賞候補となった「暗い川が手を叩く」はじめ、秀作を発表。
1959 昭和34年	飛び出したお嬢さん	大和出版	1959/6/15	「太田久行(本名)のユーモア傑作集」の中の一作。他に「純情ロマンス娘」「純情青ひげ娘」「幸福はキット来る」などの作品がある。
1960 昭和35年	暗い川が手を叩く	大和出版	1960/10/8	第四十三回芥川賞の候補となった表題作のほか、「神さまの畜生」「積木の橋に虹が」「かなしみの市」「詩人の魂」「骨と草」「森の霊柩車」を収録した純文学作品集。
1963 昭和38年	隠密社員	東都書房	1963/7/20	計算機を売り込む密命を帯びて企業人が役所に職員として潜入……。目黒区役所で国民健康保険の準備事務に携わっていた体験をもとに描いたミステリー小説。
1964 昭和39年	異説新撰組	東都書房・東都ミステリー	1964/2/18	人命尊重に配慮していた幕府。それにもかかわらず、人斬り行為を続ける新撰組。新撰組結成の真の目的を追究した異色ミステリー。

※■の書籍は元本、□は文庫版・改訂版等です。

年	書名	出版社	刊行	内容
	異説新撰組	春陽文庫	1968	
	沖田総司血涙録(改題)	新人物往来社	1977	
	竜馬暗殺集団(改題)	春陽文庫	1982、1996	
1965 昭和40年	**忍法 京洛秘帖** 忍法小説全集⑮	東都書房	1965/1/20	東都書房刊行による「忍法小説全集」の十五巻目。幕末を舞台に、伊賀復活の機会を狙う若き忍者の夕月新蔵の活躍を描く異色作。
1967 昭和42年	**明日は維新だ**	人物往来社	1967/9/25	坂本龍馬、高杉晋作、近藤勇……。激動の時代に、あくまでも己の道を貫いた若き志士たちの青春群像を描く連作短編小説十編。
	明日は維新だ	集英社文庫	1992	
	新篇 座頭市	東都書房	1967/12/12	「座頭市」の原作者・子母澤寛が取材した座頭市に関する記憶の述懐を手掛かりに創作した、五篇からなる短編小説集。
	新篇 座頭市	富士見書房・時代小説文庫	1991	
1972 昭和47年	**史説 道三と信長**	大陸書房	1972/12/18	油商人から戦国大名に成り上がった斎藤道三と、その娘婿の関係にある織田信長を中心に、変転する戦国時代を解説した歴史読み物。

年	書名	出版社	発行日	内容
1973 昭和48年	**史伝 勝海舟**	大陸書房	1973／3／3	幕臣でありながら幕藩体制の矛盾を批判し、明治新政府への橋渡し役となった勝海舟。「最後の幕臣」の姿を追った歴史読み物。
	最後の幕臣 勝海舟（改題）	成美文庫	1999	
	親鸞 物語と史蹟をたずねて	成美堂出版	1973／6／10	親鸞の出生から入滅までの生涯を追いながら、その生き方と思想とともに、親鸞ゆかりの地を紹介した歴史ガイド本。
	親鸞 物語と史蹟をたずねて	成美文庫	1996	
1974 昭和49年	**雲井龍雄**	新人物往来社	1974／3／20	理想から遠ざかった新政府を糺そうとした雲井龍雄は、政府転覆の疑いで梟首に。信念と理想を貫こうとした男の二十七年の生涯を描く。
	西郷隆盛 物語と史蹟をたずねて	成美堂出版	1974／4／20	維新回天の大立者・西郷隆盛の波乱万丈の五十年の生涯を、幕末維新の政治過程と史蹟を紹介しつつ描いた、読む歴史ガイド。
	西郷隆盛 物語と史蹟をたずねて	成美文庫	1995	
	新撰組一番隊	新人物往来社	1974／7／20	剣豪ひしめく新撰組の中でも、常に重要な任務をこなした一番隊。そのトップ沖田総司を中心に描く、新撰組の青春群像。
1975 昭和50年	**新撰組 山南敬助**	新人物往来社	1975／1／25	局長、副長に次ぐ総長に就いた新撰組の山南敬助。新撰組の理想と現実、島原遊里での恋。沸騰する時代の中で葛藤する山南を描く。

年	書名	出版社	刊行	内容
	新撰組　山南敬助	学陽書房・人物文庫	2007	
	嵐の中の日本人シリーズ⑥ **織田信長**	**あかね書房**	**1975/11**	小学上級から中学生向けに平易な表現で織田信長の幼少期から本能寺での自刃までを描く。「嵐の中の日本人シリーズ」の一冊。
	織田信長	あかね文庫	1991	
1976 昭和51年	**ジョン万次郎**	**学習研究社・少年少女学研文庫**	**1976**	万次郎が帰国した時、日本には尊皇攘夷の嵐が吹き荒れていた。開国に向かう日本を陰で支えた男の数奇な半生を描く。
	ジョン万次郎	学陽書房・人物文庫	1997	
	新撰組 物語と史蹟をたずねて	**成美堂出版**	**1976/8/20**	薩長が開国に転ずる中、最後まで攘夷思想を保ち続け、「誠」の一念で剣の道を貫き散っていった新撰組隊士へ奉げる鎮魂の書。
	新撰組　物語と史蹟をたずねて	成美文庫	1994	
1977 昭和52年	**沖田総司** 物語と史蹟をたずねて	**成美堂出版**	**1977/9/10**	殺人者であることの苦悩。死病にむしばまれながら反幕浪士を斬り続け、二十五歳の若さで逝った天才剣士沖田総司の青春の軌跡。
	沖田総司　物語と史蹟をたずねて	成美文庫	1996、2003	

年	書名	出版社	発行年月日	内容
1978 昭和53年	**職業としての地方公務員** 公僕を選んだ私の生き方	中経出版	1978／11／1	目黒区役所税務課勤務を皮切りに三十数年、職員として東京都に勤めた経験をもとに、地方公務員の生き方・考え方を問いかける。
1979 昭和54年	**美濃部都政12年** 政策室長のメモ	毎日新聞社	1979／8／15	美濃部亮吉東京都知事の参謀として都政の中核にいた著者が、十二年間の都政をふり返る。本名・太田久行名で出版。
	小説都庁	主婦と生活社・21世紀ノベルズ	1979／10／20	行政マンとして都政の中心にいた著者が、美濃部都政最後の二年間を下敷きにしつつ描いたフィクション。本書は、本名・太田久行名で執筆。
1981 昭和56年	**官吏意外史** 日本史にみる公務員の虚像と実像	公務職員研修協会	1981／2／10	中臣鎌足、太安万侶、足利尊氏、石田三成など九人を官吏（公務員）として取り上げ、我慢強く職務を遂行したエピソードを紹介。
	日本を創った官僚たち（改題）	旺文社文庫	1986	
	武田信玄 嵐の中の日本人シリーズ⑮	あかね書房	1981／9	小学校高学年から中学生向けに、歴史に対する興味涵養を目的としたシリーズの一冊として描いた武田信玄の生涯。
	武田信玄	あかね文庫	1987	
	統率者の論理	学陽書房	1981／10／1	信長、秀吉、家康の人の動かし方、組織経営を論じるほか、江戸時代に行なわれた改革がどこで成否を分けたのか、その要因を考察。

1982
昭和57年

組織を動かす（改題）	三笠書房・知的生きかた文庫	1986	
再建戦士《テンバーセンター》	実業之日本社	1982/3/25	企業の意識改革に成功すれば、報酬は利益の一〇%……。コンサルタント時代の到来を予感させる長編企業小説。
新撰組の女たち	朝日新聞社	1982/4/30	沖田総司、山南敬助、芹沢鴨ら新撰組隊士の恋と苦悩をとおして、維新への胎動と新撰組の実像を浮かび上がらせた時代小説。
新撰組の女たち	旺文社文庫	1985	
創隆社歴史ロマンスブックス① **南北朝の風雲** 足利尊氏	創隆社	1982/4/30	源氏の名門足利家の統領に生まれたがための足利尊氏の悲劇を、新田義貞、楠木正成ら、多くの人間とともに描いた歴史小説。
足利尊氏の生涯（改題）	三笠書房・知的生きかた文庫	1990	
南北太平記　足利尊氏（改題、新装版）	創隆社	1990	
足利尊氏（改題）	富士見書房・時代小説文庫	1994	
遠山金四郎 物語と史蹟をたずねて	成美堂出版	1982/8/10	天保の改革の中、行政マン遠山金四郎は何を行なったのか。当時の社会情勢と金四郎ゆかりの地を紹介しつつ、その実像に迫る。

遠山金四郎 物語と史蹟をたずねて	成美文庫	1995	
坂本龍馬に学ぶ	新人物往来社	1982／9／10	二者択一の発想ではなく、「第三の道」を模索した坂本龍馬になぜ人はついていったのか。その発想と人を引き付ける人間力を考察。
坂本龍馬の人間学（改題）	講談社文庫	1986	
坂本龍馬・人間の大きさ（改題）	三笠書房	1993	
坂本龍馬　人間の大きさ	三笠書房・知的生きかた文庫	1998	
坂本龍馬　「自分」を大きくする法（改題）	三笠書房・知的生きかた文庫	2008	
［新装版］坂本龍馬の人生訓（改題）	ＰＨＰ研究所	2008	
坂本龍馬に学ぶ（改題）	新人物往来社・新人物文庫	2009	
経営革命の祖・上杉鷹山の研究 危機を乗り切るリーダーの条件	ＰＨＰ研究所・PHP BUSINESS LIBRARY	1982／10／6	財政危機に瀕した米沢藩を、財政改革と意識改革で甦らせた上杉鷹山に組織と人間の管理術の要諦を探る。上杉鷹山を題材にした最初の書籍。
上杉鷹山の経営学（改題）	ＰＨＰ文庫	1990	

［新装版］上杉鷹山の経営学	PHP研究所	1992	
さらりーまんで候	日本経済新聞社	1982/10/25	「非情」を「閉塞状況を切り抜く勇断」ととらえ、情けに流されなかった江戸の「さらりーまん」たちに人間管理の要諦を求める。
非情の人間管理学（改題）	旺文社文庫	1986	
人を育てる管理学	学陽書房	1982/11/15	人を見出す、人を伸ばす、自分を育てるなどの切り口で、歴史の中に人材育成法を求める。人間の可能性再発見のヒントを提示。
英傑たちの人材育成法（改題）	学陽書房・学陽選書	1990	
新撰組が行く〈上〉〈下〉	秋田書店	1982/12/30	池田屋襲撃で新撰組の名は知れわたったが、京都市民を離反させる結果にもなった。傾きゆく幕府を支え、殉じた男たちを描く哀歌。
新撰組が行く〈上〉〈下〉	旺文社文庫	1987	
新撰組が行く〈上〉〈下〉	集英社文庫	1994	
全一冊　小説　新撰組（改題）	集英社文庫	2003	
1983 昭和58年			
とびうお酔酔	都政新報社	1983/1/30	『都政新報』の読者の要望に応えて、都庁退職後、一九七九年から八一年まで、五十回にわたって同誌に連載した日常雑感作品集。

日本史100の名場面	コンパニオン出版	1983／3／1	原始・大和・奈良時代から江戸・幕末・維新まで、日本史を彩る百の場面を選び出し編まれた「童門版日本通史」。
これは知っておきたい！ 日本の歴史 名場面100（改題）	三笠書房・知的生きかた文庫	1996	
日本の歴史 どうしても知っておきたい名場面80（再編集、改題）	三笠書房	2011	
小説 上杉鷹山〈上巻〉〈下巻〉	学陽書房	1983／6／15	十七歳で瀕死の名門米沢藩主の座についた上杉鷹山の不撓不屈の生涯を描いた長編小説。上巻では、人びとの心に希望の火種をうえつけてゆく若き藩主の姿を、下巻では、家臣や領民一人ひとりの共感をかちとりつつ、地域と人を活性化してゆく上杉鷹山の経営手腕を描く。
小説 上杉鷹山〈上〉〈下〉	学陽書房・人物文庫	1995	
全一冊 小説 上杉鷹山	集英社文庫	1996	
情の管理・知の管理 部下の心を掴み、士気を高める	PHP研究所・PHP BUSINESS LIBRARY	1983／7／4	人心掌握のための「情」の管理と、目標を達成する組織運営のための「知」の管理の実践ノウハウを歴史の中に求める。
「情」の管理・「知」の管理		1987	

1984
昭和59年

「情」と「知」のリーダーシップ（改題、改訂）	PHP研究所	2008	
レクチャー『五輪書』 宮本武蔵の自己管理術	六興出版	1984／3／1	「五輪書」を「自己管理のヒントの書」としてとらえ、自分を見失わずに生きていく術を、武蔵の自己管理の知恵に学ぶ。
織田信長に学ぶ	新人物往来社	1984／4／15	新しい価値観の創造、部下をやる気にさせるリーダーシップ。混迷時代のビジネスパーソンが待望するリーダー像を織田信長に求める。
織田信長の人間学（改題）	講談社文庫	1989	
織田信長に学ぶ	新人物往来社・新人物文庫	2009	
真面目すぎる人は成功しない	日新報道	1984／4／20	明智光秀、石田三成、新井白石、大久保利通ら、歴史上の「真面目人間」を分析。真面目人間に共通する傾向を浮かび上がらせる。
小説　川路聖謨	読売新聞社	1984／7／10	御家人出身ながら大坂町奉行、勘定奉行などを歴任し、江戸開城とともにピストル自殺をした川路聖謨。幕府に殉じた男の生涯を描いた長編。
川上貞奴 物語と史蹟をたずねて	成美堂出版	1984／9／1	日本の女優第一号となった貞奴。時の総理伊藤博文や西園寺公望など、貞奴を取り巻く多彩な人物たちの「明治の青春」を描く。

嵐の中の日本人シリーズ㉑ **福沢諭吉**	あかね書房	1984/10/20	欧米文明の紹介に努め、慶應義塾を創設し活発な啓蒙活動を展開した福沢諭吉。日本の近代化に貢献した福沢諭吉の半生を描く。
宮本武蔵の人生訓 剣聖に学ぶ 勝つこと、処世、人間学	永岡書店	1984/12/5	生死をかけた試合をとおして武蔵のつかんだ悔いのない生き方、心の鍛え方とは。「人生の達人・武蔵」に生き方のヒントを学ぶ。
宮本武蔵の人生訓	三笠書房・知的生きかた文庫	1990	
宮本武蔵の人生訓	PHP文庫	2000	
[新装版] 宮本武蔵の人生訓	PHP研究所	2009	
1985 昭和60年			
青春児〈上巻〉〈下巻〉	学陽書房	1985/3/15	一介の暗殺者から、初代首相になった伊藤博文の若き日。上巻では、岩倉使節団の副使として日本を旅立つまでを、下巻では、帰国後、国も女も酒も同じように愛した青春の日々を描く。
幕末青春児〈上巻〉〈下巻〉(改題)	学陽書房	1985	
小説 伊藤博文〈上〉〈下〉(改題)	学陽書房・人物文庫	1996	
全一冊 小説 伊藤博文	集英社文庫	2004	

「人」が決め手だ 新・公務員人材論	ぎょうせい	1985／4／15	組織は人の集まりであるという視点から、「人としての自治体職員はどうあるべきか」を問いかけることにより、自治体職員をはげます。
戦国にみる創造的経営	時事通信社	1985／6／1	近江商人の行動と、天下をとった三武将の事績を、経営という視点でとらえ、情報化社会、システム化社会を生き抜くヒントを探る。
風丸が行く〈上〉〈下〉 戦国の放浪児	読売新聞社	1985／7／12	熱田神宮近くの寺で偶然、明智光秀と出会った一人の少年の目で、信長の台頭から本能寺の変までの激動の時代を描いた時代小説。
人間通になるために	日本実業出版社	1985／7／30	自らも都庁において組織人として動いた経験を持つ著者が、歴史のエピソードをまじえつつ、「人」を知るノウハウを解説する。
人間通になるために	日本実業出版社・エスカルゴ・ブックス	1988	
盛者の群像 変革期にまなぶ行動学	日本生産性本部	1985／9／30	大化改新、建武親政、明治維新。本書では、これらの三大政治事件を、経営という視点で検証し、変革期における行動規範を学ぶ。
変革期の経営行動学（改題、加筆修正）	生産性出版・Coremo 生産性の本	2016	

名将に学ぶ人間学 男の器量をつくる	三笠書房	1985／10／25	凡将と名将の決定的な違いは、結局、人間通か否かであった。戦国を命がけで生きぬいた名将たちのエピソードに、その源泉を探る。
名将に学ぶ人間学	三笠書房・知的生きかた文庫	1989、2001	
名将に学ぶ人間学（サブタイトル改題、改装）	三笠書房	1996	
名将に学ぶ人間学（改訂版）	三笠書房	2006	
志士の海峡	朝日新聞社	1985／10／30	奇兵隊総督の赤根武人は自らの理想を追うがあまり、高杉晋作との溝を深めてしまう。裏切り者の烙印を押された男の生涯を描く。
奇兵隊燃ゆ（改題）	祥伝社・ノン・ポシェット	1992	
土方歳三 物語と史蹟をたずねて	成美堂出版	1985／11／10	近藤勇亡きあとの新撰組を率い、会津、宮古、箱館と幕軍最後の戦いを挑んだ土方歳三は何を考えていたのか。土方の事績を追う。
土方歳三 物語と史蹟をたずねて	成美文庫	1994、2003	
勝海舟の人生訓 多様化時代に対処する、勇気・先見・行動力	永岡書店	1985／12／5	徳川幕府と明治新政府、この「二君」に仕えた勝海舟の行動指針、先見性、行動力の源泉を、エピソードを追いつつ探る。

勝海舟の人生訓	PHP研究所	1989	
[新装版] 勝海舟の人生訓	PHP研究所	2008	
1986 昭和61年			
人間の器量 歴史にみるぬくもりの名指導者たち	三笠書房	1986/4/30	人は自分の器量に応じて仕事をし、また仕事が器量をつくっていく。歴史とビジネス世界を融合させた著者ならではの「人間学」。
人間の器量	三笠書房・知的生きかた文庫	1989	
人間の器量（新装版）	三笠書房	1993、1996	
組織力の人物学	学陽書房	1986/6/10	高杉晋作、坂本龍馬、大石内蔵助ほか、企業の創業者から落語家まで、人物を通して、組織力発揮の秘密や人集めの手法などを見る。
男の値打ちは「度量」で決まる 修羅場に強い知将・闘将のケンカと迫力の方法	大和出版	1986/6/20	太田道灌、明智光秀、立花宗茂らの、日本史の中の「スジ」をとおした「ケンカ」を紹介しつつ、男の度量の上げ方を考える。
男の値打ちは「度量」で決まる（新装版）	大和出版	1993	
徳川家康のブレーンたち 組織に生きる男の「悪の人間管理術」	三笠書房	1986/7/10	家康の人使いのうまさは、その怨恨・憎悪・不信の感情など、人間の暗部に注目したからと分析。家康の「ウラからみた人間管理術」を検証。

ゴキブリが行く 史訪 日本のまち	ぎょうせい	1986/7/24	日本各地の都市の変貌を、その地方の歴史を振り返りながら、地を這う「ゴキブリ的視線」で考察した、童門版都市論。
戦国武将 人心掌握の極意 人を生かし、動かす知恵	PHP研究所	1986/10/24	北条早雲、豊臣秀吉、黒田如水など、激動の戦国の世、家臣をまとめ、兵を動かした二十三人の戦国名将たちに人心掌握の術を探る。
人心掌握の天才たち（改題）	PHP文庫	1990	
1987 昭和62年			
坂本龍馬と歩く	新人物往来社	1987/2/10	本書の企図は、もう一度原点に戻って、坂本龍馬を見つめ直そうというもの。ゆかりの地を拠り所に「そこで何を得たか」を再考察。
男の人生は「敗者復活」にあり 再び勝機をつかんだ知将・闘将に学ぶ自己修養の方法	大和出版	1987/3/10	信長も秀吉も家康も敗者復活組だった。不遇をバネにする自己変革の方法を考察。ビジネスマンに贈るセカンドチャンスのつかみ方。
「左遷」をバネにする生き方（改題）	大和出版	1994	
「作戦要務令」の新しい読み方 現場ビジネスマンの行動マニュアル精髄	三笠書房	1987/5/31	旧陸軍の『作戦要務令』を、リーダーの統率力、組織の機動力などの視点で読み直し、ビジネスに応用できるように書き改めた書。
がんばれ!! 30代公務員 公務員人生論	公人の友社	1987/6/21	若い公務員こそ「フッーの住民の悩み」を自分の悩みと受け止められる市民感覚の持ち主と指摘。若手公務員を励ます童門流公務員論。

「人づくり」の人間学 人材育ての名伯楽に学ぶ	三笠書房	1987/7/25	歴史上、大きな仕事を成した人物は、人づくりの名手であった。謙信、家康、大岡忠相、山本五十六などに学ぶ、人材育成の極意。
小説 太田道灌 江戸開発の知将も謀略を見抜けず	読売新聞社	1987/9/9	軍事と歌に秀でた太田道灌は、その才気ゆえに誤解を招き、ついに魔の手が。己の美学を貫いた武将の生き様を余すところなく描く。
小説 太田道灌	PHP文庫	1994	
近江商人魂〈上巻〉〈下巻〉	学陽書房	1987/9/30	信長の薫陶を受けた蒲生氏郷と、商いの正道を開いていく近江商人の西野仁右衛門。それぞれの世界で戦う二人の男の生涯を描く。
近江商人魂〈上〉〈下〉	学陽書房・人物文庫	1996	
全一冊 小説 蒲生氏郷（改題）	集英社文庫	2000	
蒲生氏郷〈上〉〈下〉（改題）	学陽書房・人物文庫	2008	
「バサラ人間」待望論 人生、意気に感ずる生き方・21項	大和出版	1987/9/30	平将門、伊達政宗、坂本龍馬など、閉塞状況を突破した人物の事績と、その「バサラ的精神」を紹介し、現代を生きるヒントを提示。

修羅の藍 阿波藩財政改革	講談社	1987／10／20	阿波藩の養子となった蜂須賀重喜。藩財政の改革に着手するも、重臣の反対にあう。阿波藩財政改革を追った長篇歴史小説。
小説 蜂須賀重喜（改題）	講談社文庫	1996	
武田信玄の人間学	講談社文庫	1987／11／15	戦国の乱世を強かに生き抜いた名将武田信玄の政治手腕を、その人間力に求め、具体的なエピソードに即し、現代的視点で解明する。書き下し文庫。
家訓で活かす経営戦略	六興出版	1987／11／25	「武田家法」など、人と組織を生かした「永遠の言葉」である家訓を、現代のビジネスマンがどのように活用したらよいかを考える。
信玄の「人は城」経営学	日本文芸社	1987／12／20	武田信玄のすぐれたガバナビリティーを、現代の組織管理力としてとらえ、その人間的魅力と組織づくり、政治手腕などを考察する。
歴史の中の名総務部長	三笠書房	1987／12／31	蜂須賀小六、丹羽長秀、大石内蔵助、武田信繁らを、企業における総務部長になぞらえ、その苦しみや悲しみを綴った歴史読み物。

1988
昭和63年

戦国武将に学ぶ **名補佐役の条件** トップとナンバー2の人間関係学	PHP研究所	1988／2／17	戦国武将に例をとり、現代ビジネスに通じる補佐役としての視点、発想、なすべきことなどを考察した、ケーススタディーの書。
戦国武将に学ぶ 名補佐役の条件	PHP文庫	1999	

名家老列伝 歴史に学ぶ「実力重役」の条件	PHP研究所	1988／3／3	恩田木工、栗山大膳など、自らの役割を果たすことに徹した家老たちの足跡から、組織を統括するナンバー2の行動原理を解明する。
名家老列伝	PHP文庫	2003	
春日局 家光を名将軍に育てた稀代の才女	三笠書房	1988／5／31	江戸城に絶大な権勢を誇った春日局。将軍家光の威光を背景に、智謀の限りを尽くして江戸城を牛耳った女の人間像と行動力を描く。
春日局	三笠書房・知的生きかた文庫	1988	
人生を選び直した男たち 歴史に学ぶ転機の哲学	PHP研究所	1988／9／1	西郷隆盛、渋沢栄一、大塩平八郎、飯沼貞吉、前田利家……。五人をとおして、「自分の真実の声」に忠実に生きる勇気を考える。
人生を選び直した男たち	PHP文庫	2000	
徳川家康「攻め」と「守り」の経営学 戦国武将の経営戦略	立風書房	1988／9／10	三河の土豪という「ベンチャー松平商店」から出発し、「徳川日本株式会社」という大企業を設立した家康の「経営」の全貌。
徳川家康の経営学（改題）	学陽書房・人物文庫	2002	

江戸のビジネス感覚	朝日新聞社	1988/10/20	三井高利、河村瑞賢ら、成功を勝ち取った江戸の商人たちの事績をPR活動、付加価値の創造、技術革新などの観点から考察する。
江戸のビジネス感覚	朝日新聞社・朝日文芸文庫	1996	
高田屋嘉兵衛 物語と史蹟をたずねて	成美堂出版	1988/11/10	合理的発想と時代を見通す目。北辺問題がかまびすしい文化年間、ロシアを相手に民間外交を成し遂げた「海の商人」の生涯を追う。
高田屋嘉兵衛 物語と史蹟をたずねて	成美文庫	1995	
徳川家光の人間学	講談社文庫	1988/11/15	三代将軍徳川家光は、組織と人を最大限に生かし、幕藩体制を整備、盤石にした。生まれながらの後継者家光の人間学を考察。書き下し文庫。
1989 平成元年			
男の器量 一度限りの人生、人は何を捨て、何を守らねばならないか	三笠書房	1989/2/15	歴史上の男たちはどのように器量を育てたのか。転機の活かし方、危機管理法など、彼らの事績に自分を大きくするヒントを探る。
男の器量	三笠書房・知的生きかた文庫	1992	
男の器量（サブタイトル改題、新装）	三笠書房	1995、2000、2004、2006	

九〇年代の経営改革・新和魂のすすめ	時事通信社	1989/3/15	思想の軸をしっかり持ちつつも、時に応じて考えを改める柔軟性を持て！　世紀末を生きぬくための精神的拠り所を歴史に探る。
係長の智慧① **係長こそ現場の主権者だ**	ぎょうせい	1989/5/15	激動の歴史を生きた「係長層」を通して、自分のパワーをどう探りあて、開発していったかを探る、現代の係長層に贈るエールの書。
西郷隆盛と大久保利通の生涯 **日本の青春** 明治維新を創った男たちの栄光と死	三笠書房	1989/6/15	幕末から維新、そして日本最後の内乱・西南戦争へ。日本の青春時代であった明治維新を二人の巨人を中心に描く歴史ドキュメント。
日本の青春	三笠書房・知的生きかた文庫	1989	
男の真価は「出処進退」で決まる 自己の責務を貫く〝捨身〟の生き方の美学	大和出版	1989/7/30	出処進退は、社会的にその人が生きることや死ぬことを意味する。利休の門弟山上宗二、勝海舟などから出処進退の美醜を考察。
男の「引き際」の研究（改題）	大和出版	1994	
強いリーダー　生き方の秘密 こんな男に人と運はついてくる	経済界・RYU BOOKS	1989/8/24	伊達・前田・藤堂・毛利・細川、五家の創業藩主の組織力・人間力を分析。江戸二百六十年を生き残った大経営体の生き残りの秘策。

童門冬二の〝出処進退〟の研究（改題）	経済界・RYU BOOKS	1994	
評伝　戦国武将（再編集、改題）	経済界	2000	
社長は自分の息子を後継者としてどう育てるか	三笠書房	1989／11／20	後継者をいかに育てるか……。武田信玄、黒田如水ら戦国武将、島井宗室、近江屋長兵衛ら傑物商人から後継者問題を考える。
「人望」の研究 西郷隆盛はなぜ人を魅きつけるのか?	主婦と生活社	1989／12／15	人物と状況によって、克雪・和雪・利雪をうまく使い分けてリーダーシップを発揮した「西郷流人心掌握術」のケーススタディー。
西郷隆盛の人生訓（改題）	PHP文庫	1996	
［新装版］西郷隆盛の人生訓	PHP研究所	2008	
西郷隆盛　人を魅きつける力（改題）	PHP文庫	2017	
幕末維新の出向社員	実業之日本社	1989／12／25	西郷隆盛、大村益次郎、山内容堂などを「幕末の出向社員」に見立て、彼らが出向先でどのように力を発揮してきたかを綴る。

1990
平成2年

歴史にみるビジネス・人・発想	日本経済通信社	1990／2／1	近江商人、伊勢商人、会津商人、甲州商人をとおして、経済大国ニッポンをつくりあげた日本式ビジネスの原点を探る。

歴史が教える経営の極意（改題）	日本経済通信社	1993	
小説　二宮金次郎〈上巻〉〈下巻〉	学陽書房	1990／2／26	人と大地を愛し、人の心と大地を甦えらせることに努力しつづけた二宮金次郎の真摯な生き方を描いた長編小説。
小説　二宮金次郎〈上〉〈下〉	学陽書房・人物文庫	1996	
全一冊　小説　二宮金次郎	集英社文庫	2001	
信長の野望	光栄	1990／4／10	生前の史実から「その後の信長」を想像。信長ファンを「そうだったにちがいない」とうならせること請け合いの長編歴史小説。
信長の野望	光栄ノベルズ	1995	
信長の野望	光栄歴史ポケットシリーズ（文庫）	1999	
ばさらの群れ	日本経済新聞社	1990／5／24	南北朝時代、画一化を嫌い個性を重んじる「ばさら」という人々が誕生した。現代に通ずる世相を活写し人間の生き方を問う問題作。
ばさらの群れ	ＰＨＰ文庫	1993	

1991
平成3年

書名	出版社	刊行	内容
幕末日本の経済革命	TBSブリタニカ	1990/8/8	幕末から明治維新までの幕府と各藩の動きを「経済」の視点でとらえ直し、変革期の乗り切り方を考察する。
歴史の仕掛人 日本黒幕列伝	読売新聞社	1990/9/5	新時代を演出した人物、主君を手玉に取った男、時代の波頭を読んだ男たちなど、二十三人の「黒幕」に注目した歴史読み物。
ハクバ ヒューマン ビジネス **坂本龍馬の人間関係**	白馬出版	1990/10/15	坂本龍馬の人間関係を、刀の時代、ピストルの時代、国際法の時代など、時代別に考察。併せて龍馬のネットワークづくりにも言及。
坂本龍馬 自分の「壁」を破る生き方（改題）	三笠書房・知的生きかた文庫	1999	
坂本龍馬の人間術（改題）	PHP研究所	2010	
ビジネスマン下克上 **勝つ術《すべ》はこれだ**	総合法令	1990/11/24	歴史上の人物から、上司への対処法、同僚・部下との接し方、不遇になった時の対処法を学び、職場で使える戦法を紹介していく。
歴史に学ぶ強くてしぶとい生き方（改題）	総合法令・HOREI BOOKS	1994	
楠木正成 物語と史跡をたずねて	成美堂出版	1991/2/10	楠木正成の戦記を軸に、赤坂挙兵から悲劇の湊川合戦まで、希代の「悪党武将」の足跡を小説仕立てで紹介した歴史ガイド。

楠木正成 物語と史蹟をたずねて	成美文庫	1995	
北の王国〈上巻〉〈下巻〉	学陽書房	1991/2/22	「愛」の一文字を兜の前立に掲げ、戦場を疾駆した知勇兼備の武将・直江兼続の生涯。上巻では北条氏滅亡までを、下巻では、処世にあけくれる上方政権を見限り、東北に独自の「王国」を築こうとした名将兼続の壮大な構想とロマンを、新視点で描き出す。
北の王国 智将直江兼続〈上〉〈下〉	学陽書房・人物文庫	1996	
全一冊 小説 直江兼続（改題）	集英社文庫	1999	
直江兼続〈上〉〈下〉（改題）	学陽書房・人物文庫	2007	
南北朝の梟	日本経済新聞社	1991/3/29	南北朝時代、北畠親房は後醍醐天皇を立てると、『神皇正統記』を著して南朝の正統性を訴える。親房を通して南北朝の動乱を描く。
小説 北畠親房（改題）	成美文庫	1998	
挫折体験のある人こそ、人を動かせる	芸文社	1991/6/12	リストラ時代のリーダーには、「反対者の中に理解者や協力者をつくる能力」が必要だ。「挫折・屈折派」に注目した新リーダー論。

強い「人心掌握力」が身につく本（改題、加筆、再編集）	成美文庫	2002	
謎の太平記 日本史の旅	祥伝社・ノン・ポシェット	1991/7/20	騒乱の時代を描いているにもかかわらず、なぜ『太平記』なのか？　「なぜ？」という視点で南北朝時代を平易に解説した歴史読み物。
まちを視る　風土を活かす	学陽書房	1991/8/15	北海道から鹿児島まで、その地域ならではの歴史と風土を生かすまちを訪ねながら、まちおこし、まちづくりのあり方を温かい視点で紹介。
歴史に学ぶ指導者の企画力	中経出版	1991/9/17	自らの器量や魅力を発揮し、事業を成し遂げてきた信長、家康などの事績に学び、「何を」ではなく「誰が」の視点で企画力を考察。
まちおこし人国記	時事通信社	1991/10/10	札幌市の島義勇、甲州ブドウの恩人永田徳本など、全国各地のふるさとの先人を紹介しつつ、まちおこしのヒントを紹介。
志の人たち	読売新聞社	1991/10/28	河西大介から榎本武揚まで、十九人の先人たちが、大切にした生き方・考え方を紹介。
明治天皇の生涯〈上〉〈下〉	三笠書房	1991/11/30	「人間」明治天皇の波乱の生涯を追った渾身の評伝。上巻ではその誕生から即位、維新政府樹立までを、下巻では日清、日露の死闘から六十一歳の生涯の終焉までを描く。

年	書名	出版社	刊行日	内容
	明治天皇の生涯〈上〉〈下〉	徳間文庫	2002	
	渋沢栄一　人間の礎	経済界	1991／12／24	人格を磨くことの重要さを説き、経済活動によって国を豊かにすることを目指した、日本資本主義経済の礎を築いた渋沢栄一を描く。
	渋沢栄一　男の選択（改題）	経済界・RYU BOOKS	1995	
	渋沢栄一（改題）	学陽書房・人物文庫	1998	
	小説　渋沢栄一（改題）	経済界	1999	
1992 平成4年	**奥州藤原四代** 黄金の浄土国と覇王家の最期	三笠書房	1992／5／20	「地方自治の実現者ではなく、苦悩した人々」という新視点で、奥州に栄華を極め、滅亡した藤原四代を考察した歴史読み物。
	「人間《リーダー》の魅力」が人を育てる 〝知〟で率い、〝心〟で伸ばすリーダーシップの方法	大和出版	1992／5／30	織田信長、北条早雲、武田信玄、徳川家光など、大いなる求心力で人を率いて成功した名リーダーたちに人間的魅力とは何かを学ぶ。
	歴史人物に学ぶリーダーの条件（改題）	大和書房・だいわ文庫	2009	

戦国の家長	中経出版	1992/7/29	「家」を率いるトップに求められるものとは。戦国武将が「生き残るために何をしたのか」を考察した、ケーススタディーの書。
信長	ぎょうせい	1992/8/20	卓抜したアイデアや先見性、巧みな人材活用など、その政策や戦いを追いながら、「日本のルネサンス人」織田信長を考察した一冊。
群れず、敢えて一人で立つ 混迷の時代を生き抜く人生の流儀	PHP研究所	1992/9/25	己れの信ずる道を生きた、源頼家、織田信長、桐野利秋らの姿に、時代に流されず、孤独を恐れずに生きる「心の座標軸」を見出す。
琉球王朝記	三笠書房	1992/10/31	明国との貿易で栄え、「黄金時代」を生きる海人たちを突如襲う薩摩軍……。琉球王朝七百年の栄光と悲劇の歴史をたどる。
1993 平成5年			
童門流 一語一会	総合労働研究所	1993/1/20	人と組織の洞察力を必要とするビジネス社会を生きる現代人に、具体的な事例を設定し、「適切な一言」を紹介した秘伝の言葉集。
徳川家康の人間経営 人を動かし組織を生かす	祥伝社	1993/2/10	組織のトップとして、まれに見る経営的発想、行動力を持っていた「人情通・家康」の経営手腕を現代的視点で解き明かす。
家康に訊け！（改題）	祥伝社・ノン・ポシェット	1999	

私塾の研究 日本を変革した原点	ＰＨＰ文庫	1993／2／15	適々塾、心学塾など、有能な人材を輩出し、近代日本をつくる大きな原動力となった私塾を訪ね、その塾主の思想や行動規範を紹介。文庫オリジナル作品。
戦国武将の人間学 リーダーにみる人の生かし方	富士見書房	1993／2／15	戦国武将に的を絞って、人の生かし方、補佐役の要諦、リーダーとしての資質の育て方を考察。自信を失った日本人にエールを贈る。
戦国武将の人間学	小学館文庫	1999	
マイナス転じて福となす経営 名商人に学ぶ始末と才覚の研究	ＰＨＰ研究所	1993／2／26	始末と算用、才覚と信用でマイナスの環境もプラスに転じて乗り越えた商人たちに、低成長時代を生き抜く知恵を学ぶ。
〝自治体狂〟の自治体職員論	学陽書房	1993／3／20	長く都庁職員として平職員から局長まで、各職掌を歴任してきた著者が自らの体験をもとに「自治体職員はどうあるべきか」を論考。
人生の師 「一期一会」をどう生かすか	三笠書房	1993／3／25	歴史に名を遺す人物の、人生の「師父」と仰ぐべき手本との出会いと、師父から何を学び、どう生かしていったのかを紹介。
人生の師（改装）	三笠書房	1997	
戦国名将一日一言	経営書院	1993／4／30	時間とも戦っていた戦国武将は多くを語らず、その言葉は短く洞察に富む。戦国武将がことに臨んで語り遺した至言から三百六十六を厳選。

戦国名将一日一言	PHP文庫	1996	
人生が開ける 戦国武将の言葉（再編集、改題）	PHP文庫	2006	
愛蔵版 戦国名将一日一言（復刊）	PHP研究所	2010	
上杉鷹山の戦略と発想	廣済堂出版・KOSAIDO BOOKS	1993/5/15	上杉鷹山の藩政改革の秘密ほか、他藩の再建大名、江戸幕府の経済改革など、同時期の事績をたどり鷹山改革の核心に迫っていく。
上杉鷹山の危機突破法（改題）	廣済堂文庫	2001	
『菜根譚』の人間学 **人生、晴れの日の生きかた、雨の日の凌ぎかた**	三笠書房	1993/6/10	明治・大正期の僧、秋宗演の『菜根譚講話』からエッセンスを引き、不動の人生指針として今なお人気の『菜根譚』を平易に解説。
人生論の名著『菜根譚』（再編集・改題）	三笠書房・知的生きかた文庫	1997	
風来坊列伝	毎日新聞社	1993/7/5	漂泊せずにはいられなかった二十人の風来坊を取り上げ、その個性あふれる生き方を紹介。日本人の漂泊願望を満たしてくれる書。

まんが上杉鷹山 **〈上〉〈下〉**	総合労働研究所	1993/7/20(上) 1994/1/30(下)	『小説・上杉鷹山』を子どもたちにも理解できるように分かりやすくドラマにした漫画。脚色・画作はクニトシロウ。
ぬくもりの人間学	東洋経済新報社	1993/7/22	目先の利益だけに捉われず、「あたたかな経営」を実践した系譜を戦国武将、江戸商人などに求め、理想の日本的リーダー像を考える。
ばさら列伝―― **下剋上の人間学** 時代を変えた凄い男たちの決断	大和出版	1993/7/30	「ばさら精神」を「出口のない現状を突破するような新しい力」と定義し、複雑化、多様化する現代社会を生き抜くヒントを提示。
湖水の疾風《かぜ》〈上巻〉〈下巻〉	学陽書房	1993/7/30	自らを「新皇」と名乗り、「常世の国」を目指した平将門の生涯。上巻では、猟官運動に見切りをつけた平将門が東国に戻り、親族たちを相手に激烈な戦いに突入していく前半生を、下巻では、関東を制圧した将門が朝敵となり、ついに挙兵した後半生を描く。
平将門〈上〉〈下〉(改題)	学陽書房・ 人物文庫	1996	
全一冊 小説 平将門(改題)	集英社文庫	2002	

上杉鷹山の師 **細井平洲の人間学** 人心をつかむリーダーの条件	PHP研究所	1993/8/6	逆風の中にありながら藩政改革を成し遂げた上杉鷹山を支えたのは細井平洲だった。師弟をとおして、人心をつかむ術を学ぶ。
上杉鷹山と細井平洲（改題）	PHP文庫	1997	
信玄上洛	光栄	1993/9/30	東国の雄、ついに動く！　死んだのは信玄の影武者だった！「信玄が生きていたなら」の大胆な設定のもと書き下した長編歴史小説。
株式会社江戸幕府 **さらりーまん事情《こころえ》**	KKベストセラーズ・ワニの本	1993/10/5	規範化、マニュアル化が進んだ幕藩体制下、新井白石、林子平、調所広郷など、超管理社会に屈した男たちのエピソードを集輯。
江戸管理社会反骨者列伝 （改題）	講談社文庫	1998	
小説　徳川吉宗	日本経済新聞社	1993/10/7	徳川幕府中興の祖・八代将軍吉宗が、政治経済改革とともに、日本人の「心の赤字」の克服と、「日本の心」を取り戻そうとする姿を描く。
小説　徳川吉宗	学陽書房・人物文庫	1997	
【サムライ講座】 乱世人間学	産経新聞ニュースサービス	1993/10/30	一九九三年（平成五年）三月一日から同年七月三十日まで、夕刊フジに連載した歴史人物コラムを「処世術」という観点で編集。

「組織変革」事始め	実業之日本社	1993/11/20	時代のニーズに応えるべく、リストラにチャレンジしてきた歴史人物の苦心談、苦労話を紹介。現代ビジネスに生かせる知恵を探る。
日本式経営の知略〈上〉	毎日新聞社	1993/11/30	戦国武将、武士、商人、学者など、数十人におよぶ「経営先覚者」たちを取り上げ、日本式経営術の極意を探求した三部作の第一弾。
歴史に学ぶ不況に勝つ経営術(改題)	廣済堂文庫	2001	
江戸のリストラ仕掛人	集英社文庫	1993/12/20	松平定信、徳川秀忠、上杉鷹山、本多正信ら、組織の再構築や強化に成功した人物たちの事績から、現代に生かせる教訓を読み解く。書き下し文庫。
日本式経営の知略〈中〉	毎日新聞社	1993/12/30	戦国武将、武士、商人、学者など、数十人におよぶ「経営先覚者」たちを取り上げ、日本式経営術の極意を探求した三部作の第二弾。
歴史に学ぶ後継者育成の経営術(改題)	廣済堂文庫	2002	

1994
平成6年

日本式経営の知略〈下〉	毎日新聞社	1994/2/1	戦国武将、武士、商人、学者など、数十人におよぶ「経営先覚者」たちを取り上げ、日本式経営術の極意を探求した三部作の完結編。

歴史に学ぶ危機管理の経営術（改題）	廣済堂文庫	2001	
【サムライ講座】 **幕末人間学**	産経新聞ニュースサービス	1994/4/10	一九九三年八月から翌年二月まで、夕刊フジに連載した歴史エッセイの単行本。幕末の群像に見る「人間術」をビジネスマンに贈る。
新撰組と諸隊の光と影 **幕末私設機動隊**	KKベストセラーズ・ワニ歴史文庫	1994/5/5	自然界における突然変異のように、突如出現した新撰組。幕府に忠節を尽くすこの「変わり種」に共鳴する若者たちの人間模様を描く。
小説　遠山金四郎	日本経済新聞社	1994/5/19	遠山金四郎を水野忠邦に対立する中間管理職にみたて、天保の改革が進む中、その行政マンとしての手腕と江戸市民への思いやりを描く。
小説　遠山金四郎	PHP文庫	1997	
江戸人遣い達人伝	講談社	1994/6/10	江戸時代の人物に光を当て直し、難局に出現した改革者たちの、人の動かし方、やる気の育て方、改革者の条件などを解き明かす。
人を育て、人を活かす（改題）	講談社文庫	1997	
生涯青春 伊能忠敬の「生き方哲学」に学ぶ	三笠書房	1994/6/10	著者は、「（人生において）前半生は後半生の肥料」だという。晩年に日本地図の作成を始め、「老熟」を実現した伊能忠敬の一生を描いた評伝。
伊能忠敬（改題）	三笠書房	1999	

伊能忠敬	学陽書房・人物文庫	1999	
伊能忠敬	河出文庫	2014	
書下し・歴史ロマン **小説　黒田如水**	富士見書房	1994／6／20	三人の天下人に仕え、出来すぎる能力を警戒されながらも、九州に覇を唱え割拠した黒田如水。その危機管理の連続の生涯を描く。
黒田如水（改題）	小学館文庫	1999	
軍師　黒田如水（改題）	河出文庫	2013	
歴史小説家の楽屋裏	中経出版	1994／8／23	小学生時代の恩師との出会いから、戦中・戦後の絶望と文学との出会い、行政マンと作家の二足の草鞋時代など、その半生を述べる。
小説　河井継之助	東洋経済新報社	1994／8／25	藩政改革に着手後、長岡藩をわずか三年で一〇万両の余剰金を保有する「武装中立国」にした河井継之助の実像に迫る長編小説。
小説　河井継之助	学陽書房・人物文庫	1996	
小説・横井小楠 維新への道を拓いた巨人	祥伝社	1994／9／1	日本を「有道の国」とするべく、諸国を回った小楠。坂本龍馬、高杉晋作らに大きな影響を与えた「憂国の士」が描いた夢とは。

慶喜を動かした男（改題）	祥伝社・ノン・ポシェット	1998	
組織のためにどう動く 忠誠か、反逆か	同文書院	1994／9／3	長州、薩摩、土佐などの下級武士は、なぜ維新の高級官僚になれたのか。幕末の各藩の動きを追い、人と組織の運動法則を探る。
勉強マンガ **八代将軍吉宗** 尾張藩主徳川宗春との〝宿命の対決〟と「享保の改革」！	三笠書房	1994／9／10	尾張藩主徳川宗春との宿命の対決をテーマに、童門冬二原作、あきやま耕輝画で、吉宗の生き方・考え方と享保の改革をわかりやすくマンガで紹介。
歴史に学ぶ危機管理	丸善・丸善ライブラリー	1994／10／30	「形のある危機」も「形のない危機」も、人の心に原因がある場合が多い。二つの危機への対処法を、歴史人物の事績に求めた書。
危機を突破するリーダーの器（加筆・改題）	青春出版社・青春新書INTELLIGENCE	2016	
老虫は消えず 小説 大久保彦左衛門	集英社	1994／10／30	サラリーマン武士が出世する風潮を「天下の御意見番」大久保彦左衛門が一喝。「高齢者」大久保彦左衛門の生き方を描き出す。
小説 大久保彦左衛門（改題）	集英社文庫	1997	

海の街道〈上巻〉〈下巻〉	学陽書房	1994／11／15	銭屋五兵衛に発した小さな流れは、国際化への大きな流れとなっていく……。時代が激しく変わろうとしている江戸時代末期、閉塞状況を打ち破ろうと、四囲に果敢な挑戦を試みた男たちの冒険を描く長編小説。
海の街道〈上〉〈下〉	学陽書房・人物文庫	1997	
全一冊 銭屋五兵衛と冒険者たち（改題）	集英社文庫	2005	
廃県置藩	発行：にっかん書房 発売：日刊工業新聞社	1994／11／22	地方の活性化や道州制が叫ばれた時代に、江戸の政治システムをとおして、現代の地方自治の問題やあり方を考えた書。
1995 平成7年			
徳川吉宗の人間学	プレジデント社	1995／1／30	享保の改革を断行、「徳川幕府中興の祖」となった吉宗の政治手腕や着眼点、リーダーシップなどを、津本陽氏との対談で読み解く。
徳川吉宗の人間学	講談社文庫	1998	
［新装版］徳川吉宗の人間学	PHP研究所	2009	

成功と失敗の分かれ目	KKロングセラーズ・ムックセレクト	1995/2/1	時代の転換点で先人たちはどのように先見力を発揮してきたのか。決断力、人を見抜く目などを柱に、歴史に先見力の磨き方を学ぶ。
成功と失敗の分かれ目（改装）	KKロングセラーズ・ロング新書	1999、2011	
江戸のワイロ もらい上手・渡し上手の知恵くらべ	ネスコ	1995/3/30	江戸時代のエピソードから、「ワイロ」と名づけられた「人間の営み」を、贈る側の「美学」・貰う側の「理屈」の両面から分析する。
江戸の賄賂（改題、再編集）	集英社文庫	1998	
沼と河の間で 小説 大田蜀山人	毎日新聞社	1995/4/25	田沼時代を謳歌した狂歌師の大田蜀山人は、田沼失脚後、御家人としての道を選ぶ。清濁二つの時代を生きた男の苦悩と波瀾の半生。
秀吉	三笠書房	1995/6/10	頭と心を無尽につかい、努力一つでトップへの道をひた走った秀吉の生き方を通して、現代ビジネスマンにエールを送る。
小説　徳川家康	光栄	1995/7/10	家康を新田と松平との関係にしぼって追究し、その人生観のルーツを探る。「徳川元康」が「家康」になるまでを描いた「家康前史」。
覇者の条件 小説 徳川家康（改題）	徳間文庫	1999	

新・水戸黄門異聞	講談社	1995／7／14	水戸黄門のエピソードを洗い直し、父子の関係、藩主としての権限委譲と部下育成法などをテーマに描いた八編からなる短編小説集。
水戸黄門異聞（改題）	講談社文庫	2000	
誠は天の道なり 幕末の名補佐役・山田方谷の生涯	講談社	1995／8／12	農民出身でありながら、藩政に参加。財政建て直しに貢献した山田方谷の、目先の利にとらわれず義を明らかにした生き方を見直す。
山田方谷（改題）	学陽書房・人物文庫	2002	
大処世訓 先人に学ぶ生きるヒント	講談社	1995／9／22	人生の機微を知り、困難に立ち向かった先人たちの名言とエピソードから学んだ「自分を励ましてくれる言葉や考え方」をまとめる。
運命を拓く名言	KKロングセラーズ・ムックセレクト	1995／10／5	古今東西の作家、エッセイストなどの作品から、自分に潜む可能性を掘り起こすヒントとなる言葉を採取した金言集。
運命を拓く名言（新装版）	KKロングセラーズ・ムックセレクト	1999	

	幕末の武蔵　一期一会	読売新聞社	1995／10／16	宮本三蔵の体を通じて、宮本武蔵が吉田松陰、坂本龍馬、山岡鉄舟、近藤勇ら、幕末の主人公たちと交じり合う、異色の幕末小説。
	新釈　三国志〈上〉	日本経済新聞社	1995／11／20	日本史上の類似事件や人物と比較しながら独自の着想で描いた「童門三国志」の野心作の上巻。黄巾の乱から曹操の台頭までを描く。
	風雲　織田信長	富士見書房・時代小説文庫	1995／12／10	パイオニア精神あふれる天才戦国武将の一生を「童門流視座」で描く。混迷の時代を切り開く、常識破りのヒーロー像を浮き彫りに。書き下し文庫。
	江戸の怪人たち	集英社文庫	1995／12／20	『風来坊列伝』（毎日新聞社）、『志の人たち』『歴史の仕掛人』（読売新聞社）をもとに新たに編集し、集英社文庫に収録。
1996 平成8年	新釈　三国志〈下〉	日本経済新聞社	1996／1／5	日本史上の類似事件や人物と比較しながら独自の着想で描いた「童門三国志」の野心作の下巻。赤壁の戦いから三国史の終焉までを描く。
	新釈　三国志〈上〉〈下〉	学陽書房・人物文庫	1999	
	新釈　三国志〈上〉〈下〉	日経ビジネス人文庫	2008	

江戸商人の経済学	丸善・ 丸善ライブラリー	1996/1/20	江戸時代、藩は「一〇〇%自治」を求められ、その実現のために「商人の経済学」を導入した。その成功と失敗例を紹介する。
逆境をバネに器量を磨け 危機克服の人間力	PHP研究所	1996/2/1	戦後最長最悪の不況時に、評論家の竹村健一氏との間で行なわれた対論を書籍化。転んでもタダでは起きない「七転び八起き人生論」。
開国の時代を生き抜く知恵	プレイグラフ社	1996/4/10	開国という新しい状況にどう対応していくか。坂本龍馬ら「開国の時代」を生きた九人から、新時代を生き抜く知恵を探る。
地方分権化の旗手たち	実務教育出版	1996/5/10	東京都庁で要職を経験した著者が、地方行政に携わる知事や市長の議会答弁でない肉声の声を聞き、地域づくりの在り方を探る。
日本人の生き方	学陽書房	1996/6/10	西郷隆盛、伊能忠敬ら先人たちの生き方に日本人の心のよりどころをさぐり、自信を失いかけた現代人にその生き方を問う。
小説 千利休	PHP研究所	1996/6/20	千利休は、なぜ秀吉との対立を深めていったのか。新しい人間社会のあり方を追究し続けた男の堂々たる生涯を描いた長編小説。

小説 千利休	ＰＨＰ文庫	１９９９	
参謀は名を秘す	日本経済新聞社	１９９６／８／23	信長の沢彦、家康の太原雪斎、忠臣蔵の堀部安兵衛、徳川慶喜の黒川嘉兵衛に、参謀の役割とあり方を探る。
参謀は名を秘す	中公文庫	２０００	
参謀は名を秘す	日経ビジネス人文庫	２０１１	
男の磨き方 歴史人物にみる人生の極意	ＰＨＰ研究所	１９９６／９／19	織田信長、千利休、伊能忠敬らは、勝負の時いかに対峙し、人生を全うしたのか。彼らの不撓不屈の精神から「男の美学」を学ぶ。
男の「行き方」男の「磨き方」（改題、加筆、修正）	ＰＨＰ文庫	２００８	
ほんとうの智恵を学ぶ	三天書房	１９９６／９／20	「人」を引き付け、可能性を引き出す戦国武将の人柄とは。「この人のためなら」と思わせた戦国武将に、人使いの要諦を求める。
ほんとうの智恵を学ぶ（新装版）	碧天舎	２００２	
新・戦国史談	立風書房	１９９６／９／30	乱世を生き抜いた名将たちの類いまれな洞察力と決断力を示すエピソードを紹介。混迷の現代を生きるビジネスマンに示唆を与える。

小説 石田三成	成美堂出版	1996/10/1	秀吉の政治・経済・外交政策の継承者であり、豊臣政権の文治派官僚のトップであった三成を、著者独自の視点で描いた歴史小説。
小説 石田三成	成美文庫	1999	
石田三成（改題）	学陽書房・人物文庫	2007	
江戸柳生と尾張柳生	中公文庫	1996/10/18	南北朝から西南戦争まで、歴史を彩った人物や事件について、単発的に歴史雑誌に発表した読み物十三篇をまとめた。
「自己改革」の最高名著『日暮硯』**成功する「人心掌握」術**	三笠書房	1996/11/10	改革者として名高い恩田木工の事績を記した『日暮硯』を読み解き、その人心改革法、リーダーシップなど、木工式経営を学ぶ書。
小説 毛利元就	PHP研究所	1996/12/19	智謀と戦略で中国地方を統一した毛利元就には、常に孤独の影が付きまとっていた。元就の心の葛藤と人間像を描いた長編歴史小説。
毛利元就（改題）	PHP文庫	2009	
変革期のリーダーシップ	労働旬報社	1996/12/20	先行きが不透明な時代のリーダーの条件とは。事業の目的と優先順位、危機管理などを、松平定信、保科正之らの事績から学ぶ。

小説 海舟独言	講談社文庫	1997/2/15	江戸無血開城から維新政府成立の真相を、「幕府を売った男」とも言われた海舟が「独言」するという形で描く、異色の長編小説。書き下し文庫。
維新前夜	講談社	1997/3/3	阿部正弘、メリケンお吉、桂小五郎、近藤勇、日柳燕石ら、激動の時代の中で、己の信念を貫いた五人の生き方を描く短編小説集。
童門式「超」時間活用法	中央公論社	1997/3/7	雑誌連載、書き下し書籍多数同時進行、講演、映画……。超多忙を極めた著者が、時間の既成概念を打ちやぶる発想と時間活用を開陳。
わたしの「超」時間活用法（改題）	中公文庫	2000	
心を強くする名言	成美堂出版・成美文庫	1997/5/15	古今東西の小説の一節や映画の台詞、作家や著名人の名言、世界の警句やジョークから「自分の心を強くする名言」を収集。書き下し文庫。
「人望力」の条件	大和書房	1997/5/31	人間通、世間通、経済通、影響力、人間力の五つの視点で歴史のエピソードを紹介し、具体的な「人望」の条件を考察する。
「人望力」の条件	講談社＋α文庫	2002	
小説 山中鹿介	日刊工業新聞社・B＆Tブックス	1997/6/24	「山陰の麒麟児」の異名をとった山中鹿介。戦国の過酷な掟に翻弄されながらもなお、一途な意志に生きた勇将の潔い心情を描く。

小説 山中鹿介	学陽書房・人物文庫	2001、2009	
勝海舟	発行:歴思書院 発売:かんき出版	1997／7／10	時に「幕府を売った男」、時に「やせ我慢のない男」と非難された勝海舟。海舟の、事に当たっての「選択」を考察。
真説 徳川慶喜	PHP研究所	1997／9／4	危機的状況打開を期待された徳川慶喜は、なぜ自ら徳川政権に終止符を打ったのか。側近たちへの架空取材を織り交ぜた異色の長篇。
長編歴史小説 **小説 榎本武揚** 二君に仕えた奇跡の人材	祥伝社	1997／9／5	「忠臣は二君に仕えず」の精神が生きていた時代、徳川・明治の、両政府間を生き抜いた男を通して、組織のあり方を問う長編評伝。
人生を二度生きる（改題）	祥伝社文庫	2000	
毛利一族の賢将 **小早川隆景**	実業之日本社	1997／10／25	常に的確な判断と果敢な行動で知られる小早川隆景。賢将とうたわれ、戦国時代を端正に生きた武将の生涯を描いた長編小説。
小早川隆景	学陽書房・人物文庫	2001、2012	
夜明け前の女たち	講談社	1997／10／25	坂本龍馬、桂小五郎、富岡鉄斎ら幕末維新の志士たちには、彼らを支える女性たちがいた。動乱の世を凜々しく生きた女性群像を描く。

夜明け前の女たち	講談社文庫	2006	
戦国・江戸 **男を育成した女の才覚** いい夫婦には理由がある	光文社	1997/10/30	豊臣秀吉と妻・ねね、前田利家と妻・まつ、滝沢馬琴と妻・お路、池大雅と妻・玉瀾……。歴史にみる「男と女のいい関係」。
大政奉還 徳川慶喜の二〇〇〇日	日本放送出版協会（NHK出版）	1997/11/25	将軍後見職として幕末激動期に政治の表舞台に登場してから二千日。大政奉還を決意するまでの葛藤と、その真相に迫る。
大政奉還	学陽書房・人物文庫	2006	
評伝 二宮金次郎 心の徳を掘り起こす	致知出版社	1997/12/1	『小説 二宮金次郎』で描き切れなかった二宮金次郎の事績を、評伝というスタイルで活写。二宮金次郎をより深く理解できる好著。
小説 内藤丈草	富士見書房	1997/12/25	芭蕉十哲の一人、内藤丈草。死ぬまで師の心を己の心として生きた丈草に、理想の生き方と「日本人の美しい心」を求めた長編小説。
1998 平成10年			
大江戸豪商伝	徳間書店	1998/1/30	紀伊国屋文左衛門、三井高利、河村瑞賢ら、名を成した商人たちに学ぶ、先見力・情報力・判断力・決断力・行動力と経営哲学。
大江戸豪商伝	徳間文庫	2001	

小林一茶	毎日新聞社	1998/1/30	自分をとりまく俗世の煩いと対峙しつつ、かるみとおかしみの境地へ到達した小林一茶の、俳句と自己変革を目指した軌跡を綴る。
小林一茶	学陽書房・人物文庫	2000	
大奥追放	集英社	1998/3/30	奥年寄・絵島と役者・生島新五郎の密通発覚には、男社会の思惑が潜んでいた。組織に生きる人間の姿を浮き彫りにした長編小説。
大奥追放	集英社文庫	2001	
小説　山本常朝	致知出版社	1998/4/11	『葉隠』の口述者と知られる山本常朝の生涯を描いた小説編と、処世訓として『葉隠』をとらえた解説編との二部構成本。
小説　山本常朝	学陽書房・人物文庫	2002	
信長・秀吉・家康 **人を見抜く　人を動かす** 戦国リーダーの成功哲学	PHP研究所	1998/6/19	天下をとった信長、秀吉、家康にスポットを当て、三人がいかに部下の能力を引き出し、人を動かし、決断してきたのかを考察する。
信長・秀吉・家康の研究（改題）	PHP文庫	2006	
信長・秀吉・家康の研究〈上〉〈下〉	大活字文庫	2009	

1999
平成11年

「浪人精神」で克つ！	日本経済新聞社	1998/7/2	歴史の中では武蔵や龍馬など、組織内問題児が新機軸を打ち出してきた。現代社会の「組織内問題児」にエールを贈った一冊。
真説・赤穂事件	日本放送出版協会（NHK出版）	1998/11/25	なぜ四十七士だったのか、なぜ誰も討入りを阻止しなかったのか……。日本史上最大にして最後の私闘の原因から波及までを徹底考察する。
幕末維新の光と影 東北諸藩の運命に殉じた男たち	光人社	1998/12/2	楢山佐渡、吉田大八、細谷十太夫。幕末維新を東北の小藩で迎え、意地と誇りを貫き通した三人の男の内面を活写。
童門冬二の新つれづれ草 **心の三畳間**	三天書房	1998/12/14	誰にも邪魔をされない自分だけの三畳間を持つことの大切さを軸に、生きる勇気と慰めを与えてくれるハートフルエッセイ集。
冬の火花　上田秋成とその妻	講談社文庫	1998/12/15	怪奇小説の最高傑作『雨月物語』の作者上田秋成と、その妻たま。夫婦の心理的葛藤を「冬の火花」に見立てた長編小説。書き下し文庫。
【童門式】資料整理法	実業之日本社	1999/1/12	評伝小説を書く上で欠かせない資料の入手法と整理法から、テーマの決め方、表現上のテクニックまで、自身の小説作法を明かす。
逆境に打ち克つ人間学	大和書房	1999/2/5	二宮金次郎（尊徳）、徳川吉宗、伊能忠敬ら、過去のツケを自分のツケとして立ち向かった男たちに学ぶ、マイナスをプラスに変える発想転換法。

逆境に打ち克つ男たち（改題）	講談社＋α文庫	２００３	
井伊大老暗殺 水戸浪士　金子孫二郎の軌跡	光人社	１９９９／２／20	維新実現の起爆力となった水戸藩士たちと金子孫二郎の軌跡を追い、組織と個人の論理、興る者と潰える者の人間ドラマを活写。
小説　中江藤樹〈上巻〉〈下巻〉	学陽書房	１９９９／４／12	日本人の心のありようを形造った中江藤樹。日本陽明学の祖・中江藤樹の思想とその生涯を感動的に綴った渾身の長編小説。
小説　中江藤樹〈上〉〈下〉	学陽書房・人物文庫	２００１	
江戸の都市計画	文春新書	１９９９／４／20	埋立てを推進した家康、健全な娯楽場づくりを進めた吉宗、防災機能を強化した大岡忠相……。江戸を築いたリーダーの見識と決断。
名君　肥後の銀台　細川重賢	実業之日本社	１９９９／４／25	部屋住みの身から財政難にあえぐ肥後熊本藩藩主となった細川重賢。上杉鷹山にも影響を与えた名君の、藩政改革の手腕を描く。
細川重賢（改題）	学陽書房・人物文庫	２００２	
童門冬二の名将言行録	日本実業出版社	１９９９／５／15	バブル経済が崩壊し、自信を失いかけた良心的な経営者やリーダーに、名将の言行をよりどころに日本的経営の再評価を問う一冊。

西吉野朝太平記	発行：西吉野村 発売：奈良新聞社	1999／5／31	南朝系の天皇の行宮が置かれた西吉野村（現奈良県五條市）。『太平記』ゆかりの地を盛り込み執筆された、西吉野村版「太平記」。
男の論語	PHP研究所	1999／6／25	実用性に的をしぼり、現代的な解釈を試みることで、仕事や人生など、日々を生きぬく心の支えを『論語』に求めた、童門流解説書。
男の論語〈上〉	PHP文庫	2001	
赤穂落城	経済界	1999／8／6	忠臣蔵を赤穂藩という企業の倒産劇ととらえ、倒産企業の後始末整理人・大石内蔵助の計画力、情報戦略、人間学を学ぶ。
忠臣蔵の経営学（改題）	学陽書房・人物文庫	2003	
小説　徳川秀忠	成美堂出版	1999／8／20	父家康との二元支配、武功派と文治派の派閥争いなどに直面しながら、組織を革新した二代目秀忠の功績を再評価する歴史長編小説。
小説　徳川秀忠	成美文庫	1999	
小説　徳川秀忠	学陽書房・人物文庫	2004、2010	

将の器　参謀の器	青春出版社	１９９９／９／１	戦国時代と幕末の開国期が同時に訪れているような現代という時代に求められるリーダー像を、「将」と「参謀」の観点から考える。
将の器　参謀の器	青春出版社・青春文庫	２００１	
男子豹変のすすめ 歴史に学ぶ現状突破のヒント	ＰＨＰ研究所	１９９９／９／24	歴史の立役者には豹変者が少なくない。歴史上の豹変者・変節者などの悪評を被ってきた人物を見直し、彼らの豹変の論理を検証。
器量人の研究（改題）	ＰＨＰ文庫	２００７	
歴史に学ぶ **「生き残り」の奇襲戦略**	集英社文庫	１９９９／９／25	真田昌幸、藤堂高虎、前田利長、上杉鷹山、坂本龍馬らの行動から「生き残り」の現代的意義や戦略を探る。オリジナル文庫。
真説　赤穂銘々伝	平凡社新書	１９９９／11／17	四十七士のほか、脱落者と吉良上野介にも言及した、「忠臣蔵」を読み解くための完全版人物列伝。
家康と正信 最後に笑った主役と名補佐役	ＰＨＰ研究所	１９９９／11／18	一度は家康に反旗を翻した正信だが、後に家康のブレーンとなる。智謀を巡らせ家康の天下取りを実現させた補佐役の生き方を描く。
家康と正信	ＰＨＰ文庫	２００３	

徳川三代諜報戦	日本放送出版協会（NHK出版）	1999／11／25	家康・忠秀・家光、徳川三代の政権固めを、服部半蔵、柳生宗矩、伊賀・甲賀、風魔一味など、諜報面から描いた歴史ドキュメント。
徳川三代の情報戦略（改題）	学陽書房・人物文庫	2005	
毛利元就 独創的経営法とリーダーシップ	光人社	1999／11／27	常に「孤独の影」がつきまとっていた毛利元就の内面心理を分析し、逆境時代の企業人が抱える諸問題解決の具体的なヒントを提示。
大改革　長州藩起つ	日本経済新聞社	1999／12／10	なぜ長州は幕末維新の推進役になり得たのか。自らを改革した長州藩の志士たちを「経済人」ととらえ、維新の真相を炙り出す。
長州藩大改革（改題）	学陽書房・人物文庫	2004	
2000 平成12年			
文庫オリジナル／傑作時代小説 **もうひとつの忠臣蔵**	光文社時代小説文庫	2000／1／20	自分の大事なものを捨てきれず、不器用に生きざるを得なかった実在の人物を、フィクションを交えて描いた短編時代小説集。
「風度」の人間学	徳間書店	2000／1／31	人を動かし、心をつかむ「風度」とは。「この人なら」と思わせる極意を、松平定信や上田秋成ら、歴史上の人物の生き方に学ぶ。

戦国武将の宣伝術	宣伝会議	２０００／２／12	生き残りをかけた信長、秀吉、家康、信玄など二十二人のコミュニケーション戦略を考察。変革の時代を生き抜くための方法を学ぶ。
戦国武将の宣伝術	講談社文庫	２００５	
長編小説 **論語とソロバン** 渋沢栄一に学ぶ日本資本主義の明日	祥伝社	２０００／２／20	渡仏し、渋沢栄一は「人間愛の理念」に裏打ちされた資本主義社会を知る。一貫して公益を追求した日本資本主義の父の生涯を描く。
渋沢栄一　人生意気に感ず （改題）	ＰＨＰ文庫	２００４	
部下の心をつかむ **江戸の人間学**	集英社文庫	２０００／２／25	仕事の質を高めるために必要なものとは。江戸の指導者たちの成功の秘密を分析し、その資質・条件を現代に置き換え、指針を提示。
家康・秀吉・信長 乱世の統率力	ＰＨＰ研究所	２０００／３／６	戦国の世を勝ち抜いた信長・秀吉・家康のエピソードを紹介し、組織を発展に導く「勝ち組」の発想と戦略を明らかにする。
異聞おくのほそ道	集英社	２０００／３／30	芭蕉の奥の細道行に、水戸光國の家臣佐々介三郎と柳沢吉保の密偵すまが同行していた？　まさに「異聞」のエンターテインメント小説。

異聞　おくのほそ道	集英社文庫	2005	
男の論語　Ⅱ	PHP研究所	2000／4／4	リーダーの行動規範の書として今も人気の高い『論語』を、日本の歴史や現実社会に実例を求めて解き明かす。『男の論語』の第二弾。
男の論語〈下〉	PHP文庫	2001	
小説　立花宗茂〈上巻〉〈下巻〉	学陽書房	2000／6／1	大友宗麟の二忠臣を実父と養父に持つ立花宗茂。天下に名を馳せた武将の、家臣・領民と生きた高潔な人間像を描いた長編小説。上巻では関ヶ原の戦いで改易されるまでの前半生を、下巻では改易後、家臣たちに支えられ、再び九州柳河城主に返り咲いた稀有にして爽快な後半生を描く。
小説　立花宗茂〈上巻〉〈下巻〉	学陽書房・人物文庫	2001	
全一冊　小説　立花宗茂	集英社文庫	2006	
北条時宗の生涯	三笠書房	2000／6／10	得宗権力の強化を図る一方、二度にわたるモンゴルの侵攻を退けた北条時宗。激動の時代を生きた男の苦悩と決断を描く歴史読み物。
田沼意次と松平定信	時事通信社	2000／6／30	ライバルであり、両極端に位置付けられる田沼意次と松平定信。二人の政治家としての資質や手腕、政策、リーダーシップのあり方などを比較。

NHK人間講座 徳川三代の人間学	日本放送出版協会（NHK出版）	2000/7/1	徳川三百年の基を創った三人の将軍の戦略を「経営的視点」から読み解く。「NHK人間講座」のテキストとして編まれた。
大江戸株式会社の危機管理術	東京書籍	2000/9/8	江戸時代のエピソードを中心に、「総務部長的な働き」をした人物を取り上げ、組織における危機管理のノウハウを学ぶ書。
人間の絆	青春出版社	2000/9/20	秀吉にとってのねね、後醍醐天皇にとっての楠木正成。危機を克服した人の陰で、その人を支えた人物の誠実さとまごころを紹介。
幹になる男　幹を支える男（改題）	青春出版社・青春文庫	2003	
横井小楠と由利公正の新民富論	経済界	2000/9/27	幕末期、日本は「王道経営の国」を目指せと説いた横井小楠と、そのための財政基盤充実に身を砕いた由利公正。英傑二人に光を当てる。
歴史のベンチャーたち いま甦る不屈の精神	日経BP社	2000/10/1	みかんを運んだ紀伊国屋文左衛門、アジアに進出した呂宋助左衛門、佐渡金山を開拓した大久保長安らに、ベンチャー精神を学ぶ。
国僧日蓮〈上〉〈下〉	学習研究社	2000/10/24	日蓮は、著者がライフワークとして書きたいと思った歴史的人物五人のうちの一人。上巻では身延入山までを、下巻では蒙古襲来から、その最期までを描く。

国僧日蓮〈上〉〈下〉	学研M文庫	2002	
日本人の美しい心 上杉鷹山に学ぶ	財団法人モラロジー研究所	2000／11／1	二〇〇〇年七月に財団法人モラロジー研究所が開催した公開講演の要旨を生涯学習ブックレットとしてまとめた本で、上杉鷹山を通して日本人の心のあり方を紹介。
決断 蒙古襲来と北条時宗	日本放送出版協会（NHK出版）	2000／11／20	北条時宗には、いまだかつてない国難が重くのしかかっていた。若き執権時宗が懊悩の果てに導き出した「決断」に迫る歴史読み物。
夭折 幕末維新史	光人社	2000／12／2	幕末の大転換期に、汚名にまみれながらも、それぞれに全力を尽くして、新時代の原動力となって果てた幕末維新の人間物語。
幕末に散った男たちの行動学（改題）	PHP文庫	2004	
幕末維新 陰の参謀	東京書籍	2000／12／26	阿部正弘、楢山佐渡、岩倉具視、後藤象二郎。幕末期に中央と地方にあって活躍した四人の人物から激動期の生き方を考える。
2001 平成13年			
葉隠の名将 鍋島直茂	実業之日本社	2001／1／25	『葉隠』を現代におけるビジネス書に見立て、秀吉、家康に信頼された名将の生涯を追いながら、葉隠精神のルーツを探る長編小説。
鍋島直茂	学陽書房・人物文庫	2004	

童門流　人前で話すコツ	時事通信社	２００１／１／30	仲人の挨拶、朝礼のスピーチ、新任・退任の挨拶等「人前で話すコツ」の具体例を、自身の経験を引きながら開陳した一冊。
童門流　人前で話すコツ	ＰＨＰ文庫	２００３	
童門流 **吏道随感** おまえの敵はおまえ！	ぎょうせい	２００１／３／１	自らの東京都庁勤務経験を踏まえ、公務員の「公」の捉え方や考え方、身の処し方などを綴った「公務員向けのビジネス書」。
平洲賞受賞作品集 **心そだて**	ＰＨＰ研究所	２００１／３／15	細井平洲没後二百年記念事業のエッセイコンクール「平洲賞」（主催：愛知県東海市）の、第一回〜第五回の入選作品集。童門冬二氏は賞の審査委員。
失われし男の気概	青春出版社	２００１／６／10	「頑固さ」「ひとつのことを貫く」「誠実さ」「根気強さ」などに価値が見失われがちな現代に「男の気概」とは何かを問いかける。
偉物伝《えらぶつでん》	講談社文庫	２００１／６／15	江戸時代を中心に、地方に根差しながらもそこでオーラを発散し、歴史の隅で異彩を放つ傑物たち十一人から学ぶ処世術。オリジナル文庫。
戦国武将に学ぶ生活術	産能大学出版部	２００１／６／27	状況が目まぐるしく変化する戦国時代は、情報が命であった。現代と同質の時代を生き抜いた戦国武将に学ぶ時代の乗りきり方。

前田利家とまつの生涯		三笠書房	2001/7/15	幾多の危機を乗り越え、加賀百万石の藩祖となった前田利家を支えた妻まつ。戦国時代を生きた「夫婦共同の危機管理」とは。
NHKカルチャーアワー・東西傑物伝 **戦国を勝ちぬいた武将たち**	危機克服のリーダーシップ	日本放送出版協会（NHK出版）	2001/10/1	NHKラジオ第二放送のテキスト。戦国時代を生き抜いてきた十三人の武将たちの「勝ちぬき」の方法、スキルなどを紹介。
吉田松陰〈上巻〉〈下巻〉		学陽書房	2001/10/15	幕末維新の俊傑を輩出した松下村塾を開いた吉田松陰の一生を描いた長編小説。上巻ではアメリカ密航から牢獄内での松陰までを描く。下巻では、開塾からその最期までの後半生を、松陰の教育観や思想・行動を交えて感動的に描く。
吉田松陰〈上巻〉〈下巻〉		学陽書房・人物文庫	2003	
全一冊 小説 吉田松陰	（改題）	集英社文庫	2008	
勇断	前田家三百年の経営学	日本放送出版協会（NHK出版）	2001/10/20	藩祖前田利家以降、北国に武家文化を花開かせた「加賀藩経営」の妙を、大藩維持の視点で経済・経営・流通をキーワードに分析。
鬼作左	組織を育てる〝頑固者〟の研究	PHP研究所	2001/11/21	本多作左衛門は、その頑固さゆえ「鬼作左」の綽名がある戦国武将。汚れ役に徹し、左遷されながらも信念を貫いた生涯を描く。

本多作左衛門（改題）	PHP文庫	2005	
日本史に学ぶ「女の器量」	三笠書房	2001／12／10	母や妻、愛人など、それぞれの「かたち」と生き方で、男を支えた賢い女たち。男性中心の歴史の中で輝いた女たちの魅力を紹介。
2002 平成14年			
前田利家	小学館	2002／1／1	不倒翁・前田利家は、加賀を文化国として栄え続けさせたいという夢に身命を捧げた。妻まつとの夫婦愛とともに、その生涯を描く。
前田利家	小学館文庫	2006	
童門冬二の歴史余話	光人社	2002／1／18	教科書には載っていない、江戸草創期から維新までに織りなされた歴史人物の哀歓や意外な人間像に光をあてた歴史エッセイ。
松陰語録 いま吉田松陰から学ぶこと	致知出版社	2002／3／7	松下村塾で、あるいは投じられた獄舎で、吉田松陰が語り遺した言葉を厳選。現代人に勇気と励ましを与えてくれるメッセージ集。
魂の変革者　吉田松陰の言葉（改題）	学陽書房・人物文庫	2012	
危機克服の名将　武田信玄	実業之日本社	2002／3／25	戦国の「構造改革」を目指した武田信玄は、法度の制定、領土の拡大などを次々に成し遂げる。信玄の実像に迫る長編歴史小説。

武田信玄（改題）	学陽書房・人物文庫	2005	
葉隠の人生訓	PHP研究所	2002/3/29	常朝と陣基、二人の出会いから『葉隠』完成にいたるまでの交流を描きつつ、人間関係の要諦、処世の知恵にも言及した長編小説。
小説　葉隠（改題）	PHP文庫	2004	
疾走の志士　高杉晋作	KKベストセラーズ	2002/6/5	高杉晋作の志なくして明治維新はあり得なかった。幕末の動乱期を駆け抜け、「面白きこともなき世を面白く」生きた男の生涯を描く。
高杉晋作（改題）	PHP文庫	2014	
歴史探訪を愉しむ	実務教育出版	2002/6/10	北は北海道から南は沖縄まで、全国二十四の「歴史の輝き」を持つ「まち」を訪ね、各地の歴史ドラマを掘り起こした紀行エッセイ集。
二番手を生きる哲学	青春出版社	2002/7/10	戦国から江戸の不安定な時代に、あえてトップに立たず、二番手を貫き、最後に夢を結実させた信念の武将・藤堂高虎の生涯から、新しい生き方を提示。
宮本武蔵の『五輪書』	PHP研究所	2002/8/23	一九八四年刊行の『レクチャー「五輪書」』を全面的に加筆修正。宮本武蔵の『五輪書』を、童門冬二流に、順を追って読み解く。

日本史にみる経済改革 歴史教科書には載らない日本人の知恵	角川書店・ 角川oneテーマ21	2002／9／10	地方振興、女性の活用、失業者対策……。戦国時代や江戸時代に行なわれた経済振興や財政再建の手法に、不況克服の知恵を探る。
家康名臣伝	東洋経済新報社	2002／10／3	「人使いの名人」といわれる家康の人心掌握術、操縦術、情報収集の本質を、二十一人の家臣、側近との関係から浮かび上がらせる。
歴史に学ぶ人間学	潮出版社	2002／10／5	戦国武将、徳川幕府の将軍、江戸時代の改革者、維新の志士は自分と向き合い何を考えてきたのか。歴史に学ぶ人としての生き方。
宮本武蔵	三笠書房	2002／10／15	宮本武蔵は、なぜ、時代におもねることも、時代にとり残されることもなく、自分の生き方を貫けたのか。剣を通して成長していった武蔵の人生を描く。
武蔵 兵法革命家の生き方	日本放送出版協会 （NHK出版）	2002／10／25	時代に「遅れて来た武士」武蔵が、兵法家として生きる指針としたものは何か。「剣禅一如」を目指した武蔵の心のあり処を探る長編小説。
「時代・歴史」傑作シリーズ **江戸の財政改革**	小学館文庫	2002／11／1	財政難に陥った時、名君、名臣はいかに考え、行動したのか。琉球の羽地朝秀、肥後の細川重賢など六人の事蹟を紹介した短編小説集。オリジナル文庫。

小説　小栗上野介	集英社	2002／12／20	新日本の構想を描くも、その姿を見ることなく、領地上州権田村で悲劇の最期を迎えた名奉行の功績と、儚い運命を綴った長編小説。
小説　小栗上野介	集英社文庫	2006	
2003 平成15年			
武蔵の道	小学館	2003／1／1	黒田如水から人と人とのネットワーク作りを学び、沢庵から剣禅一致の心を学んだ武蔵。その生き方、戦い方を描いた長編小説。
人生、義理と人情に勝るものなし	PHP研究所	2003／1／8	父母への想い、趣味の映画、酒と食べ物、旅へのこだわり……。折々に人生の哀歓や渋味を綴ったエッセイを一冊にまとめる。
勝頼と信長 後継者のリーダーシップ	学陽書房	2003／1／28	武田勝頼と織田信長を対比しつつ、後継者と創業者、それぞれにとって必要なリーダーシップとは何かを、ビジネス的視点で考察。
日本の復興者たち	光人社	2003／2／11	岩崎弥太郎、大隈重信、高橋是清の三人の、自らの信念を貫き、理想を掲げて難局に立ち向かった独立不羈の姿に勃興の精神を学ぶ。
日本の復興者たち	講談社文庫	2006	
和魂和才 世界を超えた江戸の偉人たち	PHP研究所	2003／2／28	鎖国体制下にありながら、独力で世界的かつ先駆的な活動・技術革新を行なった人物たちから、誇るべき日本人の底力を明らかにする。

信長　破壊と創造	日経BP社	2003/3/24	信長の「創造的破壊者」ぶりを、情報戦をキーワードに検証。「ビジョナリスト」としての信長の計画性と実務性を明らかにした一冊。
織田信長　破壊と創造（改題）	日経ビジネス人文庫	2006	
NHKカルチャーアワー・生きる知恵 **武士たちの死生観（上）（下）**	日本放送出版協会（NHK出版）	2003/4/1（上） 7/1（下）	NHKラジオ第二放送で、上巻は二〇〇三年四月から六月、下巻は七月から九月に放送された「NHKカルチャーアワー」のテキスト。
男の詩集	PHP研究所	2003/4/2	百人一首から石川啄木、北原白秋、中島みゆきまで、自身の「人生の道標」ともなった詩歌を、鑑賞のポイントとともに集めた一冊。
小説　項羽と劉邦	日本実業出版社	2003/4/10	知と情、武と才、好対照の項羽と劉邦は秦都咸陽への軌道で激突する。両雄の軌跡をたどり、トップリーダーの資質を抉る歴史人物伝。
項羽と劉邦（改題）	講談社文庫	2009	
「本間さま」の経済再生の法則 欲を捨てよ、利益はおのずとついてくる	PHP研究所	2003/7/23	酒田の豪商・本間家の哲学と、その礎を築いた光丘の教えのエッセンスに学ぶ、不況克服の知恵と地域経済再生のヒント。

曾呂利新左衛門	実業之日本社	2003/9/25	豊臣秀吉に御伽衆として仕えたといわれる曾呂利新左衛門の目をとおして秀吉の事績を描いた、長編ユーモア歴史小説。
勇者の魅力 人を動かし、組織を動かす	清文社	2003/10/20	猪突を勇気に変換するのに必要なチャレンジ精神、よき理解者を作り出す努力などを、二十九人の歴史人物でケーススタディーする。
新撰組の光と影 幕末を駆け抜けた男たち	学陽書房・人物文庫	2003/10/20	一九九四年刊行の『幕末私設機動隊』に、「新撰組の行動原理とは何か」「江戸の町道場」「花街政治事情」を加え、新撰組の実像に迫る。
小説 近藤勇	潮出版社	2003/11/5	沸騰する時代の中で、武士として「誠」をもって「義」に生きた近藤勇。幕末の荒海に浮かんだ孤舟「新撰組局長」の生涯を描く。
新撰組 近藤 勇（改題）	学陽書房・人物文庫	2009	
異聞・新撰組 幕末最強軍団、崩壊の真実	朝日新聞社	2003/11/30	幕末最強の武装集団・新撰組は、なぜ崩壊したのか。変革の可能性に満ちていた組織が衰退していった理由を詳述した長編歴史小説。
異聞・新撰組	朝日文庫	2008	
柳生宗矩の人生訓 徳川三代を支えた剣豪、「抜群の知力」とは？	PHP研究所	2003/12/3	幕藩体制に組み込まれることなく、新陰流を生かす道を見出し、大名にまでなった柳生宗矩に学ぶ、激変時代を生き抜く知恵。

2004
平成16年

大人のための人生論	五月書房	2004／2／28	上杉鷹山、賀島兵助、松平定信ら、難に殉ずる精神と聡明さを持った人物たちの生き方に学ぶ、気持ちのよい人生の歩み方。
改革者に学ぶ人生論（改題）	講談社文庫	2007	
妖怪といわれた男　鳥居耀蔵	小学館	2004／3／20	反感を買いながらも自らの説を曲げず、天保の改革を推進。失脚後も明治へのうねりの中を生き抜いた男の実像に迫る長編歴史小説。
妖怪といわれた男　鳥居耀蔵	小学館文庫	2007	
部長の難問　課長の苦問	学陽書房	2004／3／29	都庁の行政マンとしての経験をとおして、世代間ギャップと意識変革、部下指導、上司と部下の人間関係など、組織の中の処世を考察。
小説　前島　密 天馬　陸・海・空を行く	郵研社	2004／4／20	郵便、海運、新聞、電信・電話、鉄道など、多岐にわたる前島密の業績を、幕末維新の逸材たちとの「一期一会」の視点で描く。
佐久間象山	実業之日本社	2004／4／25	幕末の騒乱を卓越した見識を持って日本の進むべき道を照らした先覚、佐久間象山の波瀾万丈の生涯を描いた歴史ドキュメント。
幕末の明星　佐久間象山 （改題）	講談社文庫	2008	

50歳からの歴史の旅	青春出版社・PLAY BOOKS INTELLIGENCE	2004/6/15	生涯学習の目的のひとつとして、積極的に旅をし、自分なりの歴史観を持つことを提案した、「自分らしさ」発見のすすめ。
時代を変えた女たち	潮出版社	2004/7/5	「男性優位の歴史」であった日本史の中で、お市の方、淀君、春日局、皇女和宮ら、平和を願い強く生きた女性たち二十四人を紹介。
江戸300年 大商人《おおあきんど》の知恵	講談社＋α新書	2004/7/20	江戸時代を戦国時代からの復興期、江戸中期のバブル期、江戸後期の混乱期の三つに分けて、商人たちの先見力を検証。
尊王攘夷の旗 徳川斉昭と藤田東湖	光人社	2004/7/22	尊王攘夷の総本山・水戸藩の藩主・徳川斉昭。その懐刀・藤田東湖。志士たちの魂を揺さぶった藩主と補佐役の葛藤をえぐる。
江戸の経済改革	ビジネス社	2004/8/5	米経済と貨幣経済が生んだ矛盾を解決するために、幕府や各藩で盛んに行なわれた経済改革。その成否を分けた要因を分析する。
武将を支えた禅の教え	青春出版社	2004/10/10	他力本願が通用しない戦国武将たちが「心の拠り所」とした「禅」の教えに着目し、不安定な時代を生き抜く現代人に指針を提示。
男の禅（改題、加筆、再編集）	青春出版社・青春文庫	2007	

ニッポンの創業者 大変革期に求められるリーダーの生き方	ダイヤモンド社	2004/10/28	明治維新、「経済人」としての道を拓いた渋沢栄一、根津嘉一郎らを取り上げ、経済人を目指した動機とその活動内容を紹介する。
2005 平成17年			
お札になった偉人	池田書店	2005/2/25	日本のお札になった人物十八人について、お札になった時の社会状況と、その人物の事績を結びつけて、「なぜお札に?」を推測。
細川幽斎の経営学 価値観大転換時代を生き抜く知恵	PHP文庫	2005/3/16	三人の天下人に仕え、「世渡り名人」とも揶揄される細川幽斎を、激変する時代に「家という企業を存続させた経営者」として考察する。
小説 田中久重 明治維新を動かした天才技術者	集英社インターナショナル	2005/6/30	天性の才能を生かし、灯具、万年時計など、生活機器を作り出し、維新後に銀座に工房を設立、東芝の祖となった男の生涯を描く。
小説 田中久重	集英社文庫	2013	
大きな活字で読みやすい本 **げんだい時代小説全15巻 第3巻 童門冬二集**	リブリオ出版	2005/6/30	「元禄の薩長連合」「長崎の忠臣蔵」など、珠玉の六作品を読みやすい大活字でまとめた作品集。監修は文芸評論家の縄田一男。
戦国武将の危機突破学	日経ビジネス人文庫	2005/8/1	自己の危機突破だけでなく、組織の危機、事業の危機突破に発展させた事例を、織田信長、豊臣秀吉、徳川家康ら九人の武将に学ぶ。オリジナル文庫。

義経を討て	潮出版社	2005/9/5	三十年にわたり院政を続けた後白河法皇と、清盛、義仲、頼朝・義経兄弟らとの複雑に絡み合う人間関係と思惑を活写した歴史小説。
三番手の男 山内一豊とその妻	日本放送出版協会（NHK出版）	2005/10/25	合戦の惨たらしさに、武士としての出世競争を諦めた山内一豊と、妻千代の実像に迫り、中間管理職にエールを贈る長編歴史小説。
異才の改革者 渡辺崋山 自らの信念をいかに貫くか	PHP文庫	2005/12/19	画家として、田原藩の家老として、また蘭学者たちの指導者的存在として異才を放った渡辺崋山の信念を貫いた一生を追った評伝。オリジナル文庫。

2006
平成18年

小説 佐藤一斎	致知出版社	2006/3/9	今日も指導者の指針の書として多くの読者を持つ『言志四録』を著し、多数の幕末維新の英傑を育てた人間通・一斎を描く評伝小説。
江戸大商人が守り抜いた商いの原点	青春出版社	2006/3/10	江戸時代に成功を収めた商人たちの商売の手法や家訓に、小手先の商売テクニックではない、現代に通じる不変の成功法則を求める。
人生で必要なことはすべて落語で学んだ	PHP文庫	2006/3/17	落語を人生のケーススタディーとしてとらえ、笑いの世界を童門流に解釈し、生活や仕事に活かせる「上手く生きる知恵」を紹介。書き下し作品。
師弟 ここに志あり	潮出版社	2006/6/22	島津斉彬と西郷隆盛、佐久間象山と河合継之助など、単なる師弟関係を超えた、学び合い、語り合える関係の中での「一期一会」の妙味。

2007
平成19年

「中興の祖」の研究 組織をよみがえらせるリーダーの条件	PHP研究所	2006/6/28	日本の歴史における「中興の祖」たちの活躍を題材として、現代の組織にも通じる組織の問題や、リーダーシップの本質を読み解く。
日本史に刻まれた最期の言葉	祥伝社新書	2006/7/5	戦国から江戸、明治維新の人物を中心に、生を燃焼しつくした者たちの「最期の言葉」を幅広く収集。現代人に贈る励ましの書。
童門冬二の論語の智恵一日一話 孔子に学ぶ最高の処世訓!	PHP研究所	2006/7/28	刊行当時、話題だったEQ(心の知能指数)は、『論語』の「恕」の思想とイコールだという発想で執筆された、エッセイ風解説書。
戦国一孤独な男―山本勘助	日本放送出版協会(NHK出版)	2006/10/25	旧弊の中で「個」を貫こうとする山本勘助は大組織をどう生きぬいたのか。山本勘助の実像に迫る長編歴史小説。
松浦静山夜話語り	実業之日本社	2006/12/15	幕政参加の野心を抱くも、その夢を果たすことなく隠居の身となり、『甲子夜話』を残した平戸藩藩主松浦静山の生涯を描く。
大御所家康の策謀	日経ビジネス人文庫	2007/1/5	隠居したからこそ可能となった「大事業」とは。謀略の限りを尽くし磐石の幕藩体制へ執念を燃やす、晩年の家康を描く長編小説。
幕末・男たちの名言 時代を超えて甦る「大和魂」	PHP研究所	2007/3/9	幕末時代に生きた男たちの心打たれる名言の数々。大和魂に溢れるその言葉はいかにして生まれたか。その背景にも言及した名言集。

名将名君に学ぶ **上司の心得**	PHP研究所	2007/5/25	組織社会を生き延びた戦国武将や江戸時代の大名たちの発言から、リーダーシップの発揮法、上司の自分磨きなどについて考える。
人生で大切なことはすべて映画で学んだ	PHP文庫	2007/6/18	『生きる』から『釣りバカ日誌』まで、著者の生き方に「かなり強い影響を与えている作品」五十三作の「自分の見どころ」をまとめた書き下し文庫。
内村鑑三の『代表的日本人』	PHP研究所	2007/10/10	歴史作家童門冬二の方向性を決定づけた内村鑑三の著作「代表的日本人」の概要を示しつつ、そこに共通する精神を考察。
内村鑑三「代表的日本人」を読む（改題）	PHP文庫	2010	
幕末の尼将軍―篤姫	日本放送出版協会（NHK出版）	2007/10/25	江戸城大奥を拠点に男社会を手玉に取った篤姫の波乱に満ちた生涯を、二〇〇八年のNHK大河ドラマに合わせて書き下した歴史小説。
幕末の尼将軍―篤姫 1・2・3	大活字文庫	2008	
男の老子 「フィゴ人間」になろう	PHP研究所	2007/11/5	武蔵や龍馬など、「老子的」に生きた歴史人物の事例を紹介しながら、複雑な現実社会において自己を失わずに生きるヒントを提示。

人生の歩き方はすべて旅から学んだ	PHP文庫	2007/12/18	弘前、津山、八代など、各地の歴史に触れながら、先人に思いを馳せる旅は、まさに「人生の修学旅行」。童門流「旅のすすめ」。書き下し文庫。
2008 平成20年			
小説 河井継之助【完全版】	東洋経済新報社	2008/3/13	一九九四年八月、東洋経済新報社から刊行された単行本『小説 河井継之助』に「小説 米百俵」を加え、「完全版」として刊行。
人生に役立つ！偉人・名将の言葉	PHP研究所	2008/4/23	情報過多の時代に生きる現代人に、自分を振り返るヒントとなり、背中を押してくれる、歴史上の人物が遺した数々の言葉を紹介。
義塾の原点〈上巻〉〈下巻〉	リブロアルテ	2008/7/10（上） 8/22（下）	緒方洪庵の適々塾、石田梅岩の心学塾など、江戸時代に各地で誕生した私塾を訪ね、その塾主の個性、思想や行動規範、塾風を綴る。
参謀力 直江兼続の知略	日本放送出版協会（NHK出版）	2008/10/25	上杉謙信・景勝二代に仕えた直江兼続は、主人の決定権を侵そうとはしなかった。兼続の行跡を追い、参謀の本分と心得を探る。
尼将軍 北条政子 日本史初の女性リーダー	PHP文庫	2008/11/19	日本史上、初めて権力の中枢にあって、自ら組織を統率した女性北条政子。激動の時代を駆け抜けた政子の生涯を追った歴史読み物。文庫オリジナル作品。

2009
平成21年

三国志・赤壁の戦い 天下分け目の群雄大決戦	PHP研究所	2008／12／9	『三国志』最大の山場「赤壁の戦い」を、劉備に三顧の礼を受けて仕えたと伝えられる孔明と周瑜を軸に、英傑たちの思惑を読み解く。
童門冬二の歴史に学ぶ智恵	中日新聞社 茨城新聞社	2009／1／28 3／12	決断を迫られた先人たち。彼らが自ら作った選択肢の中から、何を選択するか迷った時、自らを励ましたパワーある言葉七十五選。
戦国武将 引き際の継承力	河出書房新社	2009／1／30	無念のうちに身を引いた将軍、軍師、城代、さまざまなタイプ十四人の去り際を紹介。武将たちの去り際に「生き方の転換」を学ぶ。
愛と義と智謀の人 直江兼続	PHP研究所	2009／2／18	謙信が愛し、景勝が重用し、家康が最も恐れた「北国の守護神」直江兼続の生涯とその魅力を、改めて見つめ直す歴史読み物。
鈴木正三 武将から禅僧へ	河出書房新社	2009／6／30	職業生活を大切にすることが仏道に通じると説いた鈴木正三。日本資本主義の精神の先駆といわれる憂国の禅僧の教えと波乱の生涯。
小説 米沢藩の経営学 直江兼続・上杉鷹山・上杉茂徳 ——改革者の系譜	PHP文庫	2009／7／17	幾たびもの逆境にさらされながら、家臣を一切リストラせず、幕末まで続いた名門米沢藩。三人のリーダーを貫く精神の系譜を描く。書き下し文庫。

人生の醍醐味を落語で味わう	PHP新書	2009／9／29	ギスギスしがちな世の中に庶民のユーモア精神を発揮し、「憂世」を「浮世」に変えていく方法を紹介した、落語的発想のすすめ。
龍馬と弥太郎	日本放送出版協会（NHK出版）	2009／11／20	自由な立場で政治改革を志向する坂本龍馬と経済官僚として奔走する岩崎弥太郎。ふたりの「いごっそう」の邂逅を描く歴史読み物。
へいしゅうせんせえ	潮出版社	2009／12／19	米沢藩再建にあたって、上杉鷹山から教えを請われた細井平洲。平洲と鷹山、鷹山を支える側近たちとの交流を描いた感動の一冊。
上杉鷹山の師 細井平洲（改題）	集英社文庫	2011	
泣ける戦国ばなし	WAVE出版	2009／12／25	石田三成、直江兼続、豊臣秀吉、加藤清正たち十二人の戦国武将の、義・友情・誇り・信念・愛情などの美談を紹介。
2010 平成22年			
2時間で教養が身につく日本史のツボ	青春出版社・青春新書INTELLIGENCE	2010／1／15	記紀の時代から幕末、明治まで、「その時代の政治を動かしているのは誰なのか」に注目し、八つの転換点で眺めた童門版日本通史。
日本史は「線」でつなぐと面白い！（加筆・改題）	青春出版社・青春文庫	2015	

新釈　楽訓 人生を楽しく生きる知恵	PHP研究所	2010/1/22	貝原益軒が『楽訓』で説いた「楽しみを持って生きる」という教えを、著者自身が歩んできた人生のエピソードを交えつつ解説。
小説　新井白石 幕政改革の鬼	河出書房新社	2010/1/30	元禄バブル経済の反動を立て直すため、徳川幕府最初の政治・財政改革である「正徳の治」に取り組んだ儒者政治家の生涯を描く。
龍馬「海援隊」と岩崎弥太郎「三菱商会」	朝日新聞出版	2010/1/30	龍馬に対して嫉妬を抱きつつも、もっとも志を継いだ人物といわれる岩崎弥太郎の組織論、参謀論などを、その生き方から論じる。
童門冬二の堂々！　人物伝	新人物往来社	2010/5/15	戦国から幕末にかけて時代を動かそうとした名将や志士たちの決断とは。堂々と生きた人物二十人の「事に当たっての行動」を検証。
小説　西郷隆盛	学陽書房・人物文庫	2010/8/20	「敬天愛人」の信条を持ち続け、「世界の西郷」となった英傑の生涯を、大久保利通、坂本龍馬らの交流とともに描いた長編小説。
戦国を終わらせた女たち	日本放送出版協会（NHK出版）	2010/11/25	茶々、初、江、浅井三姉妹と呼ばれる彼女たちは、戦国の世をいかに生きたのか。信長・秀吉・家康の天下統一と女たちの悲願を描く。
人生を励ます　太宰治の言葉	致知出版社	2011/1/19	「太宰治の言葉には自分の〝善い心〟を引き出す力がある」という童門冬二氏が人生の杖とも柱ともしてきた太宰の言葉を紹介する。

乱世を生き抜く 戦国武将のマネジメント術	ダイヤモンド社	2011/3/3	大小の企業が激戦を繰り広げる現代の経済社会を、戦国時代になぞらえ、戦国武将の行動、決断に、マネジメントのコツを学ぶ。
男の菜根譚	PHP研究所	2011/3/29	明代の名著『菜根譚』に、男が強く優しく生きるために必要な考え方を求め、心の滋養となる八十七の言葉をまとめた男のための箴言集。
リーダーの決断　参謀の決断	青春出版社・青春新書INTELLIGENCE	2011/6/15	自分の意志の貫き方、旧弊の破り方、決断の前の準備などを、歴史上のリーダーと補佐役から考える。英断と愚断の分かれ道とは。
楠木正成	致知出版社	2011/7/25	南北朝の動乱期、無私無欲で後醍醐天皇に命がけの忠誠を尽くした稀代の名将楠木正成。民衆の目線で生きた正成の生涯を描いた長編小説。
童門冬二の先人たちの名語録	中日新聞社	2011/8/4	戦国から明治の経済人まで、歴史上の人物の言葉を、著者自身にとって「自分を励ます」という観点で編集。中日・東京新聞連載。
上杉茂憲 沖縄県令になった最後の米沢藩主	祥伝社新書	2011/9/10	米沢藩最後の藩主茂憲。上杉鷹山の「常に民の父母であれ」の教えに従い、沖縄県令として本土と沖縄の架け橋となった茂憲の事績。
清盛の平家経営術	NHK出版	2011/11/25	平清盛はいかにして平家をトップブランドにまで押し上げたのか。清盛を経営者として捉え、組織経営の勘所を明かした歴史読み物。

2012
平成24年

加賀前田家の処世術 武士が教える、いきる知恵	北國新聞社	2011/12/20	大藩加賀を維持し、コントロールしてきた術とは？危機回避の手法を、歴代藩主と家臣の格言や教訓の中に見出す。
恕 日本人の美しい心	里文出版	2012/5/11	「恕」をキーワードに、上杉鷹山、徳川吉宗、松平定信ら十三人の日本の武士たちの心温まるエピソードをつづった歴史エッセイ。
韓非子に学ぶ ホンネで生きる知恵	実業之日本社・じっぴコンパクト新書	2012/6/15	冷徹な人間観察眼で社会をとらえた『韓非子』を、日本の先達たちはどのように受容したのか。「ホンネも重要」とエールを贈る書。
巨勢入道河童 平清盛	集英社文庫	2012/7/25	平清盛は死後、河童になったという伝説をバックボーンに、河童の頭目とのやり取りから、夢を追い続けた男を描いた異色の小説。書き下し文庫。
65歳からの「男の人生」	三笠書房	2012/10/5	佐藤一斎、北条早雲、細川幽斎ら、先人の後半生を紹介し、「人生の総仕上げ」に挑戦しようとする六十五歳にエールを贈る。
近江商人のビジネス哲学	NPO法人 三方よし研究所	2012/10/20	「三方よし」「始末とケチは違う」など、近江商人たちの商売手法や言葉に、現代にも通用するビジネス哲学を追求する。
歴史のおしえ	毎日新聞社	2012/10/30	生き方のビタミン不足に陥りがちな現代人に、歴史人物の言葉を厳選し、百項目列挙。松平定知氏との対談「名言の条件」を併録。

退いて後の見事な人生	祥伝社新書	2012/11/10	伊能忠敬、新井白石、黒田如水、鴨長明など、歴史に名を遺した八人の「隠居力」を考察し、なぜ大きな力を発揮できたのかを検証。

2013
平成25年

水戸光圀	致知出版社	2013/1/15	水戸光圀を「儒の人」ととらえ、『大日本史』編纂という大事業など、歴史に刻み込んだ功績を紹介、新たな水戸光圀像に迫る。
二宮尊徳の経営学 財政再建、組織改革を断行できるリーダーの条件	PHP文庫	2013/4/19	一農民でありながら各農村や組織に赴き、私財を投じて財政再建や組織改革を成功させた二宮尊徳。その事績に再建の極意を求める。書き下し文庫。
戦国武将に学ぶ「危機対応学」	角川マガジンズ・角川SSC新書	2013/7/25	戦国時代の創業武将、二代目武将、参謀・軍師たちは、それぞれの立場で何を考え、いかに動いたのか。戦国武将に学ぶ処世術。
徳川三百年を支えた豪商の「才覚」	角川マガジンズ・角川SSC新書	2013/9/25	武家の無理難題を好機ととらえ、知恵と信念で商機をつかんだ商人たち。徳川三百年の繁栄を支えた豪商の決断力と行動力を探る。
50歳からの勉強法	サンマーク出版	2013/11/15	著者自身がこれまでに身に付けた、頭をやわらかく、心をゆたかにする思考法などを紹介。「終身現役」「一生勉強」をすすめる書。
黒田官兵衛 知と情の軍師	発行:時事通信出版局 発売:時事通信社	2013/11/25	三人の天下人に仕え、出来すぎる能力を警戒されながらも、九州に覇を唱え割拠した、名軍師黒田官兵衛の実像に迫る歴史読み物。

年	書名	出版社	発行日	内容
2014 平成26年	人・水 美しい日本のこころ	水道産業新聞社	2014／7／15	「十割自治」であった江戸時代の藩（くに）の水道問題を、京都伏見の水、武田信玄の治水などをとおして考えた、ユニークな視点の書。
	なぜ一流ほど歴史を学ぶのか	青春出版社・青春新書INTELLIGENCE	2014／7／15	リーダーの見えない努力、いまに生かせる発想、ブレない自分の支え方……人生を後押ししてくれる歴史との向き合い方を紹介。
	新釈 信長の言葉	KADOKAWA	2014／11／22	天下布武を掲げ、既成勢力と徹底的に戦った織田信長の生き方・考え方を、その言葉を通して紹介。現代人に勇気と生きる力を与えてくれる一冊。
	諸国賢人列伝 地域に人と歴史あり	ぎょうせい	2014／12／1	山田方谷、新井白石、三浦梅園など、今も「地下水脈」のように、その地域の住民の心に生き続ける人物たちの事績を紹介。
2015 平成27年	The Interviews 得意なことを継続すればそれはあなたのスペシャルになる	サンポスト	2015／6／30	誕生から現代まで、著者の歩みと時々の生き方・考え方、若い世代へのメッセージを、孫世代にあたる重田玲がインタビューで紹介。
	『嚶鳴館遺草』に学ぶ 細井平洲の経営学	志學社	2015／10／4	上杉鷹山は米沢藩という地方自治体の経営改革を成功させた。そのテキストである『嚶鳴館遺草』を、経営的観点から平易に解説。
	最後の言葉	経済法令研究会・経法ビジネス新書	2015／10／10	「光秀か、是非に及ばず」と遺した信長をはじめ、歴史上の人物六十八人の辞世の言葉を通して、生きる指針と人生の哀歌を考える。

2016
平成28年

大岡忠相 江戸の改革力 吉宗とその時代	集英社文庫	2015/10/25	徳川吉宗の右腕として、町火消の創設や医療施設の整備、農業振興などにも尽力した名奉行大岡越前守忠相の偉業に迫る長編歴史小説。
細井平洲・美しい心の物語	志學社	2015/11/3	細井平洲が「小語」で紹介した江戸時代の人びとのエピソードを童門流に読み解き、紹介したちょっといい話集。二〇一五年三月刊行の東海市教育委員会版もある。
危機を突破するリーダーの器	青春出版社・青春新書INTELLIGENCE	2016/1/15	藤原清衡、織田信長、毛利元就、上杉鷹山、琉球のリーダーなど、歴史の激変を切り抜けた男たちに、危機を克服するリーダーシップのあり方を学ぶ。
YA心の友だちシリーズ **歴史を味方にしよう**	PHP研究所	2016/1/29	なぜ歴史を学ぶのか、歴史を学ぶとどんなメリットがあるのか……。歴史を人生の味方にする秘訣と、歴史を頭に入れるためのイモヅル式勉強法を伝授する。
歴史に学ぶ **成功の本質**	KKロングセラーズ	2016/8/1	織田信長の決断力、徳川家康や上杉鷹山の新発想、加藤清正の部下採用法など、先が見えない時代の勝ち残り戦略の要諦を歴史に学ぶ。
井伊直虎 聖水の守護者	成美堂出版・成美文庫	2016/11/1	井伊家当主直盛の一人娘として生まれ、大国今川と渡り合い、家断絶の危機を救った女領主の波瀾万丈の一生をたどった歴史評伝。書き下し文庫。

	歴史に学ぶ「人たらし」の極意	青春出版社・青春新書INTELLIGENCE	２０１６／12／15	秀吉・家康から田中角栄まで、時代を超えて変わらない、人を「その気にさせる」パワーの秘密を探る。
2017 平成29年	**西郷隆盛** 天が愛した男	成美堂出版・成美文庫	２０１７／10／20	大河ドラマ「せごどん」の放送に合わせて、九十歳になる著者が西郷隆盛の生き方、考え方を再評価。隆盛と薩摩藩などゆかりの史跡ガイドも収録。
	たのしく生きたきゃ落語をお聞き	ＰＨＰ文庫	２０１７／11／１	江戸時代から語り継がれる落語のなかの若旦那や熊さん、八っつぁんたちは、やっぱり人生の達人だ！うまい生き方がわかる三十五席を解説。
2018 平成30年	**歴史の生かし方**	青春出版社・青春新書INTELLIGENCE	２０１８／５／15	生き方・考え方、血肉となる歴史との向き合い方、人生に歴史を生かす学び方を、作家、東京都庁職員として、歴史と向き合い続けてきた童門冬二氏が紹介。
	90歳を生きること 生涯現役の人生学	東洋経済新報社	２０１８／11／１	卒寿を迎えた筆者が、高齢になる身体の不調も悩みを吹き飛ばしながら、最後の一日まで明るく楽しくするための生き方・考え方を紹介。

〈著者略歴〉

童門冬二（どうもん　ふゆじ）

昭和２(1927)年、東京生まれ。東海大学付属旧制中学校在学中、予科練（海軍少年飛行兵）に入隊。昭和20年(1945) ８月、特攻隊員として三沢基地で敗戦を迎える。昭和22年(1947)、目黒区役所に就職し、約12年間を税務課で勤務。その後、目黒区役所国民健康保険課企画係長、庶務係長を務めた後、昭和35年(1960)、東京都立大学（現・首都大学東京）事務長を経て、昭和39年(1964)、広報室副主幹（課長）として本庁に勤務。昭和42年(1967)の美濃部亮吉東京都知事誕生以降、広報室長、企画調整局長、政策室長など要職を歴任。昭和54年(1979)、美濃部知事の退任とともに都庁を去り、作家活動に専念する。昭和33年(1958)、生田直近と文芸２人誌『さ・え・ら』を創刊するなど、目黒区役所勤務時代から小説を執筆し、数々の文芸誌小説賞に佳作入選。昭和35年(1960)、「暗い川が手を叩く」で第43回芥川賞候補。平成11年(1999)、勲三等瑞宝章受章。平成15年(2003)、上杉鷹山の師・細井平洲を顕彰・研究する愛知県東海市立平洲記念館の名誉館長に就任。平成27年(2015)、美しい日本人の心の情報発信施設として、東海市芸術劇場２階に「［細井平洲・童門冬二記念］嚶鳴広場」がオープン、同広場の顧問に就任。

『小説 上杉鷹山』『上杉鷹山の経営学』『内村鑑三「代表的日本人」を読む』をはじめ、著書は500冊以上。近著に、『歴史に学ぶ 成功の本質』『西郷隆盛—天が愛した男』『たのしく生きたきゃ落語をお聞き』『90歳を生きること』『歴史の生かし方』などがある。

[完全版]上杉鷹山

2019年7月10日　第1版第1刷発行

著者　童門冬二
発行者　清水卓智
発行所　株式会社ＰＨＰエディターズ・グループ
〒135-0061　江東区豊洲5-6-52
☎03-6204-2931
http://www.peg.co.jp/
発売元　株式会社ＰＨＰ研究所
東京本部　〒135-8137　江東区豊洲5-6-52
普及部　☎03-3520-9630
京都本部　〒601-8411　京都市南区西九条北ノ内町11
PHP INTERFACE　https://www.php.co.jp/
印刷所
製本所　図書印刷株式会社

ISBN978-4-569-84308-7